D1719256

Mandy Rice Davies
Die Rosen von Zichron

Aus dem Englischen
von Monika Curths

BASTEI-LÜBBE-TASCHENBUCH
Band 12 268

Titel der Originalausgabe: The Scarlett Thread
Erschienen 1989 bei Michael Joseph, London
Copyright © Mandy Rice Davies
Copyright © der deutschen Ausgabe 1992 Paul List Verlag
in der Südwest Verlag GmbH & Co. KG München
Lizensausgabe: Gustav Lübbe Verlag GmbH, Bergisch Gladbach
Printed Januar 1995
Einbandgestaltung: ZEMBSCH-WERKSTATT / München
Titelfoto: The Image Bank
Satz: hanseatenSatz-bremen, Bremen

ISBN 3-404-12268-2

Anmerkung der Autorin

Dieser Roman beruht auf einer wahren Begebenheit, und vieles, was darin erzählt wird, hat sich wirklich zugetragen und ist historisch belegt.

Während des Ersten Weltkriegs gab es in Palästina eine Gruppe probritisch gesonnener junger Juden, die von einer Zukunft der einstigen Heimat der Juden träumten. Weil sie überzeugt waren, daß nur die Engländer imstande wären, Palästina von der tyrannischen Herrschaft der Osmanen zu befreien, und daß nur die Engländer ihnen bei der Errichtung eines eigenen Staates helfen würden, organisierten und betrieben sie einen Spionagering hinter den türkischen Linien. Sie spielten eine ganz wesentliche Rolle bei den Vorbereitungen für den Einmarsch der Alliierten in Palästina.

Vor diesem geschichtlichen Hintergrund spielt mein Roman. Die darin auftretenden Figuren sind von mir erfunden und leben ausschließlich in meiner Phantasie; ausgenommen davon sind selbstverständlich Personen, die in jener Zeit gelebt und öffentlich gewirkt haben wie Dschemal und Enver Pascha, Feldmarschall Edmund Allenby und andere. Die Schilderung ihrer Aktivitäten und ihrer Einstellung beruht auf Tatsachen.

Mein ganz besonderer Dank gilt Sophia Watson, die die endlosen Entwürfe meines handgeschriebenen Manuskripts immer wieder tippte und energisch zur Ordnung rief, wenn meine Syntax ins Wanken geriet. Ihre Geduld und Zuverlässigkeit haben viel zur Entstehung dieses Buches beigetragen.

Ebenso zu Dank verpflichtet bin ich Susan Watt vom Verlag Michael Joseph für die Geduld, mit der sie sich meine Theorien anhörte, und die vielen Stunden, die sie mir opferte, um mir wichtige Hinweise für den Aufbau des Buches zu geben.

Am meisten Dank schulde ich meinem Mann Ken für seine Unterstützung, sein Interesse und sein Verständnis.

In der unermeßlichen Weite der Wüste Sinai gibt es einen Dattelpalmenhain, dessen höchste Palme aus einem menschlichen Schädel hervorgewachsen sein soll. Die Beduinen nennen ihn *Kabr Yehud* — das Grab des Juden.

TEIL I

Prolog

Die Wüste Sinai: November 1967

In einer geschützten Mulde neben einem Dattelpalmenhain lagerte eine kleine Gruppe umherziehender Beduinen. Von den Glutresten der Feuer, die die ganze Nacht vor den schwarzen Ziegenhaarzelten gebrannt hatten, stiegen im Licht des frühen Morgens flimmernde Hitzeringe auf. Am Rand der Senke, etwas oberhalb des Lagers, saß ein bärtiger Alter und spielte mit einer Kette aus Bernsteinperlen. Zwei Jungen, die auf dem Kamm der Anhöhe standen, begannen plötzlich zu rufen und liefen auf den alten Mann zu. Im Nu war er von Kindern umringt, die an seinem Ärmel zupften, in die Ferne deuteten und eifrig seine Aufmerksamkeit forderten. Der aus seinen Gedanken gerissene alte Mann beugte sich vor, stemmte die Füße in den Sand und stand auf. Mit zusammengekniffenen Augen blickte er über den Horizont. In der Richtung, in welche die Kinder wiesen, sah er die schwachen Lichter eines Scheinwerferpaars, das sich hüpfend und hin und her schwankend einen Weg durch das unebene Gelände suchte und auf einem Zickzackkurs näher kam.

»Rawi, Geschichtenerzähler, wer ist das?« fragten die Kinder. Die Fremden konnten Ägypter, Syrer, Jordanier sein. Nach einem Krieg war man vor niemandem sicher.

»Juden«, sagte der Geschichtenerzähler nach einer Pause.

»Ungläubige.«

Ein Jeep hielt wenige Schritte von ihnen entfernt an. Ein

Offizier der israelischen Armee sprang aus dem staubbedeckten Wagen, gefolgt von drei einfachen Soldaten mit Pickeln und Spaten. Er ging auf den alten Mann zu und grüßte ihn auf arabisch.

»Salam alaikum.« (Friede sei mit dir.)

»Alaikum wa salam.« (Friede auch mit dir.)

»Yak, la bas.« (Möge dich kein Unheil treffen.)

»La bas, hamdullah« (Kein Unheil, Dank sei Gott), antwortete der alte Mann, indem er die Augen zum Himmel hob.

Sobald der rituelle Höflichkeitsaustausch erledigt war, kehrte der Offizier dem alten Mann den Rücken und ging mit raschen Schritten auf die größte der Dattelpalmen in dem Hain zu.

»Das ist sie«, sagte er an seine Männer gewandt. »Grabt hier.«

Der Geschichtenerzähler setzte sich wieder und schaute zu — unergründlich und allwissend wie ein uralter Gott.

»Warum graben sie die Palme aus, Rawi«, flüsterte eines der Kinder, die aus Scheu vor den Ungläubigen ganz still geworden waren.

Der Geschichtenerzähler seufzte, neigte den Oberkörper ein wenig vor und richtete sich dann wieder auf. Ganz langsam glitt ein Lächeln über sein Gesicht; doch er schwieg und klapperte nur mit seiner Perlenkette. Die Kinder, die auf eine Geschichte warteten, rückten näher zusammen.

»Das ist das Kabr Yehud — das Grab des Juden«, sagte der alte Mann schließlich. Und dann begann er mit den traditionellen Worten, mit denen bei den Nomaden jeder Geschichtenerzähler beginnt: »Allah sei mein Zeuge und Allah sei Zeuge dessen, was ich sage. Es war einmal vor nicht zu langer Zeit, da spionierte ein Mädchen für die Briten. Es war schön wie die Tränen des Mondes . . .«

Kapitel I

Palästina: 1914

Über der Eisenbahnstation von Haifa hing müde die rotgoldene Fahne des Osmanischen Reichs. Der spärliche
Schatten einiger staubiger Palmen fiel auf die steinerne Fassade, und die Herbsthitze schien jedes Geräusch zu erstik-
ken. Ein Mann Ende Dreißig trat unter dem schmalen hölzernen Vordach hervor, hob schützend die Hand gegen die
unbarmherzig blendende Vormittagssonne und blickte angestrengt zum Horizont.

Auf dem Bahnsteig tummelte sich eine bunt durcheinan-
dergewürfelte Menge von einheimischen und fremden Reisenden, türkischen Beamten im Dienstanzug mit roter
Schärpe, Fez und umgeschnalltem Revolver, Karmeliterin-
nen in ihren bauschigen Trachten; ein oder zwei deutsche
Offiziere, die man in letzter Zeit öfter sah, jeder in blank geputzten, kniehohen Stiefeln und grauem Feldrock sowie
dem unvermeidlichen pomadisierten und nach oben
gezwirbelten Schnurrbart, den sie zu Ehren ihres Kaisers
trugen — und natürlich Araber. Am Fuß des Wasserturms
neckten ein paar Araberkinder eine Eidechse. Eine Araberin in einem schwarzen bestickten Gewand trug ein Tablett
mit Pitta-Brot auf dem Kopf, das sie mit einer hennarot ge-
färbten Hand stützte.

Aaron Levinson, dessen blaue Augen starr auf den Horizont gerichtet waren, stach deutlich von der übrigen Menge
ab — nicht allein wegen seines gut geschnittenen blauen
Sergeanzugs, sondern auch wegen der natürlichen Würde in

seiner Haltung, mit der er sich von der Lässigkeit der Araber ebenso unterschied wie von der Blasiertheit der zahllosen Beamten des bröckelnden Osmanenreichs. Levinson war Wissenschaftler und Landwirt, Einwanderer und Palästinenser – ein ungewöhnlicher und inzwischen reichlich ungeduldiger Mann. Er wandte sich an den Stationsvorsteher.

»Er hat Verspätung«, sagte er zu dem kleinen dicken Beamten, der sich im Schatten des Vordachs hielt. Der Stationsvorsteher zuckte die Achseln, zog eine große blecherne Taschenuhr hervor und las mit wichtiger Miene die Uhrzeit ab.

»Bis jetzt erst eine Stunde, Euer Ehren«, sagte er und schüttelte die Uhr, als wäre die Verspätung ihr Fehler und nicht der der Eisenbahn.

»Was vermutlich heißt, daß er noch gar nicht hier sein kann«, erwiderte Aaron mit einem müden Lächeln. Er wandte sich ab und beobachtete wieder die ferne flimmernde Linie, wo Sand und Himmel aufeinanderstießen. Ein dunkler Fleck tauchte am Horizont auf. Aaron beschattete seine Augen mit beiden Händen und hielt noch konzentrierter Ausschau, als wollte er die Ankunft des Zugs erzwingen. Der Fleck nahm Gestalt an. Es war der Zug.

Der Stationsvorsteher verließ den Schatten. Schnaufend marschierte er auf dem Bahnsteig hin und her, wandte sich gereizt hierhin und dorthin und erteilte einem untergebenen Bahnbeamten Befehle, der sich bemühte, wohl wissend, daß seinem Herrn Bequemlichkeit wichtiger war als Pflichterfüllung, einen schwarzen Schirm schützend zwischen die Sonne und das Haupt seines Vorgesetzten zu halten.

Aaron wandte sein Augenmerk wieder dem Horizont zu. Der Esel des Sultans, wie die Beduinen den Hedschas-Zug nannten, zuckelte gemächlich, eine dicke Rauchwolke hinter sich herziehend und auf dem schmalen, einspurigen Gleis heftig schlingernd, durch die sanft gewellten gelben

14

Dünen. Aaron gab ein zufriedenes Brummen von sich, nahm den breitkrempigen Panamahut ab und wischte sich mit dem Taschentuch die Schweißperlen von der Stirn. Die unbarmherzige Sonne Palästinas hatte sein dichtes Haar zu einem fahlen Goldton gebleicht und seine helle Haut gebräunt. Von den Nasenflügeln zogen sich zwei scharf eingekerbte Linien zu seinem kantigen, sauber rasierten Kinn — Züge, die die Entschlossenheit verrieten, der er seine heutige Position verdankte.

Aaron war kein einfacher Bauer. Er war der Gründer und Leiter der Jüdischen Forschungsanstalt für Landwirtschaft, einer einzigartigen Einrichtung nicht nur in Palästina, sondern im ganzen Osmanischen Reich.

Er zog sich den Hut tief in die Stirn, und ein Lächeln huschte über sein Gesicht. Wie lange war Daniel jetzt fort gewesen? Waren es tatsächlich vier Jahre? Sie kamen ihm vor wie ein Tag — und wie ein ganzes Leben.

In einem Abteil des Zugs saß Daniel Rosen. Still und mit halbgeschlossenen Augen beobachtete er im Spiegel der fleckigen Fensterscheibe die Frau, die ihm gegenübersaß. Sie war vermutlich Ende Dreißig, eine Blondine mit faszinierenden blauen Augen, die ihm seltsam vertraut vorkamen. Wahrscheinlich war sie die Frau eines deutschen Offiziers, dachte er, und auf dem Weg zu ihrem Mann. Sie las einen deutschsprachigen Roman — oder tat wenigstens so, denn hin und wieder blickte sie verstohlen zu ihm hinüber. Daniel wußte nur zu gut, was in ihrem Kopf vorging. Viele Frauen hatten ihn schon mit diesem neugierigen und leicht lasziven Blick angesehen, und normalerweise ging er unbefangen darauf ein. Vor ein paar Monaten hätte er vielleicht sogar eine Unterhaltung mit dieser Frau begonnen, ein heimliches Stelldichein arrangiert und das übrige dem Zufall überlassen. Aber inzwischen hatte sich einiges geändert. Er ignorierte sie, schloß die Augen und sank in einen unruhigen Halbschlaf.

Die Frau rutschte auf ihrem Platz hin und her, rückte ihren geranienroten Hut zurecht, doch seine Augen blieben geschlossen. Sie warf erneut einen Blick auf den Mann, der ihr gegenübersaß. Sie war, was Männer betraf, keineswegs unerfahren. Männer waren, wenn man so wollte, ihr Lebensunterhalt, und so fiel ihr Blick jedesmal, wenn sie eigentlich aus dem Fenster schauen wollte, auf ihn, statt auf die monotone Landschaft.

Sie war erst vor einer Stunde in dieses Abteil gestiegen, nachdem der Waggon, in dem sie gefahren war, wegen eines Achsschadens abgehängt werden mußte, und seit dem Moment, in dem sie sich hier zurückgelehnt und ihrem Gegenüber in die Augen geblickt hatte, haderte sie mit dem Schicksal, weil es den Achsschaden nicht schon früher geschickt hatte.

Seine Koffer waren aus Pappkarton; der Stoff seines Anzugs war bei genauerem Hinsehen billiger, als sie anfangs gedacht hatte. Aber er hatte nicht das Gesicht eines armen Mannes. Dank seiner geschlossenen Augen konnte sie ihn in Ruhe betrachten. Er mußte Ende Zwanzig sein, war groß und dunkel und hatte einen hageren Körper. Er sah ungewöhnlich gut aus, aber das war nicht alles. Sein Gesicht unter dem über die Augen gerutschten weißen Panamahut zeugte von einer unnachgiebigen Kraft und einer Männlichkeit, die ihn von anderen gutaussehenden Männern, die sie gekannt und bewundert hatte, unterschied. Ein schrilles Pfeifen riß sie aus ihren Betrachtungen. Sie fühlte, wie sie errötete und griff, wütend über sich selbst, nach ihrem Fächer.

Wie eine Katze öffnete Daniel Rosen die Augen und richtete sie auf die Frau. Das nagende Gefühl, daß ihm irgend etwas an ihr vertraut war, kehrte zurück. Und plötzlich fiel es ihm ein.

Er wandte den Kopf und blickte zum Fenster hinaus, ohne die vorbeiziehende Landschaft wirklich zu sehen. Die tiefblauen Augen, die ihn so eingehend betrachteten, waren genauso neugierig wie die von Aarons Schwester Sara. Seine Gedanken wanderten zu ihr zurück, nicht zum ersten Mal auf dieser langen Heimreise. Sie war die einzige Schwachstelle in der Rüstung, die er sich in den vergangenen vier Jahren in Frankreich zugelegt hatte.

Daniel war mit einem Stipendium des Baron de Rothschild nach Frankreich gegangen. In der schönen und fruchtbaren Landschaft Frankreichs hatte er oft an sein Heimatdorf Hadera gedacht und an die allgemeine Lage in Palästina. Er erinnerte sich an die Argumente seines Vaters, der für ein friedliches Leben unter der Herrschaft der Türken eingetreten war. Er hatte zwar nicht geleugnet, daß die Juden, wie alle anderen Minderheiten auch, von ihren moslemischen Herrschern schlecht behandelt wurden, meinte aber, daß ein Jude hier mit ein bißchen Beharrlichkeit und Bestechungsgeld soviel Land kaufen könne, wie er wollte, und ein gutes Leben führen könnte. Sein Vater war im unerschütterlichen Glauben daran gestorben.

Aber Daniel war bereits damals enttäuscht, denn die Einwanderung der Juden vollzog sich nur langsam, und das Land, das sie zu Wucherpreisen erwerben durften, war Sumpfland, das die im Ausland lebenden Grundbesitzer nur allzugern an die Neuankömmlinge verkauften. Daniel glaubte schon damals — und je mehr er las, um so überzeugter wurde er —, daß die Juden nur dann wieder einen jüdischen Staat errichten konnten, wenn der Herrschaft der Türken ein Ende bereitet würde.

Und das war nach Daniels Ansicht nur auf einem einzigen Weg zu erreichen: durch einen Guerillakrieg. Die Juden stellten im Osmanischen Reich eine winzige Minderheit dar. Ein Aufstand würde sofort niedergeschlagen. Die Türken, deren Geheimpolizei über ein engmaschiges Netz an Spitzeln, Informanten und kleinen Beamten verfügte, machten mit subversiven Elementen kurzen Prozeß. Öffentlicher Widerstand wäre gleichbedeutend mit Selbstmord. Daniel träumte davon, eines Tages einige der bereits bestehenden politischen Parteien und Gewerkschaften zu geheimen Zellen zusammenzuschließen, die im Untergrund gegen die Türken kämpften. Gleichzeitig war ihm durchaus bewußt, daß die meisten Juden nur friedlich leben wollten und sich nicht auf einen Kampf einlassen würden. Daniel mußte eine Möglichkeit finden, den Türken Palästina so zu verleiden, daß sie froh wären, es los zu sein. Der einzige wirkliche Feind des Löwen, dachte er, ist schließlich die Laus.

Seine politischen Ziele hatten ihn in Frankreich zur Zionistenbewegung geführt, doch er war hier sehr schnell angeeckt. Die meisten Führer waren noch nicht einmal besuchsweise in Palästina gewesen und hatten keine Vorstellung von den Problemen der Juden, die dort lebten. Sie redeten unaufhörlich über die Zukunft, hielten endlose Versammlungen ab und waren untereinander zerstritten. Daniel konnte ihr rechtschaffenes, tugendhaftes Gehabe nicht ertragen — das würde die Juden nicht von den Türken befreien. Er lechzte nach Taten.

Immer häufiger hatte sich Daniel dabei ertappt, daß seine Gedanken heimwärts wanderten. Er hielt die Hände unter das Licht und betrachtete die Schwielen, die noch von der Arbeit auf den Feldern in Palästina stammten. Er träumte am hellichten Tag davon, wie er mit Aaron in den Weinbergen von Zichron gearbeitet hatte, und stolz und neidvoll las er die Briefe, in denen Aaron von den Fortschritten des Versuchsprojekts in Atlit berichtete, mit dem er kurz nach Daniels Abreise begonnen hatte.

Dennoch konnte er sich nicht dazu überwinden, seine Koffer zu packen und nach Hause zu fahren. Er hatte das Gefühl, ihm sei ein bedeutenderes, heiligeres Schicksal bestimmt als der langsame und mühevolle Prozeß der Landgewinnung. Getreide und Wein waren kein Schutz gegen die unzähligen Gesetze, die nur dazu dienten, sein Volk zu knebeln, es in seiner Bewegungsfreiheit einzuschränken und zu entwaffnen. Die Landwirtschaft würde einem Land, das von den Türken in den materiellen und ideellen Bankrott getrieben wurde, nicht zu Mitgefühl in der Weltöffentlichkeit und zu Gerechtigkeit verhelfen, und sie würde auch nicht den Anspruch unterstützen, den die Juden auf ihre Heimat erhoben und der ihnen von Gott für alle Zeiten gegeben war.

Er war mit seinen Hoffnungen und Zielvorstellungen in Frankreich geblieben, hatte mit brennender Ungeduld die Tage gezählt, immer im Vertrauen darauf, daß seine ehrgeizigen Wünsche eines Tages Wirklichkeit würden.

Und noch ein Bild tauchte vor Daniel auf, wenn er an Palästina dachte — ein Bild, das ihm nicht ganz willkommen war und das doch nie verblaßte: Sara Levinson. Sie war so hübsch, so warmherzig und zärtlich, so vollkommen die Frau, die er sich immer erträumt hatte. In den seltsamsten Augenblicken erinnerte er sich an ihr Gesicht, und dann sah er sich in dem gemütlichen Wohnzimmer der Levinsons sitzen, und Sara saß am Klavier und spielte mit einer Hingabe, die bei einem so jungen Mädchen erstaunte. Er hatte sich immer ein wenig vor ihrer Schönheit gefürchtet, vor diesen strahlenden Augen, diesem goldglänzenden Haar. Doch wenn Sara spielte, ging eine ganz eigentümliche Veränderung mit ihr vor. Ihre Schönheit schien nicht mehr unberührbar, unerreichbar — sie war plötzlich irdisch und leidenschaftlich, und Daniel fühlte einen kleinen Stich, wenn er an diese Augenblicke dachte.

Er begehrte sie. Doch es wäre unverantwortlich gewesen, sie zu heiraten. Er konnte sich kein größeres Glück vorstellen — oder kein entsetzlicheres Schicksal. Aber er wollte nicht an sie denken — nicht jetzt, wo der Wind endlich aus einer anderen Richtung zu wehen begann und seine Stunde gekommen war.

Noch vor knapp einem Monat, dachte er mit wachsendem Staunen, waren seine politischen Energien und Hoffnungen auf einem absoluten Tiefstand gewesen. Er war nahezu am Ende, erschöpft vom Reden und Planen und wieder Reden. Doch jetzt war alles anders, und nur, weil ein Primaner, dem die Zugehörigkeit seines Landes zur k. u. k. Monarchie der Habsburger nicht paßte, den österreichischen Thronerben Erzherzog Franz Ferdinand erschossen hatte.

Das Attentat von Sarajewo würde letztlich zu einem Konflikt zwischen Deutschland und Rußland führen, und hier witterte Daniel eine Chance. Rußland war der traditionelle Feind der Türkei, und es war bestimmt keine weithergeholte Vermutung, daß die Deutschen alles tun würden, um die Türkei auf ihre Seite zu ziehen. Daniel war überzeugt, daß die Türken sehr bald in den Krieg hineingezogen würden. Bei dem Gedanken daran kribbelte ihm die Haut und sein Nackenhaar sträubte sich. Geradezu hellseherisch erkannte er: Dies war der Augenblick, auf den er gewartet hatte.

Er hatte auf der Stelle beschlossen, nach Palästina zurückzukehren. Er wollte alles in seiner Macht Stehende tun, um »den kranken Mann am Bosporus«, wie man die Türkei glossierte, dem Sterbebett näher zu bringen.

Daniel wandte das Gesicht wieder der Frau zu und lächelte. Ja, sie hatte ähnliche Augen wie Sara, aber er war nicht gewillt, sich dadurch irgendwie beeinflussen zu lassen. Ein Mann, der nichts fürchtet, ist bereit und imstande, alles zu tun. Wenn er sich mit Sara einließe, würde er bei Risiken zögern. Mit Entschlossenheit wollte er über seine Gefühle wachen, auch wenn es ihm schwerfiele. Er war bereit, alles für seine politischen Ziele zu tun — auch um den Preis einer Liebe.

Haifa konnte nicht mehr weit sein. Er konnte es kaum erwarten, wieder auf heimischem Boden zu stehen. Er sehnte sich nach seiner Mutter, seinen Freunden und freute sich auf die Arbeit in Aarons Forschungsstation. Plötzlich war er aufgeregt wie jeder Reisende, der sich dem Ziel seiner Reise nähert. Lächelnd und mit einer kleinen Verbeugung verließ er seine enttäuschte Bewunderin und bahnte sich einen Weg zur Plattform am Ende des Zugs. Mit unverhohlener Freude blickte er auf die öde Landschaft, durch die der Zug holperte. Sein beiger Leinenanzug flatterte im Fahrtwind. Er war zu Hause. Er schnupperte die Luft wie ein Hund, drehte das Gesicht in den Wind und atmete in tiefen gierigen Zügen. Dann riß er sich spontan den teuren Panama vom Kopf und warf ihn hoch in die Luft. Der Wind fing ihn auf, ließ ihn ein Weilchen tanzen und trudeln, bevor er ihn ein ganzes Stück hinter dem Zug in den Sand rollen ließ. Daniel lächelte.

Der Wolf war in den Wald zurückgekehrt.

Die Lokomotive bremste knirschend und stieß eine weiße Dampfwolke aus, die Waggons stießen der Reihe nach aneinander, und der Zug stand. Aaron versuchte, die Türen des Zugs im Auge zu behalten, aber das plötzliche Gewimmel von Gepäckträgern und Reisenden, Begrüßenden und Abschiednehmenden nahm ihm immer wieder die Sicht.

Daniel, der auf dem unteren Trittbrett des Zugs stand, sah den Freund zuerst. Er ließ Koffer und Reisetasche auf den Bahnsteig fallen und lief auf Aaron zu. »Aaron«, rief er. »Bei Gott, es tut gut, dich zu sehen.« Die beiden Männer umarmten sich, einen kurzen Moment überwältigt von ihren Gefühlen; dann sahen sie einander an.

»Willkommen daheim«, sagte Aaron und legte den Arm über die Schulter des Freundes.

»Es wird bald der einzige Ort sein, wo ich willkommen bin«, erwiderte Daniel. Sie lachten, und die Verlegenheit des ersten Wiedersehens war vorbei. Ein barfüßiger Araber brachte Daniels Gepäck und stellte sich stumm neben die beiden Männer. »Abdul?« Daniel bückte sich und blickte fragend in die kurzsichtigen Augen des alten Trägers.

»He, es ist Seine Gnaden, Mr. Daniel«, sagte Abdul und entblößte seinen zahnlosen Gaumen. »Friede sei mit Euch.«

»Friede sei auch mit dir«, antwortete Daniel automatisch, und dann fügte er leise lachend hinzu: »Wie ich sehe, sitzt dein Kopf noch da, wo er hingehört.«

»Allah sei Dank«, sagte Abdul und hievte sich den Koffer auf den Kopf.

Der alte Träger war so etwas wie eine Legende. Nachdem es bei der Eisenbahn kein funktionierendes Signalsystem gab, hatte der Bahnhofsvorsteher Abdul beauftragt, mit dem Kopf auf den Eisenbahnschienen zu schlafen und herannahende Züge zu melden. Bis jetzt hatte er noch keinen verschlafen.

Aaron führte sie durch die Menschenmenge zu einem freien Platz auf der Rückseite des Bahnhofs, wo Pferde und Wagen in der Sonne brieten.

Das einzige Auto war ein Ford, eine Tin Lizzy, schwarz lackiert und messingglänzend.

Aaron ging betont lässig auf das Auto zu. Daniel hob erstaunt die Brauen und pfiff durch die Zähne.

»Ist das deiner?«

»Er gehört der Forschungsstation«, sagte Aaron und tätschelte zärtlich die Motorhaube. »Es ist ein Geschenk von Tante Amerika und heißt Jezebel.«

»Hoffentlich macht er weniger Ärger als seine Namensschwester.«

»Steig ein, während ich anlasse. Wir werden ja sehen.«

Bei der dritten Kurbeldrehung sprang der Motor an, und ein triumphierender Aaron wies mit den Daumen nach oben. Er schob sich auf den Fahrersitz und legte den ersten Gang ein.

»Wir fahren direkt zum Haus. Dort können es ein paar junge Damen kaum erwarten, dich wiederzusehen.«

»Sara! Hilf mir mit meinen Haaren. Du kannst sie viel besser frisieren als ich.« Becky sah sich mit ihren hellgrünen Augen hilfesuchend nach ihrer älteren Schwester um. »Bitte!«

Rebecca war fast sechzehn; sie war hübsch anzusehen, wie sie dort vor dem Spiegel stand, den Kopf leicht zur Seite gedreht, und mit der linken Hand ihr dickes kupferfarbenes Haar nach oben hielt.

Sara, die auf dem Bett saß und ein blaues Band am Kopf eines breitkrempigen Strohhuts befestigte, stieß einen resignierten Seufzer aus. »Mein Gott, Becky — sie werden jeden Moment hier sein, und ich bin noch nicht einmal angezogen.« Aber sie legte den Hut beiseite, schüttelte ihren Leinenunterrock aus und ging zum Spiegel. Sie nahm die silberne Haarbürste aus Beckys Hand und begann, Beckys volles Haar zu einer Frisur aufzustecken.

Becky betrachtete interessiert ihr Spiegelbild.

»Oh, diese Nase! Wenn ich nur nicht diese Stupsnase hätte! Warum ist meine Nase nicht so gerade wie deine, Sara?« jammerte sie.

»Sei kein Gänschen«, sagte Sara gutmütig. »Du hast noch nie auch nur halb so hübsch ausgesehen. Und wenn du deine Nase als *nez retroussé* statt als Stupsnase bezeichnest, wird sie dir gleich besser gefallen.«

Becky war jedoch nicht überzeugt und betrachtete wehmütig ihre beiden Spiegelbilder. »Neben dir wird er mich nicht einmal bemerken«, sagte sie verzagt.

»Unsinn. Natürlich wird er dich bemerken.« Sara steckte die letzte Haarnadel in Beckys Frisur. »Fertig«, sagte sie und trat einen Schritt zurück, um einen letzten prüfenden Blick auf Beckys Erscheinung zu werfen.

Im Grunde sahen sich die Schwestern sehr ähnlich. Sie hatten beide kräftig ausgeprägte Backenknochen und das gleiche spitze Kinn. Auch ihr Teint war von derselben sahnigen Magnolienfarbe. Doch hier endeten die Gemeinsamkeiten. Becky hatte glattes kastanienbraunes Haar. Saras Haar dagegen war lockig und glänzte in einem satten Goldton, in dem da und dort aschblonde Strähnen aufblitzten. Ihre länglichen, leicht schräg stehenden Augen waren von einem wundervollen Blau und dicht umrahmt von dunklen Wimpern. Ihre schmalen Brauen wölbten sich makellos auf einer hohen klaren Stirn.

Sara war gerade zwanzig Jahre alt geworden, aber ihr hoher Wuchs und ihr sicheres Auftreten ließen sie älter erscheinen. Schon während ihrer Kindheit hatten sich die Menschen nach ihr umgedreht, und trotzdem ging Sara, der jede Eitelkeit fehlte, völlig unberührt von dem Eindruck, den ihre Schönheit machte, durchs Leben. Hin und wieder schaute sie in den Spiegel, um das »besondere Etwas« darin zu finden, aber es war ihr nie wirklich gelungen. Sie fand ihr Gesicht ganz hübsch und vollkommen normal und hatte keine Ahnung, wie attraktiv sie tatsächlich war.

Becky plapperte unentwegt.

»O Sara, ich bin ja so aufgeregt. Ich möchte unbedingt einen guten Eindruck machen. Sag — meinst du wirklich, daß ich in diesem Kleid nicht wie ein Schulmädchen aussehe?« Sie drehte und wendete sich vor dem Spiegel, um sich besser betrachten zu können. Sara warf einen Blick über die Schulter auf ihre Schwester. Sogar die aufgeweckte und äußerst selbstsichere Becky suchte den Zuspruch der großen Schwester. Manchmal sehnte sich Sara nach einem Tag ohne Verantwortung und Pflichten.

»Du siehst jung aus, wunderhübsch . . . und verführerisch«, fügte sie hinzu, weil sie genau wußte, wie sehr sie Becky damit entzücken würde.

»O wirklich?« sagte Becky, offensichtlich geschmeichelt.

Wenn doch Mama noch leben würde, um dich heute zu sehen, dachte Sara, und das Herz wurde ihr schwer. Miriam Levinson war vor drei Jahren ganz plötzlich an einem Herzanfall gestorben und hatte ihre große Familie erschüttert und wie betäubt zurückgelassen. Becky, das jüngste Kind, hatte sich mehr noch als alle anderen auf der Suche nach Liebe und Aufmerksamkeit, die einst so großzügig von der Mutter gespendet wurden, an ihre Schwester geklammert. Sara hatte diese Aufgabe übernommen und sich mit aller Kraft bemüht, ihr gerecht zu werden, aber oft fühlte sie sich überfordert. Manchmal erschien ihr Beckys Bedürfnis nach Liebe und Zuneigung wie ein Faß ohne Boden.

»Vielen Dank, liebe Schwester.« Becky stellte sich auf die Zehenspitzen und küßte Sara leicht auf die Wange.

»Becky!« Fatmas Stimme hallte durch den Flur wie ein Peitschenknall. Leicht verärgert wandte sich Becky zur Tür. Ihr Traumbild von Becky, der schönen Herzensbrecherin, verblaßte und zurück blieb ein Schulmädchen, das gehorchen mußte, wenn es gerufen wurde ...

»Ich gehe jetzt besser und helfe Fatma in der Küche — ich hab' es ihr versprochen.« Sie seufzte, und schon war sie draußen, und nur ein leichter Duft von Geißblatt und das Rascheln ihrer Röcke, als sie die Treppe hinablief, blieben von ihr zurück.

Sara sah sich im Zimmer um. Überall waren Kleidungsstücke verstreut, kleine bunte Stoffberge, auf dem Boden, dem Bett, dem Stuhl. Sie bückte sich automatisch, um einen Unterrock aufzuheben; dann besann sich sie lächelnd und setzte sich an den Toilettentisch. Sie bürstete ihre Locken und schlang sie zu einem Chignon. Aus einer silbernen Dose nahm sie die Schildpatthaarnadeln und befestigte damit den Haarknoten auf ihrem Kopf. Die Haarnadeln hatten ihrer Mutter gehört, und Sara dachte jedesmal an sie, wenn sie sie trug — an ihre Warmherzigkeit, ihren gesunden Menschenverstand und an ihren wundervollen Geruch, den Sara ihr Leben lang mit ihrer Kindheit verbinden würde.

Miriam war die zentrale Figur gewesen, die ihre temperamentvolle Familie zusammenhielt, und Sara fand es von Jahr zu Jahr schwieriger, in die Fußstapfen ihrer Mutter zu treten. Als älteste Tochter war ihr die alleinige Verantwortung für das Haus und die Familie zugefallen — eine schwere Bürde für jemand, der so jung war wie sie. Trotz Fatmas Hilfe und Treue, trotz gelegentlicher Hilfe aus dem nahe gelegenen Araberdorf und der ziemlich seltenen Hilfe von Becky fand Sara die Hausfrauenarbeit beschwerlich — all das Waschen und Bügeln, Kochen und Saubermachen, das kein Ende zu nehmen schien. Sara seufzte, als sie daran dachte. Sie war nicht aus dem gleichen Holz geschnitzt wie ihre Mutter, auch wenn sie sich noch so sehr wünschte, wie sie zu sein.

Sara war ein intelligentes Mädchen. Sie war immer gut in der Schule gewesen, und mit einer entsprechenden Ausbildung hätte sie die gleichen hervorragenden Leistungen bringen können wie ihr Bruder Aaron. Wie die Dinge lagen, wäre sie heute wesentlich glücklicher, wenn sie mit Aaron in der Forschungsstation hätte arbeiten dürfen oder wenn man auch ihr einmal erlaubte, ihn nach Amerika zu begleiten und nicht nur ihrem mittleren Bruder Alex. Sie wäre sogar schon glücklich gewesen, wenn sie zusammen mit ihrem jüngsten Bruder Sam die Arbeit im Weingarten und auf dem Bauernhof hätte tun dürfen.

Aber Sara konnte auch praktisch denken, und so wußte sie, daß sie im Haus gebraucht wurde und daß sie hier bleiben mußte. Sie beklagte sich nicht, aber manchmal träumte sie.

Heute würde es anders sein. Heute, nach vier Jahren, kam Daniel endlich nach Hause. Ihr Herz begann vor Freude heftig zu klopfen. Sie hatte Daniel Rosen geliebt seit ihrem vierzehnten Lebensjahr, seit sie ihn zum erstenmal in den Hof der Levinsons in Zichron reiten sah.

Obwohl das zwischen Hügeln gelegene Dorf eine Welt für sich war und von Haifa, der nächsten Stadt, zu Pferd gut zwei Stunden entfernt lag, kamen häufig Fremde vorbei, die Aaron sprechen wollten. Aufgrund seines großen Wissens auf landwirtschaftlichem, botanischem und geologischem Gebiet war er bereits in ganz Palästina bekannt und geachtet, und viele holten sich Rat bei ihm.

Aber Daniel war anders als alle Besucher, die Sara jemals gesehen hatte. Sie dachte erst, er sei nicht wirklich. Sie starrte ihn an und vergaß vor Staunen, den Mund zuzumachen. Er war zweifellos der bestaussehende Mann, den sie in ihrem Leben gesehen hatte.

Er zügelte sein Pferd und beugte sich zu ihr herab, wobei er sie einen Moment lang ungeniert betrachtete. Er hatte Bernsteinaugen, dachte sie, goldgelbe Bernsteinaugen, und fühlte ein seltsames Zittern in ihrem Innern.

»Es stimmt also doch«, hatte er gesagt, den Blick immer noch fest auf sie gerichtet. »Auf unserer Erde wohnen auch Engel.«

Sara, die wie angewurzelt dastand, war unerklärlicherweise errötet, und weil sie nicht den Eindruck eines dummen – oder noch schlimmer – unreifen Backfischs machen wollte, hatte sie scharf geantwortet: »Ich bin kein Engel. Ich bin Aaron Levinsons Schwester Sara.«

»Sara.« Nachdenklich hatte er ihren Namen wiederholt und dann gelacht – ein Lachen, das sie aus irgendeinem Grund beschämte.

»Nun, Sara«, meinte er dann offensichtlich recht gut gelaunt. »Geh und sag deinem Bruder Aaron, daß ihn Daniel Rosen gern sprechen würde.« Er lächelte, und die Fältchen um seine Augenwinkel ließen ihn endlich etwas weniger wie einen Gott erscheinen. Doch von diesem Augenblick an war er Saras Märchenprinz.

Später erfuhr sie, daß er erst zweiundzwanzig Jahre alt war und aus Hadera stammte, das einen Zwei-Stunden-Ritt weiter im Süden lag und die Zichron am nächsten gelegene Siedlung war. Seine Eltern stammten aus Rußland und gehörten wie die Levinsons zu den Mitbegründern ihrer Siedlung. Daniels Vater war vor kurzem an Malaria gestorben –

ein häufiges Schicksal der frühen Siedler —, und Daniel war zu Aaron gekommen, um bei ihm zu arbeiten, bis er sich für ein Stipendium bewerben und nach Frankreich gehen konnte.

Aaron war einer der ersten jungen Leute hier, die ein Rothschild-Stipendium für Grignon erhalten hatten. Daniel gefiel ihm auf Anhieb, und er gab ihm sofort eine Stellung. Schon nach wenigen Wochen gehörte Daniel nicht nur zu der kleinen Gruppe begeisterter Schüler, die mit Aaron arbeitete, sondern auch zur Familie.

Jeder, der Daniel kannte, liebte ihn, aber niemand liebte ihn mehr als Sara; und die nächsten Jahre vergingen für sie wie ein Traum. Sie sah Daniel fast jeden Tag, und je besser sie ihn kannte, desto mehr liebte und verehrte sie ihn. Er besaß diesen natürlichen Charme, der sie von Anfang an fasziniert hatte, aber auch eine Heißblütigkeit, die ihn oft leichtsinnig machte. Seine eigenen Interessen kümmerten ihn wenig; die Bedürfnisse seines Volkes waren für ihn das Wichtigste. Sara liebte ihn dafür, und die zahlreichen Nächte, die er im Gefängnis verbringen mußte, weil er die Saptiehs, die türkische Polizeipatrouille, beleidigt hatte, steigerten nur noch ihre Bewunderung. Die Macht der Saptiehs über die Bürger von Paläsuna war nahezu total; sie waren überall gefürchtet und verhaßt.

In ihrem kleinen Schlafzimmer oder in der Stille des Gartens träumte Sara stundenlang von Daniel und wie eines Tages ihre Zukunft mit ihm aussehen würde. Wie herrlich wäre es, mit ihm verheiratet zu sein, dachte sie. Sie würden abends beisammensitzen, einander vorlesen, sich bei den Händen nehmen und küssen. Sie stellte sich eine romantische Idylle vor in der völligen Gewißheit, daß sich ihr Traum erfüllen würde.

Sara war sexuell einigermaßen aufgeklärt. Eine große Familie und das Leben auf einem Bauernhof hatten das Ihre getan. Aber sie hatte keine genaue Vorstellung von dem, was wirklich geschah. Immer wieder schlich sie in Aarons kleines Studio, das er sich auf dem Hof gebaut hatte, und blätterte in den medizinischen Büchern, um Bilder oder Beschreibungen zu finden über das, was tatsächlich zwischen einem Mann und einer Frau passierte. Aber wo sie auch suchte, der Mechanismus des Liebesakts blieb ihr verborgen.

Weil sie es nicht wagte, ihre Mutter zu fragen, war Sara schließlich mit ihrer Frage zu Fatma gegangen. Die alte arabische Hausgehilfin war zwar nie verheiratet gewesen, aber das eine oder andere mußte sie doch wissen. Fatmas Auskünfte waren nicht sehr ermutigend. Laut Fatma war das ganze Ritual ein Alptraum. Abgesehen davon, daß es weh tat, bestand die Gefahr, daß man schwanger wurde oder, noch schlimmer, eine Krankheit bekam, bei der einem das Fleisch verfaulte. Es war alles sehr verwirrend und stand vor allem in einem krassen Gegensatz zu dem Vergnügen, das sie herauszuhören schien, wenn sie andere Frauen bei Gesprächen über dieses Thema belauschte. Aber Fatma hatte noch etwas gesagt, was sie am meisten beunruhigte. »Sobald sie ihren Willen mit einer Frau gehabt haben, verlieren sie das Interesse an ihr — die geilen Kater!« Wenn Daniel an mir kein Interesse mehr hat, will ich sterben, dachte Sara.

Aber war er an ihr interessiert? Sara war fest davon überzeugt. An manchen Abenden las er Becky und ihr Gedichte vor, und dann bat er Sara, etwas auf dem Klavier zu spielen. Sara stellte sich das Eheleben als die Fortsetzung dieser glücklichen Abende vor, nur ohne Becky. Manchmal, wenn sie ein besonders bewegendes Stück spielte, schaute Daniel sie auf eine Art an, die ihren ganzen Körper durchwärmte und ihr das Blut in die Wangen trieb. In diesen Augenblicken wußte sie intuitiv, daß er sie ebenso begehrte wie sie ihn. Aber die meiste Zeit schien er seine Gefühle streng zu beherrschen und Abstand von ihr zu halten. Nur einmal hatte ihn seine sorgfältig gehütete Beherrschung im Stich gelassen.

Daniel begleitete Aaron sehr häufig auf seinen Forschungsausflügen, und hin und wieder nahmen sie Sara mit. Diese Ausflüge mit den zwei Männern, die sie am meisten liebte, waren für sie der Gipfel des Glücks. Ein paar Wochen nach ihrem sechzehnten Geburtstag hatte sie die beiden nach Galiläa begleitet.

Während Aaron im Zelt die Ausbeute des Tages, Steine und Pflanzen, sortierte, saß sie mit Daniel draußen, und sie schauten der Sonne zu, die hinter den Golanhöhen verschwand. Der Himmel über ihnen war purpurrot, ein Stern nach dem anderen blinkte auf. Das Tal lag wie eine grüne Schlange vor ihnen, und in der Ferne glitzerte silbern der See Genezareth. Die Farben waren grell und doch so schön in ihrer Leuchtkraft, daß Sara wie berauscht war von dieser Pracht und ehrfürchtig schwieg.

»Ich fahre nächste Woche nach Frankreich«, hatte Daniel unvermittelt gesagt. Völlig benommen blickte Sara auf das abendliche Farbenspiel, das sich in eine Palette von Schwarz- und Grautönen auflöste. Sie wandte den Kopf und starrte ihn ungläubig an. Es war ihr im Lauf der letzten Jahre gelungen, das Stipendium, das ihn nach Grignon führen würde, zu verdrängen. Doch als sie die volle Bedeutung seiner Worte begriff, zuckte sie wie unter einem Schlag zusammen.

»Nein — nie. Ich will nicht, daß du gehst — nie«, platzte sie heraus. Sie sprang auf die Füße und starrte ihn mit funkelnden Augen an.

Daniel hatte sie überrascht angesehen und dann gelächelt. »Es ist nur für vier Jahre«, sagte er sanft.

»Aber das ist wie für immer!« hatte sie ausgerufen.

Lachend war Daniel aufgestanden. »Ja, und wenn ich zurückkomme, bist du eine alte Jungfer.«

»Ich wünschte, ich wünschte —«, begann Sara, aber aus einer plötzlichen Scheu heraus sprach sie nicht weiter.

»Was wünschst du dir, Sara?« Seine Stimme hatte tief und erregt geklungen, als er dort vor ihr stand. Sie hatte ihn angestarrt und gewußt, daß er jeden Moment diese wenigen Zentimeter, die sie voneinander trennten, null und nichtig machen würde. Er hatte die Arme ausgestreckt und sie fast grob an sich gezogen. Sie kam ihm unerwartet entgegen, und jeder suchte begierig den Mund des anderen. Das Gefühl, das Sara durchflutete, war so überwältigend, daß ihre Beine nachgaben.

So plötzlich, wie er sie an sich gezogen hatte, stieß er sie von sich. Eine peinliche Sekunde lang war nichts zu hören als Daniels Atem. Dann hatte er geseufzt. »Es tut mir leid . . . es tut mir leid . . . Ich weiß nicht, was in uns gefahren ist. Ich glaube, ich habe für einen Moment den Verstand verloren. Es ist unverzeihlich, was ich getan habe. Du . . . du bist ja noch ein Kind.«

»Du bist ja noch ein Kind.« Die Worte hallten in ihrem Kopf. Warum stürzte der Berg nicht in den See und begrub sie beide? Sie brachte kein Wort heraus, um ihm sagen zu können, was sie empfand; und so hatte sie ihn nur verständnislos angesehen, genickt und war, mit den Tränen kämpfend, zurück zum Zelt gerannt. Von diesem Zeitpunkt an bis zu dem Tag, an dem er nach Frankreich abreiste, hatte sich Daniel von ihr so fern wie möglich gehalten.

Kein einziger Tag in den nächsten vier Jahren war vergangen, an dem sie nicht von Daniel geträumt und seine Rückkehr herbeigesehnt hatte. Viele junge Männer hatten gefragt, ob sie Sara besuchen dürften. Ihr Vater und ihre Brüder hatten ihr zahlreiche mögliche Ehemänner vorgestellt, so daß sie sich bereits daran gewöhnt hatte, Körbe auszuteilen und zu verbergen, was sie im Innersten von all diesen Männern dachte. Sie hatte bis jetzt keinen anderen Mann getroffen, bei dem ihr Herz einen Sprung machte und bei dem ihr die Knie weich wurden, wenn sie in seine Augen blickte.

Wenn Daniel an Aaron schrieb, richtete er immer einige Zeilen an die ganze Familie, aber es gab nie einen besonderen Gruß an Sara, nie ein Wort mehr als das, was er auch einer Schwester geschrieben hätte. Sara war zu schüchtern gewesen, um selbst an ihn zu schreiben, und sie hatte sich allmählich gefragt, ob er sie vergessen hatte. Dann war vor drei Wochen die lang ersehnte Nachricht aus Frankreich eingetroffen, daß er nach Hause kam.

Saras Gefühle für Daniel hatten sich nicht verändert seit dem Tag, als sie ihn in den Hof reiten sah. Die Tatsache, daß Daniel nie zugegeben hatte, daß er sie liebte, verdoppelte den Wert des Preises. Während der vergangenen Wochen war sie unfähig gewesen, an etwas anderes zu denken als an den heutigen Tag — und jetzt war dieser Tag gekommen.

Sie stand auf — ihr ganzer Körper war gespannt vor Aufregung — und ging hinüber zum Bett, um ihr Kleid anzuziehen. Es hatte die gleiche tiefblaue Farbe wie ihre Augen, und sie hatte es noch am selben Tag zugeschnitten und angefangen zu nähen, an dem sie erfahren hatte, daß Daniel nach Palästina zurückkehren würde. Der Stoff, ein ganz leichter Musselin mit aufgestickten weißen Blümchen, stammte aus dem eifersüchtig gehüteten Schatz von Kleiderstoffen, die ihr Aaron als Geschenk aus Amerika mitgebracht hatte. Als sie das letzte Häkchen zumachte, sah sie sich im Spiegel, der an der gegenüberliegenden Wand hing, in voller Größe. Der einfache Schnitt des Kleides betonte ihre Figur, und der Stil des Mieders lenkte die Aufmerksamkeit auf ihre vollen Brüste. Sie betrachtete sich im Spiegel, und ein glückliches Lächeln erschien auf ihrem Gesicht. Als Daniel fortging, war sie ein schlaksiger Backfisch von sechzehn Jahren gewesen. Heute würde er eine Frau wiedersehen. Jetzt konnte er nicht mehr zu ihr sagen: »Du bist ja noch ein Kind.« Sie war eine Frau, und noch dazu eine, die wußte, was sie wollte.

Sie wollte Daniel Rosen, und sie würde alles in ihrer Macht Stehende tun, um ihn zu bekommen. Die nächsten Monate würden die wichtigste Zeit ihres Lebens sein — sie würde alles versuchen, um ihre Träume zu verwirklichen. Sie mußten einfach wahr werden. Bei dem Gedanken, daß vielleicht alles anders kommen könnte, verdüsterte sich ihre Miene. Sie hatte vier Jahre gewartet, und jetzt, im Alter von zwanzig, war sie nach den im Dorf geltenden Maßstäben zu alt, um noch länger ledig zu bleiben. Es wird wahr werden, sagte sie zu ihrem Spiegelbild, reckte sich und warf den Kopf zurück. Nichts und niemand würde sich ihren Plänen in den Weg stellen.

»Ich werde Daniel Rosen heiraten. Ich muß es einfach tun«, flüsterte sie. Schwungvoll nahm sie ihren Hut vom Fußende des Bettes, und mit funkelnden Augen und strahlend vor Glück, mit Entschlossenheit und dem ganzen Optimismus der Jugend verließ sie das Zimmer.

»Es bedurfte also eines drohenden Krieges, um dich zurückzubringen!« sagte Aaron, während er den Wagen über die von Schlaglöchern und Gesteinsbrocken übersäte Straße lenkte, die von Haifa nach Süden führte und die eine von den zwei Straßen im ganzen Land darstellte, die für Autos befahrbar waren.

»Nicht der Drohung — der Verheißung eines Krieges«, berichtigte ihn Daniel mit einem breiten Grinsen. »Ich befürchtete schon, ich würde monatelang in Konstantinopel festsitzen, aber, siehe da, es dauerte nicht einmal eine Woche, und ich hatte meinen Inlandspaß. Wenn das kein Rekord ist!«

Aaron nickte. Er kannte den zeitraubenden Umgang mit der Bürokratie des Osmanischen Reiches nur zu gut. Ohne den Teskeres, den Paß für das Inland, der seinem Besitzer erlaubte, sich in dem riesigen Reich frei zu bewegen, hatte ein Untertan (zumindest theoretisch) nicht einmal das Recht, sich von seinem Dorf ins Nachbardorf zu begeben.

»Und was erzählt man sich so in Konstantinopel?« fragte Aaron und warf einen Blick zu seinem Freund auf dem Beifahrersitz.

»Laß es mich mal so sagen«, begann Daniel. »Serbien wird gegen Österreich losschlagen, Deutschland gegen Frankreich, und dann wird England den Franzosen zu Hilfe kommen. Rußland wird sich natürlich wieder einmal auf die Türkei stürzen, und die Türkei . . .«

». . . wird sich Deutschland anschließen«, ergänzte Aaron. »Genau. Und wir werden für die Briten, Serben, Franzosen und Russen . . .«

». . . der Feind sein«, schlossen sie gemeinsam, und ihr Gelächter sprengte den Ernst ihrer Unterhaltung.

Aaron wandte seinen Blick kurz von der Straße ab und lächelte Daniel zu. »Vielleicht sollten wir uns auf eine britische Invasion vorbereiten.«

Mit einem häßlichen Knirschen schrammte das rechte Vorderrad einen Felsbrocken. Aaron bremste scharf und stieg fluchend aus, um sich das Rad und die Achse anzusehen. »Nichts passiert«, sagte er erleichtert. Er kurbelte den Motor an, stieg wieder ein und fuhr mit größerer Vorsicht weiter. »Sollten die Briten tatsächlich auf die Idee kommen, hier einzumarschieren, müßte ihnen jemand sagen, daß sie ihre Motorfahrzeuge vergessen können und besser auf Esel umsatteln.«

»Also, ich würde sie jedenfalls mit Blumen empfangen«, sagte Daniel, und dann fügte er plötzlich mit eindringlicher Stimme hinzu: »Der Krieg ist unsere einzige Hoffnung.«

Aaron schwieg einen Augenblick. »Und du meinst, die Engländer werden siegen?« fragte er, während er um einen mitten auf der Straße liegenden Felsbrocken herumfuhr.

»Ja«, antwortete Daniel. »Das Osmanische Reich ist

schwach und zu ausgedehnt. Wenn die Briten das Türken-
reich in Palästina angreifen würden, bräche die gesamte
Provinzstruktur des Reichs zusammen.«

»Du bist lange fort gewesen«, sagte Aaron nachdenklich.
»Die jüdische Gemeinde hier ist gespalten. Sie sind längst
nicht alle der Meinung, daß es schlecht für uns wäre, wenn
die Türkei für Deutschland Partei ergriffe. Du darfst nicht
vergessen, daß seit den Kishnev-Pogromen erst zehn Jahre
vergangen sind. Die russischen Siedler werden dem Zaren
nie verzeihen. Wenn die Türken zu dem Schluß kämen, daß
eine Verbindung mit Deutschland den Russen ernsthaft
schaden könnte, hätten viele Siedler keinerlei Gewissens-
bisse, dabei mitzumachen. Du kennst die Theorie — der
Feind meines Feindes ist mein Freund.« Er lachte, wurde
jedoch gleich wieder ernst. »Viele russische Siedler haben
bereits die türkische Staatsbürgerschaft angenommen und
bekennen sich stolz als loyale Türken, egal, auf wessen Seite
sich die Türkei stellt.«

»Gott der Allmächtige«, platzte Daniel heraus. »Müssen
wir denn immer unseren Feinden in die Hände spielen, nur
weil wir uns nicht einigen können? Hat sich denn nichts geändert?«

»Nun, du hast dich bestimmt nicht verändert.« Aaron
amüsierte sich, als unter dem neumodischen Anzug der alte
Daniel zum Vorschein kam. »Europa hat nichts getan, um
deinen Hitzkopf abzukühlen. Wir leben vielleicht nicht sehr
behaglich mit — oder, das gebe ich zu — unter den Türken,
aber vergiß nicht, daß wir wenigstens leben. Wenn die Türken mitmachen würden, hätten wir keine andere Wahl, als
an ihrer Seite zu kämpfen.«

»Ich persönlich würde die Türken lieber erwürgen als vor
ihnen zu salutieren«, erwiderte Daniel hitzig. Doch dann
wandte er abrupt den Kopf zur Seite, um aus dem holpern-
den Wagen auf das friedliche Ufer des Mittelmeers zu blikken. Die Geste zeigte an, daß das Thema für ihn erledigt

war, und Aaron kannte Daniel zu gut, um darauf zu bestehen. Er schaute Daniel voller Zuneigung an. In etwas ruhigerer Verfassung war Daniel ein liebenswerter Mann. Er war klug, witzig und furchtlos und von einer so gewinnenden Herzlichkeit, daß ihm jeder, der ihn einmal richtig kennengelernt hatte, die Treue hielt. Aber er stammte von Vorfahren ab, die stets mit hohem Einsatz gespielt hatten, und diese Eigenschaft konnte ihn zu einer Gefahr werden lassen, nicht nur für sich, sondern auch für jene, die er am meisten schützen wollte.

Die Landschaft, durch die sie fuhren, war eintönig und rauh. Am Straßenrand wuchsen Nesseln und Dornengestrüpp. Alles war ausgebleicht und dürr, als wäre alles Lebendige verdurstet und vertrocknet. Sie fuhren durch ein kleines Araberdorf, verfolgt von einer Schar barfüßiger, zerlumpter Kinder, die schrien und winkten. Aaron grüßte und winkte zurück. Links erhoben sich die braunen Umrisse des Karmelgebirges; rechts glänzte die Sonne weiß auf der glatten Oberfläche des Meers. In der drückenden Hitze wirkte das Meer wie flüssiges Blei. Nicht einmal das Wasser verhieß eine Wohltat.

»Siehst du!« rief Aaron plötzlich und riß Daniel aus seiner Träumerei. »Dort ist sie! Die jüdische Agrarforschungsstation!« Daniel kniff die Augen zusammen und blinzelte gegen die Sonne. Vor ihnen tauchte aus dem Ockerbraun der Landschaft ein erfrischend grüner Fleck auf. Allmählich erkannte er die Umrisse großer Palmen, die sich wie ein grünes Band über den Horizont erstreckten. Das Bild vor ihm schimmerte und kündete von Wasser und Kühle, als wäre es eine Fata Morgana. Er schaute Aaron ungläubig an, und Aaron lächelte ein langsames, träges Lächeln, das sein Triumphgefühl nicht verbarg.

»Alles, was wir dafür brauchten, war Ausdauer«, versicherte er seinem Freund. Und dann fügte er hinzu: »Ich hoffe, du erinnerst dich noch, was sie dir in Grignon beigebracht haben. Ich könnte deine Hilfe brauchen.« Vergnügt winkte er zu der grünen Oase hinüber. »Wir werden morgen hinfahren, und ich werde dir alles zeigen«, versprach er, während er nach links abbog, in die blauen Hügel von Ephraim. »Aber zunächst einmal darfst du dein Empfangskomitee nicht länger warten lassen.«

Sara schlich mit den Schuhen in der Hand durch die geflieste Diele und blieb kurz stehen, um ungesehen an der Küche vorbeizukommen, wo Fatma frisch gebackene Brotlaibe aus dem Ofen holte. Sie wußte aus Erfahrung, daß sich Fatma, sobald sie ihrer ansichtig würde, weder von Saras frisch frisiertem Haar noch von dem neuen Kleid abhalten ließe, sie in der Gluthitze der Küche an die Arbeit zu schicken.

Fatma war bei den Levinsons, seit Saras Eltern vor über dreißig Jahren aus Rumänien gekommen waren, und sie hing an der Familie mit Leib und Seele. Ihr Vater war ein Fellahin — ein Bauer, der für einen im Ausland lebenden arabischen Grundbesitzer das Land um Zichron bestellte. Als der Landbesitz an eine unbekannte Gruppe von Juden verkauft wurde, hatte Fatma mit einem Mut, den man von einem unverheirateten arabischen Mädchen von nur zwanzig Jahren nicht erwartet hätte, als erste den neuen Besitzern ihre Dienste angeboten. Es dauerte nicht lange, und sie war Miriam Levinsons rechte Hand und die einzige Person, die mit ihren ungebärdigen Kindern fertig wurde. Mit liebevollen, jedoch gebieterischen Blicken hatte sie über diese Kinder gewacht, wenn sie auf Bäume kletterten, ins Wasser fielen, stritten und spielten, und von keinem ließ sie sich Frechheiten gefallen.

Sara hörte, wie sich Fatma auf arabisch über den bösen Geist beklagte, der das Brot am Aufgehen gehindert hatte. Fatma vermutete überall einen Dschinn; sie war geradezu dschinnbesessen. Dschinns waren unter dem Bett, im Herd, in der guten Stube und in der Milchkammer. Sie ließen die

Milch gerinnen und den Wein sauer werden. Sie waren die Ursache einer jeden Kleinigkeit, die in Fatmas Leben danebenging. Im Hintergrund hörte Sara, wie Becky ganz automatisch ihr Mitgefühl für Fatma und das arme Brot kundtat.

Sara lächelte über das vertraute Bild und ging leise auf die hintere Veranda und von dort in den Hof. Alex und Sam trugen eine große bauchige Weinflasche zur Vorderseite des Hauses.

Alex, der ältere der beiden, sah sie zuerst. Er stellte die Flasche ab und krümmte seinen breiten braungebrannten Rücken zu einer spöttischen Verneigung.

»Euer Diener, Madame«, sagte er und zwinkerte mit seinen blauen Augen. Sara grinste zurück. Alex war auf seine Art unwiderstehlich. Sam stieß einen anerkennenden Pfiff aus, wobei er sich mit einer ziemlich schmutzigen Hand eine rotbraune Locke aus der Stirn strich. Er hätte Beckys Zwillingsbruder sein können, zumal er ein ähnlich ungestümes Wesen wie Becky hatte.

Abu, der arabische Kutscher, schlurfte auf den Hof und betrachtete Sara stumm. Meistens wußte niemand, was Abu dachte oder gern gesagt hätte, denn irgendwann in seinem rund sechzigjährigen Leben hatte man ihm die Zunge abgeschnitten zur Strafe für einen Gesetzesverstoß, doch diesmal waren seine Gedanken nicht schwer zu erraten. Ganz offensichtlich fand Sara auch seinen Beifall.

»Oh, hört auf damit! Ihr alle!« Saras Stimme klang streng, aber ihre Augen funkelten. Sie war sich nicht sicher, wieviel Unmut sie über soviel männliche Bewunderung äußern sollte. Sultan, der Hofhund, kam wedelnd aus der vergleichsweisen Kühle der Ställe. Er schloß die Augen vor der Sonne und ließ die Zunge aus dem Maul hängen. Sara wandte den drei grinsenden Männern den Rücken zu und ging, nicht ohne einen gewissen Stolz in ihren Schritten, zur Vorderseite des Hauses.

Das Levinsonsche Haus war eines der ältesten und größten Häuser in der Siedlung und auf merkwürdige Weise schön. Es war aus weichen, von Hand behauenen Steinen erbaut, hatte zwei Stockwerke und stand ein gutes Stück abseits der Straße auf einem Hügel. Die umliegenden Gärten zeugten von Aarons geschicktem Umgang mit Pflanzen. Trotz der herbstlichen Jahreszeit und einer erbarmungslosen Hitze blühten Blumen und Büsche in allen Farben, und die Luft war erfüllt von ihrem Duft. Unmittelbar an die Gärten grenzten ausgedehnte Oliven- und Mandelhaine. Durch die Hügellage hatte man von den Fenstern aus einen herrlichen Blick auf die gesamte Umgebung. Schon vor mehreren Jahren hatten die Levinsons um das ganze Haus herum eine breite schattenspendende Veranda gebaut. Sie erinnerte im Neuen Land an die alte Heimat Rumänien — und sie hatte den Vorteil, daß man hier auch während der heißesten Tageszeit einigermaßen kühl sitzen konnte. Heute hatten sich Daniels Freunde aus dem Dorf auf der Veranda eingefunden, wo sie gespannt auf seine Rückkehr warteten. Sara kannte sie alle, seit sie ein Kind war. Sie bildeten eine kleine, festgefügte Gruppe und arbeiteten alle für Aaron in der Agrarforschungsstation unten auf den Ebenen sowie in den gemeinschaftlich bewirtschafteten Weingärten in Zichron. Es war ein Leben voll harter Arbeit, aber auch ein friedliches Leben, solange die türkischen Behörden es ihnen nicht schwermachten.

Sara entdeckte Lev Salaman unter den Männern. Er war ungefähr gleich alt wie ihre Brüder, näher an dreißig als an zwanzig, und ein Schulkamerad von Sam und Alex. Sara fiel wieder einmal auf, wie adrett er sein dunkles Haar trug und wie ernst sein Gesichtsausdruck war, als er versuchte, ihren Vater in eine Unterhaltung zu ziehen. Lev war ein junger Mann, der seine Pflichten sehr ernst nahm, und Sara zu lieben gehörte auch dazu.

Abram Levinson schien seine Tochter kaum zu bemerken. Er warf ihr einen kurzen Blick zu, als sie die Veranda betrat, und hielt Lev sanft zurück, als dieser auf sie zueilen wollte. Dankbar registrierte Sara die Geste ihres Vaters und sein Einfühlungsvermögen. Alles, nur nicht Lev, und schon gar nicht jetzt. Abram klopfte seine Pfeife über einem Aschenbecher aus und wandte sich wieder an Lev, um das Gespräch fortzuführen. Abram Levinson gehörte zu den großen alten Männern des Dorfes. Er war einer der Gründer dieser Siedlung und für alle stets eine Quelle der Kraft. Er hatte trotz des nie verheilten Kummers über den plötzlichen Tod seiner Frau das ruhige und zufriedene Wesen eines Mannes, der ein aktives und nützliches Leben geführt hat.

Sara begrüßte die Gäste, hielt sich bei jedem einzelnen jedoch nur kurz auf, weil sie in keine längere Unterhaltung gezogen werden wollte. Ruth und Robby Woolf standen dicht beisammen, so beschäftigt miteinander und alles andere um sie herum vergessend, daß Sara sie für einen Augenblick heftig beneidete.

Ruth war ihre beste Freundin, seit sie in der Schule nebeneinander gesetzt wurden. Die anderen Kinder fanden Sara hochnäsig, aber das war sie nicht. Sie war nur von Natur aus zurückhaltend, was sie von den anderen unterschied. Ruth hatte das glücklicherweise instinktiv gespürt, und wenn sie miteinander zur Schule gingen oder heimkamen, »schnatterten sie wie die Elstern«. So jedenfalls hatte sich ihre Mutter ausgedrückt. Seit dem Tod der Mutter war Ruth Saras einzige Vertraute, und nur sie wußte, wieviel Hoffnung Sara mit Daniels Rückkehr verband. Sara fing einen Blick von Ruth auf. Die gemeinsame Verschwörung war wiederhergestellt.

Ruth war klein, nur wenig über einen Meter fünfzig, und neben ihrem Mann wirkte sie noch zierlicher, denn Robby war ein Muskelpaket von einem Meter fünfundachtzig. Er hatte ein ausgesprochen markantes Gesicht, eine große gebogene Nase und weit auseinanderstehende dunkle Augen, die hart wie Stein blickten — außer er richtete sie auf seine Frau.

Nur Manny Hirsch konnte Sara etwas länger aufhalten. Er teilte ihre gespannte Erwartung und Vorfreude, und Sara spürte die innige Verbindung, die zwischen ihnen bestand. Sie wußte, daß Manny Daniel vergötterte und daß er wegen seiner Rückkehr ebenso aufgeregt war wie sie; allerdings brauchte er im Gegensatz zu Sara seine Freude nicht vor seinen Freunden zu verstecken. Manny war klein und drahtig, der Inbegriff eines Energiebündels. Sara küßte ihn leicht auf die Stirn, und er drückte verständnisvoll ihren Arm. Dann stieg sie die Verandatreppe hinab und ging hinunter zur Einfahrt. Sie wollte Daniel als erste sehen. Sie war zu aufgeregt, um artige Konversation zu machen. Rasch warf sie einen Blick über die Schulter auf die von den zahlreichen Gästen bevölkerte Veranda. Es war ein schönes Bild — die Mädchen in ihren hellen Sommerkleidern, die Männer in blank geputzten Reitstiefeln, Breeches, weit geschnittenen weißen Hemden und die arabischen Keffiehs flott um den Hals geschlungen. Es war eine farbenprächtige Mischung aus Ost und West, die ihren eigenen Stil entwickelt hatte.

Sara setzte sich auf eine niedrige Terrassenmauer am unteren Ende der Auffahrt unter einen großen grünen Pfefferbaum. Durch halb geschlossene Augen spähte sie in die blendende Helligkeit nach einem ersten Anzeichen von Jezebel. Von ihrem Platz aus konnte sie viele Meilen weit schauen. Die Hauptstraße vor ihr war nichts weiter als ein trockener ausgefahrener Weg, der zu den Küstenebenen von Sharon hinabführte. Auf den umliegenden Berghängen ragten schroffe Felsen wie gewaltige Strebepfeiler in den Himmel, und zu ihren Füßen erstreckten sich endlose Weinberge, auf denen ein kräftiger roter Wein gedieh, der im ganzen Reich Berühmtheit erlangt hatte und in Paris sogar mit einer Goldmedaille ausgezeichnet worden war. Überall auf den Hügeln waren Terrassen angelegt, damit das kostbare Erdreich nicht in die unfruchtbare, von Salzsümpfen verseuchte Ebene gespült wurde, die sich wie eine Wunde bis hinunter ans Ufer des Meeres zog. Von ihrem Platz aus konnte Sara bis Atlit sehen, wo die Ruinen der alten Kreuzfahrerfeste die Bucht überragten. Rechts davon prangte Aarons Forschungsstation in stolzem Grün. Es war das schöne und friedliche Bild einer Landschaft, die von Wohlstand kündete – keinem großen Wohlstand, aber von solider Behaglichkeit und Wohlbefinden. Es war ein Land, das man lieben konnte, und Sara liebte es von ganzem Herzen.

Ihre Augen brannten von dem stechenden Sonnenlicht, und sie zog sich den Hut tiefer ins Gesicht. Sie müßten schon längst hier sein, dachte sie. Voller Ungeduld richtete sie den Blick wieder in die Ferne, und dann sah sie das kleine schwarze Automobil und hörte das angestrengte Tuckern seines Motors. Plötzlich fühlte sie sich befangen und unsicher. Was würde Daniel denken, wenn sie hier allein an der Einfahrt auf ihn wartete? Ihr ganzer Mut war mit einem Mal dahin, und mit beiden Händen ihre Röcke raffend, lief sie zurück zum Haus und in die sichere Nähe der Gäste.

Der kleine Wagen bog in den Weg, der zum Haus hinaufführte, fuhr schwungvoll auf den großen Hof und blieb ruckartig stehen. Daniel saß auf dem Vordersitz und blickte durch die verschmierte Windschutzscheibe auf das Bild, das sich ihm darbot.

Auf dem Rasen standen die Levinsons und alle seine alten Freunde aus Zichron und blickten ihm erwartungsvoll entgegen. Daniel stieg aus dem Wagen, doch selbst jetzt schien sich nichts zu bewegen. Er hatte das Gefühl, als stünde die Zeit still, als sei diese Szene ein Bild, das einer seiner Pariser Freunde gemalt hatte. Sie sahen alle so anders aus nach vier Jahren . . . und doch so vertraut. Für einen Augenblick fühlte sich Daniel so fehl am Platz wie ein Fremder bei einem Familientreffen.

Er sah, daß Sam etliche Zentimeter größer geworden war als sein älterer Bruder. Becky, das zwölfjährige Schulmädchen von einst, war jetzt eine hübsche junge Dame und hätte beinahe Sams Zwillingsschwester sein können, so ähnlich sahen sich die beiden. Beckys und Sams braunes Haar hatte den gleichen rötlichen Schimmer, und sie schauten ihm beide mit dem gleichen unverschämt belustigten Ausdruck in ihren graugrünen Augen entgegen.

Auch Alexander hatte sich verändert. Er hatte nicht mehr das glatte Jungengesicht, und mit seinem blonden Haar und dem geröteten Gesicht sah er seinem Bruder Aaron sehr ähnlich, auch wenn er noch nicht dessen Autorität ausstrahlte. Alex sah jetzt aus wie der Soldat, der er immer sein wollte.

Daniels Augen glitten suchend über die Szene. Wo war Sara? Im Hintergrund, abseits von den anderen, sah er etwas Blaues mit einem dicken blonden Haarschopf darüber. Das war sie. Und Daniel ergriff eine ungeheure Neugier zu erfahren, was die vergangenen vier Jahre aus ihr gemacht hatten.

Dann wurde die Stille, die scheinbar eine Ewigkeit, in Wirklichkeit jedoch nur ein oder zwei Sekunden gedauert hatte, von Sultan, dem Hofhund, unterbrochen, der den Neuankömmling plötzlich erkannt hatte und bellend über den Rasen gelaufen kam, um Daniel mit wilden Verrenkungen und begeistertem Schwanzwedeln zu begrüßen. Dann rannte Manny über den Rasen und schrie: »Der Junge ist wieder da! Der Junge ist wieder da!« Und plötzlich umringten sie ihn alle mit lautem Jubelgeschrei. Robby Woolf schüttelte ihm die Hand und Ruth küßte ihn auf die Wange. Lev Salamans finsteres Gesicht erhellte plötzlich ein Lächeln, und Sams Umarmung drückte Daniel fast die Luft ab. Vater Levinson, der ein wenig geschrumpft wirkte, aber anscheinend nichts von seiner inneren Kraft verloren hatte, lächelte ihm still entgegen. Alex klopfte ihm unaufhörlich auf den Rücken, und Becky klammerte sich an seinen Arm, als würde sie ihn nie wieder loslassen wollen.

»Ich bin so froh, daß du wieder da bist, Daniel. Du kannst dir nicht vorstellen, wie sehr du uns gefehlt hast«, rief sie begeistert. Und dann zog sie besorgt die Stirn kraus und fügte etwas nüchterner hinzu. »Jetzt wirst du doch bei uns bleiben, nicht wahr, Daniel?«

Daniel packte sie unter den Armen und schwenkte sie herum wie früher, als sie noch ein kleines Mädchen war. »Für immer und ewig, mein süßes Äffchen«, sagte er und lachte befreit, denn jetzt war der Bann gebrochen. »Für immer und ewig.« Und er wirbelte sie herum, und Becky kreischte, halb vor Entzücken und halb vor Entsetzen über den Zusammenbruch ihrer sorgfältig arrangierten Erscheinung als großes Mädchen.

»Mir ist ganz schwindlig«, stieß sie lachend hervor, als er sie wieder auf die Beine stellte.

Wie schön, wie wundervoll ist es, wieder daheim zu sein, dachte Daniel erleichtert. Die Müdigkeit, die während der vergangenen Monate auf ihm gelastet hatte, schien wie ein schwerer Mantel von ihm abzufallen, und er fragte sich, was ihn so lange von dem Land ferngehalten hatte, das so sehr ein Teil von ihm war.

Warum hatte ihn Sara nicht begrüßt?

Doch da stand sie schon vor ihm, schöner als er sie in Erinnerung hatte. Sie war keine Kindfrau mehr. Eine neue innere Haltung, ein neues Selbstvertrauen sprachen aus ihr. Bei ihrem Anblick überkam ihn wie schon damals ein nahezu ehrfürchtiges Gefühl. Er küßte sie scheu auf die Wange.

»Mein Gott«, sagte er. »Was für ein schönes erwachsenes Mädchen bist du geworden!«

Sara errötete und hoffte, es würde nicht jeder merken, daß ihr Herz überfloß vor Liebe zu ihm.

»Nun ja«, sagte sie leichthin, »du bist immerhin vier Jahre fort gewesen.«

Er lächelte und blickte glückstrahlend um sich. »Kannst du dir vorstellen, wie wundervoll es ist, wieder hier zu sein?«

»Kannst du dir vorstellen, wie wundervoll es ist, dich wieder hier zu haben?« fragte sie zurück und ergriff seinen Arm. »Komm«, sagte sie, »du willst dir bestimmt den Staub der langen Reise von den Füßen waschen.«

Manny drückte Daniel einen Becher Wein in die Hand. »Spül ihn erst mal aus der Kehle«, sagte er grinsend.

Abu holte Daniels Koffer aus dem Wagen, und Fatma, die in ihren Röcken umherflatternd wie eine große Krähe, abwechselnd geweint und gelacht hatte, nahm seine Reisetasche und ging allen voran ins Haus.

Daniel stand am Fenster seines alten Zimmers und blickte auf den Rasen vor dem Haus. Nach dem stürmischen Empfang, der ihm zuteil geworden war, brauchte er ein paar Augenblicke für sich allein, um sich zu sammeln. Von der Veranda drang das Stimmengewirr der Freunde herauf und bildete einen passenden Hintergrund für seine heimkehrenden Gedanken.

Er hatte rasch seinen Anzug abgelegt und die alten Reithosen angezogen, ein ausgebleichtes Hemd und die kniehohen braunen Stiefel — und schon fühlte er sich besser, körperlich kräftiger und stabiler. Es war, als hätte die Rückkehr in das Land, wo er geboren war, seinen Körper und seine Seele erfrischt.

Er trank einen Schluck aus dem Becher und genoß den Geschmack des Weins, der nur wenige Meilen von diesem Haus entfernt wuchs. Wie wenig hatte sich doch in den vier Jahren verändert. Das Haus roch wie ehedem nach Bienenwachs, und er konnte sogar noch Miriams Lavendelwasser riechen. Arme Mama Levinson. Wie sehr wünschte er sich, sie wäre noch hier. Fast schuldbewußt dachte er an seine eigene Mutter in Hadera. Zu ihr hätte er eigentlich zuerst gehen sollen, aber Aaron hatte ihm gesagt, daß ihn zwei seiner Cousins, Ben und Josh, morgen an der Forschungsstation abholen und nach Hadera begleiten würden.

Nicht nur die guten Dinge hatten sich nicht verändert, dachte er. Ein Alleinreisender war noch immer ein lockendes Ziel für die kriegerischen Beduinenstämme. Rauben und Stehlen galt bei ihnen als ehrbares Handwerk, und die frechsten Räuber und Diebe waren die größten Helden. Daniel hatte gehofft, sie hätten sich inzwischen in eine gewisse Ordnung gefügt, aber anscheinend war der Krieg zwischen den Beduinen und den friedlichen arabischen und jüdischen Bauern, die für die Beduinen nichts anderes als Feiglinge waren, so heftig im Gang wie eh und je. Daniel würde also in Begleitung nach Hadera reiten, dort ein paar Tage bleiben und dann wieder nach Zichron zurückkehren, um bei Aaron zu arbeiten.

Er nahm einen weiteren Schluck Wein. Ob wohl ein anderer verstehen würde, wie sehr er sich danach sehnte, wieder über das ausgedörrte Buschland zu reiten? Unter einer Sonne zu arbeiten, die so heftig niederbrannte, daß man glaubte, verdorren zu müssen, und sich dennoch nach der Arbeit wie geläutert fühlte? Es war diese saubere, reine Hitze, nach der er sich gesehnt hatte, die so rein und unverfälscht war wie seine Freunde dort unten im Garten. Er hatte viel gelernt in Paris und gute Freunde gefunden, aber keiner von ihnen besaß eine so erfrischende Einfachheit, keiner schenkte ihm soviel Vertrauen wie diese Menschen hier, die ihm viel bedeuteten.

Eine Welle der Freude durchflutete sein Herz, als er an all das Gute dachte, das ihm hier widerfahren war. Und dabei fängt jetzt alles erst richtig an, dachte er und leerte den Becher in einem Zug.

Beim Essen kam man unvermeidlich auf die Forschungsstation zu sprechen.

»Was hältst du davon?« wandte sich Daniel an Sara. »Aaron hat hier etwas ganz Erstaunliches geleistet. Du bist bestimmt sehr stolz auf deinen Bruder«, fuhr er fort und betrachtete sie mit seiner üblichen Direktheit. Sie hatte seine Art, sie anzusehen, nicht vergessen, und wie vor vier Jahren beschleunigte dieser Blick auch jetzt wieder ihren Pulsschlag. »Aaron liebt seine Arbeit«, antwortete sie und warf einen liebevollen Blick auf ihren Bruder, der sein Weinglas leerte. »Er verbringt so viel Zeit dort unten, daß ich manchmal denke, er müßte eigentlich auch schon Blattläuse haben.« Aaron, der zugehört hatte, lachte fröhlich.

»Dieses Land war unter den Juden ein Paradies und wurde zu Stein und Staub unter den Eroberern«, bemerkte Aaron halb im Spaß, aber Daniel nahm ihn wörtlich, und seine Stirn verdüsterte sich. Lev Salaman folgte seinem Gedankengang.

»Steine und Staub — genau das werden wir essen, wenn die Türken in den Krieg eintreten«, knurrte Lev laut genug für jeden, der es hören wollte.

»O nein! Nicht noch einmal Feigentee — das würde ich nicht ertragen!« meinte Ruth und steckte eine lose Haarsträhne in den dicken Knoten auf dem Kopf. Alle lachten, als sie sich an die schweren Zeiten in ihrer Kindheit erinnerten, als es wenig zu essen gab und schon gar keinen Luxus.

»Mach dir keine Sorgen«, sagte Robby und zog seine Frau an sich. »Die Türken haben alles zu verlieren und nichts zu gewinnen; nicht einmal Enver Pascha ist so dumm, sich auf einen Krieg einzulassen.«

»Ich würde Enver Paschas Machtstreben nicht unterschätzen«, warf Daniel ein. Enver Pascha, der osmanische

Kriegsminister, war einer der drei Männer, die seit dem Aufstand der Jungtürken vor fünf Jahren im Reich herrschten. »Unser charmanter Verfechter der Freiheit hat sich zu einem allmächtigen Militärdiktator gemausert«, fügte er verbittert hinzu.

Die Gesichter der Männer belebten sich und die der Frauen wurden lang, als sich die Unterhaltung dem Krieg zuwandte. Sara ergriff ihr Weinglas und ging hinüber in den Schatten des Eukalyptusbaums, wo Abu bunte Decken und Kissen ausgebreitet hatte. Sie hoffte, damit deutlich gemacht zu haben, daß sich die Frauen für dieses Thema nicht interessierten. Sie ließ sich gemütlich an einer Stelle nieder, von der aus sie die Männer sehen, aber nicht hören konnte.

»O Daniel, ehrlich? Meinst du das wirklich?« Es war Beckys Stimme. Mit leuchtenden Augen und heftig flirtend redete sie auf Daniel ein, den sie leidenschaftlich bewunderte.

Warte, bis er bei mir ist, dachte Sara wütend. Sie streckte sich auf der Decke aus und schob einen Arm unter den Kopf — ein Bild vollkommenster Ruhe. Als Daniel zu ihr herübergeschlendert kam, machte ihr Herz den gewohnten Satz.

»Das ist das wahre Leben«, sagte er und machte es sich neben ihr auf der Decke bequem. »Ich weiß gar nicht, warum ich so lange fortgeblieben bin.«

Sara stützte sich auf den Ellbogen und legte den Kopf in die Hand. »Erzähl mir etwas von Frankreich«, sagte sie. »Wie war es in Paris?«

Daniel lächelte. »Kalt, feucht und furchtbar langweilig.«

Sie zog eine Grimasse und lachte. »Du machst dich über mich lustig.«

Daniel nickte und lachte ebenfalls. »Selbstverständlich. Aber erzähl mir von dir — was hast du die ganze Zeit gemacht?«

»Das gleiche wie immer. Mich ums Haus gekümmert, die

Familie . . .« Sie zuckte die Achseln. Sie wollte nicht über sich sprechen. »Nichts Besonderes eigentlich.«

»Und du liest noch immer Romane?« fragte er lächelnd.

»Du nimmst mich schon wieder auf den Arm!« sagte sie vorwurfsvoll und schaute Daniel dabei so ernst an, daß er über sie lachen mußte.

»Immer noch dieselbe Sara!«

»Ja, immer noch dieselbe«, stimmte sie zu und neigte sich leicht zu ihm. Sie sehnte sich danach, ihn zu berühren, doch sie beherrschte sich und nahm nur einen Grashalm von seinem Hemd. »Erzähl mir doch von Paris«, bat sie. Sie wollte nicht, daß er aufhörte zu sprechen. Sie hätte seiner Stimme ewig zuhören können.

»Paris ist wundervoll — modern und sehr aufregend, weil ständig irgend etwas los ist. Aber ich war die meiste Zeit hungrig und pleite.« Daniel schilderte ihr sein Leben im Ausland, erzählte ihr von den Bildern, die er in den Ausstellungen gesehen hatte, von alten Meistern und von seinen jungen Freunden. »Ein Bild von Renoir hat mir besonders gefallen«, schloß er. »Es hat mich immer an dich erinnert.« Er schwieg und sah sie an.

Sara blieb fast das Herz stehen, als sie die Liebe in seinem Blick erkannte. »Ich bin froh, daß du manchmal an mich gedacht hast«, sagte sie leise. »Ich dachte allmählich schon, du würdest nie mehr zurückkommen.« Doch während sie sprach, schlich sich ein seltsamer Ausdruck in Daniels Augen. Sie wurden hart und kalt. Mit einer einzigen, völlig mühelosen Bewegung stand er auf. Der Zauber war gebrochen, und Sara blickte ein wenig verwirrt wegen seines plötzlichen Stimmungsumschwungs zu ihm hinauf.

»Nun, hier bin ich und hier werde ich bleiben«, sagte er leichthin, ohne recht zu wissen, was er sagte, und nur dem Impuls gehorchend, auf Distanz zu bleiben.

Becky kam und plapperte irgendwelchen Unsinn. Sara hätte sie umbringen können, doch Daniel war froh über die

Unterbrechung. Ich bin erst seit wenigen Stunden hier, und schon muß ich Opfer bringen, dachte er, halb stolz, halb sich selbst bemitleidend, während er zur Veranda zurückging.

Gedankenverloren blickte Sara der großen schlanken Gestalt nach. Sie würde sich etwas ausdenken müssen. Plötzlich saß Ruth neben ihr auf der Decke und erkundigte sich aufgeregt nach Daniel.

»Um die Wahrheit zu sagen«, meinte Sara, »er ist mir immer noch ein Rätsel — rätselhafter als das finsterste Afrika. Aber er hat gesagt, er hätte manchmal an mich gedacht«, fügte sie hinzu und lächelte Ruth glücklich an. »Und morgen werde ich mir einen Tag frei nehmen und mit ihnen zur Forschungsstation hinunterreiten. Ich habe das Gefühl, daß Daniel Rosen eine kleine Ermutigung braucht.«

»Einen kräftigen Schubs, wenn du mich fragst«, sagte Ruth, und beide Mädchen brachen in fröhliches Gelächter aus.

Kapitel II

Wach auf, Schlafmütze!« Sara streckte sich und öffnete schließlich die Augen. Ihre Schwester beugte sich über das Fußende des Bettes und zwickte sie in die Zehen. Eine Sekunde später war Sara hellwach.

»Wie spät ist es?« fragte sie, aufrecht im Bett sitzend. Sie hatte die halbe Nacht mit Daniel zusammengesessen, und sie hatten sich erzählt, was in den letzten vier Jahren alles geschehen war. Erst im Morgengrauen waren sie nach einem Gutenachtkuß auf die Wange jeder in sein Bett gegangen.

»Neun Uhr — Daniel und Aaron haben schon gefrühstückt und sind nach Atlit geritten.« Sara sprang aus dem Bett und lief ans Fenster. »War nur Spaß«, sagte Becky und beeilte sich, zur Tür zu kommen, bevor Sara sie erwischte. »Es ist sieben Uhr, und Daniel wartet in der Küche.« Sie schlug die Tür hinter sich zu.

Sieben Uhr! Sara konnte nicht glauben, daß sie so lange geschlafen hatte, auch wenn es gestern spät geworden war. Sie wusch sich und zog sich an, so schnell sie konnte, ohne jedoch den sorgfältig prüfenden Blick in den Spiegel zu vergessen.

Im Hof fand sie Abu und Daniel, die den Pferden die Gurte fester schnallten.

»Guten Morgen, Abu«, sagte sie. »Guten Morgen, Daniel.« Sie gab ihm einen schwesterlichen Klaps auf die Wange.

»Du siehst großartig aus«, sagte er bewundernd und führte ihre Araberstute zum Steigblock. Sara tätschelte Bellas Hals und stieg auf. »Danke«, sagte sie lächelnd. »Du siehst auch nicht übel aus.«

Und das war nicht geschmeichelt. Heute morgen, in der Kleidung der Einheimischen und von dem einen Tag in der Sonne schon etwas gebräunt, hatte er nur noch wenig Ähnlichkeit mit dem blassen Stadtmenschen, der gestern aus dem Auto gestiegen war.

»Wo ist Aaron?« fragte Sara.

»Er ist schon vor einer Stunde mit dem Auto losgefahren«, antwortete Daniel, und Sara hätte am liebsten laut gejubelt über dieses unerwartete Extraglück.

Daniel stieg auf die braune Stute, die ihm Aaron für den Ritt nach Hadera geliehen hatte, und dann machten sie sich gemeinsam auf den Weg zur Forschungsstation.

Noch nie hatte Sara die Landschaft so schön gefunden wie an diesem Morgen. Die Luft war ungewöhnlich frisch und klar; auf den Weinbergen war die Lese in vollem Gang.

Die Idylle war so vollkommen, daß sie beinahe unwirklich schien. Überall am Straßenrand standen große Körbe voll saftiger dunkelroter Trauben. Vorsichtig lenkten sie ihre Pferde daran vorbei.

Sie begegneten einigen Männern aus dem Dorf, die Daniel begrüßten und Sara anerkennend nachpfiffen. Sie senkte die Augen, damit Daniel nicht sah, daß sie sich darüber freute. Je eher er bemerkte, wie sie von Männern bewundert wurde, um so besser. Sie gab Bella die Sporen und ritt voran.

Eine Dreiviertelstunde später erreichten sie die Hauptstraße zwischen Haifa und Jaffa. Sara hatte absichtlich die etwas längere Route zur Forschungsstation gewählt.

»Ich weiß, es ist ein wenig albern. Aber ich wollte, daß du die Station beim ersten Mal durch den Haupteingang betrittst. Von hier aus sieht man sie am besten«, erklärte sie.

Als sie vor dem Haupttor ankamen, las Daniel laut, was auf dem großen Schild stand: »Jüdische Agrarforschungsstation. Leiter: Aaron Levinson.«

»So ist es!« Sie lenkte Bella auf die lange geteerte Auffahrtsallee, die auf beiden Seiten von hohen schlanken Washingtonpalmen gesäumt war. »Und halte deinen Paß bereit — wir betreten jetzt Amerika!« Sie lachten beide.

Vor Jahren, als Sultan Abd ül-Hamid noch regierte, hatte man ihn gezwungen, ein Gesetz zu erlassen, nach dem alles Eigentum beziehungsweise alle Staatsangehörigen eines anderen Landes der Rechtsprechung ihrer eigenen Regierung unterstellt blieben, und zwar auf unbestimmte Zeit. Als die Jungtürken den Sultan entmachteten, hoben sie das Gesetz nicht auf, und so blieb die von amerikanischen Juden finanzierte Forschungsstation so amerikanisch wie Manhattan und vom osmanischen Gesetz so unantastbar wie Philadelphia.

Als sie die Kuppe eines kleinen Hügels erreichten, lagen vor ihnen ein zweistöckiges Gebäude und nicht weit davon entfernt eine Windmühle, Scheunen und Stallungen. Rings um die Gebäude erstreckten sich ausgedehnte Weizen- und Maisfelder, Obstgärten, Nußbaumgärten und sogar Baumwollfelder. Daniel hielt am Rand eines Weizenfelds an.

»*Triticum hermonis*«, sagte er und wandte sich lächelnd an Sara. Sie lächelte stolz.

»Das ist Aarons Baby«, sagte sie. Der wilde Emmerweizen war Aarons Entdeckung. Jahrelang hatte man weltweit nach diesem Weizen in seiner alten Form geforscht. Die Getreidearten, die seit den Anfängen der Zivilisation kultiviert wurden, waren degeneriert. Sie waren klimaempfindlich geworden und anfällig für Krankheiten. Wenn man den ursprünglichen Weizen fände und mit einer modernen Züchtung kreuzte, so hoffte man, bekäme man eine widerstandsfähigere Weizensorte. Vor sieben Jahren hatte Aaron an den Hängen des Hermongebirges den alten Weizen entdeckt; er war durch ihn weltberühmt geworden.

Sara und Daniel ritten zu den Ställen, wo sie abstiegen und ihre Pferde einem Burschen übergaben.

»Aarons Arbeitszimmer ist im oberen Stock. Und er wird irgendwo hinter einem Berg von Papieren sitzen«, sagte Sara und ließ sich zu einem ausführlichen Schwatz mit Frieda, der ungarischen Köchin, nieder.

Aarons Büro war ein organisiertes Chaos. Es nahm die Hälfte des oberen Stockwerks ein, und zwei der vier Wände waren bis unter die Decke vollgestellt mit Büchern. Durch das offene Fenster wehte der frische Geruch von den Getreidefeldern und vom Meer herein.

Aaron saß an seinem Schreibtisch, fast völlig verdeckt hinter wissenschaftlichen Broschüren und landwirtschaftlichen Fachzeitschriften, die sich auf Tischen und Stühlen stapelten. Sie waren in Hebräisch, Arabisch, Deutsch, Englisch, Französisch und Türkisch abgefaßt (Sprachen, die alle Levinsons fließend beherrschten) und wurden Aaron von den Universitäten aus aller Welt zugeschickt. Im Gegensatz zu der Unordnung im Raum herrschte auf Aarons Schreibtisch peinliche Ordnung.

Aaron sprang auf, als Daniel das Arbeitszimmer betrat.

»Bist du bereit für eine Führung durch das einzigartigste Unternehmen in der gesamten Geschichte der palästinensischen Landwirtschaft?« fragte er Daniel mit einem strahlenden Lächeln.

Daniel lachte. »Geh voran, großer Meister.«

»Gut. Wir fangen in den Labors an. Sie müßten deine Agronomenseele beflügeln«, sagte Aaron, während er Daniel aus dem Arbeitszimmer geleitete. Mit dem glücklichen Gefühl, daß ihre Freundschaft die vergangenen vier Jahre ungebrochen überlebt hatte, gingen die beiden Männer in die Versuchsräume, wo sie sich sofort eingehend über Treibhauspflanzen unterhielten.

Daniel stand mit dem Rücken zum Steinhaus am Hang eines kleinen Hügels und blickte über die fruchtbaren Felder, die Aaron auf diesem dürren Land angelegt hatte. Er stand noch ganz unter dem Eindruck der Tour durch die Forschungsstation und brauchte eine Pause, einen Blick hinaus auf das blaue Mittelmeer, um seine wirbelnden Gedanken zu sammeln.

Diese Forschungsstation war einzigartig im ganzen Nahen Osten. Daniel war zwar durch die Briefe, die er bekommen hatte, über die Entwicklungen auf der Station auf dem laufenden, aber was Aaron tatsächlich geleistet hatte, konnte er erst jetzt, nachdem er alles gesehen hatte, richtig würdigen. Erst jetzt begriff er, welche Bedeutung Aarons Arbeit für die wirtschaftliche Entwicklung Palästinas haben würde. In nur vier Jahren hatten Aaron und sein Team fünf verschiedene Arten von Weizen und Gerste gezüchtet, die sich als außerordentlich widerstandsfähig gegen die Krankheiten erwiesen, die bis jetzt die Getreidesorten in Palästina befallen hatten. Eine Sorte war besonders glutenhaltig und daher zur Herstellung von Teigwaren geeignet — »und du weißt doch, wie sehr wir Juden unsere Lockshen lieben«, hatte Aaron gesagt und gezwinkert.

Neben seiner Arbeit an den Getreidesorten war es Aaron gelungen, eine Tafeltraube zu akklimatisieren, die drei Wochen eher reif war als alle Traubensorten, die in Zypern oder den anderen Nachbarländern angebaut wurden. Diese drei Wochen bedeuteten, daß es Palästina in diesem Jahr gelungen war, das wertvolle ägyptische Absatzgebiet für Trauben für sich zu erobern und dadurch einen eindrucksvollen wirtschaftlichen Gewinn zu erzielen.

Die Trauben, der Weizen und eine ganze Menge mehr waren auf einem nur vierzig Hektar großen Stück Land gediehen, das bisher als unfruchtbar gegolten hatte. Aaron, »eigensinnig wie immer«, wie seine Geschwister behaupteten, hatte gerade dieses Land gewählt, um zu beweisen, daß es keine sogenannten »erschöpften Böden« gab. Seine arabischen Arbeiter, von denen die meisten schon seit Jahren für ihn gearbeitet hatten, waren überzeugt, der »Scheitan« (der Teufel — es war ihr Lieblingsspitzname für ihn) sei völlig übergeschnappt. Allah müsse Schafspisse in sein Hirn gemischt haben. Aber sie hatten sich unter der Leitung von Aaron und einigen seiner ergebenen Schüler willig auf den Sanddünen und in den Malariasümpfen an die Arbeit gemacht — und es hatte funktioniert. Dieser Aaron Levinson war in der Tat ein Teufel. Wo Daniel stand, war er auf allen Seiten von einem so grünen und fruchtbaren Areal umgeben, daß man glauben konnte, dies sei einst der Garten Eden gewesen, auf keinen Fall aber eine öde Wüste oder ein verseuchter Sumpf. Und es war nicht entstanden mit Hilfe von Kunstdüngern und mit in Tankwagen herbeigeschafftem Wasser, sondern durch trockene Anbautechniken — ein Geheimnis, wie Aaron behauptete, das bis jetzt nur die biblischen Pflanzer in dieser Region gekannt hatten. Seine Freunde im amerikanischen Landwirtschaftsministerium und die Mitglieder der Komitees, die Aarons Arbeit förderten, waren von den Ergebnissen begeistert.

Die Förderung durch die Amerikaner war keineswegs völlig uneigennützig, denn wenn Aarons Experimente erfolgreich waren, kämen sie auch den Amerikanern zugute. Die Anbautechniken, mit denen Aaron aus Palästina ein fruchtbares Land machte, könnten auch in den riesigen Wüstenregionen Amerikas angewendet werden.

Was könnten wir nicht alles tun, wenn Palästina unser Land wäre, dachte Daniel erregt. Es war ein reiches Land — das hatte Aaron bewiesen —, aber es wurde von schwachen und ungebildeten Menschen regiert, die seinen Reichtum aus Dummheit und Habsucht vergeudeten. Sie mußten sich von den Türken befreien.

Schließlich wandte er sich Aaron zu und sagte grinsend: »Aber das hier, Aaron« — und er wies mit der Hand auf die blaue Weite des Meeres —, »das kannst nicht einmal du fruchtbar machen.«

»Darauf würde ich keine Wette abschließen«, entgegnete Aaron vergnügt, und dann schlenderten sie im Schatten von Apfel- und Feigenbäumen zurück.

Als sie bei den Gewächshäusern um die Ecke bogen, sahen sie plötzlich Sara im milchiggrünen Schatten einer großen Pinie stehen. Zu ihren Füßen waren Decken und Kissen ausgebreitet und ein weißes Tuch mit verlockend aussehenden Körben und Krügen. Sie winkte ihnen zu.

»Sieht so aus, als wären wir zu einem Picknick eingeladen«, sagte Aaron. »Aber ich fürchte, ich muß dich allein lassen — ich muß während des Mittagessens ein paar Dinge mit meinen Leuten besprechen.«

Sara sah, daß Aaron sich von Daniel verabschiedete, und sie war entzückt, daß ihr Plan aufgegangen war. Sie hatte, obwohl sie damit rechnete, daß Aaron mit seinen Männern essen wollte, ein Picknick für drei vorbereitet und sorgfältig für drei Personen gedeckt.

Unschuldig lächelnd ging sie Daniel entgegen.

»Wo will Aaron denn hin?« fragte sie Daniel, während sie ihn in den Schatten der Pinie führte und sich dort auf die Decke kniete. »Ich habe dieses Picknick eigens für uns vorbereitet«, schmollte sie. »Findest du es hier draußen nicht auch viel hübscher als drinnen?«

»Ja, viel hübscher«, stimmte er zu, aber er sah sie scharf an. Er hatte den Verdacht, daß sie das Picknick nur arrangiert hatte, um mit ihm allein zu sein.

Er räusperte sich und trat unruhig von einem Fuß auf den anderen. »Hast du Ben und Josh schon gesehen?« Das waren die Shushan-Cousins, die ihn nach Hadera begleiten sollten, und Sara hörte erstaunt einen ängstlichen Ton in seiner Stimme.

»Nein.« Sara blickte zu ihm hinauf und fragte sich, was um alles in der Welt ihn so nervös machte. »Aber ich würde mir keine Sorgen machen — es ist noch früh. Und vergiß nicht, wir haben Erntezeit. Wie lange willst du noch so herumstehen? Komm, setz dich.«

Er ließ sich ihr gegenüber nieder und schlang die Arme um die angezogenen Knie. »Ich bin nach der Besichtigung der Station noch wie benommen. Um die Wahrheit zu sagen — ich hätte nie gedacht, daß sie so, nun, so großartig werden würde.«

Sara lachte, und ihr Gesicht glühte vor Stolz. »Ich glaube, keiner von uns hat das gedacht — bis auf Aaron natürlich. Alles, was er in die Hand nimmt, wird mindestens großartig.« Sie schenkte den Wein ein und hob ihren Becher. »Auf den Wein«, sagte sie, und sie stießen miteinander an. Dann öffnete Sara die Körbe und trug ihr kleines Festmahl auf.

»Alle meine Lieblingsspeisen«, sagte Daniel, während Sara eine Schüssel mit Kichererbsen und Tehrina in Olivenöl auf das Tischtuch stellte und ihm ein Pitta-Brot reichte, das noch warm vom Ofen war.

»Wir können genausogut stippen«, sagte sie und tunkte ein Stück Brot in die dicke Kichererbsenmischung.

Sie sah ihn an. Er hatte sie die ganze Zeit beobachtet. Für einen kurzen Moment trafen sich ihre Augen, und dann sah sie wie durch einen optischen Trick durch ihn hindurch. Er ist dabei, sich in mich zu verlieben, dachte sie, und er wehrt sich dagegen. Der Gedanke kam so überraschend und plötzlich, daß sie ihn sofort beiseite schob.

Sie redeten nicht viel, während sie aßen. Nach dem langen Ritt waren sie beide hungrig, und Sara hatte nicht einmal gefrühstückt. Aber ihr Schweigen war keineswegs unbehaglich. Sie saßen beisammen wie alte Freunde, angenehm im Schatten des Baumes, und beide fühlten sich wohl. Daniel beobachtete Sara heimlich, während sie aß. Das Sonnenlicht fiel durch die Zweige, und Schattensprengsel tanzten über ihr Gesicht und ihren Hals. Zum erstenmal in seinem Leben hatte Daniel den absurden Wunsch, malen zu können wie seine Freunde in Paris, um dieses Bild für immer festzuhalten.

Sara fühlte, daß Daniel sie beobachtete. Und während sie vorsichtig in eine saftige Aprikose biß, überlegte sie, wohin sie gehen könnten, um weniger in aller Öffentlichkeit zu sein. Sie sah sich um. Unter einer anderen Pinie stützte sich ein Araber auf seinen Spaten — warum war er nicht beim Essen wie die anderen? Sara hatte das Gefühl, als hätten sich alle gegen ihren Plan verschworen.

Daniel plauderte über seinen Rundgang mit Aaron, aber Sara hörte nicht zu. Plötzlich stand sie auf und lief zu den Ställen. Daniel blickte ihr verwundert nach, doch als er sie lachen hörte, sprang er auf und war im nächsten Augenblick neben ihr.

Bella graste unter den herabhängenden Zweigen eines Eukalyptusbaums. Sara streichelte ihren kräftigen Hals und gab ihr ein Stück Zucker, das sie in einer ihrer Taschen fand. Dann schwang sie sich mühelos auf die ungesattelte Stute.

»Wer als erster bei der Festung ist«, rief sie und galoppierte die Palmenallee entlang, die zum Strand führte.

»Nach dieser üppigen Mahlzeit?« protestierte Daniel, aber er hatte nicht die Absicht, die Herausforderung nicht anzunehmen. Nicht weniger behende als sie sprang er auf Aarons braunen Wallach und ritt ihr nach. Reiten war für Sara eines der größten Vergnügen. Sie ritt schnell und furchtlos.

Daniel war bereits dicht hinter ihr, als sie die Küstenstraße überquerten, und dann ließen sie den Pferden freien Lauf. Die Stute, ohnehin ein schnelles Pferd und nach der Ruhepause wieder völlig frisch, galoppierte leichtfüßig über den Sand. Saras Haar hatte sich gelöst; es flatterte im Wind und einzelne Strähnen schlugen ihr ins Gesicht. Vor ihnen ragten, kantig und abweisend vor dem Halbrund der Bucht, die Ruinen der Festung von Atlit empor. Sara erreichte sie als erste. Sie sprang vom Pferd und lief in den schattigen Innenhof, wo sie sich in eine Nische stellte.

Daniel folgte wenige Augenblicke später, aber er blieb unter dem Bogengang stehen, um seine Augen an das plötzliche Dunkel zu gewöhnen. Sara spähte aus ihrem Versteck hervor, um zu sehen, was er tat. Ihr Herz klopfte laut, nicht nur von dem schnellen Ritt. Daniel bewegte sich langsam voran. Er vermutete eine Falle, aber er hatte keine Ahnung, welche Form diese Falle annehmen würde. Plötzlich, wie ein Wirbelwind, lag Sara in seinen Armen, und das Lachen, das tief aus ihrer Kehle drang, klang wie ein heiseres, atemloses Geräusch. Sie sah so wunderschön aus in diesem gedämpften Licht, daß er glaubte, sein Herz würde zerspringen.

»Du Hexe«, sagte er leise, und einen Augenblick lang standen sie voreinander und starrten sich an. Dann glitt Sara auf ihn zu. Sie schloß die Augen, Daniels Arme schlossen sich um ihre Taille, und er zog sie an sich. Sie bog den Kopf zurück, um seinen Mund zu finden und umarmte ihn. Daniels letzter Widerstand brach zusammen. Er war genauso verloren wie sie, als sich ihr Mund öffnete, um seinen Kuß zu empfangen. Es dauerte eine Weile, bis er sie losließ. Als sie die Augen öffnete, blickte sie in ein leicht überraschtes Gesicht.

Sie wünschte, er würde etwas sagen — zum Beispiel, daß er sie liebte. Sie sah ihn an und wartete, und allmählich fühlte sie sich seiner nicht mehr so sicher. Daniels Gesicht war dicht vor ihr, aber er sah sie an, als hätte er sie nie geküßt. Nach einer scheinbaren Ewigkeit küßte er sie leicht auf die Wange.

»Ben und Josh warten bestimmt schon auf mich. Wir wollen noch vor der Dunkelheit in Hadera sein.« Sie schauten einander noch einen Augenblick lang an; dann ging Daniel vor ihr hinaus in den Sonnenschein.

Schweigend ritten sie zur Station zurück. Sara fühlte sich verwirrt und irgendwie betrogen — um was, hätte sie nicht genau sagen können.

Als sie sich dem Hof näherten, verkündeten Goliaths Gebell und das Stimmengewirr der Leute, daß Ben und Josh kurz vor ihnen angekommen sein mußten. Daniel trieb sein Pferd an. Als es mit klappernden Hufen in den gepflasterten Hof einbog, erkannte Daniel an den erregten Gesichtern der Männer, daß etwas Wichtiges geschehen war. Es ist Krieg, dachte er, und der Gedanke verschlug ihm den Atem. Krieg!

»Da bist du ja endlich«, rief Ben und rannte auf Daniel zu. »Wo zum Teufel bist du gewesen?«

Daniel überhörte die Frage. Er sprang vom Pferd.

»Was ist passiert?« Fragend blickte er in die Gesichter ringsum.

»Deutschland hat Rußland den Krieg erklärt!«

»Wann?«

»Gestern.«

»Und die Türkei?«

»Generalmobilmachung.«

Daniel stieß einen Freudenschrei aus.

»Freu dich nicht zu früh, Daniel«, sagte Aaron, nüchtern wie gewöhnlich. »Die Mobilmachung bedeutet noch nicht Krieg, was immer die europäischen Generale denken mögen.«

»Nein, natürlich nicht.« Daniel fühlte sich wie trunken vor Begeisterung. »Aber es ist ein Anfang.« Er hätte am liebsten geschrien und gebrüllt, daß endlich für sie alle eine neue Ära beginne. Jeder Gedanke an Sara war in den Hintergrund, wenn nicht gar in Vergessenheit geraten. Sekunden später saß er wieder auf Aarons Wallach.

»In zwei Tagen bin ich zurück«, versprach er, und ohne abzuwarten, bis Ben und Josh auf ihren Pferden saßen, wendete er und galoppierte in einer Wolke aus Staub und Kieselsteinen davon.

Sara schaute ihm nach, und ihr war, als ritte er in den Krieg. Plötzlich war ihr klar, daß der Krieg — und alles, was er bedeutete — ihr größter Rivale war. Sie hatte den Blick in seinen Augen gesehen, als er die Nachricht erfuhr; nie zuvor hatte sie ein solch leidenschaftliches Glühen gesehen. Sie verstand jetzt sogar, warum er sich nicht in sie verlieben wollte, aber sie war der festen Überzeugung, daß er zumindest diesen Kampf verlieren würde. Eine eisige Kälte kroch über ihren Rücken, und sie fröstelte trotz der Hitze. Zum erstenmal rückte die Möglichkeit eines Krieges in die Nähe einer echten Bedrohung, und Sara erkannte, welche Veränderungen ein Krieg in ihr sicheres und glückliches Leben — in das Leben von ihnen allen — bringen würde.

Aaron hatte Sara in dem allgemeinen Trubel nicht beachtet, aber nun sah er sie blaß und mit zerzausten Haaren auf Bella sitzen. Er ging zu ihr und half ihr vom Pferd, und als sie neben ihm stand, legte er den Arm um sie.

»Das bedeutet nicht unbedingt, daß die Türkei in den Krieg eintritt«, sagte er, um sie zu beruhigen. Zu seiner wie zu ihrer Überraschung brach sie in Tränen aus.

»Ich hasse dieses ganze Gerede vom Krieg«, stieß sie schluchzend hervor.

Aaron drückte sie fest an sich und versuchte, sie zu trösten. Aber sie weinte nicht wegen des drohenden Krieges. Sie weinte, weil Daniel Rosen sie fünfzehn Minuten, nachdem er sie geküßt hatte, so vollkommen vergessen konnte.

Kapitel III

Konstantinopel

Abd ül-Hamid II., der abgesetzte Sultan der Sultane, Befehlshaber der Gläubigen, Herr zweier Meere und Gottes Schatten auf Erden blickte durch ein zierlich vergittertes Fenster in die Parkanlagen des Beylerbey-Palastes. Er sann über sein Kismet nach, den Willen Allahs, gegen den der Mensch machtlos war, und sein langes, bleiches Gesicht wirkte unendlich melancholisch. Selbst wenn er versucht hätte, die dicken Eisenstangen vor dem zierlichen Fenstergitter zu ignorieren — er hätte blind oder mindestens schrecklich kurzsichtig sein müssen. Er war ein gefürchteter Herrscher gewesen, dem ein riesiges Reich zu Füßen gelegen hatte. Jetzt war er machtlos wie ein Kaninchen.

Gewiß. Seine Kerkermeister gingen auf seine Wünsche und Launen ein. Abd ül-Hamid bewohnte auf eigenen Wunsch nur Räume, die zum ägäischen Ufer hinausgingen. Auf diese Weise ersparte er sich die ständige Qual, auf die vergoldeten Kuppeln und die sich sanft wiegenden Zypressen seines früheren Heims, des Topkapi-Palastes, blicken zu müssen. Sein früheres Heimsein früheres Leben.

Vom Hof drangen die Schritte der Soldaten herauf, die

jetzt seine Wächter waren. Was nützte der Luxus, wenn man keine Macht besaß, dachte er zornig und hieb mit der Faust gegen den Fensterflügel. Als er ein zweites Mal zuschlug, brach ein kleines Stück von einer der Majolikatafeln ab, mit denen die Wände des Empfangszimmers innerhalb des Harems verkleidet waren; es zerbröselte zu Sand und winzigen Scherben und bildete auf dem Boden ein bunt schimmerndes Häuflein Staub.

»Staub zu Staub — wie mein Imperium«, knurrte er und wandte sich vom Fenster ab.

Der Sultan langweilte sich. Er langweilte sich schrecklich und abgrundtief. Dreiunddreißig Jahre lang hatte er das Osmanische Reich mit eiserner Faust regiert. Jetzt herrschte er über ein paar Diener und eine Handvoll Frauen, und auch dieser winzige Kosmos zerfiel bereits wie sein Reich, wie sein »gemieteter« Palast. Sogar Selena, die armenische Nebenfrau, die so treu mit ihm ins Exil und wieder zurück nach Konstantinopel gegangen war, würde ihn verlassen.

Wenn jemand die Freiheit verdiente, dann war es Selena. Abd ül-Hamid war der erste, der das zugab. Aber daß sie fortging, war ein weiterer Beweis seiner Machtlosigkeit. Die Frauen des Harems waren nicht mehr Abd ül-Hamids Sklavinnen. Wenn sie um die Erlaubnis baten, gehen zu dürfen, mußte er sie gehen lassen.

Der Ex-Sultan verschränkte die Hände auf dem Rücken und blieb vor einem Spiegel stehen, um sich zu betrachten.

Er war einundsiebzig Jahre alt. Seinen von Natur aus grauen Bart hatte Mûzvicka, seine Lieblingsfrau, erst heute morgen wieder schwarz gefärbt. Der frisch gefärbte Bart ließ ihn noch bleicher wirken als sonst, aber ein Sultan — selbst ein ehemaliger — mußte die Illusion von Unsterblichkeit vermitteln. Seine Gedanken wanderten weiter, und er dachte an den heutigen Abend, an dem er den Besuch des deutschen Majors erwartete. Hans Werner Reichart gehörte zu den ganz wenigen Männern, deren Bekanntschaft er noch pflegte; er war der einzige Europäer, den er noch empfangen durfte. Zweifellos würde über alles — ihre Unterhaltung, seinen Gesundheitszustand, seine geistige Verfassung — an das Triumvirat sowie an das deutsche Oberkommando und von dort aus weiter an den Kaiser berichtet werden. Abd ül-Hamid dachte an den drohenden Krieg, und dann gestattete er sich zu träumen. Wenn dieser eitle Schuft Enver Pascha sein Reich in den Krieg hineinzöge, dann sicher auf der Seite der Deutschen. Schließlich konnten sie schlecht gegen ihre alten Verbündeten und Berater die Waffen erheben. Möglicherweise würde ihm sein alter Freund Kaiser Wilhelm nach dem Krieg wieder zu seiner alten Stellung verhelfen. Vielleicht! Denn wenn Deutschland diesen Krieg gewinnen sollte, würde es sämtliche Provinzen des Osmanischen Reiches an sich reißen, davon war Abd ül-Hamid fest überzeugt. Es waren schließlich riesige Ländereien, die sich vom Kaukasus bis zum Persischen Golf und von den Wüsten Mesopotamiens bis zum Nil erstreckten; aber ihm würde immerhin die Türkei bleiben.

Er zwang seine Gedanken in die Realität zurück. Gut, er war ein Mann, der Träume hatte, aber er war zum Herrscher über sein Reich geboren, und diesem Reich war er vor allem verpflichtet. Er besaß keine Macht mehr, aber das Triumvirat würde bis zu einem gewissen Maß die Erfahrungen seiner langen Regierungszeit zu würdigen wissen. Er mußte irgendwie versuchen, den drei jetzigen Herrschern die Gefahren klarzumachen, die sich aus dem Eintritt in einen Krieg ergäben. Er hatte erfahren, daß Dschemal Pascha und Talaat Pascha sich heftig gegen eine Allianz mit den Deutschen wehrten, aber er vermutete auch, daß der hitzköpfige Enver Pascha ganz wild auf einen Pakt mit ihnen war. Major Reichart, ein Deutscher mit Sympathie und freundschaftlichen Gefühlen für Abd ül-Hamid, war möglicherweise das geeignete Medium, um seine Ansichten zu verbreiten.

Selenas Gemächer waren in einem Zustand völligen Durcheinanders. Im sonst so ordentlichen und eleganten Harem ging es drunter und drüber. Die mit Perlmuttintarsien verzierten Ebenholztüren, die in Selenas Räume führten, standen weit offen, und die Diener und sonst so verwöhnten Nebenfrauen des Harems liefen in ständiger Eile ein und aus. Heute morgen hatte Abd ül-Hamid Selena feierlich die Papiere überreicht, die sie für ihr Leben außerhalb des Palastes benötigte, sowie eine lederne Börse mit fünfzig leise klimpernden türkischen Einpfundmünzen in Gold. Seitdem hatte sie keine Minute mehr Ruhe gehabt, was vielleicht ganz gut für sie war. Trotzdem war sie jetzt froh, sich wenigstens etwas zurückziehen zu können. Halb versteckt hinter einem Vorhang beobachtete sie das hastige Getrippel und aufgeregte Hin und Her — alles nur ihretwegen.

Sie wußte nicht, ob ihr zum Weinen oder zum Lachen zumute war. Viele Jahre waren diese Frauen ihre Gefährtinnen gewesen, ihre Freundinnen. Nun freuten sie sich mit ihr, der jüngsten unter ihnen, wie gut sie es getroffen hatte. Jede von ihnen konnte den Harem verlassen, aber die meisten der älteren blieben lieber in dem luxuriösen Gefängnis, als sich in die »wirkliche« Welt hinauszuwagen.

Heute empfand sie zum erstenmal Angst. Abd ül-Hamid hatte ihr versichert, man würde sich um sie kümmern — aber wie lange? Sie wurde traurig beim Gedanken an ihren Herrn. Er war stets freundlich, sanft und verständnisvoll gewesen. Als Selena beschlossen hatte, den Harem zu verlassen, hatte Abd ül-Hamid versprochen, ihr eine gute Stellung zu besorgen.

Eines Tages war er dann mit dem Vorschlag an sie herangetreten, Sekretärin bei Annie Lufti zu werden, einer reichen amerikanischen Erbin und Witwe eines türkischen Offiziers, der im Balkankrieg gefallen war. Sie führte einen der besten Salons in Konstantinopel, und die Elite der Stadt bemühte sich darum, bei ihr empfangen zu werden. Sie stand in tadellosem Ruf trotz der flotten und brillanten jungen Herren, die sich in ihrem Haus die Klinke in die Hand gaben. Major Reichart, selbst ein enger Freund von Madame Lufti, hatte die Möglichkeit eines solchen Arrangements erwähnt, und Abd ül-Hamid wußte genug über Annie Lufti, um wegen Selena beruhigt zu sein.

Selena hatte zugestimmt, sobald ihr »Baba« Hamid diese Stellung vorgeschlagen hatte. Er hatte leicht resigniert die Achseln gezuckt; doch dann hatte er ihr freundlich zugelächelt und ihr erklärt, er habe vor, sie unter den Schutz seines Freundes Major Reichart zu stellen, was gewiß von Vorteil sei, denn Reichart habe einen Fuß in der Tür zu beiden Lagern.

Major Reichart wurde in wenigen Stunden erwartet. Und voraussichtlich würde sie noch heute abend mit dem Major den Palast verlassen.

Selena vertraute dem Major. Sie hatte ihn häufig im Palast gesehen, obwohl sie immer nur dicht verschleiert und in gebührendem Abstand bei seinen Besuchen anwesend war. Aber vor allem war er Christ, und sie brauchte deshalb nicht zu befürchten, daß er sie an einen Sklavenhändler verkaufte.

Selbst Selena, die weitaus intelligenter war als die meisten Frauen im Harem, fiel es schwer, die folgenschweren Veränderungen zu begreifen, die sich in der Welt ereignet hatten, seit sie den Harem betreten hatte. Wer hätte geglaubt, daß sie, sieben Jahre nach ihrem erzwungenen Eintritt in den Harem, als freie Frau fortgehen könnte?

Eine Welle der Erschöpfung schlug über Selena zusammen, und sie sank auf ein Polster in einer Ecke ihres ausgeräumten Zimmers. Sie bemerkte, daß sie noch immer die Jacke in den Händen hielt, die sie getragen hatte, bevor sie in den Harem gebracht wurde. Sie strich über den reich bestickten Seidenstoff und träumte mit offenen Augen von Dingen, die weit zurücklagen, statt von denen, die sie eigentlich in diesem Augenblick beschäftigen sollten.

Die fünfzehnjährige Selena hatte sich auf dem Weg in die amerikanische amerikanische Missionsschule in ihrem armenischen Heimatdorf befunden, als sie von Sklavenhändlern, die eine Lizenz als Hoflieferanten hatten, entdeckt wurde. Selena war bereits in diesem Alter ein ungemein schönes Mädchen, und obwohl sie zur Bescheidenheit erzogen wurde, war sie es gewohnt, daß ihr jedermanns Blicke folgten. Auf das, was dann geschah, war sie jedoch nicht vorbereitet. Der Mann, der sie so ungeniert betrachtet hatte, fand Selenas Gesicht und Körper würdig für das Bett des Sultans. Er stürzte sich urplötzlich auf sie, so daß ihr nicht einmal Zeit blieb zu schreien, zerrte sie in eine geschlossene Kutsche und brachte sie in sein Haus. Dort verbrachte sie, mit Drogen betäubt, aber im übrigen unversehrt, mehrere Tage, bis ihr Schicksal entschieden war.

Ihre Gefährtin in jenen Tagen war ein ebenfalls armenisches Mädchen, das etwas älter war als Selena und wesentlich besser Bescheid wußte, wie es in der Welt zuging. Sie war drei Wochen zuvor auf ähnliche Weise wie Selena entführt worden und war dankbar für eine Freundin in ihrem Gefängnis. Flüsternd erzählte sie Selena von ihrem wahrscheinlichen Schicksal, und die beiden Mädchen klammerten sich in der Dunkelheit aneinander und weinten. Selena hatte schon von den Sklavenhändlern gehört, aber erst durch Okra erfuhr sie, was mit diesen Mädchen, die gelegentlich aus den Gebirgsdörfern verschwanden, geschah.

»Du hast Glück«, flüsterte Okra. »Ich glaube, dich haben sie für den kaiserlichen Harem bestimmt. Der Sultan hat nächsten Monat Geburtstag, und ich habe gehört, du sollst ein Geburtstagsgeschenk für ihn werden. Es ist eine große Ehre.«

Okras Stimme klang wehmütig, aber Selena konnte nicht begreifen, warum sie als »Geschenk« dienen sollte oder warum es eine Ehre sein sollte, eine Nebenfrau zu sein. »Und du?« fragte Selena verzweifelt.

»Ich glaube, mich schicken sie zu einem Kaufmann in Konstantinopel, aber genau weiß ich es nicht.« Sie brachen erneut in Tränen aus, und jede versuchte, aus der Gegenwart der anderen Trost zu schöpfen.

Nach vierzehn Tagen wurde Selena in kostbare Gewänder aus Seide und Brokat gekleidet, bekam eine weitere Dosis Opium, und dann wurde sie mit dem Schiff nach Konstantinopel gebracht.

Sie war immer noch halb betäubt, als die Kutsche vor den Toren der Glückseligkeit am Topkapi-Palast hielt. Die Tür der Kutsche öffnete sich, und Selena zuckte unwillkührlich zurück beim Anblick eines ungeheuer fetten Mohren, der sie mit strengem Blick musterte. Sie wurde von hinten gezwickt, gestoßen, und nur, um den Schmerzen zu entgehen, stieg sie aus dem Wagen. Der fette Mohr watschelte auf sie zu.

»Ich bin Kislar Agha. Seine Exzellenz, der Sultan Abd ül-Hamid, der Schatten Gottes auf Erden, hat mich in seiner Güte zu seinem obersten Eunuchen ernannt.« Die Stimme des Mohren klang weich und hoch, und er sprach außerordentlich höflich, aber Selena hatte panische Angst und war durch nichts zu beruhigen. Um Kislar Aghas gewaltige Schultern hing ein langer hermelinbesetzter Mantel, und auf seinem Kopf thronte ein gewaltiger Turban, überragt von einem zitternden Büschel Flamingofedern, die seine Riesengestalt noch größer erscheinen ließen. Selena blickte an ihm vorbei zu dem großen Tor und wußte, daß sie an einem Punkt angelangt war, an dem es keine Umkehr gab. War sie einmal durch dieses sogenannte Tor der Glückseligkeit gegangen, würde sie den Rest ihres Lebens in dem streng bewachten kaiserlichen Harem verbringen. Nur Gott könnte sie daraus befreien, und das auch nur durch den Tod.

Entsetzt über ihr zukünftiges Schicksal und erschöpft von den Betäubungsmitteln, brach Selena zusammen und sank ohnmächtig in die Arme des Eunuchen.

Als sie zu sich kam, blickte sie in ein freundliches blaues Augenpaar. Verzweifelt erkannte sie, daß sie sich im Harem befand. Als sie erneut in Ohnmacht zu fallen drohte, hörte sie eine leise tröstende Stimme und jemand flößte ihr starken Mokka ein. Die Frau, die zu ihr sprach, bat sie, zu trinken, und dann stellte sie sich vor als Mûzvicka Sultane, ein Name, den Selena sehr bald als den der Lieblingsfrau des Sultans erkannte. Kislar Agha hatte Mûzvicka berichtet, die neue Odaliske habe, bevor sie ohnmächtig in seine Arme sank, ein paar englische Worte gesprochen, und Mûzvicka, stets darauf bedacht, ihrem geliebten Herrn eine Hilfe zu sein, war der Sache sofort nachgegangen — zum Glück für Selena. Dank dieser schönen Georgierin wurden die ersten Monate des Haremlebens für Selena erträglich.

Mûzvicka Sultane, die schon seit vielen Jahren die Lieblingsfrau des Sultans war und im Harem regierte, hatte von diesem neuen Mädchen nichts zu befürchten. Der fünfundsechzigjährige, von Sorgen und Regierungsgeschäften geplagte Sultan widmete seine schwindenden Körperkräfte ausschließlich dem Kampf um den Erhalt seines Reichs. Die politischen Ereignisse dieses Sommers 1908 beunruhigten sogar die zuversichtlichsten Menschen. Der englische König Eduard VII. hatte einen Freundschaftsvertrag mit seinem Neffen Zar Nikolaus II. von Rußland geschlossen und praktisch mit einem einzigen Federstrich den Erzfeind der Türken und die größte Weltmacht miteinander verbunden.

Noch beunruhigender waren die Gerüchte, die im Reich umgingen. Aktivitäten einer Gruppe unzufriedener Armeeoffiziere, die sich die Jungtürken nannten, waren dem Sultan zu Ohren gekommen sowie Informationen über eine geheime politische Organisation, das Komitee für Einheit und Fortschritt, das diese Jungtürken unterstützte. Trotz einer ganzen Armee von Spionen und Informanten — 20 000 sollen es gewesen sein — konnte der Sultan die Identität der führenden Männer, die diese neue Art von Nationalismus predigten und den Widerstand schürten, nicht ausfindig machen.

Der Sultan hatte keine Zeit für die juwelengeschmückten üppigen Schönheiten, die den kaiserlichen Harem bevölkerten. Und es gab noch einen weiteren Pluspunkt für Mûzvicka: Abd ül-Hamid war ein rührend treuer Mensch und liebte das Bauernmädchen, das einst eine seiner vier legalen Gemahlinnen geworden war, auch heute noch innig und leidenschaftlich. Und Mûzvicka erwiderte seine Liebe.

Als Mûzvicka Sultane den scharfen Verstand und die gute Erziehung der »Nasrani« — des christlichen Mädchens — bemerkte, kam ihr sofort der Gedanke, wie wertvoll diese Nebenfrau für ihren geliebten Herrn sein könnte. Der Sultan traute Frauen mehr als Männern und unterwies die intelligenteren Mitglieder seines Harems, so daß sie seine Korrespondenz und alle anfallenden Sekretariatsarbeiten erledigen konnten.

Aus diesen Beweggründen hatte sich Mûzvicka um Selena gekümmert und ihr über die schlimme Anfangszeit hinweggeholfen. Als Selena nicht essen wollte, hatte sich Mûzvicka an ihr Bett gesetzt und sie löffelweise mit Milch und süßem Reis gefüttert. Und sie hatte vor allem die Eunuchen von ihr ferngehalten, die fast alle bösartig und tief verbittert über ihr eigenes Schicksal waren.

Ganz allmählich überwand Selena ihre Niedergeschlagenheit. Ihre Augen waren nicht mehr jeden Morgen tränenverquollen, und im Lauf der Monate kehrten ihre Lebensgeister wieder. An manchen Tagen dachte sie noch sehnsüchtig an die Flachdachhäuser ihres heimatlichen Bergdorfes zurück. Ihr fehlte die amerikanische Missionsschule, wo sie zu den besten Schülerinnen gehört hatte. Ein Jahr bevor man sie entführt hatte, waren ihre Eltern und ihre Brüder während einer Typhusepidemie gestorben. Eine alte Tante hatte sie daraufhin bei sich aufgenommen. Selena mochte die Tante, doch wenn sie jetzt im Harem weinte, so weinte sie um ihre Freunde an der Missionsschule und um ihre Kindheit, wie sie früher, vor der Epidemie, gewesen war.

Auch ihr gesunder Menschenverstand kam nach einer gewissen Zeit wieder zum Vorschein. Selena war ein von Natur aus fröhlicher und praktischer Mensch, und diese Veranlagung, gepaart mit ihrer Intelligenz, half ihr, mit ihren Problemen fertig zu werden. Sie hatte begriffen, daß an Flucht nicht zu denken war, und so versuchte sie, während sie sich langsam erholte, nicht zu viel an die Vergangenheit zu denken. Keine der anderen Odalisken schien Erinnerungen zu haben, und Selena begann zu verstehen, warum die Frauen des Harems sich so vortrefflich ihrem Dasein angepaßt hatten. Wem das Zuhause, die Familie, wem Mann und Kinder genommen wurden, dem blieben nur noch drei Möglichkeiten — Selbstmord, Wahnsinn oder Anpassung.

Selena beschloß, das Beste aus ihrem neuen Leben zu machen. Sie fing an, auf ihre Umgebung zu achten und die darin lebenden Menschen zu beobachten. Die prächtige Ausstattung der Haremsgemächer, wo selbst die Kehrschaufeln aus massivem Gold waren, hatte sie zunächst eingeschüchtert, aber sie erkannte bald, daß sich das Leben im kaiserlichen Harem in gewissem Sinn gar nicht so sehr von dem in ihrer Schule unterschied; es war nur wesentlich bequemer.

Nur ganz wenige der ungefähr achthundert Odalisken waren jemals in das kaiserliche Bett gerufen worden (und in den vergangenen Jahren keine einzige außer Mûzvicka). Selenas Angst, unverheiratet bei einem Mann liegen zu müssen, legte sich bald.

Als Mûzvicka den Eindruck hatte, daß sich das christliche Mädchen eingelebt hatte, befahl sie den Wärterinnen, Selena auf die Einführung beim Sultan vorzubereiten. Sie wurde zweimal täglich gebadet, mit wohlriechenden Ölen massiert, und ihr Haar wurde so lange gebürstet, bis es wie

Seide glänzte. Außerdem erhielt sie täglich mehrere Stunden Unterricht in der Kunst, Männern Vergnügen zu bereiten, für den unwahrscheinlichen Fall, daß sie der Sultan eines Tages rufen lassen würde.

Als Selena für präsentabel gehalten wurde, mußte sie sich in eine Reihe mit all den anderen parfümierten und zurechtgemachten Haremsschönheiten stellen. In der vorgeschriebenen höfischen Haltung, die Hände vor der Brust gekreuzt, stand sie neben Mûzvicka, als der Sultan an ihnen vorüberging. Als er zu Mûzvicka kam, nickte sie beinahe unmerklich, woraufhin er weiterging und ein besticktes Taschentuch vor Selenas kleine, mit Henna gefärbte Füße fallen ließ. Ein überraschtes Flüstern huschte durch die Reihen der Frauen, denn das bedeutete, daß Selena für diese Nacht auserwählt war, das Bett des Sultans zu teilen. Selena »war im Blick«, aber nicht so, wie sich die anderen das vorstellten. Doch das Ritual wurde streng befolgt.

Nachdem sich der Sultan zurückgezogen hatte, wurde Selena vom Bewahrer der Bäder massiert, geseift und parfümiert. Dann wurde sie »angezogen« vom Bewahrer der Wäsche, und schließlich mit großem Zeremoniell vom schwarzen Obereunuchen zum Bett des Sultans geführt. Zitternd stand sie am Fuß von Abd ül-Hamids Bett. Der Augenblick war gekommen, an dem die Scharade endete.

Abd ül-Hamid blieb ruhig unter der seidenen Decke liegen und beobachtete sie mit seinen schwarzen Augen. Zitternd wie Espenlaub küßte Selena den unteren Zipfel der Bettdecke und betete inständig, man möge sie nicht hinters Licht geführt haben. Dann kroch sie furchtsam auf das Bett, bis sie sich ihm von Angesicht zu Angesicht gegenüber befand.

Zu ihrer Überraschung und großen Erleichterung lächelte er, und den Zeigefinger vor den Mund haltend, schlüpfte der Sultan vollständig angezogen aus dem Bett und sah nach, ob alle Türen abgeschlossen waren.

Mit einem Armvoll Zeitschriften und Korrespondenten-berichten in deutscher und englischer Sprache kehrte er zum Bett zurück. Die ganze Nacht übersetzte sie für ihn, und sie erkannte bald, daß dies für den Sultan, der nur von Speichelleckern umgeben war, die sein Mißfallen fürchteten, die einzige Möglichkeit war, sich einigermaßen wahrheitsgetreu zu informieren.

Selena wurde seine Vertraute. Der Vorwand, unter dem sie zu ihm kam, blieb gewahrt. Am Tag öffnete sie alle sei-ne Briefe und die an ihn gerichteten Bittschriften, nachts übersetzte sie für ihn Dokumente und Berichte.

Doch dann geschah das Undenkbare. Die Jungtürken er-griffen die Macht, und Abd ül-Hamid wurde abgesetzt. Sein willfähriger Bruder Rashid bestieg den Thron als Moham-med V. und regierte als Marionette der Jungtürken. Die Neue Nationalversammlung übernahm die Verantwortung für die persönliche Sicherheit des Sultans und seiner Familie.

Selena befand sich unter den Frauen, die ihm freiwillig ins Exil folgten, allerdings nicht mehr als Sklavin oder Ne-benfrau, sondern als seine persönliche Sekretärin, die ein Gehalt bezog. Nie hätte sie gedacht, daß sie ihn einmal verlassen würde.

Als Selena ihre alte Sklavin mit dem Mokka herein-kommen hörte, riß sie sich aus ihren Träumereien. Sie leg-te die Jacke, die so viele Erinnerungen wachgerufen hatte, sorgfältig zusammen und schaute zu, wie die Sklavin Mok-ka in eine kostbare Jadetasse goß und einen goldenen Löf-fel in ein Schälchen mit Rosenblätterkonfitüre legte. Dann kamen die Frauen, und eine nach der anderen verabschie-dete sich schluchzend; nur Mûzvickas Augen blieben trok-ken. Schließlich führte Mûzvicka ihren Schützling in einen ruhigen Winkel. Sie nahm Selenas Hand und drückte heimlich etwas Kaltes, Hartes hinein. Als Selena die Hand öffnete, lag ein taubeneigroßer Smaragd darin.

Sie hob Mûzvickas Hand an die Lippen und küßte sie dankbar. »Er ist sehr kostbar«, sagte sie leise. »Vielen Dank.« Und während sie den Edelstein betrachtete, fragte sie: »Wie ist es Euch gelungen, ihn zu verstecken?«

»Frauen sind sehr einfallsreich, wenn es um Männer und Juwelen geht«, entgegnete Mûzvicka lächelnd. »Vergiß das nicht.«

Selena wickelte den Smaragd in ein seidenes Taschentuch und legte ihn zu dem Gold, das sie vom Sultan bekommen hatte, und zu ihrem gesparten Lohn — ein kleines Vermögen, das ihr, wie sie hoffte, den Einstieg in die Welt dort draußen erleichtern würde.

»Ich habe Euch sehr lieb, Mûzvicka«, flüsterte Selena. »Eurer Güte und Eurem Edelmut habe ich es zu verdanken, daß ich heute fortgehen kann. Ich werde jeden Tag an Euch denken und für Euch beten. Für Euch — und den Sultan.« Mûzvicka blickte auf sie herab wie auf ein eigenes Kind.

»Nein, Selena. Wenn du den Palast verlassen hast, mußt du vorwärts blicken. Schau nie zurück und wenn, dann nur, um dir ins Gedächtnis zu rufen, wie sehr wir dich liebten — und immer lieben werden.« Nun kämpfte sogar Mûzvicka mit den Tränen. Sie küßte Selena zum letztenmal. »Ein so freundschaftliches Band zu trennen tut weh«, flüsterte sie und zog Selena noch einmal in ihre Arme. Sie drückte sie an sich, und dann schluchzte sie leise und floh aus dem Zimmer.

Wieder allein, trat Selena vor den großen venezianischen Spiegel, der an einer Wand hing, die mit golddurchwirkter Tapete bespannt war.

Wenn sie sich vom Sultan verabschiedete, wollte sie so gut aussehen wie möglich. Sie nahm ein goldenes Töpfchen und begann, ihre großen dunklen Augen mit einem Kohlestift zu umranden. Die Sklavin setzte eine kleine, flache Kappe mit blitzender Goldstickerei auf Selenas glänzendes schwarzes Haar. Dann befestigte sie den Yashmak an der Kappe, führte ihn über den zierlichen geraden Nasenrücken ihrer Herrin und steckte ihn auf der anderen Seite mit einer goldenen und mit einem Amethyst verzierten Nadel fest. Der Schleier war so zart, daß Selenas Gesichtszüge darunter zu sehen waren, und wahrte doch die vorgeschriebene Zurückhaltung. Selena war wunderschön anzusehen.

Sie schlüpfte in die ärmellose bestickte Jacke aus grünem Samt, passend zum Grün ihres Käppchens, betupfte ihre Hände mit etwas Rosenöl und war bereit zu gehen, als die gewaltige Gestalt des getreuen Kislar Agha erschien, um sie zu den Gemächern des Sultans zu begleiten. Im Hinausgehen griff Selena noch geschwind nach dem neuesten Sherlock Holmes, den sie, wie versprochen, dem Sultan heute nachmittag zu Ende vorlesen wollte. Es waren nur noch sechzehn Seiten bis zum Schluß.

Die Nacht senkte sich über die Stadt, in der sich kein Lüftchen regte. Nicht die leiseste Brise milderte die erstickende Hitze, nur die rasch zunehmende Dunkelheit versprach eine Erholungspause. In einer Stunde würde es kühler sein; die Menschen würden sich rascher bewegen und leichter atmen. Der Wachsoldat am Eingang des türkischen Kriegsministeriums sehnte sich nach der Dunkelheit. Wohl zum tausendsten Mal verfluchte er den Schneider, der seine Uniform entworfen und offensichtlich keinen einzigen Gedanken an den armen Mann verschwendet hatte, der diese Uniform tragen mußte. Bei den Frauen allerdings wirkte sie Wunder.

Ein elegantes graues Automobil mit dem Stander der deutschen Militärmission bog in die mit Türmchen versehene Einfahrt. Der Wachposten salutierte mit dem Gewehr; mit keiner Miene verriet er sein Unbehagen. Bei fünfundvierzig Grad Hitze eingezwängt in eine rote Uniformjacke, deren goldbetreßter Kragen ihm den Hals zudrückte — und dann militärischer Gruß für diesen Hundesohn! Beim Barte des Propheten! Jeden dieser Deutschen sollte man in den Bosporus werfen und ersäufen. Er stand in Habachtstellung, die Hand an die Stirn gelegt, reglos in der nahezu betäubenden flimmernden Hitze. Dann fiel sein Blick in den Fond des Wagens. Er erkannte den Insassen, und sein steinerner Gesichtsausdruck wich einem freundlichen Lächeln.

Das türkische Militär lehnte die Deutschen einmütig ab, die der Ex-Sultan Abd ül-Hamid ins Land geholt hatte mit dem Auftrag, Reformen in der türkischen Armee durchzuführen. Rückblickend gab man zwar zu, daß Reformen notwendig waren und daß die Deutschen ihre Arbeit mit der ihnen eigenen humorlosen Gründlichkeit getan hatten. Aber ihre Befehlsgewalt über die einheimischen Türken verschärfte eine bereits angespannte Situation. Die Türken fanden die Deutschen stur und überheblich. Die Deutschen hielten die Türken für korrupt und unfähig, spielten sich als die Herren auf, und die Türken folgten nur widerwillig ihren Befehlen.

Der deutsche Offizier in dem grauen Wagen war einer der wenigen, der sowohl bei den Türken als auch bei den Deutschen in gutem Ansehen stand. Das spontane Lächeln des Wachpostens wurde mit einem freundlichen Nicken erwidert.

»Ein ungewöhnlich heißer Tag, nicht wahr?« Der Major auf dem Rücksitz sprach türkisch.

»Bei Allah, da haben Sie recht, Herr Major«, antwortete der Posten. Sie lächelten einander zu, und der Wagen rollte langsam durch das Tor.

In dem riesigen Vorhof war es still. Ein paar türkische Offiziere schauten träge in die hereinbrechende Dunkelheit und grüßten das Automobil, das am großartigen Haupteingang des Palastes vorfuhr, der einst der Palast des Sultans und jetzt nur noch sein Gefängnis war.

Major Hans Werner Reichart sprang aus dem Wagen,

noch bevor der Chauffeur Zeit hatte, die Wagentür für ihn zu öffnen, und schon eilte die langbeinige Gestalt in den hohen Stiefeln die flachen Stufen zum Eingang empor. Mit der Hand am Degen blieb er einen Augenblick stehen, wie er es immer tat, bevor er dieses schöne Gebäude betrat. Er drehte sich um und blickte über den großen Vorhof hinüber zur fernen Stadtsilhouette. Wie immer erinnerte ihn dieser Ausblick an seinen ersten Besuch in diesem Palast, als er vor fünfzehn Jahren als vielversprechender junger Adjutant im Gefolge Kaiser Wilhelms nach Konstantinopel gekommen war. Heute wie damals hielt er den Atem an angesichts der Schönheit, die sich ihm darbot. Wenn er sich je gefragt hätte, warum er den Verführungen der Levante so hoffnungslos erlegen war, hier vor diesem abendlichen Panorama hätte er die Antwort gefunden. Bleistiftspitze Minarette und reglose Palmen zeichneten sich dunkel vor einem bernsteinfarben leuchtenden Himmel ab, während die orangerote Sonne in den Bosporus eintauchte. Von einer nahe gelegenen Moschee rief ein Muezzin mit singender Stimme die Gläubigen zum Gebet und machte das Bild lebendig, das die heimliche Anziehungskraft des Ostens so vollständig einfing — eine Anziehungskraft, die weitaus stärker wirkte als Kaiser, Gott und Vaterland.

Unten im Hof fiel eine Autotür ins Schloß. Schlagartig wich der abwesende Ausdruck auf dem Gesicht des Majors einem hellwachen Soldatenblick, der ihn wesentlich jünger erscheinen ließ als seine sechsunddreißig Jahre. Rasch trat er in die kühle Marmorhalle.

»Major Reichart.« Der wachhabende Offizier kam durch die Eingangshalle auf ihn zu, blieb vor ihm stehen und grüßte förmlich. »Seine Hoheit Abd ül-Hamid erwartet Sie. Bitte, folgen Sie mir.« Reichart nickte flüchtig und ging hinter dem Offizier den reich verzierten und von Marmorsäulen getragenen Treppenaufgang hinauf; er durchquerte mehrere Vorzimmer, und wo er auftauchte, salutierten Enver Paschas Wachsoldaten, grimmig dreinblickende, mit Dolchen bewaffnete Männer, die vor sämtlichen Türen postiert waren.

Reichart unterdrückte ein Lächeln, während er und sein Begleiter darauf warteten, daß eine schwere Eisentür geöffnet würde. Offensichtlich wollte Enver Pascha, der Kriegsminister, mit diesem Gefangenen kein Risiko eingehen, selbst wenn er ihn am liebsten auf dem tiefsten Grund des Bosporus gewußt hätte. Aber die neue Regierung, die als liberal und fortschrittlich gepriesen wurde, konnte schlecht auf die Methoden ihres autokratischen Vorgängers zurückgreifen. Reichart konnte sich vorstellen, daß Abd ül-Hamid diese Ironie auf gewisse Weise sogar genoß.

Ein Sergeant spähte durch ein Sprechgitter und nickte. Die Tür schwang auf, der Stabsoffizier grüßte zackig und entfernte sich. Als die Tür hinter Reichart ins Schloß fiel und geräuschvoll verriegelt wurde, befand er sich in einer anderen Welt, ja, in einem anderen Zeitalter.

Vor ihm stand Abd ül-Hamids Obereunuche, der sich ehrerbietig verneigte und ihn den langen Korridor entlangführte, der die Gemächer der Männer mit dem Harem verband. Reichart empfand wie immer in diesen Räumen, die bis vor fünf Jahren ein geheimnisvoller und verbotener Ort waren, eine Mischung aus Ehrfurcht und ganz banaler Angst. Mochte Abd ül-Hamid heute auch als Gefangener in seinem Palast leben, so wirkte er immer noch, selbst gegenüber seinen Freunden, nicht nur achtunggebietend, sondern, bis zu einem gewissen Grad, auch furchteinflößend.

Der Eunuche geleitete Reichart in ein Wartezimmer mit rosa Marmorverkleidungen an den Wänden und einem Fayencemosaik an der Decke. Reichart blieb einen Augenblick stehen, um sich zu sammeln und ein kleines Gebet zu sprechen. Er wußte im Grunde kaum etwas über das Mädchen, das er Annie Lufti so warm empfohlen hatte. Er hatte Selena gelegentlich bemerkt und wußte, daß sie seit vielen

Jahren Abd ül-Hamids Vertrauen genoß, aber er hatte nie ein Wort mit ihr gewechselt und von ihr nie mehr zu sehen bekommen als ihre mandelförmigen Augen und ihre anmutigen Bewegungen, die selbst die dichte Verschleierung nicht zu verbergen vermochte. Er stieß einen kleinen Seufzer aus. Hoffentlich tat er das Richtige.

Der Obereunuche verbeugte sich erneut und verschwand hinter dem schweren, dunkelroten und mit Tausenden von Staubperlen benähten Vorhang, der die Tür zum Empfangsraum verdeckte. Ein anderer Eunuche bewachte den Eingang und lächelte, als er einen Blick des Majors auffing.

Reichart wandte sich ab. Der Anblick dieser unglücklichen Kreaturen mit ihrer runzligen Haut verschaffte ihm stets eine Gänsehaut. Er wußte, daß sowohl der Obereunuche als auch dieser hier, der die Tür bewachte, »sauber rasiert« waren, und wie jedesmal bei diesem Gedanken glitt seine Hand wie von selbst über den Schritt seiner Hose. Hans Werner Reichart war ein starker und mutiger Mensch, aber bei der Vorstellung, Penis und Hoden mit einem Krummsäbel abgeschnitten zu bekommen und anschließend aufrecht stehend bis zu den Achseln in heißen Sand eingegraben zu werden, wurde ihm schwindlig.

Als er aufblickte, sah er, daß Kislar Agha den schweren Vorhang zur Seite hielt und Major Reichart gestattete, vor seinen kaiserlichen Herrn zu treten.

»Ah, Major Reichart.« Abd ül-Hamids sanfte Stimme hob sich, um das Gekrächze des Papageis Kiki zu übertönen. »Wie geht es Ihnen, lieber Freund?« Reichart verbeugte sich, bevor er die ausgestreckte Hand ergriff und herzlich schüttelte. Abd ül-Hamid trug einen schlichten schwarzen Gehrock mit Goldknöpfen. Der Fez auf seinem Kopf war weit nach hinten gerutscht, wodurch seine hohe Stirn und die eingefallenen Schläfen besonders hervortraten.

Selena, die mit über der Brust gekreuzten Armen ein wenig hinter dem Sultan stand, senkte die Augen, um den bei-

den Herren ein paar Augenblicke für eine private Begrüßung zu ermöglichen. Dann erwiderte sie die Verbeugung
des Majors. Obwohl sie sich schon oft gesehen hatten, war
dies das erste Mal, daß sie förmlich voneinander Notiz nahmen. Selena betrachtete den Major heimlich hinter gesenkten Augenlidern. Er war nicht im üblichen Sinn hübsch —
seine Nase war etwas zu kurz, seine Lippen zu schmal —,
dennoch bot er einen angenehmen Gesamteindruck. Er war
groß, hielt sich gerade, sein hellblondes Haar war sauber
gescheitelt und zur Seite gekämmt. Vor allem aber gefielen
ihr seine hellen blaugrauen Augen, aus denen Güte und
Aufrichtigkeit sprachen. Selena kam zu dem Schluß, daß sie
sich bei jedem Menschen sicher fühlen könnte, den er emp-
fahl.

Reichart bemerkte den gespannten Ausdruck in ihren
dunklen Augen, als sie den Kopf etwas hob, und war einen
Augenblick verblüfft. Das Mädchen, das ihm bislang so völlig selbstsicher erschienen war, wirkte plötzlich hilflos wie
ein Kind. Er reagierte mit einem offenen freundlichen Lächeln, und Selena schenkte ihm, übers ganze Gesicht errötend, einen dankbaren Blick und zog sich mit einer Verneigung zurück.

Abd ül-Hamids Augen, obwohl fast zur Gänze verdeckt
durch die schweren Lider, war dieser kleine Blickwechsel
nicht entgangen. Er beobachtete das Mädchen, während es
den Raum verließ. Nachdem sich die Tür hinter Selena geschlossen hatte, entstand eine kleine Pause.

Abd ül-Hamid wies schließlich auf einen Sessel. »Bitte,
nehmen Sie doch Platz, Major. Ich habe eine Bitte an Sie.
Selena verläßt den Palast, aber sie hat einen Platz in meinem Herzen, den sie nie verlassen wird. Ich bitte Sie: Kümmern Sie sich um sie. Beschützen Sie sie, bis sie selbst für
sich sorgen kann.« Der ehemalige Sultan lächelte wehmütig.

»Ich gebe Ihnen mein Wort«, versprach der Deutsche.

»Man wird sich um sie kümmern. Ich kann Madame Lufti gar nicht hoch genug preisen. Sie ist eine einzigartige Frau, großzügig, warmherzig und voller Güte.«

»Gut, gut«, sagte Abd ül-Hamid und blickte gedankenverloren auf seine kleinen trockenen Hände. Dann zuckte er resigniert die Schultern. »Ich bedaure sehr, daß sie geht — aber so ist es nun einmal.« Der Ex-Sultan hob die Augen, lächelte schief und fuhr in etwas lebhafterem Ton fort. »Da sitzen wir beide hier und denken an Frauen, während ganz Konstantinopel an nichts anderes denkt als an Krieg.« Er steckte rasch eine neue Zigarette in seine Zigarettenspitze aus Bernstein und läutete nach Kaffee. Als der Kaffee eingeschenkt und der Diener entlassen war, erkundigte sich der Sultan, was es Neues vom Krieg zu berichten gäbe. Seine Fragen waren präzis und kritisch, und Reichart bemerkte zum erstenmal, daß die elegante Voliere mehr war als ein dekorativer Gegenstand: Das ständige Zwitschern und Trillern und das mißtönende Kreischen des Papageis waren ein idealer Schutz gegen heimliche Lauscher.

»Ach, der Krieg — dieser Unfug.« Unmutig erhob sich Abd ül-Hamid und begann, im Zimmer auf und ab zu gehen. Dann blieb er stehen und blickte ernst auf den Deutschen hinab. »In all den Jahren, in denen ich dieses Land regiert habe, war es mein vorrangiger Wunsch, das Reich zusammenzuhalten. Kaum hatten mich die forschen jungen Herren abgesetzt, verloren sie den größten Teil unserer europäischen Besitzungen und im Balkanfiasko die Elite unserer Kampftruppe. Aber natürlich — Enver Pascha und seine arroganten Jungtürken wußten es besser. Was konnte man anderes erwarten? Zu diesem Krieg wäre es nie gekommen, wenn ich noch an der Macht gewesen wäre.« Abd ül-Hamid war jetzt nicht mehr der höfliche Gastgeber. Seine Augen funkelten, und er sprach mit eindringlicher Stimme. »Enver Pascha — pah! Das türkische Volk ist auf diesen eitlen Gecken herein gefallen wie ein dummes Ding auf einen Lackaffen, der ihm ein Kompliment macht.« Reichart, der insgeheim mit dem Ex-Sultan völlig einer Meinung war, fühlte sich etwas unbehaglich. Er schlug seine Beine übereinander und blickte angestrengt auf den Boden. Abd ül-Hamid geriet immer mehr in Schwung und glich ganz und gar nicht mehr dem gebrechlichen, würdevollen alten Mann, der ihn zu Beginn dieser Begegnung begrüßt hatte.

»Merken Sie sich meine Worte, Reichart«, sagte er, hielt einen Augenblick inne und blickte den Major grimmig an. »Enver Pascha wird uns in diesen Krieg hineinzuziehen, so sicher wie das Schwarze Meer den Bosporus aufwühlt — nur mit länger anhaltender Wirkung. Wir haben mit diesem Krieg nichts zu schaffen. Wir haben ihn nicht angefangen. Unser Interesse sollte sich auf den Osten konzentrieren. Im Westen müssen wir unsere Grenzen vor den Russen schützen, in Ägypten vor den Engländern. Wenn wir in diesen Krieg der Ausländer eintreten, werden wir kämpfen, sterben und unsere Länder verlieren. Ich habe das schon früher erlebt, und genauso wird es wieder geschehen.« Allmählich schien seine Kraft zu erlahmen. Müde ließ er sich auf einen Diwan sinken. »Selbst wenn wir siegten, würden wir verlieren.«

»Aber was kann ich schon tun?« fuhr er mit einem Seufzer fort. »Niemand will die Meinung eines schwachen alten Mannes hören. ›Der Ehrgeiz vernebelt den Verstand wie der Rauch das Feuer‹«, zitierte er verbittert und streckte die Hände aus. »Sehen Sie sich meine Hände an. Es gab einmal eine Zeit, da zitterte ein ganzes Reich vor mir — heute zittern nur noch meine Hände.«

Er fühlte sich plötzlich elend und todmüde. Er wollte allein gelassen werden mit Mûzvicka. Kein Land . . . keine Ambitionen. Er erhob sich unsicher und nahm Reicharts Hand. »Bitte, entschuldigen Sie mich, Major, aber ich fühle mich ziemlich erschöpft.«

Bevor er das Zimmer verließ, drehte er sich noch einmal

zu Reichart um. »Major«, sagte er wie beiläufig, »bitte geben Sie Kislar Agha Madame Luftis Adresse, damit Selenas Gepäck nachgeschickt werden kann.« Der Major verneigte sich, während ihm der Sultan den Rücken kehrte und das Zimmer verließ.

Im rosa Marmorzimmer wartete der Obereunuche, zusammen mit Selena. Sie erhob sich anmutig, streckte ihm ihre schmale Hand entgegen und dankte ihm mit leiser melodiöser Stimme für die Mühe, die er sich ihretwegen machte. Hans Werner Reichart sah sie zum erstenmal aus der Nähe, und er war hingerissen von der vollkommenen Schönheit dieses herzförmigen orientalischen Gesichts. Selena erinnerte ihn an eine köstliche exotische Blume, und er empfand plötzlich den dringenden Wunsch, sie zu beschützen — ein Wunsch, der wesentlich stärker war als der, seinem alten Freund Abd ül-Hamid einen Gefallen zu erweisen.

»Es ist mir eine Pflicht und ein Vergnügen, Sie zu Madame Lufti zu begleiten«, sagte er. Selena lächelte dankbar zu ihm auf, hüllte sich in einen schwarzen Umhang und folgte ihm hinaus in die Nacht.

Kapitel IV

Sara stürmte in die Küche, warf sich auf einen Stuhl neben dem großen, blankgescheuerten Küchentisch, der für das Frühstück gedeckt war, und schleuderte ihre Schuhe von sich.

»Die Wäsche ist aufgehängt«, sagte sie zu Fatma, die am Herd mit Töpfen und Pfannen klapperte. »Gottlob — da draußen ist es heißer als in der Hölle.« Sie stemmte ihre bloßen Füße auf den kühlen Fliesenboden. Trotz der Wärme, die der große Herd ausstrahlte, war es hier in der Küche dank der dicken Steinmauern und der schattenspendenden Veranda angenehmer als draußen.

»Wir brauchen noch Öl und Zucker«, sagte Fatma, während sie ein Glas aufschraubte und eine Handvoll Kräuter in einen Topf streute.

»Dann gib mir die Einkaufsliste«, erwiderte Sara gereizter, als bei ihr üblich war, und nahm wohl zum zehnten Mal an diesem Morgen ihr Taschentuch zur Hand, um sich den schweißnassen Hals zu trocknen.

Fatma warf Sara einen besorgten Blick zu, nahm eine große Messingkanne vom Herd und kam zum Tisch herüber. »Jetzt setzt du dich erst einmal hin und frühstückst, bevor die Männer hereinkommen«, sagte sie.

»Ich will keinen Kaffee. Mir ist viel zu heiß«, sagte Sara ärgerlich.

»Du ißt jetzt, Sara«, sagte Fatma, drückte Sara auf den Stuhl und schob einen Korb mit süßen Brötchen vor sie hin. »Seit der Herr Daniel zurück ist, stocherst du im Essen herum wie eine alte Henne. Wer nicht richtig ißt, wird krank. Und wer krank wird – Allah weiß Bescheid«, sagte sie und verdrehte die Augen. Sara kannte Fatmas Unerbittlichkeit und verzichtete auf Widerspruch. Lustlos biß sie in ein Brötchen. Zufrieden, weil sie sich durchgesetzt hatte, wandte sich Fatma wieder ihrer Arbeit am Herd zu, denn bald würden die hungrigen Männer in ihre Küche einfallen.

Leila, das magere Arabermädchen, das täglich aus dem Dorf kam, um im Haus zu helfen, stand träumend am Fenster. Mit verblüffender Geschwindigkeit war Fatma auf der anderen Seite der Küche und kniff sie in ihre magere Kehrseite. Leila jaulte wie eine Katze und ging schleunigst wieder daran, Wasser in den Spülstein zu pumpen, während Fatma etwas über Taugenichtse brabbelte und die Hilfe der Geister über ihren gußeisernen Herd und die darauf brutzelnden Spiegeleier herabbeschwor.

Sara stützte die Ellbogen auf den Tisch und preßte die Handballen gegen ihre Augen. Es war etwas Wahres an dem, was Fatma gesagt hatte. Sie hatte ihren Appetit verloren, und schuld daran war Daniel. Seit seiner Rückkehr vor acht Tagen hatte sie jeden Morgen ein hübsches Kleid angezogen, sorgfältig Toilette gemacht und auf Daniel gewartet — der nie kam. Die ganze wunderbare Aufregung, die sie in den ersten Tagen empfunden hatte, war verpufft. Was Fatma für Unpäßlichkeit hielt, war nichts anderes als nachlassende Erregung.

Warum nur kommt er nicht? dachte sie und grub verzweifelt die Finger in ihr Haar. Womöglich hatte er sie schon wieder vergessen, während sie Tag und Nacht nur an ihn dachte. Er schmiedete vermutlich Pläne für den Krieg und für die Zukunft, und sie fragte sich, ob er sie in seine Pläne einbezog. Doch dann kehrten ihre Gedanken wieder zu jenem Augenblick zurück, an dem er nur die Gegenwart begehrt hatte und sie, Sara, diese Gegenwart gewesen war. Ihre Lippen glühten bei der Erinnerung an seinen Kuß, und Sara brannte vor Ungeduld, ihn wiederzusehen, um ihm — und sich — eine zweite Chance zu geben.

Und dann entwickelte auch sie einen Plan. Daniel hatte noch immer das Pferd nicht zurückgegeben, das er sich an jenem Tag auf der Forschungsstation geliehen hatte. Nach dem Mittagessen, wenn alles im Haus schlief, würde sie nach Hadera hinüberreiten mit ein paar Eiern für Daniels Mutter und mit der Ausrede, sie sei gekommen, um das Pferd zu holen. Das war durchaus einleuchtend, denn es war Erntezeit, und sie brauchten alle Pferde. Sie würde aufbrechen, ohne daß es jemand bemerkte, und vor Einbruch der Dunkelheit zurück sein. Die Aussicht, endlich etwas unternehmen zu können, besserte ihre Laune merklich. Es war leichtsinnig, aber sie würde die Schelte überleben.

Schuldbewußt fuhr sie zusammen, als sie bemerkte, daß

Fatmas Augen fest auf sie gerichtet waren. Schnell strich sie sich ein dickes Butterbrot, um Fatma zu täuschen.

»Nach dem Frühstück pflücke ich die Tomaten, die wir einmachen wollen«, sagte sie artig. Im Haushalt bereitete man sich auf den Winter vor, was in diesem Jahr angesichts eines drohenden Krieges mit besonders viel Aufwand betrieben wurde. Fatma, die auf beinahe unheimliche Weise Saras und Beckys Gedanken zu lesen verstand, ließ sich jedoch nicht hinters Licht führen.

Mißtrauisch kniff sie die Augen zusammen und rührte in dem großen Topf mit Fuhl, einem deftigen Eintopf aus Saubohnen, Hammelfett und Knoblauch.

»Ich habe gehört, daß die Sabiah wieder in der Gegend sind, mögen ihre Väter verflucht sein«, sagte sie und tat, als spucke sie aus. »Daß du mir in der Nähe des Hauses bleibst. Es sind Diebe und Mörder, die Allah nicht kennen.« Sie hob ihren kurzen dicken Arm und schüttelte ihn drohend in Richtung des Fensters, daß ihre goldenen Armreife klimperten. Diese Goldreife stellten ihr gesamtes Vermögen dar. Sara mußte jedesmal ein wenig lächeln, wenn sie daran dachte, daß Fatmas Reichtümer an ihrem Arm genauso sicher waren wie im tiefsten Tresorgewölbe einer Bank.

Fatmas Erwähnung der Sabiah bestürzte Sara, aber sie war entschlossen, sich ihr Vorhaben nicht verderben zu lassen. Die Sabiah waren gefürchtete Banditen. Aber Sara wollte längst zurück sein, bevor es dunkel wurde, und außerdem würde sie für alle Fälle ein Gewehr mitnehmen.

Es war erst acht Uhr, doch die Luft war bereits heiß und schwül. Das Thermometer zeigte fast vierzig Grad. Leila wischte sich an der Pumpe den Schweiß von der Stirn und zupfte gereizt an ihrem durchgeschwitzten schwarzen Kleid. Dann trug sie eine große Schüssel mit Wasser auf die Veranda, stellte sie auf einen Hocker und legte ein sauberes Handtuch daneben. Bevor sie wieder in die Küche kam, lehnte sie sich an den Türpfosten in der Hoffnung, einen kleinen Luftzug aufzufangen.

Sara stand auf und verteilte die großen weißen Teller auf dem Tisch. Die Männer waren seit vier Uhr morgens draußen bei der Weinlese. Sie würden hungrig wie die Wölfe zum Frühstück kommen. Fatma stapelte in der Mitte des Tisches mehrere Eisenpfannen mit Spiegeleiern, Schüsseln mit Kartoffeln, Tomaten und Gurkensalat — gewürfelt, wie ihn die Araber machten, und dick mit Petersilie bestreut. Die Kasserolle mit Fuhl nahm den Ehrenplatz in der Mitte des Tisches ein.

In dieser großen, freundlichen Küche fühlte sich Sara immer wohl und geborgen, und heute hätte dieser freundliche Raum, in den die Sonne durch das offene Fenster hereinschien und Licht- und Schattenflecken auf die cremeweißen Wände malte, jedermanns Stimmung gehoben.

Polternde Schritte auf der Veranda kündigten die Ankunft der Männer an. Sam kam als erster herein, das Gesicht von der Hitze gerötet, das Haar schweißnaß. Er wusch sich Hände und Gesicht und warf das feuchte Handtuch mit einem mutwilligen Lachen Alex ins hochrote Gesicht. Alex hatte noch nie viel Sonne vertragen. Er fing das Handtuch auf und ließ es laut klatschend auf Sams Unterarm landen.

Abram beobachtete das Gerangel, dann hob er die Augen zum Himmel, und während er die Hände ins Wasser tauchte, murmelte er ein kurzes Gebet. Er begrüßte Sara mit einem zärtlichen Kuß auf die Stirn, bevor er neben ihr am Tisch Platz nahm.

Der Geräuschpegel in der Küche war dramatisch gestiegen. Sam und Alex neckten sich noch immer, und Fatma bedachte Leila mit ihrem reichen Wortschatz an arabischen Schimpfwörtern. Sara, die die Vorfreude auf ihren heimlichen Ausflug wieder munter gemacht hatte, unterhielt sich lebhaft mit ihrem Vater. Als es erneut auf der Veranda polterte, erschien Aaron, gefolgt von Manny Hirsch.

Manny schnupperte genüßlich. »Mmm — Fuhl. Hab ich mir doch gedacht. Man riecht es bis hinunter zu den Terrassen«, sagte er spitzbübisch. Fatma drohte ihm mit dem Kochlöffel, aber sie war nicht wirklich böse auf ihn. Sie war stolz darauf, das beste Fuhl im Umkreis von Meilen zu machen, und sie lächelte breit, als sie Manny einen extra großen Löffel auf den Teller schöpfte. »Das hier hat mehr Juden umgebracht als der Zar von Rußland«, stieß Manny mit vollem Mund hervor, und die ganze Tischrunde brach in Gelächter aus.

Die Männer hatten den angenehmen Geruch von Sonne, Wind und warmer Erde hereingebracht. Alle waren laut und fröhlich. Sara fühlte sich glücklicher denn seit Tagen und brachte es sogar fertig, zu Benjamin, einem Nachbarn, höflich zu sein, obwohl sie seine bewundernden Blicke und Seufzer nur störten.

Becky, wie immer die letzte, stürzte in die Küche und schlug die Tür hinter sich zu. Sie rannte um den Tisch herum, küßte jeden — sogar die etwas bestürzte Leila — und wollte wieder zur Tür hinaus.

»O nein, mein Fräulein.« Wie ein Wiesel war Fatma an der Tür und versperrte Becky den Weg. »Du setzt dich erst einmal hin und frühstückst, bevor du irgendwohin gehst.«

»Aber ich habe schon beim Wäscheaufhängen geholfen«, jammerte Becky und hüpfte ungeduldig von einem Bein auf das andere, »und außerdem habe ich keinen Hunger.«

»Hunger? Wer redet von Hunger?« sagte Fatma und steuerte Becky mit fester Hand zu ihrem Platz. »Der Appetit kommt beim Essen.« Becky rümpfte die Nase. Aber sie setzte sich gehorsam und nahm sich ein Brötchen. »Wie willst du jemals zu einem Ehemann kommen, wenn du aussiehst wie ein gerupfter Sperling?« schnaubte Fatma und drückte zärtlich Beckys schmale Schultern.

»Oh, nur keine Sorge, ich kriege schon einen«, gab Becky

zurück, schüttelte Fatmas Hände ab und reckte das Kinn.

»Wer wird schon einen Besenstiel heiraten?« meinte Sam und grinste sie über den Tisch hinweg an.

»Adam Leibowitz, genau der«, erwiderte Becky und meinte einen schlaksigen Jungen vom anderen Ende des Dorfs.

»Wenn ihr zwei Klappergerippe zusammenkommt, braucht keiner mehr einen Feuerstein!« rief Sam und entfachte einen Sturm von Gelächter. Abram lächelte. Kopfschüttelnd klopfte er seine Pfeife in der Kupferschale aus, die als Aschenbecher diente, und fragte sich wie schon so oft, wie er und Miriam zu dieser ungebärdigen Brut gekommen waren. Seine Kinder erinnerten ihn an die alte Geschichte von der Henne, die Enten ausgebrütet hat.

Becky, die unbedingt das letzte Wort haben mußte, rief in das allgemeine Gelächter: »Ich habe außerdem noch viel Zeit, mich umzusehen. Ich kann erst heiraten, wenn Sara geheiratet hat, und Sara will keinen anderen als Daniel, und der will überhaupt nicht heiraten.« Sie verstummte erschrocken. Sie hatte nicht gewollt, daß es so boshaft klang. Beschämt senkte sie die Augen und stopfte das Brötchen in sich hinein.

In dem kurzen Schweigen, das folgte, schaute jeder jeden an, nur nicht Sara. Sie saß wie vom Donner gerührt vor ihrem Teller und erkannte plötzlich, wie wahr Beckys Worte waren. Die Tradition verlangte, daß die ältere Schwester zuerst heiratete. Wenn Daniel sie nicht wollte, würde sie einen anderen finden müssen. Aber der Gedanke, jemand anderen als Daniel zu heiraten, ließ ihr das Blut gerinnen, und sie fröstelte leicht trotz der Hitze, die in der Küche herrschte.

Wenn jetzt jemand den Namen Chaim Cohen erwähnt, schreie ich, dachte sie. Chaim Cohen war ein reicher türkischer Jude, der die türkische Armee belieferte. Aaron erwartete demnächst seinen Besuch in Zichron. Er hoffte, eine größere Menge Gerste an Cohen zu verkaufen und mich dazu, dachte Sara verbittert. Wie viele andere seiner Herkunft hoffte Cohen, in Palästina eine Frau zu finden. Sein bevorstehender Besuch hatte in der Gemeinde bereits für einigen Gesprächsstoff gesorgt. Auch Saras Vater und ihre Brüder hatten sie immer wieder — wenn auch unterschiedlich taktvoll — auf die Bedeutung des erwarteten Gastes hingewiesen.

Abram drückte heimlich Saras Arm, und sie blickte ihn dankbar und mit einem matten Lächeln an.

»Und weil wir gerade von Daniel sprechen — wo ist er? Er wollte doch schon vor Tagen das Pferd zurückbringen.«

»Und wir brauchen es dringend, nachdem der große Graue lahmt.« Alex' Organisationsplan war so kompliziert, daß er die Pferde praktisch nach Fahrplan einsetzte.

»Wenn ich bis Mittag mit meiner Arbeit fertig werde, reite ich nach Hadera und hole den Wallach«, schlug Sam vor. »Ein ordentlicher Ritt ist genau das, worauf ich Lust hätte.«

Sara verzog keine Miene. »Dasselbe gilt für mich. Ich würde mitkommen«, sagte sie und stand mit dem Teller in der Hand vom Tisch auf. »Ich werde ein paar Eier für Daniels Mutter mitnehmen.«

Überall im Zimmer erhob sich Protest.

»Sara, du hast versprochen, mein neues Kleid für den Ball abzustecken!«

»Das ist unmöglich. Gerade jetzt sind die türkischen Patrouillen unterwegs. Sie würden dich vergewaltigen.«

»Dumm wie ein Ochse! Was hab ich dir über die Sabiah erzählt?« knurrte Fatma.

»Was ist mit den Sabiah?« fragte Aaron an Fatma gewandt.

»Ich habe gehört, daß sie in Faradis Schafe und Ziegen gestohlen haben.« Faradis war ein Araberdorf ganz in der Nähe.

»Sam«, sagte Aaron, »Sara kommt nicht mit. Und sieh zu, daß du zurück bist, bevor es dunkel wird. Bleib auf der Küstenstraße. Keine Abkürzungen, hörst du!« Aaron sprach noch mit Sam, als die riesige Gestalt von Robby Woolf im Türrahmen auftauchte. Er warf eine zerknitterte Zeitung vor Aaron auf den Tisch.

»Hier, lies das«, sagte er aufgeregt. »Ich habe sie in einem Lieferwagen gefunden.« Sofort drehte sich alles um den Krieg. Die Zeitung war wichtiger als das Fuhl. Sam, der immer schneller war als die anderen, schnappte sich die Ausgabe des Tanin, das offizielle osmanische Blatt.

»Sie ist vom 5. August – erst sechs Tage alt!«

Es wurde still in der Küche, während alle Männer Sam über die Schulter blickten und lasen, was in der Zeitung stand.

Sara rührte sich nicht auf ihrem Stuhl. Also, sie konnte nicht nach Hadera reiten. Niedergeschlagen und tief enttäuscht saß sie da und schaute teilnahmslos auf die eifrig lesenden Männer. Sie hatte das Gefühl, als hätte sich alles gegen sie verschworen.

»Die Türken machen also mobil«, sagte Alex und richtete sich auf.

»Ja, aber nur ›als Vorsichtsmaßnahme gegen einen russischen Angriff‹«, zitierte Sam aufgeregt. »›Damit ist keine Beteiligung der Türkei am Krieg verbunden. Wir beabsichtigen, neutral zu bleiben‹, sagte gestern der Kriegsminister Enver Pascha«, las Sam weiter.

»Ja, nur für wie lange?« sagte Aaron sarkastisch.

Becky sah Aaron mit großen verwirrten Augen an. »Aaron, was bedeutet das alles? Was wird geschehen?«

»Das bedeutet, mein süßes Dummerchen«, antwortete Sam und ziepte sie an den Haaren, »daß die Deutschen die Türken, so Gott will, in ihren Krieg hineinziehen.«

»Aber wir sind die Türken«, sagte Becky, entschlossen,

hier und jetzt zu verstehen, was vor sich ging, nachdem der Krieg anscheinend Wirklichkeit geworden war.

»Genauer gesagt, wir sind Untertanen der Türken«, begann Sam.

»Warum bist du dann für den Krieg?«

»Weil wir Juden sind, Dummchen.« Sam wurde allmählich ungeduldig.

»Weil sich dadurch für uns in Palästina einiges ändern könnte«, sagte Alex, und er klang plötzlich wesentlich älter.

»Was soll denn mit Palästina anders werden?« fragte Becky beleidigt. »Mir gefällt es, so wie es ist.«

»Oh, es ist alles in Ordnung mit Palästina, solange es dir nichts ausmacht, geschlagen, gefoltert oder vergewaltigt zu werden, nur weil du Jude bist — von einer Bande von Schlägern und Halsabschneidern, die sich Polizisten nennen.«

»Das ist ja furchtbar!« rief Becky und hielt sich die Ohren zu.

»Es ist furchtbar, aber wahr. Und du weißt es«, sagte Alex achselzuckend. »Wir sind einer Handvoll dieser unberechenbaren Kerle auf Gedeih und Verderb ausgeliefert. Becky, wir bezahlen dafür, damit sie uns nicht schlagen, ja — damit sie uns nicht ermorden. Findest du das in Ordnung, Becky?«

»Natürlich nicht«, sagte Becky entrüstet.

»Siehst du, und deshalb sind wir für den Krieg — damit die Engländer kommen und uns aus dem Mittelalter ins zwanzigste Jahrhundert holen, wo wir hingehören«, schloß Alex triumphierend. Manny blickte von der Zeitung auf und nickte zustimmend.

»Aber Nelly Jacobson«, sagte Becky — Nelly war ihre beste Freundin im Dorf —, »Nelly sagt, daß ihr Vater die Briten haßt, weil sie Verbündete der Russen sind, die seine ganze Familie getötet haben.«

»Nimm zehn Juden und du wirst zehn verschiedene Meinungen hören«, sagte Robby Woolf, nahm sich ein Brötchen und verschlang es mit zwei Bissen.

»Ach, Robby«, sagte Sam kopfschüttelnd, »du kannst nicht erwarten, daß Becky das versteht − sie ist ein Mädchen, und seit wann verstehen Mädchen etwas von Politik?« Becky schnaubte wütend und warf Sam ein Brötchen an den Kopf, der sich kichernd duckte.

»Hört auf mit dem Unfug«, sagte Abram müde. Er hatte nur fünf Kinder, aber oft meinte er, es müßte mindestens ein Dutzend sein.

Sara stand auf, und um ihre zunehmende Erregung zu verbergen, begann sie, den Tisch abzuräumen. »Da ist nur ein Problem«, sagte sie sarkastisch und klapperte laut mit den Tellern. »Bevor die Briten auf ihren weißen Rossen kommen, um uns in die Gegenwart zu befördern, werden wir − oder vielmehr − werdet ihr gegen sie kämpfen müssen.« Und damit verließ sie den Tisch und ging hinüber zu Fatma, die heißes Wasser zum Abspülen in eine Blechschüssel goß.

Die Männer schauten Sara an, aber was sie gesagt hatte, überhörten sie lieber. Sara nahm ein Küchentuch und begann, das Geschirr zu trocknen. Die Unterhaltung drehte sich weiter um den Krieg, und die Worte Österreich, Schlacht, Hunnen schwirrten Sara um die Ohren. So sehr sie die Vorstellung eines Krieges erschreckte, so mußte sie doch zugeben, daß vieles, was Alex gesagt hatte, richtig war. Sie bemerkte auch, daß ihr Vater und Aaron geschwiegen hatten. Sie hatten sich nur einen Blick zugeworfen; offensichtlich hatten sie dies alles bereits miteinander besprochen.

Sara wußte, daß Aaron genau wie Daniel probritisch eingestellt war. Sie begriff auch, daß die Levinsons eine privilegierte Stellung innehatten, vor allem dank Aaron und seinen Möglichkeiten, amerikanische Dollars zu bekommen. Auch war Zichron besser dran als andere Siedlungen, denn sie war eine der ältesten und am besten eingerichteten Siedlungen. Aber dennoch war selbst Aaron nicht mächtig genug, um sich gegen die völlig skrupellosen türkischen Polizeipatrouillen zu wehren. Die gefürchteten Saptieh kamen einmal im Monat vorbei, um ihr Bakschisch zu kassieren — ein Bestechungsgeld, das sie im günstigsten Fall daran hinderte, die Weinstöcke niederzureißen, im schlimmsten Fall, die Männer zusammenzuschlagen und die Frauen zu vergewaltigen.

Das Osmanische Reich war fast vierhundert Jahre alt, und es war müde und korrupt. Seine Untertanen hatten sich daran gewöhnt, das Unannehmbare zu akzeptieren. Vor fünf Jahren hatte es einmal Grund zur Hoffnung gegeben. Als die Jungtürken den Sultan absetzten, hatten die Juden, die Armenier, Griechen, Araber und andere Minderheiten im Reich frohlockt. Aber sie wurden alle bald eines Besseren belehrt. Ihre Hoffnungen auf ein Reich »mit freien und gleichberechtigten Bürgern«, wie es das Triumvirat versprochen hatte, waren zerronnen, und nach fünf Jahren war nichts mehr davon übrig. Die drei neuen Herrscher ergingen sich in kleinlichem Gezänk, erbärmlichen Intrigen und hatten vor allem nur ihr eigenes Überleben zum Ziel. Es wurde immer deutlicher und beunruhigender erkennbar, daß »osmanisch« gleich türkisch war, und Millionen von Juden und Christen im ganzen Reich begannen um ihr Leben zu fürchten. Vor wenigen Wochen war ein neuer Polizeichef nach Palästina gekommen, und sein Ruf als Judenhasser war bereits bis zu den nördlichen Siedlungen gedrungen. Es hieß, seine erste Amtshandlung nach seiner Ankunft in Jaffa sei die Hinrichtung eines Juden gewesen. Er ließ ihn hängen, weil er der erste Jude war, den er an seinem Hauptquartier vorbeigehen sah — »zur Warnung«, wie er sagte.

Nein, dachte Sara, es war nicht schwer, sich vorzustellen, daß sie in Palästina unter den Briten besser leben würden als jetzt unter den Türken. Man wußte außerdem, daß etliche Mitglieder des britischen Parlaments sehr dafür eintraten, aus Palästina einen jüdischen Staat zu machen — eine so wundervolle Vorstellung, daß die Juden kaum davon zu träumen wagten. Aber Krieg! Krieg bedeutete Hunger und Tod. Es bedeutete, daß alle ihre Brüder fortgehen müßten und daß einige oder vielleicht alle nicht wiederkämen, daß sie kämpfen und sterben müßten für die Türken, die sie verabscheuten. Als Juden würde man sie an die vorderste Front schicken. Sie würden abgeschlachtet werden wie Vieh. Sara wischte und rieb mit immer schnelleren Bewegungen über die Teller und Schüsseln, während die Unterhaltung der Männer lauter und hitziger wurde. Fatmas normalerweise mürrisches Gesicht wirkte völlig versteinert, und Leila war den Tränen nahe.

»Wollt ihr endlich still sein!« explodierte Sara. »Wollt ihr, daß euch alle Welt hört? Merkt ihr denn nicht, daß es Verrat ist, was ihr hier redet — ihr könnt uns alle ins Kittchen bringen, noch bevor euer toller Krieg beginnt!«

»Setz deinen Hut auf, Becky. Wir holen jetzt die Eier für Daniels Mutter. Und du kommst auch mit, Leila«, fügte sie hinzu, weil ihr das Mädchen leid tat. Sara schnappte sich ihren Hut von dem Haken an der Tür und wandte sich noch einmal den Männern zu. »Ehrlich gesagt, ich hab's satt, dieses Gerede vom Krieg. Aber wenn ihr wirklich der Meinung seid, daß es dazu kommt, solltet ihr aufhören zu reden und lieber ein paar Vorbereitungen treffen. Wir werden Vorräte kaufen müssen — Öl, Zucker, Salz. Wir brauchen geeignete Plätze, um sie zu verstecken. Außerdem sollten wir mehr Hühner halten und Kaninchen züchten. Ich bin nur eine Frau«, schloß sie mit der ganzen Verachtung, die sie aufbringen konnte, »und mein Leben ist völlig wertlos, aber ich habe die Absicht, es zu behalten.« Damit drehte sie sich um und verließ mit Becky und Leila die Küche.

Die Männer sahen sich stumm an. Abram klopfte seine

Pfeife aus und starrte auf die Tür, durch die seine Tochter eben hinausgegangen war. »Sie klang genau wie einst ihre Mutter«, sagte er versonnen und nicht ohne einen gewissen Stolz.

Sam zog die Augenbrauen hoch. »Kaninchen sind keine schlechte Idee«, sagte er nachdenklich. »Ich versuche, ein paar in Hadera aufzutreiben.«

»Nimm die Winchester mit, sei so gut«, sagte Aaron. »Nissim Aloni soll sie sich mal ansehen — der Abzug klemmt manchmal.« Sam nickte. Nissim Aloni war nach außen hin ein normaler Schmied, aber er war auch der beste Büchsenmacher in ganz Palästina.

»Ein paar zusätzliche Gewehre zu kaufen wäre vielleicht auch eine gute Idee«, sagte Alex. Aaron blickte sich um. Außer den Männern war nur noch Fatma im Zimmer, die den Herd putzte. Sie war Familie. Theoretisch durften die Juden pro Siedlung nur ein paar Gewehre besitzen. Jetzt, nachdem offensichtlich jeder Jude als möglicher Spion galt, war der Kauf eines Gewehrs ein noch heikleres Geschäft als bisher.

»Ich werde versuchen, Joe Lanski zu erwischen«, meinte Aaron.

»Bist du sicher, daß wir ihm trauen können?« fragte Robby zweifelnd.

»Ich denke schon — was das betrifft. Einige Leute sagen, er kollaboriert mit den Türken; andere, er sei Geheimagent für die Amerikaner. Jedenfalls ist er Jude, und wir verraten einander nicht, auch wenn wir verschiedene Meinungen haben.«

Er blickte in die Runde, und jeder nickte. »Dann werde ich mich mit Lanski in Verbindung setzen, sobald ich kann.«

Als erstes ging Sam in Hadera zu Nissim Aloni, dem Schmied, und dort erfuhr er auch gleich den Grund für Daniels Schweigen.

96

»Malaria«, sagte Nissim Aloni, während er sich den klemmenden Abzug des Gewehrs ansah. Sam schüttelte mitfühlend den Kopf. Nur wenige blieben in dieser von Sümpfen verseuchten Gegend, wo die Moskitos gediehen, gesund. »Anscheinend hat er schon lange keinen Anfall mehr gehabt, und du weißt ja, was sie sagen: Je länger er ausbleibt, um so schlimmer wird er.« Die Malaria in dieser Gegend war eine immer wiederkehrende und oft tödliche Krankheit. Von den ersten Siedlern waren beim Trockenlegen der Sümpfe so viele an Malaria gestorben, daß die Araber diese Siedler die »Kinder des Todes« nannten.

»Kannst du es reparieren?« fragte Sam besorgt, als Nissim Aloni den Gewehrlauf untersuchte.

»Komm in einer Stunde wieder. Dann hab’ ich es fertig«, sagte der Schmied und verschwand in der Dunkelheit seiner Werkstatt.

Zehn Minuten später sah Sam das weißgetünchte zweistöckige Haus der Rosens vor sich. Die Rosens waren 1882 aus Rußland gekommen, im selben Jahr wie die Eltern Levinson aus Rumänien, und gehörten zu dem ersten halben Dutzend Pionierfamilien in dieser Siedlung. Ihr Haus lag im ältesten und hübschesten Teil des Dorfes.

Als Sam auf der ansteigenden Straße auf das Haus zuritt, sah er Maya Rosen am offenen Fenster sitzen und nähen. Sie winkte ihm zu, und als sie ihm die Tür öffnete, war er bereits abgestiegen und hatte sein Pferd am Torpfosten festgemacht. Jedesmal, wenn Sam Daniels Mutter sah, fragte er sich, wie schön sie früher gewesen sein mußte. Heute war ihr edles slawisches Gesicht zerfurcht von den fast unmenschlichen Strapazen des Siedlerlebens. Ein paar Zähne fehlten, die Wangen waren faltig und eingefallen, aber dem feinen Knochenbau und den schimmernden dunklen Augen — Daniels Augen — hatten weder das harte Leben noch die Zeit etwas anhaben können.

Frau Rosen nahm Sams Hände und schüttelte sie herzlich. »Du willst sicher Daniel besuchen. Er hat wieder einen Malariaanfall gehabt. Er liegt oben in seinem Zimmer. Aber, Sam — keine Politik! Er ist noch nicht ganz auf dem Damm!« Lächelnd versprach Sam, aufregende Themen zu meiden. »Und wie geht es euch allen?« fragte sie und ließ endlich seine Hände los.

»Oh, alles ist wohlauf«, antwortete er fröhlich. »Ich habe Ihnen ein paar Eier von Sara mitgebracht. Sie läßt herzlich grüßen. Und wie ging es Ihnen mit Ihrem Patienten?«

»Ach, er ist ja nicht ganz einfach, der Junge. Brütet vor sich hin wie eine Schlange im Käfig.« Maya seufzte. »Geh hinauf zu ihm. Ich mache euch eine Tasse Tee.«

Sam lief die schmale Stiege hinauf, immer zwei Stufen auf einmal nehmend, aber vor Daniels Tür blieb er einen Augenblick stehen, bevor er klopfte. Er hätte es nicht zugegeben, wenn man es ihm gesagt hätte, nicht einmal gegenüber sich selbst, aber die Wahrheit war, daß Sam immer ein wenig Angst vor Daniel hatte und sich, wenn er allein mit ihm war, nie ganz unbefangen fühlte. Als Kind hatte er diesen Freund seines älteren Bruders wie einen Helden verehrt, und ein Rest dieser kindlichen Ehrfurcht war heute noch in ihm vorhanden.

Er klopfte an, aber es kam keine Antwort. Als er die Tür öffnete, sah er Daniel auf dem Bett in der gegenüberliegenden Ecke des Zimmers liegen. Er atmete flach, sein Kopf lag zur Seite geneigt auf dem Kissen, ein Arm hing auf den Boden herab. Durch das offene Fenster wehte ein leichter, nach Trauben und Zucker duftender Wind. Daniel hatte stark abgenommen, und das Licht, das von den gekalkten Wänden fiel, ließ ihn noch bleicher und magerer aussehen, als er ohnehin war.

Sam stellte einen Stuhl neben das Bett und berührte sanft Daniels Arm. Er kam sich vor wie ein Kätzchen, das die Aufmerksamkeit eines Panthers auf sich ziehen wollte. Daniel schlug die Augen auf. Sie waren fieberglänzend und trüb. Als er versuchte, sich aufzusetzen, sank er sofort wieder auf das Kissen zurück.

»Verzeih meine schlechten Manieren, Sam, aber ich bin noch ziemlich schwach.«

Sam nickte. »Ja, ich weiß. Bleib liegen und ruh dich aus — in ein, zwei Tagen bist du wieder in Ordnung.«

»Ich nehme an, du kommst wegen des Pferdes — tut mir leid, daß ich es euch entführt habe.« Mühevoll gelang es Daniel, sich gegen die Wand gestützt etwas hochzuschieben. Er seufzte verdrossen. Diese ständige Schwäche machte ihn wahnsinnig, und das bißchen Kraft, das er noch hatte, vergeudete er, indem er gegen seine Schwäche wütete. »Es steht bei meinen Vettern. Josh sagte, er oder Ben würden es nach Zichron bringen, aber vermutlich hatten sie beide keine Zeit.«

»Wenn du den Wallach brauchst, kannst du ihn für eine Weile behalten«, sagte Sam rasch. »Ich bin nur gekommen, um zu erfahren, was mit dir los ist. Aaron hat sich Sorgen gemacht.«

»Er kommt nicht klar ohne mich, was?« sagte Daniel mit einem Anflug seines alten Grinsens. »Nein. Nimm das Pferd mit — mir wurde von Scheich Suleiman ein Araberhengst versprochen.« Der Scheich war Daniels geistiger Vater und ein guter Freund. Als Daniel dreizehn Jahre alt war, schickte ihn sein Vater zu den Suleimans; er sollte bei ihnen leben und Arabisch lernen. »Wenn wir eine Zukunft haben wollen, dann müssen Araber und Juden lernen, miteinander zu leben«, war die oft wiederholte Maxime von Daniels Vater. Nach einem halben Jahr hatte Daniel die Zuneigung des Scheichs und, was noch wichtiger war, seine Achtung erworben. Daniel freute sich auf den Tag, an dem er hinausreiten konnte, um den Hengst zu holen.

»Daß du mir im Bett bleibst!« sagte eine warnende Stimme von der Tür her. Frau Rosen kam mit zwei Gläsern Tee ins Zimmer. Sie stellte sie auf den Nachttisch und schüttelte

Daniels Kissen auf. »Hast du verstanden?« Sie drohte mit dem Finger. Mit einem Lächeln für Sam verließ sie das Zimmer und schloß leise die Tür.

»Arme Mutter«, sagte Daniel nachdenklich. »Sie ist sehr einsam seit Vaters Tod, und ich war ihr keine große Hilfe.«

»Sara wollte mich eigentlich begleiten, aber Aaron erlaubte es nicht«, platzte Sam heraus, dem nichts anderes einfiel, um das Schweigen zu brechen, das sich über das kleine Zimmer gesenkt hatte. »Sie hat deiner Mutter ein paar Eier geschickt«, fügte er lahm hinzu.

Daniel trank seinen Tee und zog es vor, nichts dazu zu sagen. Er wollte nicht über Sara sprechen. Sie und das Fieber hatten ihm in den vergangenen fünf Tagen genug zugesetzt.

»Warum hast du deine Malariapillen nicht genommen?« fragte Sam, als er ein volles Pillenglas neben Daniels Bett bemerkte. Daniel warf ihm einen verächtlichen Blick zu. Sam lachte. Mit den kleinen gelben Tabletten fühlte man sich genauso krank wie ohne sie.

»Wir bekamen heute morgen eine Ausgabe des *Tanin*.« Sam versuchte es mit einem Themawechsel. »Sie ist erst fünf Tage alt. Sie schreiben, daß . . .«

»Du glaubst doch nicht, daß in diesem Schundblatt ein einziges wahres Wort steht?« unterbrach ihn Daniel und funkelte ihn böse an. »Die Wahrheit ist in diesem Teil der Welt eine gefährliche Waffe.«

Sam stand auf, ärgerlich über sich selbst, denn er hätte mit der Reaktion Daniels bei der Erwähnung des Tanin rechnen müssen. »Ich werde jetzt lieber gehen, damit du dich ausruhen und schlafen kannst.«

Daniel schloß die Augen, um die Schwäche, die ihn plötzlich befiel, vorübergehen zu lassen, und fuhr sich mit der Hand über die Stirn. »Jahrhunderte liegen vor mir, in denen ich mich ausruhen kann«, sagte er mit eisigem Humor. »Aber du hast recht — ich muß schlafen. Sag Aaron, ich käme in ein paar Tagen.« Damit ließ er sich auf das Bett zurücksinken und schlief tief und fest, noch bevor Sam die Tür hinter sich geschlossen hatte.

Es war kurz vor vier Uhr nachmittags, als Sam mit dem braunen Wallach an der Führleine auf den steinigen Feldweg bog, der zur Schmiede führte. Er würde sich beeilen müssen, um noch vor der Dunkelheit nach Hause zu kommen. Sobald er Hadera hinter sich gelassen hätte, würde er schneller vorankommen. Der Ritt von Ben und Josh bis hierher hatte viel Zeit gekostet. Um diese Tageszeit saßen alle an den offenen Fenstern oder auf ihren Veranden, und er hatte überall anhalten und Leute begrüßen müssen. Als er weiterritt, sann er über die zielstrebige Energie dieser Menschen nach, die mit nichts hier angekommen waren und viele Jahre geschuftet hatten, um die Siedlung anzulegen. Sie hatten Häuser gebaut, Land kultiviert, geheiratet und eine neue Generation großgezogen. Sie hatten die Verlockungen eines weniger weltabgewandten Lebens ignoriert und gearbeitet und gebetet. Ihr einziger Luxus waren Bücher und Musikinstrumente, die sie sich aus Europa kommen ließen, um nicht nur körperlich, sondern auch geistig lebendig zu bleiben. Sam empfand eine tiefe Liebe zu seinem Volk und einen tiefen Frieden. Die Hufe der Pferde klapperten. In der Ferne klimperte jemand auf einem Klavier. Im Schatten eines alten Olivenbaums saßen zwei arabische Feldarbeiter. Sie dengelten ihre Sensen und grüßten freundlich, als Sam vorbeiritt.

Bevor der Weg vor ihm in ein Feld mündete, bog Sam ab und ritt in den großen Hof vor der Werkstatt des Schmieds. Er stieg ab und führte die Pferde an den Wassertrog, um sie vor dem Heimritt zu tränken. Er lockerte den Sattelgurt, befestigte die Zügel an einer zerzausten Palme, verscheuchte ein mageres Huhn, das gackernd vor seine Füße lief, und wandte sich dann der Schmiede zu.

Nissim Aloni trat aus seiner düsteren Werkstatt und blinzelte gegen die grelle Sonne. »Ich habe dein Gewehr repariert. Du mußt nur aufpassen . . .« Er schwieg plötzlich und schien gespannt zu horchen. Sam wollte etwas sagen, aber Nissim winkte ab. Dann hörte auch Sam das Geräusch, und die beiden Männer tauschten einen grimmigen Blick. »Die Saptieh«, sagte der Schmied. »Und es hört sich an wie ein ganzer Trupp, nicht nur wie eine reguläre Patrouille. Der Teufel soll sie holen!« Er spuckte in den Sand.

Schrille Hornsignale und ein dumpfes, stetiges Trommeln störten den Frieden dieses Nachmittags. Trommeln bedeuteten immer schlechte Nachrichten; sie meldeten, daß die türkische Polizei anrückte und offensichtlich mehr wollte als nur das übliche Bakschisch. Sams Magen zog sich zusammen. Jeder in dieser Gegend hatte instinktiv Angst vor den Saptieh. Sie konnten uneingeschränkt ihre Macht ausüben. Sie sperrten Menschen ein, nur weil ihnen ihr Gesicht nicht gefiel, und sie konnten ihre Opfer bewußtlos schlagen, nur weil sie gerade Lust dazu hatten.

»Was glaubst du, wollen sie diesmal?« stotterte Sam. Seine Hände zitterten leicht.

»Wahrscheinlich geben sie einen neuen Erlaß bekannt, irgend etwas gegen die Juden. Wetten, daß es der Eröffnungszug im Spiel unseres neuen Polizeichefs gegen die Siedlungen ist. Der Stock von Hamid Bek ist angeblich nicht mit Leder, sondern mit Hautstreifen von den Füßen seiner Gefangenen umwickelt.«

»Mein Gott, verschone mich mit den gräßlichen Einzelheiten. Ich habe keine Reiseerlaubnis bei mir. Wenn sie mir Schwierigkeiten machen wollen . . .«

»Ist dein Gewehr registriert?«

Sam wurde bleich. »Ich weiß nicht — vielleicht nicht.« Nissim eilte in die Schmiede zurück. Sam blieb ihm dicht auf den Fersen.

»Stecke es da hinein«, sagte Nissim und deutete auf einen großen Sack voll Rauhfutterweizen. Sam riß die Winchester aus dem Gewehrständer und vergrub sie im Getreide. »Ich bin in dieses Land gekommen, um Pferde zu beschlagen, und jetzt repariere ich Gewehre, bastle Munition und spiele den Schiedsrichter für die verfluchten Türken«, sagte der Schmied mit einem schiefen Lächeln und wischte sich mit seinem muskulösen Unterarm den Schweiß von der Stirn. »Los, komm«, sagte er und nahm Sams Arm. »Wir gehen lieber auf den Dorfplatz, wo du in der Menge untertauchen kannst. Dort bist du wahrscheinlich ziemlich sicher.«

Das Geräusch von galoppierenden Pferden trieb sie rasch wieder hinaus auf den Hof. Es waren Ben und Josh, die ihre Pferde abrupt zum Stehen brachten, als sie Nissim und Sam aus der Schmiede kommen sahen.

»Es sind die Saptieh«, rief Josh. Sein Gesicht war rot vor Zorn und schweißüberströmt von dem scharfen Ritt über die Felder. »Und sie wollen mehr als nur ihr Bakschisch.«

»Sie haben den alten Uri gefesselt«, rief Ben, und seine Jungenstimme überschlug sich fast vor Aufregung. »Und jetzt führen sie ihn zum Dorfplatz zum Verhör.« Uri Golan war einer der Dorfältesten und der Mann, mit dem die Türken gewöhnlich verhandelten. »Und was zum Teufel tust du noch hier?« fügte er erstaunt hinzu, als er Sam sah. »Jetzt mußt du eben mit uns kommen. Aus Hadera kommst du jetzt nicht heraus.«

»Sind alle Gewehre gut versteckt?« fragte Josh, während er abstieg und sich am Trog Wasser über den Kopf goß. Jede Siedlung hatte ihr illegales Waffenarsenal, und Nissim Aloni war für das in Hadera verantwortlich.

Nissim nickte und sah plötzlich sehr alt aus.

»Ich treffe euch auf dem Dorfplatz.« Ben wendete sein Pferd und galoppierte mitten durch die entsetzt auseinanderstiebenden Hühner ins Dorf zurück. Eine kleine Weile war im Hof nur das Zetern und Gackern der Hühner zu hören.

»Ich nehme an, uns steht noch eine ganz andere tierische Brutalität bevor«, sagte Nissim mit einem Seufzer. Er ging in die Werkstatt, um einen kleinen Beutel mit Goldmünzen zu holen, falls sich die Möglichkeit ergab, daß sie sich aus einer Schwierigkeit herauskaufen konnten. Dann sattelte er mit müden Bewegungen sein Pferd, und zu dritt brachen sie auf.

»Wo ist Daniel?« fragte Josh plötzlich. »Hoffentlich ist er noch zu schwach, um ein Gewehr zu halten.« Sam hatte so ziemlich das gleiche gedacht.

»Oder seine Stimme zu heben. Als ich vor einer Stunde bei ihm wegging, schlief er tief und fest.«

»Hoffentlich schläft er noch eine Weile. Nach vier Jahren Redefreiheit in Frankreich hat er vermutlich vergessen, wie man hier kuschen muß. So recht hat er das ja nie gekonnt. Eine seiner kleinen Reden, und wir können ihn heute portionsweise einsammeln. Sie sind in letzter Zeit sehr empfindlich geworden.«

Bedrückt ritten sie weiter.

Als sie den Dorfplatz erreichten, hatte sich dort bereits eine unruhige Menge versammelt, deren bitteres Murren vom Scharren der Pferdehufe, dem Rasseln des Zaumzeugs und den schnarrenden Kommandorufen übertönt wurde. Obwohl das beharrliche Trommeln bedeutete, daß alle Dorfbewohner vor der Polizeitruppe zu erscheinen hatten, waren die ledigen Frauen und die Kinder in den Häusern geblieben. Nur die älteren Frauen waren da, um jeden Protest, den ihre Männer vielleicht erheben wollten, von vornherein zu unterbinden. Sie wollten, daß ihre Männer und Söhne am Leben blieben.

Seit Wochen kursierten Gerüchte über den neuen Polizeichef in Jaffa, und jede kleine Veränderung in der Routine der Saptieh gab Anlaß zur Sorge. Der Teufel, den man kennt, ist einem lieber als einer, den man nicht kennt. An den alten Polizeichef hatte man sich gewöhnt. Nun, mit dem neuen Kommandanten, mußte man wieder neue Tricks lernen und neue Mittel und Wege finden, um Unheil zu vermeiden.

Die Mitglieder des Gemeinderats standen in einer kleinen Gruppe auf den Stufen der Synagoge. Obwohl sie eine würdige Haltung an den Tag legten, konnten sie ihre Besorgnis nicht völlig verbergen, während sie dort auf die Ankunft der unwillkommenen Gäste warteten.

Schließlich ritten die Saptieh ein. Ein keck um sich blickender Sergeant führte eine Schar von zwanzig berittenen Soldaten an. Die scharlachroten Uniformen hoben sich scharf von den weißen Mauern der Häuserzeile ab. Der friedliche Dorfplatz, über den Sam noch vor kurzem geritten war, bot nun ein völlig anderes Bild.

Eine unnatürliche Stille senkte sich über den Platz, die nur von dem Gewinsel eines tollwütig aussehenden Hundes undefinierbarer Rasse unterbrochen wurde, der den Soldaten ins Dorf gefolgt war. Jeder starrte auf den Hund, um nicht auf Uri, den ältesten Siedler im Dorf, schauen zu müssen, der mit einem Strick am Sattel des Sergeanten festgebunden war. Obwohl Uri gefesselt war, brachte er es fertig, würdevoll und trotzig auszusehen: ein stolzer Mann, der mit seinem Blick die Macht des türkischen Reiches herausforderte.

Der Sergeant ritt geradewegs auf die Dorfältesten zu, stieg jedoch nicht ab. Er sagte etwas zu den Saptieh, die sofort Stellung bezogen und ihre Gewehre lässig vor sich über den Sattel legten. Allein ihre gelangweilten Mienen waren eine Beleidigung. Der Hund, der für ein paar Augenblicke Ruhe gegeben hatte, begann plötzlich wie wild zu bellen und lief zwischen den Beinen der Pferde hin und her. Er zog nun auch die Aufmerksamkeit des Sergeanten auf sich, der den Hund als lästig empfand, weil er von seiner Autorität ablenkte. Der Bastard störte die militärische Ordnung.

»Erschießen«, befahl er barsch und blickte mit Augen, die so gelb waren wie die des Hundes, unsicher um sich. Ein Schuß krachte, und unter dem zuckenden Körper des Hundes breitete sich eine Blutlache aus. Die Pferde tänzelten nervös.

»Wegschaffen«, befahl der Sergeant. Während einer der Männer vom Pferd sprang, wandte sich der Sergeant an die Dorfältesten. Der von den Häusermauern widerhallende Schuß hatte eine Krähenschar aufgeschreckt, die in den Bäumen hockte und nun lärmend über dem Dorfplatz kreiste, so daß die ersten Worte des Sergeanten in ihrem Gekrächze untergingen. Hinter einer der verschlossenen Türen begann ein Baby zu schreien.

Sam empfand beinahe Mitleid mit dem Sergeanten, der unter normalen Umständen mit dem Mann, der jetzt sein Gefangener war, Kaffee getrunken hätte. Auch der Sergeant wünschte sich an einen anderen Ort. Bis zu Hamid Beks Ernennung war sein Leben einfach gewesen; er machte die Runde über die Dörfer, trank Kaffee und kassierte Bakschisch. Von dem knappen Sold konnte kein Mensch leben, das wußte jeder, und seine Beziehungen zu den Einheimischen waren zwar nicht gerade freundschaftlich, aber immerhin zivilisiert. Nun spürte er, wie ihm eine stumme Feindschaft entgegenschlug. Fluch und Verdammnis über Hamid Bek, dachte er respektlos. Und dann wandte sich sein Zorn gegen die Menschen auf dem Dorfplatz. Warum, um alles in der Welt, wollten diese Leute ausgerechnet hier in dieser Sand- und Schlammwüste leben? Sie verdienten, was ihnen bevorstand.

Er schob das Kinn vor und redete Nissim an, der, abgesehen davon, daß er der größte der Gemeinderäte war, fließend türkisch sprach.

»Ich komme mit Befehlen und einem Edikt, das der

ruhmreiche Enver Pascha persönlich erlassen hat.« Er machte eine kleine Pause, um seine Worte wirken zu lassen. Dann holte er ein etwas dürftig aussehendes Dokument aus seiner Uniform, faltete es auseinander und hielt es in die Höhe, damit es alle sehen konnten. Das Papier war von so schlechter Qualität, daß es in dem leisen Windhauch, der über den Platz zog, flatterte – ein weiterer Umstand, der den Sergeanten ärgerte, denn zu Zeiten des Sultans waren alle Erlasse auf Pergament geschrieben. Dieser billige Fetzen Papier schien auf gewisse Weise die Bedeutung seiner Person und seines Auftrags zu untergraben. Also reckte er die Schultern und fuhr in barschem Ton fort: »Dieses Edikt bestimmt, daß die jüdischen Siedlungen in Palästina alle nichtregistrierten Waffen abliefern müssen – alle illegalen Waffen –, habt ihr verstanden?« Der Sergeant warf einen kurzen Blick auf die Menge und sah ein Meer von ausdruckslosen Gesichtern. »Wenn sie uns nicht freiwillig ausgehändigt werden, haben wir Befehl, sie zu suchen.« Er grinste boshaft. Seine Zähne blitzten weiß in seinem dunklen Gesicht.

»Warum die Waffen aus den jüdischen Siedlungen, Effendi Sergeant? Warum nicht arabische oder griechische Waffen? Wir Juden sind alle treue Untertanen des Reichs.« Nissim sprach besonders ruhig und höflich, obwohl er innerlich alles andere als ruhig war. Der Sergeant zuckte die Achseln. Er wußte darauf ebensowenig eine Antwort wie die Juden. Mit den Juden hatten er und seine Männer viel weniger Probleme als mit den anderen Minderheiten in Palästina. Um seiner Frustration Luft zu machen, zerrte er heftig an dem Strick, um den alten Mann näher heranzuholen.

»Was hast du über illegale Waffen zu sagen, Effendi Uri? Welche Antwort wirst du mir geben?«

Der alte Mann hob die Augen und starrte den Sergeanten an, und sein Gesicht war plötzlich dunkel vor Zorn. Als er jedoch den flehenden Ausdruck im Gesicht seiner Frau sah, senkte er den Blick und blieb ruhig.

»Wir haben keine illegalen Waffen, Effendi Sergeant. Nur einige registrierte Gewehre, um uns vor Banditen zu schützen.«

»Ich rate dir dringend, noch einmal nachzudenken.« Die Stimme des Sergeanten klang gepreßt. »Oberst Hamid Bek, dem neuen Kommandanten von Jaffa, liegt sehr viel daran, daß ich mit jüdischen Waffen zurückkehre. Ich habe Befehl, sie um jeden Preis einzuziehen. Ich bin bereit, hier rund um die Uhr zu sitzen und zu warten. Wenn es sein muß, mehrere Tage. Obwohl ich nicht glaube, daß das nötig sein wird.« Wie um zu zeigen, wieviel Zeit er hatte, nahm der Sergeant eine Handvoll Sonnenblumenkerne aus seiner Tasche und begann, sie mit den Zähnen zu knacken. Die Schalen spuckte er auf die Erde. Die Menge wurde unruhig. Jeder wartete, daß einer die Initiative ergriff.

»Warum wurde die Suche nach Waffen überhaupt angeordnet, Effendi Sergeant?« fragte Nissim. Er klang noch immer höflich, aber in seiner Wange zuckte ein Nerv, ein sicheres Zeichen für seinen mühsam unterdrückten Zorn. »Kennt Ihr den Grund, Effendi Sergeant?« Daß Nissim die Bedeutung seiner Position in Frage stellte, ärgerte den Sergeanten, aber auch er behielt die Kontrolle über sich.

»Das geht euch nichts an.«

»Mein lieber Effendi, das geht uns sehr wohl etwas an. Ohne die Handvoll Waffen, die wir haben, um uns zu schützen, sind wir den Angriffen von Banditen und Mördern ausgeliefert.« Nissims Selbstbeherrschung schwand allmählich, und seine geballten Fäuste zeigten seine wahren Gefühle. Er hätte dem Sergeanten am liebsten den Schädel eingeschlagen.

Auch der Sergeant verlor seine scheinbare Gelassenheit. Er hatte das Gefühl, ständig gereizt zu werden. Schließlich war er es, der hier das Kommando führte, und es wurde allmählich Zeit, dies ein für allemal klarzustellen. Blitzartig riß er seine Peitsche aus dem Gürtel und ließ sie wie eine Schlange über die Köpfe der Menge sausen — hin und zurück. Sein Pferd, das in der Sonne gedöst hatte, erschrak und tänzelte ein wenig. Auf der Oberlippe des Sergeanten hatten sich Schweißperlen gebildet.

»Ihr werdet mir die Waffen ausliefern — jede einzelne —, hier und jetzt!« schrie er und ließ das Ende der Peitsche auf Uris Kopf niedersausen. Ein dünner blutiger Streifen erschien auf dem Gesicht des alten Mannes, wurde breiter und breiter, bis sein Bart rot von Blut war. Plötzlich drangen zornige Stimmen aus der Menge, und Uris Frau schrie laut auf. Sam, der das Geschehen mit zunehmendem Entsetzen beobachtet hatte, entdeckte plötzlich Daniels Mutter, die nervös ihre Schürze knüllte und sich ständig nach ihrem Haus umsah. Vermutlich dankte sie Gott, daß es so weit vom Dorfplatz entfernt lag und daß ihr Sohn ans Bett gefesselt war.

Uri zuckte nicht mit der Wimper. »Keine falschen Rücksichten«, sagte er warnend zu den Dorfältesten mit einem verächtlichen Blick auf den Sergeanten. »Er kann mich foltern, bis ich sterbe — oder bis er begreift, was ganz offensichtlich die Wahrheit ist. Es gibt keine Waffen. Und damit Schluß.«

Der Sergeant kniff die Lippen zu einem schmalen Spalt zusammen. Er ärgerte sich, daß er die Beherrschung verloren hatte. Auf diese Weise, das wußte er, käme er nicht zum Ziel. Er konnte diesen Mann foltern, bis er halbtot vor Schmerzen wäre, und würde doch nichts aus ihm herausbekommen. Die Erfahrung hatte ihn gelehrt, daß die Männer, die die Geheimnisse kannten, die schlimmsten Folterungen ertrugen. Foltern an sich war Routine, wenn aber einer dabei starb — und diese Leute hielten durch bis zum Tod —, dann war das eine Straftat. Richtiges Foltern war eine Kunst. Heute war kein guter Tag dafür.

Aber er hatte noch eine Trumpfkarte, und die würde er jetzt ausspielen. »Also gut. Keine Waffen. Eine Enttäuschung — zugegeben«, sagte er, indem er sich umdrehte und erst die Menschen auf dem Platz, dann das Dorfkomitee musterte. Plötzlich war er der Fanatiker, den alle in ihm vermutet hatten. »Ich sehe, daß keine einzige junge Frau zu unserer Begrüßung erschienen ist«, sagte er im Plauderton und fügte dann schadenfroh hinzu. »Wenn ihr uns schon keine Gewehre bringen könnt, dann bringt uns eure Jungfrauen. Meine Männer haben in letzter Zeit schwer gearbeitet. Aber sie werden den Mädchen ein bißchen Spaß gönnen, nicht wahr, Jungs?« Die Soldaten grinsten. Ihnen gefiel diese Wendung der Ereignisse.

Der Sergeant wußte genau, was er tat. Schon flehten die um ihre Töchter bangenden Mütter ihre Männer an, die Waffen herauszugeben. Nissim sah, daß er geschlagen war — oder zumindest fast geschlagen. Ein paar Wochen zuvor hatte er, einer Vorahnung folgend, die Waffen der Gemeinde auf zwei verschiedene Verstecke verteilt. Nur das beunruhigende neue Edikt dämpfte seine Freude, daß er die Türken überlistet hatte. Mit der Miene eines völlig geschlagenen Mannes bat er den Sergeanten, ihm auf die Felder vor dem Dorf zu folgen.

Sam ritt in raschem Trab. Es wurde bereits dunkel, aber er fühlte sich sicher, denn sein Pferd kannte den Weg besser als er. Und das war doppelt gut so, denn die aufregenden Ereignisse der letzten Stunden beschäftigten sein ganzes Denken. Zum erstenmal würde er der Mann in der Familie sein, der Neuigkeiten nach Hause brachte und vorschlagen würde, was man unternehmen sollte. Er mußte dringend in Zichron Bescheid sagen, daß die Türken unterwegs waren, um Waffen zu konfiszieren — und daß ihnen jedes Mittel recht war, um an die versteckten Gewehre heranzukommen. Zichron hatte gegenüber Hadera einen großen Vorteil: Die Forschungsstation war amerikanisches Territorium. Wenn sie ihre Waffen dorthin schaffen konnten, bevor die Türken eintrafen, wären sie in Sicherheit. Denn selbst in ihrem jetzigen aufgebrachten Zustand würden es die Türken nicht wagen, in amerikanischen Besitz einzudringen.

Sam ritt auf dem braunen Wallach, der in Hadera gestanden hatte. Nach dem Urlaub von der Arbeit auf der Farm war er ungebärdig und nervös. Das andere Pferd, auf dem er nach Hadera geritten war, zerrte an der Führleine und hielt nur unwillig Schritt. Es wurde rasch dunkel. Der blaue Himmel färbte sich rosig bis purpurrot, und dunkle Wolken zogen am Horizont auf. Sam beschloß, die Hauptstraße zu verlassen und die Abkürzung am Fuß des Gebirges durch die Sümpfe zu nehmen. Der Weg war besonders in der Nacht nicht ganz ungefährlich, aber er kannte ihn gut. Nach den beunruhigenden Ereignissen dieses Tages trieb es ihn nach Hause. Er wollte, daß sie dort möglichst schnell Bescheid wußten, und er wollte in der gemütlichen Küche von einer nörgelnden Fatma umsorgt werden und dann ins Bett.

Inzwischen war es so dunkel geworden, daß die Küste nicht mehr zu sehen war. Nur ganz in der Ferne konnte Sam den Widerschein eines roten Lichts auf dem bewegten Wasser erkennen. Schwarz und massig ragten die Berge neben ihm empor. Am Himmel erschienen die ersten Sterne. In stetigem Tempo folgte Sam dem gewundenen Pfad durch Büsche und Dornengestrüpp, bis er die schmale Linie erreichte, wo das von Eukalyptusbäumen gesäumte kultivierte Land endete. Auf der anderen Seite der Bäume begann das Sumpfland, das jetzt in der Augusthitze fast völlig ausgetrocknet war. Sam ritt durch hohes Schilf, dorniges Gestrüpp und welke Binsenbüschel. Es roch nach Fäulnis und Brackwasser. Die Pferde haßten diesen Weg. Der Sumpfgeruch ängstigte sie, und sie schnaubten nervös. Sam trieb den Wallach an, der selbst im Dunkeln seinen Weg fand und jede gefährliche Stelle im Sumpf mied.

Die Wolken teilten sich, und ein großer heller Mond schien auf den einsamen Reiter und die Pferde. Das Wasser in den Tümpeln verwandelte sich zu silbrigen Teichen. Die einzigen Geräusche waren das Schnaufen der Pferde und das leise Knarzen des Sattels.

Als Sam durch ein dichtes Gebüsch ritt, das den Pferden fast bis zur Brust reichte, stieg ihm der Geruch von Holzrauch in die Nase. Sam erinnerte sich, was Fatma gesagt hatte. Die Sabiah trieben sich in der Gegend herum. Er ritt schneller und betete zu Gott, daß sein Entschluß, die Abkürzung zu nehmen, keine verhängnisvolle Dummheit gewesen sein möge. Auch die Pferde hatten etwas gemerkt; sie spitzten die Ohren und gingen nur zögernd voran. Sam flüsterte ihnen beruhigend zu, aber der Angstschweiß trat ihm auf die Stirn.

Irgend etwas blitzte im Gebüsch neben ihm auf und verschwand sofort wieder. Sam hielt an und horchte gespannt. Seine Augen glitten forschend über die mondbeschienenen Büsche. Was waren diese grotesken Schatten dort vor ihm? Ein langsames Schaudern lief über das Fell der Pferde, und Sam hörte das Knacken eines Zweigs. Hinter ihm bewegte sich etwas. Er saß reglos auf seinem Pferd und betete, daß es nur seine angespannten Nerven waren, die ihm einen Streich spielten.

Und dann hörte er ein Geräusch, das er sofort erkannte und das ihm einen eisigen Schauer über den Rücken jagte. Es war das Spannen eines Gewehrhahns. In derselben Sekunde wußte er, daß er nur zwei Möglichkeiten hatte: zu kämpfen oder zu fliehen. Kämpfen bedeutete sterben. Ohne nachzudenken, ließ er die Führleine fallen und überließ die braune Stute ihrem Schicksal, grub dem Wallach die Fersen in die Flanken und trieb ihn, sich flach an seinen Hals drückend, an. Der Wallach machte einen kleinen Satz und preschte voran ins Gebüsch. Er schlitterte und stolperte in der weichen moorigen Erde, aber Sams Panik war auf ihn übergegangen. Er stürmte drauflos, bis ein Schuß krachte und das Pferd mit einem heiseren Keuchen nach vorne taumelte, stürzte und Sam kopfüber abwarf.

Undeutlich erkannte Sam eine Gruppe von Beduinen, die mit blanken Dolchen über ihm standen, und er merkte, daß warmes Blut über sein Gesicht lief.

»Der Hund ist tot.« Die Stimme kam von weit her. Er sah noch, daß ein Stiefel nach ihm trat, spürte, wie sein Kopf zur Seite rollte. Dann senkte sich eine gnädige Finsternis über ihn, und er fiel in einen tiefen schwarzen Abgrund.

Gegen zehn Uhr abends gestanden sich die Levinsons ein, daß Sam etwas passiert sein mußte. Die erste Unruhe kam auf, als er nicht rechtzeitig zum Essen erschienen war, wie er es versprochen hatte. Aber sie sagten sich, daß er vielleicht nur etwas später losgeritten war; er würde bestimmt bald zurück sein und einen Riesenhunger mitbringen. Während des Abendessens dachten sie, daß er vielleicht aufgehalten worden war und beschlossen hatte, in Hadera zu übernachten und am nächsten Morgen zurückzureiten, obwohl sie es tief im Innersten für unwahrscheinlich hielten. Denn es war ein ungeschriebenes Gesetz der Gemeinde, daß ein Suchtrupp ausgeschickt wurde, sobald ein Gemeindemitglied nicht zur angegebenen Zeit — mit einem Spielraum von ein oder zwei Stunden — zurückkehrte. In einer Gemeinde, die so abgelegen war wie die ihre, war dies die einzige Möglichkeit, die Sicherheit des einzelnen einigermaßen zu garantieren. Niemand durfte allein reisen und wenn, nur am hellen Tag, und selbst dann waren die einzigen sicheren Straßen nur die, auf denen die Saptieh patrouillierten. Das letzte Tageslicht war vor zwei Stunden erloschen.

»Er müßte inzwischen zurück sein«, sagte Alex und fuhr sich mit den Fingern durch das blonde Haar. Nervös ging er im Wohnzimmer auf und ab, während die anderen bedrückt und schweigend am Küchentisch saßen. Sara fieberte vor Sorge. Der Ritt nach Hadera war ihre Idee gewesen – aus den eigensüchtigsten Motiven. Sie hatte bereits dafür gebüßt, als sie wütend zusehen mußte, wie Sam ohne sie los geritten war. Doch wenn ihm jetzt etwas zugestoßen war, würde sie sich das nie verzeihen.

»Ich habe das Gefühl, daß etwas Schreckliches passiert ist.« Ihre Stimme war fast nur ein Flüstern, und sie knüllte den Stoff ihres Rocks zwischen den Fingern, während sie versuchte, die schrecklichen Bilder zu verdrängen, die im Lauf der vergangenen Stunden immer wieder vor ihrem inneren Auge auftauchten.

»Was sollen wir deiner Meinung nach tun?« fragte Lev mürrisch und knackte mit den Fingern.

Sara blickte ihn gereizt an. Es war inzwischen ziemlich offensichtlich, was sie tun sollten, und seine Angewohnheit, mit den Fingerknöcheln zu knacken, machte sie wahnsinnig.

Aaron stand auf. »Ich denke, wir sollten nach ihm suchen. Vielleicht ist er gestürzt und hat sich verletzt, oder er hat das Pferd verloren und versucht, zu Fuß nach Haus zu kommen.« Er sah seinen Vater an und wartete auf seine Zustimmung. Abram, der bis jetzt schweigend dabeigesessen war, nickte. »Lev, würdest du bitte Manny und Robby holen«, bat er. Während der Erntezeit übernachteten sie im Dorf statt auf der Forschungsstation. Es würde nicht lange dauern, den Suchtrupp zusammenzustellen.

Sara blickte zu ihrem Vater und bemerkte plötzlich, wie schwer es ihm gefallen war, ihnen zuliebe seine Angst um Sam zu verbergen, und wie erleichtert er war, daß jetzt etwas unternommen wurde.

Aaron übernahm sofort das Kommando und begann, die Routen festzulegen, denen sie folgen wollten. »Alex und ich fahren mit Jezebel und übernehmen die Küstentraße – das geht mit dem Auto schneller und einfacher. Lev, wenn du

Manny und Robby Bescheid gesagt hast, bitte Abu, vier Pferde zu satteln. Dann könnt ihr – du, Abu, Manny und Robby – den Karmelkamm und die Sümpfe absuchen. Wenn er verletzt ist, kann er wer weiß wo stecken.«

»Ich ziehe meinen Reitrock an und komme mit euch«, sagte Sara, die sich ebenfalls nützlich machen wollte. Aber Aaron hob, ihren Eifer bremsend, die Hand. »Bitte, Aaron. Er ist mein Bruder«, bat sie flehend.

»Wenn etwas passiert ist, brauchen wir dich hier«, sagte er leise, und Sara, die einsah, daß vernünftig war, was er sagte, willigte ein.

Zwanzig Minuten später waren sie alle im Hof versammelt, fertig zum Aufbruch. Die vier Reiter saßen auf. Aaron und Alex standen neben dem Auto, das Alex bereits mit einiger Mühe angelassen hatte.

»Habt ihr genug Munition bei euch?« fragte Aaron. Sie nickten. »An der Weggabelung in den Sümpfen trennt ihr euch. Zwei können ein kleines Gebiet besser absuchen und sich gegenseitig besser im Auge behalten als vier. Wer ihn findet, schießt dreimal in die Luft. Wenn wir mehr oder weniger Schüsse hören, wissen wir, daß ihr Probleme habt, und wir werden versuchen, euch zu erreichen.«

Er warf einen Blick zum Himmel. »Zum Glück ist es eine mondhelle Nacht. Viel Glück, und Gott helfe uns«, sagte er und schaute den vier Reitern kurz nach, bevor er in den Wagen stieg.

Die vier jungen Männer ritten schweigend auf die Gebirgssilhouette zu. Eine Weile hörten sie das Tuckern des Automobils, das sich zur Küste hin entfernte. Trotz des Mondscheins kamen sie auf dem steinigen Weg nur langsam und mühsam voran, und als sie die Weggabelung erreichten, war der Mond von einer milchig weißen Dunstschicht verdeckt. Abu hielt an und gab durch Zeichen zu verstehen, daß er und Manny nach Westen weiterreiten würden und die beiden anderen den Weg entlang des Gebirges nehmen sollten. Es waren die einzigen Routen, abgesehen von der Küstenstraße, die Sam auf dem Rückweg von Hadera hätte nehmen können.

»Und ruft nicht nach Sam«, sagte Manny. »Wenn er von Beduinen überfallen wurde, könnten sie irgendwo auf der Lauer liegen, um auch den Suchtrupp zu schnappen.« Sie nickten einander zu und ritten, die Gewehre schußbereit quer über den Sattel gelegt, auf getrennten Wegen weiter.

Die Luft wurde stickig heiß, und es stank nach Morast. Mannys Pferd ging unruhig und übertrug seine Nervosität auf den Reiter. »Wenn ich nur besser sehen könnte«, flüsterte Manny Abu zu, der nur nickte und den Finger vor den Mund hielt. Manny tastete nach seinem Gewehr. Das trockene Husten eines vorbeihuschenden Schakals ließ ihn zusammenzucken, und er verfluchte sich für seine Schreckhaftigkeit. Bis zum äußersten gespannt, horchend und spähend, ritt er weiter.

Der Pfad wurde eng und kurvig, überall lagen Schottersteine und abgebrochene Zweige. Manny folgte der Fährte wie ein Spürhund, und plötzlich sah er Sams Gesicht, das in dem fahlen Mondlicht wie gebleichtes Gebein aussah. Er sprang vom Pferd und beugte sich über ihn. Sam lag so still, daß Manny fast das Herz stehenblieb.

Er kniete neben Sam nieder und fühlte nach seinem Puls. »Er ist tot — er muß tot sein«, sagte er nahezu hysterisch. Er flüsterte ein Stoßgebet, bevor er Sams Kopf vorsichtig auf die andere Seite drehte und eine klaffende Wunde entdeckte. Er betastete sie, und dann stieß er einen Seufzer der Erleichterung aus. Er fühlte Sams Puls.

Er wandte sich zu Abu, der ebenfalls abgestiegen war, und nickte. Abus Augen waren feucht, aber sein Gesicht war dunkel vor Zorn. Noch nie hatte Manny Abu so zornig erlebt. Abu hob sein Gewehr und feuerte einen Schuß ab, dann einen zweiten, und nachdem er nachgeladen hatte, den dritten.

»Hilf mir, ihn quer auf eines der Pferde zu legen – wir reiten abwechselnd«, sagte Manny. Und als er auf die Wunde blickte, fügte er hinzu: »Er ist wahrscheinlich gestürzt und hat sich an einem Stein aufgeschlagen.« Abu schüttelte den Kopf. Er hatte trotz des trüben Mondscheins die Spuren von mehr als einem Pferd gesehen.

»Dein Bruder hat großes Glück gehabt«, sagte Doktor Ephraim, als er sich aufrichtete, um seinen kunstvoll angelegten Verband zu bewundern. »Er ist mit einer kleinen Gehirnerschütterung davongekommen. Es passiert nicht oft, daß sich einer nachts herumtreibt und überlebt.« Nachdenklich schüttelte er den Kopf, während er die Instrumente in seiner Tasche verstaute. Sara lächelte. Sie wußte sehr gut, daß er selbst sich mehr als einmal nachts in den arabischen Gebieten »herumgetrieben« hatte, um Kranke zu besuchen oder wenn bei einem Beduinenstamm eine Epidemie ausgebrochen war. Aber wie alle Leute seines Schlags hatte er unsichtbare Schutzgeister, die über ihn wachten, wann und wo immer er unterwegs war. Niemand würde dem alten Arzt mit seinem weißen Haarschopf etwas zuleide tun. Sam hatte sich leider noch nicht den gleichen Respekt verdient.

»Er hatte mehr Glück als Verstand«, sagte Sara und drückte zärtlich Sams kalte Hand. Er öffnete kurz die Augen und lächelte matt.

»Schlaf jetzt«, sagte Doktor Ephraim. »Es ist alles unter Kontrolle.«

Sam war aus seiner Ohnmacht aufgewacht, sobald er auf sein Bett gelegt wurde, und er hatte berichten können, was geschehen war, bevor er erneut bewußtlos wurde. Der Suchtrupp war sofort ausgeschwärmt, um die Leute im Dorf zu warnen. Inzwischen waren alle Waffen der Dorfbewohner, die nicht bei der osmanischen Regierung eingetragen waren, bereits auf dem Weg in die Verstecke auf dem Gelände der Forschungsstation.

»Sam braucht jetzt völlige Ruhe«, sagte Doktor Ephraim, als er mit Sara das Zimmer verließ. »Sorg dafür, daß er sie bekommt, Sara. Dann wird er sich rasch erholen.«

»Ich werd's versuchen, Doktor«, sagte sie und schüttelte ihm zum Abschied die Hand. »Und vielen Dank.«

Es wurde bereits hell, als sie in Sams Zimmer zurückkehrte. Sam hatte wieder etwas Farbe im Gesicht. Müde von den Sorgen und Aufregungen der letzten zehn Stunden, sank sie in einen Sessel neben Sams Bett. Sie schloß die Augen, obwohl sie eigentlich wach bleiben wollte, und zum erstenmal, seit sie angefangen hatte, sich Sorgen um Sam zu machen, dachte sie nur an Daniel. Zumindest befand er sich bei seiner Mutter in Hadera in Sicherheit. Und bald würde er wieder hier bei ihnen sein. Sie hatten nichts zu befürchten, solange die Türken nicht in den Krieg eintraten.

Bitte, Gott, laß es nicht zu. Ich habe Angst. Bitte. Warum mußte jedesmal, wenn sich die Dinge gut anließen, irgend etwas dazwischen kommen?

Sie griff nach Sams Hand. Sie war jetzt wärmer, und sobald Sara fühlte, wie sich seine Finger um ihre Hand schlossen, schlief sie in ihrem Sessel ein wie ein kleines Kind.

Kapitel V

Saras Haar hing, noch etwas feucht nach dem Waschen, offen herab bis zur Taille. Sie stand im Schatten der Scheune und trödelte ein Weilchen, bevor sie hinaustrat in die Sonne, die auch noch während der letzten Stunden vor der

Abenddämmerung gnadenlos niederbrannte. Die eingetopften Pflanzen und kleinen Bäume, die den Hof säumten, waren eben erst gegossen worden, und Leila hatte zum zweitenmal an diesem Tag den gepflasterten Hof gesprengt, um den Staub zu binden. Das Ergebnis war eine kurze Erholungspause mit ein wenig kühler Luft, dem frischen Geruch von feuchter Erde und summenden Insekten, die vom Wasser angelockt wurden.

Obwohl Sara den Schrecken jener Nacht, in der Sam verwundet nach Hause gebracht worden war, noch nicht ganz überwunden hatte, befand sie sich in sehr guter Stimmung. Diese Tageszeit war ihr stets die liebste. Sie warf ihr Haar über die Schultern zurück, und mit dem seltenen und völlig unerklärlichen Gefühl, frei zu sein, ging sie hinüber zu der kleinen Wetterstation, die an der Südmauer angebracht war. Seit ihrem achten Lebensjahr hatte Sara diese kleine Aufgabe, die inzwischen zu einem Ritual geworden war, für Aaron erledigt und getreulich Temperatur und Luftfeuchtigkeit notiert. Als Kind war dies ihre wichtigste Aufgabe gewesen; mit ernster Miene, Block und Bleistift in den heißen Händen, war sie über den Hof stolziert. Nun ging sie etwas anders an diese Aufgabe heran, aber sie machte ihr immer noch Freude. Später durfte sie dann auch Gesteinsproben und Pflanzen beschriften, die Aaron von seinen Ausflügen mitbrachte.

Palästina, das am Schnittpunkt dreier Kontinente lag, zwischen zwei Meeren und drei Wüsten, hatte ein so vielfältiges Pflanzenleben, daß die überall im Land gemachten Entdeckungen die Botaniker und Agronomen auf der ganzen Welt in Erstaunen versetzten.

Sara teilte Aarons Interesse für Botanik, wenn nicht gar seine Leidenschaft, und sehr oft saßen die beiden in dem Arbeitsraum, den sich Aaron im Hof gebaut hatte, über den teuren europäischen Nachschlagewerken. Die lateinischen Namen zu finden war einfach; schwieriger war es mit den hebräischen und arabischen Entsprechungen. Jahrhundertelang hatte man auf Hebräisch nur gebetet. Saras Generation war die erste, die versuchte, wieder eine lebendige Sprache daraus zu machen. Im Alltag hebräisch zu sprechen war an sich schon nicht einfach, aber wissenschaftlich zu klassifizieren war beinahe unmöglich. Langsam und mit peinlicher Genauigkeit durchforschten sie die Bibel, und wenn sie den arabischen Fellachen, die in Zichron arbeiteten, zuhörten, vernahmen sie gelegentlich in der arabischen Namensgebung ein Echo der alten hebräischen Namen.

Als sie anfingen, die alten Namen aufzuspüren, legten sie eine Kartei an. Jede Pflanze bekam ein Kärtchen, auf dem ihr Name vermerkt war und der Ort, an dem sie gefunden wurde. Vor vier Jahren war Aaron von einer Vortragsreise in Amerika mit einer neuen Erfindung nach Hause gekommen, einer Remington-Schreibmaschine, und Sara hatte im Jahr darauf allein für die Pflanzenabteilung dreitausend verschiedene Kärtchen getippt. Diese Sammlung, die inzwischen auf der ganzen Welt berühmt war, hatte einige Zeit in der Forschungsstation gestanden, und Sara war unglaublich stolz darauf gewesen.

Nachdem Sara die Wetterwerte notiert hatte, schlenderte sie hinüber zu den Ställen. Apollo, Aarons unberechenbarer schwarzer Hengst, wieherte, als er sie sah und bewegte sich unruhig in seiner Box. Sara griff durch die Stäbe und streichelte vorsichtig seinen Kopf. Alex hatte versucht, Bella, Saras kleine Araberstute, von Apollo decken zu lassen, aber Bella wollte nichts davon wissen.

Der lieben Bella geht es nicht anders als mir, dachte Sara. Sie war sich der Tatsache peinlich bewußt, daß ihre Familie sie reif für den Heiratsmarkt hielt. Und bei diesem Gedanken fiel ihr wieder Chaim Cohen ein. Nach vielen Vorankündigungen und Lobgesängen wurde dieser neueste potentielle Freier heute abend zum Essen erwartet. Nach all dem Getue erwartete Sara beinahe, daß er in einer

Rauchwolke und begleitet von Blitz und Donner bei ihnen einträfe.

Der Gedanke an Cohens Anwesenheit beim Abendessen dämpfte Saras unbeschwerte Stimmung, nicht nur, weil sie die tadellose Gastgeberin zu spielen hatte, sondern weil noch ein anderer, viel wichtigerer Gast erwartet wurde: Daniel.

Daniel arbeitete jetzt für Aaron und wohnte in Atlit. Heute jedoch war er bei den Levinsons geblieben wegen der Vorbereitungen für den Ball morgen abend, der jedes Jahr von den Siedlern veranstaltet wurde. Sara hatte sich das Haar gewaschen sowohl wegen des festlichen Ereignisses als auch, um dem Rummel in der Küche zu entgehen, der wegen des großen Abendessens bereits in vollem Gang war.

Abu saß im Schneidersitz unter einem von Bougainvilleen überwucherten Vordach, das etwas Schatten spendete; neben ihm kauerte Leilas Bruder Hamid, der ebenfalls auf der Farm half. Gemeinsam flickten sie ein Pferdegeschirr. Abus dunkle Augen blickten Sara fragend an. Sara beantwortete seine unausgesprochene Frage.

»Sam geht es gut. Er war heute vormittag ein paar Stunden auf. Heute abend wird er mit uns essen.« Sara und Abu verband etwas, das auf einer rätselhaften Verständigung beruhte. Eines Tages — Sara war gerade sechs Jahre alt — war Abu auf dem Hof erschienen und hatte ihrem Vater bei einem schwierigen Pferd geholfen. Er hatte nicht gefragt, ob er bleiben dürfe. Es wäre auch unnötig gewesen, denn einen Mann mit Abus Kenntnissen hieß man überall willkommen.

Er hatte Sara viele seiner Geheimnisse über Pferde verraten, hatte sie gelehrt, wie man Wild aufspürt, in den trokkensten Gegenden Wasser findet und auch, wie man ihn verstehen konnte. Er hütete die Levinsons wie seinen Augapfel, besonders Sara, und so zornig wie an jenem Tag, als er mit Sams blutüberströmtem Körper nach Zichron zurückgekehrt war, hatte ihn noch niemand erlebt. Im Lauf der zurückliegenden Wochen hatte er Sam zum Dorfhelden gemacht, was Sam ausgesprochen genoß und einen Strom von jungen Besucherinnen ins Haus gelockt hatte. Die einzigen, die inzwischen von der Heldenverehrung genug hatten, waren Fatma und Sara.

Glücklicherweise hatte der Doktor Sam erlaubt, heute für ein paar Stunden aufzustehen, aber das Haus durfte er vor morgen abend noch nicht verlassen.

Alle waren froh, daß sich Sam so schnell erholt hatte. Nur für Abu war die Sache damit noch nicht erledigt. Er betrachtete den Überfall auf Sam und den Verlust der Pferde als eine Beleidigung der Ehre der Levinsons und somit auch seiner eigenen. Am Morgen nach dem Überfall war er losgeritten, um den Hufspuren nachzugehen, und war mit dem braunen Wallach zurückgekommen. Das Pferd lahmte und war von den Banditen zurückgelassen worden; doch Abu war höchst zufrieden, daß er es gefunden hatte, und die abergläubische Fatma hatte darin sofort ein gutes Omen für Sams Genesung gesehen.

Sara gab dem Hengst zum Abschied einen leichten Klaps auf die stolze Nase und ging. Durch den Obstgarten schlenderte sie zum Küchengarten und zog die weißgestrichene Gartentür hinter sich zu. Bei den Lavendel- und Thymiansträuchern flatterten unzählige bunte Schmetterlinge, und der ganze Garten summte von Bienen.

Sara ging zu der rotbraunen Steinbank unter dem Maulbeerbaum, und da ihr einfiel, daß Fatma Pfefferminze für ihren Obstsalat brauchte, pflückte sie einen großen Buschen aus dem Kräutergarten. Den Blumengarten hatte Saras Mutter vor über dreißig Jahren angelegt, als die Levinsons nach Zichron gekommen waren, und Sara mußte sich immer wieder über die Ausdauer ihrer Mutter wundern, mit der sie die weißen Rosen kultiviert hatte, die jetzt überall in der Gegend blühten. Eigentlich sprach alles ringsum von der Begeisterung und der schweren Arbeit jener ersten fünfzig Familien — einschließlich Saras Eltern und einem sechs Jahre alten Aaron. Die Levinsons waren nach Palästina gekommen, um einem Leben in Rumänien zu entfliehen, das für Juden unerträglich geworden war. Sie hatten von der Erlösung des Heiligen Landes geträumt und von einem neuen jüdischen Staat.

Selbst diese Träume halfen ihnen jedoch nicht über die Enttäuschung hinweg, als sie die baumlose, unfruchtbare Hügellandschaft erblickten, die ihre künftige Heimat werden sollte. Die einzigen Häuser waren ein paar primitive Hütten der Araber. Aber die Familien hatten sich mit einer Entschlossenheit und Energie an die Arbeit gemacht, die weder die Araber noch die türkischen Oberherren begriffen; sie bauten sich Hütten aus Flechtwerk und Lehm und begannen mit der nie endenden Aufgabe, das Land von Steinen und Felsbrocken zu säubern.

Trotz der Mühe, die sie sich gaben, wurde immer deutlicher erkennbar, daß sich das steinige Land nicht für den Ackerbau eignete, und die Siedler hätten vor einer Katastrophe gestanden, wäre nicht rechtzeitig der Baron Edmond de Rothschild auf den Plan getreten. Der französische Baron hatte großes Interesse an der Entwicklung Palästinas und leistete großzügig finanzielle Hilfe, als die Siedler diese Hilfe dringend brauchten. Und er schickte Landwirtschaftsexperten und Reben aus seinen Weinbergen in Frankreich.

Die Jahre vergingen, und das Land entwickelte eine Ordnung und Schönheit, wie es sie seit biblischen Zeiten nicht mehr gehabt hatte. Für die Einwanderer von Zichron — und auch in den anderen neueren Siedlungen — wurde das Leben von Jahr zu Jahr besser und angenehmer.

Aaron, der sich noch an das Leben in Rumänien erinnern konnte, liebte Palästina von Anfang an. Für ihn war die schwere Zeit ein Abenteuer. Er lebte ganz in seiner eigenen Welt, forschte nach den Geheimnissen der Natur und machte sich schon als Kind endlose Notizen auf Zettel und Papierfetzen. Die Dorfschule genügte ihm bald nicht mehr. »Ihr Junge ist ein Genie«, sagte der Lehrer zu Miriam Levinson, die höflich widersprach. Aber der Lehrer war nicht der einzige, der sie auf die bemerkenswerten Fähigkeiten ihres Sohnes hinwies.

Nicht alle Leute mochten Aaron. Er war ein Wissenschaftler, der unter Bauern lebte, und war immer wieder kleinlichen Eifersüchteleien ausgesetzt. Bald hieß es, Aaron Levinson habe hochtrabende Pläne, und als die Forschungsstation eingerichtet wurde, unterstellte man ihm, er würde damit nur »sein eigenes Schäfchen ins trockene bringen wollen«. Neider faßten seinen Erfolg geradezu als persönliche Beleidigung auf. Die Levinsons zogen sich mehr und mehr auf sich selbst zurück, und das Verhältnis zu den Dorfbewohnern — inzwischen waren es neunhundert — wurde immer schlechter. Nur mit den älteren Siedlern standen sie auf gutem Fuß, besonders mit Doktor Ephraim und seiner Frau, die ebenfalls zu den Gästen zählten, die heute abend erwartet wurden.

Sara kam häufig hierher, um ein paar Minuten abseits des Haushaltsbetriebs allein auf der Steinbank zu sitzen. Das Geklapper aus der Küche zeigte an, daß sie nur Arbeit versäumte. Sie schloß die Augen, und während die überhängenden Zweige ein Schattenmuster auf ihre Lider warfen, genoß sie die milde Abendsonne. Sie war erfüllt von Frieden und einer stillen Freude. Das Leben war wieder schön. Sam war genesen; Enver Pascha hatte sich geweigert, in den Krieg einzutreten; Daniel arbeitete bei Aaron und heute abend . . .

»Träumt das gnädige Fräulein von ihrem künftigen Gemahl?« Sara riß die Augen auf. Vor ihr stand Sam, die Hände in den Hosentaschen, und betrachtete sie mit einem Blick, der alles über den Stand seiner Genesung sagte.

»Gnädiges Fräulein — daß ich nicht laché!« erwiderte

sie. »Was du vor dir siehst, ist die Sklavin, die sich nach einer aufopferungsvollen Woche von Pascha Sam erholt. Außerdem solltest du nicht in die Sonne gehen«, fügte sie hinzu.

»Nelly hat mir erzählt, Chaim Cohen sei nicht nur sehr reich, sondern auch sehr attraktiv«, bemerkte Sam, ihre Ermahnung geflissentlich überhörend.

»Nelly Jacobson ist eine Schwatzbase ohne einen Funken Verstand — das beweist schon, daß ihre Wahl auf dich gefallen ist. Kommt dazu«, sagte sie, während sie aufstand und ihren Strauß Pfefferminze aufhob, »daß ich nicht die Absicht habe, mich ins Eheleben zu stürzen, mögen der Reize und Reichtümer eines Herrn Cohen noch so viele sein.«

»Dann solltest du aber deine eigenen nicht unbeträchtlichen Reize verstecken«, lachte Sam und verbeugte sich spöttisch. »Angeblich ist dieser Cohen ganz erpicht darauf, dich kennenzulernen.«

Sara warf ihrem Bruder einen vernichtenden Blick zu. »So ein Quatsch«, sagte sie, wirbelte ärgerlich ihre Röcke herum und ging in die Küche, um ihre Minze abzuliefern.

Zu dumm, daß Aaron ihnen diesen unwillkommenen Gast ins Haus bringen mußte. Inzwischen würde das ganze Dorf, wenn nicht schon ganz Palästina von dieser abendlichen Einladung wissen und gespannt warten, was dabei herauskäme. Sara wußte, daß nicht nur ihre Brüder der Meinung waren, es wäre an der Zeit für sie zu heiraten. Sie fragte sich, was Daniel empfinden würde, wenn sie von einem Mann, der eine Frau für sich suchte, begutachtet wurde. Vermutlich wird er es nicht einmal bemerken, dachte sie seufzend. Wenn dieser Mann wirklich so attraktiv war, wie man behauptete — und Sara mußte zugeben, daß sie ein kleines bißchen neugierig war —, dann könnte es Daniel vielleicht gar nicht schaden, wenn er sah, daß er Konkurrenz hatte.

Sara mußte noch eine Kleinigkeit erledigen, bevor sie

sich umzog. Sie lief ins Haus und die Treppe hinauf zu dem Büro im Dachgeschoß, wo alle Unterlagen der Farm und der Weingärten aufbewahrt wurden. Sie schlug einen großen schwarzen Ordner auf, der auf dem Schreibtisch lag, und schrieb die Daten hinein, die sie unten am Haus von den meteorologischen Instrumenten abgelesen hatte.

Es war heiß und stickig hier oben. Sara öffnete das kleine runde Fenster vor dem Schreibtisch und lehnte sich hinaus, um Luft zu schnappen.

Das Kinn in die Hände gestützt, blickte sie hinunter ins Tal. Plötzlich lenkte etwas Ungewohntes ihren Blick von dem vertrauten Bild der Kreuzfahrerfestung und dem Meer auf die Forschungsstation. Nun, gegen Ende des Tages, sollte es auf der Station ruhig sein; statt dessen schien dort großer Betrieb zu herrschen. Sara griff nach dem Fernglas, das neben dem Schreibtisch hing und richtete es auf den Hof vor der Station. Sie sah zehn oder zwölf Männer, und während sie sich fragte, was sie dort machten, stiegen sie auf ihre Pferde und ritten davon. In der Nähe von Jezebel konnte Sara Daniel erkennen, und sie sah, daß er mit einem Reiter sprach, der eindeutig Lev sein mußte.

Verwundert legte sie das Glas aus der Hand. Irgend etwas ging dort vor — etwas, von dem sie wieder einmal nichts wissen sollte.

Aaron stand am Fenster der Station und schaute hinaus auf den Hof. Er dachte noch einmal über die Ereignisse des Nachmittags nach. Die Luft im Zimmer war blau von Zigarren- und Zigarettenrauch, der allmählich schal roch, aber noch einen Rest der erregten Stimmung gefangenhielt, die bis vor kurzem hier geherrscht hatte. Es war ein äußerst konstruktiver Nachmittag gewesen.

Die Idee stammte von Daniel, der wie alle anderen auch empört war über den Überfall auf Sam und sich große Sorgen machte wegen der türkischen Kampagne gegen die jüdischen Siedlungen. Wenn man ihnen die nichtregistrierten Waffen wegnahm, waren sie den plündernden arabischen Banditen hilflos ausgeliefert. Es war das erste Mal, daß die türkischen Behörden eine so harte Maßnahme gegen die Siedler ergriffen hatten. Bisher hatten sie sich darauf beschränkt, sie nur ständig und gelegentlich ziemlich bösartig zu belästigen. Doch jetzt schien ein rassistisches Element mitzuspielen. Was den Bauern und Gemeindevorstehern angst machte, war der diskriminierende Unterschied, den die Türken zwischen den Waffen der Juden und denen der anderen Minderheiten machten.

»Vielleicht ist das nur der Anfang einer wirklichen Verfolgung«, hatte Alex eines Tages beim Mittagessen gesagt.

»Ich bin überzeugt davon«, antwortete Daniel und schwieg eine Weile, bevor er seine entschlossenen dunklen Augen auf Aaron richtete.

»Und das macht es für uns um so notwendiger, etwas dagegen zu unternehmen — und zwar so bald wie möglich. Auch wenn Enver Pascha davon redet, das Osmanische Reich sei die Schweiz der Levante — wir wissen alle, daß die Türkei beabsichtigt, in den Krieg einzutreten. Die Türken befürchten, daß wir mit den Alliierten gegen sie konspirieren. Also nehmen sie uns unsere Waffen, um jede Möglichkeit zu einem Aufstand — oder zum Verrat, wie sie es nennen würden — zu unterbinden.«

Aaron stand auf und schloß leise die Tür. »Wenn du schon von Verrat sprichst — du könntest bereits für das, was du eben gesagt hast, gehängt werden«, sagte er warnend. »Aber du hast natürlich recht. Wenn wir uns nicht irgendeinen Plan zurechtlegen, sieht die Zukunft der nördlichen Siedlungen in der Tat recht düster aus.«

»Es gibt jede Menge Beweise, daß unsere arabischen Wachen immer unzuverlässiger werden«, warf Lev ein und knackte aufgeregt mit den Fingerknöcheln. Die Wachen für die abgelegenen jüdischen Höfe und Siedlungen waren

Araber — sehr häufig Beduinen —, die das Vieh und die Felder der Siedler vor ihren Stammesbrüdern beschützen sollten. Bis jetzt hatte dieses System ganz gut funktioniert. »Sie wissen, daß im Land keine Gerechtigkeit herrscht«, fuhr Lev fort. »Deshalb fürchten sie auch die Türken nicht mehr. Wir haben doch erlebt, wie vergeblich es ist, bekannte Übeltäter zur Rechenschaft zu ziehen. Und jetzt verschwinden über Nacht ganze Herden — und ihre sogenannten Wächter dazu. Wir sitzen zwischen Türken und Arabern — nicht wie zwischen zwei Stühlen, sondern wie ein Leckerbissen in einem geöffneten Krokodilsrachen.«

»Vielleicht sollten wir uns doch an die Haschomer wenden«, sagte Manny leise.

Ein paar Jahre zuvor, genauer gesagt im Jahr 1909, hatten die Juden eine Schutzorganisation gegründet, die Haschomer. Es war ihr erster Versuch, sich zu verteidigen. Die Gruppe hatte großes Ansehen erlangt, hatte sich aber von Anfang an auf die Seite der Sozialisten und der zionistischen Bewegung in Palästina gestellt. Als Gegenleistung für den gewährten Schutz mußte jede Siedlung fünfzehn Einwanderer als Arbeiter beschäftigen. In Zichron sowie in anderen Siedlungen hatte man diese Forderung abgelehnt, weil Männer und Jungen, die noch nie in der Landwirtschaft gearbeitet hatten, weniger leisteten als die arabischen Landarbeiter.

Aaron schüttelte den Kopf. Er hatte nichts gegen die Mitglieder der Haschomer persönlich und hätte ihre Dienste liebend gern in Anspruch genommen, wäre ihre Ideologie ihm nicht so völlig fremd gewesen. Er hatte keine Zeit für die vielen *Emigré*-Europäer, die in letzter Zeit, die Banner von Kommunismus und Sozialismus schwenkend, nach Palästina kamen und versuchten, den Bauern ihre Ideen aufzuschwatzen. Keiner von ihnen hatte etwas mit Landwirtschaft im Sinn, die das absolut Wichtigste war, wenn Palästina zu einem jüdischen Staat aufgebaut werden sollte.

Aaron pflegte höflichen Umgang mit Leuten wie Iwan Bernski, aber er war nicht bereit, sich den Glauben anderer Menschen aufzwingen zu lassen.

»Nein«, sagte er. »Das müssen wir allein schaffen.«

Daniel nickte und legte seinen Plan dar, der gut durchdacht und vernünftig klang. Er schlug vor, daß sie eine kleine Gruppe gleichgesinnter loyaler Freunde zusammenstellten, die den Schutz der Siedlung übernahm und gleichzeitig Informationen und Gerüchte sammelte, so daß sie den Türken immer um einen Schritt voraus waren.

An diesem Nachmittag hatten sich die achtzehn Männer, die den Kern der Gruppe bilden sollten, zum erstenmal getroffen. Aaron hatte sie scherzhaft die »Beobachtergruppe« genannt, und es sah so aus, als würde ihnen der Name bleiben, denn sie hatten sich während des ganzen Treffens so bezeichnet.

Aaron blickte hinunter in den Hof, wo Alex und Daniel mit Paul Levy beisammenstanden, einem Koloß von einem Mann. Er war ein englischer Jude, der vor fünf Jahren auf dem Weg nach Kairo in Zichron Station gemacht hatte und geblieben war. Er und seine Frau Eve waren vertrauenswürdige und beliebte Gemeindemitglieder, und Aaron lächelte, als er zusah, wie Paul seinen einhundertdreißig Kilo schweren Körper auf das massive stummelschwänzige Zugpferd hievte. Es war das einzige Pferd, das Abu auftreiben konnte, um Pauls Gewicht zu tragen.

Alex winkte Paul nach, als er in schwerfälligem Trab davonritt, und Aaron schaute ihm vom Fenster aus nach, bis er nur noch eine Staubspirale sah. Aaron freute sich besonders, daß Paul sich der Gruppe angeschlossen hatte. Er würde sich als sehr nützliches Mitglied erweisen. Paul unterschied sich vom durchschnittlichen Siedler allein schon durch seine Größe, und er fand überall Bewunderung. Bei den Beduinen hatte er sich nahezu Unsterblichkeit erworben, weil er einmal auf dem Markt in Beer Sheva ein Kamel, das versucht hatte, ihm das Hemd aus der Hose zu ziehen, mit einem einzigen Schlag niedergestreckt hatte.

Aaron sah auf seine Taschenuhr und wandte sich wieder dem Zimmer zu. Die Landkarten von Europa und dem Osmanischen Reich, die an den Wänden hingen, hatten plötzlich eine neue Bedeutung bekommen. Bis jetzt hatten sie nur Forschungszwecken gedient. An diesem Nachmittag jedoch waren sie Schauplatz von etwas Bedrohlichem.

Genaue Fakten über das Kriegsgeschehen waren in so entlegenen Siedlungen wie Zichron nicht zu bekommen. Die einzigen unzensierten Nachrichten über die Fronten in Europa kamen über die Deutschen in Konstantinopel. Vor einigen Tagen jedoch hatte ihm ein glücklicher Zufall eine ergiebigere Informationsquelle in Gestalt von Chaim Cohen beschert, einem türkischen Juden, der aus Konstantinopel gekommen war, um Gerste für die deutsche Armee zu kaufen. Cohen war wohlerzogen und intelligent, aber umständlich und ziemlich von sich eingenommen. Aaron kam ihm freundlich entgegen, schmeichelte seiner Eitelkeit ein wenig, und bald darauf erfuhr er eine ganze Menge interessanter Dinge.

Bei einem Glas von Aarons sorgfältig gehütetem französischen Cognac erzählte Cohen, daß die Mobilmachung in der Türkei, entgegen den offiziellen Beteuerungen, mit Riesenschritten vorangetrieben wurde. Ständig sähe man in und um Konstantinopel exerzierende Soldaten, und die Zahl der deutschen Offiziere in der Stadt habe sichtlich zugenommen. Allen Bürgern sei im letzten halben Jahr die zunehmende Präsenz des Militärs aufgefallen, und es schien, als wollten die Deutschen die Türken so schnell wie möglich bewaffnen. Jede Woche träfen Schiffe mit Munition ein, die sofort gelöscht würden — vermutlich, um die Munition überall im Reich zu verteilen.

»Steht das nicht in kraßem Widerspruch zum internationalen Recht?« fragte Aaron.

Cohen zuckte fatalistisch die Achseln. »Natürlich. Die Türkei setzt sich eindeutig über ihre Verpflichtungen als neutrale Macht hinweg. Aber der deutsche Botschafter, Baron von Wangenheim, ist ein ehrgeiziger Mann und von erstaunlicher Energie. Außerdem hat er jahrelange Erfahrungen mit der Türkei und ist dick befreundet mit Enver Pascha. Alle Trümpfe liegen in seiner Hand.«

»Aber was ist mit den Briten und den Franzosen? Protestieren sie denn nicht?«

»Der britische Botschafter ist erst seit einem Jahr hier. Er weiß wenig über die Türkei und spricht kein einziges Wort Türkisch. Das gleiche gilt für seine drei Botschaftssekretäre. Er weiß nur, was ihm gesagt wird, und das ist, daß die Türkei nicht beabsichtigt, in den Krieg einzutreten und neutral bleiben will.« Chaim Cohen genoß es ganz offensichtlich, der Mann von Welt zu sein, der eine Fülle vertraulicher Informationen zum besten geben konnte.

»Wie wird es weitergehen? Was meinen Sie?« fragte Aaron. »Die Vorgänge werden sich doch herumsprechen.«

Cohen lächelte wissend. »Wir in Konstantinopel wissen, daß Vorbereitungen im Gange sind. Die Frage ist nur, gegen wen? Anfangs dachten wir, es ginge gegen Griechenland, doch als wir merkten, daß der Schwerpunkt auf das Heer gelegt wird, fragten wir uns, ob vielleicht die Briten aus Ägypten verdrängt werden sollen. Als ich vor zehn Tagen abreiste, schien Rußland das Ziel zu sein, und sollte dies zutreffen, wird sich die Türkei natürlich Deutschland und Österreich anschließen. Nun bin ich aber seit über einer Woche unterwegs, so daß inzwischen auch diese Vermutung überholt sein könnte.«

Aaron und Daniel tauschten Blicke.

»Insgesamt glaube ich, daß niemand überrascht wäre, wenn die Türkei mit den Deutschen gemeinsame Sache machen würde — ausgenommen vielleicht Talaat Pascha und Dschemal Pascha, die den Briten und Franzosen freundlich gesinnt sind und ihr Vertrauen genießen.«

All dies und einiges mehr wurde bei dem Treffen an jenem Nachmittag besprochen, und zumindest eine Schlußfolgerung lag klar auf der Hand: Palästina sah schwierigen Zeiten entgegen, die besser zu überstehen waren, wenn jetzt bestimmte Vorsichtsmaßnahmen getroffen wurden. Wie die Probleme der Siedlung gehandhabt werden sollten, war abgesprochen, doch Aaron hatte noch einige andere Dinge zu regeln.

Wenn noch mehr Soldaten das Land unsicher machten, wären Becky und Sara anderswo besser aufgehoben. Er hatte schon einmal darüber nachgedacht und hatte, was Becky betraf, auch schon eine Lösung gefunden. Sie würde ihr vielleicht nicht gefallen, aber es gab keine andere Wahl. Er hatte an seinen Freund Henry Morgenthau geschrieben, den amerikanischen Botschafter im Osmanischen Reich, und ihn gebeten, sich für Becky um einen Platz am American College in Beirut zu bemühen und, wenn möglich, auch eine nette Familie zu finden, bei der sie wohnen könnte. Aaron hatte absolutes Vertrauen zu Morgenthau und wußte, daß er sich um Becky keine Sorgen mehr machen müßte, sobald sie sicher in Beirut angekommen war. Sie hatte ein fröhliches Wesen und war gescheit – und die verlockenden Lichter der Großstadt würden das Ihre tun, um Becky den Abschied zu erleichtern. Das größere Problem war Sara. Ihre Verliebtheit in Daniel wurde immer offensichtlicher, und wenn das so weiterging, gerieten ihre Aussichten auf eine gute Heirat ernstlich in Gefahr. Aaron liebte und schätzte Daniel als Freund, aber er machte sich keine Illusionen, was für eine Art von Ehemann Daniel abgeben würde. Daniel war impulsiv und verachtete jegliche Autorität – Eigenschaften, die vielleicht einen guten Revolutionär ausmachten, die aber Sara auf lange Sicht nicht glücklich machen würden. Außerdem war sich Aaron ziemlich sicher, daß Daniel nicht die Absicht hatte, zu heiraten — weder Sara noch eine andere.

Er hörte, daß Alex zu ihm heraufrief, und trat ans Fenster. »Aaron, beeil dich! Wir kommen sonst zu spät zum Essen!«

Aaron legte noch einige Unterlagen in den Schreibtisch und schloß ab. Er hatte eine Lösung für das Problem Sara. Chaim Cohen hatte neben seinen Getreideeinkäufen noch einen weiteren Grund für seine Palästinareise: Er suchte eine Frau. Und deshalb hatte ihn Aaron heute zum Abendessen eingeladen. Er könnte Saras letzte Chance sein, bevor der Krieg sie alle einholte. Langsam ging er in den Hof hinunter. Wer weiß, dachte er, mit etwas Glück könnte Zichron vielleicht beide Wünsche von Chaim Cohen erfüllen.

Als Sara um sieben Uhr herunterkam, versammelten sich die Gäste bereits auf der Veranda und tranken Fatmas Punsch. Sie hatte der Versuchung nicht widerstehen können, aus ihrem Erscheinen einen kleinen Auftritt zu machen. Nicht einmal Sarah Bernhardt hätte ihn wirkungsvoller gestalten können. Mit erhobenem Kopf und den Rücken gerade haltend wie ein Athlet, trat sie durch die offene Flügeltür auf die Veranda. Es entstand eine kurze Pause in der allgemeinen Unterhaltung. Dann streckte sie der Frau von Doktor Ephraim die Hand entgegen und entschuldigte sich, daß sie nicht schon früher unten gewesen sei, um sie zu begrüßen. Saras hochgekämmtes Haar glänzte, und sie strahlte vor Gesundheit und Jugend. Ihr Kleid war aus weicher Seide, die Farbe ein wäßriges Lila, das im Licht von Blau nach Grau und einem schmeichelnden Purpur changierte. Sie war sich bewußt, daß etwas Neues in ihrer Erscheinung lag, etwas, das Eindruck machte, aber sie wußte nicht, was es war. Daniel wußte es sofort. Es war ihre Sinnlichkeit, die Andeutung eines inneren Erwachens.

Sogar Doktor Ephraim war ein wenig verwirrt von diesem Mädchen, das er kannte, seit er vor über zwanzig Jahren bei seiner Geburt geholfen hatte. Er neigte sich über ihre Hand und küßte sie herzlich. »Du siehst wunderhübsch aus, meine Liebe . . . bist deiner Mutter ähnlicher, als ich erwartet hätte. Findest du nicht auch, Irma?« Seine vogelähnliche Frau nickte.

»Es ist etwas in ihrer Haltung — Sie können stolz sein, Herr Levinson.«

»Das bin ich auch.« Der alte Mann strahlte beim Anblick seiner schönen Tochter, doch dann fügte er erschrocken hinzu. »Aber wie unhöflich von mir. Herr Cohen, das ist meine Tochter Sara. Sara, Herr Cohen.«

Es war Saras Absicht gewesen, heute abend hübsch auszusehen, aber sie war doch verblüfft von der Wirkung, die sie auf die hier versammelten Menschen ausübte, die sie alle — bis auf diesen Fremden hier — kannten. Sie hatte Daniel aus dem Augenwinkel beobachtet, seit sie die Veranda betreten hatte. Er schaute sie mit einer Eindringlichkeit an, wie er es seit dem Tag seiner Rückkehr nicht mehr getan hatte. Doch nun forderte der neue Gast ihre Aufmerksamkeit.

Chaim Cohen stand neben Aaron und betrachtete sie mit unverhohlener Bewunderung. Als Sara ihm die Hand reichte, trafen sich ihre Blicke, und er verbeugte sich höflich. Zugegeben — er war ein gutaussehender Mann, groß und gut gebaut. Der elegante Anzug ließ seine muskulösen Arme und Schultern durchaus erkennen. Seine schwarzen Augen wirkten intelligent. Die Nase war vielleicht eine Idee zu groß. Das Haar war dunkel und hübsch gewellt, wenn auch etwas zu sorgfältig gelegt. Sein Mund war fest, aber die Lippen waren zu schmal — ein Merkmal, dem Sara stets mißtraute. Alles in allem jedoch war er ein hübscher Mann, auch wenn er sich dessen ein wenig zu sehr bewußt war. Sara hatte den Eindruck, daß er sich für eine gute Partie hielt. Dieser Mann hielt nicht mit der Mütze in der Hand um ein

Mädchen an; er sah eher so aus, als wollte er etwas geboten bekommen für sein Geld.

Verstohlen warf Sara einen Blick auf Daniel, der sie, gegen eine Verandasäule gelehnt, finster beobachtete. Zum erstenmal erlebte Sara, daß sie mit ihrer Weiblichkeit Macht ausüben konnte. Daniel war ganz offensichtlich eifersüchtig. Er bewunderte sie ebensosehr wie Chaim Cohen und der alte Doktor Ephraim, aber seine Bewunderung bedeutete ihr mehr als die der anderen. Vielleicht sah er sie heute ganz neu, wie ein Fremder, und es gefiel ihm, was er sah. Ihr Instinkt hatte nicht getrogen: Der Gedanke, Konkurrenz zu haben, behagte ihm nicht. Nun wußte sie, welches Spiel sie zu spielen hatte.

Während des Essens spielte Sara ihre Rolle geradezu perfekt. Sie saß zwischen Aaron und Chaim und hatte ausgiebig Gelegenheit, diesen Fremden zu studieren. Er war höflich, und es war leicht, sich mit ihm zu unterhalten, auch wenn er etwas zu selbstsicher und zu gelassen wirkte. Sie hatte das merkwürdige Gefühl, als könnte ihn nichts aus der Ruhe bringen, als erreichte ihn kein Gefühl, vielleicht nicht einmal Liebe.

Während sie den Borschtsch aßen, für dessen Zubereitung Fatma mehrere Stunden gebraucht hatte, plauderte Aaron mit Frau Ephraim, die links von ihm saß, damit sich Sara Chaim widmen konnte. Daniel saß auf derselben Seite des Tisches zwischen Becky, die ihn gnadenlos neckte und häufig kicherte, und ihrem Vater. Sara versuchte vergeblich zu hören, worüber sie sprachen, und sie konnte auch Daniels Gesicht nicht sehen. Schweigend aß sie ihre Suppe und beobachtete Daniels lange braune Finger, die bald mit einem Stück Brot, bald mit einem silbernen Löffel spielten. Das gelbliche Kerzenlicht verlieh der Szene eine eigenartige Intimität. Dies und der Wein, den sie getrunken hatte, ließen ihre Gedanken spazierengehen, und sie stellte sich vor, wie es wäre, wenn Daniels Hände auf ihrem Körper lägen . . .

»Noch etwas Wein, Sara?«

Sie erschrak so über Aarons Stimme, daß es ihr die eigene Stimme verschlug.

»O ja, danke«, murmelte sie und läutete rasch nach Fatma, damit sie den nächsten Gang servierte.

Mit der Miene eines Zauberkünstlers, der seinen neuesten Trick vorführt, trug Fatma einen herrlich angerichteten Lammbraten mit Aprikosenfüllung auf. Schwungvoll stellte sie die Platte auf der Anrichte ab und überließ Sara das Servieren. Hinter sich hörte Sara, wie sich Aaron und Chaim über die Qualitäten des Weins unterhielten, der aus den Levinsonschen Gärten stammte, und sie fragte sich, ob ihr Bruder versuchte, auch davon etwas zu verkaufen.

»Er ist ganz gut«, sagte er mit bescheidenem Stolz. »Natürlich behaupten wir nicht, daß er sich mit einem der großen französischen Weine messen kann — aber ich meine, wir können uns ehrlich rühmen, daß unser Cabernet Sauvignon viele französische Tafelweine übertrifft.«

Chaim Cohen hob sein Glas gegen das Licht, um die Farbe des Weins zu prüfen und trank einen weiteren kleinen Schluck. Er nickte anerkennend. »Er ist sicherlich trinkbar«, sagte er mit Gönnermiene. »Und ich muß sagen, das Dorf scheint gut davon zu leben.«

»Oh, das war nicht immer so«, warf Frau Ephraim ein. »Wenn Sie das Land gesehen hätten, als wir hier ankamen — wie lange ist es jetzt her?« Sie wandte sich fragend an ihren Gatten.

»Dreißig Jahre«, antwortete er und betrachtete entzückt seine Portion Lammbraten.

»Einunddreißig«, verbesserte ihn Abram lächelnd. »Beinahe zweiunddreißig. Und wir kamen mit nichts.« Stolz blickte er sich im Zimmer um. »Hier war nichts als das Land — und das Land war nichts als ein Streifen steiniges Nichts. Ich habe fast geweint vor Verzweiflung, als ich es zum erstenmal gesehen habe.«

Nun sind wir also wieder soweit, dachte Sara leicht gereizt, während sie sich setzte und ihr Weinglas auffüllen ließ. Nun werden wir also zum wer weiß wievielten Mal hören, wie schwer sie es hatten, wie sie in Lehmhütten hausen und mit bloßen Händen die Steine ausgraben mußten, bis an die Stelle, wo sie alle beinahe hätten sterben müssen, wäre da nicht der ach so großzügige Baron de Rothschild gewesen. Sie konnte Cohen nicht einmal in ein Gespräch ziehen, weil dies alles vermutlich für ihn gedacht war.

»Ah, der Baron«, seufzte Frau Ephraim. »Er schickte uns Sämereien und Arzneimittel und Reben und Hoffnung.«

Becky, die sich bei diesen alten Geschichten ebenso langweilte wie Sara, machte um ein zufällig umgestoßenes, fast leeres Weinglas ein großes Gewese und lenkte damit die Unterhaltung erfolgreich in eine andere Richtung. Als Leila die Teller abräumte und Fatma den Obstsalat hereinbrachte, fiel Sara ein, daß sie sich mehr an der Unterhaltung beteiligen müßte, wollte sie ihre Pflichten als Gastgeberin nicht verletzen. Nach einem weiteren vergeblichen Versuch, zu hören, was Daniel sprach, wandte sie sich schließlich an Chaim Cohen.

»Erzählen Sie uns von Konstantinopel, Herr Cohen«, sagte sie. »Ist es wirklich so aufregend, wie man uns glauben machen will?« Cohen war erleichtert, als sie endlich ein Gespräch mit ihm begann. Ihr langes Schweigen hatte ihn etwas beunruhigt, denn die meisten Frauen, die er kannte, zeigten stets lebhaftes Interesse für ihn. Er räusperte sich und lehnte sich entspannt in seinem Stuhl zurück. Er wußte, daß er zu reden verstand, und so hatte er bald jedermanns Aufmerksamkeit für sich gewonnen.

»Es ist in der Tat sehr aufregend, Fräulein Levinson«, versicherte er. »Konstantinopel ist eine schöne und kultivierte Stadt. Ähnlich wie der Westen im vergangenen Jahrhundert Inspiration und Schönheit im Osten suchte, so blikken wir heute nach Westen. Wir haben eine Oper, die gar nicht schlecht ist, und viele europäische Ensembles kommen auf ihren Tourneen zu uns. In Pera, das gleich auf der anderen Seite von Stambul liegt, wimmelt es von eleganten Kutschen, und die Geschäfte führen die neuesten Moden aus Paris und Wien.«

»Vermutlich nicht mehr sehr lange, nachdem in Europa Krieg herrscht«, sagte Daniel mit unvermittelter und alarmierender Heftigkeit. Doch Becky wollte nichts davon hören.

»Daniel, hör schon auf mit dem Krieg«, sagte sie ungeduldig, und an Cohen gewandt: »Bitte, erzählen Sie weiter. Ich würde so gern noch mehr hören — über die Lichtreklamen, die Musik, die Schauspieler.«

Die Atmosphäre entspannte sich wieder, und alle lachten. Cohen verbreitete sich geradezu lyrisch über den Zauber von Konstantinopel und ging mit ausgesuchter Höflichkeit auf Beckys Wißbegier ein, wandte sich dabei jedoch betont an Sara. Und Sara gefiel es, im Mittelpunkt der Aufmerksamkeit zu stehen. Cohen interessierte sie dabei weniger. Er sah gut aus, war reich, aber das alles war bedeutungslos, denn Daniel war hier, und Sara wußte, daß hinter seiner fröhlichen Miene finstere Eifersucht brodelte. Cohen, der sich sehr bemühte, dieser Schönen aus Palästina zu gefallen, hatte keine Ahnung, daß Daniel der Grund war, warum ihre Augen so tiefblau leuchteten und daß er für sie nur Mittel zum Zweck war, wenn er ihr den Hof machte.

Daniel geriet inzwischen immer mehr in ein qualvolles Dilemma. Zum erstenmal konnte er sich der Macht, die Sara über ihn hatte, nicht entziehen. Er wollte an seinen Prinzipien festhalten, aber noch mehr wollte er Sara lieben und von ihr geliebt werden, und diesen Chaim Cohen verwünschte er auf den Grund des Roten Meers. Er stellte fest, daß er verwirrt war, daß er sich haßte und Sara liebte. Er hätte nicht gedacht, daß dieser Abend in Saras Nähe so schwierig für ihn werden könnte, und wünschte, er hätte nicht zugesagt, während der Feiertage im Haus zu wohnen. Er hoffte nur, daß die nächsten Tage rasch vorübergingen, um der Verwirrung zu entkommen, in die ihn ihre Gegenwart stürzte.

Becky war durch Cohens Schilderungen immer aufgeregter geworden, und nun wandte sie sich ihm mit ihrem berückendsten Lächeln zu.

»Stimmt es, Herr Cohen, daß Sie eine Frau für sich suchen?« fragte sie naiv. Doktor Ephraim grinste in seinen Obstsalat und dankte Gott nicht zum erstenmal in seinem Leben, daß er nur mit Söhnen gesegnet war.

»Becky!« Sara war puterrot geworden. Und für einen flüchtigen Moment legte Cohen beruhigend die Hand auf ihren Arm und lächelte gelassen in die Runde. Es war, wie sie vermutet hatte: Nichts schien diesen Mann aus der Ruhe bringen zu können. Er blickte wieder zu Becky und sagte: »Ja, junge Dame, das ist vollkommen richtig. Aber nach diesem Abend — wenn mir das Glück hold ist«, und er wandte sich wieder an Sara, »muß ich vielleicht gar nicht mehr suchen.«

Sara zuckte unwillkürlich zusammen und blickte auf ihren Teller. Sie spürte, wie sich Chaim Cohen zu ihr neigte. »Sie sind eine sehr schöne junge Dame, Fräulein Levinson«, sagte er leise, »und, wie ich glaube, nicht versprochen. Wenn meiner Bitte nicht bereits ein anderer glücklicherer Mann zuvorgekommen ist, geben Sie mir dann die Ehre, Sie auf den Ball morgen abend begleiten zu dürfen?«

Hundert widersprüchliche Gedanken stürmten auf Sara ein. Sie wünschte, sie hätte den Mut gehabt, nein zu sagen, aber sie wußte, daß es unhöflich und peinlich gewesen wäre für alle. Sie wünschte, es wäre Daniel, der so mit ihr sprach — warum hatte er sie nicht formell zu dem Ball eingeladen? Aber nein, er hatte erwartet, daß sie hinter den anderen herzockelte und den ganzen Abend darauf wartete, daß er sie zum Tanzen aufforderte. Zornig, weil das Leben so unfair war und weil sie nichts dagegen tun konnte, grub sie die Nägel in die Handflächen.

Sie hob den Blick, nickte und schenkte Chaim ein bezauberndes Lächeln.

»Danke, Herr Cohen. Das wäre wundervoll«, sagte sie.

»Also ich finde, er ist sehr nett«, sagte Becky in beifälligem Ton und klang dabei mehr wie eine ältere als eine jüngere Schwester. »Wirklich sehr nett.« Die Gäste waren gegangen, und die Familie saß auf der Veranda. Man trank Kaffee und sprach über den Verlauf des Abends, wie es Gastgeber immer tun, nachdem alle gegangen sind.

»Wirklich sehr nett«, wiederholte Daniel ironisch. »Die Reichen und der Teufel blasen die süßeste Schalmei.«

Sara lachte leise. Sie wirkte sehr selbstsicher.

»Ihr redet alle Unsinn«, sagte sie und winkte gleichgültig ab. Insgeheim war sie jedoch sehr mit sich zufrieden. Sie hatte zum erstenmal erlebt, wie angenehm ein hübsches Kompliment sein kann und wie süß die Eifersucht schmeckt, die ein anderer um einen leidet. Sie wünschte jedem eine gute Nacht und ging, ein paar Takte aus Gounods *Faust* summend, vergnügt die Treppe hinauf in ihr Zimmer. Morgen abend war Tanz.

Sobald Sara die Augen aufschlug, wußte sie, daß sie verschlafen hatte. Helles Sonnenlicht strömte ins Zimmer, aber im Haus war es vollkommen still. Nichts rührte sich. Es sah Fatma nicht ähnlich, sie so lange schlafen zu lassen. Vermutlich ging die gnädige Anwandlung auf den vorangegangenen Abend zurück und den bevorstehenden Ball. Fatma ließ sie jedesmal, wenn ein möglicher Bräutigam am Horizont auftauchte, länger schlafen und behandelte sie wie eine verwöhnte höhere Tochter. Leute wie Chaim Cohen hatten auch ihr Gutes.

Sie blieb noch ein Weilchen liegen und genoß die Stille und das gemütliche Bett. Im großen und ganzen hatte sie auch den gestrigen Abend genossen. Chaim war angenehmer gewesen, als sie erwartet hatte. Und natürlich Daniel! Sie lächelte bei dem Gedanken an seine Eifersucht und freute sich, daß sie entdeckt hatte, wie sie seine Eifersucht — und ihn — erregen konnte.

Sie sprang aus dem Bett und lief ans Fenster. Es war wieder ein herrlicher Tag. Vielleicht konnte sie sich für einen kleinen Ausritt davonstehlen, bevor es zu heiß wurde. Angespornt von dieser verlockenden Aussicht, wusch sie sich rasch und schlüpfte in ihre Sachen. Als sie ihr Haar bürstete, hörte sie das vertraute Keuchen, das Jezebel beim ersten Anlassen von sich gab. Das erinnerte sie daran, was sie gestern auf der Station beobachtet hatte. Sie hatte noch keine Gelegenheit gehabt, Aaron danach zu fragen; es war kein Thema, das sie vor einem Fremden zur Sprache bringen konnte. Aber jetzt war es Zeit, etwas darüber herauszufinden.

Sie ließ ihre Bürste fallen und lief nach unten. Gerade als Aaron Jezebel in Gang gebracht hatte, steckte sie den Kopf durch das Wagenfenster.

»Guten Morgen, Sara!« sagte er überrascht. »Du hast lang geschlafen.« Und dann konnte er sich die Frage nicht verkneifen: »Was hältst du von unserem Freund Cohen?«

»Er war sehr nett«, sagte sie unverbindlich und lächelte. Doch dann wurde ihr Gesicht ernst. »Aaron, ich wollte dich schon gestern abend fragen — was war gestern nachmittag auf der Station los?«

»Was meinst du?« Aaron wollte ihr offensichtlich ausweichen.

Ungeduldig entgegnete sie: »Du weißt, was ich meine. Ich habe gestern vom Bürofenster aus die halbe Männerwelt von Zichron auf der Station herumlaufen sehen. Jezebel war auch dort, also vermutlich auch du. Ich habe Daniel gesehen, und bestimmt war auch Lev dabei. Was hattet ihr alle dort zu tun?«

»Nichts.«

»Was soll das heißen — nichts?! Wenn du so geheimnisvoll tust, werde ich noch neugieriger. Komm schon, Aaron. Sag es mir.«

»Es war nur eine Gruppe von uns aus Zichron und aus der näheren Umgebung. Nach dem, was Sam passiert ist, dachten wir, wir sollten eine Schutztruppe aufstellen — nur um abwechselnd das Gebiet zu kontrollieren und die Siedlung zu bewachen. Nichts von großer Bedeutung. Und jetzt muß ich los«, sagte er und legte den Gang ein. »Ich muß heute eher Schluß machen wegen des Balls, und ich hab' noch viel zu tun. Bis dann.«

Eine Qualmwolke hinter sich herziehend, fuhr er davon und ließ Sara nicht ganz zufriedengestellt zurück. Es war nicht Aarons Art, sie so abzuspeisen. Normalerweise sagte er ihr, was los war und schloß sie in die Vorgänge mit ein, soweit das für ein Mädchen eben möglich war. Diese Einstellung, »Sei hübsch und halt den Mund«, war neu. Mit einem kleinen Stirnrunzeln sah sie ihm nach. Dann ging sie zurück ins Haus.

Kapitel VI

Werdet ihr Mädchen denn niemals fertig?« donnerte Aaron mit gespieltem Zorn auf der anderen Seite der Tür. »Die Tanzerei wird vorbei sein, bevor wir dort sind.«

Die einzige Antwort, die er zunächst erhielt, war Gekicher und Geraschel. Dann rief Becky: »Nicht hereinkommen, Aaron. Ich bin noch nicht angezogen. Aber es dauert nicht mehr lange.«

Ihre Stimme klang schrill vor Aufregung, und Aaron lächelte über die kindliche Vorfreude seiner Schwester. Doch er fuhr mit wütender Stimme fort: »Wenn ihr nicht in fünf Minuten unten seid, kommen wir alle nach oben. Chaim Cohen und Sam haben bereits eine halbe Flasche Brandy geleert!« Und mit absichtlich schweren Schritten polterte er die Treppe hinab.

Beckys Kichern bewies, wie wenig ernst sie die Drohung ihres Bruders nahm. Sie lief zurück zu Sara, die, noch im Unterrock, auf dem Boden kniete. Ruth, die ihren Mann mit einem neuen Kleid überraschen wollte, war zu den Levinsons herübergekommen, um sich zusammen mit den beiden Mädchen für den Ball anzuziehen, und sie war die einzige von den dreien, die fertig war. Mit sittsam gefalteten Händen saß sie lächelnd auf dem Bettrand. Ihr glänzendes schwarzes Haar war zu einem dicken Kranz geflochten, der ihr Gesicht umrahmte, und sie trug ein Kleid aus blaßgelber Seide. Gelbe Rosenknospen aus etwas dunklerer Seide rankten sich über eine Schulter bis zur Taille. Ruth war ein reizendes, zierliches Mädchen, aber heute abend sah sie großartig aus. Sie hatte ihren beiden Freundinnen nichts von der zweiten Überraschung erzählt, die sie für Robby bereithielt. Becky und Sara dachten, der Grund für ihr glückliches Strahlen sei die Freude über den Ball und das neue Kleid. Aber es war etwas anderes. Heute morgen hatte ihr Doktor Ephraim bestätigt, daß sie schwanger sei, und das war das Geheimnis ihrer neuen und strahlenden Schönheit.

In auffälligem Gegensatz zu den drei Mädchen saß Fatma auf einem Hocker neben dem Fenster und nähte. Um nichts in der Welt, nicht einmal bei einem so festlichen Anlaß wie dem jährlichen Ball, legte sie ihren mürrischen Gesichtsausdruck ab; dabei wollte sie, daß sich die Mädchen amüsierten. Nur ihre hektische Betriebsamkeit zeigte an, daß auch sie aufgeregt war.

Becky hatte es geschafft, von einem ihrer Schuhe den Absatz abzubrechen, und nun nähte Fatma eilends grüne Schleifen an ein anderes Paar. Die Ersatzschuhe waren zwei Zentimeter niedriger als die anderen, und Becky war überzeugt, ihr Kleid sei jetzt zu lang. Sara, die sie kritisch mit zur Seite geneigtem Kopf betrachtete, erklärte schließlich, das Kleid sei nicht zu lang und die niedrigeren Schuhe sähen zu dem Kleid wesentlich besser aus als die hohen.

»Meinst du wirklich?« fragte Becky ängstlich und drehte sich vor ihrer Schwester.

»Ja, glaub mir. Was sagst du dazu, Ruth?«

»Du siehst entzückend aus, Sara«, antwortete Ruth geistesabwesend und ohne hinzusehen.

»Oh, gut — dann werde ich im Unterrock auf den Ball gehen!« Sara lachte und fragte sich, was in ihre Freundin gefahren sei. Nachdem die beiden anderen ihre Hilfe nicht mehr benötigten, konnte auch sie endlich in ihr Kleid schlüpfen. Sie hatte genau wie Becky ein Kleid aus weißem Musselin; Saras war mit hellblauen Bändern und Blumen verziert, Beckys mit grünen. Sara hatte Beckys kupferrote Locken gebändigt, so daß sie weich und fließend auf ihre Schultern fielen; und ihr eigenes blondes Haar hatte sie einige Male mit Kamille gespült, so daß es besonders hell glänzte. Die drei Mädchen hätten nicht unterschiedlicher sein können, aber jede sah auf ihre Weise blendend aus.

Schon die Vorbereitungen für den Ball waren für die Mädchen ein Riesenspaß gewesen. Seit Monaten hatten sie in den Modeheften aus Frankreich die neuesten Modelle studiert, und schließlich hatte jede genau das gewählt, was zu ihrem Stil am besten paßte. Saras und Beckys Kleider waren auf geschickte Weise ähnlich, aber doch verschieden. Beckys Kleid war entzückend schlichtes Biedermeier, das von Sara etwas eleganter, denn sie war bereits eine junge Dame, während Becky noch nicht einmal die Schule ganz hinter sich hatte.

»Also? Sind wir alle soweit, daß wir die Herren dort unten erlösen können?« fragte Sara. »Ruth?«

»Ich bekomme ein Baby«, antwortete ihre Freundin. Sara sah sie verdattert an. »Ich wollte es eigentlich Robby als erstem sagen, aber ich komme um, wenn ich es noch länger für mich behalten muß«, erklärte Ruth.

»Also deshalb träumst du die ganze Zeit mit offenen Augen. O Ruth!« rief Sara, und sie und Becky stürzten sich auf Ruth und umarmten sie stürmisch.

»Vorsichtig — bringt ihn nicht um, bevor Robby überhaupt weiß, daß es ihn gibt!« Ruth lachte glücklich. »Und gebt um Gottes willen auf eure Kleider acht!« Einen kurzen, aber bitteren Moment lang beneidete Sara ihre Freundin, deren Leben so glatt, so planmäßig verlief. Gleich darauf schämte sich Sara, und das schäbige Neidgefühl verschwand so schnell, wie es aufgetaucht war, denn sie freute sich aufrichtig für Ruth und Robby.

»Nun, ich dachte, wir wollten gehen«, sagte Ruth.

»Richtig. Wahrscheinlich liegen sie inzwischen flach auf dem Teppich und sind betrunken wie die Kosaken«, sagte Sara, und lachend begaben sich die drei Mädchen nach unten.

Aaron war der Meinung, daß Jezebel den Mädchen an einem Abend wie diesem nicht gerecht würde — sie säßen darin zusammengepfercht wie das Vieh auf dem Weg zum Markt. Heute abend fuhren sie mit Abu in der Kutsche. Sara glaubte, ihr Herz würde zerspringen, als sie an der großen gemauerten Scheune vorfuhren, in der sonst die landwirtschaftlichen Geräte der Gemeinde untergebracht waren. Heute abend war sie hell erleuchtet, und der Duft von Hunderten von Blumen strömte ihnen entgegen, als sie die Kutsche verließen. Sara war heute absichtlich nicht ins Dorf gegangen. Sie wollte nicht sehen, wie die Scheune in einen Festsaal verwandelt wurde, weil dadurch ein Teil des

Zaubers verlorengegangen wäre. Ihre Selbstdisziplin hatte sich gelohnt.

Dieser Ball war seit zwanzig Jahren Tradition. Was anfangs ein ganz schlichter Dorftanz gewesen war, hatte sich zu einer großen gesellschaftlichen Veranstaltung ausgewachsen, die den zunehmenden Wohlstand der Gemeinde widerspiegelte und nicht nur von den Dorfbewohnern besucht wurde. Aus einem Umkreis von mehreren Meilen kamen Würdenträger — Türken, Araber und Juden — und alle verkehrten hier miteinander in einer zwanglosen und freundlichen Atmosphäre. Alle Altersstufen freuten sich auf dieses Fest — die Alten auf eine Gelegenheit, um über die alten Zeiten zu reden, die Jungen in der Hoffnung auf eine Romanze.

Als die Levinsons eintrafen, war der Ball bereits in vollem Gang. Sara, die an der Seite von Chaim Cohen den Saal betrat, stand sofort im Mittelpunkt des Interesses. Beinahe jeder schien einen Blick auf sie und den begehrten Junggesellen werfen zu wollen. Sara konnte einen gewissen Stolz nicht unterdrücken, als sie bemerkte, wie viele junge Mädchen und deren Mütter ihr neidvolle Blicke zuwarfen.

»Meinen Glückwunsch«, flüsterte ihr Cohen ins Ohr. »Sie sind die schönste Frau im Saal.«

Mit einem leicht amüsierten Lächeln blickte Sara zu ihm auf. »Um ehrlich zu sein«, sagte sie, »ich habe eher das Gefühl, daß es Ihre elegante Erscheinung ist, die dieses Aufsehen erregt.«

»Da seid ihr ja!« Robby Woolf kam auf sie zugeeilt und schenkte Ruth einen langen bewundernden Blick. »Meine Güte! Du siehst phantastisch aus!« sagte er und entführte sie sofort auf die Tanzfläche.

Becky war offen begeistert und aufgeregt. »Ist es nicht toll!« flüsterte sie Sam immer wieder zu, während Aaron seine Gesellschaft an einen langen Tisch führte, wo Manny

Hirsch und Nelly Jacobson bereits saßen und sich unterhielten.

»Du wartest bestimmt auf mich, den besten Tänzer im Saal, nicht wahr?« scherzte Sam, aber Beckys stürmische Begrüßung hinderte ihn daran, Nelly sofort auf die Tanzfläche zu führen. Die beiden Mädchen umarmten sich, kicherten und bewunderten gegenseitig ihre Kleider, und jede war insgeheim überzeugt, daß das ihre das schönere sei.

Sam nahm neben Nelly Platz, die sich in der Zeit, als er ans Bett gefesselt war, als seine hingebungsvollste Pflegerin erwiesen hatte. Jeden Tag war sie mit einem Topf Hühnerbrühe ins Levinsonsche Haus gekommen, so daß sich Sara bereits fragte, woher die vielen Hühner stammten. Sam war von ihrer Fürsorge sehr angetan und dankte insgeheim den Beduinen, weil sie sein Liebeswerben um Nelly beschleunigt hatten. Er machte neben sich Platz für Sara und Cohen. Sobald Sara bequem saß, begannen ihre Augen, den Saal nach Daniel abzusuchen. Es sah so aus, als wäre ganz Zichron hier — einige tanzten, einige unterhielten sich, einige flanierten rings um die Tanzfläche und hielten Ausschau nach Freunden oder Erfrischungen. Sie sah ihren Vater in einer Gruppe von Männern stehen und winkte ihm zu. Und dann sah sie ihn. Er stand ganz hinten auf der anderen Seite des Saals und sprach mit Alex. Ihre Blicke begegneten sich, und sie winkte fröhlich.

»Wie hübsch sie ist — in der Tat. Sie mausert sich zu einer richtigen Schönheit«, sagte Alex.

»Wer?« fragte Daniel, obwohl er genau wußte, wen Alex gemeint hatte.

»Meine Schwester natürlich.«

Daniel lächelte. »Stimmt«, sagte er kühl, aber er empfand weitaus mehr, als er zu zeigen bereit war. Von dem Augenblick an, als er sie an Cohens Arm in den Saal kommen sah, hatte sich seine Laune verdüstert, und die Eifersucht, die sie am Abend zuvor in ihm entfacht hatte, loderte jetzt wie ein Buschfeuer. Sie hatte nie schöner ausgesehen.

Sara bemerkte den finsteren Ausdruck auf Daniels Gesicht. Er ist eifersüchtig wie Othello, dachte sie entzückt.

»Hätten Sie Lust, mit mir zu tanzen?« fragte Chaim Cohen und unterbrach sie bei ihren Beobachtungen. »Ich fürchte allerdings, daß ich kein besonders guter Tänzer bin.« Er reichte ihr den Arm und führte sie auf die Tanzfläche.

Cohen war tatsächlich kein guter Tänzer. Er trat Sara auf die Zehen und prallte ständig mit anderen Paaren zusammen. Nach qualvollen zehn Minuten voller Kollisionen und Entschuldigungen war der Tanz endlich vorbei. »Es war bestimmt kein besonderes Vergnügen für Sie«, sagte Cohen niedergeschlagen. Aber Sara lächelte und nahm dankbar wieder auf ihrem Stuhl Platz. »Vielleicht habe ich mehr Erfolg, wenn ich versuche, Ihnen etwas zu trinken zu bringen«, sagte er mit einem fragenden Blick.

»Ein Glas Wein — sehr gern«, sagte Sara und beobachtete ihn, wie er sich einen Weg durch die Menge bahnte bis zu dem langen Tisch, auf dem die Bar aufgebaut war.

Plötzlich stand Lev vor ihr, der schon ein wenig betrunken wirkte, und sah sie bewundernd an.

»Komm, Lev, laß uns tanzen«, sagte sie, und Lev, der sein Glück nicht fassen konnte, reichte ihr den Arm. Gerade, als sie die Tanzfläche betraten, tauchte Becky mit ihrem schlaksigen Verehrer Adam Leibowitz auf und stellte sich hinter Sara und Lev in die Reihe der Paare. Die Kapelle stimmte eine lebhafte Mazurka an. Im Nu hatten die Paare den Rhythmus gefunden, und schon ging es los mit viel Schwung und Temperament.

»Ich bin nur ein russischer Bauer. Ich kann das gar nicht!« japste Lev, aber Sara lächelte nur. Seine Füße straften ihn bereits Lügen; außerdem wußte jeder, daß Lev im ganzen Distrikt als der beste Tänzer galt. Nach zwei Tänzen

148

mußte Sara um eine Verschnaufpause bitten, und Lev führte sie an ihren Tisch zurück.

»Vielen Dank, Herr Cohen«, sagte Sara und hob ihr Glas, das rubinrot in ihrer Hand leuchtete. »Nach diesem Tanz brauche ich einen Schluck.« Sie fächelte sich kühlende Luft zu und sah sich zufrieden im Raum um. Viele Freunde waren da und eine ganze Reihe neuer Gesichter, darunter eines, das sie mit Sicherheit noch nie gesehen hatte. Es gehörte einem Fremden, der lässig und irgendwie arrogant herumstand, als fühlte er sich hier völlig zu Hause. Er war groß und herausfordernd maskulin, hatte dunkles Haar, mit dessen Pflege er sich anscheinend wenig Mühe gab, und helle Augen. Iwan Bernski, den sie vom Sehen her kannte, unterhielt sich mit ihm, aber der Mann blickte unentwegt zu ihr herüber. Bernski war ein russischer Adliger aus Haifa, der in zahllosen Komitees arbeitete und als leidenschaftlicher Kommunist galt. Der Fremde schien Bernski jedoch nicht viel Aufmerksamkeit zu schenken; selbst als Sara seinem Blick begegnete, ließ er sich nicht beirren und starrte sie weiterhin an.

Sara ärgerte sich über die Art, wie dieser Mann sie musterte, und gab seinen Blick zurück. Dann wandte sie sich hochmütig ab und widmete sich ihrem Fächer. Erbost hörte sie amüsiertes Gelächter, und sie war sich hundertprozentig sicher, daß er es war, der so gelacht hatte. Sie biß sich auf die Lippen. Trotzdem konnte sie ihrer Neugier nicht widerstehen und blickte vorsichtig ein zweites Mal in seine Richtung. Ihre Augen trafen sich wieder. Er hob eine Augenbraue und lächelte, wobei makellos weiße Zähne zum Vorschein kamen. Aus irgendeinem Grund reizte er sie. Sie wollte wissen, wer dieser Mann war.

»Sie kennen doch jeden hier«, wandte sie sich an Doktor Ephraim, der an ihren Tisch gekommen war. »Sagen Sie, wer ist dieser große dunkelhaarige Mann neben Iwan Bernski?«

Noch bevor er antworten konnte, schaltete sich Nelly ein. »Das ist Joe Lanski«, sagte sie, stolz, daß sie Auskunft geben konnte. »Er sieht phantastisch aus, findest du nicht? Er ist Pferdehändler.«

»Und Waffenschmuggler«, knurrte Lev.

»Es heißt, er verkauft alles an alle«, fuhr Nelly fort, »solange er sein Geld bekommt. Er ist sehr reich und anscheinend ein ziemlicher Herzensbrecher. Wenn du mich fragst, ich würde jederzeit in seinen Armen sterben.« Alles weitere ging in ihrem Gekicher unter.

Ein Herzensbrecher, tatsächlich, dachte Sara kühl und setzte sich so, daß sie ihm den Rücken zuwandte.

»Du hast also schon eine Frau gefunden, die dir gefällt«, sagte Bernski, der das Interesse seines Freundes an dem Levinsonmädchen bemerkt hatte.

»Einer schönen Frau konnte ich noch nie widerstehen«, sagte Lanski langsam.

»Nun haben wir also endlich deine Schwachstelle gefunden – kühle Blondinen mit blauen Augen.«

»Für die ihren könnte sich ein Mann hängen lassen«, sagte Joe und wandte kein Auge von Sara. Er hatte sie bemerkt, sobald sie den Saal betreten hatte. Sie war ein Mädchen, an dem er in keiner Stadt – weder in Konstantinopel noch in Kairo noch irgendwo in Europa – vorübergegangen wäre. Aber in diesem Saal voller Provinzschönheiten stach sie besonders hervor.

»Versuch einen deiner Tricks, und du könntest derjenige sein, der baumelt – sie ist Aaron Levinsons Schwester«, sagte Bernski warnend.

»Vermutlich ist sie die Art von Frau, die auch noch eigenhändig die Schlinge knoten würde«, meinte Joe. Dann wandte er sich entschuldigend an Bernski. »Auf einem Ball muß man tanzen, nicht wahr?« sagte er und ging davon.

Saras Frage nach Lanski hatte zu einer Flut von Klatsch über den Mann geführt – einiges davon völlig lächerlich, anderes eher komisch. Sie wünschte, sie hätte sich nicht nach ihm erkundigt. Die Gerüchte, die ihn umgaben, machten ihn noch geheimnisvoller und aufregender.

»Das alles hört sich an, als sei er ein waschechter Halunke«, sagte sie am Ende des Gesprächs und beugte sich in ihrem Stuhl vor, um nach Daniel Ausschau zu halten. Er saß neben Alex und einem sehr schlanken, dunklen Mädchen mit Bubikopf und dem Gesicht einer Madonna, und Sara verging fast vor Neid. Isobelle Frank war zweifellos eine faszinierende Frau. Sie war eine exilierte russische Revolutionärin, die nach allem, was man so hörte, einen ziemlich freien Lebenswandel führte. In ganz Palästina erzählte man sich Geschichten von den Affären und Skandalen, in die sie angeblich verwickelt war. Isobelle Frank war außerdem die Schwester von Aarons Geliebter, einer gewissen Hanna, die in Haifa wohnte und verheiratet war. Sara durfte natürlich nichts davon wissen, daß Aaron eine Geliebte hatte, geschweige denn, daß sie verheiratet war, aber die Affäre war seit Jahren allgemein bekannt.

Sara fühlte, wie ihr das Herz sank, während sie Daniel und Isobelle miteinander beobachtete. Isobelle sah aus wie eine Frau, der die Männer verfielen, und Daniel mußte von ihr beeindruckt sein — von dieser Kombination aus radikaler Überzeugung und fragiler Weiblichkeit. Es versetzte ihr einen Stich, als sie bemerkte, wie angeregt er sich mit ihr unterhielt.

Die Kapelle stimmte einen Walzer an. Daniel wandte sich von Isobelle Frank ab und blickte zu Sara. Nach ein paar Worten zu Alex und Isobelle stand er auf und kam quer durch den Saal auf Sara zu. Jetzt wird er mich auffordern, dachte Sara.

Jemand berührte sie am Ellbogen. Sie drehte sich um und schaute in Joe Lanskis irritierend selbstsicheres Gesicht, das sich braungebrannt und mit lächelnden grünen Augen zu ihr herabneigte. Verwirrt blickte sie hinüber zu

Daniel, aber er war stehengeblieben. Als sie ihr Gesicht wieder Lanski zuwandte, wirkte es weder freundlich noch einladend.

»Wir sind einander nicht vorgestellt worden, Miß Levinson«, sagte er. »Aber ich fürchte, mein Ruf ist mir vorausgeeilt.« Nelly sank verlegen kichernd auf einen Stuhl, Sam und Robby lächelten höflich, und Lev stierte ihn finster an. Chaim Cohen nickte höflich. Aus dem Augenwinkel beobachtete Sara, wie Daniel lächelte und an seinen Platz neben der Brünetten zurückkehrte. Sie hätte platzen können vor Wut über diesen arroganten Menschen, der ausgerechnet jetzt sein Interesse bekunden mußte. Mit kalten blauen Augen sah sie ihn an.

Der Fremde verneigte sich mit übertriebener Höflichkeit. »Ich heiße Joe Lanski«, sagte er und streckte ihr die Hand entgegen. »Darf ich um diesen Tanz bitten?« Sara errötete vor Verlegenheit, als sie merkte, wieviel Aufmerksamkeit sie erregten. Sie wünschte, sie hätte ihn genau mit den Worten abblitzen lassen können, die ihr auf der Zunge lagen. Aber Chaim Cohen stand irgendwo hinter ihr. Sie mußte wohl oder übel höflich bleiben. Sie blickte zu Chaim auf; er lächelte zustimmend, wenn auch ein wenig frostig, und so stand sie auf und nahm Lanskis Arm. Lanski verbeugte sich höflich vor Cohen, führte sie auf die Tanzfläche und schwenkte sie leichtfüßig im Walzertakt einmal rechts herum, einmal links herum. Sara merkte sofort, wie mühelos und sicher sich Lanski bewegte und genoß es — trotz ihrer Verstimmung.

Lanski war größer, als Sara zunächst gedacht hatte, und daß er so gut tanzte, empfand sie als eine verdiente Entschädigung nach dem Martyrium mit Cohen. Er machte einen gesunden, kräftigen Eindruck, und obwohl er keine besonders regelmäßigen Gesichtszüge hatte und ziemlich dunkel wirkte, mußte sie zugeben, daß er alles in allem ein sehr gutaussehender Mann war. Er schien sogar so attraktiv

152

zu sein, daß die anderen Frauen kein Auge mehr für ihren Partner hatten, sobald Lanski in die Nähe kam.

»Welch glücklicher Zufall, daß ich heute abend hier hereingeschaut habe«, sagte Lanski nach kurzem Schweigen. »Daß ich Ihnen begegnet bin, war ein unvorhergesehenes Vergnügen.« Sara bedachte ihn mit einem vernichtenden Blick, aber er lachte nur. »Herrje, Sie sehen mich an, als wollten Sie mir den Kopf abbeißen — aber ich mag Frauen mit Temperament. Eine Kampfansage hat mich immer gereizt. Sie bringt meine männlichen Instinkte an den Tag.«

Er sprach merkwürdig schleppend, wie manche Amerikaner, doch es klang nicht unangenehm, und er lächelte sie an, wobei er sie ungeniert betrachtete. Sara hatte das beunruhigende Gefühl, daß er genau wußte, wie sie aussah, wenn sie nichts anhatte, und ihre Wangen brannten vor Scham und Empörung. Zornig sah sie ihn an. Sie fand diesen Menschen unausstehlich. »Ihre männlichen Instinkte können Sie entwickeln, wie Sie wollen. Ich jedenfalls fühle mich durch ihr Zutagetreten nicht geschmeichelt«, sagte sie bissig und versuchte, sich aus seiner Umarmung zu befreien. Aber er verstärkte seinen Griff und steuerte sie geschickt über die Tanzfläche.

»Endlich einmal ein Mädchen, das seine Meinung sagt. Um ehrlich zu sein, Miß Levinson, wenn Sie nicht hier wären, würde ich mich schrecklich langweilen. Darf ich Sie um alle Walzer dieses Abends bitten?«

»Nein, Mr. Lanski, das dürfen Sie nicht. Und würden Sie mich bitte nicht so fest halten«, sagte Sara heftig, die sich plötzlich seiner Nähe und der Wärme, die von seinem Körper ausging, bewußt wurde. Sie fühlte, wie ihr Herz rascher schlug. Ich bin nur wütend, redete sie sich ein und sträubte sich wie eine argwöhnische Katze, während er sich vorbeugte und ihr provozierend zuflüsterte: »Das ist eine Bitte, die ich von meinen Tanzpartnerinnen nicht gewöhnt bin.« Doch er lockerte den Griff um ihre Taille.

In ihrem verwirrten Zustand entging Sara die Ironie, mit der er gesprochen hatte. Sie hielt ihn für maßlos eingebildet. »Vermutlich fallen alle Frauen bei Ihrem Anblick in Ohnmacht«, sagte sie und ließ ihn ihre Verachtung spüren.

»Im allgemeinen schon«, antwortete er mit einem trägen Lächeln auf den Lippen und unverhohlener, entnervender Bewunderung in seinen Augen, die grün waren wie Smaragde.

»Das beweist nur, wie schwachsinnig die meisten Frauen sind.«

Er warf den Kopf zurück und lachte. »Wir könnten uns nicht einiger sein, Miss Levinson.« Dann änderte sich sein Gesichtsausdruck plötzlich. Jeder Anflug von Spott war aus seinem Gesicht verschwunden, und er schaute sie nachdenklich an. »Lassen Sie uns mit dieser dummen Hänselei aufhören und einen Waffenstillstand schließen. Wir verderben uns unseren ersten gemeinsamen Tanz.«

»Und unseren letzten«, sagte sie mit blitzenden Augen. Sie wollte sich nicht geschlagen geben.

»Und woher wollen Sie das so genau wissen?« erwiderte er, und der spöttische Blick lag wieder in seinen Augen.

Seine Selbstsicherheit war kaum zu überbieten. »Sie brauchen mich nur beim Wort zu nehmen«, antwortete sie, und bis zum Ende des Walzers hielt sie ihre Augen ausschließlich auf seine Krawattennadel gerichtet.

Lanski führte Sara an ihren Tisch zurück, wo sich inzwischen Daniel und Paul Levy eingefunden hatten. Aaron begrüßte Joe zwanglos. »Wie ich sehe, hast du meine Schwester Sara bereits kennengelernt — gut. Und wenn du schon mal hier bist — hättest du einen Augenblick Zeit für mich? Ich hätte gern etwas mit dir besprochen.«

Joe verbeugte sich vor Sara, die ihm, ihre guten Manieren parodierend, zunickte, und verließ dann mit Paul und Aaron den Saal.

»Würden Sie mich einen Moment entschuldigen?« bat Chaim Cohen und folgte den anderen.

»Was um alles in der Welt könnte Aaron mit Joe Lanski zu reden haben?« erkundigte sich Sara bestürzt bei Daniel. Sie hatte nicht gewußt, daß ihr Bruder auf so vertrautem Fuß mit ihm stand.

»Gewehre. Aaron hat ihn zu diesem Ball eingeladen«, erklärte Daniel mit leiser Stimme. »Er hofft, die Siedlung mit Lanskis Hilfe wieder zu bewaffnen.«

»O je!« Sara war plötzlich völlig verwirrt. »Ich fürchte, ich war ziemlich unhöflich zu ihm.«

»Keine Sorge.« Daniel lächelte dünn. »Lanski verkauft an jeden, der bezahlt.«

Sara atmete erleichtert auf. »Das hat Nelly auch gesagt, aber sie ist eine solche Schwatzbase . . .«

Kaum hatte sie Nellys Namen erwähnt, kam sie auch schon zusammen mit Becky an den Tisch. Jede trug einen Teller, vollbeladen mit kaltem Huhn und verschiedenen Salaten, vor sich her. »Du Arme«, quiekte Nelly und verdrehte die Augen halb vor gespieltem Schrecken, halb vor Neid. »Man stelle sich vor, mit diesem schrecklichen Mann zu tanzen!«

»Schrecklich«, wiederholte Becky gehorsam mit dem gleichen Ausdruck wie Nelly, bis sie sich ihr Grinsen nicht mehr verkneifen konnte und hinzufügte: »— aber aufregend!«

»O Becky, halt den Mund«, sagte Sara, der die geballte Albernheit von zwei Backfischen den letzten Nerv raubte. »Es ist schrecklich warm hier drin — würdest du einen Moment mit mir hinausgehen, Daniel?« Sie sah ihn an, und ihre Augen fanden sich. Eine Sekunde fiel die Maske von Daniels Gesicht und mit ihr seine Unnahbarkeit.

»Natürlich«, sagte er höflich und reichte Sara den Arm, den sie rasch nahm, denn sie wollte aus dem Saal sein, bevor Chaim Cohen zurückkehrte.

Auf dem terrassenartigen Vorbau war es dunkel bis auf die Stellen, wo das Licht aus den offenen Türen fiel und helle Streifen auf den Steinboden warf. Sara führte Daniel in den tiefen Schatten eines Nebengebäudes. Musik und Gelächter wehten aus den halboffenen Fenstern der Scheune herüber, und die Luft war schwer vom Duft der Tabakpflanzen und des Jasmins.

Daniel folgte Sara ungewöhnlich gefügig um die Ecke des Wirtschaftsgebäudes. Ihre Schönheit und der Wein hatten ihn verführt. Eine innere Stimme flüsterte ihm zu, daß dies Unfug sei, daß er besser im Saal geblieben wäre — aber von Sara ging eine Erregung aus, die ihn faszinierte. Noch nie war sie ihm so sinnlich erschienen, so sehr für die körperliche Liebe geschaffen. War er allein, konnte er alle Gedanken an sie verbannen, doch jetzt, in ihrer Nähe und angesichts der Leidenschaft, die sie für ihn empfand und — das mußte er zugeben — die er für sie empfand, hatte er nicht die Kraft dazu.

Sie blieben einen Augenblick stehen. Dann trat Sara dicht vor Daniel hin. »Küß mich«, sagte sie, und ihre Stimme klang leidenschaftlich und ängstlich zugleich.

Er schaute in ihre Augen, in ihr schönes Gesicht. »O Sara«, sagte er verzweifelt und zog sie in seine Arme. Für eine kleine Weile vergaßen sie sich und die Welt, dann spürte Sara, wie er sie von sich schob.

Daniel richtete sich auf. Er hoffte, sein Herz würde ruhiger schlagen, wenn er eine kleine Distanz zwischen ihnen herstellte. Sein körperliches Verlangen nach ihr beunruhigte ihn weniger als die Liebe, die er für sie empfand. Er nahm seine ganze Kraft zusammen, und als er sich von ihr gelöst hatte, glaubte er, das Schwerste geschafft zu haben. Aber sie rührte ihn, wie keine andere Frau es je getan hatte, auch wenn er nicht ganz verstand, was ihn mit einer so unaussprechlichen Zärtlichkeit erfüllte.

Sie war schön, und er war immer für Schönheit empfänglich gewesen. Da war dieses üppige goldblonde Haar, das er durch seine Finger gleiten lassen wollte, wann immer er es sah. Ihre Augen, das auffälligste Merkmal in ihrem Gesicht, lebhaft und umrahmt von langen seidigen Wimpern, die so schwarz waren, als wären sie in Tusche getaucht. Und sie war nicht nur schön — sie hatte auch Charakter, der sich in ihrem energischen Kinn verriet. Daniel wußte, daß Sara bei der Verfolgung ihres Traums nicht weniger rücksichtslos vorgehen würde als er; aber er wußte auch, daß es keine Zukunft für sie beide gab — er mußte seinen Traum vor den ihren stellen.

Gleichzeitig erkannte er aber auch, daß Sara eine Leere in seinem Herzen füllte, die keiner seiner Träume und ehrgeizigen Ziele füllen konnte. Sie war ein warmes, leidenschaftlich empfindendes menschliches Wesen, und in diesem Augenblick wünschte er sich nichts mehr, als ihr die schönste Liebeserklärung zu machen, zu der er imstande war. Aber er tat es nicht. Zwei Dinge machten Sara für ihn gefährlich: Sie war keine Frau, mit der man spielte, und sie war Aarons Schwester. Allein das war ein schwerwiegender Grund.

Sara, die ihn beobachtet hatte, drängte sich an ihn. »Was ist los, Daniel?« fragte sie mit ängstlicher Stimme, aus der alles Selbstvertrauen gewichen war.

Erneut überkam ihn diese beängstigende Zärtlichkeit, und er spürte, wie ihn seine Beherrschung zu verlassen drohte. Er nahm ihr Kinn in die Hand und blickte mit einem unterdrückten Seufzer in ihr Gesicht. Er sah sie an und wollte zu diesem betörenden, entgegenkommenden Mund zurückkehren, doch er fürchtete ihre Leidenschaftlichkeit und die Verantwortlichkeiten, die sich unweigerlich ergeben würden, wenn er sich und ihr nachgab. Er lächelte und zeichnete mit dem Finger zart ihre Lippen nach.

»Was würdest du mit mir tun, wenn ich dich ließe?« sagte er und lachte, um die Situation zu entkrampfen.

Sie lächelte, und ihre Augen glitzerten in der Dunkelheit. »Dich glücklich machen«, erwiderte sie.

Er sah sie lange und konzentriert an, dann wandte er sich ruckartig ab. »Komm, wir sollten hineingehen, bevor dich dein Freier sucht.« Er sprach betont gleichgültig, obwohl ihn dieser Chaim Cohen unheimlich irritierte.

Sara lachte und hängte sich bei ihm ein. »Also, ich glaube fast, du bist eifersüchtig«, sagte sie fröhlich, und Daniel lachte leise.

»Ja, wahrscheinlich bin ich eifersüchtig«, gab er reumütig zu. »Aber jetzt holen wir uns erst mal etwas zu trinken.«

Er führte sie durch die lärmende Menschenmenge im Saal zu einem Tisch, wo Wein, Bier und Liköre in großen Mengen und ohne besondere Umstände ausgeschenkt wurden. Nach der Stimmung zu urteilen und den temperamentvoll ausgeführten Rundtänzen, hatten sich die meisten bereits großzügig bedient.

Daniel reichte Sara ein Glas Limonade, das sie dankbar annahm. Nach der kühlen Luft draußen wirkte die Hitze im Saal erstickend. Daniel wandte sich Alex zu, und als sie nicht hören konnte, worüber sie sprachen, ging sie zu einer der halb offenen Seitentüren. Gedankenverloren schwenkte sie ihren Fächer und schwelgte in den Gefühlen, die Daniels Kuß hervorgerufen hatte. Die Berührung seiner Lippen hatte so viel Neues und verwirrend Angenehmes in ihr ausgelöst, daß sie am liebsten für immer in seinen Armen geblieben wäre.

Als sie sich an seine Erregung erinnerte, lächelte sie. »Jetzt hab' ich ihn«, murmelte sie vor sich hin. »Jetzt gehört er mir.« Schallendes Gelächter ließ sie zusammenfahren. Ihre Augen weiteten sich vor Schreck, als sie sah, daß sich neben ihr aus dem Schatten eine dunkle Gestalt löste. Sie entpuppte sich als der unwillkommene Joe Lanski.

»Davon bin ich fest überzeugt«, meinte er lächelnd, »zumindest nach dieser pikanten kleinen Terrassenszene.«

Sara starrte ihn völlig überrumpelt an, und dann wurde sie wütend. Ausgerechnet er mußte Zeuge sein, wenn sie ihre Gefühle offen preisgab. »Sie hätten sich immerhin bemerkbar machen können«, sagte sie eisig, froh, daß es so dunkel war, damit er nicht sah, wie sie errötete.

»Was?! Und auf die günstige Gelegenheit, Ihr wahres Ich zu sehen, verzichten?« entgegnete er in seiner schleppenden Sprechweise und lachte wieder.

Sara mußte sich sehr beherrschen. Dieser Mann schaffte es wirklich, ihr auf die Nerven zu gehen. Am liebsten hätte sie dieses eingebildete Gesicht geohrfeigt, aber sie sagte nur: »Bitte, entschuldigen Sie mich. Ich muß zu meinen Freunden zurück.«

Joe verbeugte sich spöttisch. »Bis wir uns wiedersehen.«

Sara ließ nicht erkennen, was sie dachte. Sie lächelte nur und ging.

Joe lehnte sich gegen den Türpfosten und biß die Spitze einer Zigarre ab, während er ihr versonnen nachschaute. Ihre Freunde nahmen sie freudig in ihrer Runde auf, und der große, sorgfältig gepflegte Chaim Cohen erhob sich, um ihr einen Stuhl anzubieten, während der zweifellos gutaussehende Daniel Rosen ihr etwas ins Ohr flüsterte.

Sie alle verdienen nicht etwas halb so Gutes, dachte er und stieß einen kleinen Rauchring aus. Was war so Besonderes an Sara Levinson? fragte er sich. Sie war sehr schön. Aber er hatte viele schöne Frauen gekannt und keine einzige auf den ersten Blick so leidenschaftlich begehrt. Sara war etwas anderes — und vermutlich noch Jungfrau. Er hatte einen Horror vor Jungfrauen. Sie wird nicht immer eine bleiben, dachte er und lachte innerlich. Er hatte das sichere Gefühl, daß sie sich wieder begegnen und sich näher kennenlernen würden — um einiges näher, in der Tat.

Sara lag im Bett und starrte auf den hellen Kreis, den die Nachttischlampe an die Decke warf. Sie konnte an nichts anderes denken als an Daniel. Eines wußte sie jetzt zumindest genau — Daniel begehrte sie ebenso heftig wie sie ihn. Trotz ihrer Unerfahrenheit hatte sie seine Erregung gespürt, als ihr Mund den seinen küßte. Sie zitterte, und eine Gänsehaut lief ihr über den Körper. Sie schlang die Arme um sich, drehte sich auf die Seite und vergrub das Gesicht im Kopfkissen. Doch vor ihrem inneren Auge tauchte immer wieder Daniels Bild auf, wie er vor ihr gestanden und grüblerisch auf sie niedergeblickt hatte.

Doch in ihr Triumphgefühl mischte sich ein Wermutstropfen. Was würde sie tun, wenn er sie nicht genug liebte — wenn er sie nicht heiratete? Sie drehte sich wieder auf den Rücken und blickte mit weit offenen Augen ins Leere. Ihre Zukunft wäre schrecklich. Sie würde Daniel jeden Tag sehen, ohne ihm zu gehören, würde kochen, bügeln und saubermachen für ihre Familie, ohne selbst Kinder zu haben, und sie würde obendrein Beckys Heiratschancen ruinieren.

Unerwartet fiel ihr die Antwort ein. Chaim Cohen! Doch schon im selben Moment fand sie die Idee absurd. So elegant und zuvorkommend er auch war — sie konnte sich nicht vorstellen, ihn zu heiraten. Es war einfach lächerlich. Sie lachte leise. Worüber machte sie sich eigentlich Sorgen? Hatte Daniel sie nicht eingeladen, ihn zu Scheich Suliman zu begleiten, aus dessen Herde er sich einen Hengst aussuchen sollte? Natürlich liebte er sie. Natürlich hatte er vor, sie zu heiraten. Warum sollte sie überhaupt an Chaim Cohen denken?

Sie beugte sich vor und knipste die Lampe aus. Im Dunkeln liegend, begann sie die Tage bis zu dem Besuch bei Scheich Suliman zu zählen. Bis nächsten Donnerstag sind es fünf Tage, dachte sie schläfrig — nur noch fünf Tage.

Kapitel VII

An jenem Morgen, den Sara so sehnsüchtig erwartet hatte, ritten sie und Daniel bereits um fünf Uhr früh aus dem Hof des Levinsonschen Anwesens in Zichron und schlugen den Weg ein, der durch das Dorf zum Ephraim-Gebirge führte. Bella schien beinahe ebenso aufgeregt zu sein wie Sara und tänzelte ungebärdig neben Daniel, der Aarons Hengst Apollo ritt. Sara war strahlender Laune und zügelte lachend ihr allzu eifriges Pferd. Abu hatte das Zaumzeug der beiden Pferde auf Hochglanz poliert und ihnen eigens für diesen besonderen Anlaß eine in fröhlichen Farben gewebte Satteldecke aufgelegt, deren bunte Fransen in der morgendlichen Brise flatterten.

Dieser Ausflug erinnerte sie an ihre Kindheit; damals hatte sie Aaron auf seinen Exkursionen begleitet, die oft meilenweit von zu Hause wegführten. Aber jetzt war Daniel hier. Er hatte Sara viel über seinen Adoptivvater erzählt, aber heute sollte sie ihn zum erstenmal persönlich kennenlernen. Insgeheim hoffte sie, daß Daniels Einladung noch eine andere Bedeutung hatte.

Scheich Suliman gehörte zum Stamm der Aneze, und sein Herrscherhaus Beni Schalan trug einen der stolzesten Namen in Syrien. Seine »goldenen« Stuten gehörten zu den besten in ganz Arabien. Wie viele Beduinen zog auch Scheich Suliman jedes Frühjahr mit seinen Herden aus der syrischen Wüste hierher in die Berge, um von dem saftigen Weideland zu profitieren. Kurz bevor der Winterregen einsetzte, kehrte er in die Wüste zu seinem Hauptlager zurück. Sara wußte, wie sehr Daniel seinen »geistigen Vater« verehrte, und sie war neugierig zu sehen, wie er in diese große Beduinen-»Familie« paßte.

Sie zügelte Bella und strahlte Daniel bewundernd an. Heute kannte ihr Glücksgefühl keine Grenzen. Sie fühlte sich frei von allen Sorgen und wie neugeboren. »Du siehst aus wie ein arabischer Prinz und ganz und gar nicht wie ein jüdischer Bauer.« Und er sah wirklich so aus in seiner weißen Keffieh, die von einem geflochtenen goldenen Kopfband gehalten wurde, und mit dem frisch geschliffenen Dolch am Gürtel.

»Vielleicht bin ich das auch und nicht der Daniel, den du zu kennen glaubst. Vielleicht bin ich ein wilder Beduinenfürst, der dich in ein ungewisses Schicksal in die Wüste lockt.«

»Ich wäre eine leichte Beute«, entgegnete sie lachend.

Allzu wahr, dachte Daniel und fragte sich noch einmal, ob es klug war, Sara auf diesen Ritt in die Wildnis mitzunehmen. Er hatte sie, einer unüberlegten Eingebung folgend, dazu eingeladen und konnte jetzt nicht mehr zurück. Die Gefahr, die möglicherweise in den Bergen lauerte, machte ihm nur geringe Sorgen. Die Männer des Scheichs würden ihn knapp eine Stunde hinter den Bergen erwarten. Der Weg bis dahin war einigermaßen sicher, und niemand würde es wagen, die Eskorte des Scheichs zu überfallen. Trotzdem trug er eine Browning-Pistole bei sich; liebevoll strich er mit den Fingern über ihren kunstvoll geschnitzten Griff. Nein — Angst hatte er nur vor sich selbst. Mit jedem Tag, der verstrich, wurde Sara für ihn eine größere Bedrohung.

Bald lag das Dorf hinter ihnen, und sie folgten einem steinigen Weg, der bald steil anstieg und als schmaler Saumpfad in die Höhe führte. Die Pferde gingen vorsichtig. Daniel ließ sie ihr eigenes Tempo bestimmen. Schließlich erreichten sie ein weites Plateau, hinter dem der Weg wieder talwärts führte. Daniel zog die Zügel an und ließ Apollo einmal im Kreis gehen, um auf Sara zu warten. Sie trieb Bella auf den letzten Metern noch einmal kräftig an und wendete, so daß sie neben Daniel stand. Seite an Seite schauten sie hinunter auf das Tal, durch das sie geritten waren. Daniels Gesicht war völlig verändert.

»Wenn das nicht das Paradies ist, Sara! Ich glaube nicht, daß es irgendwo auf der Welt einen schöneren Ort gibt als diesen.« Sara folgte seinem Blick.

Ein perlmuttartiger rosiger Schimmer lag über dem östlichen Horizont, über dem eine noch milde, gelbe Sonne aufgegangen war. Von dem spiegelglatten, wie dunkler Honig glänzenden Meer wehte eine sanfte morgenfrische Brise herauf, vermischt mit dem Duft von Pinien und Kräutern, die auf den felsigen Hängen wuchsen. Die einzigen Geräusche in dieser absoluten Stille waren der rasche Atem ihrer Pferde, das Knarzen der Sättel und, ganz vereinzelt, das Zwitschern eines Vogels.

Sara schloß die Augen, um dies alles ganz tief in sich aufzunehmen, und fühlte einen Augenblick später, wie Daniel ihren Arm berührte. »Ist alles in Ordnung.« Sie hielt seine Hand auf ihrem Arm fest. »Danke, daß du mich mitgenommen hast, Daniel. Ich glaube, du weißt gar nicht, wie sehr ich das alles genieße.« Er betrachtete sie liebevoll, bevor er ihre Hand an seine Lippen hob und sie wie ein Kavalier alter Schule küßte.

»Das Vergnügen ist ganz meinerseits«, sagte er in einem Ton, der verdächtig nach Joe Lanski klang. Sara warf ihm einen forschenden Blick zu, aber er hatte Apollo bereits gewendet und ritt voraus zur anderen Seite des Plateaus, wo der Abstieg begann.

»Dort unten, siehst du?« sagte er und wies auf eine mächtige Felsgruppe. »Dort werden uns die Männer des Scheichs in Empfang nehmen.« Er blickte besorgt zur Sonne empor und zwinkerte vor dem rasch heller werdenden Himmel. »Wir sollten weiterreiten. Ich will sie nicht warten lassen«, sagte er und trieb Apollo voran auf den engen, bergab führenden Pfad, der völlig glatt getreten war von den unzähligen Tieren, die seit Jahrhunderten hier gegangen waren.

Begleitet von dem gleichmäßigen einlullenden Klappern

der Pferdehufe ritten sie ins Tal, wo die Pferde, den freien Raum witternd, zu traben begannen und dann, dem Lauf eines trockenen Flußbetts folgend, in schnellen Galopp übergingen. Ein paar Minuten lang stoben sie wild dahin, und Sara lachte in den Wind. Als sie das steinige Armageddon-Tal erreichten, fiel Bella in ihren gleichmäßigen Trab zurück. Hier unten hielt sich der Sommer etwas länger, und zwischen den in der Morgensonne glänzenden Gräsern und Disteln blühten noch überall Blumen.

Die Stille und Leere waren überwältigend. Stundenlang hätten sie durch diese wilde Landschaft reiten können und keinen Menschen getroffen — außer vielleicht einen einsamen arabischen Hirtenjungen, der, eine lange Flinte in der Hand, auf einem Felsen stand und über seine verstreut grasenden Schafe wachte.

Doch die Stille war trügerisch. Sara hielt für einen Moment an. Sie zog ihr Gewehr aus dem Halteriemen, legte es quer über dem Sattelknauf und ritt weiter. Sie würden bald in eine Gegend kommen, wo in Höhlen und hinter Felsen versteckt die Späher der Beduinen lauerten. Einige, wie die Leute von Scheich Suliman, waren friedlich und akzeptierten die jüdischen Siedler. Andere, wie die Sabiah, waren fanatische Krieger und überfielen unterschiedslos jeden, ob Jude oder Araber. Das Beduinenvolk bildete zahlreiche, sehr unterschiedliche Stämme, die alle ihre eigene Kultur, ihren eigenen Dialekt, eigene Verbündete — und eigene Feinde hatten.

»Sieh mal!« sagte Daniel plötzlich und wies nach oben. Hoch über ihnen zog, getragen von der aufwärtsströmenden Warmluft, eine Schar weißer Pelikane über das kahle Gilboa-Massiv. Schweigend schauten sie ihnen nach, bis die Stille plötzlich durch Bellas aufgeregtes Wiehern unterbrochen wurde.

Sara wandte sich um und sah einen Beduinen auf einem glänzenden schwarzen Pferd auf sie zugaloppieren. »Das ist

Yusef! Mein Bruder!« rief Daniel aufgeregt, als der Reiter näher kam.

Yusef war ungefähr in Saras Alter. Er hatte ein gutgeschnittenes Gesicht und scharfe, intelligente Augen. Er gefiel Sara auf den ersten Blick. Beide Männer sprangen von ihren Pferden und fielen sich in die Arme. Nach vielen Umarmungen und lautem Gelächter wandte sich Daniel an Sara.

»Yusef ist nicht nur mein Bruder — er ist sogar mein Blutsbruder. Er hat mich einmal aus einer ziemlich brenzligen Situation befreit.« Beide Männer lachten bei der Erinnerung. Eine Situation, die bestimmt etwas mit einer Frau zu tun hatte, dachte Sara und merkte, daß auch sie eifersüchtig war. Doch sie grüßte Daniels »Bruder« mit einem Lächeln, während die beiden in einem arabischen Dialekt miteinander redeten, den Sara nur schwer verstand.

»Komm«, sagte Daniel, als er wieder aufsaß. »Die anderen warten dort hinten im Schatten auf uns.«

Als sie den Felsvorsprung umrundet hatten, stießen sie auf drei weitere Männer, die im purpurfarbenen Schatten der Berge hockten. Bei der nun folgenden Begrüßung und in dem Stimmengewirr fühlte sich Sara etwas verloren, während Daniel mühelos in den Nomadendialekt zurückfand, als hätte er nie etwas anderes gesprochen. Nach einer kurzen Pause und einem kräftigen Schluck Wasser brachen sie als dichtgeschlossene Gruppe auf. Sara trieb Bella voran und war überrascht, als sie von Yusef überholt wurde. Er legte eine Hand auf ihren Zügel und lächelte sie an, wobei er seine gleichmäßigen schönen Zähne sehen ließ.

»Frau, du bist meiner Obhut anvertraut. Ich muß vorausreiten.« Er sprach höflich, nicht im Dialekt seines Stammes, sondern in dem in den Städten üblichen Arabisch, und Sara fiel, angenehm berührt von seinen guten Manieren, etwas zurück und ritt nun in der Mitte der Männer, die ihre Gewehre schußbereit hielten.

Obwohl sie jetzt unter dem Schutz des Scheichs ritten, stießen die Männer immer wieder laute kriegerische Schreie aus und feuerten in die Luft oder in die Büsche. Damit gaben sie anderen zu verstehen, daß sie da waren und daß sie stark bewaffnet waren.

Die Sonne stand inzwischen hoch am Himmel, und die Fliegen begannen, Pferde und Reiter zu plagen. Sara entdeckte links von sich einen Schakal, der auf einen Busch zurannte. Einem alten Instinkt folgend hob sie das Gewehr und schoß. Der Schuß hallte von den Bergen wider, und das Tier fiel, mitten in den Kopf getroffen, in den Staub. Die Männer verhielten kurz und schauten Sara, offensichtlich beeindruckt, an.

»Gut, gut!« Yusef grinste. »Du schießt wie ein Mann.« Daniel wandte sich ab, aber den bewundernden Ausdruck in seinen Augen hatte Sara dennoch gesehen.

»Verschwende keine Kugeln, Sara«, sagte er ruhig und trieb sein Pferd an. Zufrieden mit sich und der Welt, lud Sara nach.

Knapp fünf Minuten später sahen sie in der Ferne drei Reiter, die geradewegs auf sie zuhielten. Die Männer des Scheichs richteten sich auf und griffen nach ihren Gewehren. Als die Fremdlinge näher kamen, konnte Sara erkennen, daß sie bis an die Zähne bewaffnet waren. In kurzer Entfernung vor ihnen machten sie Halt und grüßten flüchtig.

»Ha!« sagte einer der Männer des Scheichs lachend und schlug mit der Hand triumphierend auf seinen Sattel. »Sie denken, unsere Frau ist ein Cookie.« Als »Cookie« bezeichneten die Beduinen alle europäischen Touristen, ob sie nun mit dem Reisebüro Thomas Cook reisten oder nicht.

»Bah!« rief ein anderer grinsend. »Das sind Sabiah. Die sind wie Schafe, wenn sie einem von uns begegnen. Wallah!« Er lachte schallend. »Wie Schafe!«

»Sabiah!« stieß Sara hervor. Sie dachte an ihren Bruder und das fehlende Pferd. Nur mit Mühe bezwang sie ihren

Wunsch, das Gewehr zu heben und die Kerle zu erschießen, wie sie den Schakal erschossen hatte.

»Feiger arabischer Abschaum«, sagte Yusef und spuckte in den Staub.

Sara erhob sich in den Steigbügeln und hob die Hand über die Augen, um besser sehen zu können. Und dann sah sie, was sie schon beim ersten Anblick vermutet hatte.

»Das ist unser Pferd, das dieses Gesindel reitet!« flüsterte sie entrüstet. Sie erkannte genau die weiße Blesse, die sich über den ganzen Kopf des Pferdes zog. »Sieh doch, Daniel!« Sie drängte Bella neben ihn. »Es ist unser Pferd — ich weiß es genau.« Und entschlossen ihr Kinn vorschiebend, sagte sie: »Und das wollen wir wiederhaben.«

»Wir bräuchten die türkische Armee, um ein Pferd aus ihrem Lager zu holen«, entgegnete er, und als er ihren enttäuschten Blick sah, fügte er hinzu. »Ich werde es den Jungs sagen, wenn wir wieder zu Hause sind. Ich verspreche es.«

Sara nickte und reihte sich wieder in die Gruppe ein.

Die Jungs. Vermutlich meinte Daniel damit die neugebildete Wachgruppe. Voll Neid hatte Sara beobachtet, wie Wachpläne aufgestellt, hölzerne Plattformen an besonders ausgewählten Stellen als Wachtürme errichtet und künftige Pläne besprochen wurden — letztere meistens hinter ihrem Rücken. Lev, schon immer ihr treuer Verbündeter, hatte nie ein Geheimnis vor ihr verbergen können; von ihm hatte sie auch den Grund für das geheimnisvolle Treffen in Atlit am Abend vor jenem Essen erfahren. Sara war, vor allem nach dem Überfall auf Sam, vollkommen einverstanden mit dem, was sie vorhatten. Sie wünschte nur, man würde ihr erlauben mitzumachen. Es war immer die alte Geschichte: Die Männer standen im Zentrum des Geschehens, die Frauen in der Küche. Mit finsterem Gesicht blickte sie den sich zurückziehenden Sabiah nach.

Bis jetzt wußte sie noch nicht, wie sie sich in die Wachgruppe hineinmanövrieren könnte. Sie hatte es zunächst auf direktem Weg versucht und Aaron und Alex gefragt in der Hoffnung, bei ihnen Verständnis zu finden. Sie hatten beide nicht nein gesagt, aber sie schienen nicht sonderlich begeistert und hatten die Entscheidung Daniel überlassen. Nachdenklich beobachtete sie ihn, aber sie wußte, daß dies weder der richtige Ort noch der richtige Zeitpunkt war, um das Thema anzuschneiden. Beim Gedanken an den erlegten Schakal besserte sich ihre Stimmung — zumindest hatte sie Daniel gezeigt, daß sie es trotz ihrer Röcke mit dem besten Schützen von ihnen aufnehmen konnte. Das mußte eigentlich für sie sprechen.

»Sie haben euch ein Pferd gestohlen, Frau?« Yusef lenkte sein Pferd neben Bella.

»Ja«, antwortete sie wütend, »und um ein Haar hätten sie meinen Bruder dabei getötet.«

»Bah, das sind Furzfresser«, sagte Yusef verächtlich und spuckte wiederum kräftig aus.

Sara mußte sich bei dieser drastischen Beschreibung der Sabiahkrieger das Lachen verbeißen.

»Ich will dir erzählen, wie mutig sie sind«, fuhr Yusef lächelnd fort. »Eines Abends versteckte sich ein Bruder von mir zum Spaß in einem Akazienbusch, und als sich einer von ihnen im Morgennebel anschlich, sprang mein Bruder splitternackt aus dem Busch.« Die Männer glucksten vor Vergnügen. »Als der Sabiah meinen Bruder sah, rannte er ins Lager und schrie: ›Ich habe einen Dschinn gesehen! Geht ja nicht zu den Akazienbüschen!‹«

Sara fiel in das schallende Gelächter der Männer ein. Sie wußte, ein Araber mochte noch so mutig oder verwegen sein, aber einen Ort, von dem er glaubt, er sei von einem bösen Geist bewohnt, wird er meiden wie die Pest.

»Haben die Sabiah ihr Lager hier in der Nähe?« fragte Sara.

»Gleich dort drüben«, antwortete Yusef und wies auf einen großen Felsvorsprung, auf dem zwei alte Alad-Bäume mit ihren weit ausgebreiteten dornigen Ästen reichlich Schatten spendeten. Sara spähte angestrengt in Richtung des Lagers.

»Mit etwas Glück und Phantasie . . .«, murmelte sie.

Die Landschaft veränderte sich. Sie hatten den felsigen Boden hinter sich und ritten jetzt durch Buschland. Plötzlich krachte vor ihnen eine Gewehrsalve, gefolgt von mörderischem Geschrei, das Sara schier den Atem verschlug, und ungefähr dreißig Männer auf Pferden und Kamelen galoppierten direkt auf sie zu. Sie kamen näher und näher. Brüllend und schießend standen sie in den Steigbügeln, hielten die Zügel zwischen den Zähnen und schwenkten die Gewehre über dem Kopf. Es waren die Männer des Scheichs, die da über die offene Ebene stoben und johlend ihre Kunststücke zeigten.

Sara hatte noch nie ein so atemberaubendes Schauspiel gesehen, in das sie zusammen mit Daniel und den anderen Männern und Pferden im Nu miteinbezogen war. In gestrecktem Galopp ritten sie dem Begrüßungstrupp entgegen. Als sie aufeinanderstießen, gab es wieder geräuschvolle Begrüßungen und dann, nachdem sie sich wie zwei Räuberbanden vereinigt hatten, brachen sie zur letzten Etappe auf. Sie folgten dem Bogen, den das Land beschrieb, bis sie schließlich das Lager von Scheich Suliman erreichten.

Es war das größte Lager, das Sara je gesehen hatte. Vor ihr, in einer breiten Bodensenke, standen die schwarzen Zelte aus Ziegenhaar, und ringsum weideten große Herden Schafe, Ziegen und Kamele. Sara war von dieser Umgebung so überwältigt, so begeistert von all dem Neuen, daß sie sogar Daniel für ein Weilchen vergaß.

»Gefällt dir der Empfang?« fragte Daniel.

»O ja. Ich habe noch nie etwas Ähnliches gesehen«, antwortete sie. Ihre Stimme klang heiser und rauh vor Glück. »Wie sie den Dscherid reiten — das habe ich noch nie gesehen.«

»Und wirst es hoffentlich nie wieder sehen«, sagte er lachend, »denn gewöhnlich ist er für Kämpfe und Plünderungen vorgesehen.«

Eine Schar kleiner Jungen näherte sich. Sie purzelten übereinander in ihrem Eifer, die Pferde zu führen und die ersten zu sein, die Daniel begrüßten und berührten. Als sie ins Lager geführt wurden, sah Sara einige Frauen, die Stoffe färbten und sie zum Trocknen über Tamariskenbüsche hängten. Sie schauten nicht direkt zu den Neuankömmlingen hin, sondern wagten nur heimliche Blicke. Eine jedoch richtete sich auf und blickte sie unerschrocken an. Sie war verschleiert, doch man sah, daß sie jung war und ihr schwarzes Haar zu Zöpfen geflochten trug. Sie heftete ihren Blick auf Daniel, ließ ihren Schleier sinken und gewährte ihm für den Bruchteil einer Sekunde einen verbotenen Blick auf ihr Gesicht – ein vollkommenes Oval mit blauen Tätowierungsstreifen auf den Wangen. Daniel begrüßte sie mit einem breiten Lächeln. Als sie erreicht hatte, was sie wollte, zog sie den Schleier wieder vor das Gesicht, wobei sie herausfordernd mit den silbernen Reifen an ihren Handgelenken klimperte.

»Wer war das?« erkundigte sich Sara, die ihre Eifersucht nur mühsam verbergen konnte.

»Wanda«, sagte Daniel. »Meine Schwester.«

»Schwester! Daß ich nicht lache!« entgegnete Sara und warf einen neugierigen Blick zurück.

Inzwischen näherten sie sich dem Zentrum des Lagers, wo die Zelte größer und mit bunten Fransen verziert waren. Sara wollte gerade absteigen, als sich ein alternder Neger neben Bella bückte und Sara seinen Rücken als Steigblock anbot. Sie warf einen hilfesuchenden Blick zu Daniel, denn die Vorstellung, auf den Rücken eines Mannes zu treten, war ihr entsetzlich. Doch Daniel war bereits abgestiegen, und sein schwarzer Diener führte Apollo hinter die Zelte. Sie sprang auf der anderen Seite von Bella ab, so als hätte sie den alten Mann nicht gesehen, und Daniel lachte, als er sie sah.

»Das sind die Sklaven des Scheichs. Sein Vater hat sie eigens zu diesem Zweck gekauft.«

»Sklaven!« sagte Sara entsetzt. »Aber das ist doch ungesetzlich?«

Daniel war erstaunt über ihre Naivität. Er sah sie von der Seite an, ging jedoch nicht näher auf das Thema ein.

Wasserträger offerierten ihnen ein Fußbad, das Sara ablehnte, doch sie war dankbar, sich den Staub von Gesicht und Händen waschen zu können, und trank gierig das mit Buttermilch versetzte Wasser. Erfrischt folgte sie Daniel und Yusef zum größten Zelt im Lager, wo sich bei ihrem Eintritt sofort ein großer hagerer Mann erhob. Still schaute Sara zu, während der Scheich seine Hände auf Daniels Kopf legte — bei den Nomaden die traditionelle Begrüßung zwischen Vater und Sohn — und ihn anschließend zärtlich umarmte.

Scheich Suliman hatte ausgeprägte ebenmäßige Züge und eine kräftige Hakennase, die seine semitische Herkunft verriet. Seine Haut war glatt und hellbraun wie leichter schwarzer Tee. Ein dünner schwarzer Bart folgte der Linie seiner Kinnbacken und endete in einer silbergrauen Bartspitze. Sara schätzte ihn auf ungefähr sechzig Jahre. Seine Augen blickten scharf und klar.

Nach dem langwierigen Begrüßungszeremoniell und dem Austausch von Höflichkeiten wandte sich der Scheich an Sara und hieß sie mit ernster Miene willkommen. Er redete sie mit »ehrenwerte Dame« an und erkundigte sich nach ihrem Vater und ihren Brüdern. Die Hand auf den mittleren Zeltpfahl gelegt, sprach er die traditionellen Willkommensworte: »Mein Haus ist euer Haus. Tut, was euch gefällt. Wir sind eure Diener.«

Dann führte er sie zu den großen Ziegenhaarteppichen, die unter dem Vordach ausgebreitet waren und wo vielleicht zehn Männer im Kreis saßen. Einer nach dem anderen erhob sich, um Daniel zu begrüßen. Einige umarmten ihn, einige küßten ihm die Hand, und dann setzten sie sich alle und rückten ein wenig zusammen, um Platz für die Gäste zu schaffen.

Sekunden später erschien Wanda, Daniels »Schwester«, mit Kissen, und Sara machte es sich, gegen eine Truhe gelehnt, bequem. Sie blickte kurz zu Daniel und war sicher, daß sie sich nicht irrte: Seine Augen glänzten feucht. Endlich einmal hatten ihn seine Gefühle doch verraten. Es wurde viel gelacht, und Sara begriff, daß sie einige Aufmerksamkeit und beträchtliche Neugier erregte. Sie fing das Wort »Ehefrau« auf — einer der Männer hatte es gesagt —, und sie fühlte sich wie elektrisiert. Dieser Besuch mußte das Vorspiel zur Verwirklichung ihrer Träume sein. Er hätte sie nicht hergebracht, wenn es nicht etwas Besonderes bedeutete — sie würde seine Frau werden, und sie wären auf immer und ewig glücklich vereint. Als sie merkte, daß jetzt auch ihre Augen feucht wurden, konzentrierte sie sich ganz und gar auf ihren Gastgeber, der eben dabei war, den Kaffee zuzubereiten.

In der Mitte des Teppichs stand ein Kohlebecken, in das der Scheich hineinpustete, ohne jedoch mehr als ein schwaches Glimmen zu bewirken. Unzufrieden klatschte er in die Hände, worauf eine alte Frau in einem formlosen schwarzen Kleid mit einer Handvoll Reisig erschien, um die Glut anzufachen. Daniel sprang auf und ergriff ihre Hände.

»Uma«, sagte er zärtlich, und an Sara gewandt erklärte er: »Das ist meine Mutter.« Die alte Frau freute sich offensichtlich, Daniel wiederzusehen und kicherte scheu. Als ihr jedoch bewußt wurde, daß sie plötzlich im Mittelpunkt so vieler Männer stand, stieß sie einen kleinen Schrei aus und floh aus dem Zelt.

Sara lachte mit den anderen, und der Scheich lächelte und zuckte die Schultern. »Habe ich etwas Falsches gesagt?« fragte Daniel betroffen, als er sich wieder setzte. Der Blick des Scheichs konnte nur eines bedeuten: Frauen!

Sara lehnte sich entspannt zurück. Schweigend, wie es der Brauch verlangte, verfolgte die kleine Gesellschaft das Zubereiten des Kaffees. Sie fühlte sich wie berauscht von dem köstlichen Kaffeearoma, das aus dem Kupfertopf mit dem langen Stielgriff aufstieg. In den Kaffeeduft mischte sich der Geruch eines bratenden Schafs, das zu Ehren Daniels geschlachtet worden war, und Sara lief das Wasser im Mund zusammen. Die einzigen Geräusche, die die Stille durchbrachen, waren die kleinen Explosionen in den brennenden Dornenästen unter dem Bratspieß. Ein leichter Wind vertrieb den beißenden Rauch, aber der Bratenduft blieb Sara in der Nase, und sie merkte, wie hungrig sie nach dem frühen Aufbruch und dem langen Ritt war.

Endlich wurde der Kaffee ausgeschenkt, die erforderlichen Höflichkeitsfloskeln waren gesagt, und nun konnten sich die Männer richtig unterhalten. Sie erzählten von der Familie, von Blutfehden, Kamel- und Pferdedieben, und sehr bald kamen sie auf den Krieg zu sprechen.

»Die Türken sind ein Fluch für die Welt«, sagte der Scheich. »Morden und rauben schmeckt ihnen wie süße Milch. Bei Gott. Sie machen unser Leben zum Gespött mit ihren endlosen Bescheinigungen und Ausweisen. Und jetzt haben sie sich mit diesen gottlosen Deutschen zusammengetan, die uns in ihre Armee locken wollen. Aber ihre Tage sind gezählt, wenn sie sich auf diesen blutigen Krieg einlassen.«

Yusef hob den Kopf. Er beugte sich etwas vor und begann, in vertraulichem Ton zu sprechen. Er zählte die Vorteile auf, die Ägypten aufgrund der britischen Protektion genoß. Er selbst sei nicht in Ägypten gewesen, aber seine Vettern hätten ihm erzählt, daß dort in der Wüste Frieden herrsche. »Kriegerische Fehden und Raubüberfälle gibt es kaum noch«, schloß er in aufrichtiger Bewunderung.

»Bei Allah, das haben sie tatsächlich gesagt«, warf ein alter Mann nickend ein. Daniel lächelte. Er kannte diesen Mann und wußte auch, daß dieser Raschid, der heute mit seiner Kaffeetasse in der Hand wie die Unschuld in Person aussah, ein alter Teufel war und unzählige Abenteuer hinter sich hatte. Blutfehden und Überfälle waren der einzige Zeitvertreib in der Wüste, und Raschid war ein echter Wüstensohn.

»Es gibt vielleicht keine Fehden mehr, aber ich habe gehört, sie haben die Erfassung der Herden durchgesetzt«, entgegnete ein anderer mißbilligend.

Scheich Suliman hörte aufmerksam zu, gab jedoch seine Ansichten über das System der Briten nicht zu erkennen.

»Wir leben so oder so im Kriegszustand«, sagte er schließlich. »Niemand kann vorhersagen, wann uns Räuber überfallen, die wer weiß woher kommen können. Und wenn sie über uns herfallen, was geschieht dann? Die Türken kommen und nehmen uns unsere Waffen. Sie lassen uns wie blinde Kamele in der Wüste umherirren. Und wie lange hat dieser Zustand jetzt schon gedauert? Der Vater meines Vaters konnte sich nicht erinnern, wann es angefangen hat. Heutzutage ist nichts mehr sicher, und bei Allah, es wird immer schlimmer.«

»Ehrwürdiger Vater«, sagte Daniel langsam. »Wenn die Türken in den Krieg eintreten und die Briten den Arabern die Unabhängigkeit anböten als Gegenleistung für ihren Beistand — was sie tun würden, wie ich gehört habe —, auf wessen Seite würdet Ihr Euch stellen?«

»Offiziell bin ich neutral«, sagte der Scheich kühl.

»Und wenn es darauf ankommt, Vater?«

Der Scheich zögerte nur einen winzigen Augenblick, und dann huschte ein flüchtiges Lächeln über sein Gesicht. »Auf die der Engländer natürlich«, sagte er. »Selbst die Moslems hassen ihre osmanischen Brüder. Mir wäre es tausendmal lieber, wir würden von den ungläubigen Briten regiert — sie garantieren uns Wohlstand. Araber und Engländer sind sich ähnlich. Wir sind beide kämpferische Rassen. Wir wehren uns, wenn uns Gefahr droht.«

»Aber, Vater«, unterbrach Yusef.

»Aber, aber! Seit meine Kinder sprechen können, höre ich dieses Aber!« rief der Scheich und winkte ungeduldig ab.

Doch Yusef ließ nicht locker: »Wir haben keine Vorstellung, wie unser Staat, ein souveräner Nationalstaat, aussehen soll. Die Welt des Propheten ist gespalten. Was nützt es, wenn der Araber aus erstklassigem Stahl gemacht ist? Auch der beste Stahl taugt erst dann etwas, wenn er den richtigen Härtegrad erreicht hat und zu einer Schwertklinge geschmiedet wurde.«

Der alte Mann nickte. Es gefiel ihm, wie sein Sohn sprach. »Bei Allah, du sagst die Wahrheit«, antwortete er. »Aber glaube mir, mein Sohn. Allah wird uns einen großen Führer schicken, um uns vom Übel der Türken zu befreien, möge Allah sie verdammen!« Der Scheich klatschte in die Hände. »Kommt, es ist eine Sünde, an einem solchen Tag über den Krieg zu sprechen«, rief er und erhob sich in einer einzigen fließenden Bewegung.

»Nun wollen wir uns erst einmal um das Geschäft mit dem Hengst kümmern!« Er rief einem kleinen Jungen etwas zu und schritt, gefolgt von der übrigen Gruppe, hinaus in die grelle Mittagssonne. Etliche hundert Meter vom Zelt des Scheichs entfernt umringten hohe dornige Luciumbüsche, die in dieser Gegend üppig gediehen und weitgehend zum Einzäunen verwendet wurden, einen weiten Kreis.

Der Scheich, seine Söhne und seine Brüder, Daniel und Sara standen beieinander und betrachteten prüfend drei Hengste, die in den Ring geführt worden waren, damit sich Daniel einen davon aussuchte. In Saras Augen kam nur einer in Frage.

»Der schwarze«, sagte sie entschieden, ohne sich dabei

an einen der Umstehenden zu wenden. Lächelnd drehte sich der Scheich nach ihr um.

»Ganz meiner Meinung«, sagte er zustimmend. »Sieh nur, wie stolz er dasteht — wie ein Bräutigam.«

»Wer bin ich, um euch beiden zu widersprechen?« sagte Daniel lachend und rief einem Jungen zu, ihm das Zaumzeug zu bringen.

Mit einer einzigen geschmeidigen Bewegung zog Daniel dem schwarzen Hengst das Zaumzeug über den Kopf. Eine Sekunde später saß er auf dem Rücken des Pferdes. Der Hengst stand stocksteif, als hätte er einen Schock erlitten; nur seine Augen zuckten und leuchteten weiß. Doch dann, als hätte jemand einen Schalter angeknipst, stieg er hoch, bäumte und drehte sich, bevor er springend und bockend durch den weiten Ring preschte. Daniel umklammerte den Pferdeleib mit den Beinen und blieb zum Jubel der Männer und Kinder, die sich als Zuschauer eingefunden hatten, auf dem Rücken des Hengstes sitzen.

Nach ungefähr einer Viertelstunde war alles vorbei. Der aufrührerische Geist der Wüste gab sich geschlagen. Sara meinte, beinahe sehen zu können, wie sich das Tier seinem Schicksal beugte, und es machte sie ein wenig traurig.

Anschließend brachten die Frauen Schüsseln mit Bergen von gewürztem Reis und saftigen Bratenstücken ins Zelt des Scheichs. Nachdem die Gäste ihren Hunger gestillt und das Mahl mit Dickmilch und Kaffee beendet hatten, wünschte ihnen der Scheich Lebewohl.

»Geh in Frieden«, sagte er, als er Daniel umarmte. »Gebe Gott, daß wir eines Tages wieder gemeinsam reiten.«

Am Spätnachmittag brachen sie mit einer neu zusammengestellten Eskorte auf, die sie bis zu den Felsen begleitete und dann zum Lager zurückkehrte. Langsam ritten Daniel und Sara weiter. Auf dem Saumpfad zum Plateau hinauf führte Daniel den jungen Hengst. Oben angelangt, machten sie kurz Rast. Sie stiegen ab und banden die Pferde an eine Krüppelkiefer.

Sara fand eine glatte Felsbank, die über den Abhang hinausragte und ließ sich darauf nieder. Daniel brauchte etwas länger, bis seine beiden Pferde ordentlich festgemacht waren. Nachdem er sich überzeugt hatte, daß auch Bella sicher angebunden war, setzte er sich neben Sara und bot ihr einen Schluck aus seiner Wasserflasche an. Sie nahm dankbar einen kräftigen Schluck, während er seinen Tabaksbeutel hervorholte und sich eine Zigarette drehte.

Sara beobachtete ihn heimlich, während sie trank. Er sah so phantastisch gut aus mit diesen bernsteinfarbenen Augen in dem sonnengebräunten Gesicht. Alles an ihm strahlte Vitalität aus, einen berückenden Zauber und – auch wenn sie zögerte, es zuzugeben – eine ungeheure Sinnlichkeit. Sie erschauerte bei der Erinnerung an seine leidenschaftlichen Küsse. Ob er sich auch erinnerte? Sein Wesen hatte so viele unterschiedliche Seiten, daß sie sich fragte, ob sie ihn jemals wirklich kennen würde.

Sie schaute Daniel zu, wie er die Zigarette zwischen die Lippen schob. Seine Finger zitterten leicht, aber seine Augen waren in die Ferne gerichtet. Sara folgte seinem Blick, und obwohl sie an ganz andere Dinge dachte, fesselte sie der weite Horizont, der sich vor ihr ausbreitete. Unter ihnen lag die blaue Abendluft trüb und heiß über Zichron und ihrem Heimattal. Eine dunkelrote Sonne senkte sich auf das stille blaue Wasser, und aus der sterbenden Sonne ergoß sich ein blutroter Fluß, der sich zu einem flamingofarbenen See ausbreitete und in der schlummernden Tiefe versickerte. Von der sanft geschwungenen Küstenlinie schweifte der Blick hinaus auf das Mittelmeer, das bei dieser Beleuchtung in allen Blautönen schillerte, vom hellsten Aquamarin bis zum tiefsten Mitternachtsblau. Als sie heute morgen diese schöne Aussicht bewunderte, hatte sie nicht geahnt, wie zauberhaft sie in der Abendstimmung sein würde.

»Ist das nicht wundervoll?« murmelte sie. Träumerisch nahm sie ihren Hut ab und legte ihn neben sich.

Daniel hatte keine Augen für den herrlichen Sonnenuntergang. Er sah nur Sara und ihr herabfallendes Haar, in das die sinkende Sonne rotgoldene Lichter zauberte, und er wußte, daß er die Natur noch nie in seinem Leben so bewundert hatte.

Er wagte nicht zu sprechen. Ruhig zog er an seiner Zigarette und starrte ins Weite. Sein Körper sehnte sich nach Sara, doch sein Verstand fürchtete sich vor seinen Gefühlen. Er wußte, wenn er sie ansähe, verriete er sein immer größeres Verlangen, und er wäre nur noch das Opfer seiner Begierde. Wie sehnte er sich nach diesem Mund, diesem breiten, sensiblen, großzügigen Mund. Sein Körper brannte vor Verlangen, doch seine Augen blieben fest auf den Horizont gerichtet.

Sara rückte ein Stückchen zu ihm hin und lehnte sich gegen seine Schulter. Als er ihre Wärme spürte, brach sein Widerstand zusammen. In einer einzigen Bewegung warf er seine Zigarette fort und riß sie an sich. Er preßte seinen Mund so heftig auf den ihren, daß ihre Zähne gegeneinanderstießen in dem gierigen Wunsch, einander zu küssen. Daniels Hand legte sich wie von selbst über die weiche Rundung von Saras Brust, und er fühlte in der Handfläche, wie ihre Brustwarzen hart wurden.

Er grub seine Hand in ihr Haar, und sein Mund wanderte über ihren schmalen Nacken, den langen schlanken Hals. Er küßte das Grübchen an ihrer Kehle und wieder ihren Mund, drängend und forschend und mit einer Wollust, wie er sie noch nie gefühlt hatte. Das Blut hämmerte in seinem Kopf, und er war hin und her gerissen zwischen dem Wunsch, fortzusetzen, was er begonnen hatte, und dem Diktat der Vernunft, sofort aufzuhören. Die eine Hälfte seines Ichs haßte die eigene Schwäche, die andere sehnte sich nach Verführung.

Doch dann zog sich Daniel plötzlich zurück. Er hob den Kopf und blickte beinahe leidenschaftslos auf sie nieder. Er konnte die Augen nicht von ihr abwenden, aber er zwang sich, den Zauberbann zu brechen, den sie über ihn geworfen hatte. Während er seine Begierde mit aller Macht zurückdrängte, bedauerte er gleichzeitig, daß er seinem Herzen nicht folgte. Doch sein logisch denkendes Ich siegte, und mit einem Seufzer der Erleichterung lockerte er seinen Griff und nahm seine Hand aus ihrem Haar.

Sara setzte sich gerade hin. Sie fühlte sich zurückgestoßen, und das tat weh. Wieder einmal hatte sie erfahren müssen, daß Daniels Träume größere Macht über ihn hatten als sie. Daniel hatte nie unnahbarer, nie nüchterner gewirkt als in diesem Moment. Er wandte sich zu ihr, nahm ihr Kinn in die Hand und blickte forschend in ihr verschlossenes Gesicht.

»Wir dürfen das nie wieder tun, Sara«, sagte er sanft und fragte sich, ob sie wußte, daß er wesentlich mehr litt als sie. Er blickte in ihr Gesicht, aber sie hielt die Augen gesenkt und weigerte sich, ihn anzusehen. Er ließ sie los und rückte von ihr ab.

Sara sah ihn an, als haßte sie ihn, und sie spie ihm förmlich die Frage entgegen: »Warum?«

Daniel zögerte einen Augenblick, bevor er antwortete. Die größte Sünde, die er begehen konnte, wäre, sich oder Sara etwas vorzumachen.

»Weil ich dich nicht lieben könnte . . .«

Sie ließ ihn nicht ausreden. »Du gibst mir ja keine Chance«, rief sie verzweifelt. »Mein Gott, Daniel, hör auf, dich in deiner Traumwelt zu verstecken. Ich weiß, daß du mich liebst. Gib es zu, Daniel — vor dir selbst.«

Er schwieg und starrte in ihre funkelnden Augen.

»Dann sag, daß du mich nicht liebst.« Ihre Stimme klang triumphierend, als hätte sie plötzlich eine Antwort gefunden.

Daniel stöhnte und fuhr sich mit der Hand über das Gesicht. »Also gut«, sagte er langsam und ließ die Hand sinken, »vielleicht liebe ich dich wirklich. Aber das ändert nichts. Nur weil ich diese Gefühle habe, bedeutet das nicht zwangsläufig, daß ich danach handle. Begreifst du nicht: Sie ändern nichts.« Der Schmerz in ihrem Blick traf ihn wie ein Schlag, aber er fuhr erbarmungslos und merkwürdig gelassen fort. »Du kannst es dir erlauben, romantisch zu sein – ich nicht. Ich kann die materiellen Konsequenzen, die eine Ehe mit sich bringt, nicht einfach negieren. Das mag verkehrt sein, aber ich kann es nun einmal nicht. Und abgesehen davon ist das, was ich mit meinem Leben anzufangen gedenke, in gewisser Weise wichtiger, als dich zu lieben.« Er zuckte lässig die Achseln. »Ja, ich liebe dich – so wie man das Unmögliche lieben kann. Ich liebe dich, aber ich kann dich nicht heiraten. Verstehst du das?«

Sara sprang auf und funkelte ihn an. »Irgendwo in deinem Inneren verkriecht sich ein scheinheiliger Idealist, damit er nicht sieht, was um ihn herum passiert. Schade, daß es nicht so etwas wie einen jüdischen Priester gibt«, spottete sie. »Das wäre genau der richtige Beruf für dich. Dann könntest du auch noch deinen Gott und deine Gelübde vor mich stellen.«

Sie drehte sich um und ging mit raschen Schritten zu ihrer Stute, stieg auf und ritt, ohne sich noch einmal umzusehen, hinab nach Zichron.

Als Sara am nächsten Morgen aufstand, war sie entschlossen, Daniel mit einem fröhlichen Lächeln zu begrüßen und jede Andeutung auf ihren Streit vom Abend zuvor zu vermeiden. Während des Frühstücks verriet nichts an ihr, wie enttäuscht sie sich fühlte; aber das Gefühl hielt den ganzen Morgen an. Resolut versuchte sie, alle negativen Gedanken beiseite zu schieben und sich auf das eigentlich Wichtige zu konzentrieren: Daniel liebte sie. Das hatte er gesagt, und das zählte mehr als alles andere, was er noch gesagt hatte. Er liebte sie.

Ihre Mutter hatte ihr immer versichert, sie sei stark — stark und entschlossen, und Sara betete sich diese Worte geradezu vor, während sie das schwere Bügeleisen über die frisch gewaschenen Laken schob. Doch das schreckliche Gefühl der Leere, das sie seit gestern abend empfand, hielt an. Trotz all ihrer Kraft und Entschlossenheit gelang es ihr nicht, sich von dem brennenden Schmerz in ihrer Brust zu befreien. Und plötzlich stiegen ihr die Tränen in die Augen, gegen die sie schon den ganzen Morgen gekämpft hatte.

Krachend stellte sie das Bügeleisen auf die Herdplatte. Sie hatte genug für heute morgen. Fatma, die den Küchentisch mit Salz scheuerte, blickte überrascht auf. »Mir ist heiß«, sagte Sara mit erstaunlich normaler Stimme trotz der Tränen, die ihr die Kehle zuschnürten. »Ich gehe zu Ruth. Bin bald wieder zurück.« Sie ließ Fatma keine Zeit, Einspruch zu erheben, nahm ihren Hut vom Haken und rannte aus der Küche.

Während sie mit raschen Schritten die Straße hinab zu den Woolfs ging, schalt sie sich für ihre Dummheit. Sie sollte aufhören mit diesem Unsinn und nicht zulassen, daß ihre Gefühle ihr Leben bestimmten. Doch all ihre Hoffnungen und Erwartungen für die Zukunft waren so mit Daniel verwoben, daß sie sich ein Leben ohne ihn nicht vorstellen konnte.

Sara stieß die Fliegengittertür zu Ruths kleinem hübschen Haus auf und ließ sich selbst ein. Die Küche war hell und freundlich; es duftete nach frischgebackenem Brot, das auf dem Tisch zum Auskühlen lag, und nach Zitronen, die Ruth gerade für eine Limonade auspreßte. Ruth blickte überrascht auf, als die Tür aufging und ihre beste Freundin auf der Schwelle stand.

»Sara! Was für eine nette Überraschung. Komm, setz dich. Hier ist frische Limonade. Schenk dir ein, wenn du welche möchtest. Ich will nur noch die restlichen Zitronen auspressen, dann bin ich ganz für dich da.«

Sara goß sich aus dem Tonkrug, der mit einem Musselintuch zugedeckt war, Limonade ein, während Ruth am Spülstein hantierte.

»Nun?« plauderte Ruth weiter. »Wie war es gestern? Ich bin schon richtig gespannt, alles zu hören.« Als Sara nicht antwortete, drehte sie sich überrascht um. »Sara, was ist los? Was ist passiert?« Sie trocknete sich die Hände an ihrer Schürze ab und setzte sich besorgt neben Sara an den Tisch.

Ruths Mitgefühl bewirkte, daß Sara in Tränen ausbrach. Von Schluchzern unterbrochen erzählte sie Ruth die ganze Geschichte. »Und ich habe versucht, ihn aus meinem Leben wegzudenken — wirklich«, schloß sie. »Aber sosehr ich mich auch bemühe, ich kann mir eine Zukunft ohne ihn einfach nicht vorstellen.«

Ruth lehnte sich auf ihrem Stuhl zurück und blickte mit einem leichten Stirnrunzeln auf ihre Freundin. Ihrer Ansicht nach war Sara, die in den meisten Fällen einen recht guten Blick für Menschen hatte, gegenüber Daniel Rosen absolut blind. Die starke physische Anziehungskraft, die Daniel auf sie ausübte, trübte ihren Blick, auch wenn sie sich noch so bemühte, ihn nüchtern zu betrachten. Ruth griff nach Saras Hand und drückte sie liebevoll, während sie sich ihre Worte zurechtlegte.

»Ich glaube«, sagte sie, »das Problem liegt darin, daß ihr beide willensstark — und eigenwillig — seid. Und so geratet ihr euch eben öfter in die Haare als andere Leute. Wenn du ihm ein wenig Zeit läßt, damit er sich hier einleben kann, wird er wieder zu sich kommen und einlenken. Das tun sie immer«, fügte sie mit einem kleinen Lächeln hinzu.

Sara blickte Ruth aus tränenfeuchten Augen an, aber ihre neu gefaßte Hoffnung hielt nicht lange an. Sie erinnerte sich an Daniels Worte und an sein entschlossenes Gesicht, und schon begannen ihre Tränen erneut zu fließen.

»Er nicht«, murmelte sie. »Weißt du, er ist genau wie Aaron — oder auch wie Alex, was das betrifft. Er interessiert sich mehr für seine Ideale, als er sich je für mich oder eine andere Frau interessieren wird. Er wird mich nie heiraten. Er hat es mir gesagt, und ich glaube ihm, auch wenn ich nicht verstehe, warum. Er liebt mich, aber er will mich nicht heiraten. All die Jahre habe ich ihn geliebt. Ich wollte keinen anderen als ihn.« Sie begann wieder zu schluchzen. »Ich bin wie eine Motte — ich werde mich immer zu ihm hingezogen fühlen, bis sich mein Herz totgezappelt hat. Ich muß aufhören, ihn zu begehren, aber ich weiß nicht, wie.«

Ruth umarmte Sara und drückte sie an sich. »Sara, Sara, du mußt Geduld haben. Daniel ist noch jung und schrecklich mit sich selbst beschäftigt. Er sucht nach etwas, von dem er meint, daß es viel großartiger und ruhmreicher sei als die ganz normale Liebe, weil es nur auf dem Schlachtfeld und nicht am heimischen Herd zu gewinnen ist.«

Sara lächelte schwach. »Und er nannte mich eine Romantikerin«, sagte sie. »Vielleicht bin ich das ja wirklich — eine Närrin, die sich wie ein Schulmädchen verknallt hat. Aber ich bin kein Schulmädchen mehr. Ich bin eine Frau, die einen Ehemann braucht, einen Ehemann, mit dem ich nicht nur die Pflichten, sondern auch die Freuden der Liebe teilen kann. Ich brauche einen Mann, der mir Kinder schenkt — Daniels Kinder«, setzte sie flüsternd hinzu und fuhr verbittert fort: »Daniel würde vermutlich mit Freuden auf meiner Hochzeit tanzen, wenn ich Chaim Cohen heiraten würde.«

»Nur, weil ihm deine Liebe dann nicht mehr gefährlich werden könnte«, sagte Ruth. »Abgesehen davon könnte dir Schlimmeres passieren als eine Ehe mit Chaim Cohen.«

Ruth hatte Sara sehr gern, doch wenn es um Daniel ging, hielt sie ihre Zunge im Zaum. Sie verstand, daß vieles an ihm bewundernswert war, trotzdem glaubte sie nicht, daß er der richtige Mann für Sara war. Sie hielt ihn bei all seinem

Charme für einen unsicheren Kantonisten, ja in ihren Augen stellte er sogar so etwas wie eine Gefahr für Sara dar. Sie drückte Sara noch einmal zärtlich an sich, bis dieser einfiel, sich nach Ruths Befinden zu erkundigen.

»O Ruth! Ich bin eine schreckliche Egoistin!« rief sie. »Da belästige ich dich mit meinem Unsinn und vergesse ganz zu fragen, wie es dir geht.«

»Mir geht es großartig«, sagte Ruth und kehrte an den Spülstein zurück, froh, daß sich Saras Stimmung gebessert hatte.

»Und Robby?«

»Er macht ein Theater, als stünde ich an der Schwelle des Todes. Ich erkläre ihm tagtäglich, daß Schwangerschaft keine Krankheit ist und daß schon unzählige Frauen Kinder bekommen haben, aber er tut trotzdem, als wäre ich die erste.« Sie lachte. »Allerdings muß ich zugeben«, fuhr sie ernst fort, »daß ich mich fast genauso anstelle wegen dieser Wachgruppe. Letzte Nacht war er wieder draußen, und ich kann mir nicht helfen – ich mache mir große Sorgen.«

Saras Gedanken wanderten zu der braunen Stute, die die Sabiah gestohlen hatten und die jetzt vermutlich im Sabiah-Lager bleiben würde. Daniel hatte Aaron beim Frühstück erzählt, daß sie die Stute gesehen hatten. Aber die allgemeine Meinung war, daß man sich mit dem Verlust der Stute abfinden mußte; jeder Versuch, sie zurückzuholen, sei viel zu gefährlich und stünde in keinem Verhältnis zum tatsächlichen Gewinn. Nur Sara war anderer Meinung.

»Ich habe Fatma mit einem Riesenkorb Bügelwäsche allein gelassen«, sagte Sara und trank ihre Limonade aus. »Ich muß wieder nach Hause. Viele Dank, Ruth – für alles.« An der Tür drehte sie sich noch einmal um. »Aaron hat die Entscheidung, ob ich in die Wachgruppe aufgenommen werde, Daniel überlassen. Was meinst du? Wird er mich mitmachen lassen?«

»Das weiß ich nicht — aber es gibt eine Möglichkeit, es herauszufinden«, antwortete Ruth vergnügt.

Als Sara die Tür hinter sich schloß, schüttelte Ruth den Kopf. Sie hatte das ungute Gefühl, daß Sara auf eine weitere Zurückweisung zusteuerte, und hoffte von ganzem Herzen, Chaim Cohen möge in der Nähe sein, um sie aufzufangen, bevor sie strauchelte.

Kapitel VIII

Das Lager der Sabiah befand sich in einer Senke im Buschland, auf der einen Seite schützend überragt von einem riesigen Felsblock. Unter ein paar jungen Akazien, knapp einen Steinwurf von den schlafenden Beduinen entfernt, duckte sich Sara, reglos und gespannt wie ein Leopard, und blickte angestrengt in die Dunkelheit. Die Sterne leuchteten gerade hell genug, um die Gestalten der Männer zu erkennen, die in ihre Decken gehüllt schliefen, tief und erschöpft, wie sie hoffte, nach einem anstrengenden Tag. Bis jetzt war alles so, wie sie es sich gedacht hatte. Ein leichtes Unbehagen bereiteten ihr die im Sternenlicht schimmernden Waffen — blanke Dolche, Säbel und Gewehre, die griffbereit neben den Schlafenden lagen —, aber sie war vorbereitet und wußte, was sie zu erwarten hatte.

Vom Lager her stank es nach Dung, Urin und Kaffee — eine Geruchsmischung, die Sara das Wasser in die Augen trieb. Sie hatte plötzlich ein flaues Gefühl im Magen. Das Blut schoß durch ihre Adern, doch der Gedanke an Bella dicht hinter ihr beruhigte sie wieder. Sie hatte die Stute lose an einem Baum festgemacht und ihr das Maul mit einem Schal zugebunden, so daß sie keinen Ton von sich geben konnte. Sara vertraute auf Bellas Zuverlässigkeit und Schnelligkeit.

Das Lager war leicht zu finden gewesen. Seit einer halben Stunde hielt sie sich hier versteckt und wartete, bis der Instinkt ihr riet weiterzumachen. Sie hatte das letzte Brummen und die ersten Schnarchlaute der Sabiah abgewartet und war jetzt überzeugt, daß alle schliefen. Das einzige Geräusch kam von den wiederkäuenden Kamelen, die einen Halbkreis um die schlafenden Männer bildeten. Ihr Mahlen und Grunzen würde jedes kleine Geräusch, das Sara oder Bella verursachten, überdecken.

Sara hätte ihren momentan etwas wankenden Entschluß angesichts der bewaffneten Banditen beinahe schon vorher aufgegeben, als sie sich klarmachte, daß die Banditen sie, ohne mit der Wimper zu zucken, vergewaltigen und töten würden, sollte sie nicht entkommen. Aber die Erinnerung an das, was an diesem Morgen geschehen war, vertrieb ihre augenblickliche Verzagtheit. Mit dem Zorn stellte sich auch ihr Mut wieder ein.

Sara war nach Atlit geritten, um Daniel ihr Anliegen vorzutragen. Seine Reaktion, die, wie sie sich eingestand, nicht ganz unerwartet kam, hatte sie dennoch erbost.

»Wachdienst ist Männersache«, sagte er kalt.

Sara starrte ihn an, zunächst überrascht, dann wütend. Was er letztlich damit meinte, war sonnenklar: Dein Platz, mein Schatz, ist in der Küche.

»Und warum?« fragte sie aufsässig.

»Weil ich es sage«, war die knappe Antwort. Und ohne ein weiteres Wort ließ er sie einfach stehen. Sara war so perplex, daß sie nach Luft schnappte.

»Nicht alle Frauen sind so dumm, wie du denkst«, schrie sie ihm nach. Sie kam sich vor, als hätte man ihr wie einem lästigen Hund einen Tritt versetzt. Sie fühlte sich in ihrem Stolz verletzt. »Verdammt«, murmelte sie zwischen zusammengebissenen Zähnen. »Ich werde es euch zeigen! Männersache! Pah!«

Für den Rest des Tages hatte sie sich den Kopf zerbrochen, wie sie beweisen könnte, daß sie genauso handeln konnte wie ein Mann. Am Abend hatte sie beschlossen, das von den Sabiah gestohlene Pferd zurückzuholen. Allein. Und nun saß sie hier, versteckt zwischen ein paar Bäumen am Rand des Sabiah-Lagers.

Saras Ängste waren plötzlich verflogen. Jeder Nerv in ihrem Körper zeigte an, daß jetzt der Moment gekommen war. Mutig hob sie das Kinn und schob eine lose Haarsträhne hinter das Ohr. Dann kroch sie geduckt aus ihrem Versteck. Leise und sich möglichst im Schatten haltend, schlich sie weiter, den blanken Dolch in der Hand.

Denk an die Hunde, Sara, ermahnte sie sich. Sie lagen zusammengerollt neben den schlafenden Männern. Sorgfältig darauf achtend, daß ihnen der Wind nicht ihre Witterung zutrug, gelangte sie zu den Kamelen. Die Köpfe der Kamele schwebten wie unheimliche Riesenschlangen vor dem Nachthimmel. Mit ein paar sicheren Handgriffen durchschnitt Sara die Fußfesseln der Kamele. Sie ging so geschickt vor, daß kein einziges Kamel einen Schrei ausstieß und kein einziger Hund anschlug. Abu hatte ihr einiges beigebracht.

Nun kam der gefährlichste Augenblick. Eine falsche Bewegung, und sie war tot. Zielstrebig, aber mit pochendem Herzen, schlug sie einen Bogen um die Männer und ging auf die Pferde zu. Sie bewegte sich ohne Hast und hoffte verzweifelt, daß die braune Stute nicht wieherte, wenn sie sie erkannte. Ein Hieb mit dem Dolch und die Stute war frei. Reglos verharrte Sara im Schatten und wartete.

Eines der losgeschnittenen Kamele, das sich vielleicht an einen schmackhaften Busch erinnerte, wanderte davon auf der Suche nach einem kleinen Imbiß. Die anderen folgten ihm und begannen, geräuschvoll zu fressen. Während sich die Kamele zwischen den Büschen zerstreuten, drängte Sara die braune Stute vorsichtig von den anderen Pferden weg. Sie war nur noch ein paar Meter von Bella entfernt, als ein

Kamelbulle, empört darüber, daß er gefesselt war, während die Stuten fröhlich schmausten, seinen Ärger hinausbrüllte.

Sekunden später war im Lager die Hölle los. Die Hunde bellten hysterisch. Die Männer sprangen auf und rannten, das Gewehr in der Hand, hinter den Kamelen her. Sara zögerte keinen Augenblick. Sie schwang sich auf Bella, grub ihr die Fersen in die Flanken und ritt, mit der Braunen im Schlepptau, davon wie ein Teufel, überzeugt, daß ihr die Sabiah in der Dunkelheit und dem allgemeinen Chaos nicht folgen konnten.

Eine Stunde lang ritt sie in scharfem Galopp. Erst dann fühlte sie sich sicher genug, um das Pferd zu wechseln. Als sie abstieg, hatte sie weiche Knie. Ihre Lungen brannten, und sie zitterte, daß ihr die Zähne klapperten.

Sie nahm Bella den Sattel ab, um ihn der Braunen aufzulegen. Doch von einem plötzlichen Gefühl der Erleichterung übermannt, ließ sie ihn fallen und begann plötzlich zu lachen. Als sie sich vorstellte, wie sie jetzt aussehen mußte, schüttelte es sie vor Lachen. Sie war von oben bis unten voll Kamelmist; ihr Haar war ein wirres Knäuel irgendwo an ihrem Hinterkopf, und sie roch nach Schweiß — ihrem eigenem und dem der Pferde. Sie stellte sich Chaim Cohens Gesicht über einer Teetasse vor und welche Veränderung darin vorgehen würde, wenn er sie jetzt sehen könnte. Bestimmt wäre er nicht mehr so versessen darauf, sie zu heiraten.

Sara lachte noch immer hilflos in die Mähne der Braunen, als sie merkte, daß ein langer heftiger Schauder über das Fell des Pferdes lief. Gleich darauf zerrte es am Zügel, hob den Kopf und wieherte ängstlich. Sara blieb das Lachen im Halse stecken. Sie richtete sich auf und lauschte. Bella machte wie auf ein heimliches Zeichen hin einen merkwürdigen kleinen Satz, trat nervös auf der Stelle und tänzelte um den Busch herum, an dem Sara sie festgebunden hatte. Sie warf den Kopf hoch, schnaubte und blickte suchend in den Morgennebel.

Was um Himmels willen geht hier vor? fragte sich Sara mit zunehmender Panik. Sie konnten sie nicht eingeholt haben. Zu sehen war nichts bei diesem Nebel. Also horchte sie so angestrengt, daß sie meinte, das Trommelfell müsse ihr platzen. Ein paar Meter entfernt knackte es im Unterholz, und ihr Herz begann wie wahnsinnig zu schlagen. Irgend jemand oder irgend etwas versteckte sich dort im Gebüsch.

Sie zog ihre Schrotflinte aus der Satteltasche und zielte auf das Gebüsch. Die Braune preschte plötzlich los und stieß Sara die Flinte aus der Hand. Sie verlor das Gleichgewicht, stolperte rücklings und landete im Gestrüpp. Bevor sie sich aufrappeln konnte, war das Pferd auf und davon. Sara lag mitten in einem Dornengestrüpp, und es dauerte eine Weile, bis sie überhaupt begriff, was geschehen war. Alles, was sie riskiert und geschafft hatte, war von einem nervösen Gaul zunichte gemacht worden!

Sie befreite einen Arm aus den Dornenranken, wobei sie ihre Bluse zerriß. Sie hätte heulen können vor Wut. Da hatte sie ihr Leben riskiert, um in einem Dornengestrüpp zu landen! Und das Pferd war vielleicht meilenweit und wer weiß wohin gelaufen.

»Verdammt! Verdammt!« fluchte sie, den Tränen nahe, während sie sich abmühte, ihr Haar und ihre Kleider aus dem dornigen Geäst zu lösen, in dem sie wie in einem Schraubstock festzuklemmen schien.

In ihrer Verwirrung hörte sie die Hufschläge erst, als sie bereits ganz nah waren. Bei dem verzweifelten Versuch, an ihr Gewehr heranzukommen, zerfetzten ihr die Dornen die Rückseite ihrer Bluse. Völlig aufgelöst und kurz davor, in Panik zu geraten, sah sie einen Reiter auf einem weißen Hengst aus dem Nebel auftauchen. Sein Gesicht war mit einem Tuch verhüllt, und er führte die braune Stute am Zügel.

Saras erster Gedanke war: ein Sabiah. Sie versuchte, sich zu bewegen, aber ihr Körper streikte. Ihr wurde eiskalt und sie meinte zu ersticken, als eine Welle panischer Angst über ihr zusammenzuschlagen drohte. Tief einatmend schloß sie die Augen, um ihrem Schicksal nicht entgegensehen zu müssen.

Nur einige Schritte von ihr entfernt zügelte der Reiter seinen hoch trabenden Hengst. Einen Augenblick lang passierte gar nichts. Dann durchbrach dröhnendes Gelächter die frühmorgendliche Stille. Es war ein Gelächter, das sie kannte.

»Also, wenn das nicht Miß Levinson ist«, sagte Joe Lanski. Seine Stimme und seine Augen verrieten die gleiche genüßlich träge Belustigung, über die sich Sara schon auf dem Ball geärgert hatte. In der einen Hand hielt er den Zügel der braunen Stute, die andere lag lässig auf dem Sattelknauf, und so blickte er auf sie hinunter und musterte sie langsam vom Kopf bis zu den Füßen.

»Wie ich sehe, tragen Sie Ihr Haar jetzt anders«, sagte er.

Sara war so sprachlos, daß sie Joe nur anstarrte, während er das Tuch vom Gesicht nahm. »Ich muß sagen, es gefällt mir sehr gut so«, fügte er hinzu, während er abstieg und den Hengst und die Braune neben Bella festmachte.

Wegen der Erleichterung, die Sara empfand, weil der Fremde Joe und nicht ein nach Rache dürstender Bandit war, wurde ihr schwindlig wie bei einem Schwips, und in ihrer ersten Reaktion wäre sie Joe am liebsten um den Hals gefallen. Jetzt dagegen empfand sie den irrationalen Wunsch, ihn zu erschießen. Warum brachte sie dieser Mann so auf die Palme?

»Oh! Hören Sie mit Ihrem Unsinn auf und helfen Sie mir aus diesem verfluchten Gestrüpp heraus«, sagte sie ärgerlich.

»Na, na! Das Gesicht eines Engels und das Herz einer Xanthippe«, sagte er, während er auf den Busch zuging, der sie so schändlich gefangenhielt. Plötzlich erstarrte er. Jeglicher Humor war aus seinem Gesicht verschwunden, und mit einer Bewegung, die so blitzschnell war, daß sie wie eine Sinnestäuschung schien, bückte er sich nach dem Gewehr und richtete es auf den Busch rechts neben Sara.

»Was zum . . .?« stieß sie wütend hervor, weil sie glaubte, er habe sich ein neues Spielchen ausgedacht.

»Ruhe! Und rühren Sie sich um Gottes willen nicht!« befahl er mit leiser, aber fester Stimme.

Und dann sah sie ihn — vielleicht fünfzig Schritte entfernt — ein wilder Eber, so groß wie eine junge Kuh. Seine gekrümmten Hauer wiesen in den fahlen Morgenhimmel, und jetzt senkte er den Kopf, bereit zum Angriff. Die Pferde wieherten und tänzelten nervös auf der Stelle, während der Eber reglos abwartete. Nur seine bösen kleinen Augen funkelten im ersten Morgenlicht.

»Erschießen Sie ihn«, sagte sie mit einer Stimme, die sie nicht als die ihre erkannte.

»Nicht bewegen«, zischte Joe. »Ich muß genau treffen.« Er ließ sich auf ein Knie nieder, um besseren Halt zu haben. Wenn der Eber angriff, hatte er nur für einen Schuß Zeit, und auf diese Entfernung war Saras Gewehr zu leicht. Er würde einmal abdrücken in der Hoffnung, das Tier zu verscheuchen, und wenn das nicht klappte, mußte er es so nah herankommen lassen, daß er es mit dem zweiten Schuß erlegte. Joe holte tief Luft, hob das Gewehr und schoß.

Der scharfe Knall der Winchester hallte in den Bergen. Der Eber machte auf seinen kurzen stämmigen Hinterbeinen kehrt und stürmte durch das Unterholz davon. Joe senkte das Gewehr — er hatte ein gutes Stück über den Kopf des Tieres gezielt.

»Mein Gott! Er hätte mich in Stücke gerissen«, flüsterte Sara mit zitternder Stimme. »Warum haben Sie ihn nicht erschossen?« Plötzlich war sie wieder zornig und funkelte Joe an, als hätte er gewollt, daß der Eber sie tötete.

»Ich wollte ihm eine Chance geben, seine Meinung zu

ändern«, sagte er unbekümmert und hakte das Gewehr an Bellas Sattel fest.

»Schweine haben keine Meinung«, sagte Sara boshaft, als Joe ihr half, sich aus dem Gestrüpp herauszuwinden.

Er lachte nur. »Also, dieser hatte eine. Aber ich weiß, daß mehr als zwei Eberzähne nötig sind, um Sie hilflos zu machen.«

Der übliche spöttische Ausdruck kehrte wieder in Joes Gesicht zurück, doch Sara ahnte, daß sich dahinter jemand versteckte, der wesentlich interessanter und gefährlicher war als der träge Müßiggänger, den er nach außen darstellte. Sie suchte verzweifelt nach einer klugen Bemerkung, und als ihr nichts einfiel, richtete sich ihr ganzer Zorn gegen den Dornbusch.

»Nicht mit Gewalt — dadurch wird es nur schlimmer«, sagte Joe, während er mit erstaunlicher Sanftheit die letzten Dornen aus ihrem Haar löste. »Was zum Teufel tun Sie überhaupt hier draußen?« erkundigte er sich, als er ihr auf die Füße half. »Es ist wirklich sehr unbesonnen von Daniel Rosen, mitten in der Wildnis ein Rendezvous zu verabreden.«

Sara schnaubte entrüstet und warf ihm einen vernichtenden Blick zu, der jedoch etwas an Wirkung einbüßte, weil sie große Mühe hatte, ihre zerrissene Bluse zusammenzuhalten und ihren Reitrock zu glätten. Joe blickte sie schweigend an, während sie mit den Fetzen ihrer Bluse kämpfte, und Sara fühlte sich plötzlich verlegen und unsicher. Sie hob den Kopf und blickte ihm gerade in die Augen. Er stand so nah, daß trotz der kühlen Morgenluft seine Körperwärme zu ihr drang. Ihre Beine waren plötzlich wie betäubt. Der gewohnte spöttische Ausdruck verschwand aus Joes Augen, und Sara stockte der Atem, als er die Hand auf ihren Arm legte und sanft zur Schulter hinaufgleiten ließ. Ihre Lippen teilten sich, und sie atmete rascher, als seine Hand ihren Nacken berührte. Ohne jede Vorwarnung hielt er sie an den Haaren fest und neigte sich über ihren Mund. Sara war so überwältigt, daß es einen ziemlich langen Augenblick dauerte, bis sie sich bewußt wurde, was geschah: Joe küßte sie, und sie erwiderte seinen Kuß mit weichen geöffneten Lippen.

Was fiel ihr nur ein, sich hier, mitten in der Wildnis, von einem Mann küssen zu lassen, den sie haßte – ja, ihn sogar wiederzuküssen? Sie drehte den Kopf zur Seite und versuchte, sich aus seinem Griff zu befreien, aber Joe hielt sie an den Handgelenken fest.

»Das wollte ich tun, seit ich dich das erste Mal gesehen habe«, sagte er leise, während Sara ihre ganze Kraft zusammennahm und ihn gegen das Schienbein trat. Sie riß sich los und funkelte ihn aus der sicheren Entfernung einiger Schritte an.

»Das nehme ich Ihnen übel«, zischte sie. »Noch einmal, und ich mache Sie zum Wallach!«

Joe warf den Kopf in den Nacken und lachte, ein wenig höhnisch und spöttisch wie immer. »Miß Levinson, ich werde die gebührende Distanz halten«, sagte er. »Ich werde jedes Opfer bringen, das Sie von mir verlangen.« Damit bückte er sich, um den Sattel aufzuheben. Sie riß ihm den Sattel aus der Hand und legte ihn selbst, stumm vor Zorn, auf die braune Stute. Dann stieg sie mit zitternden Beinen auf und griff nach den Zügeln von Bella, die Joe liebenswürdigerweise geholt hatte. Joe sah sie ausdruckslos an. Dann drehte er sich um und pfiff leise nach seinem Pferd, das gehorsam auf ihn zukam.

»Ich werde mich nicht bedanken«, stieß Sara zwischen zusammengebissenen Zähnen hervor, preßte die Hacken in die Flanken der Braunen und ruckte am Leitzügel. Aber Bella, sonst das folgsamste Tier, wollte nicht gehorchen. Sie machte dem Hengst schöne Augen, der ihre Avancen mit zärtlichem Nasereiben erwiderte. Sara konnte zerren, soviel sie wollte – Bella rührte sich nicht vom Fleck.

»Sieht so aus, als hätte Ihre Stute eine kleine Schwäche für Negiv«, sagte Joe, während er aufsaß und den schön gebogenen Hals seines Pferdes tätschelte.

»Unsinn!« schnappte Sara und zerrte noch heftiger.

Joe grinste. »Ich bedaure, daß ich Sie nicht nach Hause begleiten kann, aber ich muß ein paar Pferde zur Garnison in Afula bringen.«

»Ich bin wesentlich sicherer, wenn ich allein reite«, entgegnete sie hochnäsig, ungeachtet der Tatsache, daß er sie hilflos in einem Dornbusch liegend gefunden hatte.

»Jetzt ist es hell«, sagte Joe, und es klang beinahe begütigend. »Nehmen Sie die Küstenstraße. Dann dürfte eigentlich nichts mehr passieren.«

»Ich finde mich hier durchaus zurecht«, sagte sie.

»Dann ist ja alles in Ordnung«, meinte er, und den Hengst so scharf wendend, daß er stieg und mit den Vorderhufen wild ausschlug, nickte er und ritt davon.

Sara lauschte auf die sich entfernenden Hufschläge. Sie war wütend, daß er ihr nicht angeboten hatte, sie zu begleiten. Hoffentlich bricht er sich den Hals, murmelte sie, während sie ihr Pferd antraben ließ. Sie wollte nach Hause, so schnell wie möglich. Alle Gedanken an Joe Lanski verdrängend, trieb sie die Pferde an, die fast genauso müde waren wie sie.

Wenigstens haben wir die braune Stute wieder, sagte sie sich. Und vielleicht würden ihre Brüder stolz auf sie sein. Daniel würde sie in die Wachtruppe aufnehmen, und wenn Cohen von ihrem nächtlichen Abenteuer erfuhr, würde er das nächste Schiff nach Konstantinopel nehmen.

Aber sie sollte sich in allen Punkten irren.

»Wie bist du nur auf diese idiotische Idee gekommen?« fragte Daniel wütend und blickte Sara mit zornfunkelnden Augen an. »Was hast du dir bloß dabei gedacht?« Sechs

Stunden nach Saras Rückkehr saßen sie alle in Zichron rings um den Küchentisch und schrien sich gegenseitig an.

Sara war so spät am Morgen zurückgekommen, daß sie keine Chance mehr hatte, unbemerkt zu bleiben. Also war sie frech in den Hof geritten, hatte Abu die braune Stute übergeben und ihm die Geschichte erzählt – zumindest den Teil davon, den sie für richtig hielt. Ermutigt durch Abus Stolz auf seine gelehrige Schülerin und seine Freude, die Stute wiederzuhaben, war sie in die Küche stolziert. Aus irgendeinem Grund beschloß sie, niemandem, nicht einmal Aaron, von ihrer Begegnung mit Lanski zu erzählen.

Fatma hatte ihr sehr schnell ihre Illusionen geraubt. Sara hatte großes Erstaunen erwartet, aber nicht diese Empörung. »Es ist das erste Mal, daß ein Pferd von einem Esel gestohlen wurde«, fauchte sie ihr als Begrüßung entgegen und stapfte laut patschend mit nackten Füßen über den Küchenboden.

»Ich habe es nicht gestohlen! Es gehörte uns. Und außerdem ist es meine Sache, was ich tue.«

»Das glaubst auch nur du«, zürnte Fatma und gab der unglücklichen Leila, die gerade im Weg stand, eine schallende Ohrfeige.

Sara hatte der Küche den Rücken gekehrt und war nach oben gegangen. Sie ließ sich auf ihr Bett fallen und war innerhalb von Sekunden eingeschlafen.

Als sie aufwachte und nach unten ging, wurde sie von der Reaktion der Familie auf ihren Ausflug völlig überrumpelt. Sie saßen alle um den Küchentisch herum; jeder hatte etwas zu sagen, und einer schrie lauter als der andere.

Nur Sam und Becky fanden die »Eskapade«, wie man ihr Abenteuer jetzt geringschätzig bezeichnete, in jeder Weise bewundernswert. Daniel, für den sie die ganze Sache inszeniert hatte, stand auf der Seite von Aaron und Alex – ein doppelter Schlag für sie, denn sie hatte geglaubt, Alex wäre derselben Meinung wie sie. Sara mußte feststellen, daß man sie wie ein ungehorsames Kind behandelte, was sie angesichts der Tatsache, daß sie seit Jahren den Haushalt führte, sich tagtäglich darum kümmerte, daß sie alle zu essen hatten und gut versorgt waren und daß man sie zudem gerade jetzt zu einer Heirat drängte, gelinde gesagt als Beleidigung empfand.

Zu ihrem Kummer hatte ihr Vater ihr Abenteuer am schlechtesten aufgenommen. Er sagte nicht viel, sah jedoch plötzlich sehr grau und merklich älter aus. Sein übernächtigtes Gesicht zeigte eine solche Verletzlichkeit, daß sich Sara aufrichtig schuldig fühlte. Sie liebte ihren Vater zärtlich und beugte stumm den Kopf, als er sie wegen ihres Leichtsinns tadelte. Daß ihr Vater so traurig sein würde, hatte sie nicht gewollt.

Von Daniel jedoch wollte sie sich nicht sagen lassen, was sie zu tun oder zu lassen hatte; und als er anfing, ihr seinen Standpunkt zu erklären, riß ihr die Geduld.

»Soviel ich höre, ist deine Freundin Isobelle Frank auch· nicht gerade ein Muster weiblichen Gehorsams!«

Ihre Mundwinkel krümmten sich verächtlich nach unten, und sie blickte Daniel furchtlos und unnachgiebig an. Sie hatte in letzter Zeit Gerüchte gehört, daß Daniel die russische Revolutionärin jedesmal besuchte, wenn er mit Aaron in Haifa war. Und sie wußte mit Sicherheit, daß sie die Abende nicht damit verbrachten, über Karl Marx zu diskutieren.

»Sie zieht sich an wie eine Araberin, raucht Zigaretten, hat unzählige Liebschaften, und du bewunderst sie offensichtlich zutiefst.«

»Isobelle Frank hat nichts mit dieser Sache zu tun«, sagte Aaron förmlich. Er wollte nicht, daß die Diskussion diese Richtung nahm.

Sara holte tief Luft. »Also gut«, sagte sie leise zu Aaron gewandt. »Du gewinnst. Es tut mir leid.« Sie sagte es mit all dem Respekt, den sie aufbringen konnte, aber nur um ihres

Vaters willen. In Wirklichkeit tat es ihr nicht im entferntesten leid. Sie stand auf und ging um den Tisch herum zu ihrem Vater, legte den Arm um ihn und küßte ihn auf die Wange. »Es tut mir leid, Papa. Bitte, verzeih mir.«

Abram nahm ihre Hand und legte sie gegen seine Wange. »Ja, Sara«, sagte er ruhig. »Aber ich bitte dich, daß du in Zukunft nicht mehr so unüberlegt handelst. Versprichst du mir das?«

»Ich verspreche es, Papa«, sagte sie, gab ihm noch einen Kuß und warf Daniel einen trotzigen Blick zu.

Und damit war die Sache erledigt. Sie würden sie nicht in die Wachgruppe aufnehmen, aber es war ihr egal. Sie hatte genug davon, nach den Regeln anderer zu leben. Von jetzt an würde sie ihr eigenes Leben führen.

Daniels Blick folgte ihr, als sie zur Tür ging. Er hatte immer gewußt, daß Sara mutig und tapfer war, aber eben hatte er noch etwas anderes in ihren ungewöhnlich blauen Augen erkannt – eine kalte Entschlossenheit, die ihm für einen Augenblick das Gefühl gab, etwas ganz Wesentliches verloren zu haben. Er bedauerte bereits schmerzlich, daß er das Angebot ihrer Liebe offen zurückgewiesen hatte.

»Wenn niemand etwas dagegen hat, daß ich das Haus verlasse«, sagte Sara spitz, »dann gehe ich jetzt in den Stall.«

Ohne einen Blick zurückzuwerfen, ging sie aus der Küche und ließ die Fliegentür hinter sich zufallen.

Kapitel IX

Konstantinopel

Selenas Arbeitszimmer war die Bibliothek, ein großer luftiger Raum, von dem man auf die herrlichen Gärten des Rosenpalastes hinausblickte. In den Wandregalen reihten sich die Bücher; auf runden Tischen lagen die neuesten Zeitschriften; es gab mehrere bequeme Sessel und Sofas und in einer Ecke einen riesigen Chippendaleschreibtisch.

Selena heftete einige Rechnungen zusammen und lehnte sich mit einem zufriedenen Lächeln in ihrem Stuhl zurück. Der Schreibtisch war aufgeräumt. Korrespondenz und Bankauszüge waren sortiert und in Ordnern gesammelt, Rechnungen und Quittungen abgelegt. Noch vor sechs Wochen hatten sich auf diesem Schreibtisch die Briefe gehäuft — von Rechtsanwälten, Banken und den amerikanischen Firmen, in die ihre neue Arbeitgeberin riesige Summen investiert hatte. Selena glaubte, ihren Augen nicht zu trauen.

»Ach — wirf das ganze Zeug einfach weg und fang von vorne an«, hatte Annie Lufti mit einer wegwerfenden Handbewegung gesagt. Natürlich hatte Selena nichts dergleichen getan. Sie hatte jeden Brief, jeden Bericht, jede Aufstellung sorgfältig gelesen und Annie auf ihre unnachahmlich unaufdringliche Weise angeregt, ihr den Sachverhalt zu erklären, damit sie das, was sich erledigt hatte, ablegen und Unerledigtes beantworten konnte. Annie hielt sie für eine Wundertäterin und staunte jeden Tag über Selenas Fähigkeit, einer Kolonne von Zahlen etwas Sinnvolles abgewinnen zu können. »Wenn Sie mich fragen«, pflegte sie mit ihrem kehligen Lachen zu sagen, »für ein Mädchen ist sie viel zu schlau.«

Selena ihrerseits war überzeugt, daß ihr die Götter diese neue Arbeitgeberin geschickt hatten, und vergaß keinen Augenblick, welches Glück es für sie bedeutete, daß sie Annie Lufti kennengelernt hatte. Selena erinnerte sich noch gern daran, wie sie mit dem Major in der mit rosa Marmor verkleideten Empfangshalle gestanden hatte, nervös und mit wild klopfendem Herzen, und wie sie sich heimlich umgesehen und sich gefragt hatte, was für eine Frau diese Mrs. Lufti sein mochte, die es sich leisten konnte, allein in einer so prächtigen Umgebung zu leben.

Der Rosenpalast war riesig, aber keineswegs monströs wie manch andere Paläste, in denen Selena gewohnt hatte. Und hier schien alles zusammenzupassen: die kostbaren Jadestücke, das Porzellan, das schön geschmiedete Silber. Die Marmorböden, halb verdeckt unter herrlichen Perserteppichen, die Ölgemälde in kunstvoll geschnitzten Goldrahmen und die Blumenschalen auf den chinesischen Lackkommoden − alles zusammen schuf trotz des sichtbaren Reichtums eine behagliche Atmosphäre. Selena hatte sich auf merkwürdige Weise zugleich eingeschüchtert und wie zu Hause gefühlt.

Hans Werner Reichart war dem Majordomus Akiff, einem riesigen Sudanesen, offensichtlich gut bekannt. Prächtig gekleidet in eine marineblaue, mit goldener Tresse eingefaßte Galabija, mit weißen Handschuhen und rotem Fez, stellte er sich Selena mit ernster Miene vor, und unmittelbar danach, als hätte er beschlossen, daß ihm gefiel, was er sah, schenkte er ihr ein strahlendes Lächeln, nahm ihren Mantel und die Mütze des Majors und drückte auf einen Klingelknopf.

Im Obergeschoß klappte eine Tür, und an der Treppe erschien eine kleine schlanke Frau, gekleidet in schweren Moiré, mit hellrotem Haar, das aus einem hübschen lebhaften Gesicht schwungvoll nach hinten gekämmt war. Annie Lufti hatte nicht die geringste Ähnlichkeit mit dem Bild, das sich Selena von ihrer neuen Chefin gemacht hatte. Sie kam die Treppe herabgeeilt, und ihre wortreiche Begrüßung und die Entschuldigung, daß sie sie hatte warten lassen, schallten durch das ganze Treppenhaus. Aber sie gefiel Selena sofort.

Auf der letzten Treppenstufe war Madame Lufti stehengeblieben, als wollte sie sich an ihre guten Manieren erinnern, und dann hatte sie Selena die Hand entgegengestreckt. »Mein liebes Kind«, hatte sie gesagt mit einer Stimme, die sie als Amerikanerin und starke Raucherin verriet. »Ich bin ja so froh, Sie hier zu haben. Hans Werner hat mit so viel Hochachtung von Ihnen gesprochen und Sie so warm empfohlen — und ich sehe, er hat nicht übertrieben.« Dann hatte sie Selena umarmt und sprudelnd weitergeredet. »Und Sie sind so hübsch — häßliche Menschen kann ich nicht ausstehen. Wir werden großartig miteinander auskommen. Das weiß ich schon jetzt.« Sie machte einen Moment Pause, um Selena besorgt anzusehen. »Ich hoffe wirklich, daß Sie sich bei uns im Rosenpalast wohl fühlen werden.«

»Das werde ich bestimmt, Madame Lufti«, hatte Selena auf ihre sanfte höfliche Art geantwortet.

»Oh, nennen Sie mich nicht so — meine Freunde nennen mich Annie«, hatte sie gesagt, und ihre braunen Augen zwinkerten fröhlich. »Und ich werde Sie ebenfalls duzen und Selena nennen, wenn ich darf.«

Selena hatte gelächelt und sich instinktiv entspannt. Diese Frau hatte ein so offenes Wesen. »Es wäre mir eine Ehre«, hatte sie gesagt, und Annie hatte ihren Arm genommen und sie lebhaft plaudernd in den Salon geführt und in ihr neues Leben.

Niemand konnte Annies Herzlichkeit widerstehen, und Selena machte keine Ausnahme. Trotz ihres Altersunterschieds und ihrer unterschiedlichen Herkunft schlossen die beiden Frauen schon am ersten Tag Freundschaft. Anfangs fiel es Selena schwer, ihre Schüchternheit zu überwinden und sich an den neuen Lebensrhythmus zu gewöhnen. Ihre Sehnsucht nach dem festen Rückhalt von Mûzvicka und Abd ül-Hamid war mitunter so groß gewesen, daß sie wieder das entführte fünfzehnjährige Mädchen zu werden drohte. Doch dann hatte sie sich über ihre Schwäche geärgert, und als aus den Tagen allmählich Wochen wurden, hatte sie angefangen, sich in ihrer neuen Welt wohlzufühlen. Wie ein Mensch, der jahrelang keinen freien Atemzug getan hatte, begann sie nun, ihre Freiheit zu genießen.

Annie hatte sie ganz allmählich und vorsichtig in ihre Welt miteinbezogen. Selena lernte, daß alles an Annie Lufti ungewöhnlich war. Sie war eine reiche amerikanische Erbin gewesen, die, als sich viele ihrer Landsmänninnen auf der Suche nach Romantik und Ehemännern nach Europa aufmachten, in den Nahen Osten gegangen war. Sie hatte alles gefunden, wovon sie träumte, an dem Tag, als ihr Omar Lufti begegnete, ein unglaublich gutaussehender jugendlicher Held und Sohn einer der bedeutendsten türkischen Familien. Einen Monat, nachdem sie ihn kennengelernt hatte, war er »*bedded and wedded*«, wie sie es gern formulierte. Das riesige Vermögen, das sie von ihrem Vater geerbt hatte, tröstete ihre moslemischen Verwandten über die Wahl ihres Sohnes hinweg. Und schließlich wurde diese Ehe eines der ganz wenigen Beispiele, in denen Kreuz und Halbmond glücklich miteinander lebten.

Omar war in den Balkankriegen gefallen und hatte Annie als kinderlose Witwe, verwaist und hilflos, zurückgelassen. Briefe von ihrer streng katholischen Familie in Amerika drängten zur Heimkehr, aber »daheim« war jetzt hier, im Osten. »Wer einmal unter Palmen lebte, der hält es anderswo nicht aus«, schrieb sie und blieb.

Annie war nun seit drei Jahren Witwe und führte ein vollkommen ausgeglichenes und glückliches Leben. Jeder, der sie kannte, liebte sie, ihr lebhaftes Geplauder, ihren Humor. Sie führte ein turbulentes gesellschaftliches Leben. Bereits vierzehn Tage nach Selenas Ankunft war Annie plötzlich in der Bibliothek erschienen. Sie werde in Kürze ausgehen. Ob Selena wohl Lust hätte, sie zu begleiten? Selena wollte ablehnen, aber noch bevor sie den Mund aufgemacht hatte, bestand Annie auf ihrer Einladung.

»O Darling, natürlich. Du mußt mitkommen. Du kannst nicht nur den ganzen Tag in diesem Haus herumlaufen oder die Nase in Bücher stecken. Sei ein liebes Mädchen und mach dich für vier Uhr fertig.«

Selenas Tage waren bis zur letzten Minute ausgefüllt. Jeden Morgen arbeitete sie bis um elf Uhr an ihrem Schreibtisch. Dann unternahm sie einen ausgiebigen Spaziergang im Palastgarten, der von ausgesuchter Schönheit war. Nach dem Mittagessen wurden Besuche gemacht bei anderen wohlhabenden Damen der Stadt. Dann ging es zurück in die Bibliothek, anschließend gab es Tee, und an den Abenden waren meistens Dinnerpartys angesagt, die Annie gab oder zu denen man ging. Anfangs hatte Selena, scheu und nervös wie sie war, versucht, diesen Partys aus dem Weg zu gehen. Sie wollte lieber zu Hause bleiben und lesen. Aber Annie war in dieser Hinsicht unerbittlich. »Du bist hier keine Dienerin, Darling. Und außerdem liest du viel zuviel. Das schadet den Augen.«

Glücklicherweise war Hans Werner Reichart ein häufiger Gast, und da er das einzige Verbindungsglied zu ihrem früheren Leben war, vermittelte er ihr ein gewisses Gefühl der Sicherheit unter all den gleichaussehenden Fremden mit ihren fremdartigen Namen. Ganz allmählich lernte sie, Namen und Gesichter zusammenzubringen, und sie sagte sich, sobald sie das einmal richtig konnte, würde sie sich auch nicht mehr so fremd fühlen.

Ein Glockenton riß sie aus ihren Gedanken. Sie schloß den Schreibtisch ab und steckte den Schlüssel in die Tasche. Hoffentlich kam sie nicht zu spät zum Tee, denn heute war Mrs. Morgenthau, die Frau des amerikanischen Botschafters, bei Annie zu Gast. An der Tür hob Selena instinktiv die Hand, um ihren Schleier herabzuziehen; doch den hatte sie zusammen mit ihrem früheren Leben abgelegt. Selena lachte leise über die alte Gewohnheit und verließ eilends die Bibliothek.

»Ah, da bist du ja«, sagte Annie, als Selena den Salon betrat. »Ich dachte schon, du versteckst dich wieder.« Selena lachte über Annies nicht ganz ernstgemeinte Schelte. »Das ist Emma Morgenthau, die gekommen ist, um mich wie gewöhnlich um einen Teil meines schwer verdienten Vermögens zu erleichtern.« Annie wandte sich einer zierlichen Frau mittleren Alters zu.

»Für das Waisenhaus, möchte ich hinzufügen«, sagte Mrs. Morgenthau, »obwohl mir klar ist, daß Annies Vermögen auch die Verschuldung der Vereinigten Staaten um einiges verringern könnte.« Sie blickte mit einem sympathischen Lächeln zu Selena auf. »Kommen Sie, setzen Sie sich zu mir«, sagte sie und klopfte mit der Hand auf den Polstersessel neben ihr. Selena lächelte scheu und setzte sich.

Akiff servierte, gefolgt von livrierten Dienern, Tee und Kuchen. Annie entließ ihn mit einem Nicken. Dann nahm sie vorsichtig die schwere silberne Teekanne und goß drei Tassen Tee ein. »Kuchen, Emma?« fragte sie und wies auf die Platte mit Kuchen und Törtchen.

Mrs. Morgenthau lächelte und nahm die Tasse Tee, die Annie ihr reichte. »Nein, danke. Wenn ich anfange, deinen Kuchen zu kosten, kann ich nicht mehr aufhören.«

»Aber die Schokoladentorte müssen Sie versuchen«, rief Selena. »Sie ist einfach köstlich.«

»Gut, aber nur ein winziges Stück«, sagte Mrs. Morgenthau kapitulierend.

Annie beobachtete Selena, wie sie sich vorbeugte und den Kuchen schnitt. Sie öffnet sich wie eine exotische Blume, dachte sie. Es gab bereits etliche sichtbare Veränderungen an Selena — wachsendes Selbstvertrauen, mehr Sicherheit im Auftreten. »Nein, nein — nicht für mich«, sagte Annie und hob in gespieltem Entsetzen die Hände, als Selena ihr ein Stück Kuchen anbot. »Ich werde im Handumdrehen zum Fettkloß.«

Selena lachte und lehnte sich in ihrem Sessel zurück. Mrs. Morgenthau wandte sich an Selena. »Nun erzählen Sie mir ein wenig von sich — von Ihrer Familie.«

Selena zerbröselte ihren Kuchen mit der Gabel. »Ich bin

Armenierin. Meine Eltern und Brüder starben, bevor — nun, bevor ich im . . . Haushalt . . . des letzten Sultans aufgenommen wurde.«

»Sie sind Armenierin!« rief Mrs. Morgenthau entzückt.

»Ja«, sagte Selena, erstaunt über dieses plötzliche Interesse an ihrer Nationalität. Die meisten Leute, die sie traf, fanden ihren Aufenthalt im Harem wesentlich interessanter. »Warum?«

»Das Waisenhaus, für das ich Geld sammle, ist ein Heim für armenische Kinder. Es wird von einer sehr tüchtigen Quäkerin geführt. Vielleicht wollen Sie es einmal besuchen?«

»Das würde ich sehr gern tun. Bitte, erzählen Sie mir davon.«

»Ich kann eigentlich nicht viel dazu sagen. Ich weiß nur eines: Das Waisenhaus braucht Geld«, antwortete Mrs. Morgenthau mit einem Lächeln in Annies Richtung. Doch dann fuhr sie fort und erzählte von den Problemen der Kinder, von Unterernährung, fehlender Ausbildung und bitterer Armut.

Selena hörte aufmerksam zu. Mrs. Morgenthaus Schilderung rief alle möglichen Sehnsüchte in ihr wach. »Ich sehe, daß Sie sehr mitfühlend sind«, sagte die Frau des Botschafters und streichelte Selenas Hand. »Ich werde morgen nachmittag hingehen. Kommen Sie mit?«

Selena blickte zu Annie. »Mit achtundvierzig Dienern im Haus werde ich einen Nachmittag ohne dich bestimmt überleben«, lachte sie.

Selena wandte sich wieder Mrs. Morgenthau zu. »O ja, ich möchte diese Gelegenheit um nichts in der Welt versäumen.«

Das Waisenhaus lag im armenischen Viertel Kum Kapu. Die Menschen kannten Mrs. Morgenthau und grüßten lächelnd. Die Luft in den engen Gassen war heiß und stickig, doch obwohl in dem Viertel offensichtlich große Armut herrschte, waren die Straßen und Häuser sauber und ordentlich.

Selena war sehr aufgeregt, als sie ringsum ihre Muttersprache vernahm. Sie fühlte sich zurückversetzt in die Missionsschule und ihr Heimatdorf in den Bergen. »Wie viele Kinder leben hier?« fragte sie, als sie das Waisenhaus erreichten.

»Ungefähr fünfzig. Die meisten sind noch sehr klein«, sagte Mrs. Morgenthau, als sie das Tor in der Mauer aufstieß. Selena folgte ihr in den Garten, völlig unvorbereitet auf die Gefühle, die auf sie einstürmen würden. Sie hatten kaum das Tor hinter sich geschlossen, als sie schon umringt waren von lachenden Gesichtern und bettelnd ausgestreckten Händen, denn die amerikanische Lady hatte immer Süßigkeiten in ihrer Tasche. Einige Kinder sahen sie jedoch nur mit großen Augen und ernsten Gesichtern an. Die meisten Kinder schienen sechs oder sieben Jahre alt zu sein; gut ein halbes Dutzend konnte gerade laufen. Selenas Herz schlug ihnen entgegen voller Mitleid und Zärtlichkeit.

»Ich muß mich wirklich entschuldigen«, sagte eine kleine untersetzte Frau mit rosigen Wangen und grauem Haar unter einem properen Häubchen, die sich zu ihnen durchdrängte, um sie zu begrüßen. »Aber wir haben so wenig Personal.« Ihre knappe, abgehackte Art zu sprechen wirkte sehr englisch.

In die Hände klatschend, schickte sie die Kinder ins Haus zurück, und nachdem sie sich Selena als Miß Rushton vorgestellt hatte, folgte sie den Kindern und scheuchte noch ein paar Nachzügler vor sich her.

»Woher kommen die Kinder?« fragte Selena.

»Manche werden zu uns geschickt, wenn ihre Familien bei einer Epidemie umgekommen sind, und natürlich gibt es nach den Säuberungsaktionen immer viele verwaiste Kinder.«

Selena nickte. Glücklicherweise hatte es jetzt seit vielen Jahren kein Pogrom mehr gegen die Armenier gegeben.

Zwei Mädchen begannen sich wegen einer alten Stoffpuppe zu streiten. »O je«, sagte Miß Rushton nervös, aber Selena bückte sich und innerhalb von Sekunden hatte sie den Streit geschlichtet in der armenischen Sprache, von der sie geglaubt hatte, sie vergessen zu haben. »Du meine Güte«, sagte Miß Rushton. »Ich nehme nicht an, Sie hätten Lust, herzukommen und zu helfen. Oder doch?«

Selena, die plötzlich fühlte, wie ihr Herz leichter wurde, lächelte. »O ja«, sagte sie. »Nichts würde ich lieber tun.«

Kapitel X

Palästina

Reich müßte man sein«, seufzte Becky. »Ich weiß, daß ich umwerfend aussähe, wenn ich Kleider von Worth oder Molyneux tragen würde.« Sie blätterte in einem Modeheft, das Daniel aus Paris mitgebracht hatte und blickte traurig auf die *Haute couture*, um die sie die Reichen so beneidete. Sara und Ruth tauschten ein Lächeln. Die drei Mädchen saßen im Wohnzimmer und mußten neben ihrer Näharbeit Beckys Geplapper über sich ergehen lassen. Seit Becky von Aaron und ihrem Vater erfahren hatte, daß sie im Januar nach Beirut gehen würde, nahm sie sich ungemein wichtig. Andauernd lag sie Sara und jedem, den sie zu fassen bekam, in den Ohren wegen des eleganten Lebensstils, den man in Beirut pflegte, und was das im einzelnen bedeutete. Obwohl bestimmt alle Becky vermissen würden, sehnte allmählich jeder den Tag herbei, an dem sie sich ins gesellschaftliche Leben Beiruts stürzte und den Rest der Familie zufrieden ließ.

»Du natürlich«, fuhr Becky mit einem listigen Blick auf

ihre Schwester fort, »du bräuchtest nur Chaim Cohens Antrag anzunehmen, und du hättest das aufregendste Leben — Kleider, Juwelen, das Theater . . .« Ein träumerischer Ausdruck erschien auf ihrem Gesicht.

Sara stöhnte. »Becky, würdest du bitte aufhören, über Chaim Cohen zu sprechen. Abgesehen davon hat er mir keinen Antrag gemacht.«

Eine der mißliebigsten Folgen ihres nächtlichen Abenteuers waren die zunehmenden Kommentare über Chaim Cohen und die Ehe. Jeder im Haus hatte eine Meinung dazu, und jeder gab ihr unentwegt die mehr oder minder gleichen Ratschläge. Jedesmal, wenn Chaim zu Besuch kam, flüsterte Fatma mit solcher Inbrunst: »Er ist da!«, als handelte es sich um die Wiederkunft des Propheten; und wenn er ging, murmelte sie ständig die lächerlichsten Bemerkungen vor sich hin, wie zum Beispiel eine Frau ohne Ehemann sei wie ein Vogel mit nur einem Flügel. Saras Vater, für den sie alles tun würde, um ihm Freude zu bereiten, erzählte ihr, wie glücklich er in seiner Ehe gewesen sei, und fügte wie zufällig hinzu, daß er Cohen für einen wirklich anständigen Menschen halte, der mit jedem auskomme und niemanden vor den Kopf stoße. Selbst Doktor Ephraim hatte eine Gelegenheit gefunden, um ihr zu sagen, er finde, Cohen sei ein gutaussehender Mann und jemand, den man nicht gering einschätzen sollte.

Zu Saras Überraschung hatte Chaim, weit entfernt davon, sich durch Saras nächtliche Herumtreiberei beirren zu lassen, seine Besuche fortgesetzt; ja, er kam beinahe täglich und nie mit leeren Händen. Er brachte ihr Blumen oder Bonbons, und sein Verhalten ihr gegenüber veränderte sich. Er begann, sie weniger förmlich zu behandeln, mehr wie ein Freund als ein Verehrer.

Mit der Zeit entwickelte sich ihr Verhältnis so, daß sich Sara auf seine Besuche freute. Sie war gerührt von seiner Rücksicht, seiner Fürsorglichkeit und seiner Haltung ihr gegenüber, die völlig anders war, als sie erwartet hatte, und wesentlich verständnisvoller als die ihrer Brüder – und Daniels. Chaim gab Sara das Gefühl, daß er ihr wohlwollte, und sie empfand allmählich ein wenig Stolz, daß sie von einem solchen Mann von Welt bewundert wurde. Chaim führte sie aus der kleinen begrenzten Welt von Zichron heraus und ließ sie fühlen, daß sie in eine größere, schönere Umgebung gehörte. Gerade in der Zeit, als ihr Selbstvertrauen ziemlich erschüttert war, tat Chaim viel, um es wieder aufzurichten, und sie war ihm dankbar dafür.

Aus allen diesen Gründen hatte sie in den vergangenen Wochen ihre Meinung über Chaim Cohen geändert. Aber sie verglich ihn noch immer mit Daniel Rosen. Sara hielt an ihrer Liebe zu Daniel fest, mit ihrem ganzen Herzen. Vom Verstand her wußte sie allerdings, daß Daniel sie abgewiesen hatte. Und so begann sie, fast gegen ihren Willen, andere Möglichkeiten zu überdenken; und es gelang ihr mitunter, sich eine Welt ohne Daniel vorzustellen – eine Welt der schönen Kleider, mit Opern- und Konzertbesuchen . . . eine Welt, wie sie in Romanen geschildert wurde und die ihr immer verlockender erschien.

Vielleicht war Chaim Cohen die Antwort. Allein aus diesem Grund erwog Sara eine Heirat mit ihm. Wenn er sie von der Öde eines Lebens ohne Daniel erlöste, sollte sie vielleicht die Gelegenheit wahrnehmen, solange sie sie noch hatte. Er war durchaus akzeptabel; tatsächlich mochte sie ihn sogar recht gern. Ihre ganze Familie versuchte, sie zu überzeugen, daß er eine gute Partie sei. Er war nicht der erste Mann, auf den man Sara hingewiesen hatte, aber er war bis jetzt mit Sicherheit der beste, und möglicherweise hatten ja auch die Zyniker recht, die behaupteten, Liebe sei auf Dauer sowieso nicht möglich, denn Langeweile, Armut und die nicht aufzuhaltende Zeit fräßen sie auf. Vielleicht sollte sie sich mit weniger als Liebe zufriedengeben. Aber noch weigerte sich der rebellische Teil ihres Wesens, diesem

Schluß zu folgen. Nach all dem, was ihr in letzter Zeit widerfahren war, wünschte sie sich nichts anderes, als an ihren Träumen und Hoffnungen festhalten zu können, auch wenn sie aller Wahrscheinlichkeit nach nicht in Erfüllung gingen. Sie blickte heimlich zu Ruth, die neben ihr saß. Ruth war schwanger, und Sara beneidete sie darum. Wirklich, dachte Sara, es wurde Zeit, daß sie heiratete. Sie sehnte sich nach einer eigenen Familie, nach Kindern — Kindern von Daniel —, doch das war ein unmöglicher Traum. Ruth, die Saras Blick aufgefangen hatte, legte ihre Näharbeit beiseite.

»Becky, sei ein Schatz und mach uns Tee, willst du?«

Zur Abwechslung bewies Becky auch einmal Takt. Fröhlich sprang sie auf, warf alle Zeitschriften auf den Boden und ging mit wiegenden Hüften zur Tür. »Schon gut«, sagte sie und sah in ihrem hellen Baumwollkleid ganz und gar nicht so aus wie die Femme fatale, die sie gern sein wollte.

Ruth schaute ihr nach, als sie das Zimmer verließ, und ging dann hinüber zu der geöffneten Flügeltür, die in den Garten führte. Sie blieb eine Weile mit dem Rücken zu Sara stehen und überlegte.

»Was wirst du sagen, wenn Chaim dich bittet, ihn zu heiraten?« fragte sie ruhig.

Chaim hatte sich für heute abend zu Besuch angesagt, und alle waren überzeugt, daß er Sara einen Heiratsantrag machen würde. Er hatte seine Geschäfte mit Aaron erfolgreich abgeschlossen und wollte in einigen Tagen abreisen. Es war bereits Anfang Oktober, und er mußte zurück nach Konstantinopel.

»Ich werde ihm einen Korb geben«, sagte Sara. Aber plötzlich fragte sie sich, ob sie ihn wirklich so ablehnte, wie sie vorgab.

»Was würdest du ihm antworten, wenn es Daniel Rosen nicht gäbe?« fragte Ruth weiter.

Sara dachte einen Augenblick nach. Sie versuchte, sich selbst gegenüber ehrlich zu sein. »Ich würde ja sagen«, antwortete sie beinahe flüsternd.

Ruth drehte sich um und sah Sara an. »Dann bist du eine verdammte Närrin, wenn du es nicht tust«, sagte sie, und ihre Stimme klang hart und kalt. Betroffen erwiderte Sara ihren Blick.

»Du scheinst einiges nicht zu begreifen, Sara«, fuhr Ruth fort. »Du würdest einen schweren Fehler machen, wenn du Chaim Cohen abweist. Wenn du das nur einsehen wolltest!«

Sara biß sich auf die Unterlippe und schüttelte traurig den Kopf. »Aber ich will Daniel.«

Ruth stöhnte vor Ungeduld. »Sara«, sagte sie schließlich richtig böse, »es ist an der Zeit, daß du deinen albernen Stolz begräbst. Gib dich geschlagen. Was nützt es, sich an jemanden zu klammern, der einen nicht will?«

Sara stand auf und ging im Zimmer auf und ab. Nervös knetete sie ihre Finger, während sie nach einer Antwort suchte. »Es spielt keine Rolle, daß er mich nicht will. Ich will ihn!«

»Sara! Du erhoffst dir etwas, aber völlig vergeblich! Mein Gott, begreif das doch!« Ruth ging auf ihre Freundin zu und legte die Hand auf ihren Arm. Sara beruhigte sich, und beide ließen sich wieder nebeneinander auf dem Sofa nieder.

»Vielleicht liebt dich Daniel wirklich, Sara«, sagte Ruth sanfter. »Aber du brauchst mehr als eine platonische einseitige Romanze.« Sie hielt einen Augenblick inne, weil sie wußte, wie wichtig es war, daß sie sich richtig ausdrückte. »Du hast eine Riesenchance. Du hast Chaim Cohen getroffen, der dir wie durch ein Wunder die Möglichkeit bietet, die Fäden deines alten Lebens aufzunehmen und ein neues daraus zu weben. Denk mal darüber nach!«

Trotz ihrer verwirrten Gefühle erkannte Sara, daß das,

was Ruth sagte, vernünftig war. Sie rang nach einem klaren Gedanken. »Ich glaube nicht, daß mich eine Ehe mit Chaim recht viel glücklicher machen würde.« Sie starrte auf ihre Hände, die sie unaufhörlich drückte und knetete. »Ich müßte im Ausland leben . . . Hunderte von Meilen von hier . . . von euch entfernt.« Die Stimme versagte ihr, und ihre Augen füllten sich mit Tränen. Noch nie hatte sie sich so deprimiert gefühlt. Sie fuhr sich mit dem Handrücken über die Augen und schluckte die Tränen hinunter. »Es ist alles so aussichtslos«, schloß sie verzagt.

Ruth nahm Saras Hand in die ihre und drückte sie liebevoll. »Ich weiß, du müßtest viel zurücklassen und einiges aufgeben, aber ich bin sicher, daß es sich am Ende lohnen wird. Du bist jetzt zwanzig Jahre alt, und du kennst jeden hier aus der Umgebung viel zu gut — es ist höchst unwahrscheinlich, daß du dich jemals in einen der hiesigen Männer verlieben wirst. Heb dir deine Gefühle für später auf. Laß deine Erinnerungen zurück, deine Hoffnungen — und Daniel Rosen.«

Sara dachte über Ruths Worte nach. Dann holte sie tief Luft und sagte langsam: »Ich wünsche mir ein eigenes Heim . . . mit einem Mann . . . und Kindern.« Sie sah Ruth an, voller Zuneigung und war plötzlich froh, daß sie das Thema Chaim Cohen angeschnitten hatte. Das Gespräch mit Ruth hatte ihr geholfen, ihre Gedanken zu ordnen. Sie lächelte schwach. »Ich bin sicher, daß du recht hast. Es wäre die beste Lösung.«

Ruth umarmte Sara noch einmal und stand rasch auf. »Ich will mal sehen, was aus unserem Tee geworden ist. Du denkst über unsere Unterhaltung nach, ja?« An der Tür drehte sie sich noch einmal um. »Und in der Zwischenzeit, Sara, hör auf, die Launen des Schicksals zu verfluchen — es soll einfach alles so sein, wie es ist.«

Als Ruth die Tür hinter sich geschlossen hatte, sank Saras Herz noch tiefer. Der Zeitpunkt, an dem sie sich entscheiden mußte, rückte erschreckend schnell näher. Ich muß mich entscheiden, dachte sie, ängstlich und ratlos und immer wieder in neue Verwirrung stürzend.

Sie setzte sich ans Klavier und spielte ein paar Finger-übungen, bevor sie die Liszt-Sonate in b-moll begann. Sie konzentrierte sich, wurde ruhiger — aber sie tat sich selbst unendlich leid. Dann spielte sie den betörend schönen *Valse triste* von Sibelius, und während ihre schlanken Finger über die Tasten glitten, nahm sie der Zauber der Musik gefan-gen, und sie vergaß ihren Kummer und die Sackgasse, in die sie sich verrannt hatte.

Plötzlich merkte sie, daß sie nicht mehr allein war. Als sie sich unvermittelt umdrehte, gewahrte sie die große elegante Gestalt von Chaim Cohen in makellos glänzenden Reitstie-feln und Breeches.

»Du liebe Zeit! Seit wann sind Sie schon hier?« fragte sie in ziemlich scharfem Ton, weil sie sich belauscht fühlte.

»Seit Sie zu spielen begonnen haben«, sagte er mit einem langsamen Lächeln. »Wo um alles in der Welt haben Sie so gut spielen gelernt?«

»Ich hatte eine gute Lehrerin — meine Mutter«, antwor-tete sie, besänftigt durch seine aufrichtige Bewunderung. Sie klappte den Klavierdeckel zu und lächelte, um ihre Schroffheit gutzumachen. »Dann hat Ihnen also gefallen, was ich gespielt habe?«

»Ich glaube, ich habe Liszt noch nie besser gespielt ge-hört.« Er sagte es in völligem Ernst, und Sara begriff, daß er ihr nicht das übliche Kompliment machen wollte.

Sie warf ihm einen raschen Blick zu. »Das freut mich«, sagte sie, stand auf und bot Chaim einen Stuhl an, während sie ihm gegenüber auf der anderen Seite des Tisches Platz nahm. Ihr Herz klopfte lächerlich schnell, und sie wünschte, Becky oder Ruth oder sonst irgendwer möge hereinkom-men und dieses Tête-à-tête beenden. Cohens Aufmerksam-keit war völlig auf Sara gerichtet, und sie hatte das Gefühl, etwas sagen zu müssen, doch es fiel ihr nichts ein. Schließlich brach Chaim das Schweigen.

»Sie wissen vermutlich, daß ich meine Geschäfte mit Ihrem Bruder zu Ende geführt habe und nächste Woche nach Konstantinopel zurückreisen werde.«

Sara erschrak, als sie plötzlich erkannte, daß der kritische Augenblick gekommen war, an dem Chaim sie bitten würde, seine Frau zu werden. O Gott, was sollte sie tun! Sie blickte auf ihre im Schoß gefalteten Hände, um Chaims dunklem durchdringendem Blick nicht begegnen zu müssen. Dann atmete sie tief ein und zwang sich zur Ruhe. Den Kopf hebend, blickte sie ihm gerade in die Augen.

»Wir werden es alle sehr bedauern, wenn Sie abreisen. Sie sind uns allen sehr ans Herz gewachsen.« Sie war erstaunt über die Festigkeit in ihrer Stimme.

Chaim stand auf und kam mit ein paar langen Schritten um den Tisch herum. »Sara, da ist etwas, das ich Ihnen sagen muß – und, ehrlich gesagt, ich weiß nicht recht, wie ich beginnen soll.«

»Dann lassen Sie es.« Sara lachte, um ihren Worten die Schärfe zu nehmen. Sie war nervös und durcheinander. Nicht sie, sondern Chaim beherrschte die Situation.

Chaim blickte anerkennend auf sie hinab. Sie war wirklich sehr hübsch heute nachmittag in diesem bescheidenen blauen Kleid aus Crepe de Chine, das ihre ungewöhnliche Augenfarbe hervorhob. Er war kein Mann von besonderem Einfühlungsvermögen, aber er war davon überzeugt, daß Sara Levinson für ihn die ideale Frau sein würde. Sie war vielleicht ein wenig schwärmerisch – und da war die Sache mit dem Pferd, obwohl er sie dafür heimlich bewunderte. Aber diese Seite ihres Wesens würde verschwinden, sobald sie seine Frau – seine Gattin wäre. Hätte sie erst einmal ihr eigenes Heim zu versorgen, würde sie hübsch häuslich werden und zur Ruhe kommen. Er räusperte sich.

»Darf ich mich neben Sie setzen?« Er wies auf einen

Hocker, und Sara nickte stumm. Sie drehte sich etwas zur Seite, um seinem Blick auszuweichen und verwünschte sich, weil sie so feige war, und Daniel Rosen, weil es ihn gab. Wie sollte sie ihm sagen, daß sie seinen Antrag nicht annehmen wollte?

»Nun, Sara?« sagte Chaim, ihr Gesicht nicht aus den Augen lassend. »Ich habe nicht mehr viel Zeit.« Als er sah, daß eine leichte Röte in ihre Wangen stieg, fuhr er sanfter fort.

»Am allerwenigsten möchte ich, daß ich hier jemandem auf die Nerven falle. Sie wissen, was ich Sie fragen möchte. Darf ich hoffen? Wenn nicht, sagen Sie es mir bitte, und ich verspreche Ihnen, ich werde einfach aufstehen und gehen.«

Zu ihrer Überraschung erschrak Sara bei dem Gedanken, daß er gehen könnte. Sie sah ihn an und schenkte ihm ein kleines Lächeln.

Chaim beugte sich zu ihr und nahm ihre Hand.

»Sara, bitte, lassen Sie mich offen sprechen. Ich möchte Sie bitten, meine Frau zu werden.« Sein Blick war zärtlich, aber er sprach so unbesorgt, als wüßte er die Antwort bereits — oder als käme es nicht wirklich darauf an. Sara war für einen Augenblick sprachlos. Dann hob Chaim ihre Hand an die Lippen und küßte sanft ihre Handfläche.

Sara hatte große Mühe, Haltung zu bewahren. Ihre Gefühle befanden sich in hellem Aufruhr. Sie öffnete den Mund, um etwas zu sagen, doch aus Angst, das Falsche zu sagen, machte sie ihn wieder zu und schwieg. Chaim tätschelte ihre Hand und legte sie in ihren Schoß zurück.

»Sie werden natürlich etwas Zeit benötigen und mit Ihrer Familie darüber sprechen wollen«, sagte Chaim, während er aufstand und zum Kamin hinüberging. Sara war sehr erleichtert, daß sie sich nicht sofort entscheiden mußte, und erwähnte mit keinem Wort, daß in ihrer Familie seit Chaims Ankunft über praktisch nichts anderes gesprochen wurde.

»Ich will Sie jetzt nicht drängen. Ich möchte, daß Sie darüber nachdenken – und sich dann einverstanden erklären, mich zu heiraten. Ich weiß, Sie machen sich vielleicht Sorgen, so weit von Ihrer Heimat und Ihrer Familie fortzuziehen, aber ich verspreche Ihnen, daß Sie jeden Sommer hier verbringen können. Heiraten Sie mich, Sara, und Sie werden alles haben, was Sie sich wünschen.«

Sara lachte. Sie fühlte sich plötzlich sehr lebendig und fragte kokett: »Wirklich alles?«

»Alles, was ich Ihnen zu geben vermag«, sagte er liebenswürdig und hoffte, daß dieses Mädchen mit seinem Humor, seiner Lebhaftigkeit und seinen vielen anderen Qualitäten einwilligen würde, die Seine zu werden. »Und ich habe eine Überraschung für Sie«, sagte er und nahm wieder neben ihr Platz. »Ich habe Aaron gebeten, daß Sie alle übermorgen nach Jaffa kommen. Eine deutsche Theatertruppe tritt im Alhambra auf, und ich dachte, es wäre eine geeignete Möglichkeit, Ihnen für Ihre Gastfreundschaft zu danken. Oh, und Daniel Rosen habe ich ebenfalls eingeladen. Ich hoffe, daß Ihnen das recht ist.«

Sara fühlte, wie sich bei dieser Nachricht ihre Gesichtsmuskeln strafften und wie ihr Puls zu rasen begann; aber sie hielt den Blick fest auf Chaim gerichtet.

»Wie liebenswürdig von Ihnen«, sagte sie leichthin. Ihre Augen strahlten plötzlich hell und klar, während vor ihrem inneren Auge in rasender Folge alle Möglichkeiten vorbeizogen, die ein Tag mit Daniel bereithielt.

Chaim sah sie ernst an, dann nahm er ihre Hand und stand auf. »Vielleicht haben Sie eine Antwort für mich, wenn wir uns in Jaffa sehen.«

Sara, die ebenfalls aufgestanden war, nickte und ihre Augen trafen sich, bevor er sich verneigte, ihre Hand küßte und das Zimmer verließ. Nachdem sich die Tür geschlossen hatte, stand Sara noch eine Sekunde wie betäubt da. Dann sank sie mit zitternden Beinen in den nächsten Sessel. Sie schloß die Augen und versuchte, ihre durcheinanderpurzelnden Gedanken zu beruhigen. Chaim war sicherlich reizend. Er hätte sich auf keine bessere Weise erklären können; hätte er von Liebe gesprochen, sie wäre erstarrt. Sie rechnete ihm sein Schweigen zu diesem Thema hoch an. Doch warum beschäftigte sie die neue Möglichkeit, Daniel in die Falle zu locken, mehr als der erste ernstgemeinte Heiratsantrag, der ihr gemacht wurde? Eine Welle von Selbstmitleid ergriff sie, und ihre Kehle war wie zugeschnürt. Oh, vielleicht hatte Ruth doch recht — aber sie liebte Daniel. Sie würde nie aufhören, Daniel zu lieben. Warum nur konnte es nicht Daniel sein, der um ihre Hand anhielt?

Nur mit großer Mühe gelang es ihr, sich auf das zu konzentrieren, was im Augenblick von ihr erwartet wurde, und das war, Chaim eine Antwort zu geben. Das zumindest hatte er verdient. Aber ihr blieben noch ein paar Tage. Sie mußte nicht sofort eine Entscheidung treffen. Nur eines stand fest: Sie mußte in den nächsten Tagen jeden Trick und alle weiblichen Schliche anwenden, um Daniel dingfest zu machen, um seine Liebe für immer zu gewinnen. Sie wußte, daß sie es schaffen würde, aber auch, daß ihr die Zeit davonlief und daß jetzt der Moment gekommen war, an dem alles zu verlieren oder alles zu gewinnen war. Möglicherweise führte Chaims Heiratsantrag auch ganz von selbst dazu, daß Daniel seine Meinung änderte.

Ihre sorgenvolle Miene verschwand, und sie lächelte. Nun war ihr wieder leicht ums Herz. Er wird zu mir zurückkommen, murmelte sie, überzeugt, daß sie das Leben nach ihrem Willen lenken könnte. Ruth hatte auch gesagt, am Ende kämen alle zu einem zurück. Und was konnte sie schon verlieren, wenn sie versuchte, Daniel zurückzugewinnen? Nichts, antwortete sie sich selbst. Überhaupt nichts.

Kapitel XI

Sara stand am offenen Fenster ihres Hotelzimmers und blickte hinaus. Das Zimmer, das sie mit Becky teilte, hatte zwei über Eck liegende Fenster. Von dem einen sah man das Meer und die Schiffe draußen auf der Reede; von dem anderen die Dächer von Jaffa. Viele Häuser waren alt und verkommen. Über nahezu jedem Eingang schützte der blaue Abdruck einer Hand das Haus und seine Bewohner vor dem bösen Blick.

Kaltes Mondlicht floß über das tintenschwarze Meer und glänzte auf den Minaretten und dem Leuchtturm. Eine leichte Brise wehte ferne Musik und Gelächter herüber, und aus den Straßen drangen die Rufe der Straßenhändler herauf, die immer die letzten waren, die Feierabend machten. Sara liebte diese Geräusche der Stadt, das Gefühl, daß hier Menschen aller Art eng miteinander verflochten lebten und sich zu behaupten suchten.

Sie hörte, wie Becky ihre Schuhe von sich schleuderte und in das hohe Messingbett sprang, in dem sie beide schlafen sollten. Sara drehte sich um und sah Becky an, die sich unter die Laken kuschelte.

»Glaubst du, Daniel wird ins Hotel zurückkommen?« fragte Becky.

»Ja, sicher.« Sara zog ihren Morgenrock aus und legte sich ebenfalls hin. Unter der Decke zog sie die Knie hoch bis zum Kinn.

»Ich wette, er ist diesen Frauen nachgegangen«, sagte Becky altklug. »Du weißt, die vor dem Theater . . . Ich glaube, es waren . . .«

»Was redest du für einen Unsinn«, brummelte Sara und stopfte sich das Kissen hinter den Nacken. »Schlaf jetzt«, fügte sie freundlicher hinzu. »Es ist schon spät. Morgen früh wird er wieder zurück sein.«

Aber so ruhig und gelassen, wie sie sich anhörte, war sie nicht. Wenn er nicht diesen drei hüftenwackelnden Mädchen, die ihm vor dem Theater nachgerufen hatten, nachgegangen war, dann eben anderen, deren Absichten ebenso eindeutig waren. Warum mußte er immer alles verderben, dachte sie wütend.

»Mir ist es gleich, was ihr alle denkt«, sagte Becky mit einem müden Seufzer. »Ich finde, Daniel war wunderbar – viel aufregender als die Schauspieler in dem Stück.« Geräuschvoll drehte sie sich mit dem Gesicht zur Wand.

»Vielleicht, weil er der einzige war, der nicht Theater spielte«, erwiderte Sara mit beißender Ironie. Becky kicherte. Dann warf sie ihr Kissen auf den Boden und war innerhalb von Sekunden eingeschlafen.

Sara schaute zu ihrer Schwester hinüber, die mit ihren braunen geflochtenen Zöpfen wie ein Kind schlief, und Tränen der Enttäuschung über diesen Abend stiegen ihr in die Augen. Der Tag hatte so schön begonnen. Alle jungen Levinsons und Daniel waren zusammen mit dem Zug von Haifa nach Jaffa gefahren. Sara hatte neben Daniel gesessen, und sie hatten Zuckerrohr gelutscht wie Kinder, die in die Ferien fuhren, während sie sich angeregt über Paris unterhielten, über die Theaterstücke, die er dort gesehen, und die Menschen, die er kennengelernt hatte. Für Sara war die Bahnfahrt viel zu schnell zu Ende.

Chaim hatte sie am Bahnhof erwartet und sie anschließend in der Stadt herumgeführt. Sie waren durch die engen Gassen spaziert, in denen sich eine Verkaufsbude an die andere reihte mit Gewürzen, Süßigkeiten und Amuletten. Sie mußten Kamelen ausweichen, die schwer beladen und wiegenden Gangs daherkamen. Sie saßen in einem Straßencafé, tranken Mineralwasser mit Zitroneneis und sahen die alten Männer ihre Nargilehs rauchen. Daniel hatte Sara an einem Stand einen großen Fächer gekauft, mit dem sich die beiden Mädchen abwechselnd Luft in die erhitzten Gesichter fächeln konnten.

Die Männer hatten sogar geduldig gewartet, als die Mädchen eine Wahrsagerin aufsuchten. Sie hatten gelacht über ihren Wunsch, einen Blick in die verborgene Welt der Zukunft zu werfen, aber sie waren genauso neugierig zu hören, was die alte Frau ihnen prophezeien würde. Klopfenden Herzens waren die Mädchen die wurmstichige Stiege hinaufgegangen. In den finsteren Ecken huschten Ratten, und als sie das Zimmer der Wahrsagerin betraten, wäre Becky am liebsten sofort umgekehrt, wäre sie nicht so fasziniert gewesen von dem, was sie sah.

Hingekauert auf eine Matte in der Mitte des kleinen düsteren Zimmers saß eine hutzlige Alte. Ihr verwüstetes Gesicht war dick geschminkt, und ihre Augen waren so stark mit Kohle umrandet, daß sie gar nicht mehr menschlich wirkte. Die alte Frau blickte jäh auf, als die Mädchen eintraten, und schleuderte ihnen einen Fluch entgegen, worauf sich Becky albern kichernd an Saras Hand klammerte. Sie winkte Sara näher und bedeutete ihr, sich neben sie zu setzen, wobei sie Saras Gesicht nicht aus den Augen ließ. Als sich Sara auf der Matte niedergelassen hatte, ergriff die Alte Saras Hand, drehte sie um und goß schwarze Tinte darauf, wobei sie mit seltsam melodiöser Stimme Zaubersprüche murmelte.

Becky, die so abergläubisch war wie eine analphabetische Bäuerin, beobachtete fasziniert, wie die alte Frau, über Saras Hand gebeugt, das Schicksal ihrer Schwester herausfinden wollte. Selbst Sara, die sonst über abergläubischen Unsinn, wie sie so etwas nannte, die Nase rümpfte, zitterte ein wenig, als sie die hypnotische Kraft der alten Frau spürte. Sie heftete ihre Augen auf die knotigen, mit islamischen Symbolen tätowierten Hände. Nach einer Weile legte die Wahrsagerin zwei braune Finger auf Saras Arm und neigte sich dicht an ihr Ohr, als wollte sie ihr ein Geheimnis zuflüstern.

»Es ist Allahs Schuld«, sagte sie leise, »daß du nicht den Mann heiraten wirst, den du liebst. Öl wird über den Süßwasserbrunnen gegossen, und viele Sonnen werden den Himmel überqueren, bevor du trinken wirst.« Stirnrunzelnd beugte sie sich wieder über Saras Hand, studierte sie angestrengt und fuhr dann fort: »Aber du wirst heiraten. Sehr bald. Und viele Wüsten durchqueren.« Sara erschrak und schaute der alten Frau in die Augen, die wie glühende Kohlen funkelten.

»Aber alles geht vorüber, und wie die Menschen dem Grab entgegengehen und die Nacht dem Morgen, wirst du zurückkehren. Das ist Allahs Wille.« Dann ließ sie Saras Hand los und sagte heiser: »Das Licht in deinem Haar wird vergehen, und Allah wird durch dich viele Leben retten.«

»Welche Leben?« fragte Sara. »Und wann werde ich zurückkehren?« Aber die alte Frau atmete plötzlich schwer.

»Allah ist allmächtig«, sagte sie. Sie schloß die Augen und ließ müde ihren Kopf auf die Brust sinken. Ihr Unterkiefer klappte herunter und ein dünner Speichelfaden tropfte über ihr Kinn.

Sara schenkte der Vision der alten Wahrsagerin keinen Glauben. Die Anspielung auf ihr helles Haar entsprang ihrer Meinung nach dem arabischen Aberglauben, blondes Haar bedeute Unglück. Sie stand auf und wartete höflich, bis die alte Frau aufblicken würde. Doch als sich die Wahrsagerin auch nach längerer Zeit nicht rührte, legte sie einige Münzen auf die Matte und wandte sich mit Becky zum Gehen.

Unten auf der Straße wollten die Männer und Becky, die sich vergeblich bemüht hatte, die Worte der Wahrsagerin zu hören, wissen, was Sara prophezeit worden war.

»Sie sagte, ich würde einen großen dunklen, gutaussehenden Mann heiraten«, antwortete Sara mit einem lustigen Zwinkern. Wie nett, daß die Beschreibung sowohl auf Daniel als auch auf Chaim zutraf, dachte sie vergnügt.

Chaim hatte erfreut gelächelt und sie voller Stolz angesehen. Sie brachte es nicht über sich, seinen Blick zu erwidern, und meinte nur, es sei allmählich Zeit weiterzugehen. Bis dahin war es ein herrlicher Tag gewesen. Sara nahm den Papierfächer vom Nachttischchen. Er war mit großen farbenprächtigen Blumen bemalt, die sogar im Halbdunkel des Zimmers noch zu erkennen waren. Sie bewegte ihn träge hin und her, während sie darauf wartete, Schritte im Korridor zu hören, die Daniels Rückkehr ankündigen würden. Es hatte keinen Sinn, so zu tun, als schliefe sie. Sie wußte, sie würde alles wagen, um ihn heute nacht zu sehen. Sie mußte mit ihm sprechen, bevor sie Chaim ihre Antwort gab. Sie mußte noch einmal hören, daß er sie liebte. Sie hatte immer nur in Gesellschaft mit ihm sprechen können; und daß sie nie Gelegenheit bekam, ihm zu sagen, was ihr am Herzen lag, trieb sie schier zur Verzweiflung.

Während der Bahnfahrt hatte Sara beschlossen, einen letzten Versuch zu unternehmen, um Daniel zu umgarnen. Sie wußte, wenn sie ihn dazu brachte, mit ihr zu schlafen, würde er sie auch heiraten. Es war ein uralter Trick, so alt wie die Liebe selbst, und wenn andere mit ihm Erfolg hatten, warum sollte es dann nicht auch ihr gelingen? Den Gedanken, daß es ein billiger Trick war, schob sie beiseite. Sie hatte sich vorgenommen, heute abend nach dem Theater in Daniels Zimmer zu schleichen, aber wieder einmal hatte ihr das Schicksal einen Strich durch die Rechnung gemacht.

Als sie während der Pause im Foyer des Theaters beisammenstanden und angeregt über das Stück sprachen, das allen gefiel, war Hamid Bek, der neue Polizeichef, auf sie zugekommen und hatte Chaim überschwenglich begrüßt. Er war selbstverständlich reichlich bestochen worden, damit die Verschiffung von Aarons Gerste ohne Verzögerung verlief, und so wußten alle, daß sie sehr höflich zu sein hatten.

Chaim schüttelte Hamid Bek die Hand. Dann wandte er sich seinen Gästen zu, um Bek vorzustellen. »Exzellenz,

Daniel Ros . . .«, begann er und erstarrte, als er den finsteren, ablehnenden Ausdruck in Daniels Gesicht sah.

Sara bemerkte Daniels Reaktion ebenfalls, und eisige Furcht ergriff sie, als sie hörte, wie Daniel mit lauter Stimme an die Adresse Hamid Beks sagte: »Ich gebe niemandem die Hand, der Juden schlägt.« Alle Umstehenden starrten ihn an. Im ganzen Foyer war es plötzlich totenstill.

Auf dem Gesicht des Polizeichefs erschien ein Ausdruck des Erstaunens. Dann machte er eine kleine reflexartige Handbewegung, als verscheuchte er eine lästige Fliege, und lächelte. Doch seine Augen durchbohrten Daniel, als er zu ihm sagte: »Das Lamm möchte den Rachen des Löwen spüren, aber wenn es ihn spürt, wird es schreien.«

Daniels Augen glänzten kalt und hart. »Ich würde lieber im Rachen eines Löwen sterben, als auf Knien leben.«

Sara glaubte, ihren Ohren nicht zu trauen. Bek war gefährlich wie eine Sandviper, und Daniel fiel nichts besseres ein, als ihn zu reizen. O mein Gott, er wird ihn töten! dachte sie. Und dann hörte sie sich plötzlich mit einem spöttischen Lachen sagen: »Ich fürchte, der Herr Rosen hat einen Floh im Ohr.«

Alle Blicke richteten sich auf Sara, während sich Hamid Bek umdrehte und sie von oben bis unten betrachtete. Der Zorn in seinem Gesicht war wie weggewischt. »Ich hoffe, Sie entschuldigen das Mißvergnügen, das Ihnen dieses kleine Zwischenspiel vielleicht bereitet hat«, sagte er höflich. Sara errötete und murmelte etwas, während sich Bek an Chaim wandte und betont gelangweilt sagte: »Wollen Sie diesen Mann aus dem Theater entfernen oder soll ich?«

Die Drohung hinter dem höflichen Umgangston war unmißverständlich. Aaron nahm sofort Daniels Arm, flüsterte ihm zu und zog ihn zum Ausgang. Chaim zuckte nicht mit der Wimper, was Sara anerkennenswert fand.

»Daniel Rosen«, sagte Bek nachdenklich und schlug mit seiner elfenbeinernen Fliegenpatsche gegen sein Bein. »Ich werde den Namen nicht vergessen.« Er sprach mehr zu sich selbst, und dann fügte er in versöhnlicherem Ton hinzu: »Nun gut, Effendi Cohen. Wir sehen uns morgen wie besprochen um elf Uhr.« Er nickte Chaims Gästen zu, verneigte sich tief vor Sara und ging.

Der Abend war ruiniert. Sie hatten alle wieder im Theater Platz genommen, um die zweite Hälfte des Stücks zu sehen, und jeder tat, als herrschte noch die gleiche fröhliche Atmosphäre. Sara tat es vor allem leid für Chaim, der sich soviel Mühe gegeben hatte, ihnen einen schönen Tag zu bereiten. Kurz vor dem Ende des Theaterstücks war Aaron zurückgekommen. Er hatte Daniel in einer Bar abgesetzt bei einer Flasche Arrak, die, wie er sagte, bereits halbleer gewesen sei, als er gegangen war. Und Aaron sah aus, als hätte er ebenfalls schon einige Gläser getrunken. Die Gesellschaft hatte sich unmittelbar nach dem Theater aufgelöst, wobei sich jeder eine Idee zu überschwenglich bei Chaim bedankte.

Sara rollte das Kopfkissen zusammen und schob es sich unter den Nacken. Allmählich gab sie die Hoffnung auf, daß Daniel noch in dieser Nacht zurückkäme. Doch dann hörte sie draußen auf dem Flur Schritte. Sie sprang aus dem Bett und lief leise zur Tür. Daniels Zimmer lag schräg gegenüber, und als sie hörte, wie seine Tür geöffnet und wieder geschlossen wurde, wußte sie, daß er es war. Sie lief zur Frisierkommode, um ihr Haar zusammenzubinden und beschloß, es offen zu lassen. Sie griff nach dem Morgenrock. Doch wozu sich damit aufhalten? Ein Tupfer Rosenparfüm auf den Brustansatz — fertig.

Sie warf einen Blick auf Becky, die friedlich schlief. Dann schlich sie barfuß und ein wenig zitternd vor Aufregung aus dem Zimmer. Leise zog sie die Tür hinter sich zu. Sie horchte auf Geräusche aus den anderen Zimmern, bevor sie zu Daniels Tür hinüberlief. Allmählich entwickelte sie sich zu einer Meisterin im nächtlichen Umherschleichen.

Sara klopfte leise an, bevor sie die Tür öffnete. Sie sah sich noch einmal rasch um und schlüpfte in Daniels Zimmer. Die einzigen Geräusche, die sie vernahm, waren das Zischen des Gaslichts und Daniels schwerer Atem.

Er lag seitlich auf dem schmalen Eisenbett, vollkommen angekleidet mit dem, was von seinen Kleidern noch übrig war. Sein weißes Hemd war zerrissen, sein Haar wild zerzaust, von seinem Jackett nirgends eine Spur. Wie hätte es anders sein können? dachte Sara. Er ist betrunken und hat sich geprügelt. Trotzdem erfaßte sie eine Welle der Zärtlichkeit für ihn.

Sie ging auf Zehenspitzen über den kalten gefliesten Fußboden und setze sich leise auf das Bett an der Stelle, wo Daniels angezogene Knie eine Nische bildeten. Nie war er ihr so verletzlich vorgekommen. Fasziniert betrachtete sie sein im Schlaf so weiches Gesicht. Ihre Augen folgten der Linie seiner geschlossenen Lider mit den dunklen Bögen der Wimpern, seiner geraden Nase . . . Er sah so wunderbar aus. Es war unmöglich, ihn nicht zu lieben.

Ihre Augen wanderten weiter zu der glatten braunen Haut seiner Brust, und sie bemerkte einen großen blauen Fleck über seinen Rippen. Ohne zu denken, knöpfte sie das Hemd auf und zog die Stoffetzen von seiner Brust. Dann beugte sie sich vor und drückte sanft ihre Lippen auf die verletzte Stelle, während ihre Finger langsam über seine Brust strichen, bis sie die feuchte Wärme seines Halses fühlten.

Daniel wachte auf, brennend vor Verlangen und Wollust. Einen Augenblick blieb er still liegen und schwelgte in dem sinnlichen Vergnügen, bis er mit plötzlichem Entsetzen erkannte, wo er war und was geschah.

»Sara«, flüsterte er und schloß die Augen, wobei er verzweifelt versuchte, an etwas anderes zu denken als an ihren Mund auf seinem Körper und an ihre Brüste, die ihn mit ihren harten Spitzen berührten. Sein Verstand befahl ihm, sie von sich zu stoßen, aber seine Arme umfingen sie, und er suchte gierig ihren Mund. Ihr warmer Körper unter dem dünnen Baumwollnachthemd schien mit dem seinen zu verschmelzen. Er küßte die glatte schimmernde Haut ihrer Schultern und fühlte ihr Herz gegen seine Rippen schlagen. Er drohte zu ertrinken, drohte sich – wenn auch schuldbewußt – dieser Wonne hinzugeben.

Sara preßte sich noch fester an ihn. Verzweiflung und Verlangen machten sie kühn. Sie schlang die Arme um seinen Hals, und wieder schloß sich sein Mund über dem ihren.

»Mach weiter«, flüsterte sie leidenschaftlich. »Komm – liebe mich – bitte.« Sie sah ihn mit glänzenden Augen an und schmiegte sich ausgestreckt an ihn wie eine Katze.

Der Träger ihres Nachthemds war von ihrer Schulter geglitten, so daß ihre nackte Brust die seine berührte. Ihre Brustwarze, so zart und spitz, war ganz nah, und alles, woran er denken konnte, war der verzweifelte Wunsch, sie zu küssen.

»Tu das nicht«, sagte er außer sich. »Um Gottes willen, hör auf, oder ich werde dich nehmen.«

»Aber genau das will ich, Daniel. Ich will, daß du mich nimmst.« Es war die Stimme einer Fremden – die Stimme einer Frau.

Daniel erschrak. Mit einem Ruck löste er ihre Arme von seinem Nacken. Sie versuchte, sich wieder an ihn zu pressen, aber er hielt sie zurück und blickte ihr, immer noch voller Verlangen, in die Augen.

»Daniel«, drängte sie, »du verstehst mich nicht . . . Es ist mir egal.« Sie hielt inne, weil sie merkte, daß sie nicht die richtigen Worte fand, daß sie dabei war, ihren Vorteil zu verlieren.

Daniel strich mit der Hand über ihr Gesicht und seufzte schwer. »O Sara, sag nichts, was du später vielleicht bereust.«

»Ich werde nichts bereuen! Ich liebe dich und ich will dich haben.« Daniel schoß das Blut ins Gesicht. Er packte sie bei den Schultern, grub seine Finger in ihre weiße Haut und schüttelte sie grob.

»Und glaubst du, daß ich dich nicht will?« flüsterte er. Seine Bernsteinaugen waren dunkel vor Qual. »Mein Gott, Sara, du kannst jeden Mann um den Verstand bringen.« Er ließ die Arme sinken und fühlte sich ausgepumpt und schwach, als hätte er tatsächlich mit ihr geschlafen.

Sara wandte keinen Blick von ihm. In ihr Gesicht trat plötzlich ein neuer Ausdruck, eine ganz feine Veränderung, die jedoch so viel Gefühl verriet, daß er verblüfft auf sie niedersah. Er hatte bis zu diesem Augenblick nicht gewußt, wie tief dieses Mädchen — diese Frau — empfinden konnte.

»Warum willst du mich dann nicht heiraten?« fragte sie. »Du liebst mich — das hast du mir selbst gesagt.« Ihr Gesicht wurde weicher, und ein bittender Ton trat in ihre Stimme. »O Daniel, weißt du nicht, daß ich alles für dich tun würde? Ich würde neben dir arbeiten, an deiner Seite kämpfen, aber bitte, laß mich ein Teil deines Lebens sein.« Sie sprach mit der Verzweiflung des Besiegten. Entweder überzeugte sie ihn, oder ihr Leben war verloren.

»Ich kann dich nicht heiraten, Sara. Ich kann es nicht. Ich muß versuchen, mit meinem Leben etwas anderes zu tun, als meine eigensüchtigen Wünsche zu befriedigen.« Er sprach zärtlich und suchte nach Worten, die ihr das gräßliche Gefühl der Erniedrigung ersparten. »Wir können nicht einfach nur für uns leben.«

»Warum nicht? Alle anderen tun es — überall auf der Welt leben die Menschen so. Warum also nicht auch wir?«

Er schüttelte langsam den Kopf und ging hinüber zum Waschtisch. Der Adrenalinstoß war verebbt, und er begann, die Folgen des Arraks zu spüren. Er goß etwas Wasser aus dem Krug in die geblümte Waschschüssel und wusch sich das Gesicht.

»Ich kann nicht«, sagte er schließlich wie zu sich selbst.

Saras Stimmung schlug mit einem Mal um. Ein bösartiges Funkeln stand in ihren Augen. »Ich wette, du tust es oft genug mit dieser Isobelle Frank!« fauchte sie, und hätte sich am liebsten die Zunge abgebissen. Auf diese Art würde sie nicht gewinnen.

»O Sara!« Daniel ging auf sie zu und nahm ihr Gesicht in seine Hände. »Es ist nicht Isobelle, die ich mir wünsche.«

»Was wünschst du dir dann?« fragte sie ruhig und merkwürdig bescheiden.

»Ich will es dir erklären«, sagte er leise, und sofort wurden seine Augen heller und härter. Er setzte sich neben sie auf das Bett, nahm ihre Hände und drückte sie aufgeregt. »Sara«, begann er und sah sie fest an, »wenn du mich wirklich liebst, versuche zu verstehen, was ich dir jetzt sage.« Sie nickte stumm, unfähig, den Blick von ihm zu wenden.

»Ich möchte unserem Volk wieder zu einer unabhängigen Existenz verhelfen. Ich möchte all die verirrten, nirgends erwünschten, verfolgten Menschen, die über den ganzen Erdball verstreut sind, zusammenbringen und unser Volk wieder zu einer Nation machen.« Er blickte sie gespannt an. Es war so wichtig, daß sie ihn verstand, und so schwer, es ihr begreiflich zu machen. Der Unterschied zwischen ihrer beider Wunschvorstellungen war fast zu groß.

»Wir können für unser Volk keine Heimat schaffen in einem System, das von Außenseitern erfunden wurde. Ein eigenes Land ist die einzige bleibende Lösung für die Juden, und die einzige Möglichkeit, es zu bekommen ist, ein Gewehr in die Hand zu nehmen. Wenn die Türken in diesen Krieg eintreten — und ich glaube, sie werden es tun —, sind die Tage des Osmanischen Reichs gezählt. England wird die Türken schlagen — es muß sie schlagen —, und danach wird es Judäa den Juden überlassen.« Er hielt abermals inne. »Ich muß versuchen, diese Idee auch in den Köpfen anderer zu wecken — muß ihnen neue Hoffnung geben. Ich weiß, es klingt wie ein Traum, aber es ist keiner. Alles in dieser Welt war einmal nichts anderes als eine Idee. Ich bin bereit, mein Leben für dieses Ziel einzusetzen – notfalls mit meinem Leben dafür zu bezahlen. Der Gedanke an dieses Ziel erfüllt mich mehr als alles andere – mehr noch als du.«

Es entstand eine lange Pause. Sara fühlte, wie ihr Herz in tausend Scherben zersprang, und wußte, daß sie geschlagen war. Trotz der Tränen, die ihr in die Augen schossen, gelang ihr ein kleines, unsicheres Lächeln. Es rührte Daniel mehr als alle Worte. Schweigend schloß er sie in die Arme.

»Ich liebe dich, Sara. Du weißt, daß ich es nicht vor dir verbergen kann.« Sanft küßte er ihre Augenlider und ihre Wangen, und dann flüsterte er, mit den Lippen über die ihren streichend: »Du solltest jetzt lieber gehen.«

Sie lehnte den Kopf gegen seine Schulter und kämpfte mit den Tränen. Dann fuhr sie sich mehrmals mit dem Handrücken über das Gesicht und stand auf. An der Tür drehte sie sich noch einmal um. Sie sehnte sich mit jeder Faser ihres Herzens danach, ihn nur noch einmal zu berühren. Doch dann straffte sie die Schultern, und mit einem letzten verzweifelten Blick verließ sie das Zimmer.

Das Türschloß schnappte. Er war allein. Daniel preßte die Hände vor das Gesicht und war beinahe überrascht, als er feststellte, daß es feucht war. Doch er wußte, daß er richtig gehandelt hatte. Er konnte sie nicht heiraten, sie nicht all den Risiken und Gefahren aussetzen, die ein Leben mit ihm bedeutete. Das einzige, was er für sie tun konnte, war, ihr ihre Freiheit zu geben und somit die Möglichkeit, sich ein eigenes gutes Leben aufzubauen – mit Chaim Cohen.

Er zündete sich eine Zigarette an. Mit geschlossenen Augen, einen Arm in den Nacken geschoben, lag er auf dem Bett. Er fühlte sich unsäglich niedergeschlagen. Hör auf, an sie zu denken, sagte er sich. Er mußte diese melancholische Stimmung überwinden. Doch immer wieder tauchte das

Bild von Saras Gesicht, umgeben von der Wolke ihres gold-
blonden Haars, vor ihm auf, und er preßte die Handballen
vor die Augen, um es auszulöschen. Er drehte sich zur Seite
und drückte die Zigarette aus. Dann legte er sich wieder zurück und schloß die Augen.

Sara war ebenso wie er imstande, die Situation zu meistern. Sie war jung und stark. Ihretwegen brauchte er sich
keine Sorgen zu machen. Und er wußte, die Zeit würde sie
ihm entfremden, die Türken würden in den Krieg eintreten,
und seine Bestimmung würde sich offenbaren. Dann vielleicht konnte er anfangen, sie zu vergessen.

Die ersten Drei-Uhr-Rufe ertönten aus einer Moschee in
der Nähe; es folgten andere, bis die Nacht widerhallte vom
Gesang, der die Gläubigen zum Gebet rief. Während die
Stimmen der Muezzins anstiegen und wieder verebbten,
fand Daniel endlich Ruhe. Er liebte Sara, aber er hatte sie
aufgegeben. Er würde sie mit der Zeit vergessen.

Sara saß vor der Frisierkommode. Die Rufe der Muezzins,
die so hypnotisierend wirken konnten, erreichten sie nicht.
Blicklos starrte sie vor sich hin, während ihr ganzer Körper
von einem geräuschlosen Schluchzen geschüttelt wurde.
Nicht nur ihr Herz, sondern auch alle ihre Träume für die
Zukunft lagen in Scherben. Daniel war für sie verloren; niemals würde er ihr gehören. Resignierend sagte sie sich, daß
sie jetzt vor einer Tatsache stand, die sie akzeptieren mußte
— es war Zeit, sich damit abzufinden.

Es gibt eine Zukunft, sagte sie sich. Fang ein neues Leben an. Baue es dir Stein für Stein auf, bis die Schatten der
Vergangenheit verblaßt sind. Vergiß Daniel Rosen.

Daniel konnte niemals ihr Ehemann werden, aber Chaim
Cohen. Er war ein guter Mensch und so anständig wie ihr
Vater, das wußte Sara. Mit ihm könnte sie vielleicht sogar
glücklich werden. Es wäre nicht so wie mit Daniel, aber
nichts würde je so sein.

Und noch eine Tatsache erwies sich als unumstößliche Wahrheit. Daniel hatte recht. Sie war egoistisch. Sie konnte nicht alles einer hoffnungslosen Liebe opfern. Da lag ihre Schwester und schlief. Beckys Zukunft sollte nicht leiden, nur weil ihr eigenes Leben zerstört war. Chaim würde bestimmt ein guter und liebevoller Vater sein — und wahrscheinlich ein ebensolcher Gatte. Sie mochte ihn lieber als jeden anderen, den sie kannte. Was könnte sie Vernünftigeres tun, als ihn zu heiraten?

Mit einem Seufzer griff sie nach der Haarbürste und begann, mit heftigen Strichen ihr Haar zu bürsten. Stumm zählte sie die Bürstenstriche. Als sie bei zweihundert angelangt war, tat ihr der Arm fast so weh wie das Herz. Aber sie hatte beschlossen, Chaim Cohen zu heiraten.

TEIL II

Kapitel XII

Konstantinopel: Februar 1915

Im Spätherbst des Jahres 1915, nach wochenlangen Mutmaßungen, beschloß Enver Pascha, das Schicksal der Türkei selbst in die Hand zu nehmen. Zwei deutsche Kriegsschiffe — der Schlachtkreuzer *Goeben* und der kleine Kreuzer *Breslau* —, die im August in Konstantinopel Schutz vor der britischen Flotte im Mittelmeer gesucht hatten, stießen in Begleitung eines türkischen Geschwaders ins Schwarze Meer vor. Ohne Vorwarnung und ohne jegliche vorausgegangene Provokation griff das Geschwader den russischen Hafen Odessa an und versenkte die dort liegenden Schiffe. Gleichzeitig beschossen türkische Schiffe die russischen Marinestützpunkte Sewastopol und Noworossijsk — ein eindeutiger kriegerischer Akt, den niemand ignorieren konnte. Am 30. Oktober verlangten die russischen, britischen und französischen Botschafter ihre Pässe für die Ausreise. Ab 31. Oktober befand sich die Türkei im Krieg.

Nach knapp vier Monaten Krieg schien sich bereits alles gegen das Osmanische Reich verschworen zu haben — sogar das Wetter, dachte Selena, während sie sich enger in ihren schwarzen Mantel hüllte, in dem sie trotz des dicken Futters fror. Dieser Winter entwickelte sich zum kältesten seit Menschengedenken, doch selbst die eisige Kälte konnte Selena nicht von ihrem täglichen Spaziergang durch die Gärten des Rosenpalastes abhalten. Wichtiger noch als die körperliche Bewegung in der frischen Luft war ihr die Ruhe, die sie hier genoß; hier konnte sie sich ungestört ihren Erinnerungen hingeben und Pläne für die Zukunft schmieden.

Vorsichtig stieg Selena in ihren roten Filzstiefeln die flachen Stufen der Steintreppe hinab, auf der noch Eis und Schnee lagen. Sie ging zu den italienisch angelegten Gärten, die sich zum Bosporus hin senkten. Feine Nebelschwaden umfingen sie wie in einer geisterhaften Umarmung. Als ginge man in einen Opal hinein, dachte Selena und blieb eine Weile stehen, um die eigenartige Schönheit dieses Wintermorgens zu bewundern.

Sie setzte sich auf ihre Lieblingsbank, von der aus sie den Bosporus überblicken konnte. Seit sie vor einem halben Jahr in den Rosenpalast gekommen war, hatte sie von hier aus täglich den regen internationalen Schiffsverkehr beobachtet, der durch die Meerenge fuhr. Jetzt, nachdem die Türken die Wasserstraße geschlossen hatten, sah sie selten mehr als die einheimischen Kaiks oder hin und wieder einmal ein türkisches oder die beiden deutschen Kriegsschiffe vorbeiziehen.

Sie legte ihre Hände, die in warmen Pelzhandschuhen steckten, in den Schoß und dachte wieder einmal an die Probleme, mit denen das armenische Waisenhaus zu kämpfen hatte. Die Preise stiegen immer höher. Grundnahrungsmittel wie Öl und Mehl waren inzwischen zehnmal teurer als vor drei Monaten. Bei dieser Inflation hätte das Waisenhaus ohne die großzügige Hilfe von Annie Lufti längst schließen müssen. Doch Selena beschäftigten noch andere, weitaus bedrohlichere Dinge.

Die moslemischen Türken hegten seit Jahrhunderten einen tiefsitzenden Haß gegen die Armenier, der sowohl auf einer abergläubischen Furcht vor den Christen beruhte als auch auf Eifersucht, denn die Armenier waren die Handelsherren im Reich und beherrschten den größten Teil des Handels vom Euphrat bis zum Mittelmeer.

In jüngster Zeit erhielt die antiarmenische Einstellung

der Moslems Unterstützung vom Triumvirat, das den Armeniern aus zwei Gründen aufs äußerste mißtraute: einmal wegen der geographischen Lage der Provinz Armenien, die im Nordwesten des türkischen Reichs gefährlich nahe an Rußland grenzte, und zum anderen aufgrund der Tatsache, daß die meisten Armenier georgische Christen waren. Von sämtlichen nichtmoslemischen Minderheiten im Reich (die den Türken alle als potentielle Verräter galten) waren die Armenier die am meisten verdächtigen und die verwundbarsten.

Bei den Gottesdiensten in der armenischen Kathedrale, die Selena jetzt regelmäßig besuchte, und in Gesprächen mit Angehörigen der armenischen Gemeinde hatte sie beunruhigende Gerüchte über Verfolgungen und Morde in der Provinz Armenien gehört. Sie hatten unmittelbar nach der beschämenden Niederlage eingesetzt, die die Türken nach ihrer ersten Offensive gegen die russische Front hatten hinnehmen müssen. Der Feldzug, bei dem die russischen Streitkräfte im Kaukasus umzingelt und vernichtet werden sollten, war von Anfang an eine Katastrophe. Die ungewohnten winterlichen Bedingungen und der lange Marsch nach Norden hatten die türkischen Truppen schon vor den Kämpfen erschöpft. Von den hunderttausend Mann, die in die Schlacht gegangen waren, überlebte nur ein Drittel. Verwirrt, hungernd und ohne Führung wurden sie zu Tausenden hingeschlachtet; fast ebenso viele erfroren im Schnee.

Das Triumvirat hatte den Armeniern die Schuld an dem Debakel zugeschoben und sofort einen neuen moslemischen Gouverneur in das Gebiet geschickt mit dem Auftrag, das Reich von »seinen subversivsten Elementen« zu befreien. Jeglicher Reise- und Postverkehr von und nach Armenien wurde eingestellt; nur über den Seeweg erhielten die Führer der Gemeinden in Konstantinopel hin und wieder Berichte von Missionaren aus dem Krisengebiet. Sie schrieben, daß bei mehreren Pogromen in abgelegenen Gegenden ganze Dörfer ausgelöscht wurden. Die Männer habe man zusammengetrieben und erschossen, die Frauen vergewaltigt und ermordet, die Kinder in die Sklaverei verschleppt. Der neue Gouverneur, der den Spitznamen »der Hufschmied« hatte, weil er seinen Opfern mit Vorliebe Hufeisen an die Füße nageln ließ, erledigte seinen Auftrag methodisch und mit sadistischem Vergnügen.

Selena befürchtete, daß sich die Pogrome ausbreiten würden, wenn die Situation nicht ganz schnell international bekannt würde. Nur — es gab nichts, womit offiziell bewiesen werden konnte, daß diese Berichte echt waren. Doch Selena wollte trotzdem etwas tun, um wenigstens den Armeniern in Konstantinopel zu helfen. Morgen würde sie Mrs. Morgenthau im Waisenhaus treffen; sie wollte zunächst mit ihr darüber sprechen. Vielleicht könnte ein Wort von ihrem Mann an die richtige Adresse etwas ausrichten.

Mit schrillem Schrei flatterte ein Pfau von einem Baum und lief über den gefrorenen Rasen. Selena erschrak und merkte plötzlich, daß sie kalte Füße hatte. Sie stand auf, stampfte ein paarmal mit den Füßen auf und begab sich zurück ins Haus. Sie hatte versprochen, Annie mit den Blumen zu helfen, und war bereits länger draußen geblieben, als sie beabsichtigt hatte.

»Ah, da bist du ja, Selena«, schallte Annies Stimme durch die Empfangshalle. »Ich brauche dringend deine Hilfe.«

Selena gab Akiff ihren Mantel und folgte der Stimme in den Salon, wo Annie in einem weiten Hausmantel aus rosa Seide und mit offenem Haar, das wie ein Schal über ihren Rücken fiel, einen Pinienzweig in ein rundum häßliches Blumenarrangement stecken wollte. Selena lachte und nahm Annie den Zweig aus der Hand. Sie entfernte einige der Treibhausblumen aus der Vase und ordnete die übrigen mit wenigen Griffen zu einem harmonischen Ganzen.

»Jetzt stimmt es«, sagte Annie erleichtert und ließ sich in einen Sessel fallen.

»Und in diesem Fall . . .« Selena köpfte eine besonders schöne Blume, und beide Frauen lachten. Sie kannte den östlichen Aberglauben, nach dem in der vollkommenen Schönheit das Übel lauert, und beide waren gleich abergläubisch.

Annie warf einen Blick auf die Uhr und sprang auf. »Du meine Güte — was fällt mir ein, hier im Morgenrock herumzusitzen?« sagte sie, während sie nach dem Mädchen läutete, das die Reste des Blumenschmucks wegräumen sollte.

»Wir werden heute abend nur zu fünft sein«, fuhr sie fort. »Es kommen Frank . . . wie heißt er gleich? . . . Walworth. Er ist Berichterstatter für das *Morning Journal,* du weißt schon, die Zeitung von Hearst.« Selena nickte. Hin und wieder erhielt Annie eine Ausgabe des *Journal,* und sie stürzte sich geradezu darauf, auch wenn sie schon Wochen alt war. Nach Selenas Ansicht bestanden die Besonderheiten des Blatts in der Berichterstattung über Verbrechen, die neueste Unterwäsche und den New Yorker Gesellschaftsklatsch. Sie hob eine Augenbraue, und Annie lachte.

»Walworth ist in Konstantinopel, um über den Krieg zu berichten, und nicht, um mein Privatleben zu enthüllen. Zumindest hoffe ich das. Außerdem — was soll ich machen? Hearst hat mich persönlich gebeten, diesen Journalisten zum Dinner einzuladen und ihn ein wenig herumzureichen.« Annie legte eine kleine Pause ein. »Ein Jammer«, sagte sie, »daß sie den guten Dschemal Pascha in die Provinz abgeschoben haben. Für heute abend wäre er ideal gewesen.«

Dschemal Pascha, eines der Mitglieder des Triumvirats, das Selena die unheilige Dreifaltigkeit nannte, war zum Generalgouverneur von Syrien ernannt worden sowie zum nominellen Befehlshaber der Vierten Armee, deren Stabschef der deutsche General von Kressenstein war. Angeblich hatte Dschemal diese Ernennung wenig zugesagt, da er, vermutlich zu Recht, das Gefühl hatte, man habe ihn auf den syrischen Posten abgeschoben, damit er den Mächtigen in Konstantinopel nicht im Wege war. Innerlich kochend vor Zorn, war er zum Hauptquartier der Vierten Armee in Jerusalem aufgebrochen.

Annie seufzte. »Wie die Dinge liegen, habe ich also Bedri Bey, den Polizeiminister, eingeladen, und natürlich den Major.« Sie warf Selena einen schalkhaften Blick zu, während sie ihr voran zur Treppe ging. Annie hatte etliche Pläne mit Selena, unter anderem eine Ehe mit dem deutschen Major. Leider konnte sich Selena für Annies Ideen nicht erwärmen.

»Wirklich, Annie, du solltest Major Reichart nicht ermutigen.«

»Meine Liebe, du weißt sehr genau, daß er gar keine Ermutigung braucht. Der Mann ist völlig vernarrt in dich.«

Selenas Schweigen wurde von Annies Malteserterriern Mitsi und Suki unterbrochen, die über den blanken Boden auf ihre Herrin zuschlitterten, gefolgt von einem sich vielmals entschuldigenden Dienstmädchen.

»Macht nichts«, sagte Annie und nahm die Hunde auf den Arm. »Ich wollte gerade nach oben gehen, um mich anzuziehen. Selena, komm mit herein, während ich mich in mein Korsett schnüren lasse. Ich habe übrigens gehört, daß sie in Europa neuerdings keine Korsetts mehr tragen. Kannst du dir das vorstellen?« Annie ließ die Hunde wieder laufen und ging, begleitet von Selena, den Korridor entlang bis zu ihrem Zimmer. Annie redete über Korsetts und Kleider, während sich Selena fragte, ob Frank Walworth an der schwierigen Situation, in der sich ihr Volk befand, interessiert wäre und wie sie ihn am besten auf die armenische Frage aufmerksam machen könnte, ohne jemanden zu kompromittieren.

»Kommen Sie, meine Herren!« Annie klatschte gebieterisch in die Hände. »Verschonen Sie mich mit Ihren politischen Diskussionen. Hier ist Rauchen erlaubt — *mais la politique est défendue.*« Sie zündete sich eine Zigarette an und lächelte spitzbübisch. Man war vom Speisezimmer in einen der kleineren Salons gewechselt, wo auf niedrigen Tischchen der Kaffee serviert wurde. Kleine Schalen mit Obst und Nüssen standen bereit sowie die allgegenwärtigen türkischen Geleefrüchte, die man zum Kaffee nahm.

Während des Essens war es Annie gelungen, die Themen Politik und Krieg nicht aufkommen zu lassen; sie hatten sich hauptsächlich über Amerika unterhalten. Doch jetzt hatte der Amerikaner die Frage angeschnitten, ob die Türkei mit dem Eintritt in den Krieg eine weise Entscheidung getroffen habe oder nicht.

»Sie haben sich da auf eine Sache eingelassen, die viel zu groß für Sie ist«, sagte er direkt an die Adresse des Polizeiministers und ließ sich mit seinem beträchtlichen Gewicht auf einer zierlichen Ottomane nieder. Selena stimmte ihm heimlich zu, hielt jedoch die Augen bescheiden gesenkt und biß sich auf die Lippe.

Annie, die ein sicheres Gespür für theatralische Wirkungen hatte, erhob sich und stellte sich vor das Kaminfeuer. Sie trug ein schwarzes Samtkleid; ihr flammendrotes Haar war mit glitzerndem Haarschmuck besetzt und hing locker geflochten auf ihren Rücken herab. Der Raum wurde vom Feuer erhellt und von Hunderten von Kerzen, die in silbernen Leuchtern im ganzen Raum verteilt waren.

»Nun, wir hören von allen Seiten, daß der Sieg praktisch jeden Tag zu erwarten sei«, sagte sie mit strahlendem, zuversichtlichem Lächeln, »was zumindest eine Rückkehr zur Normalität bedeuten wird. Offen gesagt, ich habe diese Theorie nie verstanden, nach der die beste Verteidigung des eigenen Landes darin besteht, das Land anderer zu besetzen. Wenn sie stimmen würde — man stelle sich vor, wohin das führen würde?« Sie hatte das nicht als Frage gemeint, sondern mehr rhetorisch als Brücke zu einem anderen Thema; doch Walworth ließ nicht locker.

»Es endet damit«, sagte er nicht minder theatralisch als Annie und mit einem feindseligen Blick auf Reichart, »daß Millionen Menschen gewaltsam von allem, was ihnen lieb und vertraut ist, vertrieben werden; daß sie ihre Heimat, ihr Hab und Gut und oft auch ihre Identität als Volk verlieren.«

Walworth wirkte trotz seines aggressiven Wesens müde und verbraucht. Er mußte früher ein attraktiver Mann gewesen sein, dachte Selena, bevor der Zynismus seine Spuren hinterlassen hatte. Selena mochte ihn irgendwie. Er war taktlos, frech und schrecklich amerikanisch, aber auf seine unumwundene Art anständig, und sie stimmte in fast allem, was er an diesem Abend gesagt hatte, mit ihm überein.

Reichart dagegen fand diesen Walworth unausstehlich und wünschte, er wäre Engländer oder Franzose, um ihm ungestraft eins auf die Nase geben zu können. Warum nur hatte Annie diesen Menschen eingeladen?

Bedri Bey hüstelte verlegen und setzte ein charmantes Lächeln auf, wobei er eine Reihe blitzender Goldzähne sehen ließ. »Erlauben Sie mir, mein Herr. Ich glaube, Sie verkennen das allgemeine menschliche Bedürfnis nach einem Feind. In England gibt es keine allgemeine Wehrpflicht, und dennoch stehen die Engländer vor den Rekrutierungsbüros Schlange.«

»Yeah«, sagte Walworth, ohne sich die Mühe zu machen, seine Verachtung für den bärtigen Minister zu verbergen; außerdem hätte er gern etwas Ordentliches getrunken. Aus Rücksicht auf den frommen Moslem Bedri Bey war auch zum Essen kein alkoholisches Getränk serviert worden. Walworth, obwohl selbst kein religiöser Mensch, hätte eine solche Rücksichtnahme normalerweise respektiert, doch in diesem Fall hegte er Zweifel — berechtigte, wie er meinte —, wie weit sich die Frömmigkeit des Polizeiministers auf dessen sonstige Handlungen auswirkte. Bedri Bey hatte ein Amt inne, das einen gewissen Gefallen an Mord und Totschlag voraussetzte, und er war bekannt für seine brutalen Ausschreitungen. »Es geht das Gerücht, daß Sie auf diesem Gebiet weniger erfolgreich sind. Angeblich schlagen sich die Syrer und Araber lieber die rechte Hand ab, als eingezogen zu werden.« Annie schaute Walworth wütend an, aber er tat, als bemerke er es nicht.

Bedri Bey lächelte weiterhin höflich und ein klein wenig gönnerhaft.

»In solchen Zeiten blühen die Gerüchte, Mr. Walworth«, erwiderte er milde. »Der Prophet hat gesagt, große Macht bringe noch größere Feinde.«

Walworth, der bequem zurückgelehnt auf dem Sofa saß, wurde plötzlich munter. »Und was ist mit den Gerüchten über Ermordungen und Verfolgungen in Armenien? Muß ich annehmen, daß sie ebenfalls nicht wahr sind?«

Sowohl Annie als auch Reichart blickten besorgt zu Selena, aber sie schien nichts gehört zu haben. Selena wandte jedoch nur einen alten Trick an, den sie im Harem gelernt hatte; allerdings kostete er sie diesmal beträchtliche Mühe. Bedri Bey ließ seine joviale Maske fallen, und seine Augen glitzerten böse. Doch er blieb ruhig und höflich im Ton.

»Mord? Verfolgung? Das sind Übertreibungen, glauben Sie mir. Zugegeben, wir haben gewisse Vorsichtsmaßnahmen getroffen, um die Ausbreitung eines armenischen Nationalismus bei den unterworfenen Völkern zu verhindern. Natürlich haben wir alle Aktivitäten verboten, die eine Gefahr für die öffentliche Ordnung darstellen. Aber das hat kaum etwas mit Mord zu tun.«

»Was zählt denn alles zu diesen ordnungsgefährdenden Aktivitäten?« fragte Walworth verärgert. »Vermutlich auch der Verbrauch von Atemluft durch die unterworfenen Völker.«

Bedri Bey lächelte, als amüsierte er sich über die dummen Gerüchte, aber er ging nicht auf die Vorwürfe ein. »Bestimmte Maßnahmen sind nötig, um unsere Gesellschaft vor den kommunistischen Ungeheuern zu beschützen, die sich mit diesen räudigen Hunden in Rußland verbündet haben. Einige wollen sogar, daß Armenien ein Teil von Rußland wird. Wir können es nicht dulden, daß diese Gottlosen, die keine Achtung vor der moslemischen Religion haben, unsere Gesellschaft infiltrieren.«

»Quatsch!« sagte Walworth so laut und unvermittelt, daß jeder einschließlich Bedri Bey zusammenzuckte. »Die Armenier sind gläubige Christen. Was hier gespielt wird, ist dieselbe alte Christenverfolgung, nur in einer neuen Variante. Wenn Sie der Einfluß der Kommunisten stört, warum beschränken Sie sich nicht darauf, die Rädelsführer zu kassieren?«

»Weil alle Armenier Verräter sind«, antwortete Bedri Bey gemessenen Tons.

»Und damit entschuldigen Sie Verschleppung, Vergewaltigung und die Ermordung von Kindern — weil sie potentielle Verräter sind?«

Bei diesen Worten konnte Selena nicht ruhig bleiben, trotz ihres festen Vorsatzes. Mit einem Hüsteln und einem rasch vor den Mund gehaltenen Taschentuch versuchte sie, ihren empörten Aufschrei zu vertuschen.

Reichart, der äußerst besorgt um Selena war, beugte sich auf seinem niedrigen Sofa vor. »Mr. Walworth, ich bitte Sie. Müssen Sie vor den Damen so drastisch werden?«

Für einen kurzen Moment waren alle still. Walworth knackte eine Nuß und warf sich den Kern geschickt in den Mund. »Warum die Wahrheit beschönigen, Major? Auch Sie wissen, daß diese Dinge geschehen und daß sie nicht sein sollten.«

»Ich bin ganz Ihrer Meinung, Mr. Walworth«, sagte Selena plötzlich. Alle starrten sie an, als erwarteten sie einen hysterischen Ausbruch, aber sie fuhr ruhig fort. »Wenn den

Armeniern gefahrvolle Zeiten bevorstehen, dann glaube ich, sollte die Welt darüber informiert werden.« Da sie nicht wagte, den Blicken der anderen zu begegnen, rückte sie verlegen in ihrem Sessel hin und her und hielt die Augen gesenkt.

Annie, die über Selenas unverblümte Äußerung ebenso verblüfft war wie die anderen, war die erste, die sich wieder fing.

»Möchte noch jemand Kaffee?« fragte sie betont fröhlich, und alle bejahten eifrig und froh über den Themawechsel.

Der Rest des Abends entwickelte sich trotz der explosiven Themen, über die man gesprochen hatte, erstaunlich harmonisch. Walworth erzählte genüßlich und mit dem Insiderwissen des Journalisten ein paar Geschichten von den dunkleren Seiten des New Yorker Gesellschaftslebens, und Bedri Bey war wieder glänzender Laune. Nur Reichart war ungewöhnlich still.

Selena, die sich ebenfalls beruhigt hatte, schaffte es sogar, Bedri Bey über den Rand ihrer Tasse anzulächeln und nicht erkennen zu lassen, was sie von ihm und seinen Schlägertrupps hielt. Allerdings fühlte sie sich erleichtert, als er dann unvermittelt aufstand und verkündete, er müsse jetzt gehen. Es war nicht leicht für sie gewesen, sich freundlich mit einem Mann zu unterhalten, der in ihren Augen alles verkörperte, was in diesem Unterdrückerstaat grausam und schlecht war.

Bedri Bey verbeugte sich zum Abschied und bat, man möge doch Platz behalten. »Es war ein entzückender Abend, Madame Lufti«, sagte er und hob ihre Hand an die Lippen. »Mr. Walworth — ich habe mich gefreut, Sie kennenzulernen, und bedaure, daß ich nicht schon früher Gelegenheit dazu hatte.« Er hielt inne, als er Annies Blick auffing und, nachdem er ihre Botschaft richtig verstanden hatte, fügte er hinzu: »Vielleicht darf ich Sie an Ihrem Hotel absetzen?«

»Danke. Aber ich denke, ich werde zu Fuß gehen«, sagte Walworth und erhob sich. »Nach dem Essen soll man ruhn und dann tausend Schritte tun. Das ist mein spezielles Motto.«

Selena nickte Bedri Bey zum Abschied zu und wandte sich dann an Walworth. »Gute Nacht, Mr. Walworth«, sagte sie, und etwas leiser: »Dürfte ich Sie wohl in den nächsten Tagen einmal in Ihrem Hotel aufsuchen? Ich möchte gerne etwas mit Ihnen besprechen. Ich würde Ihre Zeit nicht lange in Anspruch nehmen.«

Annie und Reichart sahen Selena erstaunt an, und Selena, die sich bewußt war, daß sie noch vor einem halben Jahr nicht ohne Erlaubnis das Haus verlassen hätte und jetzt von sich aus einen Mann in seinem Hotel besuchen wollte, errötete tief unter ihrem prüfenden Blick. Walworth jedoch lächelte und nickte zustimmend. Selena war ihm dankbar, daß er im Augenblick keine weiteren Fragen stellte. Annie beeilte sich, die zwei Männer hinauszubegleiten.

Selena und Reichart blieben allein im Salon zurück, und als Selena sah, daß er noch nicht vorhatte zu gehen, bot sie ihm einen Brandy an. »Nein, vielen Dank. Selena, ich möchte mit Ihnen über etwas sehr Ernstes reden, bevor Annie zurückkommt.«

Selena setzte sich ruhig hin und sah ihn an. »Worum handelt es sich, Major?«

Er räusperte sich und runzelte die Stirn. »Ich muß ganz offen sprechen. Die — äh — politische Situation im Hinblick auf Armenien — äh — die Armenier — könnte auch hier sehr unangenehm werden.«

Selena lächelte. »Ja, ich weiß.«

Reichart seufzte und rutschte auf dem Sofa etwas weiter nach vorn. Allein wenn er daran dachte, was den Frauen in Armenien widerfuhr, lief ihm ein Schauder über den Rükken, und wenn sich die Ereignisse hier in Konstantinopel zum Bösen wandten, wäre auch Selena in Gefahr. »Ich bin der Meinung, daß Sie sich von der armenischen Gemeinde fernhalten sollten. Ich gebe zu, daß Ihr Volk ungeheuer gelitten hat – noch leidet, aber Sie persönlich haben diesmal Glück. Ich bitte Sie, versuchen Sie nicht, eine Konfrontation mit den Behörden herbeizuführen. Es wäre unklug, schlimmer als unklug.«

Selena wandte sich ab, um ihre Erregung zu verbergen. »Ich muß meinem Gewissen folgen«, sagte sie.

»Selena«, fuhr Reichart fort und zwang sie mit einem zärtlichen Griff unter ihr Kinn, ihn anzusehen. »Ich meine es sehr ernst. Sie müssen mich anhören.«

»Also gut, ich werde Sie anhören.«

»Könnten Sie Ihre Besuche im Waisenhaus auf die Nachmittage beschränken, an denen auch Mrs. Morgenthau dort ist?«

Selena schüttelte den Kopf. »Es ist wirklich wundervoll von Ihnen, soviel Anteilnahme zu zeigen.« Sie hielt inne und schaute ihm in die Augen. »Aber das könnte ich nicht. Mrs. Morgenthau kommt nicht sehr oft. Lieber Major, ich schäme mich fast zuzugeben, wie glücklich ich bin, wenn ich bei den Kindern sein darf.« Sie schüttelte wieder den Kopf und lächelte. »Es tut mir leid, aber ich kann meine täglichen Besuche im Waisenhaus nicht aufgeben.«

Ihr Lächeln war so entzückend und aufrichtig, daß Reichart tiefe Rührung empfand. Immer, wenn er dieses Mädchen ansah, war ihm, als hörte er eine wunderschöne Musik. Alles an ihr, ihr Gang, die kleinste Bewegung, faszinierte ihn, aber er war für sie nicht mehr als ein Freund, und er wollte das so vorsichtig erreichte Fundament ihrer Freundschaft auf keinen Fall erschüttern.

»Wollen Sie mir dann wenigstens versprechen, in Gegenwart anderer keine politische Meinung zu äußern – besonders nicht vor Männern wie Bedri Bey. Er ist ein wahrhaft schrecklicher Mann, hart wie Eisen und unerbittlich wie ein Fallbeil. Es ist durchaus möglich, daß die Polizei bereits eine Akte über Sie führt aufgrund Ihres Aufenthalts bei Abd ül-Hamid.«

Selena seufzte und strich sich geistesabwesend über das Haar. Sie mochte Reichart sehr, fand ihn sogar attraktiv, und sie schätzte besonders sein Einfühlungsvermögen. Aber sie war entschlossen, jetzt ein Leben nach ihren eigenen Wünschen zu führen. »Bitte, machen Sie sich meinetwegen keine Sorgen. Ich habe immer ganz gut auf mich aufgepaßt.« Sie lächelte ihn an. »Aber ich verspreche Ihnen, meine Zunge zu hüten.« Reichart lächelte zurück.

Das Feuer im Kamin war heruntergebrannt, die Kerzen verlöschten flackernd. Im Zimmer war es nahezu dunkel. Reichart neigte sich in seinem Sessel leicht nach vorn.

Selena sah den bewundernden Blick im Gesicht des Majors. Aus Angst, was sich aus dieser Stimmung vielleicht ergeben könnte, begann sie, hastig zu sprechen. »Haben Sie schon etwas Neues über Ihre Versetzung erfahren?«

Reichart blickte zur Seite, um seine Verärgerung zu verbergen. Bis jetzt war er dem Krieg nur mit dem Finger auf der Landkarte gefolgt. Er brannte darauf, an die Front zu kommen, und hatte sich für die Aufnahme in Liman von Sanders' Stab in Gallipoli beworben, wo er mit einem Angriff der britischen Marine auf Konstantinopel rechnete. Außerdem glaubte er, Selenas Gefühle für ihn würden sich vielleicht ändern, wenn er sich heldenhaft ins Schlachtgetümmel stürzte. Er trank einen Schluck Brandy und schwenkte den Rest in dem ballonförmigen Glas.

»Nein, noch nicht. Aber ich erwarte täglich eine diesbezügliche Nachricht.« Er warf Selena einen forschenden Blick zu. Es schien sie keineswegs zu stören, daß er praktisch von heute auf morgen aus Konstantinopel abberufen werden konnte. Sein plötzlich aufwallender Unmut bewies ihm, daß er seinen Gefühlen für Selena einen viel zu großen Spielraum gelassen hatte.

Selena wußte, was er empfand, und in ihre Betroffenheit

mischte sich Mitleid. Mit einer gewissen Erleichterung hörte sie das Rascheln von Annies Röcken, die durch die Halle in den Salon zurückkam. Reichart stand auf, als sie eintrat, und verabschiedete sich. Sobald Annie auch ihn hinausbegleitet hatte, wandte sie sich an Selena.

»Nun?«

»Nun was?«

»Was hat er gesagt?«

»Er sagte, daß sich die Unruhen in Armenien bis nach Konstantinopel ausbreiten könnten, und daß ich mich bei meinen Besuchen in Kum Kapu vorsehen sollte.«

Annie runzelte die Stirn. »Er kann durchaus recht haben. Ich werde dir in Zukunft Akiff mitgeben.«

Im Halbdunkel des Zimmers war Selenas Erröten kaum noch wahrzunehmen. »O Annie, bitte. Das ist nicht nötig.«

»Nein, nein«, entgegnete Annie und hob die Hand, um Selenas Protest abzuwehren. »Ganz sicher wird der liebe Gott über dich wachen, mein Kleines, aber ich werde beruhigter sein, wenn Akiff ihm dabei hilft.«

Selena lachte. »Was habe ich nur getan, um eine so wundervolle Freundin zu verdienen?« sagte sie und hakte sich bei Annie ein.

»Das weiß Gott allein«, antwortete Annie lachend, und Arm in Arm begaben sie sich hinauf zu ihren Schlafzimmern.

Kapitel XIII

Mit geschlossenen Augen spürte sie die Wärme der Sonne auf der Haut. Sie lag, einen Grashalm im Mund, unter einem lapislazuliblauen Himmel. Die Sonne schien durch das

Gitterwerk der Zweige, Bienen summten, das Gras duftete, und sie war glücklich.

Sara öffnete die Augen. Sie blickte auf die hohe düstere Zimmerdecke, atmete den dumpfen Geruch, den das Haus ausströmte, und der Morgen begann wie jeder Morgen hier – mit Heimweh und Mutlosigkeit. Sie hätte gern geweint, aber sie lag nur da und starrte mit brennenden Augen an die Zimmerdecke. Sie wußte, daß ihre Niedergeschlagenheit sinnlos war, daß ihre Tränen zwar momentan Erleichterung brächten, jedoch nichts an der Tatsache änderten, daß sie sich überflüssig und hilflos vorkam.

Sie setzte sich im Bett auf und zog die Decke bis ans Kinn. Seit mehreren Wochen lag Konstantinopel unter einer dicken Schneedecke. Jetzt endlich begann es zu tauen. Vielleicht würde sie sich besser fühlen, wenn die Luft milder, die Tage heller und länger wurden. Sie seufzte. So sehr sie sich tagsüber zwang, nicht an zu Hause zu denken, so übermächtig herrschten die Erinnerungen in ihren Träumen, und wenn sie morgens erwachte, war es, als wäre sie eben noch zu Hause gewesen – in Palästina.

Sie drehte sich zur Seite und fing ihr Bild im Spiegel des riesigen dunklen Kleiderschranks auf. Sie sah beinahe durchsichtig aus, wie ein Geist, mit ihrem weißen Gesicht und den lila Schatten unter den Augen.

»Sara Cohen, das hier ist dein Zuhause«, sagte sie entschlossen. »Bitte, vergiß das nicht.« Und mit einem kleinen bitteren Lachen fügte sie hinzu. »Zuhause! Ein Witz ist dieses Zuhause! Immerhin hält es den Schnee ab.« Sie betrachtete die plumpen protzigen Möbel, die ihr Gatte ihr zugedacht hatte, und stellte sich das Zimmer vor, in dem sie glücklich wäre – ein kleines Zimmer mit weißgestrichenen Wänden, ein schmales Eisenbett an der Wand. Das Fenster blickte auf Äcker und Wiesen hinaus, und auf der schlichten Frisierkommode stünde ein Blumenstrauß in einem Glas. Es war ein reinliches Zimmer, in dem sich keine Lügen versteckten, und sie wußte nur zu gut, wessen Zimmer es war, das sie sich vorstellte. Hör auf zu grübeln, Sara! Aber sie konnte ihre Gedanken nicht einfach abstellen.

Seit ihrer Hochzeit vor vier Monaten und achtzehn Tagen war ihr Leben nur noch ein Scheinleben. Im Grunde hatten die Lügen bereits an dem Tag begonnen, als sie einwilligte, Chaim Cohens Frau zu werden. Sie hatte gewußt — oder sie glaubte zu wissen —, worauf sie sich einließ, aber sie hatte nicht erwartet, daß sich ihr Leben nur noch in einer Traumwelt abspielen und sie sich vorkommen würde wie eine Schauspielerin in einer fehlbesetzten Rolle.

Stöhnend ließ sie sich auf das Kissen sinken und verschränkte die Arme hinter dem Kopf. In der Zimmerecke gegenüber löste sich die dunkelgrüne Tapete von der Wand. Ihre Umgebung half ihr nicht, ihr Stimmungstief zu überwinden. Wieder einmal dachte sie an die vielen Gelegenheiten, die sie gehabt hatte, um ihre Meinung zu ändern.

Sara hatte am Morgen nach jener mitternächtlichen Unterhaltung mit Daniel eingewilligt, Chaim zu heiraten. Chaim zeigte sich angemessen glücklich, ließ Sara jedoch spüren, daß er nie daran gezweifelt hatte, daß sie seinen Antrag annehmen würde. Sie waren an jenem Tag nach Hause zurückgekehrt, und Sara hatte sofort ihren Vater von ihrer Entscheidung unterrichtet. Er saß einen Moment schweigend in seinem Sessel, dann hob er die Augen von seinem Buch und sah sie an.

»Sara«, hatte er gesagt, »du weißt, daß ich immer versucht habe, dich frei entscheiden zu lassen. Aber weißt du genau, daß du Cohen heiraten willst?«

Sara errötete leicht. Sie hatte gehofft, daß sich ihr Vater freuen würde. Chaim war eine gute Partie, und er wollte doch, daß sie heiratete. Sie wollte nicht von ihm ins Kreuzverhör genommen werden — dazu kannte er sie zu gut. Wie er dort saß und sie über die tief auf die Nase herabgerutschte Brille anblickte, wirkte er plötzlich alt und eigenartig verletzlich. Sie wandte sich ab und murmelte: »Ja, Papa.« Und als er wenig überzeugt wirkte, fügte sie zuversichtlicher hinzu: »Ich liebe ihn.« Sie errötete noch stärker und hoffte, er würde es für mädchenhafte Bescheidenheit halten.

»Nun, das hoffe ich wirklich«, sagte Abram, legte sein Buch beiseite und nahm ihre Hände. »Eine Ehe ist eine Verpflichtung fürs Leben. Daran mußt du immer denken. Und so eine Verpflichtung geht man nicht leichtfertig ein. Ich weiß, es war hier in letzter Zeit — schwierig für dich, aber das allein ist kein Heiratsgrund.«

Sara kniete neben ihm nieder und preßte seine Hand gegen ihre Wange. Sie mußte ihn dazu bringen, ihr zu glauben. »Ich liebe ihn wirklich, Papa. Ich weiß, ich kenne ihn noch nicht lange, aber er ist so freundlich, so — man kann auf so einfache Weise mit ihm reden. Ich werde ein wunderschönes Leben haben.« Sie lächelte ihren Vater strahlend an und umarmte ihn. »Bitte, mach dir meinetwegen keine Sorgen.«

Abram seufzte und beugte sich in seinem Stuhl etwas vor. »Sara, was mit dir geschieht, ist wichtig für mich, und es muß auch dir wichtig sein. Tu nichts ohne reifliche Überlegung — jetzt ist nicht der rechte Zeitpunkt, dir oder irgend jemandem etwas vorzumachen.«

Sara blickte auf ihre Hände. Am liebsten hätte sie die Arme um ihn gelegt und sich an seiner Schulter ausgeweint, hätte ihm gesagt, daß sie Chaim heiraten mußte, um die Verbindung mit Daniel abzubrechen, daß diese Heirat die einzige Möglichkeit für sie war, ein neues Leben zu beginnen, ihre einzige Chance zum Glück. Aber ihr Vater war nur glücklich, wenn er wußte, daß sie Cohen aus Liebe heiratete; sie mußte ihn davon überzeugen. Gleichzeitig war sie von einem rebellischen Trotz beherrscht, und eine innere Stimme drängte sie, zu fliehen, zu heiraten — alles, nur fort von hier.

Sie schüttelte den Kopf. »Keine Sorge, Papa. Ich weiß, was ich tue.«

Abram sah sie forschend an. »Nun gut. Du bist zwanzig Jahre alt und doppelt so eigensinnig wie deine Mutter. Du bist wie sie — du hast deine Meinung und läßt sie dir von niemandem ausreden. Vermutlich weißt du, was du willst.« Dann schwieg er ein Weilchen. »Ja, so ist das nun mal«, sagte er schließlich und tätschelte traurig ihre Hand. Sara legte den Arm um seinen Hals und rieb ihre Wange gegen die seine. Dann strich sie ihm das Haar aus der Stirn. Es gab so viele Dinge, die sie ihm sagen wollte — schon seit Jahren —, aber es hatte sich nie der richtige Zeitpunkt ergeben, und nun, da es fast zu spät war, fand sie nicht die richtigen Worte.

»Am besten, du achtest gar nicht auf mich«, sagte er. »Ich bin nur ein selbstsüchtiger alter Mann und hasse den Gedanken, dich zu verlieren. Das ist alles.« Er erhob sich steifbeinig und fügte, schon auf dem Weg aus dem Zimmer, hinzu: »Warte hier einen Moment.« Mit einem schweren weißen Kleidungsstück kehrte er zurück und lächelte über ihren fragenden Blick. »Es ist das Hochzeitskleid deiner Mutter. Du brauchst es nicht zu tragen, wenn du lieber ein eigenes möchtest. Aber ich dachte, nachdem nicht mehr viel Zeit bleibt . . . ich weiß, es ist nicht mehr ganz modern, aber . . .« Er verstummte, und Tränen glänzten in seinen Augen.

»O Papa, ich würde es sehr gern tragen.« Sara nahm ihm das Kleid ab. Es war aus schwerem weißem Satin, der schon etwas vergilbt war, aber das Oberteil war wunderschön mit winzigen Perlen bestickt. Gott helfe mir, dachte Sara, daß ich Chaim eine ebenso gute Frau werde wie meine Mutter für Papa. Sie würde ihr Bestes tun. Mit ihrer Entschlossenheit, eine gute Frau zu werden, erstickte sie eine innere Stimme, die ihr sagte, daß sie Unrecht tat, wenn sie einen Mann heiratete, den sie nicht liebte. Aber nach der völligen

Hilflosigkeit, die sie zeitweise empfunden hatte, faßte sie auf diese Weise neue Kraft, die ihr die nächsten Tage überstehen half.

Am Morgen ihres Hochzeitstages war der Himmel klar und blau, doch während der Tag voranschritt, schien das Wetter Saras unsichere Gefühle widerzuspiegeln. Der Himmel wurde gelb und dunstig, die Luft zum Ersticken heiß, und um zehn Uhr war die Sonne ein gelbbraun glühender Feuerball.

»Ein Kamsin«, sagte Aaron und hob schnuppernd die Nase. »Hoffentlich bekommen wir wenigstens einen lauen Wind und keinen dieser kochendheißen Tage.« Die Vermählung fand auf dem Rasen vor dem Haus statt. Als Sara aus dem Haus trat, um auf den wartenden Chaim zuzugehen, erhob sich ein heißer böiger Ostwind, der dicke Sandwolken vor sich hertrieb, und wie von Zauberhand war plötzlich alles von einer feinen Sandschicht überzogen.

Alex, Sam, Aaron und Lev trugen die vier Pfosten des Baldachins, und als Sara darunter stand, versuchte sie, sich auf die Worte von Rabbi Goldman zu konzentrieren, der mit singender Stimme ein Gebet anstimmte. Aber der schwere Schleier, die Hitze und die nahezu totale Lufttrockenheit ließen sie alles nur wie aus weiter Ferne wahrnehmen.

Plötzlich bemerkte sie, daß Chaim neben ihr stand und leicht ihren Arm drückte. Ihr Körper erstarrte, und etwas schrecklich Kaltes schien nach ihrem Herzen zu greifen. Sie blickte Chaim verständnislos an, bevor sie bemerkte, daß Ruth ihr das Glas mit dem Wein entgegenhielt, von dem sie trinken sollte. Sie sah Rabbi Goldman, der sie mit seinen rotgeränderten Augen unter dem pelzbesetzten Hut anstarrte, und sie sah den besorgten Blick ihres Vaters. Sie half Ruth, den Schleier anzuheben, nahm das Glas und nippte an dem Wein. Eine spürbare Welle der Erleichterung ging durch die Hochzeitsgesellschaft; es war, als schüttle ein großer Vogel seine Flügel. Sara hörte das Zerspringen von Glas, als Chaim das Hochzeitsritual beendete. Sie war verheiratet.

»Massel toff! Massel toff!« Verwandte und Freunde umringten sie, gratulierten ihr und küßten sie. Plötzlich fühlte sie sich schwach vor Erleichterung. Es war eine Erleichterung, wie sie ein Mensch erlebt, dessen Todesurteil in lebenslänglich umgewandelt wurde. Sie fühlte sich frei und glücklich und sah zum erstenmal an diesem Tag wie eine Braut aus. Sie freute sich sogar darauf, an Bord des Schiffes zu gehen, das sie nach Konstantinopel in ihr neues Leben bringen sollte.

Sie wandte sich hierhin und dahin, lachend, küssend und Küsse entgegennehmend, als plötzlich Daniel vor ihr stand. Sie hatte ihn seit der Nacht in Jaffa nicht mehr gesehen. Sie stand stocksteif und starrte ihn an, während sie Chaim sagen hörte: »Wollen Sie nicht auch die Braut küssen?« Daniel trat einen Schritt auf sie zu und küßte sie auf die Wange, und Sara meinte, etwas in ihr würde zerreißen.

»Herzlichen Glückwunsch«, sagte er leise. Sara lächelte unsicher und wich dem Blick seiner traurigen Augen aus, die bis in ihre tiefste Seele zu sehen schienen. Rasch wandte sie sich dem Vali von Beirut zu, einem Freund von Aaron, der ihr überschwenglich Glück und Segen wünschte. Es war eine große Ehre, ihn als Gast auf ihrer Hochzeit zu haben, denn er war der höchste Beamte dieses Bezirks, und Aaron zuliebe wollte Sara besonders nett zu ihm sein. Sie versuchte, ganz ruhig zu bleiben, doch dann hörte sie Daniel zu Chaim sagen: »Geben Sie gut auf sie acht — sie bedeutet mir sehr viel.« Die Unverschämtheit dieser Bemerkung machte sie sprachlos, und eine Sekunde später empfand sie genau das Gegenteil von Liebe für ihn. Wie konnte er es wagen, Chaim — ihrem Mann, dachte sie zum erstenmal und mit einer plötzlichen Anwandlung von Loyalität — zu sagen, sie bedeute ihm viel. Ihrer Wut auf

Daniel entsprangen die ersten echten Gefühle der Zuneigung für Chaim.

Becky, Ruth und Fatma umarmten sie tränenreich, als sie sich in ihrem Zimmer umzog, um nach Haifa zu fahren. Fatma heulte am lautesten, raufte sich das Haar und zerrte an ihren Kleidern, damit auch alle wußten, wie unglücklich sie war. Sam und Alex umarmten sie an der Tür. Nur Aaron und ihr Vater sollten sie zum Hafen begleiten.

Erst als Aaron sie in den Arm nahm und fest an sich drückte, fürchtete sie, sie könnte den Abschied vielleicht doch nicht trockenen Auges überstehen. Und als ihr Vater sie umarmte, konnte sie ein Schluchzen nicht unterdrücken. »Ich werde dich vermissen, Papa«, sagte sie mit erstickter Stimme, und dann nahm sie Chaims Arm, und sie gingen an Bord eines kleinen Bootes, das sie zu dem großen Schiff hinaus bringen sollte.

»Gott schütze dich! Und auf Wiedersehen im Sommer!« hörte sie ihren Vater und ihren Bruder rufen, halb fröhlich, halb feierlich. Der Wind trug ihre Stimmen über das Wasser, und ihr war, als könnte sie sie immer noch hören, nachdem sich die fernen Gestalten bereits abgewandt hatten und gegangen waren.

Sara starrte zum Ufer, bis sie nichts und niemand mehr dort sehen konnte. Erst dann wandte sie sich dem Schiff zu. Es war ein Liniendampfer, der zwischen Haifa und Konstantinopel verkehrte. Chaim hatte sie taktvoll allein gelassen, während sie Abschied nahm von ihrer Heimat. Nun machte sie sich allein auf den Weg in ihre Kabine und war erleichtert festzustellen, daß Chaim sich nicht dort aufhielt. Sie brauchte ein wenig Zeit für sich allein. Sie schloß die Kabinentür ab, warf ihren neuen Hut auf den Boden und ließ sich weinend auf das Bett fallen. Als Chaim an die Tür klopfte, wartete sie bereits auf ihn, ordentlich zurechtgemacht, mit gepuderter Nase und ohne ein sichtbares Zeichen für vergossene Tränen.

Ihre Kabine lag auf dem Promenadedeck — die einzige mit Doppelbett und eigenem Bad —, und sie war größer und eleganter, als das Äußere des Schiffs vermuten ließ. Sara saß nervös auf dem Bettrand, trank ihren Champagner und war dankbar, daß sich Chaim nach dem geleisteten Eheversprechen nicht von einem rücksichtsvollen Verehrer in einen geifernden Wolf verwandelt hatte.

Im Gegenteil — ihr frischgebackener Ehemann schien außerordentlich besorgt um ihr Wohlbefinden. Er führte sie auf dem Schiff umher und zeigte ihr alles, und nach dem Abendessen am Tisch des Kapitäns, der zum Abschluß noch einen vorzüglichen Likör servieren ließ, schlenderten sie noch einmal über das Deck, bevor sie in ihre Kabine zurückkehrten. Nervöser, als sie vermutet hatte, ging sie ins Badezimmer und schlüpfte in das cremefarbene Spitzennachthemd, das zu ihrer Aussteuer gehörte.

Ihr war warm vor Aufregung und sicherlich auch von dem Likör. Prüfend betrachtete sie sich im Spiegel und glättete mit dem Finger eine Augenbraue. »Du bist hübsch«, sagte sie zu ihrem Spiegelbild und mußte über ihre Eitelkeit kichern. »Dann wollen wir die Jungfernschaft mal hinter uns bringen«, sagte sie leichthin, schnippte mit den Fingern und ging hinüber in die Kabine.

Chaim stand am Fenster, gekleidet in einen dunkelroten seidenen Morgenrock. Er verschwand im Bad und kehrte wenige Augenblicke später zurück. Sara blickte ihm schüchtern lächelnd entgegen. Er zog seinen Morgenrock aus und schlüpfte ins Bett neben sie. Für einen kurzen Augenblick sah sie seinen Körper. Sein Fleisch war überraschend weiß, und seine Arme, die Brust und sogar die Schultern waren dicht und schwarz behaart. Vor ihrem inneren Auge erschien das ungebetene Bild von Daniels glatter brauner Brust. Sie biß sich auf die Lippen, um diesen und alle anderen Gedanken zu verscheuchen.

»Meine wunderschöne Braut«, murmelte Chaim und sah sie beinahe erstaunt an. Dann drehte er das Licht aus.

Sie spürte, wie er näher rückte, spürte sein kratziges Haar auf ihrer Haut. Unwillkürlich schreckte ihr Körper vor ihm zurück.

»Hab keine Angst«, sagte er, ihre Reaktion mißverstehend. »Ich werde sehr vorsichtig sein.« Er strich mit der Hand über ihren Schenkel, und während er ihr Nachthemd hochschob, suchte er mit dem Mund ihre Lippen. Dann legte er sich über sie, schob die Hände unter ihren Rücken und drückte ihr Gesicht so fest gegen seine Brust, daß sie kaum Luft bekam. Sie spürte etwas Warmes, Pulsierendes zwischen ihren Schenkeln, und dann drang er mit einem derben Stoß in sie ein. Ein plötzlicher Schmerz nahm ihr den Atem, und sie stöhnte, als er tiefer eindrang. Fast unmittelbar danach erreichte Chaim seinen Höhepunkt, grunzte, und etwas Klebriges zwischen Saras Beinen zurücklassend, zog er sich auf seine Seite des Bettes zurück.

Sara öffnete die Augen und blinzelte. Das Pulsieren in ihr hielt an. Sie war leicht irritiert und fühlte sich innerlich und äußerlich wund und gereizt. Aber sie war auch überrascht. Nach dem, was Ruth und Fatma ihr erzählt hatten, hatte sie größere Schmerzen erwartet. Sie drehte sich zu ihrem Gatten um und sah, daß er sie anstarrte. Sein Gesicht wirkte bleich in dem fahlen Licht, sein Ausdruck kalt und starr. Stumm lag er da und starrte sie an. Nur das leise Geräusch des fahrenden Schiffes war zu hören.

Sara stützte sich auf den Ellbogen. »Stimmt etwas nicht?« fragte sie zaghaft.

Chaim warf ihr einen eisigen Blick zu und richtete sich auf, bis sein Gesicht auf gleicher Höhe mit dem ihren war. Seine Züge verzerrten sich plötzlich vor Zorn, und er stieß zwischen schmalen, gegen die Zähne gepreßten Lippen hervor: »Du warst keine Jungfrau mehr.«

Sara starrte ihn entsetzt an. Ihr Mund war plötzlich ganz

trocken. Sie war wie vor den Kopf geschlagen. Wie konnte er so etwas auch nur annehmen?

Chaim packte ihren Arm und grub seine Finger erbarmungslos in ihr Fleisch. »Du bist eine Dirne — eine Hure. Hast du im Ernst geglaubt, du könntest mich zum Narren halten? Kein Wunder, daß du jemand von außerhalb deines Dorfes heiraten mußtest — jemanden, der die Wahrheit nicht kannte.«

»Aber es ist nicht wahr! Es stimmt überhaupt nicht!« rief Sara und befreite sich von seinem Griff. Wie um alles in der Welt konnte sie es ihm beweisen, dachte sie, einer Panik nahe. Blut! Und plötzlich erinnerte sie sich, wie oft Fatma und ihre Mutter sie davor gewarnt hatten, rittlings wie die Männer im Sattel zu sitzen. Im Sommer vor zwei Jahren war sie mit Bella über eine hohe Hecke gesprungen, und als sie ziemlich hart auf dem Widerrist des Pferdes gelandet war, hatte sie einen Schmerz empfunden, als hätte sie ein Messer durchbohrt. Sie hatte danach ein wenig geblutet, aber nie wieder darüber nachgedacht. Ihre Wangen brannten vor Verlegenheit und Zorn.

Sie stand vom Bett auf. Chaims Augen verfolgten sie mit dem Blick einer Katze, und ein häßliches Lächeln lag um seinen Mund. Ich könnte ihn umbringen, dachte sie. Doch sie blieb zitternd stehen, weil sie dachte, sie sollte wenigstens versuchen, es ihm zu erklären. »Chaim«, stammelte sie, »ich habe nicht . . . es ist nicht das, was du denkst. Ich reite viel . . . vielleicht . . .« Sie begann zu schluchzen. Rasch lief sie ins Bad und schloß die Tür hinter sich ab.

Sie setzte sich auf den Rand der Wanne und weinte bitterlich in ein Badetuch. Sie konnte es nicht fassen, daß sie in der Falle saß auf einem Schiff — in einer Ehe — mit einem Fremden, der alle nur möglichen Rechte über sie hatte, dem sie von jetzt an völlig ausgeliefert war. Die Erkenntnis ihrer totalen Hilflosigkeit entsetzte sie.

Nach einer ganzen Weile klopfte es an die Tür, und

Chaim entschuldigte sich und bat sie, wieder ins Bett zu kommen. »Ich habe voreilige Schlüsse gezogen. Es war dumm von mir, aber . . .«

Schließlich betupfte Sara ihr verweintes Gesicht mit Wasser und schleppte sich ins Bett. Erschöpft ließ sie sich auf den Rücken fallen, und ein paar Koseworte murmelnd, machte sich Chaim ein zweites Mal über sie her.

Danach rollte er zur Seite, holte tief und geräuschvoll Luft und begann zu schnarchen. Sara lag wach, mit einem Bleigewicht auf dem Herzen. Tränen liefen ihr über das Gesicht und tropften in ihre Mundwinkel. Sie fühlte sich todunglücklich und wollte nach Hause — nach Hause. Wer war dieser Fremde, der sie sein Weib nennen und ihr weh tun durfte? Sie wußte, sie war nicht die einzige, der es so ging. Wie viele Frauen waren nicht schon von heute auf morgen aus ihrer vertrauten Welt gerissen worden, um sich an der Seite eines Mannes zu finden, den sie kaum kannten?

Sie ballte die Fäuste und unterdrückte mit Gewalt alle Gedanken an Palästina. Vielleicht war Chaim überreizt und hatte sich deshalb so verhalten. Ich bin jetzt seine Frau, dachte sie, und wie alle Frauen muß ich mich meinem Ehemann fügen.

Am nächsten Morgen war Chaim, wie er immer gewesen war: förmlich, aufmerksam, höflich — so sehr, daß Sara Mühe hatte, sich vorzustellen, daß dies derselbe Mann war, der sich in der Nacht zuvor so abscheulich benommen hatte. Allmählich entspannte sie sich. Später, am Nachmittag desselben Tages, hörte sie, daß Rußland der Türkei den Krieg erklärt hatte, und es beschlich sie ein banges Gefühl, das nicht wieder weichen wollte.

Zitternd vor Aufregung, ging Sara von Bord des Dampfers. Jetzt sollte ihr neues Leben als elegante Städterin beginnen. Chaim führte sie durch die Menge zu einer Droschke, und während der Fahrt zu ihrem neuen Heim saß sie neugierig vorgebeugt wie ein Kind, um ja alles zu sehen.

Das Haus war ein Schock für Sara. Es lag im alten jüdischen Viertel Galata, nur ein oder zwei Straßen vom Bosporus entfernt. Die schmalbrüstigen Häuser drängten sich eng aneinander zu beiden Seiten der kopfsteingepflasterten Gassen; von den Eingangstüren und Mauern blätterte die Farbe ab, und die ganze Gegend machte einen heruntergekommenen Eindruck. Wenn man hier nicht leben müßte, dachte Sara, wäre das Viertel sogar pittoresk. Aber es war ein Ghetto. Sara wußte nicht, was es bedeutete, im Ghetto zu leben. Als sie durch das hohe, rostige Tor trat, hatte sie keine Ahnung von den Gesetzen und dem Mißtrauen, die von nun an ihr tägliches Leben bestimmen würden.

Hinter dem Tor lag ein kleiner geschlossener Hof, den Sara an Chaims Arm durchquerte. Sie schwieg, als sie die eisenvergitterten Fenster und die geschlossenen Fensterläden erblickte. Das Haus wirkte dunkel und deprimierend, und Sara hatte das Gefühl, als träte sie in eine andere historische Epoche.

Chaim führte sie ins Haus, blieb jedoch höchstens fünf Minuten, bevor er ihr einen flüchtigen Kuß auf die Wange drückte und, etwas von zu langer Abwesenheit vom Büro murmelnd, das Haus verließ. Er ließ sie in der Gesellschaft von Irene zurück, der ältlichen griechischen Haushälterin, die schon für seine Mutter das Haus versorgt hatte. Sara wußte vom ersten Moment an, als ihr Irene vorgestellt wurde, daß sie Schwierigkeiten mit ihr bekommen würde. Irenes Gesicht war vollkommen höflich, aber ihre steinerne Miene verriet, daß ihr Sara nicht willkommen war. Ihren schwarzen Knopfaugen schien nichts zu entgehen. Sie war klein und dick, und ihre Oberlippe bedeckte ein Schnurrbart aus dichtem schwarzem Flaum.

Sara bat um eine Tasse Zitronentee, der ihr widerwillig gebracht wurde. Nach der wohltuenden Wärme des Tees fühlte Sara, wie sich die Spannung und ihre Enttäuschung, die durch die Aufregungen der vergangenen Tage noch verschärft worden waren, legten, und sie raffte sich auf für einen Besichtigungsgang durch das Haus.

Es war ein großes Haus. Ungefähr ein Dutzend Zimmer war mit schweren dunklen Möbeln vollgestellt; die Tapeten unterschieden sich nur in ihrer Häßlichkeit. Flecken an den Zimmerdecken zeugten von winterlichen Regenfällen und sommerlicher Feuchtigkeit. In den meisten Zimmern lösten sich die Tapeten von den Wänden. Im oberen Stockwerk waren die Möbel größtenteils mit Staubhüllen abgedeckt, und schon jetzt, im November, hatte sich auf dem Holz Schimmel gebildet. Ihre Augen juckten von dem Staub, der überall fingerdick lag.

Enttäuscht von den Wohnräumen, ging sie nach unten, um die Küche zu inspizieren. Der alte Herd war schwarz vor Schmutz und völlig verrostet, der Ausguß angeschlagen und schmutzverkrustet, daß sich Sara fragte, wann er das letzte Mal gereinigt worden war. Der erfreulichste Anblick, der sich ihr bei der Hausbegehung bot, war Nasib, der Araberjunge, der sich schüchtern als der Botenjunge und Holzhakker des Cohenschen Haushalts vorstellte. Aufrecht und in strammer Haltung stand er vor Sara, und während er sprach, bog er vor Konzentration die Zehen nach innen. Sara konnte ihn sofort gut leiden.

Die Räume im Erdgeschoß, die Chaim seit dem Tod seiner Mutter bewohnt hatte, waren noch am besten instand gehalten und einigermaßen sauber; trotzdem waren sie nicht weniger deprimierend als die übrigen Zimmer. Das Wohnzimmer hatte eine dunkelgrüne Tapete und schwere rote Vorhänge. Ein kümmerlicher Weinstock und eine Platane, die im Hof unmittelbar vor dem Fenster stand, schlossen jedes Licht aus, das auf die schweren Möbel und dunklen Bezüge hätte fallen können. Ein paar Ölbilder von romantischen sturmgepeitschten Landschaften hingen in den unmöglichsten Ecken des Zimmers, und ein Portrait von Chaims Mutter blickte auf Sara herab.

Bis Chaim am Abend nach Hause kam, hatte Sara wie eine pflichtbewußte verheiratete Frau eine sehr ausführliche Liste angefertigt von allem, was im Haus sauberzumachen war sowie von den dringendsten Reparaturen.

»Das Dach muß geflickt werden, bevor der Regen einsetzt. Ich bin ziemlich sicher, daß alle Regenrinnen und Wasserleitungen erneuert werden müssen. Wir brauchen einen neuen Herd, und das Sofa und die Stühle müssen frisch bezogen werden«, sagte Sara.

»Ja, du hast recht. Es muß vermutlich gemacht werden. Gib mir deine Liste. Ich werde mich darum kümmern.« Leicht verblüfft reichte ihm Sara die Liste. Noch in derselben Woche wurde der Herd ausgetauscht, und kurz danach hatte Chaim — ungebeten — das Klavier frisch stimmen lassen. Alles übrige im Haus blieb, wie es war. Sara hatte ihn wiederholt gefragt, wann die anderen Dinge erledigt würden, und hatte angeboten, sich selbst darum zu kümmern, bis er sie eines Tages ungnädig zurechtwies: »Sara, ich glaube wirklich nicht, daß jetzt der richtige Zeitpunkt ist, mich mit solchen Frivolitäten wie Sesselbezügen zu behelligen. Du bist verwöhnt und verschwenderisch. Hier ist alles so, wie es meine Mutter zurückgelassen hat. Sie war eine Heilige, und wenn es für sie gut genug war, ist es bestimmt auch gut genug für dich.«

Danach hörte sie auf, ihn um etwas zu bitten.

Die erste Woche von Saras Leben in Konstantinopel verging in einem Wirbel von Aktivität. Gemeinsam mit Nasib putzte sie das Haus von oben bis unten, einschließlich der Räume, die selten, wenn überhaupt, benutzt wurden, während Irene herumstand und über ihre alten Knochen klagte. Jeden Morgen, nachdem Chaim das Haus verlassen hatte — er ging ziemlich früh ins Büro —, erklärte Sara Irene, was sie in der Küche tun sollte. Sie stellte sehr bald fest, daß Irene außer einem Eintopf nichts anderes Eßbares zubereiten konnte. Sie beschloß, als nächstes Irene das Kochen beizubringen.

Mit jedem Tag gab es weniger Unordnung und Schlamperei im Haus. Sara ließ Irene den Küchentisch mit Salz scheuern und jeden Kochtopf blitzblank putzen. Irene mußte das Wasser abkochen, bevor es zum Trinken oder Kochen verwendet wurde, und Sara sah jeden Tag nach den Geschirrtüchern, ob sie auch gründlich gewaschen waren.

Dann schleppte sie Irene auf den Markt, um ihr die Stände zu zeigen, wo man um günstige Preise feilschen konnte. Wenn sie ihre Hausfrauenpflichten erledigt hatte, setzte sie sich hin und schrieb Briefe nach Palästina. Der Krieg schien, nach ihrer anfänglichen Angst, in Vergessenheit geraten zu sein. Sara wußte zwar, daß Krieg herrschte, aber bis jetzt hatten weder die Türken noch die Russen eine Offensive gewagt.

Nach der ersten Woche ließ Sara Irene zu Hause, wenn sie zum Einkaufen ging. Irene war immer zuckersüß und gehorsam, wenn Chaim in der Nähe war, aber sobald Chaim das Haus verlassen hatte, war ihre gute Laune verschwunden. Mit der schlurfenden und sich ständig beklagenden Irene an der Seite kam sich Sara vor wie ein Araberfüllen, das man neben einen Ochsen gespannt hatte. Als sie sich im Viertel auskannte, ließ sie Irene zu Hause. Sie kam allein viel schneller voran, und außerdem genoß sie es, sich allein ein wenig umzusehen. Sara liebte die lebhaften Kais, wo es von Menschen wimmelte und die nur ein paar Minuten von ihrer Haustür entfernt lagen. Gern blieb sie dort stehen und beobachtete die tief im Wasser liegenden Kaiks, die auf den Anlegeplatz zuhielten. Jedesmal, wenn es für Sara so aussah, als würden sie gegen die Kaimauer prallen, ließen sie in letzter Sekunde das Rahsegel fallen, und die Katastrophe war abgewendet. Sie kaufte frischen Fisch, hörte den Klatsch über die Persönlichkeiten am Ort und — was ihr noch wichtiger war — schnappte da und dort eine Information oder ein Gerücht über den Krieg auf. Bevor sie Palästina verlassen hatte, war sie an Politik nicht interessiert gewesen; doch jetzt wollte sie jede Kleinigkeit über den Stand des Krieges erfahren. Ihre Familie war so weit fort. Sara machte sich ständig Sorgen um sie, und bei jedem Brief, den sie aus Palästina erhielt, seufzte sie zunächst einmal erleichtert auf.

Sara, gewöhnt an das freie Leben auf dem Land, war überrascht von den strengen Sitten der Moslems hier in der Stadt. Die Frauen, die man fast ausschließlich in Begleitung sah, huschten durch die Menge wie schwarze Phantome. Nach etlichen Wochen begann Sara, den vielen Menschen, die die Galata-Brücke überquerten, sehnsüchtig nachzuschauen. Auch Pera, der vornehme christliche Teil der Stadt, war nicht allzu weit entfernt. Während der Kutschfahrt nach ihrer Ankunft in Konstantinopel hatte sie die modernen, nach italienischer Bauart errichteten Häuser gesehen. Pera war eine eigene Stadt — eine Stadt der eleganten Kutschen und der nach der neuesten Mode gekleideten Frauen, eine Stadt mit Theatern und Kultur. Abends konnte Sara von ihrem Fenster aus auf das hell erleuchtete Pera sehen, und sie fragte sich, wann Chaim sie einmal dorthin mitnehmen würde.

Die Nachbarschaft, in der Sara jetzt lebte, war ihr sehr bald verleidet. Sie haßte die Schäbigkeit des Viertels und die Engstirnigkeit seiner Bewohner, unter denen sie keine Freunde gefunden hatte. Häufig kam es ihr vor, als träten hier alle Nachteile und Fehler der jüdischen Rasse besonders zutage, und es entsetzte sie, daß zwischen hier und dem offenen Land in Palästina, den offenen Gesichtern der Menschen dort und dem unzugänglichen Menschenschlag hier, ein so großer Gegensatz herrschte. Sara erkannte, wie glücklich sie sich schätzen konnte, daß sie dort und nicht hier aufgewachsen war. Sie hatte nie in einem Ghetto leben müssen, wie zum Beispiel die Juden in Polen und Rußland, die nur überleben konnten, wenn sie katzbuckelten, sich duckten oder die Behörden bestachen. Und die Juden hier schienen nach einem ähnlichen Schema zu leben. Sie gingen durch die Straßen, als hätten sie etwas zu verbergen. Nichts als Mißtrauen war in ihren abweisenden Gesichtern zu lesen. Anfangs hatte man Sara für eine Christin gehalten, was einen eventuellen Kontakt zu ihren Nachbarn zusätzlich erschwerte. Zweitausend Jahre Verfolgung hatte bei den Juden von Galata ihre Spuren hinterlassen.

Eines Abends, ein paar Tage, nachdem Sara begonnen hatte, ihre Einkäufe allein zu erledigen, stand Chaim nach dem Abendessen, die Mokkatasse in der Hand, mit dem Rücken vor dem Kamin und klopfte geistesabwesend mit dem Fuß auf die marmorne Einfassung. Sara wartete gespannt, was folgen würde.

»Sara«, begann er, »es ist mir zu Ohren gekommen, daß du dieses Haus ohne Begleitung und ohne meine Erlaubnis verlassen hast.«

Sara schaute ihn bestürzt an. Chaim räusperte sich leicht und verlegen und fuhr dann mit der Miene eines Erwachsenen fort, der einem nicht besonders intelligenten Kind etwas Schwieriges zu erklären versucht.

»Ich weiß, du bist nicht in einer Großstadt aufgewachsen und kennst vielleicht auch nicht die Gepflogenheiten einer kultivierten Gesellschaft.« Kultiviert! dachte Sara entrüstet. Zichron war zehnmal kultivierter als dieses Armenviertel. »Du bist meine Frau, Sara, und mußt dich entsprechend benehmen. Dein Ruf ist so gut wie meiner und umgekehrt.«

»Ich würde nie etwas tun wollen, das deinem Ruf schadet, aber . . .«, begann Sara, und ihr Herz klopfte wild vor Empörung. Doch sie durfte ihren Satz nicht beenden.

»Ich fürchte, deine Ausflüge hinunter zum Hafen sind bereits in aller Munde. In diesem Teil der Welt benehmen sich verheiratete Frauen einfach nicht so.« Sara ärgerte sich maßlos über Chaims autoritäres Gehabe.

»Vielleicht macht es dich glücklicher, wenn ich verschleiert gehe«, schlug sie vor.

»Sei nicht albern, Sara«, erwiderte er gereizt. »Ich lebe und arbeite hier, und das schon eine ganze Weile länger als du. Du hast dich wie andere Ehefrauen zu benehmen – alles andere erweckt nur Mißtrauen und Gerede. Sara, glaube mir bitte, wenn ich sage, daß jede andere Verhaltensweise deinerseits nur dazu führt, dich zu kompromittieren.« Er machte eine kleine Pause und bedachte sie mit einem strengen Blick, bevor er hinzufügte: »Sara, hast du mich verstanden?«

Sara fühlte sich wie vor den Kopf geschlagen und hätte am liebsten laut geschrien. Sie würde in dieser trostlosen dunklen Welt engstirnigster Bigotterie gefangen sein, abgeschnitten von allem wie auf einer einsamen Insel. Ihre Augen brannten, aber sie war zu wütend, um zu weinen.

»Ich kann und werde nicht den Rest meines Lebens in diesem Haus herumsitzen wie eine alte Dienerin.« Sie hörte, wie ihre Stimme schrill wurde. *Ich werde hysterisch,* dachte sie. *Beruhige dich, Sara!* Sie holte tief Luft, und währenddessen bückte sich Chaim und schob sein Gesicht – ein gerötetes, geschwollenes, *häßliches* Gesicht – ganz dicht vor das ihre.

»Du hast gehört, was ich gesagt habe«, sagte er in warnendem Ton. »Untersteh dich, mir nicht zu gehorchen!«

Zum erstenmal in ihrem Leben hatte Sara vor einem anderen Menschen Angst. In ihrem Kopf begann es zu dröhnen, und ihre Kehle brannte so sehr, daß sie kaum sprechen konnte. Sie haßte diesen Mann! Aber sie konnte nicht ihr ganzes Leben eingeschlossen in diesem Haus verbringen – also mußte sie etwas sagen. »Darf ich dann vielleicht Nasib mitnehmen?« stammelte sie. »Zum Einkaufen?«

Chaims Ärger war wie weggeblasen, und er lächelte mit

der Miene des Siegers. »Ja, natürlich darfst du das«, sagte er und fegte ein imaginäres Stäubchen von seinem Jackettaufschlag. »Komm, laß uns zu Bett gehen, ja?«

Sie sah ihn an und spürte erneut einen abgrundtiefen Haß gegen ihn. Sie wußte, er hielt es für eine Belohnung, daß er jetzt nicht in sein Arbeitszimmer verschwand wie gewöhnlich. Sie biß die Zähne zusammen und nickte.

Dieses »kleine Gespräch« erfüllte sie mit einer bösen Vorahnung. All die Jahre, die vor ihr lagen, türmten sich drohend vor ihr auf. Nuancen seines Tonfalls, seines Gesichtsausdrucks verfolgten sie. Ihre Ehe hatte eine Form angenommen, die sie nicht voraus gesehen hatte, und das Gefühl tiefer Niedergeschlagenheit senkte sich wie ein schwarzer Schleier auf sie herab. Sara sah Chaim nur beim Abendessen — und im Bett. Seit dem Krieg blühte sein Geschäft. Türken und Deutsche legten geradezu panikartig Vorräte an und machten ihn reicher denn je. Zu ihrer Verzweiflung entdeckte Sara jedoch einen weiteren Zug an ihrem Gatten, den sie nie vermutet hätte. Er war reich wie Krösus — aber geizig. Theaterbesuche waren kostspielig, Lebensmittel sollten nicht verschwendet werden, Einladungen wurden nicht angenommen, weil man es sich nicht leisten konnte, sie zu erwidern. Nur ein einziges Mal waren sie zusammen ausgegangen, und das war zu einem Besuch der Synagoge. Sara dachte daran, mit dem Rabbi über ihre Probleme zu sprechen, entschied sich jedoch dagegen, denn möglicherweise gelangte das, was sie dem Rabbi gern gesagt hätte, nach Palästina; und sie wäre lieber gestorben, als Daniel auf irgendeine Weise erfahren zu lassen, wie ihr Leben in Konstantinopel wirklich aussah.

Die Sara, die es gewohnt war, offen ihre Meinung zu sagen, impulsiv zu reagieren, erzog sich dazu, vorsichtig zu sein, um Chaims Gefühle nicht zu verletzen. An die Stelle ihrer Empörung und ihrer seelischen Not trat eine merkwürdige Gleichgültigkeit. Sie behandelte Chaim höflich und aufmerksam, und er hatte nicht die leiseste Ahnung von der Niedergeschlagenheit, die sich ihrer bemächtigt hatte.

Ein energisches Klopfen an der Schlafzimmertür brachte Sara in die Gegenwart zurück.

»Es ist schon spät, Madame, fast acht Uhr, und Ihr Wasser wird kalt.« Alte Hexe! dachte Sara. Aber sie stand auf und ging zitternd und frierend ins Bad. Nachdem sie sich rasch angezogen hatte, ging sie hinunter ins Wohnzimmer, wo im Kamin ein armseliges Feuer brannte. Sie seufzte und schalt sich eine sentimentale Närrin, weil sie zerlumpten Soldaten, die aus dem Kaukasus zurückgekehrt waren, aus Mitleid den größten Teil ihres ohnehin schon lächerlich kleinen Brennholzvorrats gegeben hatte. Sie schauderte ein wenig und zog sich den Schal enger um die Schultern. Der Tee, den ihr Irene brachte, war zwar längst nicht mehr heiß, aber ein wenig erwärmte er sie doch.

Mit der Tasse in der Hand ging Sara zu ihrem Schreibtisch, wo die letzten Briefe von zu Hause lagen. Sie waren alles, wofür sie jetzt lebte, der einzige Lichtpunkt in ihrem eintönigen Leben, und Sara las jeden Brief immer und immer wieder. Wenn die Briefe eintrafen, hatten sie Eselsohren und waren vom schwarzen Stift des Zensors häufig nahezu unleserlich gemacht, aber Sara ließ sich trotzdem gemütlich an ihrem Schreibtisch nieder und öffnete vorsichtig den Umschlag, obwohl sie es kaum erwarten konnte, zu lesen, was darin stand.

In letzter Zeit kam immer seltener Post von zu Hause. Der letzte Brief, den sie jetzt in die Hand nahm, um ihn zum tausendsten Mal zu lesen, stammte von Ruth und war vor sechs Wochen gekommen — und seitdem nichts. Einiges in diesem Brief sowie in dem von Aaron, den sie ein paar Wochen davor erhalten hatte, beunruhigte sie. Den wenigen, durch den Zensor verstümmelten Informationen nach zu urteilen, war zu Hause alles wie sonst, aber irgend etwas klang falsch. Es schien etwas zu geben, das sie ihr nicht mitteilen wollten, vermutlich, damit sie sich keine Sorgen machte.

Sie faltete den Brief wieder sorgfältig zusammen und legte ihn zu den anderen ins Schubfach ihres Schreibtischs. Alle hatten ihr geschrieben — sogar Becky hatte es geschafft, ein paar Zeilen aus Beirut zu schicken —, nur Daniel nicht. Sara hatte ihm einmal geschrieben, einen vorsichtigen, schwesterlichen Brief, aber es war keine Antwort gekommen. Ihre Gedanken setzten zu einer erneuten Talfahrt ins Bodenlose an. Müde rieb sie sich die Augen, um das Gefühl abzuschütteln und die Erinnerung an Daniel zu verjagen. Er war für sie jetzt für immer verloren.

Sie erhob sich von ihrem Stuhl und warf einen Blick auf die Uhr. Schon fast zehn — Zeit, an die Arbeit zu gehen. Plötzlich spürte sie ein leichtes Zittern in der Luft. Die Fensterscheiben klirrten. Vielleicht gibt es ein Gewitter, dachte sie. Und dann hörte sie ein fernes Grollen.

Ein Instinkt sagte ihr, daß dieses Geräusch kein Gewitter war. Ihre Teilnahmslosigkeit schlug in Sekundenschnelle in gespannte Erregung um. Sie hüllte sich in ihren Schal und lief die Treppe hinab und hinaus auf den überdachten Vorplatz. Eiskalte Luft schlug ihr entgegen, aber sie merkte es kaum. Sie zog nur den Schal etwas höher und lauschte. Da war es wieder, sehr fern, aber im Freien deutlich als Geschützdonner zu erkennen.

Auf der Straße außerhalb des Gartentors hatte sich eine Menschenmenge versammelt, und über dem ganzen Viertel lag eine unnatürliche Stille. Die Menschen starrten horchend in die Ferne, während andere aufgeregt miteinander flüsterten. Nasib kam auf den Vorplatz und stellte sich dicht neben Sara, gefolgt von Irene, aus deren kohlschwarzen Augen die nackte Angst blickte.

»Vielleicht sind das die Russen«, heulte sie los. Sara befahl ihr zu schweigen und horchte angestrengt.

Der Kanonendonner kam von der Meerenge herüber, aus der Richtung der Dardanellen. Sie hielt vor Aufregung den Atem an, bis sie den nächsten Donnerschlag hörte.

»Nein«, sagte sie mehr zu sich selbst, »das können nur die Briten sein.«

Ende 1914 hatte es am Eingang zu den Dardanellen ein paar Gefechte gegeben — einmal war es einem britischen Unterseeboot gelungen, die Meerenge zu durchdringen, und es hatte ein türkisches U-Boot torpediert, bevor es ins offene Mittelmeer entwischte. Bestimmt unternahmen die Engländer jetzt einen erneuten Versuch.

Sara ging rasch ins Haus zurück und holte aus ihrem Schreibtisch die Karte, auf der sie den Verlauf des Krieges verfolgt hatte. Ursprünglich hatte sie die Karte mit Reißzwecken an der Zimmerwand befestigt, bis Chaim, völlig vernarrt in die Deutschen und verärgert über die unverhohlene Bewunderung seiner Frau für die Briten, verlangt hatte, daß sie sie abnahm. Sara kniete sich auf den Boden und breitete die Landkarte aus. Irene war ihr gefolgt und stand nun, die Hände in die Hüften gestemmt, über ihr.

»Wo schießen sie?« fragte sie und blickte argwöhnisch auf die Karte nieder. Sara wies auf die Dardanellen. »Das ist ja ganz in der Nähe«, sagte Irene verzagt und sank auf einen Stuhl.

Nicht nah genug, dachte Sara. Die Einfahrt in die Dardanellen vom Mittelmeer her war ziemlich breit, aber weiter oben waren die Dardanellen, die Europa von Asien trennten, nicht breiter als ein Fluß, mit steilen felsigen Ufern zu beiden Seiten. Die Meerenge war vermint und wurde von mächtigen Küstenbatterien verteidigt. Die Türken konnten von den hochgelegenen Küstenbefestigungen praktisch jedes feindliche Schiff beschießen, das versuchte, die Meerenge zu durchfahren. Gelänge es den Schiffen jedoch, ins Marmarameer vorzustoßen, wäre die Weiterfahrt zum Bosporus kein Problem, und einmal dort, könnten sie ihre Kanonen auf Konstantinopel richten.

Sara ließ sich auf ihre Fersen zurücksinken und dachte scharf nach. Sie zweifelte, ob die Dardanellen durch einen Angriff genommen werden konnten, tröstete sich jedoch mit dem Gedanken, daß die britische Marine die beste Seestreitmacht der Welt war. Sie wagte vor Aufregung kaum zu atmen und ballte die Fäuste in ihrem Schoß. Es würde zu Kämpfen kommen − vielleicht sogar hier, in den Straßen dieses Viertels. Vielleicht könnte sie Chaim überzeugen, daß es sicherer für sie wäre, wenn er sie nach Hause schikken würde, denn in allen Berichten hieß es, Palästina sei sicher. Vor ihrem inneren Auge tauchte ein Bild von Palästina auf, von der rauhen, kargen Landschaft, und zum erstenmal seit Monaten erfüllte sie dieses Bild nicht mit Trauer und Heimweh, sondern mit Hoffnung. Sie sprang auf und lief in die Diele, wo sie rasch ihren Mantel anzog und einen Hut aufsetzte.

Noch bevor Irene sie einholen konnte, war sie am Tor. »Was soll ich dem Herrn sagen, wenn er heimkommt und fragt, wohin Sie gegangen sind?« fragte sie hinterhältig. Sara hatte Chaims Anordnung, daß sie nicht allein ausgehen sollte, völlig vergessen, und sie zögerte einen Moment. Dann schlug sie in ihrer freudigen Erregung jede Vorsicht in den Wind.

»Ich bin auf dem Weg zu Herrn Cohen«, sagte sie kühl, wandte sich um und ging, ohne einen Blick zurückzuwerfen, die Straße hinab. Sobald sie weit genug vom Haus entfernt war, begann sie zu lachen − der Ausdruck auf Irenes Gesicht war geradezu köstlich gewesen.

Die Sonne schien kurz hinter einer Wolke hervor und warf ihre wäßrigen Strahlen auf Straßen und Dächer. Sara spürte, wie mit einemmal die ganze Trostlosigkeit der vergangenen Monate von ihr abfiel und ihr alter Schwung zurückkehrte. Sie summte leise vor sich hin, während sie durch die belebten Straßen ging. Sie hatte den Ort, wo Chaim arbeitete, noch nie besucht, aber sie wußte, wo die Büros und Lagerhäuser lagen. Sie ging an den Kontoren von Galata vorüber und weiter zu den Docks für die Frachter.

Über einem Eingang verkündete ein sauber gemaltes Schild »Chaim Cohen«. Sie blieb einen Augenblick unentschlossen stehen. Wie würde er reagieren? Dann nahm sie ihren Mut zusammen und trat ein. Hinter einem langen Schaltertisch standen zwei Schreiber, die mitten im Satz aufhörten und sie offenen Mundes anstarrten. Offensichtlich waren Frauen hier ein seltener Anblick. Sara fragte nach Chaim und erfuhr, daß er jede Minute zurückerwartet wurde. »Wen soll ich melden?« fragte der jüngere leicht verwirrt. »Madame Cohen«, antwortete sie und setzte sich auf eine Bank.

Durch die Scheibe der Trennwand konnte sie in einen großen schmucklos eingerichteten Raum sehen. Die Regale und Fächer an den Wänden waren vollgestellt mit Hunderten von Akten. Die bleichen, über ihre Pulte gebeugten Schreiber stießen kleine Atemwölkchen aus wie das Vieh auf den winterlichen Weiden. Sara hatte Mitleid mit ihnen, denn sie froren ganz offensichtlich. Die Büroräume rochen nach trockenem Weizen und nach etwas Undefinierbarem ... nach vergehender Zeit, dachte Sara und hüllte sich schaudernd enger in ihren Mantel.

Ganz allmählich verflogen ihre neugewonnene Hoffnung und ihr Selbstvertrauen, und sie fragte sich, ob es wirklich klug war, unangemeldet und allein hierherzukommen. Sie stand auf, um zu gehen, doch im selben Augenblick betrat ein alter Mann mit einer Nickelbrille das Büro. »Madame Cohen?«

»Ja, ich bin Madame Cohen«, sagte sie und lächelte freundlich. Er sah sie einen Augenblick fragend an, und dann schien er plötzlich zu verstehen.

»Es tut mir leid. Ich wußte nicht, daß Herr Cohen einen Bruder hat«, sagte er höflich.

»Einen Bruder?« wiederholte Sara.

»Ja. Sind Sie nicht seine Schwägerin?«

Sara spürte, wie sie errötete. »Nein«, sagte sie und lachte verlegen. »Ich bin seine Frau.«

»Oh, großer Gott, ich muß mich entschuldigen — Herr Cohen hat nie erwähnt . . .« Er brach ab.

»Wir sind erst seit kurzem verheiratet«, sagte Sara mit brennenden Wangen.

In diesem Augenblick öffnete sich die Tür und Chaim kam herein, fröhlich plaudernd mit einem großen, sympathisch wirkenden deutschen Offizier in Mantel und Uniform. Chaims Überraschung und Mißbilligung, als er Saras ansichtig wurde, waren deutlich erkennbar. Doch nach ein paar Sekunden hatte er sich soweit gefangen, daß er höflich sein konnte. Strahlend eilte er auf sie zu. »Das ist aber eine Überraschung, meine Liebe. Es ist doch hoffentlich alles in Ordnung zu Hause?«

Sara schüttelte verwirrt den Kopf. »Nein, ich kam nur eben vorbei«, platzte sie unbesonnen heraus.

»So, so«, sagte er, offensichtlich nach Worten ringend. Dann erinnerte er sich seiner guten Manieren und wandte sich dem deutschen Offizier zu. »Sara, das ist Major Reichart. Wir sind alte Geschäftsfreunde. Major Reichart, meine Frau Sara.«

»*Enchanté*, Madame.« Der Major neigte sich über ihre Hand. Er hat ein nettes Lächeln und sehr feine Manieren, dachte Sara. Chaim, der immer noch unruhig wirkte, entschuldigte sich und den Major und führte diesen einige Schritte beiseite, wo sie außerhalb von Saras Hörweite kurz miteinander sprachen. Dann verabschiedete sich der Deutsche mit einer tiefen Verbeugung von Sara und ging.

Kaum hatte sich die Tür geschlossen, packte Chaim Sara beim Ellbogen und schob sie zur Tür. »Ich werde dich nach

Hause begleiten, meine Liebe«, sagte er laut, damit es auch die Schreiber hörten.

Sobald sie weit genug von dem Bürogebäude entfernt waren, stellte er sich vor Sara hin, wobei er sie mit eisernem Griff festhielt. »Würdest du mir jetzt bitte den Grund für diesen schamlosen Ungehorsam mitteilen. Habe ich dir nicht deutlich genug erklärt, daß du ohne meine Erlaubnis und ohne Begleitung nie — niemals das Haus verlassen darfst?« Seine Stimme klang ruhig, aber aufreizend gebieterisch.

Ich darf meine Selbstbeherrschung nicht verlieren, dachte sie, während sie ein paar arabischen Akrobaten zusah, die in der Nähe der Kais Purzelbäume schlugen. Ich muß alles versuchen, damit diese Ehe funktioniert. Er hält mich für eine dumme Gans, und genau das muß ich versuchen zu sein.

Sie blickte ihn mit rührend schüchternen Augen an. »Bitte, sei nicht böse auf mich, Chaim — ich hatte solche Angst. Ich habe die Kanonen gehört und da . . .« Und dann begann sie tatsächlich zu schluchzen. Die Tränen liefen ihr über die Wangen, und sie konnte beim besten Willen nicht weitersprechen.

Chaim suchte nach seinem Taschentuch. »Meine Liebe, es tut mir so leid. Ich hätte daran denken sollen, daß du dich vielleicht ängstigst. Aber ich versichere dir — es besteht nicht die geringste Chance, daß die Engländer durch die Dardanellen, geschweige denn bis nach Konstantinopel gelangen.«

Saras Tränen versiegten augenblicklich. »Woraus schließt du das?« fragte sie. Jede Hoffnung, von hier zu entkommen, wäre damit zunichte.

»Mein Wort darauf, meine Liebe«, sagte er liebenswürdig, nahm ihren Arm und tätschelte ihr die Hand, während sie weitergingen. Er seufzte. »Du mußt mir verzeihen, wenn ich manchmal ein wenig streng mit dir umgehe. Aber ich er-

warte, daß sich meine Frau wie eine Dame benimmt, mit
Anstand und Schicklichkeit. Aber vermutlich steht dem
deine Herkunft entgegen. Ich muß wirklich mehr Geduld
mit dir haben.«

Er lächelte milde auf sie herab. Saras Widerspruchsgeist
war nicht mehr zu bändigen. Wohl wissend, daß sie sich
Probleme einhandelte, fragte sie: »Hast du jemals unsere
Heirat erwähnt – gegenüber anderen?«

Chaim räusperte sich. »Im allgemeinen spreche ich nicht
über mein Privatleben.«

»Nicht einmal, wenn du heiratest?«

Stur geradeaus blickend, antwortete Chaim wie neben-
bei: »Es schien nicht so wichtig zu sein.«

Kapitel XIV

Palästina: Februar 1915

Es will mir nicht aus dem Kopf«, sagte Alex mit einem
hohl klingenden Lachen, »daß ich möglicherweise für eine
Sache sterben werde, von der ich nicht weiß, ob sie eine
Tragödie ist oder eine Farce.« Heftiger Gewitterdonner unterbrach die Stille des Tals; unmittelbar danach prasselte
der warme Regen nieder. Die drei Männer schwiegen für
eine Weile.

Es war früh am Morgen auf der Forschungsstation, und
Alex' Riesengestalt lag lang ausgestreckt auf dem Sofa in
Aarons Arbeitszimmer. Er trug die abgerissene Uniform eines türkischen Soldaten. Sein blondes Haar war lang und
ungepflegt. Daniel saß rittlings auf einem Stuhl, und Aaron,
der für einen Augenblick aufgehört hatte, im Zimmer hin
und her zu gehen, warf Alex einen mitfühlenden Blick zu.

Wie die meisten Untertanen des Osmanischen Reichs
zwischen zwanzig und vierzig war auch Alex zum Kriegs-

dienst eingezogen worden. Daniel war freigestellt, weil er die einzige Stütze seiner Mutter war (zum Glück, denn er hätte lieber für den Teufel gekämpft als für die Türken), und Aaron war als Leiter einer amerikanischen Einrichtung ebenfalls freigestellt. Sam war mit seinen neunzehn Jahren noch zu jung, um eingezogen zu werden. Vor dem Krieg war es noch möglich gewesen, sich vom Kriegsdienst freizukaufen, doch dies hatte sich inzwischen geändert, und so hatte Alex Ende Dezember seine Einberufung erhalten. Bereits einen Monat später stand er im aktiven Dienst am Suezkanal, und heute morgen war er auf einem Versorgungswagen, der nach Haifa unterwegs war, zurückgekommen.

Alex blickte hinaus auf den dunklen Gewitterhimmel und fuhr fort zu erzählen: »Wir brauchten ungefähr zehn Tage für den Marsch durch die Wüste, von Beer Sheva zum Suezkanal — kein schlechtes Vergnügen, kann ich euch sagen. Ich schätze, wir waren ungefähr zwanzigtausend Mann, die Beduinen nicht gerechnet. Wir marschierten meistens in der Nacht, teils wegen der Hitze, teils in der vergeblichen Hoffnung, unseren Vormarsch geheimzuhalten. Vergeblich deshalb, weil mindestens zehnmal am Tag französische Wasserflugzeuge und Maschinen des British Flying Corps gemütlich über uns ihre Aufklärungsflüge machten. Sie schienen sich nicht besonders über uns aufzuregen, obwohl ich mir das nicht recht vorstellen kann. Wir hatten an die zehntausend Kamele, die Munition und Wasser trugen. Ochsen zogen die Pontons und die Flöße. Es muß ein mehrere Meilen langer Heerwurm gewesen sein, aber vermutlich sahen wir von oben mehr wie ein Flüchtlingstreck aus als eine Armee. Am Abend des zweiten Januar sollte der Angriff auf die Briten beginnen, aber ein Sandsturm brachte alles zum Erliegen. Alle, ausgenommen die Deutschen natürlich, standen herum und murmelten etwas von einem bösen Omen, das Allah geschickt habe. Aber die Fünfundzwanzigste — das ist eine arabische Division — mußte trotzdem aufmarschieren, obwohl die abergläubischen Soldaten völlig verängstigt waren, und gegen drei Uhr morgens wurde zum Angriff geblasen.«

Er machte eine kleine Pause und lachte bitter. »Wenn man so etwas einen Angriff nennen kann. Die Fünfundzwanzigste war gerade halb über den Kanal, als die Briten Alarm gaben und vom Westufer her das Feuer eröffneten. Einige von uns erreichten das Westufer und wurden entweder getötet oder gefangengenommen. Der Rest der Division desertierte beim ersten Anzeichen, daß der Angriff fehlschlagen würde. Ein Fiasko, sage ich euch! Die Araber gaben den Deutschen die Schuld, die Deutschen beschuldigten die Türken, und Dschemal Pascha, der persönlich anwesend war, versuchte gar, den russischen Juden die Schuld in die Schuhe zu schieben — sie hätten angeblich die Sache verraten!«

»Das überrascht mich nicht«, unterbrach ihn Daniel nüchtern, aber Alex ließ sich nicht ablenken.

»Was sie sich von einem Angriff auf den Kanal versprachen«, fuhr er fort, »das weiß kein Mensch. Es gab Gerüchte, Enver und Dschemal hätten damit gerechnet, daß sich das moslemische Ägypten gegen die britischen Schutzherren erhebe und sich uns anschließen würde, wenn wir anrücken. Ich kann nur sagen, daß wir keinen einzigen Ägypter zu Gesicht bekommen haben, geschweige denn einen ägyptischen Aufstand.« Er holte tief Luft und leerte in langen Zügen sein Glas mit Zitronentee. »Jedenfalls schienen die Soldaten nach ein paar weiteren halbherzigen Vorstößen keine Lust mehr zu haben. Dschemal und Kressenstein verdrückten sich, es wurde Rückzug befohlen, und so trotteten wir wieder zurück nach Beer Sheva. Wir hatten ehrlich gesagt ein Riesenglück, daß wir so leicht davongekommen sind — im Grunde hätten uns die Briten vollständig vernichten können. Auf dem Rückweg durch die Wüste ging uns natürlich die Verpflegung aus und das Wasser — wie könnte es anders sein . . .« Er verdrehte die Augen und hob die Hände zu einer hilflosen Geste. Aaron und Daniel sahen sich an.

Seit dem Ausbruch des Krieges war Palästina von einer unaufhaltsam näher rückenden Hungersnot bedroht. Innerhalb weniger Wochen hatten sich die Truppen von Dschemal Paschas Vierter Armee wie eine der biblischen Plagen im Land ausgebreitet. Alle Straßen in Palästina waren mit türkischen und deutschen Konvois verstopft, die entweder ihren Garnisonen zustrebten oder nach Süden in den Sinai wollten. Ihre Patrouillen requirierten Lebensmittel und Vieh, ganz wie es ihnen beliebte, und sehr bald war für die Zivilbevölkerung Palästinas praktisch nichts mehr übrig.

Wie alle Siedler waren auch die Levinsons mehrmals von plündernden Soldaten und Saptiehs heimgesucht worden. Sie mußten jederzeit damit rechnen, daß Leute auftauchten, die das Haus nach Waffen, Lebensmitteln und Geld durchsuchten und mit ihrer Beute wieder verschwanden. Fatma hatte machtlos zusehen müssen, wie sie ihr letztes Versteck entdeckten und mit ihrem kostbaren Vorrat an Getreide und getrocknetem Gemüse abzogen. Und jetzt erwartete man von dem verarmten Land, daß es eine ganze ausgehungerte Armee ernährte. Jeder Tag bescherte den palästinensischen Siedlungen neue Katastrophen.

Nur Atlit blieb unangetastet. Es war weithin bekannt als amerikanische Einrichtung, und dies wurde respektiert. Niemand, am allerwenigsten die Türken, wollte sich das mächtigste der neutral gebliebenen Länder zum Feind machen. Und mit der Station blieb auch Aaron unbehelligt.

Anfang November hatten die Briten alle osmanischen Häfen blockiert; nur die Schiffe, die unter amerikanischer Flagge fuhren, durften ungehindert passieren. Aaron wurde beauftragt, die Hilfsgelder zu verwalten, die, von amerikanischen Juden gespendet, fast unmittelbar nach dem Ausbruch der Feindseligkeiten ins Land flossen. Als Folge der Blockade brach während der ersten Kriegsmonate die Lebensmittelversorgung zusammen, und die meisten Menschen in den Städten mußten sehr bald nur noch von Brot und Oliven leben.

Henry Morgenthau, amerikanischer Botschafter in Konstantinopel, ebenfalls ein Jude, hatte es geschafft, daß Schiffe der amerikanischen Marine die Erlaubnis erhielten, Lebensmittel und Geld nach Palästina zu bringen. Aaron und Iwan Bernski übernahmen die Verantwortung für die Verteilung der Hilfsgüter im nördlichen Palästina. Die Verteilung im Süden übertrugen sie den verschiedenen Komitees, die von den jüdischen Agenturen in Jerusalem und in der neuen Vorstadt von Jaffa, Tel Aviv, in aller Eile gebildet worden waren. Dies war das erste Mal, dachte Aaron finster, daß sich die zersplitterten jüdischen Idealisten für eine gemeinsame Sache zusammenfanden.

Aarons größtes Problem bestand darin, die Hilfsgüter ins Landesinnere zu schaffen, denn kaum hatten die Schiffe ihre Ladung gelöscht, verschwand auch schon der größte Teil in den Taschen der türkischen Offiziere und der Saptiehs von Hamid Bek.

Noch problematischer als die drohende Hungersnot war die feindliche Haltung der türkischen Regierung gegenüber den Juden. Im Dezember hatte Beha-a-Din, der alte jähzornige Statthalter von Jaffa, die sechstausend russischen Juden, die in der Stadt lebten, ausweisen lassen. Ohne Vorwarnung hatte er sie auf einem Dampfer zusammengepfercht und losgeschickt; zum Glück hatte das Schiff die Erlaubnis erhalten, Ägypten anzulaufen statt des ursprünglichen Ziels in Rußland, wo unter dem antisemitischen zaristischen Regime alle jüdischen Passagiere der sichere Tod erwartet hätte.

Nur wenige Juden in Palästina waren Staatsbürger des Osmanischen Reichs geworden. Sie hatten sehr bald erfahren müssen, daß man sie als Ausländer besser behandelt hatte. Doch jetzt, angesichts einer Entwicklung, die sich zu einer Massenvertreibung auswachsen konnte, rieten die religiösen Führer und Gemeindevorstände den jüdischen Siedlern, die osmanische Staatsbürgerschaft anzunehmen, und Tausende folgten ihrem Rat. Unmittelbar danach ließ Beha-a-Din, inzwischen Minister für jüdische Angelegenheiten, die meisten ledigen Juden einziehen — nicht in die Armee, sondern zum Arbeitsdienst, der nichts anderes war als Dienst in einem Strafbataillon. Sie mußten die dringend benötigten Straßen bauen oder in Steinbrüchen arbeiten. Wer vor Hunger oder Krankheit erschöpft zusammenbrach, wurde als Simulant verurteilt und eingesperrt.

Beha-a-Dins Maßnahme führte zu einem weiteren Problem, mit dem sich Aaron und die Mehrheit der Bauern konfrontiert sahen: Sie hatten nicht genügend Arbeitskräfte. Im Dezember waren die meisten aus dem Kern von Aarons Belegschaft (einschließlich Lev Salaman, Manny Hirsch, Robby Woolf und Alex) eingezogen worden. Die fehlenden Arbeitskräfte in der Landwirtschaft bedeuteten, daß die benötigten Lebensmittel nicht erzeugt werden konnten und daß die Siedlungen, wenn nicht ein Wunder geschah, im Sommer vor einer Hungersnot stünden. Aaron glaubte nicht an Wunder. Er kannte nur die grausame Wahrheit, und er vergaß sie keine Sekunde lang.

Aarons Geduldsfaden riß, als er Soldaten dabei ertappte, wie sie einen seiner kostbaren Eukalyptusbäume fällten und zu Feuerholz zerlegten. An diesem Tag beschloß er, Dschemal Pascha einen Besuch abzustatten. Palästina war in so viele verschiedene Verwaltungseinheiten aufgeteilt, daß die Statthalter in Beirut und Jerusalem ständig einander widersprechende Befehle und Erlasse herausgaben. Das einzig Vernünftige in dieser Situation war, diesen ganzen Apparat zu umgehen und sich an den Mann ganz oben zu wenden. Mit der offiziellen Unterstützung Dschemal Paschas bestünde noch Hoffnung für die Juden — ohne sie waren ihre Tage in Palästina gezählt.

Aarons Entschluß war ausgesprochen mutig. Dschemal Pascha hatte seit seiner Ankunft in Palästina wie ein König geherrscht. Seiner Vorliebe für die Folter durfte er kritiklos freien Lauf lassen. Er durfte je nach Lust und Laune Todesurteile und lebenslange Kerkerstrafen verhängen. Das alles wußte Aaron, aber er ließ sich nicht von seinem Vorhaben abbringen.

Aaron fuhr wie der Teufel und hetzte sein Auto mitleidlos bis vor das Tor der ehemaligen Residenz des französischen Botschafters in Jerusalem. Der Palast war jetzt das offizielle Hauptquartier der Vierten Armee und ihres Kommandanten Dschemal Pascha. Am Abend zuvor hatte Fatma eine kleine amerikanische Flagge genäht, die jetzt stolz auf Jezebels Kühlerhaube flatterte. Das kleine staubbedeckte Automobil mit dem amerikanischen Hoheitszeichen bot einen so ungewöhnlichen Anblick, daß es sofort passieren durfte. Aaron parkte absichtlich dicht beim Hauptaufgang und eilte durch die großartigen Türen in die marmorne Eingangshalle.

Ohne zu zögern, ging er auf einen Sergeanten zu, der am anderen Ende der Halle hinter einem Schreibtisch Dienst tat, legte eine Geschäftskarte vor ihn hin und schob vorsichtig ein Goldstück darunter. Er hoffte, der Name der amerikanischen Forschungsstation, kombiniert mit einer ansehnlichen Bestechung, würde ihm den Weg zu Dschemal Paschas Büro ebnen.

»Ich möchte, daß diese Karte sofort seiner Exzellenz überreicht wird. Es handelt sich um eine äußerst dringliche Angelegenheit.«

Der Sergeant ließ sich mit finsterer Miene herab, die Karte in die Hand zu nehmen. »Seine Exzellenz ist zu beschäftigt, um unangemeldete Besucher zu empfangen«, knurrte er.

Aaron blickte ihm in die Augen. »Versuchen Sie es«, sagte er.

Der Sergeant erhob sich widerwillig, steckte das Geldstück ein und befahl einem anderen Soldaten, seinen Platz einzunehmen. Dann entfernte er sich durch den Korridor. Während Aaron ungeduldig wartete, fragte er sich, ob dieser Dschemal Pascha tatsächlich so übel war wie sein Ruf. Um jeden Menschen in einer Machtposition ranken sich Legenden, dachte er; sie schießen nur so aus dem Boden, und das aus den verschiedensten Gründen. Warten wir's ab. Er brauchte nicht lange zu warten. Der Sergeant kehrte erstaunlich schnell zurück — mit völlig veränderter Miene.

»Seine Exzellenz will Sie sofort empfangen, Effendi Levinson. Bitte, folgen Sie mir.« Aaron hatte noch nie einen derart geschwinden Wechsel von Bärbeißigkeit zu liebedienerischer Unterwürfigkeit erlebt, und er mußte insgeheim schmunzeln. Nun werde ich also selbst feststellen können, was an all den Geschichten wahr ist, dachte er, während er dem Sergeanten durch den langen Korridor folgte. Er war einigermaßen überrascht, daß er so schnell und reibungslos vorgelassen wurde, und vermutete beinahe eine Falle.

Sie gingen über einen eleganten hinteren Treppenaufgang in die obere Etage. Da und dort bemerkte Aaron unter den vielen Narben, die die militärische Besatzung hinterlassen hatte, noch Überreste einer feinen europäischen Lebensart. In einem kleinen Vorzimmer wurde Aaron von einem Adjutanten empfangen, der ihn vor eine große Flügeltür führte und, gleichsam in einer einzigen übergangslosen Bewegung, anklopfte, die Tür öffnete, eintrat und salutierte.

Der Raum, in dem sich Aaron nun befand, war prunkvoll ausgestattet. Ein riesiger venezianischer Kronleuchter hing von einer reich verzierten Stuckdecke herab. Auf dem Marmorboden lagen herrliche Perserteppiche, und die Wände waren mit moirierter Seide bespannt.

Hinter einem Schreibtisch, auf dem sich Akten und Papiere stapelten, saß Dschemal Pascha in Uniform — sofort zu erkennen an seiner bläßlichen Haut und dem dichten schwarzen Bart.

Er saß vornübergebeugt mit hochgezogenen Schultern, als ruhte auf seinem Stiernacken eine schier unerträglich schwere Last. Hinter ihm stand ein Hüne von einem Leibwächter, gekleidet in einen scharlachroten Uniformrock und einen goldenen Turban, dessen Silhouette sich sehr eindrucksvoll vor dem hohen Fenster abzeichnete. Aaron gefiel die alte asiatische Vorliebe für Prunkentfaltung, die hier gepaart war mit der Angst vor Meuchelmord. Und er verlor seine Angst vor dem bevorstehenden Gespräch. Er brauchte sich nicht vor einem Mann zu fürchten, der selbst Angst hatte.

Aaron erfaßte dies alles mit einem Blick, als er in der offenen Tür stand und hörte, wie sein Name angekündigt wurde. Dschemal Pascha wies den Leibwächter an, einen Stuhl heranzuziehen; dann gab er Aaron mit einer Handbewegung zu verstehen, er möge näher treten und Platz nehmen. Er sagte kein Wort und blickte kaum von seinen Papieren auf.

Dschemal Pascha mochte die Juden nicht. Er hielt ihre Religion für sentimentalen Unsinn, mißtraute ihren fleischigen Lippen und ihren feuchten unsteten Augen. Den jüdischen Führern mangelte es an Würde und Umgangsformen; sie gaben sich halb unterwürfig, halb überlegen und mußten einem ständig beweisen, wie klug sie waren und was sie alles wußten. Die Araber waren in seinen Augen auch nicht viel besser; aber sie wußten wenigstens, wo sie hingehörten, und verhielten sich gegenüber ihren Herren höflich und untertänig. Wenn sie gelegentlich über die Stränge schlugen und randalierten oder auf die Juden schossen, war das von so armen ungebildeten Narren nicht anders zu erwarten.

Dschemal Pascha bewegte seine verschlagenen schwarzen Augen, um einen Blick auf den Juden dort vor ihm zu werfen. Ja, der da war anders — einer von der neuen Sorte, blond und sommersprossig mit kräftigen breiten Schultern. Er war ein echter osmanischer Untertan ohne diese Arroganz der Europäer. Männer wie er waren die Söhne von Bauern und teilten seine Liebe zum Land. Dschemal konnte nicht umhin zuzugeben, daß ihm dieser Mann gefiel, der vollkommen ruhig und würdevoll, ohne nervös auf seinem Hintern herumzurutschen, vor ihm saß und wartete, bis er angesprochen wurde.

Dschemal Pascha hatte bereits von Aaron Levinson gehört, und er war beeindruckt. Sogar der alte Abd ül-Hamid hatte von diesem Levinson gehört und wußte von seiner Entdeckung des wildwachsenden Weizens und daß er Land, das von allen ägyptischen Plagen heimgesucht war, wieder urbar gemacht und in eine fruchtbare Ebene verwandelt hatte. Dschemal beschloß, Levinson zu mögen. Er legte ein Dokument, das er eingehend studiert hatte, beiseite, hob den Kopf und begann schließlich zu sprechen.

»Sie müssen mich entschuldigen, Effendi Levinson«, sagte er und wies mit einer wegwerfenden Handbewegung auf die Papiere auf seinem Schreibtisch. »Ihr Erscheinen hier ist ein glücklicher Zufall. Ich war drauf und dran, Sie zu einer Audienz rufen zu lassen. Und nun sind Sie von selbst gekommen — ein Zeichen Allahs, mit Sicherheit.« Und er schenkte Aaron ein leutseliges Lächeln.

Aaron, der auf einen solchen Empfang nicht vorbereitet war, spürte, wie sein Herz vor Aufregung klopfte, aber er faßte sich schnell. Er nickte lächelnd.

»Mit Sicherheit«, wiederholte er.

Dschemal Paschas Lächeln wich einem abschätzenden Blick. Dann schob er ein goldenes, elegant graviertes Zigarettenetui über den Schreibtisch und bot seinem Besucher eine Zigarette an. Aaron zögerte, nahm dann jedoch dankbar an. Dschemal warf die Streichhölzer über den Tisch, hüstelte leicht, und dann schüttelte er den Kopf wie ein Mann, der eben eine tiefe Enttäuschung erlebt hat.

»Doch ich nehme an, daß Sie mit einer Beschwerde gekommen sind«, sagte er seufzend. »Ich fühle mich wie ein Ozean, in den sich Ströme von Beschwerden ergießen. Es ist sehr ermüdend.«

»Euer Exzellenz«, sagte Aaron, um außerordentliche Höflichkeit bemüht. »Ich bin hierher gekommen, um mich an Sie zu wenden, weil ich glaube, daß Sie ein ungewöhnlich verständnisvoller — ein kluger Mann sind. Und ein kluger Mann beseitigt die Ursachen für eine Beschwerde, wenn dies seinem Vorteil dient.« Aarons Wortwahl auf türkisch war so geschickt, daß Dschemal sich angenehm berührt fühlte.

»Man weiß, daß ich — daß wir unter gewissen Umständen so gehandelt haben«, erwiderte er mit einem knappen Lächeln. Dann stützte er die Ellbogen auf den Schreibtisch und blickte Aaron über die Spitzen seiner gegeneinandergelegten Finger nachdenklich an.

Die Hände eines Henkers, dachte Aaron. Dennoch war er beeindruckt von dem tigerhaften Charme dieses Mannes.

»Nun gut. Sagen Sie mir, wie ich helfen kann.«

Der General hörte aufmerksam zu, während Aaron ihm auseinandersetzte, daß es den Siedlungen unmöglich war, genügend Lebensmittel zu produzieren, wenn man ihnen ihre besten Leute entzog, um sie in den Steinbrüchen und für den Straßenbau arbeiten zu lassen. Diese Männer seien Experten, erklärte er Dschemal, und nicht ersetzbar durch junge Burschen, die wohl kräftig genug für die Feldarbeit seien, aber eben nicht über das Wissen verfügten, um diesen dürren Fleck Erde fruchtbar zu machen. Außerdem fehlten den Siedlungen nicht nur die richtigen Männer, sondern auch das Saatgetreide, das den Plünderungen zum Opfer gefallen war; und die für die Landwirtschaft dringend benötigten Vorräte, die aus Amerika einträfen, verschwänden in den Taschen von Armee und Polizei.

»Sie müssen mir vergeben, daß ich Ihnen diese Angelegenheiten zu Ohren bringe«, schloß Aaron, »aber ich fürchte, wenn nichts unternommen wird, steuern wir einer allgemeinen Hungersnot entgegen.«

»O nein, im Gegenteil. Ich bin nur zu froh, über diese Dinge unterrichtet zu werden«, rief Dschemal, drückte seine Zigarette in einem Onyxaschenbecher aus und sprang mit einer Behendigkeit auf, die bei einem Mann seiner Körpergröße überraschte. »Dies ist genau der richtige Zeitpunkt für unsere Begegnung. Es ist eine Schande, daß sich die Dinge überhaupt so negativ entwickeln konnten.« Er begann, den dunklen Bart auf die Brust gedrückt und vor sich hin murmelnd, hinter seinem Schreibtisch auf und ab zu gehen.

Dschemal Pascha war vielleicht kein großer Soldat, aber er war ein hervorragender Organisator. Doch alle seine Bemühungen, einen reibungslos funktionierenden Apparat aufzubauen, scheiterten an der Dummheit seiner Umgebung. Durch einen glücklichen Zufall galt sein besonderes Interesse der Landwirtschaft, und er empfand außerordentlichen Respekt vor einem Mann, der Palästina zu einem fruchtbaren Land machen konnte. So seltsam es war, aber er und Aaron hatten eine gemeinsame Liebe. Ein zusätzliches Motiv für Dschemals Interesse an guten Ernten war die Armee. Er wußte, eine Armee marschiert mit dem Bauch, und insofern hatte er doppelt Grund, Aaron zuzuhören.

Er kehrte an seinen Schreibtisch zurück und murmelte wiederholt: »Es ist eine Schande.« Und dann: »Es muß etwas getan werden. Ich werde die Verantwortlichen erschießen lassen.«

Er wandte sich an Aaron. »Seien Sie versichert, daß wir uns mit den Dingen, die Sie erwähnt haben, beschäftigen werden, Effendi Levinson. Aber ich wollte Sie vor allem wegen einer anderen Sache sehen. Ich halte Sie für einen glänzenden Fachmann in Sachen Landwirtschaft. Ihre Kenntnisse und Erfolge sind ja geradezu legendär. Ich habe einige Pläne, die ich gerne mit Ihnen besprochen hätte. Sollten Sie für heute abend noch nichts anderes vorhaben, wäre es mir eine Ehre, wenn Sie mit mir speisen würden.«

Aaron nickte verblüfft. »Die Ehre ist ganz meinerseits, Euer Exzellenz.«

Aarons Begegnung mit Dschemal Pascha hatte selbst seine kühnsten Hoffnungen übertroffen. Daß die jüdischen Siedler in Dschemal Pascha einen Verbündeten finden würden, war das Letzte, wovon sie geträumt hatten. Die Zusicherung des Generals, sich einzuschalten, war mit Sicherheit bis jetzt Aarons größter Erfolg.

Nur wenige Tage nach Aarons Rückkehr aus Jerusalem tauchte ein neuer Hauptmann der Saptieh auf, ein Armenier namens Kristopher Sarkis. Er unterschied sich in allem von seinen Vorgängern; er war höflich und kultiviert, hatte einen gewissen trockenen Humor und ehrliche braune Augen. Hinter der gepflegten Fassade des schlanken, gutaussehenden Mannes witterte Aaron einen charakterstarken, disziplinierten Menschen. Außerdem liebte er Bücher und blickte neidvoll auf Aarons Sammlung, bis ihm Aaron anbot, er würde ihm das eine oder andere gerne ausleihen.

Er war gekommen, um sich für das Verschwinden einer Schiffsladung Getreide zu entschuldigen. »Es war ziemlich schwierig, die Ladung ausfindig zu machen«, gestand er mit einem Lächeln, »aber sie dürfte in den nächsten Tagen hier eintreffen. Ich fürchte allerdings, sie ist etwas geschrumpft — wegen der Ratten.« Er lächelte. Die Doppelbödigkeit seiner Bemerkung war Aaron nicht entgangen.

Nicht nur Brotgetreide und Saatgut trafen ein, sondern etliche Tage später kehrten auch Lev, Manny und Robby sowie die meisten Männer aus Zichron zurück. Und um allem die Krone aufzusetzen, war auch Alex vor ein paar Stunden nach Hause gekommen, saß hier in seinem Studio und erzählte, was er erlebt hatte.

»Natürlich«, fuhr er gerade in seiner Erzählung fort, »verkündeten Dschemal und von Kressenstein hinterher lauthals, der Angriff sollte dazu dienen, ein Teilstück des Kanals zu zerstören, um den Schiffahrtsweg für die Briten zu blockieren – ein vollkommen vernünftiges Ziel, wenn es denn das wirkliche Ziel gewesen wäre. Aber geplant war allen Ernstes eine Invasion. Nun – das bekommt man, wenn man den Ägyptern vertraut.« Die Anspielung auf die Bibel entging Aaron nicht – er kannte sich darin ebenso gut aus wie in seinem Pflanzenlexikon.

»Wer sich im Vertrauen an Ägypten lehnt, den wird es durchbohren«, zitierte er.

»Es wundert mich, daß für den ersten Angriff so minderwertige Truppen eingesetzt wurden«, sagte Daniel nachdenklich. Er war die ganze Zeit ungewöhnlich still gewesen, doch jetzt stand er auf, um ans Fenster zu gehen. Auf halbem Weg blieb er stehen und blickte zuerst Alex und dann Aaron an. »Sag mir eins: Warum sind die Briten nicht einfach in Palästina einmarschiert? Wie es aussieht, hätte sie doch kaum jemand aufgehalten.«

Alex lächelte dünn. »Sie haben es schon getan. Eine Kavalleriebrigade hat den Kanal überquert, ein bißchen herumgeschnüffelt und ist wieder umgekehrt. Aufklärung, nehme ich an. Ich denke, sie rechneten mit einem zweiten Angriff.«

»Gott der Allmächtige!« brauste Daniel auf. »Sie hätten hereinspazieren können! Sie hätten mit Schiffen landen können! Die ganze Küste ist praktisch offen!«

»Vielleicht«, sagte Aaron leise, »wissen sie das nicht.«

Sowohl Alex als auch Daniel schwiegen für einen Augenblick. Dann fuhr Aaron fort: »Ich glaube, der eigentliche Grund dafür, daß die Briten nicht angreifen, liegt an einem völlig brachliegenden militärischen Nachrichtendienst. Sie haben keine Möglichkeit, Genaueres über die Stärke der Türken zu erfahren und gehen vermutlich davon aus, daß eine so wichtige und ausgedehnte Küste auch entsprechend verteidigt wird.«

»Und?« sagte Daniel und schaute Aaron fragend an. »Was wollen wir dagegen tun?«

»Ich weiß es noch nicht«, sagte Aaron.

»Und inzwischen wächst mein Magengeschwür«, sagte Daniel unduldsam. »Zweitausend Jahre Ohnmacht sind darin herangereift, und jetzt platzt es bald. Ich will, daß etwas geschieht.«

Aaron sah ihn an mit diesen tiefblauen Augen, die so sehr denen seiner Schwester ähnelten. »Ja gut, aber was schlägst du vor? Die türkischen Linien durchbrechen? Den Sinai durchqueren? Es sind fast dreihundert Meilen Wüste. Und was dann? Wenn wir es überleben, erschießen sie uns als türkische Spione.«

Daniel beruhigte sich etwas und setzte sich wieder hin.

»Nein«, fuhr Aaron fort. »Abgesehen von unseren eigenen schlichten Beobachtungen über Truppenstationierungen und den einen oder anderen Artilleriestandort wissen wir nicht genug, um uns irgendwie hervorzutun. Ich schlage vor, daß wir warten und ein wenig genauer beobachten. Wie der Prophet sagte: Mut ist Geduld.«

»Er sagte auch, Zeit sei die Luft, die wir atmen.« Daniel lachte leise.

»Du liebe Zeit!« rief Aaron, als er auf seine Taschenuhr blickte. »Wir sollten uns lieber auf den Weg machen. Wir haben einen Termin mit dem Komitee in Haifa«, erklärte er Alex. »Wo willst du hin?«

»Hinauf nach Zichron, zu Vater.«

»Natürlich. Nimm Daniels Pferd. Er fährt mit mir in Jezebel. Gottlob habe ich den ganzen Viehbestand als amerikanischen Besitz eintragen lassen, als der Vali von Beirut zu

Saras Hochzeit hier war, sonst hätten sie bereits alles requiriert.« Er schlüpfte rasch in sein Jackett und klopfte seine Taschen ab. Geld und Autoschlüssel waren da.

»Also, Goliath ist jetzt Amerika. Sehe ich das richtig?« sagte Alex mit einem schiefen Lächeln.

»Ja, und es war Schwerstarbeit, ihm Englisch beizubringen«, scherzte Aaron, während er und Daniel eilends das Zimmer verließen. Alex machte sich allein auf den Weg nach Zichron. Daniel schwieg während der Fahrt nach Haifa. Als Aaron Saras Hochzeit erwähnt hatte, war sie in seiner Erinnerung wieder lebendig geworden, und er merkte, daß seine seelischen Wunden noch längst nicht verheilt waren. Es war ihm im großen und ganzen gelungen, nicht an sie zu denken, doch wenn er es tat, brach ein Sturm von Gefühlen und Erinnerungen los. Wie konnte er sie nur gehen lassen? Warum hatte er es zugelassen? Er erinnerte sich noch genau an die Hochzeit, als ihm alles wirr und bedeutungslos erschienen war. »Du hättest dort neben Sara stehen sollen«, hatte Manny zu ihm nach der Trauung gesagt.

Daniel hatte ihn kühl angesehen und vorsichtig geantwortet: »Ich möchte lieber nicht darüber sprechen.« Innerlich jedoch hatten ihn Mannys Worte tief getroffen. Manny hatte wie ein Echo seine eigenen Gedanken wiederholt. Doch er wäre nicht Daniel Rosen gewesen, hätte er sich jemandem anvertraut, statt bei Alkohol und Frauen Trost zu suchen.

Die ersten Tage nach Saras und Chaims Abreise hatte er in Haifa bei Isobelle Frank verbracht. Doch er mußte bald erkennen, daß er Sara zwar vorübergehend aus seinem Kopf verbannen konnte, daß er sich jedoch, wenn die Wirkung des Alkohols nachließ, nur noch schmerzlicher nach ihr sehnte. Aber noch während er Sara nachtrauerte, war der Krieg erklärt worden, und die Sturmwolken, die er so herbeigesehnt hatte, rückten näher und näher. Sein Schmerz ließ nach; das Bleigewicht auf seinem Herzen wurde allmählich leichter. Er sagte sich, daß Sara nie mehr nach Hause kommen würde; sie war verheiratet und damit basta. Sie hätte genausogut tot sein können. Und so begrub er sie in seinem Herzen und wandte sich wieder dem Leben zu. Aaron war aufgefallen, daß Daniel häufig mit seinen Gedanken woanders war. Er wirkte nicht direkt niedergeschlagen, aber nachdenklich. Doch Aaron sagte nichts. Es ging ihn nichts an.

Dann war ein Brief gekommen. Daniel trug ihn lange ungeöffnet mit sich herum. Nur hin und wieder nahm er ihn in die Hand und betrachtete Saras saubere, ein wenig eckige Handschrift. Als er ihn endlich öffnete, bemerkte er ärgerlich, daß seine Hände zitterten. Er las einen freundlichen, nichtssagenden Brief, ziemlich ähnlich denen, die sie regelmäßig an Aaron und ihren Vater schrieb. Sie schien glücklich zu sein und hatte sich offenbar Mühe gegeben, nichts zu erwähnen, was ihn an ihre Gefühle für ihn erinnern könnte. Der Brief war ausgesprochen kühl — aber seine anfängliche Enttäuschung darüber wich bald einem Gefühl der Erleichterung. Er schrieb nicht zurück.

Als Aaron und Daniel Haifa erreichten, hatte sich die Sonne durch den morgendlichen Dunst gekämpft, und der Himmel zeigte sich in verwaschenem Blau. Gerade als sie vor Iwan Bernskis Haus anhielten, sahen sie Joe Lanski auf einem eleganten weißen Hengst, dessen Zaumzeug in dem wäßrigen Sonnenlicht glänzte. Anscheinend wollte er eben die Stadt verlassen.

Während Aaron und Daniel aus dem Auto stiegen, ritt Lanski zu ihnen herüber. Er stieg ab und warf einem Araberjungen auf einem langbeinigen Braunen die Zügel zu. Der Hengst schnaubte, als er den Benzingeruch des Autos in die Nase bekam. Joe klopfte ihm beruhigend auf den schön geschwungenen Hals. »Schon gut, Negiv«, sagte er und wies den Jungen an, den Hengst beiseite zu führen.

Die drei Männer schüttelten sich die Hände. »Was für ein glücklicher Zufall. Ich wollte mit Ihnen Verbindung aufnehmen, hörte jedoch, daß Sie in Beirut wären«, sagte Aaron.

»Ich war dort bis letzte Woche. Ich hoffe, die Ware hat den Erwartungen entsprochen.« Er bezog sich damit auf einige Gewehre, die er für Aaron besorgt hatte.

»Wie immer«, antwortete Aaron lächelnd. »Aber eigentlich wollte ich über meine Schwester Sara mit Ihnen sprechen.«

»Tatsächlich?« Joes weiße Zähne glänzten in seinem braunen Gesicht. »Und wie geht es der göttlichen Miss Levinson? Ich habe gehört, daß sie verheiratet ist.«

»Nun, genau darum geht es. Sie lebt mit ihrem Mann in Konstantinopel. Vermutlich liegt es an dieser unmöglichen Post — aber wir haben seit Anfang Januar nichts mehr von ihr gehört. Ehrlich gesagt, ich mache mir Sorgen um sie. Ich weiß, daß Sie gelegentlich nach Konstantinopel fahren, und wollte Sie fragen, ob Sie nicht mal nach ihr sehen könnten, wenn Sie das nächste Mal dort sind.«

»Nichts würde ich mit größerem Vergnügen tun«, sagte Joe, und in seiner Stimme schwang ein belustigter Ton, den Aaron nicht ganz verstand. »Ich fahre sogar schon nächste Woche. Wenn Sie einen Brief an Sie adressieren und ihn für mich im Hotel Pross hinterlegen, werde ich dafür sorgen, daß sie ihn bekommt.«

»Ich wäre Ihnen sehr dankbar«, sagte Aaron und schüttelte Joe die Hand.

»Nun, meine Herren, ich muß los — das Geschäft ruft.« Joe schwang sich in den Sattel. »Wenn ich zurück bin, komme ich bei Ihnen vorbei mit Nachrichten von Ihrer Schwester.« Er gab seinem Pferd, das unruhig von einem Bein auf das andere stieg, die Sporen und galoppierte, Staub und Schmutz hinter sich aufwirbelnd, davon.

»Ein arroganter Hund ist das«, sagte Daniel, der dem

davonpreschenden Lanski nachblickte. Die Idee, daß Joe Lanski Sara besuchen sollte, gefiel ihm nicht, obwohl er sich lieber die Zunge abgebissen hätte, als sich dies einzugestehen. »Ich möchte wohl wissen, woran der glaubt.«

»Vermutlich an sein Glück«, sagte Aaron mit einem Lächeln. »Nun komm, laß uns hineingehen.« Er wandte sich dem Haus zu. »Und bereite dich auf ein Komitee vor, das deutliche Symptome von Komiteitis aufweist.«

Joe war bester Laune, als er die Straße entlangritt. Die Ursache dafür war Aarons kleiner Auftrag, und er freute sich plötzlich wesentlich mehr auf seine Reise nach Konstantinopel als noch vor einer Stunde. Seine Augen blitzten vergnügt, und um seine Mundwinkel spielte ein verschmitztes Lächeln. Etwas außerhalb der Stadt begann er fröhlich zu pfeifen.

Kapitel XV

Konstantinopel: April 1915

Als Sara auf ihr Haus zuging, sah sie zu ihrer Überraschung, daß vor dem Tor ein eleganter grauer Mercedes-Benz parkte, auf dessen Kühlerhaube ein Stander mit dem Adler des Deutschen Reiches flatterte. Der Chauffeur hatte alle Hände voll zu tun, um die Kinder abzuwehren, die sich neugierig um das Auto drängten. Während Sara geschickt den zahllosen Pfützen und Schlammlöchern auf der miserablen Straße auswich, warf sie Nasib einen fragenden Blick zu. Er schaute zu ihr auf und verdrehte staunend die Augen wegen des Automobils. Und dann blieben sie beide wie angewurzelt stehen, als ihnen völlig ungewohnte Töne entgegenschlugen. Irgend jemand — vermutlich derjenige, der in dem Auto gekommen war — spielte auf Saras Klavier, sehr laut, sehr schnell und sehr schlecht. Und es waren weder

Bachfugen noch Mozartsonaten, die man in dieser Gegend gelegentlich hörte, sondern *Yankee Doodle Dandy*.

»Wer um Himmels willen kann das sein?« fragte Sara, während sie voraus eilte und nicht auf Nasib wartete, dessen eine Sandale im Schlamm steckengeblieben war. Das flotte Geklimper, das aus dem Haus der Cohens drang, hatte die Aufmerksamkeit der Nachbarn erregt. Neugierig spähten sie durch ihre vergitterten Fenster, und Sara mußte leise lächeln. Wer immer da drin spielte, hatte einen gewissen Stil, und es sah so aus, als würde dieser Tag ein wenig Abwechslung bringen.

Sie hatte erst die Hälfte der Eingangsstufen zurückgelegt, als die Haustür aufging und eine höchst aufgeregte Irene herausstürzte.

»Gottlob, daß Sie endlich da sind«, sagte sie atemlos. »Ein Mann ist da, der Sie besuchen will.« Ihr Ton verriet eindeutig, daß ihrer Meinung nach fremde Männer in diesem Haus ebensowenig zu suchen hatten wie wilde Tiere und Leprakranke, und daß sie es als Zumutung empfand, solche Besuche hereinlassen zu müssen. Sara seufzte unhörbar, denn sie wußte, daß der Vorfall Chaim gemeldet würde.

»Wer ist es?« fragte sie streng. Irenes ewig mißbilligende Art ging ihr auf die Nerven.

»Er scheint sehr ungeduldig zu sein.« Irene ignorierte ihre Frage absichtlich. »Seit mindestens einer halben Stunde läuft er im Zimmer auf und ab. Und dann hat er mit diesem — diesem Lärm begonnen.« Angewidert wies sie in die Richtung, aus der das Klavierspiel kam. »Ich wollte ihn eigentlich nicht ins Haus lassen, aber er bestand darauf.«

»Ja«, rief Sara ungeduldig und ziemlich laut, um sich gegen *When the Saints Go Marching In* Gehör zu verschaffen, »aber wer ist es?«

Das Klavierspiel hörte abrupt auf, und Sara beeilte sich, Mantel und Handschuhe abzulegen.

»Er behauptet, er sei ein Freund Ihres Bruders«, sagte Irene und kehrte ihr ohne eine weitere Erklärung den Rükken.

Dies eine Mal ärgerte sich Sara nicht über Irenes Unverschämtheit. Sie schleuderte ihren Hut auf einen Stuhl, warf einen prüfenden Blick in den Spiegel und lief mit klopfendem Herzen durch die Diele zur Wohnzimmertür. Wer war es? Lev? Manny? Alle möglichen Namen schossen ihr durch den Kopf, als sie die Tür aufstieß. Doch dann blieb sie verblüfft stehen. Sie war so überrascht, daß sie ein paar Augenblicke brauchte, um die große Gestalt in dem grauen Anzug zu erkennen, die dort vor ihr stand und zu dem düsteren Porträt ihrer Schwiegermutter emporsah. Joe Lanski! Von allen Menschen, die sie kannte, ausgerechnet er! Ihre Verblüffung schlug in Verwirrung um, und sie wurde sich plötzlich ihrer schmutzigen Schuhe und ihres bespritzten Rocksaums bewußt. Joe wandte sich von dem Bild ab und lächelte ihr auf seine träge Art entgegen.

»Da sind Sie ja endlich«, sagte er und betrachtete sie einen Augenblick mit dem gleichen geistesabwesenden Ausdruck, mit dem er auch das Porträt von Chaims Mutter angesehen hatte. »Ich muß sagen, das Zimmer hat sehr gewonnen, seit Sie es betreten haben.« Sara, wütend über sich, weil sie sich wegen ihrer Erscheinung Sorgen machte, rang sich ein mattes Lächeln ab. Während Joe sie in ihrem dunkelroten Kostüm und der sittsam zugeknöpften weißen Bluse betrachtete, schlich sich ein verschmitzter Ausdruck in seine Augen. »Aber ich glaube, so wie Sie damals bei unserer letzten Begegnung aussahen, gefielen Sie mir noch besser«, sagte er und deutete eine kleine Verbeugung in ihre Richtung an.

Sara hatte die Begegnung im Morgennebel nicht vergessen, und die Erinnerung an seinen Kuß trieb ihr die Zornesröte in die Wangen. Sie hatte sich gegen ihren Willen mehr als einmal daran erinnert — mit einer Mischung aus Behagen, Schuldgefühl und Groll. Aber sie hielt ihr Temperament im Zaum. Warum nur schaffte es Joe Lanski immer wieder, sie so durcheinanderzubringen? Sie sah ihn an und hielt seinem Blick stand.

»Tatsächlich?« sagte sie mit einem höflichen Lächeln und einer Gelassenheit, die sie durchaus nicht empfand. »Sie kommen wirklich viel herum.« Er kam quer durch das Zimmer auf Sara zu, die noch immer unter der offenen Tür stand und hob ihre Hand an seine Lippen.

»Sie wissen gar nicht, wie schwer es ist, sich von Ihnen fernzuhalten«, sagte er scherzend. Als er ihren Blick auffing, warf er den Kopf zurück und lachte. Er hat eine ansteckende Art zu lachen, bemerkte Sara und entzog ihm rasch ihre Hand. Sie war entschlossen, diesen arroganten Mann nicht zu mögen.

»Ganz Ihre übliche kultivierte Lebensart. Ich verstehe«, sagte sie schroff.

Joe lachte entzückt. »Wie ich sehe, hat die Ehe Ihrer scharfen Zunge keine Zügel angelegt. Wollen Sie nicht endlich hereinkommen und die Tür schließen? Bitte — ich werde die Situation nicht ausnützen. Ich verspreche es. Außerdem«, fügte er mit einem Seitenblick auf das harte, wenig einladende Sofa hinzu, »besteht hier keine Chance für ein amouröses Tête-à-tête.«

Sara schloß die Tür und setzte sich, während sie dachte, wie recht er hatte. Sie wies auf den Sessel, der am weitesten von ihr entfernt war, und versuchte, die Unterhaltung wieder in den Griff zu bekommen. Schließlich war es ihr Haus. »Bitte, setzen Sie sich. Ich vermute, Sie haben Aaron gesehen.«

»Ja, ungefähr vor einer Woche«, antwortete Joe und machte es sich in dem steiflehnigen Möbel bequem.

»Bitte«, sagte sie, und vor Aufregung stieg ihr die Röte in die Wangen, »erzählen Sie mir alles und lassen Sie nicht die kleinste Kleinigkeit aus!«

Lächelnd griff Joe in seine Jackentasche und holte einen dicken Briefumschlag hervor. »Der ist für Sie.«

Sara sprang auf und riß ihm den Brief förmlich aus der Hand. Sie entschuldigte sich hastig, lief ans Fenster, und mit dem Rücken zu Joe machte sie den Umschlag auf, nahm den Brief heraus und entfaltete ihn. Als Joe sie so stehen sah, den Rücken ganz steif vor Aufregung, tat sie ihm plötzlich leid. Ihre unverhohlene Ungeduld, von ihrer Familie zu hören, bestätigte, was er schon beim Anblick der unfreundlichen Dienerin und der düsteren Atmosphäre des Hauses vermutet hatte. Das hier war kein glückliches Zuhause.

Dann erinnerte sich Sara ihrer Manieren und bot Joe etwas zu trinken an. Nachdem sie ihm einen Brandy eingeschenkt hatte und sich ein Glas Wein, kehrte sie zu ihrem Brief zurück. Es war der erste Brief seit beinahe zwei Monaten. An ihrem Schreibtisch sitzend, überflog sie die Zeilen, die sie später noch viele Male genauer lesen würde.

Joe, das Glas in der Hand drehend, beobachtete sie nachdenklich. Sie war schmäler geworden und noch hübscher. Aber ihre Augen beunruhigten ihn. Diese strahlenden blauen Augen, die er noch so gut im Gedächtnis hatte, waren glanzlos, als hätte sie resigniert.

Mit einem kleinen Seufzer faltete sie die Bögen wieder zusammen. Als sie aufblickte, sah sie, daß Joe sie beobachtete. In seinem Gesicht fand sich keine Spur seiner üblichen Ironie, und überrascht von dem, was sie sah, schlug sie die Augen nieder. Es war, als hätte sie ihn nackt überrascht.

»Wann sind Sie in Konstantinopel angekommen?« erkundigte sie sich, um ihre Verwirrung zu verbergen, und kehrte zu ihrem Stuhl zurück.

»Gestern«, antwortete er. Aller Ernst war aus seinem Gesicht verschwunden, der frivole Schleier wieder an seinem alten Platz.

»Und was führt Sie her?« fragte sie liebenswürdig, denn

schließlich hatte er sich einige Mühe gemacht, um ihr den Brief zu überbringen.

»Geschäfte«, antwortete er ausweichend.

»Mit den Deutschen?«

Joe nickte. »Aber wesentlich interessanter finde ich, was Sie hierhergeführt hat«, sagte er beiläufig, während er einen elegant beschuhten Fuß über den anderen legte.

»Mein Mann«, antwortete Sara schlicht.

Joe lächelte wehmütig. »Ja. Nur — ich muß gestehen, es fällt mir schwer zu begreifen, wie es der aufrechte Mr. Cohen geschafft hat, das Herz für sich zu gewinnen, das, wie ich mich entsinne, so heftig für einen anderen schlug . . .?«

Sara fühlte, wie sie errötete. Er wußte, daß sie Chaim nicht liebte, und lachte sie aus. Aber es ging ihn nichts an. Joe beobachtete sie neugierig und forschend.

»Handelt es sich um eine Vernunftehe oder um ein Herz, das sich zu früh glücklich schätzte?« Er hob eine Augenbraue, doch weil er als Antwort nur einen wütenden Blick erhielt, fuhr er fort: »Ich hoffe, Ihr Gatte wird bald zurück sein. Es würde mich freuen, ihn wiederzusehen.«

»Er ist für einige Tage geschäftlich verreist«, sagte Sara fast grob.

»Er läßt Sie hier allein, obwohl die Briten an die Tore von Konstantinopel pochen?« Joe wirkte echt überrascht. »Was würden Sie tun, wenn sie plötzlich hereinmarschierten?«

»Sie zum Tee einladen«, antwortete Sara mit einen Anflug ihres alten verschmitzten Lächelns. Doch dann fügte sie hilflos hinzu: »Die Chancen dafür scheinen allerdings nicht sonderlich gut zu stehen.«

Seit dem ersten Angriff hatte sie ungeduldig darauf gewartet, daß etwas passieren würde. Die britische Flotte lauerte im Mittelmeer vor den Dardanellen und beschoß gelegentlich die Küstenbefestigungen. Es gelang den Briten, ein paar Forts in den Dardanellen zu zerstören, aber im Grunde taten sie nichts anderes als dort draußen herumzusitzen und zu warten . . . worauf?

In Konstantinopel wurde dieser Belagerungszustand mehr und mehr zu einer Farce. Eine Rundfahrt um die Inseln im Marmarameer und nach feindlichen Unterseebooten auszuschauen galt inzwischen als schickes Nachmittagsvergnügen. Der Krieg war ein Witz, den keiner so richtig verstand.

Im März hatten die Briten dann zwei Großangriffe gestartet. Der Erfolg des zweiten Angriffs bestand einzig in der Vernichtung der Minen entlang der asiatischen Küste. Nachdem es den Briten wieder nicht gelungen war, durch die Meerenge vorzustoßen, stellten sie alle weiteren Angriffe ein, und vor einigen Wochen hatten sie sich endgültig nach Ägypten zurückgezogen.

Sara hatte Chaim gebeten, sie nach Palästina zurückkehren zu lassen, aber er wollte nichts davon hören. »Sollte es einmal an der Zeit sein, Konstantinopel zu verlassen, dann werden wir es gemeinsam tun«, war alles, was er dazu zu sagen hatte, bevor er das Thema wechselte. Er war nach wie vor überzeugt, daß die Briten Konstantinopel nie erreichen würden, und bis jetzt hatte er recht behalten. Sara war optimistisch geblieben, bis die Nachricht vom Rückzug der Briten ihre Hoffnungen endgültig zerschlagen hatte.

»Glauben Sie, sie werden zurückkommen?« Sara goß Joe etwas Brandy nach.

»Oh, sie werden ganz sicher zurückkommen«, antwortete er zuversichtlich. »Diesmal allerdings mit Unterstützung für einen Vorstoß zu Lande. Die Idee von einer Schlacht zwischen einer Marine und einer Armee war mit Sicherheit einzigartig.«

»Je eher sie kommen, desto besser«, sagte Sara fast mehr zu sich selbst.

»Davon scheinen Sie und Daniel Rosen fest überzeugt zu sein.«

»Was ist mit Daniel?« fragte Sara vorsichtig, weil sie wußte, daß Joe ihre Reaktion genau beobachtete.

Sie hatte den Bruchteil einer Sekunde gezögert, bevor sie die Frage aussprach — lang genug für Joe, um sich die Frage, die er ihr vorhin gestellt hatte, selbst zu beantworten. Es war also eine Vernunftehe, und sie liebte Daniel Rosen noch immer. Aus irgendeinem Grund fühlte er sich enttäuscht, aber seine Antwort klang kühl und gelassen.

»Er war mit Ihrem Bruder in Haifa. Sie besuchten Iwan Bernski.«

»Oh«, sagte Sara und blickte angestrengt in ihr Glas, das sie mit beiden Händen festhielt. Sie mußte ihre ganze Selbstbeherrschung aufbieten, um die Gefühlsaufwallung zu verbergen, die allein die Erwähnung von Daniels Namen in ihr hervorrief. Vermutlich hat Daniel Isobelle besucht, dachte sie — also, was soll's. Um das peinliche Schweigen zu überbrücken, stand sie auf und schenkte sich ein zweites Glas Wein ein. Joe schien es wie gewöhnlich zu amüsieren, daß sie sich unbehaglich fühlte, und er beobachtete sie scharf hinter zusammengekniffenen Lidern.

»Wir haben uns lange unterhalten, als ich bei Ihrem Bruder den Brief für Sie abholte«, sagte er, und dann gab er ihr einen wohlüberlegten Bericht über die Lage der Juden in Palästina. Aaron hatte ihn gebeten, ihr nicht zu sagen, wie schlimm die Situation wirklich war. »Daniel und Ihr Bruder sind ebenso wie Sie von der Unbesiegbarkeit und der gerechten Sache der Briten überzeugt. Was mich betrifft, so bin ich da nicht so sicher.«

Sara sah ihn grüblerisch an. Sie dachte an den deutschen Wagen draußen vor dem Haus.

»Auf wessen Seite stehen Sie, Mr. Lanski?«

»Auf meiner Seite«, antwortete er glatt und lachte laut, als er ihren Gesichtsausdruck sah. »Meine liebe Madame Cohen . . . Nein, das klingt gräßlich. Liebe Sara«, fuhr er mit großem Ernst fort, »Sie müßten inzwischen wissen, daß ich eine Spielernatur bin. Im Krieg muß man einen kühlen Kopf behalten — man muß vielleicht mal die eine Seite unterstützen, mal die andere. Also lasse ich mir möglichst nicht in die Karten schauen.«

»Aber zweifellos kommt irgendwann der Zeitpunkt, an dem Sie sie aufdecken müssen«, sagte Sara nicht ganz ohne Befriedigung.

»Das mag schon sein. Aber in der Zwischenzeit gestatte ich meinen persönlichen Ansichten nicht, mich bei der Arbeit zu stören.«

»Das sagt mein Mann auch«, entgegnete sie geringschätzig.

Joe sah sie nachdenklich an. »Ach, ich bedaure wirklich, daß ich ihn nicht antreffen werde«, sagte er, während er aufstand. »Nun, ich muß mich verabschieden.« Und mit einem kleinen Lächeln fügte er hinzu: »Essen Sie gern Roastbeef?«

»Wenn Sie es verkaufen — nein, danke«, beschied sie ihn.

Joe hob in gespielter Verzweiflung die Hände. »Ich dachte, Sie würden vielleicht mit mir dinieren — das ist alles.«

»Dinieren?« sagte sie, als hätte sie das Wort noch nie gehört. Ein Dutzend Überlegungen schossen ihr durch den Kopf, aber die Aussicht, wenigstens für ein paar Stunden diesem Haus zu entrinnen, war ungemein verlockend.

»Ich wohne im Pera Palace, und wir könnten dort essen. Sie haben ein hervorragendes Roastbeef, und ich glaube, auch der Weinkeller ist recht gut.«

Sara fühlte sich hin und her gerissen zwischen der Freude auf einen Abend außer Haus und der Gewißheit, wie wütend Chaim reagieren würde, wenn — oder vielmehr sobald er davon erführe.

»Wenn ich Sie allerdings zu etwas verführen sollte . . .«, begann Joe mit einem kleinen ironischen Lächeln.

Es ist mir egal, dachte Sara. Warum sollte ich nicht mit

ihm ausgehen? Ich habe es satt, Abend für Abend allein herumzusitzen, und ehe sie sich's versah, hatte sie zugesagt.

»Dann hole ich Sie um acht Uhr ab.«

»Gut.«

Als sich die Haustür hinter Joe schloß, blieb Sara für einen Augenblick im Flur stehen und wußte nicht recht, was sie tun sollte. Dann ging sie ins Wohnzimmer zurück, das jetzt, nachdem er gegangen war, noch kälter und leerer wirkte. Joe Lanski hatte etwas an sich, das Sara nicht ganz definieren konnte. Aber es war etwas Aufregendes; er vermittelte den Eindruck von Kraft und Abenteuer, und er hatte dieses düstere trostlose Zimmer ausgefüllt und verwandelt.

Joe hatte außerdem ihre nie sehr tief schlummernde Sehnsucht nach ihrer Heimat geweckt. Sara war nach Chaims Erklärung, er wolle sich Mühe geben, sie besser zu verstehen, fest entschlossen gewesen, ihr Bestes zu tun, um ihm die Frau zu sein, die er sich wünschte. Sie wollte bescheiden sein, keine Fragen stellen, vollkommen passiv sein. Aber sie hatte bald entdeckt, daß ihre guten Absichten nicht genügten. Die einzige Veränderung, die sie bei Chaim feststellen konnte, war, daß er reizbarer wurde. Je duldsamer sie sich gab, um so anspruchsvoller wurde er. Bei der geringsten Kleinigkeit bekam er einen Wutanfall — sei es eine Knitterfalte im Hemd oder wenn das Essen nicht auf die Minute genau auf dem Tisch stand. All das untergrub ihre guten Vorsätze, aber nicht — noch nicht — ihre Willenskraft.

In den vergangenen Monaten war die bleierne Last, die das Leben hier für sie bedeutete und die an ihren körperlichen wie an ihren seelischen Kräften zehrte, ein klein wenig leichter geworden. Es gab immer noch viele eintönige Tage, aber sie munterte sich mit dem Gedanken auf, daß sie bald auf einen Besuch nach Hause fahren durfte. Das hatte ihr Chaim jedenfalls vor ihrer Heirat versprochen. Sara wußte, daß es enorme Schwierigkeiten geben würde, um die Reiseerlaubnis und alle notwendigen Dokumente zu bekommen, aber sie würde sich nicht von ihrem Vorhaben abbringen lassen. Sie würde Chaim dazu bringen, sein Versprechen zu halten.

Sie nahm den Papierfächer auf, den Daniel in Jaffa für sie gekauft hatte, und schwenkte ihn langsam hin und her. Juli – nur noch drei Monate. Noch konnte sie mit Chaim nicht über dieses Thema sprechen. Sie würde noch ein Weilchen warten, nur noch ein kleines Weilchen, dachte sie glücklich, bis sich die gereizte Stimmung zwischen ihnen gelegt hatte.

Als ihr einfiel, daß Chaim sie vermutlich noch mehr unterdrücken würde, wenn sie Joes Einladung annahm, blieb ihr Fächer mitten in der Bewegung stehen. Nein, dachte sie, das würde er bestimmt nicht tun. Tief in ihrem Inneren wußte sie zwar, daß Chaim wütend sein würde, aber es kümmerte sie nicht.

Die Uhr auf dem Kaminsims erinnerte sie an die Zeit. Endlich einmal hatte sie einen Anlaß, sich hübsch zu machen. Ihre Lebensgeister hoben sich bei dem Gedanken an den bevorstehenden Abend. Sie lief nach oben in ihr Zimmer und begann, Kleider und Wäsche aus Schubladen und Schränken hervorzuzerren. Was sollte sie anziehen? Sie wollte überwältigend aussehen. Wenn sie schon so selten Gelegenheit hatte, sich herauszuputzen, dann wollte sie diese auf jeden Fall nützen.

Schließlich entschied sie sich für ein trägerloses Taftkleid, das in einer Kaskade von Rüschen zu Boden fiel, mit einer dazu passenden kleinen Jacke, die mit derselben rosa Seide gefüttert war, mit der auch die Rüschen des Rocks eingefaßt waren. Sie hatte es nur einmal getragen bei dem Empfang, den die Morgenthaus für Chaim und sie an der amerikanischen Botschaft kurz nach ihrer Ankunft gegeben hatten. »Dir würde ein kleiner Ausflug aus deinem Schrank auch ganz guttun, nicht wahr?« sagte sie, als sie sich das Kleid vor dem Spiegel anhielt. Der schwarze Stoff unterstrich die cremeweiße Farbe ihrer Haut. Sara wußt, daß sie sehr gut darin aussah.

Als sie das Hotel betrat, war ihr erster Gedanke, daß sich hier der Krieg, ja sogar Chaim ganz leicht vergessen ließen. Sie hatte gewußt, daß das Pera Palace ein Luxushotel war, doch auf dieses glitzernde Kaleidoskop, das ihr entgegenstrahlte von dem Augenblick an, als sie das Hotel betrat, war sie nicht vorbereitet. Der Geruch von Parfüms, Blumen, Zigarren und Brandy erfüllte die Luft, und Sara schaute sich um, ohne auch nur zu versuchen, ihre Neugier zu verbergen. Pera war im Unterschied zu Stambul mit Elektrizität ausgestattet. Die ungewohnte Helligkeit war für Sara etwas ganz Außergewöhnliches.

Sara war so glücklich, als sie die wenigen Marmorstufen hinab stieg, die in den Speisesaal führten, daß sie gar nicht bemerkte, daß keinem Mann im Saal ihr Erscheinen entging. Joe jedoch sah es sehr wohl, und er freute sich, daß er seiner plötzlichen Eingebung gefolgt war und sie eingeladen hatte. Auch er bewunderte sie, ihr glänzendes, locker frisiertes Haar, ihre alabasterfarbene Haut und ihre natürlichen anmutigen Bewegungen, als sie dem Maître d'hôtel zu ihrem Tisch folgte.

»Champagner, Monsieur Lanski?« fragte der Maître mit einem wissenden Blick, und Joe nickte, während er Sara beobachtete, die sich fasziniert umsah. Riesige Kronleuchter aus Kristall spiegelten sich in den rosa Wandspiegeln, und die wie aus dem Ei gepellten europäisch gekleideten Kellner balancierten geschickt ihre Tabletts zwischen den Tischen hindurch, die mit funkelndem Kristall und Treibhausblumen gedeckt waren.

Nach einem halben Jahr, in dem sie in ihrer häßlichen Umgebung und vor Langeweile fast verrückt geworden war, fand sich Sara nun in einem Raum, der auf einem Meer von Samt und Seide zu schwimmen schien. Das war die Welt, die sich Sara versprochen hatte, als sie Chaims Heiratsantrag annahm. Die meisten Frauen waren geschminkt und trugen tiefe Dekolletés und Juwelen, die mit dem elektrischen Licht in den Kronleuchtern um die Wette funkelten. Auf einem Podium an der gegenüberliegenden Seite des Saals spielte, verborgen hinter einem dünnen Voilevorhang, eine Kapelle; sie spielte einen Walzer, und Sara wiegte sich leicht zu den Klängen der Musik. Der Ober kam mit dem Champagner, und Sara trank zwei Gläser nacheinander.

»Nehmen Sie das Roastbeef«, riet Joe, als ihnen der Ober die Speisekarte reichte.

»Wählen Sie für mich«, sagte Sara, die es genoß, sich glücklich und lebendig zu fühlen.

»Junge, Junge! Sie haben sich verändert!« Joe lachte, und seine weißen Zähne leuchteten in seinem dunklen Gesicht.

»Verlassen Sie sich nur nicht darauf«, entgegnete sie rasch und beobachtete ihn unter gesenkten Lidern, während er das Essen bestellte. Er war sehr gut angezogen mit weißer Seidenkrawatte und gestärkter Hemdbrust, und Sara war überzeugt, daß die Perlen in seinen Manschettenknöpfen echt waren.

Sie fragte sich, wer dieser Joe Lanski in Wirklichkeit war, wie alt er war, woher er kam. Es war das erste Mal, daß sie ihn wie einen Menschen und nicht nur wie einen Namen wahrnahm. Sie erschrak ein wenig, als ihr plötzlich auffiel, daß er sich in dieser großartigen Umgebung ebenso zu Hause zu fühlen schien wie auf einem Pferd draußen in der Wildnis. Ich trinke zuviel, dachte sie, nahm aber gleich danach einen weiteren Schluck.

»Sie müssen oft hier sein — jeder scheint Sie zu kennen«, begann sie lebhaft. »Sind Sie wirklich sehr reich?« Joe lachte erstaunt.

»Was für eine Frage«, meinte er und lächelte sie an. »Aber Sie waren schon immer ein Mädchen, das sagt, was es denkt. Ich will mal so sagen«, und er trank einen Schluck von seinem Champagner, bevor er fortfuhr, »für ein russisches Waisenkind habe ich es ganz nett zu etwas gebracht.«

»Waise sind Sie?« Es war das erste Mal, daß Sara einen Blick hinter die Fassade werfen konnte, hinter der er sich meistens versteckte. Sie schwieg einen Augenblick. »Was geschah mit Ihrer Familie?« fuhr sie fort.

»Ach, die übliche Geschichte.« Joe tat die Frage mit einer Handbewegung ab.

»Nein, wirklich, es würde mich interessieren . . . wenn es Ihnen nichts ausmacht, darüber zu sprechen.«

Joe schien die Vorstellung zu belustigen, daß ihm irgend etwas zu peinlich sein sollte, um darüber zu sprechen. »Also. Es war einmal vor langer Zeit, da wurde ich in der Ukraine, in der Nähe von Kiew geboren«, begann er, als erzählte er einem kleinen Mädchen ein Märchen, doch als er Saras aufmerksames Gesicht sah, sprach er ganz normal weiter. »Als ich acht Jahre alt war, kamen meine Eltern bei einem Pogrom ums Leben. Die meisten Erwachsenen und viele der Kinder in meinem Heimatdorf wurden getötet. Der schlaue kleine Joe Lanski aber hatte schon damals seinen eigenen Vorteil im Auge und versteckte sich im Schweinestall, bis die Gefahr vorüber war. Es war der einzige Ort, wo sie niemals einen Juden suchen würden — seitdem mag ich Schweine richtig gern.«

»Und wie kamen Sie nach Amerika?«

»Ich hatte wie immer Glück. Der Bruder meiner Mutter war ausgewandert, als die Unruhen einsetzten, und er schickte mir Geld für die Überfahrt. Ich wuchs bei ihm auf in der Lower Eastside von New York. Er war nicht verheiratet und hat sich gut um mich gekümmert. Elf Jahre haben wir in New York gelebt. Mein Onkel hatte sich in dieser Zeit stark politisch engagiert, besonders für den Zionismus, und eines Tages beschloß er, ins Land seiner Väter zurückzukehren, und hier waren wir also. Wenige Monate später starb er an Typhus. Das war vor fünfzehn Jahren — und das ist die ganze Geschichte.«

Sara rechnete geschwind nach, wie alt Joe demnach jetzt sein müßte, und kam auf vierunddreißig Jahre. Dann brachte der Ober das Essen und eine staubbedeckte Weinflasche. Joe wies den Kellner an, Sara probieren zu lassen. »Sie ist der Weinexperte«, sagte er verschmitzt lächelnd, und Sara hatte das Gefühl, als wäre ihm die Unterbrechung willkommen. Mit der Konzentration des Kenners schnupperte sie am Bouquet des Weins und hielt das knapp halb gefüllte Glas gegen das Licht. Es war der beste Wein, den sie je gekostet hatte.

»*Bon appetit*«, sagte Joe, als ihnen der Ober den Braten vorlegte. »Gutes Essen ist heute ein seltenes Vergnügen.«

Sie sprachen nicht viel während des Hauptgangs; beide genossen das ausgezeichnete Essen und den hervorragenden Wein. Trotzdem hatte Sara das Gefühl, daß dies für sie seit langem nicht nur die beste, sondern auch die geselligste Mahlzeit war. Dieser Abend war so anders als die trübsinnigen Mahlzeiten, die sie mit Chaim teilte, bei denen sich die Unterhaltung, wenn es überhaupt dazu kam, auf seine Arbeit oder auf Klagen über das Essen beschränkte. Joe hatte sie während dieser einen Mahlzeit öfter zum Lachen gebracht als Chaim in all den Monaten ihrer Ehe.

»Das war wundervoll«, sagte Sara und tupfte sich mit der Serviette nach dem letzten köstlichen Bissen die Lippen ab. »Ich glaube, ich habe seit Ausbruch des Krieges nicht mehr so gut gegessen — mindestens!« Joe lächelte, weil sie es so offensichtlich ernst meinte, und dann sprach er sehr unterhaltsam über gutes Essen, Bücher und Reisen. Sara genoß das Zusammensein mit ihm. Joe hatte eine Art, die ihre Intelligenz herausforderte und ihre Sinne schärfte. Aber, sosehr sie sich auch in seiner Gesellschaft wohlfühlte, sie vergaß nie, daß er ein Mann war, vor dem man sich besser in acht nahm, und genau dazu war sie fest entschlossen.

Als der Ober einen Nachtisch aus Blätterteig, getränkt mit Honig, servierte, hatten sie ihre zweite Flasche Wein geleert. Joe sorgte ritterlich und zuvorkommend, daß sie alles bekam, was sie sich nur wünschen konnte. Warum ging Chaim nie so mit ihr um? Seit sie verheiratet waren, kam es ihm nie in den Sinn, sich um sie zu bemühen. Er nahm an, daß sie glücklich war, seine Frau zu sein, und der Gedanke, daß sie Probleme oder eigene Bedürfnisse haben könnte, hätte ihn vermutlich zutiefst schockiert. Er war dazu erzogen worden, vor allem von sich selbst eine gute Meinung zu haben, doch das war kein Fundament für eine gute Ehe.

»Sind Sie glücklich?« fragte Joe über sein Brandyglas hinweg, als wäre es das Echo ihrer Gedanken.

»Natürlich«, erwiderte sie, sorgfältig seinen Blick vermeidend. Er sah sie einen Augenblick schweigend an und dann lachte er.

»Madame Cohen, Sie sind eine sehr schlechte Lügnerin«, sagte er, und seine Augen glänzten verräterisch. »Mit der Ehe verhält es sich wie mit den Pilzen. Ob sie bekömmlich oder ungenießbar sind, weiß man erst, wenn man sie versucht hat.«

Das war so wahr, daß Sara nicht anders konnte, als herzlich zu lachen. Wieder war es ihm gelungen, sie umzustimmen und aufzuheitern. Langsam und trotz allem, was die Vernunft ihr riet, brach ihre Abwehrhaltung zusammen.

»Kommen Sie, Sara«, sagte er nach einem letzten Schluck Brandy, »ich bringe Sie jetzt lieber nach Hause, bevor sich diese Hexe von Haushälterin in eine Heuschrecke verwandelt.«

Sie hatten zwei Drittel ihres Wegs aus dem Saal zurückgelegt, als sie ein Geräusch, das wie das Kreischen eines Papageis klang, erschreckte. Die Kellner hielten in ihrer Bewegung inne, sogar die Kapelle setzte einen Takt lang aus.

»Joe Lanski! Du unartiger Junge! Du bist in Konstantinopel und hast nicht einmal Zeit für einen Anstandsbesuch bei mir!« Sara blickte in die Richtung, aus der die Stimme kam, und sah eine geschminkte und gepuderte Frau, deren unglaublich rotes Haar nach der neuesten Mode frisiert war. Sie war in die schönsten Schals gehüllt und trug kostbare Juwelen, wie sie Sara noch nie gesehen hatte. Gebieterisch winkte sie Joe zu sich heran. Sara hätte beinahe gekichert, als sie hörte, wie diese Frau Joe einen unartigen Jungen nannte. Aber es schien ihm nichts auszumachen. Strahlend nahm er Saras Arm und führte sie an den Tisch der rothaarigen Dame. Sie umarmte und küßte ihn, und dann wandte sie sich Sara zu.

»Was für ein schönes Mädchen!« sagte sie, während sie Sara aufmerksam betrachtete und ihr begeistert die Hand schüttelte. »Gut gemacht, Joe. Endlich eine Frau, die deiner würdig ist.«

»Danke sehr«, sagte Joe mit einer kleinen Verbeugung zu Sara, die ihm einen wütenden Blick zuwarf, weil ihr das Ganze peinlich war; aber er ließ sich nicht bremsen. »Ich würde sie gern bitten, meine Frau zu werden, aber leider gibt es bereits einen anderen Mann, dem diese Ehre zuteil wurde.« Sara errötete bis unter die Haarwurzeln.

»Kommen Sie, setzen Sie sich zu uns«, sagte die Dame, die Joe als Annie Lufti vorgestellt hatte.

Zu ihrem Entsetzen erkannte Sara, daß der große freundliche Deutsche, den Annie ihr vorstellte, kein anderer war als der, dem sie vor etlichen Monaten in Chaims Büro begegnet war. Sie spürte, wie ihre bereits glühenden Wangen dunkelrot wurden.

»Madame Cohen und ich, wir kennen uns bereits«, sagte er mit einem freundlichen Lächeln.

Er brachte Sara auf den Boden der Wirklichkeit zurück. Ihre heitere, angeregte Stimmung war mit einem Schlag dahin. Chaim würde toben, wenn er hiervon erfuhr. Still saß sie zwischen Annie und einem ungewöhnlich schönen Mädchen in orientalischer Kleidung. »Ich heiße Selena Gabriel«, stellte sich ihre Nachbarin vor. Sie wirkte so lieblich und zerbrechlich wie eine zarte Blume, und Sara mochte sie auf den ersten Blick. Aber sie mußte sich wieder Annie zuwenden, die sich, seit Sara Platz genommen hatte, nur noch für sie zu interessieren schien.

»Und jetzt erzählen Sie mir alles über sich«, drängte sie. »Wie kommt es, daß Sie diesen Halunken hier kennen?« Sie wies mit ihrer kostbar beringten Hand auf Joe, der sich mit dem deutschen Major anscheinend über ein ernstes Thema unterhielt.

Sara lächelte. »Herr Lanski ist ein Freund meiner Familie in Palästina.«

Annie blickte sie scharf an. »Und was tun Sie hier in Konstantinopel? So weit weg von zu Hause?«

»Mein Mann wohnt hier.«

»Dann wundert es mich, daß wir uns nicht schon früher begegnet sind.«

»Ich . . . mein Mann und ich gehen selten aus«, erklärte Sara zögernd.

»Dann muß es hier ziemlich langweilig für Sie sein.« Annie sah sie mitleidig an. »Wer ist dieser Ehemann von Ihnen?«

»Wirklich, Annie«, mischte sich Selena lachend ein, »du darfst die Leute nicht so ausfragen.«

Annie grinste von einem Ohr zum anderen. »Du hast vermutlich recht, aber ich liebe es, die Leute auszufragen. Ich bin so schrecklich neugierig.«

»Es macht mir nichts aus«, sagte Sara rasch, die plötzlich erkannte, wie sehr sie diese lockere Atmosphäre und die Gesellschaft von Frauen vermißt hatte. Ihr gefielen diese Frauen, besonders Selena, die abgesehen von ihrer äußeren Schönheit beinahe etwas Vergeistigtes ausstrahlte. Ihre Anmut wirkte wie ein Spiegel ihrer inneren Schönheit. Sara fühlte sich allmählich wieder wohl und glücklich.

Zwischen den Frauen entspann sich mühelos eine Unterhaltung, und Sara stellte fest, daß sie so offen sprach, wie sie bisher nur mit Ruth gesprochen hatte. Sie erzählte Selena und Annie von ihrem Leben in Konstantinopel, wie sehr sie Palästina vermißte und ihre Familie und wie sehr sie sich wünschte, nach Hause zu fahren. Annie, stets bemüht, sich für das Wohl anderer einzusetzen, hatte ein neues Objekt gefunden. Und außerdem, dachte sie, engagierte sich Selena viel zu sehr mit dieser Armeniergeschichte, und wenn sie vielleicht eine Freundin im gleichen Alter hätte . . .

»Selena hat manchmal in Stambul zu tun«, sagte sie an Sara gewandt, und Selena ergänzte rasch: »Ich helfe in einem Waisenhaus in Kum Kapu.«

»Sie haben dort außerdem eine Art Vermittlungsstelle für armenische Frauen«, fiel ihr Annie ins Wort. »Sehen Sie sich die Stickerei auf diesem Schal an — ist sie nicht herrlich? Ich habe Hunderte solcher Schals.«

Sara bewunderte pflichtschuldig die Stickerei und dann hörte sie Selena sagen: »Ich werde morgen im Waisenhaus sein. Vielleicht könnte ich bei Ihnen zum Tee vorbeikommen? Ich verspreche auch, daß ich nicht versuchen werde, Ihnen irgendwelche Schals zu verkaufen«, fügte sie lachend hinzu.

»Das ist wundervoll. Wir werden alle die besten Freunde sein!« rief Annie, die bereits dabei war, Saras Leben neu zu gestalten.

Joe ließ das Auto, das, wie sich herausstellte, dem Major gehörte, unten an der Straße stehen, um die Nachbarschaft nicht zu wecken, und begleitete Sara bis zum Tor ihres Hauses, wo er sich verabschiedete.

»Ich habe diesen Abend sehr genossen«, flüsterte sie. Obwohl sie Wein gewohnt war, fühlte sie sich angenehm beschwipst.

»Es freut mich, daß es Ihnen gefallen hat.« Joe betrachtete sie eine kleine Weile und dann beugte er sich zu ihr herab. Für den Bruchteil einer Sekunde dachte Sara, er würde sie wieder küssen, aber dann hob er zu ihrer Überraschung ihre Hand an seine Lippen und wünschte ihr eine gute Nacht. Nach einer kleinen spöttischen Verbeugung verschwand er in der Dunkelheit.

Sara schaute ihm kurz nach, bevor sie ihre Haustür öffnete. Er war wirklich ein sehr attraktiver Mann, und sie bemerkte zu ihrem Ärger, daß sie enttäuscht war, weil er sie nicht geküßt hatte. Was bin ich nur für eine Idiotin, dachte sie, als sie die Tür hinter sich zuzog und beinahe über Nasib stolperte, der im Flur auf dem Boden schlief. Er wachte sofort auf und erzählte ihr flüsternd, Irene habe Kopfschmerzen gehabt, und er habe ihr viermal so viele Opiumtropfen gegeben wie vorgeschrieben, damit sie auch wirklich fest schliefe. »Gut gemacht, Nasib«, sagte Sara und tätschelte ihm zärtlich die Wange. Einen Verbündeten zumindest hatte sie in diesem Haus.

Sara lag in dem großen Doppelbett und dachte Dinge, von denen sie wußte, daß sie sie nicht denken sollte. Sie dachte an Joes Augen und wie rasch deren Ausdruck wechselte. Sie dachte an seinen Mund und wie seine Lippen auf ihrer Hand verweilt hatten. Und plötzlich kam ihr in den Sinn, daß er es wahrscheinlich verstand, einer Frau Vergnügen zu bereiten. Er muß genug Frauen gehabt haben, dachte sie zynisch.

Sie schauderte leicht. Ich habe zuviel getrunken, dachte sie, während sie sich auf die andere Seite drehte. Wie herrlich war es, zwischen sauberen weißen Laken zu liegen ohne einen fummelnden oder schnarchenden Chaim. Aus ihrer Abneigung gegen ihn war inzwischen Ekel geworden. Sara mußte sich zwingen, nicht zurückzuschrecken, wenn sie spürte, daß er sich ihr näherte. Ich habe mir die Suppe eingebrockt, nun muß ich sie auch auslöffeln, dachte sie unglücklich und löschte die Lampe auf ihrem Nachttisch.

Kapitel XVI

Palästina: Mai 1915

Aaron saß an der Schreibmaschine und schlug gereizt auf die Tasten. Sein Zeigefinger blieb zwischen zwei Tasten stecken, und er fluchte zum hundertsten Mal an diesem Morgen: »Verdammt! O verdammt! Wo ist meine Lieblingsschwester, wenn ich sie brauche?« Sehnsüchtig dachte er an Sara, die mit dieser widerspenstigen Maschine so wunderbar umzugehen verstand.

Er lehnte sich in seinem Stuhl zurück und rieb sich die Augen. Dschemal Paschas Interesse an der Forschungsstation war eine feine Sache, aber sie hatte ihren Preis. Aaron wußte Dschemals Protektion zu schätzen, doch die täglichen Briefe aus Jerusalem bedeuteten für ihn, der ohnehin überarbeitet war, eine zusätzliche Last, und ihre Beantwortung kostete ihn mehr Zeit, als er eigentlich erübrigen konnte.

Aaron konnte sich nicht entsinnen, jemals so müde gewesen zu sein. Aus verschiedenen Gründen war er gezwungen gewesen, in der vergangenen Woche auf den Feldern und im Labor Überstunden zu machen. Der Arbeitsdruck, unter dem er momentan stand, erschöpfte ihn wie noch nie. Jede Nacht schlief er auf dem Sofa in seinem Arbeitszimmer ein, und wenn er ein paar Stunden später aufwachte, konnte er nicht mehr einschlafen, sondern lag wach, starrte ins Halbdunkel und machte sich Sorgen.

Gegen vier Uhr gab er sich meistens geschlagen und ging hinunter ins Labor, wo er regelmäßig auf Daniel stieß, der an dem gleichen Problem zu leiden schien. Beim ersten Morgenlicht begannen sie dann gemeinsam mit der Arbeit an Aarons jüngstem Projekt, das Dschemal Pascha ganz besonders am Herzen lag — der Entwicklung des stark ölhaltigen Sesams.

Aaron hatte diese neue Sesamart erst vor kurzem isoliert und war überzeugt, daß sie, richtig kultiviert und verwertet, mindestens die doppelten Erträge der gegenwärtig angebauten Sorten bringen würde. Im Augenblick war er dabei, die Samenart zu »fixieren« — eine Arbeit, die bei den Deutschen große Aufmerksamkeit erregte und Dschemal Paschas Interesse noch steigerte. Aaron war hin und wieder versucht, die Briefe zu ignorieren, aber unter den gegebenen Umständen hatte er keine Wahl, und so trug er seinen Teil zu dem regen Briefwechsel zwischen Jerusalem und Atlit bei.

Von einem regen Briefwechsel zwischen Zichron und Konstantinopel dagegen konnte nicht die Rede sein. Schon wieder war ein ganzer Monat vergangen, seit er zuletzt von Sara gehört hatte, und diesen Brief hatte Joe Lanski persönlich gebracht. Joe hatte nicht viel über Saras Leben in Konstantinopel erzählt, was Aaron vermuten ließ, daß nicht alles zum Besten stand. Aber auch wenn er sich um sie Sorgen machte — es stand nicht mehr in seiner Macht, etwas dagegen zu tun. Zumindest war sie dort sicherer aufgehoben als hier.

Denn eines wurde für Aaron immer klarer: Die Briten würden Konstantinopel von den Dardanellen aus niemals erobern können. Anfang April hatte die britische Flotte erneut angegriffen, und nach allem, was er hörte, tobte zur Zeit bei Gallipoli eine heftige Schlacht, die die Briten jedoch nicht gewinnen würden. Es würde nun nicht mehr lange dauern, bis sie der Halbinsel den Rücken kehren und einen ernsten Blick auf Palästina werfen würden.

Und wenn es soweit war . . . Aaron dachte an die Berichte, die er zwischen seinen Biologiebüchern und Aktenordnern versteckt hatte — Berichte über Truppenbewegungen, Munitionslager und alle möglichen anderweitigen Informationen, die Daniel, Alex oder er selbst aufgeschnappt hatten. Es war erstaunlich einfach, kleine Informationen zu sammeln, die sich, wenn ihn sein Instinkt nicht trog, bald als sehr wertvoll erweisen könnten. Hier in Palästina fehlte es den Türken an allen Ecken und Enden an Soldaten und Munition, und mir, dachte Aaron, während er eine neue Seite in die Maschine spannte, geht bald das Papier aus bei dieser endlosen Berichteschreiberei. Er starrte auf das leere Blatt und überlegte, womit er beginnen sollte, als es an der Tür klopfte. Ärgerlich blickte er auf. »Ja, Frieda, was gibt es?«

»Ahmed will das Essen nicht aufs Feld hinausbringen.« Vorwurfsvoll sah sie Aaron an. »Er sagt, du hättest ihm gesagt, er soll das Aerometer reparieren, und er geht erst, wenn er damit fertig ist.« Ahmed, ein christlicher Araber, war ein Genie, wenn es um Maschinen ging. Aaron stand sofort auf, innerlich froh, daß er eine Entschuldigung hatte, vom Schreibtisch wegzukommen.

»Ich bringe das Essen selbst hinaus«, sagte er. »Ich muß ohnehin nachsehen, wie sie vorankommen.«

Frieda knurrte, weil es ihr nicht paßte, in einem Streit mit Ahmed nachgeben zu müssen. Zornig schlug sie die Tür hinter sich zu.

Aaron lief hinunter zu den Ställen und spannte ein Muli vor einen kleinen Wagen. Er war froh, im Freien zu sein, Bewegung zu haben und die Sonne auf dem Rücken zu spüren.

Ahmed rollte ein Wasserfaß für die Tiere und eines für die Männer herbei und half Aaron, die Fässer auf den Wagen zu laden. Frieda, noch immer schmollend, brachte den Korb mit Essen, und Aaron, der plötzlich merkte, wie hungrig er war, konnte nicht widerstehen, nachzusehen, was es gab. Ofenfrisches Pitta-Brot, Datteln, Oliven und einen riesigen Topf voll heißem Majdera, einem Brei aus Weizen und Linsen.

»Das ist nahrhaft und sättigend«, versicherte sie Aaron, als er anerkennend schnupperte, und zum erstenmal an diesem Vormittag lächelte sie, als Aaron das Muli antrieb und losfuhr. Das Muli kannte den Weg; es trabte die Palmenallee entlang und bog, ohne daß Aaron es lenken mußte, auf die Küstenstraße ein. Aaron, einen alten Strohhut auf dem Kopf, saß entspannt auf dem Kutschbock und genoß den kleinen Ausflug in die Landschaft, die er so liebte. Es war Mai, die Jahreszeit, in der sich das kultivierte Land mit einem dicken Blumenteppich schmückte. Kamille, Wolfsmilch, Disteln, Mohn und Gräser — alles blühte, bis die unbarmherzige Sommerhitze alles verdorren ließ. Links oben auf dem felsigen Kamm lag Zichron, umgeben von Weingärten und Olivenhainen. Die Hufe des Mulis klapperten fröhlich, die Grillen zirpten, und irgendwo sang ein Bülbül. Wären die Fliegen nicht gewesen, die unentwegt um Aarons Kopf herumsummten, hätte er vielleicht ein Nickerchen machen und ein wenig Schlaf nachholen können. Das Muli beschleunigte seinen Zockeltrab, als sie in die Nähe der Felder kamen, wo Aarons Männer Unkraut, vor allem die Gemeine Quecke, zwischen den Mandelbäumen entfernen sollten. Aaron hörte die Araber, bevor er sie sah. *Ya hai lili, ya hai lili,* sangen sie im Rhythmus ihrer Arbeit.

Als die Männer Aaron mit dem Wagen kommen sahen, begrüßten sie ihn lautstark und ließen ihre Hacken fallen, um sich in den Schatten der hohen Eukalyptusbäume neben dem Feldweg zu flüchten. Die Araber bildeten etwas abseits eine eigene Gruppe. Der Vorarbeiter und Ezra, einer der neuen jungen Helfer aus Tel Aviv, halfen beim Abladen des Wagens, und auch Adam Leibowitz, der Becky noch nicht vergessen hatte, faßte mit an.

»Haben Sie von Becky gehört? Geht es ihr gut?« Es waren wie immer die ersten Worte, die er an Aaron richtete. Die Postverbindung nach Beirut funktionierte trotz einiger Verzögerungen noch einigermaßen. Becky schien es dort sehr zu gefallen, aber Aaron traf Vorbereitungen, um sie und Alex nach Amerika zu schicken. Er hatte bereits mit

Dschemal Pascha deswegen gesprochen, der ihm seine Geschichte abgenommen und versprochen hatte, dafür zu sorgen, daß Alex die nötigen Reisedokumente erhielt. Im Grund gab es auch nichts an Aarons Vorschlag auszusetzen. Er brauchte tatsächlich jemanden in Amerika, der die Verbindung zwischen der jüdischen Gemeinde dort und der Forschungsstation hier aufrechterhielt. Und wer eignete sich besser dafür als Alex, der ihn schon mehrmals nach New York begleitet hatte? Und wenn er reiste, war es ganz selbstverständlich, daß er Becky mitnahm, die dort ihre Ausbildung vervollständigen sollte. So ungefähr lautete Aarons Geschichte.

»Becky geht es immer noch gut«, antwortete Aaron lächelnd. »Wieviel Zeit sie allerdings über ihren Büchern verbringt, dürfen wir alle raten.«

Adam, dem es immer wieder peinlich war, seine Verliebtheit so offen gezeigt zu haben, blickte verlegen zu Boden und scharrte mit seinen schweren Stiefeln im Sand, bevor er sich abwandte, um beim Abladen der Wasserfässer zu helfen.

Aaron bemerkte, daß Ezras Hände entzündet waren und die Haut an manchen Stellen aufgeplatzt war. Der Junge bezahlt Lehrgeld, dachte Aaron mitfühlend. »Du solltest Frieda bitten, dir etwas für die Hände zu geben«, sagte er zu Ezra. Frieda war nicht nur eine gute Köchin, sondern kannte sich auch mit Heilkräutern aus; die Jungen auf der Station schworen auf ihre Salbe.

Aber Ezra zuckte nur mit den Achseln und meinte: »Ach, nach ein paar Tagen sind die Schwielen hart.«

Nach ein paar ganz schön harten Tagen, dachte Aaron, aber er beließ es dabei. Er wollte diese jungen Leute nicht bemuttern, die nicht nur stolz auf ihren ersten Job waren, sondern auch darauf, daß sie jetzt zu den Männern zählten.

»Schon was Neues?« wandte sich Aaron fragend an Robby.

Robby lächelte nervös. »Ich wollte dich dasselbe fragen. Als ich heute morgen los ging, war noch alles beim alten. Aber ich fürchte, ich habe viel Zeit vertan, weil ich immer wieder zum Dorf hinaufsehen mußte.«

Aaron lachte. »Um so schneller wirst du arbeiten, wenn der Junge geboren ist!« Auch Robby lachte und reckte schon wieder den Hals, um nach Zichron zu schauen. Ruths Baby sollte in diesen Tagen geboren werden, und sie hatten ein Signal vereinbart, das Ruth geben würde, sobald die Wehen einsetzten. Ihr Haus lag am Rand des Dorfs und war von den Feldern, auf denen gerade gearbeitet wurde, zu sehen. Wenn die Wehen begannen, würde Ruth eine rote Decke aus einem der oberen Fenster hängen, und dann würde Robby wissen, daß es nur noch ein paar Stunden dauerte, bis er Vater war.

Paul Levy — ein bißchen dünner als früher, aber nicht viel — drängte sich vor und hob mühelos das zweite Wasserfaß vom Wagen. Aaron war überrascht, ihn hier anzutreffen, erfuhr jedoch sehr bald den Grund. Als sie alle im Kreis auf dem Boden saßen und ihr Pitta-Brot in den Majdera stippten, sagte Paul: »Ich verlasse Palästina. Meinen Marschbefehl habe ich bereits — von Hamid Bek persönlich unterzeichnet. Schon nächste Woche fahre ich auf einem neutralen Dampfer nach Ägypten. Seltsam, nicht wahr? Dorthin wollten wir, als wir beschlossen, hier Station zu machen. Nun werde ich die Pyramiden doch noch sehen.«

»Und Eve?« fragte Aaron.

»Auch sie hat man aufgefordert zu gehen — außerdem wirst du nicht annehmen, daß sie mich allein losziehen läßt, oder?«

»Warum leistest du nicht den Eid auf das Reich und wirst türkischer Staatsbürger?« fragte Lev und wandte sich mit noch ernsterem Gesicht als gewöhnlich an Paul.

»Weil«, sagte Paul mit gesenkter Stimme, »ich dort drüben in die britische Armee eintreten werde, um bei der Eroberung der Dardanellen dabei zu sein.« Die Männer steckten die Köpfe zusammen. Nur Daniel saß aufrecht gegen einen Baum gelehnt und beobachtete die anderen.

»Ich werde durch die Hintertür wiederkommen, bevor ihr überhaupt merkt, daß ich fortgewesen bin, und dann werde ich euch alle befreien«, scherzte Paul.

»Das wirst du bestimmt nicht — weil sie gar keine Uniform haben, die groß genug für dich ist!«

Daniel lachte mit den anderen, aber insgeheim beneidete er Paul. Er hätte viel darum gegeben, ebenfalls aktiv am Kampf teilnehmen zu können.

»Nur keine Sorge. Ich werde bald zurück sein und euch von eurem Frondienst befreien . . .«

». . . und will euch erlösen mit ausgestrecktem Arm und durch große Gerichte«, sagte Daniel, stolz, daß er das Mosezitat kannte. Er betrachtete Paul und dachte, wie sehr sie ihn in der Gruppe vermissen würden. Doch er wußte auch, wie nützlich ihnen Paul in Ägypten werden könnte.

»Hast du eine Kontaktadresse in Ägypten — für den Fall, daß ich dich mal besuchen möchte?« fragte er.

»Oh, natürlich. Eve hat dort Verwandte — für sie ist die ganze Welt eine einzige Familie!« Keiner konnte sich Pauls ansteckendem Lachen entziehen. Plötzlich hob Aaron die Hand. Alle schwiegen. Dann hörten sie die Hufschläge, und wenige Augenblicke später ritt eine Gruppe Saptiehs den Feldweg herauf.

Neben den lagernden Männern hielten sie an, und beide Gruppen musterten sich gegenseitig. Aaron stand auf und ging auf die berittenen Männer zu. Zu seiner Überraschung war der Hauptmann, der eben abstieg, nicht Sarkis, sondern jemand, den er noch nie gesehen hatte.

Das Gesicht des Hauptmanns war finster und unrasiert. Mit raschen langen Schritten kam er auf Aaron zu und neigte höflich den Kopf.

»Effendi Aaron Levinson?« fragte er, während er an Aaron vorbei zu den Männern blickte, die im Schatten des Baumes sitzengeblieben waren.

»Ja? Ich bin Aaron Levinson.«

Der Hauptmann schaute ihn an und schloß für einen Moment die Augen, als müsse er sich das, was er Aaron zu sagen hatte, erst einmal selber vorsagen. Es entstand eine kleine Pause. Aaron tat nichts, um sie zu überbrücken.

»Ich komme von der Station in Caesarea auf ausdrücklichen Befehl Seiner Exzellenz Dschemal Pascha.« Er machte erneut eine Pause und verzog angestrengt das Gesicht. »Seine Exzellenz befiehlt Ihnen, sich unverzüglich im Hauptquartier in Jerusalem einzufinden.« Und dann senkte er die Stimme und sagte: »Angeblich nähern sich von Süden her Heuschreckenschwärme.«

Wenn die Nachricht stimmte, standen sie unmittelbar vor einer neuen Katastrophe. Niemand wußte besser als Aaron, welche Verheerungen Heuschrecken anrichten konnten. Sie konnten innerhalb weniger Stunden ein ganzes Feld kahl fressen. Die Lebensmittelknappheit wäre nichts im Vergleich zu der Hungersnot, die nach einer Heuschreckenplage drohte. »Gott steh uns bei«, sagte er leise.

Mit einer ruckartigen Bewegung, als hätte er eine letzte Sache beinahe vergessen, zog der Hauptmann ein Dokument aus seiner Tasche und reichte es Aaron.

»Was ist das?« fragte Daniel, der sich zu Aaron gesellt hatte. Und dann machten beide große Augen, als Aaron das Papier entfaltete. Es war ein Passierschein, unterzeichnet von Dschemal Pascha, der den Inhaber berechtigte, sich überall im Reich frei zu bewegen. Aaron hätte gelächelt, hätte er nicht gleichzeitig von der Heuschreckenplage erfahren. Von einem solchen Passierschein hatten sie bisher nur geträumt. Er war ein Geschenk des Himmels.

Aaron blickte zur Sonne hinauf, die langsam über den Himmel kroch. Dann wandte er sich in sachlichem Ton an den Hauptmann. »Ich werde sofort aufbrechen. Sagen Sie Ihren Leuten, sie können sich Wasser nehmen und ihre Pferde tränken.« Er wies auf die Wasserfässer. Dann ging er zurück zu seinen Leuten, die unter den Eukalyptusbäumen warteten. Der Hauptmann verneigte sich respektvoll und erteilte seinen Männern einen knappen Befehl.

»Was ist passiert?« fragte Daniel und blickte Aaron forschend an. Aaron war blaß geworden, und seine blauen Augen glitzerten merkwürdig.

»Heuschrecken«, antwortete er leise und ging ungerührt weiter, als Daniel erschrocken stehengeblieben war.

»O mein Gott!« Daniel blickte genauso zum Himmel wie Aaron vorhin, als wollte er Gott fragen: Warum?

»Was wollen die Saptiehs?« fragte Robby und starrte mit seinem Habichtgesicht finster in ihre Richtung. »Wenn die auftauchen, gibt's doch nur Ärger.«

Aaron blickte in die Runde. »Ich fahre sofort nach Jerusalem. Wir haben Heuschreckenschwärme.«

»Wo?« fragte Lev.

»Im Süden. Aber ich darf jetzt keine Zeit verlieren. Manny, reite so schnell du kannst nach Haifa und warne Iwan Bernski. Sag ihm, ich bin auf dem Weg zu Dschemal Pascha und werde vermutlich in Jerusalem alles bekommen, was wir brauchen. Bitte ihn, schon mit der Organisierung der Siedlungen im Norden zu beginnen. Um diese Schlacht zu gewinnen, brauchen sie die Juden.« Er sah sich unter ihnen um, und sein Blick fiel auf Ezra. »Nimm Ezra mit — und ein Gewehr.«

Ezra, der unendlich stolz auf seinen Auftrag war, begann sofort mit den anderen zu diskutieren, welche Pferde sie nehmen sollten.

»Daniel, du gehst mit Alex nach Hadera. Warne sie und bringe deine Vettern mit. Wir werden dieses Gebiet von Atlit aus koordinieren.« Aaron schaute Manny und Ezra nach, die in flottem Galopp davonritten, und wandte sich dann an

Lev und Paul. »Ich bin morgen wahrscheinlich zurück. Paul, für den Fall, daß ich dich nicht mehr sehe — alles Gute.« Er drückte seinem Freund die Hand, und beide hatten Mühe, ihre Rührung zu beherrschen. Dann wandte er sich wieder seinen Aufgaben zu, gab weitere Anweisungen, schickte Sam nach Hause, um Abram Levinson und den Menschen in Zichron Bescheid zu geben. Am Schluß nahm er Daniel und Alex beiseite.

»Das könnte die Gelegenheit sein, auf die wir so lange gewartet haben«, sagte er leise. »Dschemal will offensichtlich, daß ich einen Feldzug gegen die Heuschrecken organisiere. Eine Heuschreckenplage wird seiner Armee schneller den Garaus machen als jeder andere Gegner. Keine Verpflegung — keine Armee. Nichts könnte geeigneter sein, ihn das Fürchten zu lehren. Ein Feldzug gegen die Heuschrecken als Tarnung und noch ein paar mehr von diesen . . .« Er klopfte vielsagend auf seine Brusttasche. »Dann können wir uns frei bewegen und alle möglichen Informationen sammeln.«

Aaron stand mit seiner Mannschaft am Rand des Felds und wartete, daß es hell wurde. Drüben, auf der gegenüberliegenden Seite, hatten sich ungefähr fünfzig Männer, Frauen und Kinder versammelt, alle mit Töpfen, Deckeln und Pfannen bewaffnet, und alle schauten erwartungsvoll zum Horizont, wo sich die ersten Anzeichen für die herannahende Wolke zeigen würden. Neben Aaron standen Frieda, Kristopher Sarkis und acht Saptiehs. Auf der gegenüberliegenden Seite hatten die Leute in der vergangenen Nacht einen Graben gezogen. Ein gutes Stück hinter diesem Graben warteten die Frauen und Kinder, die den Lärm machen würden. Aaron hoffte, daß sich alle an seine Anweisungen erinnerten und sie befolgten.

Als sich ein rosiges Glühen am Himmel zeigte und vereinzelte Strahlen auf dem Stoppelfeld schimmerten, forderte Aaron Ruhe und Aufmerksamkeit. »Wir werden dieses Feld hier als erstes abbrennen«, sagte er, während er mit ernstem, entschlossenem Gesicht um die Männer herumging. »Der Westwind frischt auf und wird die Flammen zum Graben treiben.« Er blickte zu Frieda, die für die Frauen verantwortlich war. »Geh jetzt zu den Frauen hinüber, Frieda. Wenn ich das Zeichen gebe, stellt euch in einer Reihe auf und bewegt euch auf den Graben zu. Macht soviel Lärm, wie ihr könnt. Kreischt, brüllt, klappert mit dem Geschirr, tut, was ihr wollt, aber ihr müßt die Heuschrecken auf den Graben — und auf das Feuer zutreiben. Alles klar?«

Frieda nickte und machte sich auf den Weg. »Und vergeßt nicht, euch etwas über den Kopf und möglichst auch über das Gesicht zu ziehen!« rief er ihr nach und lachte, als sie sich erschrocken umdrehte. »Nein, keine Angst. Sie stechen nicht und beißen nicht. Ihr sollt sie nur nicht unbedingt verschlucken.« Frieda stapfte brummelnd quer über das Feld und wirkte alles andere als beruhigt.

Aaron wandte sich wieder den Männern zu und begann mit der Verteilung der Fackeln. Ezra, eifrig bei der Sache wie immer, griff als erster nach einer petroleumgetränkten Fackel und begab sich auf seinen Posten am anderen Ende des Felds, dicht gefolgt von Alex.

Aarons Gesicht war grau vor Erschöpfung. Er seufzte und blickte müde in die Gesichter seiner Männer. »Also«, sagte er, »ihr alle wißt inzwischen, was ihr zu tun habt.«

»Das wissen wir nun wirklich ganz genau«, sagte Daniel zu Manny, während die beiden auf ihren Posten am Graben gingen. »Wir wüßten es sogar im Schlaf.«

Seit Wochen kämpften sie gegen die Plage, die beinahe biblische Ausmaße angenommen hatte und ganz Palästina bedrohte. Jedem von ihnen waren einzelne Gebiete zugeteilt worden, von Galiläa bis zum Toten Meer und sogar in der Wüste. In jeden Winkel des Landes wurden Arbeiter und Soldaten geschickt, um die Schwärme abzuwehren, die von Süden heraufzogen, aber es war praktisch unmöglich, und sie alle spürten die körperliche und nervliche Überbelastung.

Einsätze wie dieser hier waren inzwischen an der Tagesordnung. Aaron und seine Männer zogen von arabischen Höfen zu jüdischen Siedlungen und hoben die Gräben aus, in die die Eier legenden Heuschreckenweibchen getrieben wurden. Sobald sie ihr Eierpaket abgelegt hatten, wurden die Gräben in Brand gesteckt. Obwohl sie schon in allen Teilen Palästinas Felder und Weingärten abgebrannt hatten, war ihr Einsatz an diesem Morgen mehr als nur Routine, denn diesmal war es Atlit, das sie zu schützen hatten.

Aaron überprüfte die verschiedenen Gruppen. Daniel winkte, um zu signalisieren, daß er, Manny, Sam und Robby (inzwischen stolzer Vater eines kleinen Mädchens) auf der anderen Seite des Grabens auf ihrem Posten waren. Hinter ihnen konnte Aaron die Frauen und Kinder sehen, die sich in einer Reihe aufgestellt hatten. Das Haferfeld mit den schönen grünen Schößlingen über der roten, noch taufeuchten Erde würde in wenigen Minuten von den Füßen der Heuschreckenjäger niedergetrampelt sein. Aber es ließ sich nicht ändern. Es war von zwei Übeln das kleinere.

Sarkis und seine Soldaten befanden sich ebenfalls auf ihren Plätzen. Sie hielten sich am Rand des Feldes mit Schaufeln und Wassereimern bereit für den Fall, daß die kostbaren Eukalyptusbäume Feuer fingen.

Noch war alles ruhig. Über den Feldern lag eine fast gespenstische Stille. Sogar Vögel und Grillen schwiegen und schienen gespannt auf das erste Anzeichen der Heuschrecken zu warten. Als erstes würde das unheimliche Summen ihrer Millionen Flügel zu hören sein, dann würden sie sichtbar werden und wie eine riesige Gewitterwolke heranstürmen.

»Da kommen sie«, rief Aaron, und schon wurde seine Stimme von dem Lärm, den die Heuschreckenflügel machten, übertönt.

»Verdammte Biester«, schrie Daniel. »Wir kriegen euch!« Innerhalb von Sekunden ging der Heuschreckensturm über ihnen nieder, und ringsum wimmelte es von Insekten. Mit einer Mischung aus Verwunderung und Enttäuschung sahen die Menschen zu, wie sich über das Grün und Gold der Felder eine gelbgrüne krabbelnde, alles verschlingende Decke breitete.

»Zündet das Feld an«, schrie Aaron, und Daniel gab das Signal an die Frauen weiter, die begannen, mit ihren Töpfen und Pfannen zu klappern und zu lärmen, und langsam zum Graben hin vorrückten. Frieda schrie entsetzt auf, als sie überall am Körper die Heuschrecken spürte, aber sie trommelte tapfer weiter auf ihrer Pfanne und feuerte die Frauen an, die neben ihr gingen.

An den Rändern von Aarons Feld flammte Feuer auf, das sich rasch zu einem tosenden Flammenmeer ausbreitete, als es die trockenen Stoppeln ergriff. Ein roter Flammenteppich wälzte sich über das Feld, verbrannte Weizenstroh und Heuschrecken in einem und trieb das verhaßte Ungeziefer auf einer Woge von heißer Luft voran. Plötzlich schlug der Wind um, und eine kräftige, landeinwärts wehende Bö trieb das Feuer zu den Eukalyptusbäumen.

»Die Bäume«, schrie Daniel, als er den beißenden Geruch brennender Eukalyptuszweige in die Nase bekam. Sarkis' Männer bildeten eine Kette, die Wassereimer gingen von Hand zu Hand, und bald hatten sie das überspringende Feuer unter Kontrolle. Die Luft um Daniel und Manny wurde immer heißer und rauchiger. »Schnell!« rief Daniel hustend. »Steck den Graben an!« Der Insektenschwarm und das Feuer hatten die beiden fast eingeholt.

Manny zündete mit einem Streichholz erst Daniels Fakkel, dann seine eigene an, als ihn plötzlich ein Funkenregen übersprühte. »O verdammt«, fluchte er und klopfte die Funken von seinen Sachen.

»Beeil dich«, drängte Daniel. Dann gab er Sam und Robby am anderen Ende des Grabens das Zeichen zum Anzünden und hielt seine Fackel in den Graben. Der Lärm ringsum war ohrenbetäubend. Hinter ihnen rückten die Frauen laut schreiend mit ihren klappernden, klirrenden, scheppernden Töpfen und Deckeln an. Vor ihnen quiekten brennende Feldmäuse; das Summen der Heuschrecken ließ die Luft vibrieren, und das Feuer, das immer näher kam, prasselte und brauste. Daniel und Manny starrten auf den Graben, aus dem zunächst nur Qualm aufstieg, bevor sich ein reinigendes Feuer erhob.

»Damit dürften wir sie haben«, sagte Manny schadenfroh.

Der Schwarm hatte inzwischen die kühlere Luft erreicht und sank tiefer, um sich niederzulassen. Gleichzeitig loderten die Flammen aus dem Graben empor, und der Schwarm geriet in den durch die Hitze entstehenden Sog. Die anderen Heuschrecken, die die Frauen vor sich hertrieben, flogen direkt in die Flammen und verbrannten.

»Laßt sie nicht entkommen«, schrie Manny und lief, Petroleum nachgießend, am Graben entlang. »Wir müssen sie von der Baumschule fernhalten!«

Daniels Mut sank, als er sah, wie sich eine Wolke von Heuschrecken erhob und auf die Station und die Baum- und Pflanzenschulen zutrieb. Die anderen folgten seinem Blick. Alle schwiegen bedrückt. Dann frischte plötzlich der Landwind auf und trug die Wolke aufs Meer hinaus. Die Leute begannen zu jubeln und zu schreien, während das Gesumm schwächer und schwächer wurde und eine Schar kreischender Möwen herabstieß, um sich an gerösteten Heuschrecken zu ergötzen.

Die Frauen und Männer versammelten sich am Rand des

Felds, bis zu den Knöcheln in verbrannten Insekten watend. Plötzlich herrschte allgemeine Ernüchterung. Sie sahen sich um, und es schien ihnen, als sei zwischen Sieg und Niederlage kein großer Unterschied. Sie blickten auf allmählich ersterbende Flammen und ein im frühen Morgenlicht qualmendes Feld.

»Zumindest haben wir die Pflanzenschulen gerettet«, sagte Aaron und fuhr sich mit dem Ärmel über das Gesicht. Er ging zu Sarkis, um ihm und seinen Leuten für ihre Hilfe zu danken. Der hellhäutige blonde Sarkis war schwarz von Ruß und Rauch. Er nickte Aaron zu und entließ seine Männer. Doch er wußte ebenso wie Aaron, daß dies noch lange nicht das Ende der Plage war.

Dicht neben Daniels Ohr summte etwas. Eine Heuschrecke hatte sich in seiner Keffieh verfangen. Er nahm sie in die Hand. Allein und hilflos flatternd wirkte sie lächerlich harmlos. Daniel zerdrückte sie mit zwei Fingern. Und genauso werden wir es demnächst mit den Türken machen, dachte er. Aaron und Daniel hatten sich einen Plan zurechtgelegt.

Aaron wartete stumm, bis sich die Männer eingefunden hatten. Nacheinander kamen sie herein, setzten sich und sprachen angesichts Aarons ernster Miene nur mit gedämpfter Stimme. Die meisten wirkten erschöpft von dem schier endlosen Kampf gegen die Heuschrecken und empfanden es keineswegs als angenehme Überraschung, daß sie noch so spät am Abend ohne nähere Erklärung herzitiert wurden. Noch waren nicht alle da. Aaron sah sich in dem von Kerzen erhellten Zimmer um. Die Fensterläden waren geschlossen, die Vorhänge zugezogen.

Er hatte nur seine engsten Freunde und Mitarbeiter zu diesem Treffen in seinem Arbeitszimmer in der Forschungsstation gebeten; sie hatten alle in der Wachgruppe mitgearbeitet und später bei der Heuschreckenbekämpfung, und er war sich ihrer Loyalität absolut sicher. Keiner der hier Versammelten gehörte einer anderen jüdischen Organisation an, und keiner außer Robby war verheiratet. Der griesgrämige Saul Rosin war über fünfzig und verwitwet; er hatte weder Kinder noch andere, die von ihm abhängig waren. Ezra war mit achtzehn der jüngste. Daniel und Aaron hatten mehrmals darüber gesprochen, ob es ratsam wäre, ihn in ihre Pläne einzuweihen, hatten sich dann aber doch dafür entschieden, weil sie fanden, daß er sich ihr Vertrauen redlich verdient hatte. Alex war vor einigen Tagen abgereist, um Becky in Beirut abzuholen und nach Amerika mitzunehmen; aber Sam war da, Manny und Lev. Aaron war etwas besorgt, weil er nicht ganz sicher war, wie die Männer reagieren würden. Was er ihnen sagen wollte, war für ihn, für Daniel, für jeden einzelnen von ihnen von enormer Bedeutung.

Ben und Josh kamen als letzte — sie waren die einzigen, die nicht aus Zichron stammten —, und während sie sich einen Platz suchten und sich entschuldigten, daß sie die anderen hatten warten lassen, verriegelte Frieda hinter ihnen die Tür und ging nach unten, um Goliath von der Kette zu nehmen, der sofort anschlagen würde, wenn sich ein Fremder der Station näherte. Ben und Josh sahen sich schüchtern um und grüßten nervös; auch ihnen war die ungewöhnlich gespannte Atmosphäre nicht entgangen.

»Wir sind vollzählig«, sagte Aaron nach einem Blick in die Runde. »Dann wollen wir also beginnen.« Er räusperte sich, als wollte er eine größere Rede halten. Es wurde still im Zimmer und alle warteten gespannt wie bei einer Premiere vor geschlossenem Vorhang. Aaron blickte Daniel einen Moment lang direkt in die Augen, als wollte er sich bei ihm die Begeisterung holen, die er für seine Worte brauchte. Dann begann er zu sprechen: »Vielleicht sollte ich zunächst einmal rekapitulieren, was wir eigentlich alle wissen, nämlich: Was geht, politisch gesehen, um uns vor?«

Die Zuhörer waren überrascht. Alle hatten gedacht, auch bei dieser Versammlung würde es um die Heuschreckenbekämpfung gehen. Einige wechselten Blicke, aber alle blieben ruhig.

»Seit Wochen führen wir nun diesen Kampf gegen die Heuschrecken, und man kann sagen, daß wir praktisch in ganz Palästina herumgekommen sind — niemand hat gefragt, wer wir sind, woher wir kommen, und überall waren wir willkommen. Dank unseres Freundes Dschemal Pascha« — einige lachten leise, weil sie glaubten, es sei ironisch gemeint, verstummten jedoch sofort, als Aaron fortfuhr —, »war ich in der Lage, euch und andere überall hinzuschikken. Manchmal bestimmten die Heuschrecken das Ziel, manchmal ich. Denkt einmal darüber nach, wo ihr überall herumgekommen seid. Ihr seid in arabischen Dörfern gewesen, in Munitionslagern, sogar in türkischen Armeelagern.«

»Was noch vor ein paar Monaten unmöglich gewesen wäre«, sagte Lev staunend.

»Sehr richtig.« Aaron nickte und ergriff wieder das Wort. »Und nun denkt an die zahlreichen Hilfskräfte, über die wir verfügen: Saptiehs, türkische Soldaten, arabische Landarbeiter. Wenn es darum geht, die Eier und Larven der Heuschrecken zu vernichten, werden unsere schlimmsten Feinde zu unseren Freunden. Das ist wichtig. Aber ich habe euch nicht hergebeten, um über Heuschrecken zu sprechen. Ich möchte mit euch über die zunehmenden Schwierigkeiten sprechen, vor denen wir nicht als Bauern, sondern als Juden stehen. Und dieses Mal möchte ich etwas mehr tun als nur reden. Ich habe einen Plan.«

Er legte eine kleine Pause ein. Alles Folgende mußte er vorsichtig angehen.

»Die Schikanen der Türken werden mehr statt weniger. Zionistische Führer werden des Landes verwiesen; jüdische Soldaten werden aus der Armee genommen und in Arbeitslager gesteckt. Selbst in unseren eigenen Reihen gibt es Probleme. Die jüdische Gemeinde ist gespalten in der Frage, zu wem man halten soll — zu den Türken oder den Alliierten.«

Unwillkürlich glitten seine Augen zu dem Aktenschrank, wo sich die botanischen Ordner geradezu beulten mit Informationen, die beweisen konnten, daß es kaum etwas oder so gut wie nichts gab, das die Briten aufhalten könnte, sobald sie sich dazu entschlossen, die Wüste zu durchqueren oder irgendwo an der Küste zu landen. Nirgends dort fand sich ein Hinweis auf Artillerie oder Flugzeuge, und die Küstenverteidigung lag in den Händen einer lächerlichen Miliz, die von einheimischen Arabern gebildet wurde. Nur Daniel hatte bemerkt, in welche Richtung Aarons Gedanken für ein paar Sekunden gewandert waren.

»Ich möchte mit Euch darüber reden, wie sich nach meiner Sicht die Dinge für uns in Palästina entwickeln. Wir wissen, daß wir so dicht vor einer Hungersnot stehen wie der Bettler vor der Armut. Nur die moslemischen Araber sind vielleicht noch schlechter dran — zum Teil aufgrund ihres eigenen Leichtsinns. Aber auch sie haben durch die Requirierungen und die Überfälle beinahe alles verloren und müssen jetzt schon auf das wenige zurückgreifen, das sie beiseite schaffen konnten. Die jüdischen Siedlungen könnten vielleicht bis zur nächsten Ernte durchhalten, aber« — und er stieß einen schweren Seufzer aus — »die Wege der arabischen Denkungsart sind bekanntlich unerfindlich, und die Zündschnüre sind hier sehr kurz.«

Die Männer nickten zustimmend. Alle hörten Aaron inzwischen aufmerksam zu.

»Um ihre Haut zu retten, werden die religiösen Führer der Araber nach ihrer alten Strategie vorgehen. Sie werden antijüdische Aufstände anzetteln, unsere Obstgärten, Felder und Lagerhäuser stürmen lassen und sich anschließend einen Spaß daraus machen, jeden Juden, den sie erwischen, zu massakrieren. Und natürlich werden sie zuerst über die schwächsten und exponiertesten Siedlungen herfallen.«

Aaron trat an seinen Schreibtisch und hob ein Stück Papier in die Höhe.

»Das hier wurde mir gestern aus Haifa gebracht«, sagte Aaron und schwenkte den Papierfetzen. »Es sieht so aus, als würden die Türken die antijüdische Stimmung bereits anheizen.«

Lev, der neben dem Schreibtisch saß, nahm den Zettel und begann, laut vorzulesen, was darauf stand. Nach ein paar Sätzen hörte er auf. Es war der übliche Aufruf, die ungläubigen Juden ins Meer zu treiben, unterzeichnet von moslemischen religiösen Führern in Konstantinopel, Jerusalem und Jaffa. Lev schüttelte den Kopf und reichte das Blatt kommentarlos an Manny weiter, der es las und ebenfalls weitergab.

»All das beweist, daß die Schlinge um unseren Hals enger wird. Für noch gefährlicher halte ich das Gerücht von einem neuen Erlaß, nach dem aller jüdische Besitz eingezogen werden soll.«

Zorniges Raunen erhob sich unter den Zuhörern. Aaron wartete, bis wieder Ruhe herrschte. Dann sprach er langsam und eindringlich weiter.

»Ich bin überzeugt — wenn die Briten diesem Krieg nicht rasch ein Ende machen, wird dies für uns nur das eine bedeuten: Vernichtung.«

»Und was zum Teufel können wir dagegen tun?« stieß Saul Rosin barsch hervor. »Die Briten haben sich ganz offensichtlich für eine Front in Kleinasien entschieden. Da kann ich nur sagen: Viel Glück.«

Aaron, der ein paarmal in der Mitte des Zimmers hin und her gegangen war, blieb stehen und blickte seine Freunde an. »Wir können ihnen helfen, ihren Fehler zu erkennen«, sagte er schlicht. »Jeder von uns hier weiß, wie schlecht Palästina verteidigt wird. Nur die Briten wissen es offensichtlich nicht. Die Möglichkeiten, die uns Dschemal Pascha bietet, sind nahezu unbegrenzt. Wir haben eine einzigartige Chance, Informationen zu sammeln — ironischerweise mit der Unterstützung der höchsten türkischen Behörde. Hier können wir helfen. Wir kennen dieses Territorium besser als irgend jemand, Gott ausgenommen. Unter dem Deckmantel der Heuschreckenbekämpfung und mit der Forschungsstation im Rücken können wir frei umherreisen und alle militärischen Informationen beschaffen, die die Briten für einen schnellen Sieg in Palästina brauchen.«

Als er schwieg, war es totenstill im Raum, bis Robby Woolf in ungläubigem Ton herausplatzte: »Willst du damit sagen, daß wir für die Briten spionieren sollen?«

»Ja«, antwortete Aaron fest und blickte in die Runde. »Was ich meine, bedeutet, daß wir den Briten Informationen liefern und daß sich die Briten als Gegenleistung nach dem Krieg für die Errichtung einer jüdischen Heimstätte einsetzen sollen.«

Plötzlich redeten alle durcheinander. Spionieren! Allein der Gedanke war ihnen verhaßt. Spione waren für die Juden gleichbedeutend mit jenen verfluchten Hunden aus ihren eigenen Reihen, die in den Ländern, wo Juden unterdrückt wurden, Juden für ein Scheibchen Wurst an die Behörden verrieten.

»Bist du verrückt geworden?« Levs Stimme überschrie alle anderen. »Spionieren widerspricht allen unseren Traditionen, allen moralischen Skrupeln!« Empört und verzweifelt faßte er sich mit beiden Händen an seinen kahlgeschorenen Kopf.

Daniel erhob sich von seinem Platz. Er hatte dieses Problem vorausgesehen und sich darauf vorbereitet. Im Gegensatz zu Aaron, der ruhig und nüchtern gesprochen hatte, griff Daniel nun zu rhetorischen Mitteln.

»Hatte Joshua irgendwelche moralischen Anwandlungen, als er unsere Spione nach Jericho schickte? Gelangte Jakob nicht in den Besitz seines Landes — und dies noch dazu mit dem Segen des Herrn — mit Hilfe eines Täuschungsmanövers? Beide hatten begriffen, daß es Zeiten gibt, in denen Skrupel nichts anderes als überflüssiger Luxus sind. Und heute haben wir wieder eine solche Zeit.« Lev schaute Daniel an. Noch war er nicht überzeugt von dem, was er gehört hatte. »Was willst du tun, Lev? Deine Rechtschaffenheit retten, während Tausende verhungern müssen oder totgeschlagen werden? Wir sind hier vergleichsweise sicher — uns schützt die Forschungsstation, die von amerikanischem Geld lebt, und uns schützt Aarons Ansehen. Aber was ist mit den anderen, Lev? Niemand würde lieber offen gegen die Türken kämpfen als ich — wenn es sein müßte, mit bloßen Händen —, aber auf diese Art zu kämpfen wäre sinnlos. Das würde ihnen nur ein Alibi für ein Massaker liefern. Uns bleibt nichts anderes übrig, als zu betrügen, wenn wir nicht wollen, daß andere betrogen werden. Das ist im Augenblick die einzige Logik.«

»Und was läßt dich glauben, daß die Briten auf uns hören werden — auf ein Häuflein am Hungertuch nagender Juden, denen die türkische Herrschaft nicht paßt?« fragte Robby, während er sich von Sam Feuer für seine Zigarette geben ließ. Sam hatte von Aaron und Daniel bereits alle Argumente gehört, die für oder wider den Plan sprachen, und selbstverständlich war er für den Plan. »Was wissen sie über die Juden Palästinas? Wir existieren doch für die meisten Menschen außerhalb des Reichs überhaupt nicht. Woher wollen wir wissen, daß sie überhaupt hören wollen, was wir zu sagen haben?«

»Das wissen wir nicht«, sagte Daniel. »Aber wir müssen versuchen, es herauszufinden.« Alle schwiegen, während sich Lev und Daniel eindringlich ansahen.

»O verdammt«, sagte Lev hilflos. »Ich weiß ja, daß du recht hast. Ich wünschte nur, ich hätte eine andere Wahl.«

Aaron atmete innerlich auf. Damit war die Schlacht schon halb gewonnen.

»Ja«, sagte Robby, der an Ruth und seine kleine Tochter dachte, »ich denke genauso. Außerdem ist Spionieren gefährlich.«

»Jude sein ist gefährlich«, warf Manny ein. Er vertraute Daniel und hatte bereits beschlossen, mit ihm zu gehen, wohin auch immer. Die anderen lachten kurz über seine Bemerkung.

»Nimm mal an, wir stimmen deinem Vorschlag zu«, sagte Saul, der ganz von seinen Gedanken in Anspruch genommen schien, »und die Briten erobern Palästina. Dann wären wir immer noch nicht frei. Es wird nichts anderes geschehen, als daß wir das eine Herrscherpack gegen ein anderes eintauschen, daß wir weiterhin bevormundet und ausgequetscht werden von einem fremden Parlament, einem König oder was sonst noch.«

»Richtig. Aber wir werden einer Heimstätte für das jüdische Volk — einem freien Staat — einen wesentlichen Schritt näher gekommen sein«, entgegnete Daniel. »Ich habe mehr als genug von einem Leben unter türkischer Herrschaft.« Aufgeregt ging er im Zimmer hin und her. »Im Augenblick wäre ich sogar bereit, mit dem Teufel zu verhandeln, wenn er uns eine Chance böte, die Türken loszuwerden«, sagte er heftig. »Wie lange können wir noch warten? Ein Jahr? Tausend Jahre?«

Ezra, der bis jetzt stumm zugehört hatte, sprang plötzlich auf. »Ich will keine Minute länger warten — ich spukke auf die Türken«, rief er und spuckte aufgeregt dreimal auf den Boden. Dann lief er puterrot an, setzte sich, so unvermittelt wie er aufgestanden war, wieder hin und sah aus, als hätte er sich sämtliche Knochen gebrochen.

Manny konnte sich das Lachen nicht verkneifen, und die anderen stimmten mit ein.

»He«, sagte Daniel. »Ich gelte hier allgemein als der Hitzkopf!«

Die Spannung im Raum war gebrochen. Sam zündete sich eine Zigarette an; die meisten anderen folgten seinem Beispiel.

Daniels Vetter Josh wandte sich an Aaron. »Habt ihr einen Plan?«

»Ja«, antwortete Aaron ruhig. Auf seinem Schreibtischstuhl sitzend fuhr er fort: »Wir haben einen Plan. Der erste Schritt besteht darin, so viel an militärischen Informationen zu sammeln wie möglich und sie den Briten in Ägypten zu übermitteln.«

»Du wärst der beste für diesen Job«, sagte Lev. »Du giltst auch etwas außerhalb Palästinas. Dir würden sie am ehesten zuhören. Und du hast die nötigen Kontakte und einen Paß.«

»Der Mann für diesen Job kann selbstverständlich nicht Aaron sein«, unterbrach ihn Sam, »denn er muß jede Woche bei Dschemal Pascha Bericht erstatten. Sie würden ihn sofort vermissen.«

»Wie soll dann jemand hinauskommen?« fragte Ben. »Durch die Wüste Sinai?«

»Das ist im Sommer unmöglich«, protestierte Saul. »Ich rede gar nicht von der Gefahr, an der türkischen Linie geschnappt zu werden. Der größte Feind in der Wüste ist der Durst. Die zwei nicht überwachten Routen durch die Wüste sind nur im Winter gangbar. Ihr wißt so gut wie ich, daß die Wasserlöcher bis zu den Oktoberregenfällen sehr seicht, wenn nicht völlig ausgetrocknet sind.«

»Und ich nehme an, der Weg über das Meer ist ebenso unmöglich«, sagte Lev, einen tiefen Zug aus seiner Zigarette nehmend. Diesen Plan hatte Daniel ursprünglich vorgeschlagen — nachts in einem kleinen Boot hinauszufahren in der Hoffnung, von einem alliierten Patrouillenschiff aufgenommen zu werden. Aber seit einer Woche blockierten die Franzosen die gesamte syrische und palästinensische Küste, und sie hatten angekündigt, jedes Boot, das in Sichtweite käme, ohne vorherige Warnung zu versenken. Also erklärte er den Männern, daß es diese Alternative nicht mehr gab.

»Wie soll es dann gehen?« fragte Manny.

»Mit einem neutralen amerikanischen Schiff ab Haifa«, sagte Daniel mit völlig ausdrucksloser Stimme. »Nächste Woche legt die *Des Moines*, ein Kriegsschiff, in Haifa an, um alle Angehörigen der neutralen Staaten, die aus dem Reich ausgewiesen werden, zu evakuieren. Sie werden nach Ägypten gebracht. Und ich habe vor, mit ihnen zu reisen – mit einem gefälschten Paß, den mir ein befreundeter Drukker in Haifa beschafft. Eigentlich dürfte es keine Probleme geben.« Er sah sich in der Runde um. Alle beobachteten ihn gespannt.

»Mein Gott«, sagte Ben, »wenn die Türken das herauskriegen, töten sie jeden lebenden Juden.«

Daniel zuckte die Achseln. »Es ist eine Chance, die wir wahrnehmen müssen. Wenn wir nichts tun, gehen wir früher oder später alle drauf; wenn die Sache schiefgeht, dann eben ein bißchen früher.«

»Was ist mit den anderen jüdischen Organisationen – den Zionisten und den sozialistischen Gruppen? Werden sie uns helfen?« fragte Robby.

»Ich glaube nicht, daß wir mit ihnen rechnen können«, antwortete Aaron. »Ich habe meine Fühler ausgestreckt, besonders bei Iwan Bernski, habe aber den Eindruck gewonnen, daß sie nicht bereit sind, ihre Gemeinschaften einem solchen Risiko auszusetzen, obwohl sie genauso wie wir eine eigene Nation aufbauen wollen. Sie kommen vielleicht später dazu, wenn sich die Situation ändert. Doch ich muß ganz ehrlich sagen, daß ich es für besser halte, wenn die Gruppe klein und so weit wie möglich im Untergrund bleibt.« Die Männer murmelten zustimmend.

Die Luft im Zimmer war blau vom Zigarettenrauch, und die Männer wurden von einer zunehmenden Erregung gepackt. Aaron erhob sich. »Mein bisheriges Lebenswerk und alles, was ich im Leben anstrebe, ist hier in der Station. Ich bin bereit, das alles aufs Spiel zu setzen. Aber das ist meine persönliche Entscheidung, und ich darf keinen von euch beeinflussen. Wenn ihr euch anschließt, werdet ihr euer Leben riskieren, und wenn ihr jetzt lieber geht, habe ich volles Verständnis.«

Es entstand eine Pause, in der sich die Männer ansahen. Keiner rührte sich. »Wir werden kein Geld nehmen«, sagte Lev eigensinnig.

Aaron seufzte über Levs Starrsinn. »Natürlich nicht. Wir sind Patrioten, keine Spione. Wer also ist bereit, sich auf Gedeih und Verderb mit den Briten zusammenzutun?«

»Ich«, sagte Ezra und stand stramm wie ein Soldat.

»Ich auch«, sagte Lev, »und Gott steh uns bei.« Einer nach dem anderen stand auf, bis nur noch Robby auf seinem Stuhl saß.

»Machst du mit, Robby?« fragte Aaron freundlich.

Robby fühlte sich unbehaglich. »Es tut mir leid«, sagte er verlegen, »aber ich habe Ruth bei unserer Heirat etwas geschworen — ich habe geschworen, daß wir nie ein Geheimnis voreinander haben werden. Ich käme mit euch zur Hölle und wieder zurück, aber ich kann Ruth nicht anlügen.«

Aaron blickte zu Daniel, der nur eine Sekunde brauchte, um zu nicken. »Frag sie, ob sie einverstanden ist«, sagte Aaron und wandte sich wieder den anderen zu. »Aber ihr sprecht bitte mit keinem. Vergeßt nicht, es wäre nicht nur für uns gefährlich, sondern auch für sie.« Alle nickten feierlich.

Nüchtern wie im üblichen Tagesgeschäft begann Aaron nun, seinen Plan zu erläutern. Er hörte sich ganz einfach an. Die Männer sollten weiterhin ihren normalen Aufgaben bei der Heuschreckenpatrouille nachgehen und dabei Augen und Ohren offenhalten. Alles, was sie in Erfahrung brachten, sollten sie Aaron berichten. Er würde die Information an Daniel weitergeben, der sie verschlüsseln und nach Ägypten mitnehmen würde.

»Diejenigen von euch, die noch heute nacht nach Zichron zurück wollen, sollten immer zu zweit und in einigem Abstand losreiten. Alle anderen können genausogut die Nacht hier verbringen. Gibt es noch irgendwelche Fragen?« Jeder schien zu wissen, was er zu tun hatte. »Sehr schön«, sagte Aaron. »Ich dachte, ich würde den Tag nie erleben – ein Zimmer voller Juden und keine Fragen.« Die Männer lachten befreit, sammelten ihre Sachen ein und schickten sich an zu gehen.

»Ich habe doch noch eine Frage«, sagte Manny schalkhaft.

»Können wir jetzt die verdammten Fenster aufmachen?« Daniel lachte und stieß das Fenster auf, durch das die wunderbar frische Nachtluft hereinströmte. Nächste Woche um diese Zeit bin ich in Kairo, dachte er, und zum erstenmal seit Saras Hochzeit durchflutete ihn ein fast vergessenes Gefühl. Er war glücklich.

Kapitel XVII

August 1915: Konstantinopel

Meine Füße brennen so – ich kann kaum noch stehen«, sagte Selena, als sie müde lächelnd Saras Küche betrat. Seufzend ließ sie sich auf einen Stuhl fallen, streifte die Schuhe ab und stellte die Füße auf den Rand der alten Blechwanne, in die Sara und Nasib einen großen Eisblock gelegt hatten.

Sara warf einen besorgten Blick auf ihre Freundin. Inzwischen kannten sie sich über ein Vierteljahr. Es war für Selena zur Routine geworden, dreimal in der Woche auf dem Heimweg vom Waisenhaus bei Sara hereinzuschauen.

In diesen drei Monaten war zwischen den beiden jungen Frauen eine enge Freundschaft entstanden, die auf Einfühlungsvermögen, Verständnis und gegenseitigem Vertrauen beruhte. Sara hatte bald entdeckt, daß sich hinter Selenas zarter Weiblichkeit einer der unbeugsamsten Charaktere verbarg, die ihr je begegnet waren. Sie besaß einen eisernen Willen, scharfen Verstand und ein gütiges, liebevolles Herz. Die Verbindung dieser drei Wesensmerkmale waren die Erklärung für ihre ungewöhnlich reizvolle Persönlichkeit.

Selbst der schlechtgelaunte Chaim war Selenas sanftem Zauber erlegen, was aber nicht dazu geführt hatte, daß er die strenge Kontrolle über seine Frau lockerte oder daß sich in ihrem gesellschaftlichen Leben etwas änderte. Sie hatten nur einmal einen Besuch bei Annie Lufti gemacht, und Chaim hatte zögernd eingewilligt, die Einladung mit einer kleinen Dinnerparty zu erwidern. Er war an diesem Abend ein reizender und geselliger Gastgeber gewesen, und der Abend war ein voller Erfolg. Doch kaum hatten die Gäste das Haus verlassen, erklärte er Sara, daß sich ein solcher Abend nicht wiederholen würde. Sie ermüdeten ihn, und das sei schlecht fürs Geschäft.

Sara hatte nichts dazu gesagt, um ihn nicht gegen sich aufzubringen. Er hatte getobt, als er von dem Abend, den sie mit Joe Lanski verbracht hatte, erfuhr. Aber Selena, die seitdem immer wieder auf ein Stündchen vorbeikam, hatte er anscheinend akzeptiert. Saras Leben war etwas erträglicher geworden, seit sie Selena kannte. Ihre Freundschaft hatte Sara ein neues Gefühl der Sicherheit, ja sogar der Unabhängigkeit gegeben.

Sie hatte Selena alles von sich erzählt — von ihrer Familie in Palästina, von Daniel, von Chaim und dem Leben, das sie mit ihm führte. Und Selena schüttete bei Sara ihr Herz aus, wie sie es bei Annie niemals hätte tun können. Sie standen sich so nah wie Schwestern — eigentlich noch näher, dachte Sara, als sie ihre Freundin betrachtete, die ihre schmerzenden Füße vorsichtig auf den Eisblock stellte. Selena sah blaß und müde aus, und es schien sie etwas zu bedrücken.

»Selena? Ist alles in Ordnung?«

»Ja, natürlich.« Selena lächelte sie an. »Es ist nur diese Hitze. Alles ist schlapp und müde«, sagte sie und nahm dankbar ein Glas Zitronenlimonade von Nasib entgegen, der, sobald sie im Haus war, nicht von ihrer Seite wich.

»Nur die Sonne nicht«, warf Sara mit einem kleinen Lächeln ein und nahm einen tiefen Zug von ihrer Limonade.

Sie zog sich einen Stuhl heran und ließ sich seufzend gegenüber von Selena nieder. »Wir haben den ganzen Vormittag gebügelt«, sagte sie, »was natürlich bedeutete, daß wir Feuer im Ofen brauchten für das Eisen. Ich kam nicht einmal dazu, die Zeitung zu lesen«, fuhr sie fort, und dann beugte sie sich etwas vor und fragte: »Gibt es Neuigkeiten aus Gallipoli?«

Selena schüttelte den Kopf. »Nichts außer der Tatsache, daß die Alliierten weder einen Schritt weitergekommen sind, noch zurückgeschlagen wurden.« Beide schwiegen. Wie Joe vorausgesagt hatte, waren die britischen Marineeinheiten zurückgekehrt, und es waren britische und alliierte Truppen auf der Halbinsel gelandet. Seit Monaten wurde dort gekämpft, aber die Türken schienen sich zu halten. Nur einmal war in Konstantinopel Panik ausgebrochen, als Ende Mai ein britisches Unterseeboot im Goldenen Horn auftauchte. Sara hatte kaum Zeit gehabt, ihre Schuhe anzuziehen, als Chaim bereits ins Haus stürmte und ihr befahl, die Koffer zu packen, weil er das U-Boot für den Vorboten eines ernsthaften Angriffs auf Konstantinopel hielt. Sie war seinem Befehl begeistert gefolgt, doch als sie fertig zum Aufbruch waren, war das U-Boot verschwunden, und der Alarm wurde abgeblasen. Sie blieben in Konstantinopel. Das einzige Anzeichen, daß praktisch vor ihrer Haustür ein Krieg stattfand, war das gelegentliche Aufblitzen von nächtlichem Artilleriefeuer.

»Ich kann es einfach nicht glauben, daß die Türken gewinnen könnten«, sagte Sara sehr leise.

»Ich auch nicht«, sagte Selena, und die beiden Mädchen wechselten einen kurzen Blick.

Beide wünschten sich, daß die Briten vorrückten — Selena wegen der ständig wachsenden antiarmenischen Stimmung in Konstantinopel; Sara, weil sie ebenfalls tief besorgt um das Schicksal der Armenier war, aber auch aus ganz eigennützigen Motiven, denn sie wollte nach Hause fahren, und Chaim verweigerte ihr hartnäckig die Erlaubnis.

»Hast du schon etwas von Reichart gehört?« fragte sie. Der Major war vor drei Wochen abgereist, um sich dem Stab Liman von Sanders an der Gallipolifront anzuschließen.

Selena lächelte. »Ja. Gestern kam ein Brief von ihm. Es scheint ihm Spaß zu machen, im dichtesten Kampfgetümmel zu stecken.«

»Kann ich mir vorstellen«, sagte Sara mit einem kleinen Achselzucken. »Manche Männer sind so. Erzähl mir lieber von den Kindern.«

Sofort erschien auf Selenas Gesicht das strahlendste Lächeln. Sie berichtete lebhaft von ihrem Nachmittag im Waisenhaus, und ganz plötzlich dämmerte es Sara, daß Selena etwas verbarg — etwas, das sie zutiefst erschüttert haben mußte. Ihre Augen waren merkwürdig leer, und ihre Stimme hatte den sonst so entzückenden Klang verloren. Sara schaute sie nachdenklich an.

»Selena, ist wirklich alles in Ordnung?« fiel sie ihr ins Wort.

Selena stutzte leicht, schüttelte jedoch den Kopf, aber sie vermied es, Sara anzusehen. Und als sie merkte, daß Saras ganze Aufmerksamkeit ihrem verzweifelten Gesicht galt, wandte sie sich ab. Sie hätte liebend gern bei Sara ihr Herz

340

ausgeschüttet, aber die Worte, die Frank Walworth an diesem Nachmittag zu ihr gesagt hatte, schnürten ihr die Kehle zu. Plötzlich standen Tränen in ihren dunklen Augen, und ihre Lippen zitterten. Voll Mitleid stand Sara rasch auf und legte die Hand auf Selenas Arm. »Selena, sag, was bedrückt dich so?«

Selena wischte sich mit dem Handrücken die Tränen aus den Augen. »Ich . . . ich . . .«, begann sie, aber sie konnte vor Schluchzen nicht weitersprechen, und die Tränen, die sich im Lauf des Tages angestaut hatten, lösten sich endlich und kullerten über ihre Wangen.

»Bitte, sag mir, was es ist«, bat Sara, die immer besorgter wurde. Sie kniete neben Selena nieder und nahm ihre Hand, die sie liebevoll drückte, während sie sprach. »Ich bin deine Freundin. Vergiß das nicht.«

Selena entzog Sara ihre Hand und wischte sich die Tränen vom Gesicht. »Es tut mir leid«, sagte sie mit zitternder Stimme und blickte auf die Hände in ihrem Schoß, um sich wieder in die Gewalt zu bekommen.

Sara stand auf und zog ihren Stuhl neben den von Selena. »Hat es etwas mit den Problemen in Armenien zu tun?« fragte sie nach einer Weile.

Selena nickte. »Ich habe heute nachmittag Frank Walworth getroffen — du weißt, den Journalisten. Er hat das Waisenhaus besucht.« Sie machte eine kleine Pause und räusperte sich. »Er ist eben erst aus dem Kaukasus zurückgekehrt und kam auf seinem Weg durch Armenien. Er hat mir erzählt, daß sie schon dabei sind, aus einigen Dörfern anscheinend systematisch alle Armenier zu deportieren.«

»Was meinst du mit deportieren?« fragte Sara verwirrt.

»Es gibt von Enver Pascha eigenhändig unterzeichnete Befehle, daß die gesamte armenische Bevölkerung, vom ältesten Greis bis zum jüngsten Säugling, aus den Städten und Dörfern in Armenien evakuiert werden soll.«

»Das kann doch nicht wahr sein!« rief Sara und blickte Selena mit schreckgeweiteten Augen an.

»Ich fürchte, es ist wahr. An der Zuverlässigkeit des Berichts besteht kein Zweifel.« Selena schaute Sara direkt ins Gesicht. »Die Stadt Zeitun und etliche andere wurden bereits evakuiert, und die Menschen wurden . . .« Sie holte tief Atem, als wollte sie nicht weitersprechen, fuhr dann jedoch fort: ». . . nach Deir ez Zor getrieben — in die mesopotamische Wüste.«

»In die syrische Wüste?« rief Sara entsetzt. »Aber dort ist praktisch nichts — nicht einmal Wasser!«

»Ich weiß«, sagte Selena sehr leise. »Ich kann daraus nur schließen, daß die Regierung plant, das ganze armenische Volk zu vernichten.«

Sara stand auf und reckte entschlossen die Schultern. »Die Deutschen werden dagegen protestieren. Sie werden nicht dulden, daß ihre christlichen Glaubensbrüder verfolgt werden«, sagte sie voller Überzeugung.

Selena lächelte. »Du weißt, aus welchen Männern sich das Triumvirat zusammensetzt, Sara. Kannst du dir vorstellen, daß sie den Deutschen erlauben, sich in ihre innenpolitischen Angelegenheiten zu mischen?«

Sara überlegte einen Augenblick. »Dann mußt du sofort Henry Morgenthau informieren. Du mußt Annie bitten, noch heute abend mit ihm zu sprechen. Er muß doch imstande sein, etwas zu unternehmen gegen diese — diese Greueltat!« rief sie aufgebracht.

Selena blickte ihre Freundin liebevoll an, doch ihre Augen waren unendlich traurig. »Der Botschafter weiß bereits davon. Doch er hat nichts publik gemacht, weil er hofft, auf diese Weise noch etwas tun zu können, um weitere Deportationen zu verhindern. Außerdem will er vermeiden, daß in der hiesigen armenischen Bevölkerung eine Panik ausbricht. Natürlich hat man auch hier Gerüchte gehört über das schreckliche Schicksal unserer Landsleute, aber wenn man erfährt, daß es keine Gerüchte, sondern Tatsachen sind — wer weiß, was dann passiert. Einige Armenier könnten versuchen, sich an den Türken zu rächen, und du weißt, was das bedeuten würde.«

Sara nickte. Es gehörte nicht viel dazu, um den religiösen Fanatismus der Moslems zu entfachen, und Sara hatte selbst gelesen, was die antiarmenischen Agitatoren in großen Buchstaben auf Hauswände und Bretterzäune geschmiert hatten: »Armenier sind Schweine, Schmarotzer, Blutsauger« und Schlimmeres. Diese Schmierereien erschienen über Nacht und wurden nicht entfernt. Gestern hatte sie einen armenischen Jungen mit blutüberströmtem Kopf durch die Straßen laufen sehen, verfolgt von johlenden Raufbolden, die mit Steinen nach ihm warfen. Er hatte sich in ein jüdisches Café geflüchtet, ein Stammlokal der griechisch-jüdischen Schauerleute, die die üble Horde schließlich verjagten.

Sara war immer wieder entsetzt, daß Menschen nur aufgrund ihrer Rasse gehaßt wurden. Auch ihre Eltern hatten Rassismus am eigenen Leib kennengelernt; doch für Sara war dieser Haß etwas völlig Widersinniges und Unverständliches. Die Armenier waren wie die Juden intelligente, hart arbeitende Menschen. Was hatten sie getan, um diese Verfolgung heraufzubeschwören? »O Selena, was sollen wir nur tun?« sagte sie. Dann fügte sie zögernd hinzu: »Vielleicht solltest du nicht mehr nach Kum Kapu gehen — nur für eine Weile.« Sie sagte es, obwohl sie genau wußte, wie Selena reagieren würde.

Selena sah sie mit blitzenden Augen an. »Im Gegenteil. Gerade jetzt müssen unsere Leute zusammenstehen«, sagte sie leidenschaftlich entschlossen. Sie senkte ihren Blick für einen Moment, und ihr schönes vornehmes Gesicht nahm einen weichen Ausdruck an. Sie griff nach Saras Arm. »Ich danke dir, Sara, daß du meine Freundin bist und mir helfen willst. Aber das hier ist etwas, in das ich dich nicht hineinziehen will. Bitte, versuch das zu verstehen.« Sie zog ihre Schuhe an und stand auf. »Der Herr ist süß und freundlich, aber der Weg, den er uns vorschreibt, ist unsäglich schwer«, sagte sie mit einem Lächeln. Sie warf einen Blick auf die Uhr. »Oh, ich muß los!« sagte sie erschrocken. »Ich komme sonst zu spät zur Versammlung.«

»Zu welcher Versammlung?« fragte Sara stirnrunzelnd.

»Nur ein paar Gemeindeoberhäupter und Pfarrer«, antwortete Selena leichthin.

»Ist das nicht ein bißchen unklug?« Ein kühler Blick war alles, was Sara als Antwort auf ihre Frage erhielt. Dann küßte sie Selena zum Abschied auf beide Wangen.

»Bis Dienstag«, sagte Selena, während sie die Eingangstreppe hinunterging. Sara wartete, bis sie in die wartende Kutsche eingestiegen war, in der sie zu ihrer Beruhigung die Riesengestalt Akiffs entdeckte. Sie lächelte und winkte. »Bis Dienstag«, wiederholte sie. Erst als die Kutsche um die Ecke gebogen war, ging sie ins Haus zurück.

Während des Essens an jenem Abend wirkte Sara nervös und geistesabwesend. Seit Selena gegangen war, mußte sie ständig über das, was sie ihr erzählt hatte, nachdenken. Sie sorgte sich um Selenas Sicherheit und um ihre eigene düstere Zukunft. Ihr war heiß, und sie hatte keinen Appetit auf gebratenen Fisch und gekochte Kartoffeln, Chaims Lieblingsessen zu jeder Jahreszeit. Sie stocherte auf ihrem Teller herum, bis Chaim seine mit Fisch beladene Gabel, die er gerade zum Mund führen wollte, auf den Teller zurücklegte und in seinem schulmeisterlichen Ton, der es nie verfehlte, sie zu reizen, sagte: »Sara, gibt es etwas, das dich beunruhigt? Wenn ja, sage bitte, was es ist.« Er sah sie an und wartete.

Sara faltete ihre Serviette zusammen und sagte vorsichtig: »Ich sprach heute nachmittag mit Selena. Sie erzählte mir Dinge, die ich kaum glauben kann.«

Chaim schnitt eine Grimasse. »Zum Beispiel?« fragte er und nahm seine Gabel wieder auf.

Weniger Interesse kann man kaum zeigen, dachte Sara empört. »Sie erzählte mir, daß es Gerüchte gibt, nach denen die gesamte armenische Bevölkerung evakuiert werden soll«, sagte sie — »in die syrische Wüste.«

Chaim schnaubte verächtlich und schüttelte den Kopf. »Unsinn«, sagte er, ohne von seinem Teller aufzublicken.

Sara schob ihren Teller beiseite. »Aber es ist wahr, Chaim — ich weiß, daß es wahr ist. Ich habe ein ganz schreckliches Gefühl — es ist furchtbar.«

Er seufzte, zuckte resignierend mit den Schultern und legte sich eine weitere Kartoffel auf. »Sara, wir leben im Jahr 1915, und ich wünschte mir, du würdest von den Türken nicht immer nur das Schlimmste denken. Ich jedenfalls bin hier immer nur auf Liebenswürdigkeit und Freundschaft gestoßen. Wenn es die Regierung für nötig hält, Aufstände in den armenischen Dörfern zu unterdrücken, können wir nichts dagegen tun. Wozu sich damit belasten?« Mit einem Schlenker seiner Gabel tat er das Thema ab und wandte sich wieder seinem Teller zu. Sein Gesicht nahm den altbekannten verschlossenen Ausdruck an.

Sara lief ein Schauer über den Rücken, und ihr Herz begann wie verrückt zu klopfen. Dieser Mann ist kein menschliches Wesen, dachte sie empört. Schweigend starrte sie ihn an. Am liebsten hätte sie ihn angeschrien und ihm alle arabischen Schimpfworte entgegengeschleudert, die sie kannte. Sie bekam am ganzen Körper eine Gänsehaut, als sie sein kaltes, gleichmütiges Gesicht betrachtete.

»Heute sind es die Armenier, morgen die Juden. Wie lange, glaubst du, wird es dauern, bis sie auf uns losgehen? Einen Monat? Ein halbes Jahr? Ein ganzes?« Damit hatte sie Chaim tatsächlich so überrascht, daß er sein Besteck hinlegte und sie anblickte. Sara war äußerlich ruhig, innerlich jedoch kochte sie.

»Mach dich nicht lächerlich, Sara. Wir Juden waren nie etwas anderes als loyale Untertanen des Reichs.« Immerhin ließ er erkennen, daß sie ihm auf die Nerven ging.

»Das waren die Armenier auch«, gab sie zurück, und ihre Augen begannen gefährlich zu funkeln. »Wie viele Andersdenkende kann es unter ihnen geben?« sagte sie mit zunehmend erregter Stimme. »Wie groß könnte der Einfluß dieser Handvoll Ungetreuer gewesen sein? Lächerlich, würde ich sagen. Lächerlich wenige und lächerlich gering. Und trotzdem scheint das die Türken nicht davon abzuhalten, das ganze armenische Volk ihrem alten Haß zu opfern. Warum also nicht auch die Juden? Was hält sie davon ab, sich als nächstes gegen uns zu wenden?« Ihre Stimme klang bitter und voller Verachtung.

Ungehalten stieß Chaim seinen Teller von sich. »Warum kannst du dir nicht einen geeigneteren Zeitpunkt für solche Diskussionen aussuchen? Du hast mir den ganzen Appetit verdorben.«

Ihre Augen sprühten vor Zorn. »Nun, den Armeniern ist bestimmt auch der Appetit vergangen — allen zwei Millionen von ihnen!« Aufs höchste erregt stand sie vom Tisch auf und blickte wild um sich. Dann nahm sie in ihrer Wut ihren Teller und schleuderte ihn an die gegenüberliegende Wand des Eßzimmers. »Da hast du dein Abendessen!« schrie sie aufschluchzend. »Du machst mich krank! Ich kann deine kalte gleichgültige Einstellung zu allem und jedem nicht mehr ertragen! Ich halte dich nicht mehr aus!«

Chaim stand auf, zornrot im Gesicht. »Sara, wirst du jetzt still sein? Die ganze Nachbarschaft kann dich hören.«

»Es ist mir egal, ob mich jemand hört oder nicht!« schrie sie. »Sie sollen ruhig hören, was für ein elender Geizhals du bist!« Und sie begann laut zu weinen. »Daß du deine Frau wie eine Kreuzung aus Köchin, Waschfrau und Hure behandelst!« kreischte sie. »Daß du abgebrüht bist und gefühllos!« Sie wütete wie von einem Dämon besessen.

Innerhalb von Sekunden war Chaim neben ihr, holte aus und versetzte ihr eine schallende Ohrfeige. Sie verlor das Gleichgewicht und taumelte gegen die Wand. Keuchend rang sie nach Luft. Chaim packte ihren Arm und zwang sie, vor ihm stehen zu bleiben. Er beugte sich zu ihr herab und stieß ihr die Worte ins Gesicht: »Du bist eine Strafe für mich, weißt du das? Nichts als eine einzige Strafe!«

Sara war so schockiert, daß ihre Tränen versiegten. Um so größer wurde die Empörung in ihr. Sie haßte ihn, diesen Fremden, der sich einbildete, nur weil er ihr einen Ring an den Finger gesteckt hatte, könnte er sie behandeln, wie es kein Mensch zuvor gewagt hatte. Ihre ganze Angst vor ihm war wie weggeblasen, und zurück blieb nichts als eisige Kälte. Für einen Augenblick starrte sie ihn an. Das war das Ende, ein für allemal, das wußte sie. »Wenn du je wieder Hand an mich legst, werde ich dich ruinieren«, sagte sie mit tödlicher Kälte. »Hast du mich verstanden? Ich werde dich ruinieren. Ich werde meinem Vater telegraphieren, damit er kommt und mich holt, und ich werde meine Mitgift zurückverlangen. Das schwöre ich dir.« Sie stand ganz still, doch ihr Herz klopfte wie wild.

Chaim erbleichte und sah sie bestürzt an, als er merkte, daß er zu weit gegangen war.

»Und nun laß meinen Arm los«, zischte sie so böse, daß er erschrocken zurückzuckte, bevor er seinen Griff lockerte.

»Mein Gott, Sara«, begann er, »es tut mir so ...« Der Ausdruck auf Saras Gesicht ließ ihn verstummen. Sie blickte an ihm vorbei zur Tür. Chaim drehte sich um und sah Nasib, der verlegen von einem Fuß auf den anderen trat. »Was zum Teufel willst du?« fuhr er den Jungen an.

Nasib murmelte etwas Unverständliches.

»Was?«

»Madame Lufti ist hier, Herr«, sagte er mit ängstlichem Blick.

Chaim wandte sich Sara zu. »Annie Lufti . . . großer Gott!«

Sie starrten sich an, beide gleichermaßen entsetzt und beschämt bei dem Gedanken, daß Annie ihren Streit gehört haben könnte. Keiner von beiden rührte sich. Dann faßte sich Sara und lief zum Spiegel, wo sie rasch ihr Haar aufsteckte, das sich gelöst hatte. Sie berührte ihre Wange, die feuerrot glühte.

»Sara«, begann Chaim zögernd. Er wirkte erschöpft und unglücklich. »Was ich getan habe, ist unverzeihlich. Ich weiß nicht . . .« Er sprach nicht zu Ende, und Sara sah ihn einen Augenblick an. Er schien sichtlich geschrumpft, und sie empfand fast ein wenig Mitleid mit ihm. Es war nicht nur sein Fehler, dachte sie traurig. Sie hatten beide versucht, den anderen zu dem Partner umzuformen, den sie sich erhofft hatten, und als es nicht gelang, hatten sie sich gegenseitig beschuldigt. Fast ein ganzes Jahr hatte es gedauert, bis ihre Ehe diesen Tiefpunkt erreicht hatte. Sie hatten sich von Tag zu Tag feindseliger gegenübergestanden, und was heute abend geschehen war, hätte sie eigentlich nicht überraschen sollen. Es war nur eine Frage der Zeit gewesen.

»Schon gut, Chaim«, sagte sie ruhig. »Wir reden später darüber. Jetzt ist erst einmal Annie an der Reihe.«

»Madame Lufti, welches Vergnügen.« Chaims Stimme schnappte über vor gespielter Begeisterung. Doch Annie, die im Salon auf und ab ging und die Hände rang, war nicht in der Verfassung, auf solche Nebensächlichkeiten zu achten. Sie warf nur einen kurzen Blick auf Chaim und wandte sich direkt an Sara. »Ich hoffte, Selena bei dir zu finden. Ist sie nicht hier?«

Sara fror plötzlich. Instinktiv wußte sie, daß alles, was sie für Selena befürchtet hatte, eingetreten war. Alles Blut wich aus ihrem Gesicht, und sie griff nach der nächsten

Stuhllehne, um sich festzuhalten. »Nein. Sie ging gegen halb fünf.«

»Hat sie gesagt, wohin sie gehen würde?«

»Zu einer Versammlung — mit Führern der armenischen Gemeinde.« Und mit etwas hoffnungsvollerem Blick fügte sie hinzu. »Akiff war bei ihr.«

»Sie hat Akiff allein nach Hause geschickt«, sagte Annie schleppend und ließ sich auf das Sofa sinken. Blaß und mit verzerrtem Gesicht suchte sie in ihrer Handtasche nach einer Zigarette. Sie zündete sie an, nahm einen tiefen Zug und blickte Sara direkt in die Augen. »In Kum Kapu hat es heute abend Krawalle gegeben. Plünderungen und Schlägereien. Sie haben führende armenische Persönlichkeiten verhaftet — vom Bischof abwärts. Selena ist verschwunden.«

Es entstand eine kurze Pause, dann trat Chaim einen Schritt vor. »Madame Lufti, sind Sie mit Ihrer Kutsche gekommen?«

»Nein. Akiff hat mich mit dem Auto hergefahren. Ich wollte keine Zeit verlieren.«

Chaim nickte. »Gut«, sagte er mehr zu sich selbst. »Und nun bitte ich Sie, sich keine Sorgen zu machen. Ich werde nach Kum Kapu gehen und selbst nachsehen. Keine Angst. Ich finde Selena.« Und noch bevor eine der beiden Frauen etwas sagen konnte, war er aus dem Zimmer und aus dem Haus.

Aber Chaim hatte Selena nicht gefunden und Annie auch nicht, trotz ihrer politischen Verbindungen, die sie für so nützlich gehalten hatte. Annie zog sämtliche Fäden, versprach und verteilte Bestechungsgelder, aber vergeblich. Selena blieb verschwunden, als hätte sie sich in Luft aufgelöst.

Im Lauf der folgenden vierzehn Tage gelangten Einzelheiten über die Ereignisse jenes Abends an die Öffentlichkeit. Alle, die diese Versammlung besucht hatten (und dazu gehörte auch Selena), waren entweder auf der Flucht erschossen oder eingesperrt worden. Selenas Name fand sich jedoch weder auf der Liste der Toten noch auf der der Gefangenen.

Chaim und Annie hatten jeden Winkel durchforscht. Ein völlig außer sich geratener Hans Werner Reichart hatte von Gallipoli aus mehrere deutsche Offiziere mobilisiert, die mithelfen sollten, Selena ausfindig zu machen. Doch auch sie scheiterten, denn es gab so viele verschiedene Stellen, die für verhaftete mutmaßliche antitürkische Aktivisten zuständig waren, daß nicht einmal sie etwas erreichen konnten. Die Vermutung, daß Selena tot war, erschossen und in den Bosporus geworfen, lag sehr nahe, aber weder Sara noch Annie mochten dies akzeptieren. Anfangs hatten sie gehofft, daß sie sich irgendwo versteckt hielt, aber diese Hoffnung war von Tag zu Tag mehr geschwunden. Sie waren beide der Meinung, daß Selena auf irgendeine Weise zumindest eine von ihnen benachrichtigt hätte.

Nein, dachte Sara traurig, während sie wie so oft in den vergangenen Tagen am Fenster stand und hinausschaute. Sie ist entweder tot oder schmachtet in einem Kerker. Es war durchaus möglich, daß man sie in irgendein Loch gesperrt und vergessen hatte. Es gab in Konstantinopel mehr Gefängnisse, als sich Sara auch nur annähernd vorstellen konnte. »Vielleicht sehe ich sie nie wieder«, sagte sie leise, und die Tränen brannten in ihren Augen. Selena hatte ihr Leben bereichert und jetzt, nach ihrem so erschreckenden und plötzlichen Verschwinden, fühlte sich Sara hilflos und verwaist. Sie wandte sich vom Fenster ab und blickte auf ihren großen Reisekoffer, der mit aufgeklapptem Deckel und erst halb gepackt in der Ecke des Zimmers stand. Chaim hatte Sara endlich erlaubt, für einige Zeit nach Palästina zurückzukehren.

Einen Tag nach Selenas Verschwinden hatte Sara, nachdem zwei Monate lang überhaupt keine Post gekommen war, eine Ansichtskarte aus Athen bekommen. Sie kam von

Becky und Alex, die sich auf dem Weg nach Amerika befanden — Becky, um dort zu studieren, und Alex, um für die Station tätig zu werden. Das Datum des Poststempels war der 31. Juli; die Karte war also auch schon über einen Monat alt.

Sara hatte Chaim die Karte gezeigt und gesagt, daß sie sich große Sorgen mache. Warum hatten sie Palästina mitten im Krieg verlassen? Und als sie sagte, wie gern sie ihre Familie besuchen würde, hatte sie erwartet, daß er genauso reagieren würde wie jedesmal, wenn sie Palästina erwähnte. Doch er hatte sie einen Moment lang angesehen und dann genickt.

»Also gut. Wenn du deine Familie besuchen willst, werde ich dir nichts in den Weg legen. Ich werde dir bei den Reisevorbereitungen behilflich sein und die nötigen Papiere besorgen. Du müßtest mir nur sagen, wie lange du bleiben willst — du kommst doch zurück, oder?« Er hatte dabei gelächelt, aber Sara bemerkte das Zucken in seiner Wange, als er sprach. Sie sagte, sie würde zurückkommen, und sie hatte es auch so gemeint.

Seit jenem schrecklichen Abend war Chaim von geradezu rührender Zuvorkommenheit, und er hatte Wort gehalten und alles für ihre Heimreise arrangiert. Jetzt war er wieder der Mann, den sie geachtet hatte und von dem sie dachte, sie könnte ihn eines Tages auch lieben. Es war eine Ironie, daß sie ihn jetzt, vor ihrer Abreise, wiederentdeckte. Und es war ebenfalls eine Ironie, daß sie die Aussicht auf ihre Heimreise noch vor vierzehn Tagen in einen Taumel des Glücks versetzt hätte und daß sie nun kaum dazu beitrug, ihre Lebensgeister etwas zu wecken. Wenn sie nur Selena endlich finden würden — wenn sie nur Selena in Sicherheit wüßte, bevor sie abreiste.

Sara seufzte und zog die Jalousien bis zur Hälfte herab. Sie war hier so gut wie nutzlos. Für Selena konnte sie nichts tun. Sie ging hinüber zur Frisierkommode, setzte ihren Hut

auf und zog sich die Handschuhe an. Auf einem ihrer Reisedokumente, der Steuerkarte, fehlte noch ein Stempel, den
sie sich auf der Polizei geben lassen mußte. Ihr Spiegelbild
betrachtend, fragte sie sich, ob sie es tatsächlich über sich
brächte, Konstantinopel zu verlassen, ohne zu wissen, was
mit Selena geschehen war. Sie war sich keineswegs sicher.
Doch zunächst einmal würde sie sich diesen Stempel besorgen. Auf diese Weise hatte sie wenigstens etwas zu tun, was
sie davon abhielt, sich ständig wegen Selena Sorgen zu machen.

Sara stand unentschlossen in der höhlenartigen Eingangshalle des Polizeipräsidiums. Männer, Frauen und Kinder jeder Art und Beschreibung — Nomaden, Angehörige ver-
schiedener Volksstämme und Städter — standen in
Grüppchen herum oder saßen schwatzend, weinend oder
schlafend auf dem gefliesten Boden. Links führte eine große gemauerte Treppe zu den oberen Büros. Die Wand davor war mit Messingschildern bepflastert. Sara befahl Nasib, am Haupteingang auf sie zu warten. Dann schlängelte
sie sich durch die Menge bis zu der Wand mit den Schil-
dern. Typisch, diese Türken, dachte sie erbost. Ein Haufen
Schilder, aber keine Stockwerkangaben oder Zimmernum-
mern. Sie las: »Steuerabteilung«. Aber wo zum Kuckuck
war sie zu finden? Dann entdeckte sie einen Pfeil, der auf
die zum Souterrain führende Treppe wies.
    Sara lief die Treppe hinab. Hier unten herrschte weitaus
weniger Betrieb, und es war angenehm kühl. Sie folgte weiteren Pfeilen, die sie einen Korridor entlangführten. Sie bog
um mehrere Ecken, bis sie merkte, daß sie sich eindeutig im
falschen Teil des Gebäudes befand. Sie kehrte um und versuchte, auf demselben Weg zur Treppe zurückzugehen,
doch irgendwie hatte sie sich plötzlich hoffnungslos verirrt.
Sie blieb stehen und versuchte, sich zu orientieren.
    Die Beleuchtung in diesen Gängen war trüb, und bei

Sara schrillte plötzlich eine Alarmglocke. Dieses Gebäude war eine ehemalige Festung; seine Atmosphäre war alles andere als anheimelnd. Sie bog in den nächsten Gang ein und blieb reglos stehen, als sie sah, wie ein Stück weiter ein Mann den Gang hinuntergeführt wurde. Die Wachmänner stießen und traten ihn und trieben ihn mit Stockschlägen vorwärts, sobald er schwankend stehenblieb. Seine Hände waren auf dem Rücken gefesselt, und Sara sah, daß ihm das Blut über den Kopf lief und daß sein Hemd blutverschmiert und zerrissen war. Sie stand wie angewurzelt, entsetzt über das, was sie sah, und sie wußte, daß sie hier nicht bleiben, daß man sie hier nicht finden durfte.

Ruckartig machte sie kehrt und sah sich einem Polizeioffizier in einer tadellos gebügelten Uniform gegenüber. Instinktiv hielt Sara die Luft an, um ihre Angst nicht zu verraten. Sie blickte ihn an, so kühn sie konnte, und der Mann erwiderte ihren Blick mit ruhigen braunen Augen.

»Suchen Sie jemand, Madame?« Er sprach höflich und wirkte nicht unfreundlich, aber Sara hatte ihr Entsetzen noch nicht überwunden.

Sie nickte nur, während sie versuchte, sich zu fassen. »Ich suche die Steuerabteilung — einen Hauptmann ...« Sie suchte in ihrer Handtasche, um den Zettel mit dem Namen des Mannes zu finden, der bereits sein Bestechungsgeld erhalten hatte, damit er ihr das Reisedokument abstempelte.

»Hauptmann Fardhi?« fragte der Offizier hilfsbereit.

»Ja, das ist der Name«, stammelte sie und brachte immerhin ein Lächeln zustande.

Der Offizier lächelte zurück. »Hier unten kann man sich leicht verirren«; meinte er und blickte den Gang entlang, als weiter unten geräuschvoll eine Tür geöffnet wurde. Sara drehte sich ebenfalls nach dem Lärm um und sah, wie ein junges Mädchen aus einem Zimmer gezerrt wurde. Seine Kleider waren zerrissen, das Haar hing ihm zerzaust über das Gesicht. Die Wachen lachten brutal, als das Mädchen taumelte und beinahe stürzte.

Sara erstarrte. Das war doch . . . Das Mädchen mit dem geschwollenen Gesicht und den langen schwarzen Haaren fand sein Gleichgewicht wieder und ging weiter. Saras Herz machte einen Satz. Sie ließ ihre Handtasche fallen, die sich öffnete, als sie auf den Steinboden plumpste und klirrend ihren Inhalt preisgab. Das dunkle Mädchen wandte den Kopf, und ihre Augen trafen sich. Dann packten die Männer wieder zu, und Selena wurde durch eine andere Tür gestoßen.

Es dauerte ein paar Sekunden, bis Sara ihre Sinne wieder soweit beisammen hatte, daß sie sich bücken und dem Polizeioffizier helfen konnte, ihre Sachen einzusammeln. Am liebsten hätte sie ihm die Pistole weggenommen und Selena gewaltsam befreit. Statt dessen plapperte sie belangloses Zeug, während sie Taschentuch, Spiegel, Schlüssel, Portemonnaie, Haarnadeln und was sonst noch in ihre Tasche stopfte. Sie hatte nur einen Gedanken: Sie mußte sofort Annie Lufti aufsuchen. Nur sie konnte die nötigen Fäden ziehen, um Selenas Freilassung zu bewirken.

Als der Offizier aufstand, hatte sich Sara wieder in der Gewalt. »Ich danke Ihnen für Ihre Hilfe. Es erstaunt mich immer wieder, wieviel wir Frauen mit uns herumschleppen«, sagte sie schüchtern lächelnd und ließ den Taschenverschluß zuschnappen.

»Wenn Sie mir folgen wollen, führe ich Sie zu dem richtigen Büro.« Sara folgte ihm durch die Korridore, bis er an einer Ecke stehenblieb. »Dort entlang, die erste Tür rechts«, sagte er und verabschiedete sich mit einer kleinen Verbeugung.

Sobald er außer Sicht war, lief Sara die Treppe hinauf und quer durch die Eingangshalle zu Nasib. Sie packte den erschrockenen Jungen am Arm und zerrte ihn zum

Ausgang. Jetzt war keine Minute zu verlieren. Es ging um Selenas Leben.

Sara hatte den ganzen Tag ungeduldig auf Annie gewartet. Als sie endlich den Wagen vorfahren hörte, eilte sie zur Tür. Ein Seufzer der Erleichterung war die Antwort auf Saras fragenden Blick, als Annie die Diele betrat. Die beiden letzten Tage waren die längsten in ihrem ganzen Leben gewesen.

»Ist Chaim zu Hause?« fragte Annie. Sara nickte. »Gut«, sagte Annie. »Ich brauche ihn nämlich.« Sara führte sie ins Wohnzimmer, wo sie Chaim begrüßte und dann auf dem Sofa Platz nahm. »Es ist alles geregelt und vorbereitet«, sagte sie, »aber sie stellen Bedingungen. Für die erste benötige ich Sie, Chaim — ein türkischer Staatsbürger muß die Verantwortung für Selena übernehmen, solange sie sich noch auf türkischem Boden befindet. Ich hatte gehofft, Sie würden das übernehmen.«

»Ja, natürlich«, sagte Chaim sofort.

»Was heißt, solange sie sich auf türkischem Boden befindet?« fragte Sara.

Annie seufzte. »Ich komme gleich dazu. Die Entlassungspapiere — die Details —, das alles ist in meiner Handtasche. Wir können sie jetzt abholen, aber sie wird nur dann offiziell entlassen, wenn sie die Türkei noch diese Woche verläßt.«

»Noch diese Woche! Aber wohin soll sie gehen?« rief Sara. »Sie hat doch niemanden — das ist verbrecherisch!«

»Wir können nichts dagegen tun«, sagte Annie erschöpft. »Es ist mir immerhin gelungen — unter den größten Schwierigkeiten, das muß ich zugeben —, alle nötigen Reisevorbereitungen für sie zu treffen. Ich habe einen Platz im selben Zug für sie gebucht, mit dem Sara nach Rayak fahren wird. Selena wird von dort aus nach Beirut und anschließend per Schiff nach Amerika weiterreisen.«

»Nach Amerika?«

Annie nickte. »Ich habe Freunde dort, die sich gut um sie kümmern werden. Ich habe sogar ganz neue Papiere für sie gekauft, aber fragt nicht, zu welchem Preis«, fügte sie verbittert hinzu. Sie sah Sara an. »Ich habe das meiste ganz schnell entscheiden müssen, ohne dich oder Chaim fragen zu können. Aber ich dachte mir, daß es vielleicht ganz nett sei, wenn ihr beide zusammen reisen könntet. Außerdem ist sie möglicherweise sehr geschwächt und dann wird sie deine Hilfe brauchen.«

»Ja, natürlich. Das ist eine gute Idee.«

»Also dann. Wir müssen jetzt gehen.« Annie stand auf. »Die Bedingungen, unter denen man sie freiläßt, spielen keine Rolle. Die Hauptsache ist, daß wir sie herausbekommen.«

Im Polizeipräsidium herrschte Ruhe. Nichts erinnerte an den Betrieb, der sich zwei Tage zuvor hier abgespielt hatte. Ein Sergeant führte sie in ein kleines Vorzimmer und stellte sie einem kleinen Mann mit schütterem Haar vor, der wie ein Buchhalter aussah. »Dieser Mann ist für Ihre Sache zuständig«, erklärte der Sergeant und ging.

Der Beamte bat Annie, ihm die Papiere zu zeigen. Er las sie aufmerksam, wandte sich dann an Chaim und fragte: »Sind Sie der Mann, der für sie bürgt?«

»Ja.

»Die Dame ist dort drin«, sagte der Beamte und wies auf eine Tür. »Bitte, wollen Sie sie identifizieren.«

Chaim ging rasch auf die Tür zu und öffnete sie. Nach einem kurzen Blick in das Zimmer kehrte er zum Schreibtisch des Beamten zurück. »Ja«, sagte er, »das ist Selena Gabriel.«

Die Atmosphäre wurde etwas entspannter. »Bitte, unterschreiben Sie hier.« Chaim las das Dokument sorgfältig durch, bevor er seinen Namen darunter setzte, während Sara fast verging vor Ungeduld. Aber sie wußte, daß Chaims Pedanterie hier ausnahmsweise angebracht war.

Der Beamte nahm das Dokument, drückte einen Stempel darauf und faltete es zusammen. »Das ist dann alles«, sagte er.

Annie und Sara sahen sich an. Beide waren blaß vor Aufregung. Sara nahm Annies Arm, und sich gegenseitig stützend, durchquerten sie das Zimmer zu der Tür, hinter der sich Selena befand.

Selena saß steif auf einer hölzernen Bank, als hätte sie Angst, sich ohne Erlaubnis zu bewegen. Sie wirkte so klein und kindhaft, wie sie dort saß, eingehüllt in einen viel zu großen schwarzen Mantel, daß Sara und Annie die Tränen kamen. Sie eilten auf sie zu und umarmten sie. Erst jetzt versuchte Selena aufzustehen. Sie sagte nichts, als die Frauen sie umarmten, sondern lächelte nur schwach. Jemand hatte versucht, sie etwas menschenwürdig herzurichten, aber der Schmutz und die blauen Flecken im Gesicht waren nicht zu übersehen. Sie wirkte krank, völlig gebrochen und verängstigt und starrte Annie und Sara mit leeren Augen an. Die beiden waren entsetzt über Selenas Zustand. Sie konnten sie nur festhalten und tröstende Worte murmeln.

Selena war so schwach, daß Chaim sie zu dem wartenden Auto tragen mußte. Er tat dies mit einer Sanftheit, die man ihm nicht zugetraut hätte. Er setzte Selena auf dem Rücksitz zwischen Annie und Sara, und jede ergriff eine ihrer Hände und drückte sie zärtlich. Selena blieb stumm und reglos; auch als der Wagen durch das Tor fuhr, das sich vor ihnen öffnete, fühlte sie nichts anderes als Erschöpfung.

Kapitel XVIII

Der Bahnhof Haidar Pascha war überfüllt, laut, schmutzig und übelriechend. Auf dem Bahnsteig drängten sich Soldaten in alle Richtungen; ihre Führer überschrien sich mit Befehlen und Gegenbefehlen. Von hier aus fuhren die Soldaten in den Krieg, wurden Waffen und Verpflegung an zwei Fronten geschickt. Sara hatte dies alles zwar gewußt, aber nicht, wie es in Wirklichkeit aussah.

Wegen der bevorstehenden Reise war sie im Lauf des Tages immer aufgeregter geworden. Das Reisefieber, dazu die kaum überwundenen Aufregungen der vergangenen Wochen versetzten sie in einen Zustand äußerster nervlicher Anspannung. Schutzsuchend klammerte sie sich in der drängelnden, rempelnden Menge an Chaim. Ein paar Derwische sprangen und tanzten zu den monotonen Klängen einer Schalmei und drängten sich unbeirrt zwischen die Gruppen der Reisenden. Sara wandte die Augen ab. Diese religiösen Fanatiker mit ihren ekstatisch verzerrten Gesichtern waren ihr zuwider und machten ihr angst.

Saras Wunsch, Konstantinopel hinter sich zu lassen und ihre Familie wiederzusehen, war so stark gewesen, daß sie bisher den Befürchtungen, die Chaim und andere hinsichtlich der Gefahren, die zwei alleinreisenden Frauen in Kriegszeiten drohten, kaum Gehör geschenkt hatte. Doch jetzt, mit der Realität einer mühsamen Reise durch eine rauhe und gefährliche Wildnis konfrontiert, fühlte sie ihre Zuversicht schrumpfen.

Aber sie schüttelte die aufkommenden Zweifel ab. Es würde schon alles gutgehen. Annie hatte es geschafft — und nur sie wußte, wie sie es geschafft hatte —, den beiden Mädchen ein eigenes Abteil zu besorgen. Als Sara ihren Waggon entdeckte, wünschte sie, der Stationsvorsteher würde jetzt sofort pfeifen, damit sie diese endlosen Minuten des Abschiednehmens hinter sich hätte und endlich unterwegs wäre. Die Koffer wurden verstaut, Selena wurde ins Abteil gesetzt, das Handgepäck hereingereicht — sie waren abfahrtbereit.

Selena lehnte das Gesicht gegen die Fensterscheibe des Abteils. Sie hatte die Augen geschlossen und schien zu schlafen. Sara bemerkte, daß auch Annie Selena besorgt beobachtete; die beiden Frauen wechselten einen Blick. In den vier Tagen seit der Entlassung aus dem Gefängnis hatte sich Selena körperlich einigermaßen erholt. Was Annie und Sara jetzt Sorgen machte, war ihr seelischer Zustand. Die Lokomotive stieß eine beißende Rauchwolke aus, und Annie — gekleidet in Rot und Lila, daß selbst die prachtvollsten Offiziersuniformen daneben verblaßten — umarmte Sara zum Abschied.

»Gib auf dich acht, Kleines«, sagte sie mit Tränen in den Augen, »und auf Selena.«

Der Zug zischte und dampfte. Es fiel beiden schwer, sich zu trennen, nachdem sie sich in den letzten Wochen so nahegekommen waren. »Mach dir keine Sorgen, Annie. Ich werde gut auf sie aufpassen. Das weißt du.« Saras Stimme war neben dem zischenden Zug kaum zu hören, aber Annie nickte.

Sara wandte sich zu Chaim. Obwohl er sich sehr bemühte, ein tapferes Gesicht zu machen, wirkte er unglücklich. Immer wieder hatte er in der vergangenen halben Stunde ihren Namen gesagt. Vielleicht mag er mich lieber, als ich dachte, kam es Sara in den Sinn, als sie sich all der Freundlichkeit erinnerte, die er ihr in den letzten Wochen erwiesen hatte. Sie schaute ihn an, und unverhofft wurde ihr weh ums Herz. Sie konnte seine bissigen Bemerkungen und daß er sie schlecht behandelt hatte, beinahe vergessen. Er schien ein anderer Mensch zu sein. Für einen Augenblick flog ihm ihr Herz entgegen, als wäre er tatsächlich ein geliebter Ehemann.

Sie legte ihre Hand leicht auf seinen Arm. »Ich glaube, ich sollte jetzt einsteigen.«

Chaim nickte und führte sie zur Tür des Waggons. »Leider gibt es in Militärzügen keine Purdah-Abteile«, sagte er mit einem besorgten Blick auf die Soldaten, die sich aus den Zugfenstern beugten und seine schlanke blonde Frau unverhohlen bewunderten. »Vergiß nicht, die Rollos herunterzuziehen und die Abteiltür zu verriegeln, sobald der Zug fährt.«

»Beruhige dich, Chaim. Wir werden prima zurechtkommen«, sagte sie leichthin.

»Wenn du irgendwelche Probleme hast, wende dich an Oberst Schmidt«, sagte er und wies auf das Abteil nebenan.

Sara drehte sich um und blickte in das schnurrbärtige Gesicht eines deutschen Oberst, der sich aus dem Fenster des Nachbarabteils beugte. Hans Werner Reichart, der mit einem zerschossenen Bein noch im Lazarett lag, hatte sich große Mühe gegeben, um einen deutschen Offizier zu finden, der mit demselben Zug reiste wie die Mädchen und ihnen zumindest etwas Schutz bieten konnte. Der Deutsche fing ihren Blick auf und lächelte. Er wirkte sehr wohlerzogen und trug das Eiserne Kreuz Erster Klasse. Sein Reisegefährte jedoch war von anderem Schlag — ein türkischer Hauptmann mit teigigem Gesicht, der ihr einen lüsternen Blick zuwarf. Sara wandte sich rasch ab. Gottlob würden sie nur bis Aleppo mitfahren, dachte sie.

Chaim nahm sie sanft bei den Schultern und drehte sie zu sich herum. »Ich möchte dir nur noch sagen, daß alles anders sein wird, wenn du zurückkommst, Sara. Bleib nicht zu lange fort, willst du?« Er schaute sie beinahe flehend an, und während Sara ihm zuhörte, erwachte plötzlich eine wilde Hoffnung in ihr. Vielleicht passierte es doch noch! Vielleicht würden sie sich doch eines Tages lieben können. Sie wollte nicht akzeptieren, daß ihre Ehe gescheitert war, obwohl sie im tiefsten Innern wußte, daß zwischen ihnen nichts anders werden würde.

»Nein«, sagte sie leise. »Ich werde nicht zu lange bleiben.«

»Gut, sehr gut.« Sara hörte die Erleichterung, die in seinen Worten mitschwang, aber auch den triumphierenden Beiklang. »Dann also auf Wiedersehen«, sagte er ernst und küßte sie unbeholfen. »Ich werde dich vermissen.« Dann ließ er zögernd ihre Schultern los. Er benahm sich so merkwürdig, fast wie ein närrisch Verliebter, daß Sara für einen Moment die Augen senken mußte, um zu verbergen, wie peinlich berührt sie von seinem Betragen war. Dann raffte sie ihre Röcke und stieg in den Zug.

Die Lokomotive stampfte und stieß dicke Dampfwolken aus. Der Stationsvorsteher gab das Abfahrtssignal. Die Träger liefen den Bahnsteig entlang und schlugen die Zugtüren zu. Sara drehte sich noch einmal auf den Stufen um und winkte Annie zum Abschied.

»Sieh zu, daß Selena alle diese Leute in den Staaten aufsucht«, rief Annie mit erstickter Stimme.

Sara nickte lächelnd. Selena würde fünfzig Jahre brauchen, um nur die Hälfte von Annies Freunden zu besuchen. Sie warf Annie eine Kußhand zu, und nach einem letzten Blick auf Chaim stieg sie in den Zug und ging zu ihrem Abteil.

Sie trat ans Fenster, um etwas Luft hereinzulassen, aber es ließ sich nicht öffnen. Ungeduldig rüttelte sie am Fenstergriff, und dann hob sie in einer hilflosen Geste die Hände. Sie stand am Fenster, bis der Zug endlich mit einem Ruck anfuhr und aus dem Bahnhof rollte, und sah die Gestalten von Annie und Chaim kleiner und kleiner werden, bis sie schließlich verschwanden.

Selena saß in eine Ecke gelehnt und döste. Ihr Gesicht war gerötet, und auf ihrer Oberlippe standen Schweißperlen. Es war sehr heiß im Abteil, aber Sara befolgte Chaims

Rat und zog sofort die Rollos herunter, um die neugierigen Blicke der Soldaten, die sogar die Gänge der Erster-Klasse-Waggons füllten, auszusperren.

Mit einem tiefen Seufzer zog sie die Nadel aus ihrem Hut und warf ihn auf die Proviantkörbe, die in einer Ecke übereinandergestapelt waren. Erschöpft ließ sie sich auf die rotsamtene Polsterbank sinken. Sie blickte zu Selena, und ihr Herz krampfte sich vor Mitleid zusammen. Selenas Gesicht war noch immer geschwollen und von häßlichen Flecken entstellt. Als sie sie aus dem Gefängnis nach Hause gebracht und ausgezogen hatten, fanden sie auf ihren Brüsten und Schenkeln Brandwunden, die von brennenden Zigaretten stammen mußten. Bei der Vorstellung, was Selena unter den Händen der Gefängniswärter hatte erleiden müssen, wurde Sara jedesmal hundeelend.

Selena erwähnte nie, was in jenen zwei Wochen geschehen war. Gestern hatte Sara versucht, Selena zum Sprechen zu bewegen, aber sie hatte Sara mit so verzweifelten Augen angesehen, daß sie nicht gewagt hatte, weiter in sie zu dringen.

Eingelullt vom gleichmäßigen Takt der Räder, ließ Sara den Kopf gegen die Rückenlehne sinken. Schneller und immer schneller rollte der Zug dahin, als beeilte er sich, sie nach Palästina zu bringen — nach Hause. Sara empfand plötzlich eine ungeahnte Freude. Sie konnte es kaum erwarten, ihre Familie wiederzusehen — und Daniel. Der Gedanke an ihn versetzte ihr einen kleinen Stich. Sie fragte sich, wo er im Augenblick sein mochte, was er gerade tat. Vielleicht hatte er sich verliebt. Vielleicht lag er gerade jetzt mit Isobelle Frank im Bett. Vor einem Jahr hätte sie allein der Gedanke daran vor Eifersucht krank gemacht. Heute konnte sie darüber lächeln. Dabei waren es nicht so sehr ihre Gefühle für Daniel, die sich geändert hatten, sondern eher ihr Stellenwert. Es gab inzwischen für Sara auch noch andere Dinge, die gleich wichtig, wenn nicht gar wichtiger waren.

Sie schloß die Augen. Bald würde sie wissen, wie es um Daniel stand. Erst einmal waren Hunderte und Hunderte von Meilen zurückzulegen. Und als sie einschlief, schienen die Räder zu singen: Wir fahren nach Haus ... wir fahren nach Haus ... wir fahren nach Haus ...

Kapitel XIX

Kairo

Nichts beschäftigte Daniel weniger als Isobelle Frank oder irgendeine andere Frau. Er saß, umgeben von staubigen Palmen, in einem Alkoven zwischen der Lounge und dem Ballsaal des Savoy Hotels in Kairo. Jede Woche fand in einem der großen Hotels ein Ball statt, und heute war das Savoy an der Reihe. Daniel nippte schlechtgelaunt an seinem Drink und beobachtete die bunt gemischte Hotelgesellschaft der ständig im Ausland lebenden Gäste und britischen Offiziere in Tropenuniform. Seine Augen glitten über den Marmorboden, die riesigen vergoldeten Spiegel, die strahlenden Kandelaber, die mit Delikatessen beladenen Tische. Ohne das allgegenwärtige Militär wäre niemand auf die Idee gekommen, daß Krieg herrschte, dachte er und fragte sich, wie lange die ägyptische Gesellschaft noch in diesem Luxus leben konnte, denn rings um das Land waren potentielle Schlachtfelder entstanden.

Eine schöne dunkelhaarige Frau in einem silbernen Abendkleid, das wie angegossen an ihrer üppigen Figur haftete, ging an Daniel vorüber und sah ihn neugierig an. Sie suchte seine Augen und zauberte ein strahlendes Lächeln auf ihr Gesicht, doch Daniel fühlte sich von ihrer Schönheit nicht angezogen.

Sein Blick wanderte zu einer Gruppe ägyptischer Geschäftsleute, die in einer Ecke des Gesellschaftsraums die

Köpfe zusammensteckten und sich über die Preisschwankungen auf dem Getreidemarkt unterhielten. Daniel seufzte. Nichts, aber auch gar nichts tat sich hier, was ihm über seine Niedergeschlagenheit hätte hinweghelfen können. Heute morgen waren alle seine Hoffnungen zusammengebrochen. Ihm blieb nichts anderes übrig, als nach Hause zu fahren. Die Sache war fehlgeschlagen. Man hatte ihm unter Androhung einer Gefängnisstrafe befohlen, innerhalb von vierundzwanzig Stunden das Land zu verlassen. Morgen würde er seinen Koffer packen müssen und durch den Sinai nach Palästina zurückkehren. Er hatte nie daran gezweifelt, daß er letzten Endes Erfolg haben würde, doch jetzt mußte er sich geschlagen geben.

Dabei hatte alles so gut angefangen. Die Überfahrt nach Kairo verlief so glatt, daß er kaum bemerkte, daß er Palästina verlassen hatte, bevor er in Port Said von Beamten durchgewinkt wurde und sich auf ägyptischem Boden befand. Sein Glück hielt an. Er fand Paul und Eve Levys Haus beinahe sofort, und sie bereiteten ihm ein riesiges Willkommensmahl.

Paul war nicht in die Army aufgenommen worden. »Wehrunfähig wegen Plattfüßen«, sagte er angewidert. Aber er hatte viele Freunde unter den jüngeren Offizieren, die in der Stadt stationiert waren, und führte Daniel gleich nach seiner Ankunft in diesen Kreis ein. Daniel wußte, daß er unbedingt mit einem hohen Nachrichtenoffizier des Arab Bureau sprechen mußte. Ein Gespräch mit jemandem auf niedrigerer Ebene würde das Leben von allen gefährden, die mit Aaron und seinen Plänen zu tun hatten.

Es hatte Daniel fast einen Monat unablässiger Bemühungen gekostet, um von Colonel Thompson, der zum Stab des Nachrichtendienstes gehörte, im Arab Bureau empfangen zu werden. Alles hing von den wenigen Minuten ab, die der Colonel ihm gewähren würde, und Daniel war entschlossen gewesen, von vornherein den richtigen Eindruck zu machen.

Aber die beiden Männer waren sich vom ersten Augenblick an zuwider. Daniel hatte einen Engländer mit hochrotem Kopf vor sich (konnte sich keiner von ihnen anständig akklimatisieren?), dem ein paar strohblonde Haare am Kopf klebten, und Colonel Thompson einen schlanken, gutaussehenden Fremden, der es schaffte, sogar in diesem grauenhaften Klima kühl und frisch auszusehen. Der Colonel hatte nicht gelächelt, als Daniel sein Büro betrat. Er musterte ihn nur mit kalten grauen Augen, bevor er auf einen Stuhl gegenüber von seinem Schreibtisch wies. Als Daniel die Feindseligkeit dieses Mannes spürte, waren sein Optimismus und seine gute Laune mit einem Schlag dahin. Aber schließlich war er nicht zu einem Höflichkeitsbesuch gekommen.

Das Büro war spartanisch eingerichtet. Ein Ventilator mit einem abgebrochenen Flügel surrte an der Decke. Die Wände waren kahl bis auf ein Porträt von König Georg in Hoftracht, und auf dem Schreibtisch, auf dem peinlichste Ordnung herrschte, stand das Foto einer Dame, die mit strengem Blick ihre Unterredung überwachte.

Die beiden Männer saßen sich einen Moment schweigend und einander abschätzend gegenüber, und jeder wartete, daß der andere zu sprechen begann.

»Nun, und was kann ich für Sie tun?« fragte der Colonel schließlich so kurz angebunden, daß seine Worte kaum zu verstehen waren.

Daniel fühlte sich schon durch den Ton gekränkt, war jedoch entschlossen, sich seine Verärgerung nicht anmerken zu lassen. Die Mitarbeit dieses Mannes zu gewinnen war wichtiger als alles andere, und er wollte ihn um keinen Preis durch hitzköpfige Antworten verprellen.

»Ich heiße Daniel Rosen«, hatte er ruhig und höflich geantwortet. »Ich bin ein Mitarbeiter von Aaron Levinson, dem Agrarwissenschaftler, der die amerikanische Forschungsstation in Atlit in Palästina leitet.«

Die hellen Augenbrauen des Colonels verschwanden hinter seiner feuchten Stirnlocke. »Dann sind Sie also Jude?«

»Jawohl, Colonel. Und ich bin hier im Auftrag einer kleinen Gruppe palästinensischer Juden, die von Aaron Levinson angeführt wird. Wir sind in der Lage, Ihnen Informationen über die Situation der Türken in Syrien und Palästina zu liefern.« Er hatte eine kleine Pause eingelegt, um zu sehen, wie der Colonel reagierte, aber selbst die Maske eines Medizinmanns wäre aufschlußreicher gewesen. Also war er nach einer leichten Änderung seiner Körperhaltung unverzagt fortgefahren: »In jüngster Zeit wurden Palästina und Syrien von einer Heuschreckenplage heimgesucht. Dschemal Pascha persönlich hat uns beauftragt, bei der Heuschreckenbekämpfung mitzuhelfen. Als direkte Folge dieses Auftrags sind unsere Leute in jedem Militärlager und« – Daniel hatte nach den richtigen englischen Worten gesucht –, »Waffendepot kreuz und quer in Syrien und Palästina gewesen. Unter dem Deckmantel der Heuschreckenbekämpfung haben wir eine beträchtliche Menge militärischer Informationen zusammengetragen, die für Sie unendlich wertvoll sein könnten, wenn Sie an der Palästinafront losschlagen.«

Der Colonel richtete seine Fischaugen auf Daniel. »Und wieviel verlangt ihr Burschen für diese ... Informationen?« Feindliche Agenten konnte man leicht mit Hilfe des Preises, den sie verlangten, entlarven.

Daniel hatte die Stirn gerunzelt. »Sie scheinen mich nicht recht zu verstehen, Colonel. Wir wollen dafür keine Bezahlung.«

Nun war der Colonel doch überrascht, vermied aber sorgfältig jede äußere Reaktion. »Was wollen Sie dann?«

Daniel gestattete sich ein kleines Lächeln. »Befreiung von den Türken und Unabhängigkeit«, sagte er.

Thompson fragte sich, ob er es mit einem Geistesgestörten zu tun habe, und stopfte sich eine Pfeife, um Zeit zu gewinnen. Es war nicht seine Aufgabe, in großen politischen Zusammenhängen zu denken, und er wußte nicht, ob er von dem, was ihm dieser junge Mann erzählt hatte, auch nur ein Wort glauben sollte. Ein Haufen Bockmist schien das zu sein. Und hieß er nicht Rosen? Ein deutscher Name — wer konnte schon wissen, was sich die Krauts als nächstes ausdachten.

Der Colonel hatte daraufhin die vor ihm liegenden Reisedokumente von Daniel in die Hand genommen und sie noch einmal durchgesehen.

»Sie heißen also Rosen und sind palästinensischer Jude?« sagte er.

Daniel nickte und fühlte sich plötzlich unsicher. Obgleich der Colonel kühl und höflich blieb, spürte Daniel seine Feindseligkeit, und der Stimmungsumschwung des Colonels war ihm nicht entgangen.

»In Ihren Papieren steht, daß Sie Ramones heißen und spanischer Staatsbürger sind«, fuhr der Colonel fort.

»Ich habe mir diese Papiere geborgt, Colonel«, antwortete Daniel und kämpfte verzweifelt gegen die Mutlosigkeit an, die ihn zu überwältigen drohte. Er mußte die Fäden dieses Gesprächs in der Hand behalten, sonst war alles verloren.

»Warum reisen Sie nicht mit Ihren eigenen Papieren?« fragte der Colonel.

Daniel sah den Mann an. Wie konnte jemand nur dermaßen ignorant sein? »Mit meinen eigenen Papieren wäre ich nie bis hierher gekommen«, antwortete er mit sichtlichem Unmut.

Eingebildeter Affe, dachte der Colonel und sagte: »Es ist nicht erlaubt, mit fremden Papieren zu reisen. Sie, als Palästinenser, sind Bürger eines feindlichen Landes. Sie haben kraß gegen das Gesetz verstoßen. Würden Sie mir also jetzt bitte Ihre eigenen Papiere zeigen?« Mit einer selbstherrlichen Geste streckte er die Hand über den Schreibtisch.

Daniel brach der Schweiß aus, als er erkannte, daß ihm dieser Barbar nicht glaubte — nicht glauben wollte — und daß er seine Meinung nicht ändern würde. Er ermahnte sich, ruhig zu bleiben, aber es fiel ihm schwer.

»Und nun sagen Sie mir«, fuhr der Colonel mit nervtötender Höflichkeit fort, wobei er seine rotgeränderten Augen fest auf seine Beute gerichtet hielt, »warum Sie wirklich gekommen sind.«

Daniel versuchte verzweifelt, seinen Zorn zu unterdrükken. »Colonel, in Gottes Namen, ich habe Ihnen die Wahrheit gesagt . . . Sie verstehen nicht . . .«

»Ich fürchte, Sie sind es, der hier nicht versteht«, unterbrach ihn der Colonel. »Ich könnte Sie einsperren lassen, weil Sie mit falschen Papieren reisen.« Er machte eine kleine Pause und beobachtete Daniel. »Aber ich habe mich dagegen entschieden. Ich werde Ihnen vierundzwanzig Stunden geben, um Ägypten zu verlassen. Wenn Sie morgen um diese Zeit noch im Land sind, werde ich Sie ins Gefängnis werfen lassen. Guten Tag, Mr. — äh — Rosen.«

Damit waren auch die letzten Reste von Daniels Selbstbeherrschung dahin. Noch während er sich erhob, riß er dem erschrockenen Colonel die Papiere aus der Hand. War er so weit gereist, hatte er so viel riskiert, nur um an einem Vollidioten zu scheitern? Er bebte vor Zorn. »Man hat mir gesagt, die Briten seien Löwen, die von Eseln geführt würden«, sagte er, ohne laut zu werden, da er vom Personal draußen vor der Tür nicht gehört werden wollte. »Heute habe ich zum erstenmal voll und ganz erfahren, was das bedeutet. Sie sind ein Esel, Colonel Thompson! Sie hätten das Leben vieler Ihrer Landsleute retten können, wenn Sie mir auch nur mit einem Funken Intelligenz zugehört hätten. Guten Tag.«

Als er sich umdrehte, wäre er an der Tür beinahe mit einem jungen Offizier zusammengestoßen. Obwohl er vor Zorn kochte, blickte er einen Augenblick wie gebannt in die ungewöhnlich hellblauen Augen dieses Mannes. Es schien, als habe der junge Offizier gehört, was Daniel zu dem Colonel gesagt hatte; und er sah ganz so aus, als amüsierte es ihn.

»Pardon«, sagte Daniel und ging um den Offizier herum.

»Komische Vögel, diese Juden«, waren die letzten Worte, die Daniel hörte, als er die Tür hinter sich schloß.

Komische Vögel, weiß Gott, dachte Daniel wütend.

»Haben Sie etwas dagegen, wenn ich mich einen Moment hier hinsetze — ich muß mir rasch ein paar Notizen machen.« Überrascht von dem starken amerikanischen Akzent blickte Daniel auf und sah, wie sich ein großer dikker Zivilist in einem der Sessel neben ihm niederließ.

Daniel starrte ihn begriffsstutzig an, bevor er antwortete. »Nein, natürlich nicht«, sagte er rasch und beobachtete den Amerikaner, der einen kleinen Block und einen Bleistift aus seiner Jackentasche hervorholte. Daniel beugte sich vor. »Sind Sie Reporter?«

»Richtig. Frank Walworth heißt er«, sagte der Amerikaner und grinste Daniel an. Dann setzte er sich die Brille auf, die an einer Kette an seinem Hals baumelte, blätterte ein paar Seiten in seinem Block zurück, leckte die Bleistiftspitze ab und begann zu schreiben.

»Möchten Sie etwas zu trinken, Sir?«

Vor Daniel stand ein großer nubischer Ober in reich bestickter Munkijacke und rotem Fez, in der Hand ein leeres Tablett. Aus dem Augenwinkel sah Daniel einen ihm irgendwie bekannt vorkommenden britischen Offizier die Lounge betreten, und er entschloß sich zu einem letzten Versuch, vielleicht doch noch jemand zu fassen zu kriegen, der ihm von Nutzen sein könnte.

»Einen Raki«, sagte er zu dem Kellner, ohne den Offizier aus den Augen zu lassen.

»Bring zwei, sei so gut, Abdul«, sagte eine Stimme hinter ihm mit deutlichem englischem Akzent. »Und einen Bourbon für meinen Freund Walworth hier.«

Daniel wandte sich um und erkannte den Offizier, mit dem er auf dem Weg aus Thompsons Büro beinahe zusammengestoßen wäre. Der Engländer rückte sich den Sessel auf der anderen Seite von Daniel zurecht und streckte sich bequem darin aus.

»Nicht für mich, Lawrence. Ich habe noch zu tun«, sagte der Amerikaner, ohne aufzublicken. »Vielleicht das nächste Mal«, fügte er mit einem besorgten Blick auf seine Armbanduhr hinzu. »Ich habe ein Gespräch nach New York angemeldet – das darf ich nicht verpassen.« Er stand auf, klappte seinen Notizblock zu und trollte sich. Daniel sah seine massige Gestalt hinter einer Palme verschwinden und wandte sich dem Engländer zu.

»Sie sind der Mann aus Palästina, der es Thompson heute morgen mal richtig gegeben hat, nicht wahr?« sagte der Offizier. »Dieser Mann ist unmöglich. Mir wird schlecht, wenn ich nur seinen Namen höre.«

Daniel lachte; ihm gefiel die lockere Art des Mannes (die sich auch auf die salopp getragene Uniform erstreckte), und die unglaublich blauen Augen faszinierten ihn erneut. »Ich heiße Lawrence, und mein Rang ist einfach Freund«, sagte der Offizier und streckte Daniel die Hand entgegen.

»Gut«, sagte Daniel. »Einen Freund kann ich gerade jetzt gebrauchen.«

Lawrence lächelte. »Ausgerechnet bei Thompson zu landen ist schon ein bißchen schlimm. Aber ich warne Sie. Das Bureau ist vollgestopft mit solchen Burschen, die man hierher abgeschoben hat. Sie sitzen gemütlich auf ihren inkompetenten Hinterteilen und verpatzen alles, was ihnen in die Finger kommt. Zum Verzweifeln!« Der nubische Kellner stellte zwei Gläser, gefüllt mit einer klaren Flüssigkeit, sowie einen Krug mit Eiswasser auf den Tisch. Lawrence dankte in fließendem Arabisch und goß Wasser in die Gläser. Schweigend schaute Daniel zu, wie sich der klare Raki in eine milchig weiße Flüssigkeit verwandelte. »Auf die Freundschaft«, sagte Lawrence, und Daniel hob sein Glas.

»Gerne — wenn unsere Interessen die gleichen sind«, sagte er und trank einen Schluck.

»Ich könnte mir vorstellen, daß sie das sind. Ich hörte von Ihrer Geschichte. Ziemlich romantisch in meinen Augen. Aus welcher Ecke Palästinas kommen Sie?«

Daniel war sofort auf der Hut. Der Mann machte einen freundlichen Eindruck, aber er war dennoch ein vollkommen Fremder, und Daniel wollte in keine Falle stolpern.

Lawrence lächelte. »Sie trauen mir nicht. Nun, wahrscheinlich tun Sie recht daran. Diese Stadt ist weiß Gott ein Treibhaus für Intrigen und Verwirrungen — auf jeder Ebene.« Er zögerte einen Moment und nahm einen Schluck von seinem Raki. Daniels Verstand arbeitete auf Hochtouren. Vielleicht war er ein Narr, aber etwas an diesem blonden Fremden flößte ihm Vertrauen ein.

Er lächelte und prostete ihm zu. »Ich heiße Daniel Rosen, geboren in Hadera, und meine Geschichte — nun, was immer Sie davon gehört haben: Sie ist wahr.«

Lawrence stieß mit ihm an.

»Dachte ich mir gleich. Sie sind also ein Freund von Aaron Levinson. Ich habe ihn einmal kennengelernt, vor ein paar Jahren — ein brillanter Bursche. Hatte eine bildschöne Schwester, soweit ich mich erinnere.«

»Sara«, sagte Daniel erstaunt.

»Klingt irgendwie richtig. Es muß vor fünf oder sechs Jahren gewesen sein. Als ich in Oxford studiert habe, machte ich eine Reise zu den Kreuzfahrerburgen in Syrien und Palästina, um Material für eine Doktorarbeit zu sammeln. Seitdem hasse ich die Türken«, fügte er hinzu und leerte sein Glas in einem Zug. »Noch einen drauf?« fragte er und winkte dem Kellner.

Daniel nickte, aber in Gedanken war er woanders. Nach den vielen Enttäuschungen glaubte er jetzt einen Hoffnungsschimmer zu sehen. »Warum sind Sie an meiner Geschichte interessiert?« fragte er.

»Weil mir scheint, daß Sie echt sind, alter Junge, und uns von einigem Nutzen gegen die Türken sein könnten.«

»Sympathisieren Sie mit der Idee von einem jüdischen Staat?« Daniels Augen leuchteten vor Aufregung.

»Ich persönlich halte das für ziemlich aussichtslos — es gibt nicht genug Juden«, sagte Lawrence. »Aber ich meine tatsächlich, Palästina sollte eine autonome jüdische Provinz unter arabischer Landeshoheit werden.«

Daniel zuckte hilflos die Achseln. Vor ihm saß wieder einmal ein Engländer, der dem Zauber der Araber erlegen war. Warum nur waren sie alle so fasziniert von ihnen?

»Das alles werden wir den Politikern überlassen«, sagte Lawrence leichthin.

»Ganoven haben eine Ehre. Aber kennen Sie so etwas wie Politikerehre? Ich fürchte, wir werden auch hier bittere Erfahrungen machen«, antwortete Daniel.

Ihr zweiter Raki kam, und Lawrence kippte ihn in einem Zug. »Ich muß gehen«, sagte er und stand auf. »Gehen Sie zu Leutnant Woolley in Port Said«, fügte er leise hinzu. »Er leitet den Marinenachrichtendienst. Sagen Sie ihm, daß ich Sie geschickt habe. Er ist ein großartiger Bursche und eine Seltenheit hierzulande — er hat keine Angst, eigene Initiativen zu ergreifen.« Er lachte leise. »Lieber würde er sterben als in Tunbridge Wells leben.«

Daniel fragte sich, was gegen Tunbridge Wells einzuwenden war. Lächelnd stand er auf und schüttelte Lawrence die Hand. »Vielen Dank. Sie hat mir der Himmel geschickt.«

Lawrence lachte. »So denken hier nicht viele von mir. Ach, und übrigens — wenn es sich ergibt, werfen Sie einen

Blick auf die Karte, die ich von der Halbinsel Sinai gezeichnet habe. Das Heeresministerium hatte darum gebeten. Einiges ist ziemlich genau, der Rest ein Beweis für meine Phantasie. Aber es ist eine hübsche Karte – dreifarbig!«

Daniel lachte. »Ich werde Sie nicht verraten«, versprach er.

»Gut. Dann bis irgendwann in Jerusalem«, sagte Lawrence und winkte zum Abschied.

»Nächstes Jahr in Jerusalem«, sagte Daniel leise auf hebräisch in Gedanken an das altehrwürdige Gebet der Juden. Dann setzte er sich wieder und schaute dem blonden Offizier nach. Er fühlte seinen Optimismus zurückkehren. Morgen würde er nach Port Said fahren und Leutnant Woolley aufsuchen. Und heute abend . . .? Die üppige Brünette in dem silbernen Kleid tauchte wieder auf, und diesmal ging Daniel auf die Einladung ein.

»Wollen wir zusammen etwas trinken?« fragte er.

Sara saß hinter herabgezogenen Rollos im Halbdunkel eines schäbigen Zugabteils, in das sie am Abend zuvor umgestiegen waren, und fühlte sich ihrer Heimat kaum näher als vor elf Tagen, als der Zug aus dem Haidar-Pascha-Bahnhof gerollt war. Selena hätte inzwischen in Beirut sein sollen, Sara auf dem Weg nach Haifa, aber sie hatten noch nicht einmal die syrische Grenze passiert, und es war, von allem übrigen abgesehen, inzwischen klar, daß Selena kein Schiff nach Amerika besteigen würde. Wie es um sie stand, mußte Sara beten, daß sie wenigstens so lange lebte, bis sie Aleppo erreichten.

Sara blickte besorgt auf Selena, die auf der hölzernen Sitzbank zusammengekauert in der Ecke lehnte. In dem milchigen Licht, das durch die Ritzen des Rollos drang, wirkte sie noch bleicher als sonst. Die Sorge um Selena belastete Sara sehr. In der vergangenen Nacht, als sie in einem Pferdefuhrwerk über den Belenpaß zu einem anderen Zug gebracht wurden, war Selena in einen komaartigen Zustand verfallen.

Nach den ersten vier oder fünf Tagen, die sie unterwegs waren, hatte Sara erkannt, daß das, was sie zunächst für Schocksymptome gehalten hatte, etwas Ernsteres war. Selena saß stundenlang da, mit reglosem Gesicht, die Hände adrett auf dem Schoß gefaltet, und schwieg. Und wenn sie etwas sagte, stolperte sie über die einfachsten Worte. Ihre riesigen braunen Augen waren glasig, ihr Blick seltsam leer. Ihr Gesicht wirkte kleiner und weißer denn je. Sie aß so gut wie nichts, nur hin und wie der ein Häppchen, wenn Saras Überredungskünste nahezu in Gewalt ausarteten. Wenn Sara versuchte, mit ihr zu sprechen, schüttelte sie nur den Kopf und schloß die Augen, um jede weitere Unterhaltung zu vermeiden.

Sara wußte bereits zu diesem Zeitpunkt, daß Selena unmöglich alleine ihr Schiff erreichen könnte, und hatte beschlossen, sie bis zum Hafen zu begleiten. Auf dem Schiff würde man sich bis zur Ankunft in New York um sie kümmern, und dann wurden sie Annies Freunde übernehmen.

Doch als das Fieber einsetzte, schwand Saras Hoffnung. Selena war ernsthaft krank — und Sara war inzwischen überzeugt, daß es eine der derzeit grassierenden Seuchen war: Cholera oder Typhus. Die beiden Worte hämmerten in ihrem Kopf, während sie versuchte, sich zu erinnern, was sie darüber wußte. Hohes Fieber, das in Abständen steigt und fällt, bis es einen Höhepunkt erreicht, von dem sich der Patient entweder erholt oder an dem er stirbt, bedeutete meistens: Typhus.

Als sich Sara darüber klar war, befanden sie sich noch eine Tagesreise von dem Eisenbahnknotenpunkt Mouslimiye nördlich von Aleppo entfernt, und Aleppo war die einzige Stadt, wo Sara einen europäischen Arzt und eine Zufluchtsstätte finden könnte. Sara hatte sich sofort an den deutschen Offizier gewandt, den Hans Werner Reichart empfohlen hatte, und er hatte ruhig und umsichtig alles getan, um ihre Reise zu erleichtern.

Das Eisenbahnnetz war lächerlich kompliziert. Bereits dreimal hatten sie mitsamt ihrem Gepäck zu Fuß Gebirgspässe überqueren müssen, wo die vor Jahren begonnenen Tunnels nicht fertiggebaut worden waren, und Sara war jedesmal dankbar, daß es Oberst Schmidt gab. Der türkische Hauptmann wurde ihr jedoch zunehmend unsympathisch. Selena war schon beim ersten Anblick vor diesem Menschen zurückgeschreckt. Als er immer häufiger an ihre Abteiltür klopfte, hatte Sara ein scharfes Messer aus dem Lebensmittelkorb in die Reisetasche gesteckt, die sie stets bei sich trug. Jetzt allerdings, nachdem Selena offensichtlich krank war, hielt sich der türkische Hauptmann so wie alle anderen Reisenden von ihrem Abteil fern.

Sara kam es vor, als hätte der Zug in den letzten Tagen alle fünf Minuten gehalten. Und jetzt, nachdem wegen der Seeblockade in den Häfen die Kohlefrachter ausblieben, kroch der Zug nur noch dahin, gezogen von einer Lokomotive, die mit Holz, Baumwollsamen und trockenem Kamelmist geheizt wurde. Sara saß noch immer im Halbdunkel der herabgezogenen Jalousien, die zumindest einen Teil der unerbittlich brennenden Vormittagssonne abhielten. Der Oberst hatte ihr gesagt, daß sie nur noch vierzig Meilen von Aleppo entfernt waren — Aleppo, dachte Sara sehnsüchtig, die Stadt der Brunnen und der Obstgärten mit den süßesten Aprikosen — die Stadt, in der es Ärzte gab. Vor allem Ärzte! Voller Verzweiflung blickte sie zu Selena. Wenn wir nur endlich weiterfahren würden, dachte sie. Nervös zupfte sie an ihren Kleidern und betete, Gott möge den Zug weiterfahren lassen. Sie betete und gelobte alle möglichen Dinge, wenn nur Selena am Leben bliebe.

Der Zug ruckte an, die Lokomotive pfiff und keuchte, und der Zug setzte sich ratternd in Bewegung. »Gott sei Dank!« Sara atmete auf und lehnte sich mit geschlossenen

Augen zurück. Sie schien nur einen Moment geschlafen zu haben, als Selena mit einem kleinen Aufschrei erwachte. Sara setzte sich neben sie und nahm ihre Hand. Zu ihrer Erleichterung fühlte sie sich kühler an als ein paar Stunden zuvor. Sie fieberte noch, aber die Temperatur sank. Sara flüsterte ein kleines Dankgebet. Sobald sie Aleppo erreicht hätten, würde alles einfacher werden. Sie befeuchtete ein Taschentuch mit etwas Wasser aus der Trinkwasserflasche und strich damit sanft über Selenas Stirn. »Nicht sprechen«, sagte sie zärtlich. »Wir müssen ganz in der Nähe von Mouslimiye sein. Oberst Schmidt wird sich um eine Transportmöglichkeit nach Aleppo kümmern. Und dort werde ich einen Arzt finden. Alles wird gut — bestimmt.«

Selena lächelte matt und schloß die Augen. Sie wollte nicht mehr unbedingt am Leben bleiben und wartete bereits auf den Tod, der sie von allem erlösen würde. Aber sie mußte feststellen, daß ihr Körper nicht mehr ihr, sondern einem eigenen Willen gehorchte. »Wasser«, stieß sie zwischen ihren aufgesprungenen Lippen hervor. Ihre Stimme klang belegt und undeutlich.

Sara hielt die Wasserflasche an ihre Lippen, und Selena trank mühsam einige Schlucke. Danach lehnte sie sich wieder zurück, und Sara schob ihr vorsichtig ein Kissen in den Nacken. Die Luft im Abteil war stickig, und von irgendwoher drang ein ekelerregender Gestank herein. Sara stand auf und ging ans Fenster in der Hoffnung, der Fahrtwind würde ihnen Erleichterung bringen. Sie zog das Rollo hoch und blinzelte gegen die Sonne. Sie blinzelte ein zweites Mal, weil sie dachte, sie hätte nicht richtig gesehen — und dann unterdrückte sie nur mühsam einen Schrei.

Was sie draußen vor dem Zugfenster sah, war so entsetzlich, daß sie es ihr Leben lang nicht vergessen würde. Sara schloß für einen Moment die Augen. Wider besseres Wissen hoffte sie, dieser Anblick möge ein Phantasiebild sein, eine Ausgeburt ihres übermüdeten Gehirns.

Auf beiden Seiten des Zugs bewegte sich, so weit sie sehen konnte, ein wogender Strom halbnackter Männer, Frauen und Kinder. Es waren Tausende, vielleicht Zehntausende, die sich dort elend, gebeugt und bis zum Skelett abgemagert dahinschleppten. Sie bewegten sich nahezu lautlos. Manche Männer waren mit Stricken aneinander gefesselt. Dann kamen berittene Saptiehs und schlugen mit Knüppeln und Gewehrkolben auf die Hilflosen ein. Wenn einer der Männer fiel und nicht mehr aufstehen konnte, wurde er losgeschnitten und liegengelassen. Hunderte lagen tot neben der Bahnstrecke, und zwischen ihren aufgeplatzten Lippen quoll die geschwollene Zunge hervor. Hunderte lagen halbtot und stöhnend im Staub und warteten teilnahmslos auf das unausweichliche Ende. Mütter schrien, halb wahnsinnig vor Schmerz, neben ihren sterbenden oder toten Kindern. Manche der Kinder waren noch so klein, daß sie nicht einmal laufen konnten. Türkische und arabische Frauen eilten zwischen den Toten und Sterbenden umher und rissen ihnen die Kleider vom Leib. Streunende Hunde lauerten auf ihre Chance, und am Himmel kreisten Bussarde und Geier und warteten geduldig, bis sie sich gefahrlos niederlassen konnten.

Sara wurde speiübel. Krampfhaft hielt sie sich am Griff des Abteilfensters fest. Plötzlich stand Selena neben ihr und klammerte sich an ihren Arm. Sara wollte sich Selena zuwenden, wollte die Schreckensbilder dort draußen nicht mehr sehen. Sie wollte wegsehen — aber sie war wie gebannt, fasziniert und entsetzt auf eine Weise, wie sie es noch nie erlebt hatte.

Während der Zug weiterfuhr, wurden sie Zeugen von immer neuer Gewalttätigkeit und Obszönität. Eine Frau, die wie geistesgestört vor sich hin plapperte, hielt für kurze Zeit mit dem Zug Schritt und starrte mit ihren riesigen blauen Augen in Saras Abteil. Ein berittener Saptieh holte sie ein und schlug ihr mit der flachen Degenklinge auf den

Kopf — immer und immer wieder. Sara meinte, sie müßte aus dem Zug springen. Ihr Herz klopfte wild, nicht aus Mitleid oder Furcht, sondern in rasendem Zorn. Sie zitterte am ganzen Körper. Sie hätte diesen Saptieh mit bloßen Händen erwürgen können — aber in einer Ecke ihres Verstands regte sich eine kühle Stimme, die ihr sagte: Du kannst nichts tun. Bleib ruhig.

Sara wußte, daß sie leibhaftig vor sich sah, was für Selena in Konstantinopel noch eine Schreckensvision gewesen war: Die Vertreibung der Armenier. Hier stand sie und blickte aus der Sicherheit ihres Zugabteils auf hilflose Menschen, die wie eine Viehherde getrieben wurden. Die Türken hielten ihr Versprechen, »das subversive Element auszurotten«. Sara wußte, daß sie dieses grauenhafte Geschehen bis an ihr Lebensende verfolgen würde.

Die Deutschen mußten unbedingt von dieser Vertreibung der Armenier erfahren, dachte sie. Ihre christliche Moral verpflichtete sie, gegen diese Ungeheuerlichkeit vorzugehen.

Sara wandte sich Selena zu, die sich so krampfhaft an Saras Arm klammerte, daß es schmerzte. Und Saras Herz stockte, als ihr plötzlich klar wurde, in welcher Gefahr Selena schwebte. Wenn bekannt würde, daß sie Armenierin war, würde sie das furchtbare Schicksal dieser Menschen dort draußen teilen. Sara konnte nichts für diese Tausende von unschuldigen Menschen tun, aber sie konnte etwas für Selena tun.

Sie riß Selenas Hand von ihrem Arm und stieß sie auf die Bank zurück. Dann schloß sie energisch das Fenster und zog mit zitternden Händen das Rollo herab. Plötzlich wurde ihr schwindlig und kalt. Sie sank auf ihren Platz, ließ sich vornüber fallen, so daß ihr Kopf zwischen den Knien baumelte, hielt sich die Ohren zu und schloß die Augen. Sie mußte einen klaren Kopf behalten. Sie mußte konstruktiv denken. Tränen brannten in ihren Augen, aber sie drängte sie zurück. Sie mußte sich konzentrieren.

Nichts in ihrem Leben hatte sie auf einen solchen Schrekken vorbereitet. Sie brauchte eine Vision, ein Zeichen, um zu wissen, was sie tun sollte. Es gibt kein Problem, für das es nicht auch eine Lösung gibt, sagte sie sich. Ich muß nur meinen Verstand gebrauchen. Aber dann übermannte sie wieder die Verzweiflung.

Sie ließ ihre Hände sinken und hob den Kopf. Selena hatte die Augen geschlossen, und ihr Gesicht war so still und bleich, daß Sara für einen Moment glaubte, der Schock habe sie getötet. Sie sank neben ihr auf die Knie und suchte fieberhaft nach Selenas Puls. Er war noch da, wenn auch schwach. Sie lebte. »Selena, Selena«, flüsterte sie und streichelte ihre feuchte Stirn.

Sara stand mit wackligen Beinen auf und kramte in ihrer Reisetasche nach dem Riechsalz. Sie zitterte so heftig, daß ihr alles aus den Fingern glitt. Ihre eigene Unzulänglichkeit ließ sie beinahe verzweifeln. Mit den Tränen kämpfend, kippte sie den gesamten Inhalt ihrer Tasche auf den Sitz.

Warum mußte ihr dies alles widerfahren? Warum mußte der Zug immer wieder stehenbleiben? Warum mußte ausgerechnet sie Zeugin eines so schrecklichen Verbrechens werden? Das Riechsalz kullerte auf den Boden, und plötzlich war Sara entsetzt über ihr Selbstmitleid, als sie hörte, wie Selena stöhnte und die Muttergottes anflehte, sie möge ihnen helfen. Beinahe hätte Sara mit ihr gebetet, aber an einen Gott, der dieses schreckliche Land offensichtlich im Stich gelassen hatte, würde sie sich nicht wenden. Hier regierte der Teufel. Plötzlich fühlte sie sich wieder beherzter. Sie roch kurz selbst an dem Riechsalzfläschchen und hielt es dann Selena unter die Nase.

Selena hustete und schob das Fläschchen zur Seite. Die Erinnerung an die furchtbaren Dinge, zu denen die Türken sie gezwungen hatten — Dinge, die sie niemandem anvertrauen konnte —, hatten sich in ihrem Kopf im Kreis gedreht, bis sie dachte, sie würde wahnsinnig werden. Jetzt jedoch, obwohl sie sich noch elend und krank fühlte und die Ängste und Schrecken noch keineswegs überwunden hatte, spürte sie, daß sie aus der Hölle, in die sie gestürzt war, zurückkehrte. Zorn und Empörung wüteten in ihrer Seele wie ein reinigendes Feuer. Die Scham, die sie nicht zu überleben glaubte und die wie ein Bleigewicht auf ihr lastete, wurde unwesentlich angesichts der Qualen, die ihr Volk erleiden mußte.

Zum erstenmal seit Tagen wünschte sie sich, nicht zu sterben. Sie hätte sich niederlegen und mit ihrem Volk sterben können, aber sie wollte nicht. Sie wollte für ihr Volk leben.

»Selena!« Saras Stimme holte sie langsam aus ihren Gedanken in die Wirklichkeit. Selena schlug die Augen auf und Sara sah, daß sie nicht mehr trüb und teilnahmslos waren und daß etwas Farbe in ihre Wangen stieg.

Selena lächelte Sara an. »Mach dir keine Sorgen. Ich bin wieder in Ordnung«, flüsterte sie heiser. »Ich bleibe am Leben, um den Türken heimzuzahlen, was sie meinem Volk angetan haben.« Sie schloß die Augen, und Sara mußte sich über sie beugen, um sie zu verstehen: »Überleben ist die einzige Art, wie ich es ihnen heimzahlen kann.«

Sara schaute sie verblüfft an. Das war wieder die alte Selena, die sie kannte und liebte, und sie schöpfte wieder Hoffnung. Sie tätschelte ihr die Hand. Dann hob sie Selenas Füße auf die Bank und deckte sie mit dem Plaid zu. »So, und nun schlaf ein bißchen – wir sind bald in Mouslimiye. Dort wirst du all deine Kraft brauchen.«

Sie beobachtete Selena, bis sie eingeschlafen war. Dann setzte sie sich auf ihren Platz und blickte zwischen den Ritzen in den Sonnenblenden nach draußen. Es war nichts mehr zu sehen, nur ausgedörrtes Land unter einer gleichförmig niederbrennenden Sonne. Die Menschenscharen waren verschwunden. Sie hatte fast das Gefühl, alles nur geträumt zu haben, aber an die blauen Augen der armenischen Frau, die sie angesehen hatten, erinnerte sie sich genau. Sie wußte, das alles war wirklich geschehen.

Ich werde das nie vergessen. Ich werde diese Bilder jeden Tag meines Lebens vor mir sehen, flüsterte sie, und dann schob sie den Gedanken energisch beiseite. Ich darf so etwas nicht denken. Nicht jetzt. Sie stand auf und strich ihren Rock glatt. Nach einem kurzen Blick auf Selena reckte sie die Schultern, griff nach ihrer Reisetasche und begann, sich auf die Ankunft in Mouslimiye vorzubereiten.

Sara und Selena saßen eng nebeneinander zwischen ihren Koffern auf dem Bahnhofsplatz von Mouslimiye. Ringsum herrschte nichts als Durcheinander und hektisches Getriebe. Nur sie beide waren sehr still — Selena, weil sie nur halb bei sich war, und Sara, weil sie sich sehr anstrengen mußte, Geduld zu bewahren.

An dieser Bahnstation, wo die türkische Eisenbahn endete und die syrische begann, lag eine der größten Garnisonen des Reichs. Wohin Sara auch blickte —, alles zeugte von militärischer Präsenz. Ordinäres Soldatenvolk trieb sich auf dem Bahnsteig herum, singend und grölend auf dem Weg in den Urlaub oder vom Urlaub zurückkehrend. Von Karren und Wagen wurden Lebensmittel und andere Güter abgeladen. Wolken von Staub wirbelten auf, sobald sich ein Fuhrwerk in Bewegung setzte. Und überall zwischen den Soldaten und Wasserverkäufern scharrten und gackerten Hühner. Mit dem Zug war ein großes Kontingent Pferde angekommen. Die rund dreihundert Pferde, darunter einige wunderschöne Vollbluthengste, wurden eben ausgeladen. Das Gepolter ihrer Hufe, ihr aufgeregtes Schnauben und Wiehern, als ihnen der aufgewirbelte weiße Staub entgegenwehte, verursachten einen ohrenbetäubenden Lärm. Doch beim Anblick der Pferde kam Sara eine neue Idee. Wenn der Hauptmann nicht bald mit dem versprochenen Wagen zurückkäme, würde sie sich eines dieser Pferde beschaffen müssen — durch Bestechung oder durch Diebstahl. Ein paar Soldaten stolzierten vorbei und amüsierten sich auf Kosten der Mädchen. Sie waren die einzigen Frauen weit und breit und zogen eine Menge unerwünschter Aufmerksamkeit auf sich. Sara fühlte sich immer unbehaglicher. Die Soldaten lachten brüllend, bevor sie einer deutschen Kavallerieabteilung aus dem Weg gehen mußten.

Sara warf einen besorgten Blick auf Selena, die gegen die Koffer gelehnt wieder eingeschlafen war. Ihr schwarzer Umhang ließ ihr Gesicht noch bleicher erscheinen, und Sara wußte, wie elend sie sich fühlte, auch wenn sie sich kein einziges Mal beklagt hatte. Das Fieber hatte nachgelassen, und Sara hoffte verzweifelt, sie nach Aleppo bringen zu können, bevor es wieder zu steigen begann. Wo war nur dieser Hauptmann? Er hatte sich letztlich doch noch als recht hilfsbereit erwiesen. Er würde sie doch nicht einfach hier sitzen lassen? Seit einer Stunde warteten sie bereits, schutzlos der prallen Sonne und den Blicken aller vorbeikommenden Soldaten ausgesetzt.

Sara wedelte nervös mit ihrem Fächer. Wenn sie wenigstens etwas Schatten fände. Sie zerrte an den Fingern ihrer Handschuhe, während sie sich suchend umsah. Oberst Schmidt hatte dem Hauptmann befohlen, einen Wagen zu requirieren und sie beide nach Aleppo zu bringen. Aber vielleicht hatte er keinen Wagen bekommen und einfach aufgegeben. Wenn sie wüßte, daß er nicht mehr kommen würde, könnte sie sich selbst um ihre Weiterfahrt kümmern. Davon war sie fest überzeugt.

Sie nahm all ihren Mut zusammen und beschloß, den Sergeanten, der für die Pferde verantwortlich war, zu bestechen. Sie deckte Selena sorgfältig mit dem Umhang zu und stand auf, um den Mann zu suchen, das Geld bereits abgezählt in der Hand. Gerade als sie den Bahnsteig in Richtung der Pferdekoppel überqueren wollte, sah sie den türkischen Hauptmann, begleitet von einem Sergeanten, der mit einem

Wagen und einem müden Gaul durch die Menge auf sie zukam. Sara setzte sich wieder hin, nicht ohne ein gewisses
Gefühl der Erleichterung.

Doch als die beiden Männer näher kamen, schwand Saras Erleichterung. Der Sergeant, der den Hauptmann begleitete, wirkte wenig vertrauenerweckend. Seine Brauen
bildeten eine geschlossene Linie über winzigen Augen; er
hatte eine niedrige Stirn, und sein Kopf schien ohne Hals
auf dem breiten Rumpf zu sitzen. Sara hatte bei seinem Anblick ein höchst ungutes Gefühl, aber ein leises Stöhnen von
Selena gemahnte sie daran, daß sie keine Wahl hatten. Sie
mußten Aleppo so schnell wie möglich erreichen.

Der Hauptmann sprang vom Bock und wandte sich höflich, beinahe unterwürfig an Sara. Beruhigend wirkte er
deshalb jedoch noch lange nicht. Sara war drauf und dran,
ihm zu sagen, sie hätten eine andere Reisemöglichkeit gefunden, da hörte sie hinter sich Hufgeklapper, und als sie
sich umdrehte, sah sie einen Trupp Saptiehs auf den Platz
reiten. Ihr stockte der Atem. Selbst der Hauptmann und
dieser Sergeant, der mehr einem Tier als einem Menschen
glich, wären besser als eine Begegnung mit den Saptiehs.
Entschlossen wandte sie sich dem Hauptmann zu und lächelte.

»Ich danke Ihnen, Hauptmann, daß Sie uns zu Hilfe gekommen sind. Ohne Sie wären wir verloren«, sagte sie höflich.

»Zu Ihren Diensten, Madame«, erwiderte er. Dann warf
er einen Blick auf ihre Koffer. »Was geschieht mit Ihrem
Gepäck? Es paßt unmöglich alles in den Wagen.«

»Ich habe bereits dafür gesorgt, daß es hier aufbewahrt
wird, bis wir es nachschicken lassen«, sagte Sara.

»Wenn Sie dann so freundlich wären einzusteigen«, sagte
er mit einem zweifelnden Blick auf Selena.

»Ich werde meiner Freundin helfen, wenn Sie das hier
vielleicht im Wagen verstauen könnten«, sagte Sara und

reichte ihm ihr Handgepäck. Er nahm es und warf es achtlos auf den Wagen.

Sara beugte sich zu Selena und schob eine Hand unter ihren Ellbogen. »Komm, Selena, wir müssen jetzt los. Wir fahren nach Aleppo. Meinst du, du schaffst es aufzustehen?« flüsterte sie ihr ins Ohr. Selena nickte. Dann hängte sie sich an Saras Arm und ließ sich von ihr hochziehen.

Langsam gingen sie zum Wagen, und der Hauptmann hob Selena hinein. Sara lehnte es ab, sich helfen zu lassen und kletterte selbst in den Wagen. Sie rollte ein paar Säkke zusammen, die auf dem Boden des Wagens lagen, damit Selena ihren Kopf darauf legen konnte und machte es sich neben ihr auf einem Stapel Säcke so bequem wie möglich. Der Hauptmann stieg auf den Bock und gab dem Sergeanten ein Zeichen loszufahren. Das Pferd war alt und völlig abgemagert. Und auch der Wagen hatte bessere Tage gesehen, bemerkte Sara verdrossen, während sie über den Bahnhofsplatz holperten und in die Straße einbogen, die nach Aleppo führte.

Auf der Straße marschierten Soldatenkolonnen. Immer wieder kam es zu Kollisionen mit Pferdefuhrwerken. Dann und wann tuckerten Automobile vorbei, die Sara an Jezebel erinnerten. Sie blickte auf das ausgedörrte flache Land, das an ihr vorbeizog. Nichts als Sand und totes Gestrüpp und das fröhliche Zirpen der Grillen, wenn Soldaten vorbeizogen.

Selena war erschöpft wieder eingeschlafen; ihr Gesicht glühte und ihre Hände waren ganz heiß. Sara sehnte sich nach zu Hause, nach ihrer Familie und sogar nach der derben Fatma, denn sie hatte Angst. Sie wollte ihren Kopf gegen Fatmas tröstlichen Busen lehnen und weinen. Sie vergrub ihr Gesicht in der Armbeuge, und nur der Gedanke an Selena half ihr, die aufsteigenden Tränen zurückzuhalten. Sobald sie Aleppo erreicht hätten, würde alles gut, sagte sie sich. Es konnte nicht mehr weit bis Aleppo sein.

Ein paar Minuten später war sie tief und fest eingeschlafen.

Plötzlich wurde sie jäh aus dem Schlaf gerissen und erstarrte vor Schreck, als sie sah, daß die Türken den Wagen auf einen sandigen Feldweg lenkten, der in die Ebene zu führen schien. Verzweifelt blickte sie sich um. Der Weg war menschenleer, und selbst auf den Feldern war niemand zu sehen. Sie beugte sich vor und klopfte dem Hauptmann auf die Schulter.

»Warum fahren wir nicht mehr auf der Hauptstraße?« fragte sie. Sie merkte, daß ihre Stimme vor Aufregung überschnappte und biß sich auf die Lippen, um nicht durchzudrehen.

»Es ist eine Abkürzung«, sagte der Sergeant ruhig.

»Warum fährt dann außer uns kein Mensch auf dieser Abkürzung?«

Der Sergeant zuckte die Achseln. »Das weiß nur Allah.«

Panische Angst erfaßte Sara, und sie schluckte verzweifelt.

Der Hauptmann drehte sich um und lächelte ihr zu. »Keine Sorge, verehrte Dame«, sagte er. »Ich habe dem Oberst versprochen, Sie in Aleppo abzuliefern, und beim Barte des Propheten, das werde ich. Mein Freund, der Sergeant Mustafa, stammt aus dieser Gegend und kennt sie wie die Brust seiner Mutter. Er wird den richtigen Weg nehmen.«

Er sprach so ernst, daß sich Sara etwas beruhigte; trotzdem stellte sie ihre Reisetasche neben sich und tastete nach dem Messer. Sie hielt den glatten Griff zwischen den Fingern, schloß die Augen und zählte langsam bis zehn, um wieder einen klaren Kopf zu bekommen. Dann schlug sie die Augen wieder auf und blickte begehrlich auf das Gewehr des Hauptmanns. Wenn sie doch nur auch eines hätte.

Sie holperten noch weitere fünf Minuten über den schmalen Weg, dann hielten sie an. Sara war mit einem Satz auf den Beinen. Der Weg war eine Sackgasse. Tausend

Schreckensbilder überschlugen sich in ihrem Kopf, und eine Welle der Angst ergriff sie, als sie begriff, was hier geschah. Die Kerle hatten sie hierher gebracht, um sie zu vergewaltigen und zu töten.

»Ich verlange, daß Sie uns zur Hauptstraße zurückbringen. Der Sergeant hat sich offensichtlich geirrt.« Ihre Stimme klang heiser, und ihre Beine fühlten sich an, als wären sie aus Gelee.

Die Männer tauschten wissende Blicke. Sara ließ die beiden keinen Moment aus den Augen. Das Messer hielt sie fest umklammert hinter dem Rücken versteckt.

Der Hauptmann kniff die Augen zusammen. »Steigen Sie aus«, befahl er.

Sara blickte zu ihm hinunter und versuchte, Haltung zu bewahren, obwohl sie sich hilflos und ausgeliefert fühlte. Sie mußte ruhig bleiben und durfte auf keinen Fall den Kopf verlieren. »Wenn wir nicht bis heute abend in Aleppo sind, wird man uns suchen. Jeder hat gesehen, daß wir mit Ihnen gefahren sind. Oberst Schmidt weiß es. Man wird Sie hängen, wenn Sie uns anrühren — hängen!« Das letzte Wort schrie sie ihm entgegen trotz ihrer guten Vorsätze.

Die Augen des Hauptmanns glitzerten. Er sprang vom Wagen, griff nach ihr und packte sie am Arm. Als er versuchte, sie vom Wagen zu zerren, holte sie das Messer hinter ihrem Rücken hervor und versetzte ihm einen Hieb. Sie traf ihn am Arm, und er ließ sie vor Schmerz aufschreiend los. Er preßte die Hand auf den Ärmel seiner Uniformjakke, wo sich ein roter Fleck ausbreitete. Sara taumelte, verlor das Gleichgewicht und sprang unfreiwillig und mit den Armen rudernd vom Wagen. Dabei entglitt ihr das Messer, das klirrend ein paar Schritte entfernt auf den steinigen Boden fiel.

»Du verdammte Hure!« zischte der Hauptmann, während sie versuchte, sich rückwärts auf das Messer zuzubewegen. Doch der Sergeant stand bereits hinter ihr, packte sie an den Armen und zerrte sie zu einem Gebüsch. Sara schrie nicht, sondern nützte ihre gesamte Energie, um sich zu wehren. Als der Sergeant sie niedergerungen hatte, gelang es ihr, einen Arm freizubekommen. Sie rollte sich auf den Bauch und wollte aufstehen. Da packte sie der Soldat bei den Haaren und zog so heftig, daß sie glaubte, sie würde skalpiert. Als sie sich geschlagen sah, schrie sie zum erstenmal aus Leibeskräften um Hilfe.

»Eine richtige Wildkatze bist du, nicht wahr?« sagte der Hauptmann, der sich vor sie hinstellte, während der Sergeant ihre Schultern auf den Boden preßte. Sie versuchte, nach ihm zu treten, aber er lachte nur, während er sich die Hose aufknöpfte und seinen Penis hervorholte. »Schade, daß du nicht ein bißchen mehr Fleisch auf den Knochen hast«, sagte er über ihr stehend. »Ich mag Frauen, die ein bißchen bequem sind.« Und schon war er auf ihr, zerrte an ihren Sachen, schob ihre Röcke hoch und fuhr mit der Hand zwischen ihre Beine. Sie schrie, als er an ihren Schamhaaren riß, warf sich hin und her, kratzte und versuchte, seinem widerlichen Geruch auszuweichen.

Er richtete sich etwas auf und schlug ihr mit dem Handrücken quer über den Mund. Der Schlag war so heftig, daß sie ihre Angst vergaß. Es war, als hätte die Erschütterung einen Nebel aus ihrem Gehirn vertrieben. Ihre Augen brannten – nicht von Tränen, sondern von einer wilden verzehrenden Wut. Sie hörte auf, sich zu wehren. Selbst wenn sie dabei sterben würde – dieser Kerl jedenfalls würde das nicht noch einmal einer Frau antun. Langsam glitt ihre Hand über seinen Bauch. Vielleicht glaubte der Hauptmann, sie wäre jetzt willig. Er lockerte seinen Griff und faßte mit einer Hand gierig nach ihrer Brust.

»Was hab' ich dir gesagt, Faris«, murmelte er dem Sergeanten zu, der Saras Schultern noch immer festhielt. »Diese Weiber kriegen nie genug.« Er lachte hämisch. »Sieh dir die Wildkatze an. Schnurrt wie ein Kätzchen.«

Saras suchende Hand erreichte die Hoden des Hauptmanns, und mit ihrer letzten Kraft und dem Mut der Verzweiflung packte sie zu und drückte . . .

Brüllend ließ der Hauptmann von ihr ab. Er richtete sich auf den Knien auf und kam taumelnd auf die Beine. Sara sah den Zorn in seinem Gesicht. Er würde sie töten. Dann erstarrte plötzlich alles. Der Hauptmann holte mit dem Fuß aus, um sie zu treten, und hielt mitten in der Bewegung inne. Sein Gesicht nahm einen merkwürdig erstaunten Ausdruck an. Während Sara ungläubig zusah, entrang sich seinen Lippen ein langgezogenes Stöhnen, er kippte vornüber und schlug dumpf auf dem Boden auf. Vor dem stahlblauen Himmel stand die schwankende Silhouette Selenas, die mit kreidebleichem Gesicht auf den Mann zu ihren Füßen blickte. Der Elfenbeingriff von Saras Messer ragte aus seinem Rücken. Die scharfe Klinge war tief in seinen Körper eingedrungen.

Sara reagierte blitzschnell. Sie drehte sich um, kam auf die Beine und griff nach der Pistole des völlig benommenen Sergeanten. »Du Bastard«, fauchte sie, während sie sich mit aller Kraft gegen ihn stemmte und versuchte, ihm die Pistole zu entreißen. Aus dem Augenwinkel sah sie Selena, die zitternd wie Espenlaub mit dem Gewehr des Hauptmanns auf den Sergeanten zielte. Der Schuß streifte nur seine Schläfe, aber das genügte, ihn umzuwerfen. Sara blickte wild um sich. Neben ihr lag ein weißer Felsbrocken. Sie bückte sich, hob ihn auf und ließ ihn auf den Kopf des Sergeanten niedersausen. Es gab ein häßliches, knirschendes Geräusch. Der Sergeant blieb reglos liegen. Sie hatte ihm den Schädel eingeschlagen.

Sara und Selena starrten sich an. Sie waren wie gelähmt, als sie sahen, was sie getan hatten. Sara sank neben dem Sergeanten auf die Knie. Sie rang nach Atem und meinte, an dem scharfen stechenden Schmerz im Hals ersticken zu müssen.

Mit zitternden Fingern befühlte sie den Hals des Sergeanten. Dann hob sie zögernd den Kopf und schaute Selena an, die ihr das Leben gerettet hatte. Selena stand noch immer an der Stelle, von der aus sie geschossen hatte, und starrte entsetzt auf die rauchende Waffe.

»Er ist tot«, sagte Sara, deren Halsmuskeln so verkrampft waren, daß sie kaum sprechen konnte.

Selena warf das Gewehr weg, als wäre es aus glühendem Eisen, und sank neben Sara in die Knie. »Gott, vergib mir«, flüsterte sie, »aber ich hatte keine andere Wahl.« Sie begann leise zu weinen. »Ich habe einen Menschen getötet . . .« Aufschluchzend preßte sie die Fingerknöchel gegen den Mund. Sie weinte vor Entsetzen, Reue und Angst.

»Wir haben zwei Männer getötet«, sagte Sara leise.

»Ich mußte es tun«, schluchzte Selena und blickte mit Tränen in den Augen auf die beiden Leichen.

Sara stand auf. Sie fühlte sich wie gerädert, und am liebsten hätte sie sich wieder hingesetzt, um ein Weilchen auszuruhen. Aber sie mußten hier weg, so weit weg wie möglich — und schnell. Sie bückte sich und half Selena aufzustehen. »Wir müssen weiter«, sagte sie leise. Selena nickte und wischte sich mit dem Ärmel die Tränen vom Gesicht. Auf Sara gestützt und etliche Male stolpernd, ließ sie sich über den steinigen Boden zum Wagen führen.

»Mir wird übel, Sara«, sagte sie plötzlich. Sie lehnte sich gegen den Wagen, und während Sara ihr den Kopf hielt, übergab sie sich. »Ich glaube nicht, daß ich es schaffe«, flüsterte sie.

»O doch, du schaffst es«, entgegnete Sara und bugsierte Selena in den hinteren Teil des Wagens. »Wir haben bis jetzt alles überlebt, was uns zugestoßen ist, und wir werden auch das hier überleben«, sagte sie entschlossen.

Als sie auf den Bock klettern wollte, fiel ihr noch etwas ein, und sie lief zu der Leiche des Sergeanten zurück. Auf seinem blutigen Kopf krabbelten bereits so viele Fliegen, daß sein Gesicht fast schwarz wirkte. Saras Magen revoltierte, aber sie bückte sich und zog ihm die Pistole aus dem Gürtel. Sie steckte sie in ihre Rocktasche und lief so schnell sie konnte zum Wagen zurück, kletterte auf den Bock, und nach einem besorgten Blick zu Selena gab sie dem armen Pferd einen kräftigen Hieb mit den Zügeln, und es galoppierte sofort los. Sie trieb das Pferd so erbarmungslos an, daß sie sich kaum auf dem rüttelnden Wagen halten konnte.

Erst als sie die Hauptstraße erreicht hatten, fuhr sie langsamer und hielt nach einer Weile am Straßenrand an. Selena war wieder halb ohnmächtig. Sara holte aus ihrer Reisetasche ein zweites Cape und wickelte Selena darin ein. Sie zog ihr die Kapuze über den Kopf und stopfte ringsherum alles mit Säcken aus, damit sie etwas bequemer saß. Nun würde sie jeder, der vorbeikam, für zwei moslemische Frauen halten, die mit ihrem Karren zum Markt fuhren.

Vornübergebeugt, mit schmerzendem Rücken und so wenig Kraft in den Armen, daß sie kaum die Zügel festhalten konnte, lenkte sie das Pferd auf die Straße in Richtung Aleppo und hoffte, daß weder das Pferd noch sie schlapp machen würden. Mitunter verschwamm alles vor ihren Augen, und dann sah sie nur Scharen sich dahinschleppender Armenier oder den blutigen Kopf des Sergeanten vor sich.

Sie kniff die Augen zusammen, um die Bilder zu verscheuchen. Alle Schrecken, die sich im Lauf dieser Reise angestaut hatten, schienen plötzlich wie ein Erdstoß aus ihr hervorzubrechen. Sie schluchzte heiser und trocken. Ihr war übel, hundeelend — und als ihr klar wurde, daß sie völlig allein und auf sich gestellt war, verließ sie der Mut, und sie weinte laut und haltlos.

Wie so oft, wenn sie glaubte, am Ende zu sein, schlug ihr Jammer in wilden, grimmigen Zorn um. Sie setzte sich gerade hin und wischte sich mit der Hand über die Nase. Sie empfand keine Reue wegen der Türken, die sie getötet hatten, auch kein Mitleid mit ihnen, sondern nur Triumph und

Stolz. Ich hasse die Türken, ich hasse sie, dachte sie und schwelgte geradezu in dieser primitiven Reaktion. Sie hatten sie vergewaltigen und umbringen wollen — doch jetzt waren sie es, die tot waren.

Sie blickte zum Himmel empor. »Warum tust du mir das an?« flüsterte sie heiser und hob grimmig ihre geballte Faust. Sie horchte einen Augenblick, als erwarte sie eine Antwort — Blitz und Donner oder ähnliches. Aber sie erntete nur Schweigen. Sie seufzte. Es gibt keinen Gott, dachte sie und fürchtete gleichzeitig, daß Gott sie für ihre lästerlichen Gedanken bestrafen würde. Ihre Mutter kam ihr in den Sinn; sie schien plötzlich ganz nah zu sein — ja, es war Sara, als wache ihre Mutter über sie, und dieser Gedanke verlieh ihr neue Kraft.

Sie waren jetzt nicht mehr weit von Aleppo entfernt. Vor ihr am Horizont waren bereits die Umrisse der Burg zu erkennen. Am Stadtrand würde sie Pferd und Wagen stehenlassen und sich auf die Suche nach einem Gasthaus machen — einem jüdischen Gasthaus und einem jüdischen Arzt.

Die Straße war praktisch menschenleer — keine Soldaten, keine Fahrzeuge weit und breit. Über ihr spannte sich ein strahlendblauer Himmel und die Sonne blendete so, daß Sara, übermüdet wie sie war, kaum sehen konnte. Ihr Kopf drohte zu zerspringen, und die Schmerzen in ihrem Nacken wurden bei jedem Stein, über den der Wagen holperte, schlimmer. Als ihr erneut die Tränen in die Augen stiegen, wußte sie, daß sie beten sollte, um durchzuhalten, aber sie konnte sich auf kein Gebet besinnen. »Gott, hilf mir . . . bitte . . . und hilf Selena«, war alles, was ihr einfiel.

Hinter einer Bodenwelle tauchte ein Auto auf. Es fuhr mit zurückgeschlagenem Verdeck und kam ihr, eine dichte Staubwolke hinter sich aufwirbelnd, in raschem Tempo entgegen. Sara kniff die Augen zusammen und hob die Hand gegen die blendende Sonne. Als das Auto näher kam, sah sie, daß zwei Männer darin saßen und daß auf der Kühlerhaube eine Flagge wehte — die amerikanische Mission! Amerikaner waren zivilisierte Menschen; sie würden ihr helfen.

Sie sprang vom Wagen und schwenkte die Arme, während ihr erneut die Tränen über die Wangen liefen. Das Auto fuhr an ihr vorbei. »Anhalten!« schrie sie. »Bitte, halten Sie an!« O Gott, betete sie. Mach, daß sie anhalten!

Das Auto bremste und blieb ungefähr vierzig Schritte weiter stehen. Zwischen ihren geschwollenen Lidern konnte sie einen Mann mit rotem Schnurrbart am Steuer erkennen; der zweite, ein schlankerer Mann, war ausgestiegen.

»O Gott, ich danke dir«, stieß sie hervor und rannte halb blind auf das Auto zu.

»Bitte, helfen Sie uns!« keuchte sie. Dann blieb sie wie angewurzelt stehen, und der Schock nahm ihr den Atem. Zögernd ging sie einen Schritt weiter und starrte den Mann an, unfähig zu glauben, was sie sah. Sie war verrückt geworden. Sie halluzinierte.

»Sara?« sagte Joe Lanski, dem vor Überraschung fast die Stimme versagte. »Sara?«

Sie hörte die vertraute Stimme, und plötzlich verschwamm alles um sie herum. »Oh, Joe«, krächzte sie und brach in hilfloses Schluchzen aus. Joe streckte die Arme aus, und sie sank an seine Brust und weinte laut, so unerträglich erleichtert fühlte sie sich. »Oh, Gott sei Dank, Gott sei Dank!« stieß sie hervor, als Joe beschützend die Arme um sie legte.

Das Schiff war jetzt nur noch knapp eine Meile von der Küste Palästinas entfernt. Im Licht des abnehmenden Mondes konnte Daniel die Landmasse erkennen, die seine geliebte Heimat war. In einer halben Stunde würde der Mond untergehen; dann konnten sie es wagen, näher an die Küste heranzufahren. Schwere Regenwolken zogen über den Himmel, aber für einen Novemberabend war es noch immer warm, und das Meer war ruhig. Eine ideale Nacht, um im Meer zu baden, dachte Daniel und lächelte, während er angestrengt nach den Ruinen der Kreuzfahrerfestung Ausschau hielt.

»Noch eine halbe Stunde, meinen Sie?« fragte er gespannt.

Kapitän Jones nickte. »Weniger, wenn wir Glück haben«, antwortete er. »Wir werden in direkter Linie der Burg vor Anker gehen. Sie bietet uns gute Deckung vor der Küste.«

Daniel blickte bewundernd auf den Kapitän. Sein Respekt vor diesem Mann war vom ersten Tag ihrer Begegnung an immer größer geworden. Jones war ein kleiner dunkelhaariger Waliser, der mit seinem Schiff regelmäßig zwischen Ägypten und der phönikischen Küste des Libanon hin und her fuhr. Er nahm in Tyros und Beirut Nachrichten in Empfang, die dortige Untergrundgruppen gesammelt hatten. In Zukunft würde er auch einmal im Monat in Atlit zu demselben Zweck vorbeikommen.

Wenn Daniel an die zurückliegenden Wochen dachte, die er in Ägypten verbracht hatte, dankte er seinen Sternen für Leutnant Woolley. Dieser Mann war das völlige Gegenteil von Colonel Thompson. Er war zuvorkommend, interessiert, intelligent, und er konnte zuhören. Daniel war von Anfang an gut mit ihm ausgekommen.

Wenige Tage vor Daniels Ankunft in Port Said hatte der Leutnant erfahren, daß das britische Oberkommando beschlossen hatte, eine weitere Offensive gegen die Türkei zu führen. Geplant war, die Türken von der Halbinsel Sinai zu vertreiben und Ägypten von den palästinensischen Grenzen aus zu verteidigen statt am Suezkanal. Nichts hätte besser in Daniels Pläne gepaßt. Die britische Armee würde jetzt Informationen brauchen, und Woolleys Aufgabe war die Feindaufklärung hinter den türkischen Linien. Daniel war genau zum richtigen Zeitpunkt bei Woolley erschienen. Innerhalb weniger Tage hatte Woolleys Abteilung einen Code ausgearbeitet, ein Schiff besorgt, mit dem Daniel zurückfahren konnte, und den Schiffskapitän mit der Küstenlinie vertraut gemacht.

»Werfen Sie Anker, sobald wir auf Höhe der Burg sind«, befahl der Kapitän einem seiner Offiziere.

Als Daniel den Anker ins Wasser klatschen hörte, machte sein Herz einen kleinen Freudensprung. In höchstens zwanzig Minuten wäre er wieder auf heimatlichem Boden. Er war so glücklich, als kehrte er nach mindestens zwanzig Jahren nach Hause zurück. Am liebsten hätte er laut gesungen, während er den Seeleuten zuschaute, die fast geräuschlos an Deck arbeiteten.

Hinter ihm öffnete sich die Tür zur Brücke, und eine Stimme drang aus der Dunkelheit: »Bitte um Erlaubnis, das Boot zu Wasser zu lassen.«

»Erlaubnis erteilt.« Jones wandte sich an Daniel. »Noch ein paar Minuten, und dann haben Sie's geschafft«, sagte er fröhlich. »Viel Glück, und ich freue mich schon auf ein Wiedersehen. Haben Sie auch bestimmt alles bei sich?«

Daniel klopfte auf das in Ölhaut eingewickelte Päckchen an seinem Gürtel und nickte. »Ja, Sir«, sagte er strahlend. »Und vielen Dank für alles.«

Ein Seemann blickte vom Deck zur Brücke hinauf und signalisierte mit nach oben weisenden Daumen. »Das ist das Zeichen für Sie«, sagte der Kapitän und streckte Daniel die Hand entgegen. »Bis nächsten Monat — wenn es die U-Boote erlauben.« Und er grinste vergnügt, während sie sich die Hände schüttelten.

Sekunden später kletterte Daniel die Jakobsleiter hinab und stieg etwas linkisch in das kleine Boot, das auf den Wellen schaukelte. Die Seeleute auf der Ruderbank stießen sich vom großen Schiff ab und legten sich in die Riemen, während Daniel gespannt zum Ufer blickte. Sie waren noch ungefähr vierhundert Meter vom Ufer entfernt. Die letzten fünfzig Meter würde Daniel schwimmen müssen. Er zog Jacke und Hemd aus und fröstelte in der kühlen nächtlichen Brise.

Die Männer legten die Riemen ein. »Weiter fahren wir nicht, Sir«, flüsterte der eine und reichte Daniel eine Flasche. »Der Captain meint, Sie sollen einen ordentlichen Schluck nehmen, bevor Sie baden gehen.« Daniel setzte die Flasche an und trank von dem Rum, der ihn angenehm wärmte. Nachdem er noch einmal geprüft hatte, ob der Beutel mit seinen Kleidern, Papieren und dem Revolver, den er von Woolley bekommen hatte, sicher an seinem Gürtel befestigt war, ließ er sich vom Bootsrand ins Wasser gleiten. Die Kälte drang bis in seine Knochen. Er keuchte, doch schon Sekunden später schwamm er ruhig und in gleichmäßigen Zügen, bis er Grund unter den Füßen spürte. Bibbernd vor Kälte taumelte er über die Felsen; seine Füße waren so taub, daß er fast kein Gefühl mehr darin hatte.

Am Strand ließ er sich fallen, schwindlig vor Erschöpfung. Wenn er einatmete, schien ihm die Luft die Lungen zu versengen. Dann öffnete er seinen Beutel und zog sich an, so schnell er konnte. Den Revolver steckte er in den Gürtel. Im Schatten der Felsen ging er an der verlassen daliegenden Küste entlang zur Forschungsstation.

Kapitel XX

Sara hielt die Augen auf ihr Buch gerichtet, war aber mit ihren Gedanken ganz woanders. Ob wohl jeder Mensch so eine Art Joe Lanski hatte? fragte sie sich — jemanden, der wunderbarerweise immer im richtigen Moment auftauchte, um einen aus einer verzweifelten Lage zu retten? Zweimal war ihr Joe bereits in höchster Not zu Hilfe gekommen: einmal in der Wildnis in einer Situation, über die sie jetzt beinahe lächeln konnte; und das zweite Mal – dessen war sie sich nur allzu bewußt – hatte er sie vor dem Tod oder, was nahezu gleichbedeutend gewesen wäre, vor einem türkischen Gefängnis bewahrt. War er auf der Straße nach Aleppo erschienen, weil sie um Hilfe gebetet hatte? Hatte Gott ihn geschickt, um sie zu retten und nach Hause zu begleiten?

Seit fünf Tagen reisten sie nun zusammmen, aber Joe gelang es, trotz Ruß und Staub stets wie aus dem Ei gepellt auszusehen. Er schien sich in dem rüttelnden, schlingernden Eisenbahnwaggon vollkommen wohl zu fühlen, hatte die gestiefelten Beine übereinandergeschlagen und machte sich in einem kleinen grünen Buch Notizen. Bei dem Gedanken, dieser mit allen Wassern gewaschene Abenteurer könnte ein Schutzengel sein, schmunzelte sie. Joe Lanski war weiß Gott der Letzte, der in den Himmel gehörte.

Joe blickte auf und lächelte. »Ein gutes Buch?« fragte er liebenswürdig. Sara nickte und veränderte ein klein wenig ihre Haltung, um den Buchumschlag zu verdecken. Sie las einen Liebesroman, den sie in der amerikanischen Mission gefunden hatte, und wenn Joe den Namen der Autorin las, würde er sie wegen der Wahl ihres Lesestoffs hänseln.

Doch Joe hatte ihren Trick durchschaut. Er beugte sich zu ihr hinüber und drehte den Buchrücken in seine Richtung. »Ah«, sagte er und der spöttische Ausdruck kehrte in seine grünen Augen zurück. »Das kenn' ich. Ich hätte nie gewagt, es dir zu empfehlen – sehr frivole Lektüre.«

»Ich bin eine verheiratete Frau und kann lesen, was ich will«, entgegnete sie so kurz angebunden, daß er laut auflachte.

»Oh, ich bitte Sie um Verzeihung, Madame Cohen. Ich hatte Ihren Familienstand ganz vergessen.«

Sara konnte sich ein Lächeln nicht verkneifen. Die Wahrheit war, daß sie ihn beinahe selbst vergessen hatte. So vieles war in den vergangenen sechs Wochen geschehen, seit Chaim sie am Bahnhof zum Abschied geküßt hatte, daß ihr Eheleben kaum mehr zu sein schien als eine weit zurückliegende Erinnerung.

»Ich liebe es, wenn du lächelst«, sagte Joe mit der neuen Sanftheit, die er sich während der Zeit, die sie in Aleppo verbringen mußten, zugelegt hatte. »Auch wenn es noch so flüchtig ist«, fügte er grinsend hinzu, als sie den Kopf wandte, um aus dem Fenster zu schauen und die Unterhaltung zu beenden.

Himmel, dieser Mann konnte einen irritieren! dachte Sara. Er ist die schillerndste Persönlichkeit, die mir je begegnet ist. Und wenn wir noch monatelang miteinander in diesem Zug fahren müßten, würde ich ihn nicht viel besser kennen.

Sie ließ das Rätsel Joe Lanski ungelöst und sah nach, wie es Selena ging. Die Freundin saß in ihrer Ecke, eingehüllt in den von der langen Reise arg mitgenommenen schwarzen Umhang. Ihre zarte Haut spannte sich wie hauchdünnes Papier über ihren Knochen, und tiefe Schatten umrahmten ihre Augen. Aber auf ihren Wangen lag zumindest wieder etwas Farbe. Sie schien friedlich zu schlafen.

Selena hatte in derselben Minute, als sie von Joe auf der Straße nach Aleppo gerettet wurden, aufgehört, sich gegen ihre Krankheit zu wehren. Als sie in der Mission eintrafen, war ihre Temperatur in die Höhe geschnellt, und sie hatte sich wie eine Wahnsinnige auf dem sauberen schmalen Bett hin und her geworfen. Der alte griechische Arzt, den Joe geholt hatte, diagnostizierte auf den ersten Blick Typhus und bestätigte damit Saras schlimmste Befürchtungen.

»Wird sie wieder gesund, Doktor?« hatte Sara den alten Mann gefragt, aber er wollte nichts versprechen.

»Halten Sie sie gut warm — mit mehreren Decken. Und geben Sie ihr ständig zu trinken, so viel Sie in sie hineinbekommen. Notfalls versuchen Sie es mit Gewalt. Mehr kann man nicht tun.«

Drei Tage lang schwebte Selena zwischen Leben und Tod. Sara war trotz der Ansteckungsgefahr nicht von ihrer Seite gewichen, hatte ihr die Stirn gekühlt und ihr zu trinken gegeben. Jedesmal, wenn das Fieber sank, hoffte sie, es möge das letzte Mal sein, obwohl sie wußte, daß es nur ein weiteres Symptom der Krankheit war, die Selena vor ihren Augen dahinraffte. In der dritten Nacht schüttelte der Arzt traurig den Kopf und fragte, welcher Glaubensgemeinschaft die Patientin angehöre.

»Sie ist Christin«, hatte Sara flüsternd geantwortet. Sie wußte, was diese Frage bedeutete.

»Dann sollten Sie einen Priester rufen.«

Knapp eine Stunde später war Joe mit einem griechisch-orthodoxen Erzbischof im Schlepptau in die Mission gekommen. Sara betrachtete die bärtige Gestalt in dem hohen randlosen Hut, dem schwarzen Schleier und dem ebenfalls schwarzen, scharlachrot eingefaßten Ornat. Um den Hals trug er ein reich verziertes Kreuz. Unwillkürlich erschauerte Sara bei seinem Anblick. In ihren übermüdeten Augen wirkte er mehr wie der Agent einer dunklen Macht als ein Mann Gottes. Doch wenige Stunden, nachdem Selena von ihm die Letzte Ölung empfangen hatte, fiel ihre Temperatur und stieg nicht wieder an. In den darauffolgenden Tagen hatte Selena allmählich wieder das volle Bewußtsein erlangt. Sie war auch etwas kräftiger geworden, doch es hatte noch weitere zehn Tage gedauert, bis der Arzt erklärte, sie sei außer Gefahr. Sie war zu schwach, um irgend etwas allein zu tun; sie konnte nicht einmal essen. Sara hatte sie gepflegt wie eine gelernte Krankenschwester.

Und Joe — Joe war wunderbar gewesen. Er erschien zu den Mahlzeiten oder irgendwann im Lauf des Tages mit verlockenden Delikatessen oder Geschenken für die Patienten: eine entzückende kleine Spieluhr, ein wunderschöner Seidenschal, und ein paar Tage, bevor sie abreisten, zwei Samtcapes — ein blaues für Sara und ein dunkelrotes für Selena. Dieses letzte Geschenk hatte Selena nicht angenommen; sie sagte, sie hätte bereits zu viel von ihm bekommen und bat, Joe möge es der Mission geben, die ihr geholfen hatte, wieder gesund zu werden. Joe hatte überrascht zugestimmt; doch Sara hatte er gebeten, ihm den Schlag einer zweiten Zurückweisung zu ersparen und das Cape anzunehmen. Sara, die an ihre Kleider dachte, die in den Koffern in Mouslimiye geblieben waren, und an die bitterkalten Nächte, hatte es nicht über sich gebracht, das Geschenk abzulehnen.

Joe hatte ihnen geraten, ihr Gepäck als verloren zu betrachten, nachdem er erfahren hatte, daß die Nachricht von dem Mord an zwei türkischen Soldaten in Aleppo in aller Munde war und die Saptiehs nach zwei Frauen suchten, einer Palästinenserin und einer Türkin — »nach Feindinnen des Reichs und des Islam«, wie es hieß, »die zwei Soldaten verführt und in den Tod getrieben haben«.

»Verführt?!« stieß Sara empört hervor. »Diese Mistfresser! Eher würde ich ein Kamel verführen!«

Joe hatte gelacht. »Das Beste weißt du noch gar nicht. Die Araber glauben, ihr beide wärt Dschinnen in Gestalt von Sirenen. Es ist nur gut, daß euch niemand auf dem Wagen gesehen hat. Die allgemeine Version lautet, ihr hättet euch irgendwo auf der Straße nach Aleppo in Wölfe verwandelt und wärt in die Wüste verschwunden.« Joe amüsierte sich köstlich und wollte sich ausschütten vor Lachen, aber Sara war noch zu wütend, um irgend etwas an der Geschichte komisch zu finden.

»Am vielen Lachen erkennt man den Narren. Ich wünschte, ich hätte mich in einen Wolf verwandeln können. Es wäre ein sehr nützlicher Trick gewesen dort draußen!«

Selena grämte sich, weil sie einen Menschen ermordet hatte. Sara dagegen wurde von der Erinnerung an die vielen tausend Armenier verfolgt, die in die syrische Wüste und damit in den sicheren Tod getrieben wurden. In ihren Träumen wurden aus den Armeniern Juden, und die Frau, die am Zug entlanglief, war sie selbst. Jeden Abend schlief sie mit diesen Bildern vor Augen ein, und Nacht für Nacht wachte sie schreiend und schweißgebadet auf.

In der ersten Nacht, als sie aus diesem Alptraum erwachte, war sie aufgestanden, um sich ein Glas Wasser zu holen, und war im Korridor auf Joe gestoßen. Er roch nach Alkohol, Zigarren und einem stark moschushaltigen Parfüm. Frierend stand sie in ihrem Nachthemd da und starrte ihn angewidert an. »Wieder mal bummeln gewesen mit Ihren türkischen Freunden?« sagte sie voller Verachtung.

Joe blickte sie ruhig und nur mit der Andeutung eines Lächelns auf den Lippen an. »Es wäre ratsam, nicht zu vergessen«, erwiderte er, »daß Sie es meinen Geschäften mit meinen Freunden, den Türken, verdanken, daß ich zur rechten Zeit in Meppo war, um Ihnen zu Diensten zu sein.«

»Ja«, stieß sie hervor, »und daß Sie ihnen Pferde verkaufen, damit sie hilflose Frauen und Kinder wie Vieh in die Wüste treiben können, daß Sie ihnen Waffen verkaufen, damit sie sie eines Tages gegen uns richten können, sobald sie ›das Armenierproblem‹ gelöst haben. Begreifen Sie nicht, daß wir, die Juden, als nächste dran sind?« Sie merkte, daß sie die Beherrschung verlor, daß ihre Stimme laut und schrill klang, aber sie konnte nicht aufhören. »Werden Sie ihnen immer noch Gewehre verkaufen, wenn sie anfangen, uns in die Wüste zu treiben? Es wäre Ihnen egal, wenn sie jetzt, in diesem Moment, kämen und mich holten, wenn nur etwas für Sie dabei herausspränge. Ist es nicht so?«

Bevor sie weiterwütete, packte Joe sie am Handgelenk und hielt sie mit eisernem Griff fest. »Du dumme Frau, weißt du nicht, daß alles, was dir geschieht, auch mich betrifft?« Sara starrte ihn verdutzt an. Dann nahm er sie bei den Schultern und blickte ihr ernst ins Gesicht. »Glaubst du wirklich, ich sei ein Freund der Türken? Es waren Türken, die meine Familie ermordet haben, und das nur, weil sie Juden waren. Glaubst du, ich hätte das vergessen? Glaubst du wirklich, ich könnte auf ihrer Seite sein?«

Der Ausdruck auf Joes Gesicht ließ Sara vor Scham erröten. Sie senkte die Augen, weil sie seinem Blick nicht zu begegnen wagte. Sie wollte ihn um Verzeihung bitten und brach statt dessen in Tränen aus. Joe legte die Arme um sie und hielt sie fest.

»Sara, Sara«, sagte er beruhigend und streichelte ihr seidiges Haar. »Rings um uns passieren schreckliche Dinge. Aber es hat keinen Sinn, daß du dich wegen etwas quälst, was du nicht verhindern kannst.«

»Aber warum kann ich nichts tun? Ich fühle mich so hilflos.« Sara schluchzte, daß ihr ganzer Körper in seinen Armen bebte.

»Sara, ich weiß, wie dir zumute ist«, sagte Joe leise. »Ich verstehe deinen Wunsch, etwas Dramatisches, etwas Großartiges zu tun. Aber du mußt die Prioritäten richtig setzen. Die Zeit, um gegen die Türken loszuschlagen, kommt erst noch. Schau in die Zukunft. Dafür können wir etwas tun.« Seine Stimme klang stark und sicher, und als Saras Schluchzen allmählich nachließ, verstand sie auch, was er sagte. Seufzend lehnte sie ihren Kopf an seine Brust. »O Joe, bring mich nach Hause. Ich will nach Hause. Bitte«, sagte sie mit ganz kleiner Stimme.

»Vertrau mir, Sara«, flüsterte er. »Sobald es der Doktor erlaubt, bringe ich euch beide zurück nach Palästina. Nach Hause. Ich verspreche es.«

Und Joe hatte sein Versprechen gehalten. Wie er es allerdings schaffte, Selenas Weiterreise zu ermöglichen, konnte Sara nur vermuten. Nun waren sie endlich in Palästina. Am Abend zuvor hatten sie die Grenze überquert. Sie hatten in Afula übernachtet, doch Sara hatte vor Aufregung und Vorfreude kaum geschlafen. Sie stellte sich ihr geliebtes Palästina vor, die reine Luft, die Weite der Landschaft, die Pfefferbäume und die weiß gebleichten Eukalyptusbäume, die Rosen ihrer Mutter — und die Menschen, ihren Vater, Aaron, Sam, Ruth, das Baby, das sie noch nicht gesehen hatte. Selbst Fatmas Gepolter würde ihr wie Musik in den Ohren klingen. Wie sehnte sie sich nach ihrem Zimmer, von dem aus sie die Weinberge überblicken konnte, die sich bis in weite Ferne erstreckten; nach dem Meer und den Wellen, die an die Felsen der Bucht schlugen; nach einem forschen Ritt auf Bella durch die Buschwildnis. Zuhause war nicht länger ein sehnsuchtsvoller Traum, sondern wieder Wirklichkeit geworden. Palästina war ihre Heimat, die sie nie wieder verlassen oder gar im Stich lassen würde.

»Schau, Selena!« rief sie. Sie griff nach Selenas Arm und rüttelte sie wach. Die schwere graue Wolkendecke, unter der sie den ganzen Tag dahingefahren waren, hob sich plötzlich, und nun konnten sie die aprikosenfarbene Küstenlinie des Karmelgebirges sehen.

Selena ging auf die andere Seite des Abteils hinüber zu Sara, deren Augen so blau leuchteten wie selten. Als Selena sah, wie aufgewühlt Sara war, stiegen ihr gerührt die Tränen in die Augen und sie sagte verständnisvoll: »Du bist zu Hause.«

Sara nahm ihren Arm und lächelte stolz. »Wir sind zu Hause, Selena. Wir sind zu Hause. Es wird dir gefallen, du wirst sehen.«

Joe beobachtete die beiden — Sara, wie sie sich freute und auf Besonderheiten der Landschaft hinwies, und Selena, die lebhaft auf alles einging. Sara war hinreißend, bezaubernd. Er war so ergriffen von ihrer Schönheit, daß er glaubte, sein Herz würde stillstehen. Er hatte sich dazu erzogen, kalt und hart zu sein — aber von Sara Abschied zu nehmen würde ihm schwerfallen. Ärgerlich schob er den Gedanken beiseite. Er schüttelte den Kopf, als wollte er eine Fliege verscheuchen. Diese verdammte Frau mit ihren unausgesprochenen Wünschen und ihrer verwirrenden Schönheit. Morgen würde er außerhalb ihrer Reichweite sein, und Joes Märchenstunde wäre zu Ende. Er stand auf, streckte sich und begann, die Koffer und Taschen aus dem Gepäcknetz zu nehmen, denn der Zug näherte sich dem Bahnhof, an dem sie aussteigen mußten.

Sara war als erste auf dem Bahnsteig. Sie sprang aus dem Zug, als hätte sie eine einstündige Fahrt hinter sich und nicht eine sieben Wochen während Reise voller Entbehrungen und Gefahren. Ihre Augen suchten Abdul, den alten Träger — mehr um der alten Zeiten willen als wegen ihres Gepäcks.

Doch dann sah sie ihn, und ihr Herz machte einen Satz. Sie blieb abrupt stehen, und ihre Augen weiteten sich vor Staunen. Wie konnte er gewußt haben, daß sie mit diesem Zug ankam? Dann sah sie Joe, der sie mit einem breiten, triumphierenden Lächeln beobachtete. Oh, er war unbezahlbar ... Er mußte ihnen gestern abend irgendwie Bescheid gegeben haben.

»Aaron!« schrie sie und bahnte sich drängelnd und stoßend einen Weg durch die Menge, bis sie in seinen Armen lag und ihn festhielt, als wollte sie ihn nie wieder loslassen. »Aaron. O Aaron! Ich habe dich so vermißt!« rief sie halb lachend, halb weinend, als er sie an sich drückte.

Aaron war ebenso froh und erleichtert wie Sara, daß sie wieder zu Hause war. Er war zunächst überrascht und dann sehr besorgt gewesen, als er einen Brief von Chaim erhalten hatte, in dem Chaim fragte, ob Sara gut angekommen sei, und ihn bat, er möge doch seinen brüderlichen Einfluß nutzen und Sara überreden, ihm zu schreiben. Wie der Brief Aaron erreicht hatte, war an sich schon ein Rätsel; aber die Tatsache, daß er mehrere Wochen unterwegs gewesen war und daß niemand inzwischen etwas von Sara gehört hatte, war noch viel beunruhigender.

Dann brachte ein unbekannter Bote eine Nachricht von Sara aus Aleppo: Sie sollten sich keine Sorgen machen; sie befänden sich auf dem Heimweg unter der Obhut von Joe Lanski. Kein Wort mehr. Heute morgen hatte dann ein Reiter aus Afula Joes Ankündigung überbracht, daß sie mit diesem Zug kommen würden.

Erst als er sie aus dem Zug springen sah, war das ungute Gefühl, das seit Wochen auf ihm lastete, endlich verschwunden.

»Du hast mir auch gefehlt, kleine Schwester«, sagte er mit rauher Stimme, und dann wandte er sich an Joe. »Was um Himmels willen hast du mit diesem Schurken in Aleppo gemacht?« Die beiden Männer schüttelten sich die Hand und lächelten sich freundlich zu.

»Das ist eine lange Geschichte, die du dir lieber von Sara erzählen lassen solltest«, sagte Joe. »Wo ist Selena?« fügte er hinzu und sah sich um.

»Selena!« rief Sara sich wieder dem Zug zuwendend. »Sie ist meine Freundin aus Konstantinopel«, erklärte sie ihrem verwirrt dreinschauenden Bruder. »Ich habe sie mitgenommen.«

Aarons Zweifel auf diese plötzliche Ankündigung hin waren wie weggeblasen, als er Selena vorgestellt wurde. Klein und unglaublich zart stand sie vor ihm und blickte lächelnd zu ihm empor. Als sich ihre Augen trafen, wußten beide, daß sie im selben Moment Freundschaft geschlossen hatten. Aaron lächelte zustimmend.

»Es ist eine Ehre, Sie kennenzulernen, Mr. Levinson«, sagte Selena und erwiderte sein Lächeln.

»Das Vergnügen ist ganz meinerseits. Und bitte, nennen Sie mich Aaron.« Dann wandte er sich an Abdul und wies ihn an, das Gepäck zum Auto zu bringen. »Also dann: Willkommen in Palästina!« fügte er an Selena gewandt hinzu.

Wieder glitt ihr schönes Lächeln über ihr Gesicht. »Palästina, willkommen!« sagte sie. Dies hier war Gottes Land, das Land, in dem Jesus geboren wurde, das Ursprungsland ihres Glaubens. Zum erstenmal seit Wochen spürte Selena ein Fünkchen Hoffnung aufglimmen — einen winzigen aufkeimenden Optimismus.

Sara lehnte sich in der großen weißen Badewanne zurück, legte den Kopf, um den sie ein Handtuch gewickelt hatte, auf den Rand der Wanne und schwelgte in wohliger Wärme und Sauberkeit. Draußen goß es in Strömen. Hinter den dichten Baumwollgardinen trommelte der Regen gegen die Fensterscheiben. Wind und Regen trugen noch zur Steigerung des Badevergnügens bei in einem dampfenden Badezimmer, wo es nach Lavendelöl roch und das Eukalyptusholz im Ofen knisterte.

Selena lag am anderen Ende der Wanne und genoß ebenso wie Sara die Wohltat des heißen Wassers. Als sie das Haus der Levinsons betreten hatte, fühlte sie sich sofort von einem wunderbaren Frieden umhüllt. Das Haus erinnerte sie an ihr eigenes Zuhause in Armenien, und Saras Vater schien manchmal große Ähnlichkeit mit ihrem Vater zu haben.

Abram Levinson hatte sie freundlich angesehen, ihre Hand gehalten und leicht gedrückt. »Ich denke«, hatte er gesagt, »daß ich eben noch eine Tochter bekommen habe.« Und er hatte sie zärtlich auf die Wange geküßt. Selena lächelte und war, wie so oft, den Tränen nahe. Sie hatte vergessen, wie es war, Teil einer Familie zu sein und ganz selbstverständlich geliebt zu werden. Es war wie ein Wunder, daß sie ein solches Heim gefunden hatte, und es schien hundert Jahre zurückzuliegen, daß sie etwas so Wundervolles erlebt hatte.

»Ist alles in Ordnung, Selena?« Sara warf ihr vom gegenüberliegenden Ende der Wanne einen forschenden Blick zu.

»O ja«, murmelte Selena. »Es ist nur, weil alle so freundlich zu mir gewesen sind — ich hoffe, ich werde euch nicht zur Last fallen.«

Sara schaute sie liebevoll an. »Du wirst dich hier sehr bald nützlich machen. Keine Sorge. Es gibt hier so viel zu tun, und wir würden ein zusätzliches Händepaar nie ungenutzt lassen.« Sie kniff leicht in Selenas dünne Wade. »Aber erst mußt du dich richtig erholen und ein bißchen Fett ansetzen. Fatma wird dir dabei helfen. Wart's ab.«

»Ich weiß immer noch nicht, wie ich dir danken soll. Weißt du, es ist das erste Mal, daß ich mich sicher fühle seit . . .« Sie ließ den Satz unvollendet.

»Ich weiß, wie du dich fühlst«, versicherte ihr Sara. Sie selbst war so vollkommen glücklich, so absolut zufrieden, hier im dampfenden Wasser zu liegen mit dem Gefühl, zu Hause zu sein.

Als sie in Zichron angekommen waren, hatte sie eine von einem Ohr zum anderen grinsende Fatma begrüßt, der die Tränen über das runde Gesicht liefen, als sie Sara lachend und weinend zugleich umarmte. Sam war da, der groß und kräftig geworden war, seit sie ihn zum letztenmal gesehen hatte; doch wie damals umarmte er sie spontan wie ein Kind, übersäte ihr Gesicht und ihr Haar mit Küssen und legte nur eine kleine Pause ein, um einen bewundernden Blick auf Selena zu werfen. Abu hatte Sara so begeistert auf den Rücken geklopft, daß sie glaubte, sie müßte in die Knie gehen. Und ihr Vater, der älter und schmäler geworden war, hatte sie an sich gedrückt, als müßte sie sofort wieder zurückfahren nach Konstantinopel.

Innerhalb der ersten halben Stunde erfuhr Sara, daß Alex und Becky sicher in Amerika angekommen waren, daß Alex die Palästinahilfe der amerikanischen Juden überall in den Vereinigten Staaten erfolgreich organisierte, und daß Becky bei Verwandten in Brooklyn wohnte, sich dort wohl fühlte und im Januar auf das College gehen würde.

Während der Fahrt nach Zichron erzählte Aaron Sara und einer schläfrigen Selena alles über die Heuschreckenbekämpfung und die Arbeit auf der Forschungsstation; er berichtete auch von den Veränderungen, die sich im vergangenen Jahr für Palästina ergeben hatten und wie knapp Lebensmittel und Brennstoff geworden waren.

»Und Daniel?«

Saras Herz pochte so laut, als sie seinen Namen erwähnte, daß sie befürchtete, Aaron würde es hören trotz der tukkernden Jezebel. Daniel war irgendwo bei Gaza, wo man Heuschrecken gesichtet hatte, aber sie erwarteten ihn jeden Tag zurück.

Das Badewasser wurde langsam kühl, und Sara dachte, daß es allmählich Zeit war, diesen Mutterschoß zu verlassen und sich anzuziehen. Sie blickte zu Selena, und als sie die winzigen Falten zwischen ihren Brauen und die dunklen Ringe unter ihren Augen sah, flog ihr ihr Herz entgegen.

»Komm, es wird Zeit, daß wir uns zum Abendessen fertigmachen«, sagte sie lächelnd und setzte sich in der Wanne auf. »Morgen sehen wir bei den Kleidern meiner Mutter nach, ob wir aus dem einen oder anderen etwas für uns nähen können.«

»Was hast du gesagt?« Selena versuchte zu lächeln, aber es fiel ihr schon schwer, die Augen offen zu halten und nicht in der Wanne einzuschlafen.

Sara blickte Selena scharf an. »Was du brauchst, ist ein bißchen Schlaf. Du siehst sehr müde aus.«

»Das bin ich auch«, sagte Selena mit schwerer Stimme. Sara zwickte sie noch einmal in die Wade. »Komm schon. Heute abend werden wir ordentlich essen und dann schlafen. Und morgen fangen wir an zu planen.« Sie sprang aus der Wanne und wickelte sich in ein großes Badetuch, das neben dem Ofen gehangen hatte und herrlich warm war. Selena streckte sich mit geschlossenen Augen noch einmal in der Wanne aus. Dann öffnete sie die Augen plötzlich, und die alte Unerschrockenheit blitzte in ihnen auf, als sie Sara anblickte.

»Tod und Verdammnis den Türken. Ich werde sie verfluchen, solange ich lebe. Ich werde mich von meiner Angst nicht unterkriegen lassen, Sara. Ich schwöre es.«

Sara schaute sie verdutzt an. Dann lachte sie und streckte ihr die Hand entgegen. »Jetzt weiß ich, daß du wieder die alte bist«, sagte sie und zog sie auf die Beine.

»Gib mir noch einen Brandy«, sagte Joe und schob sein Glas über den Tisch. Aaron schenkte nach und Joe trank, dankbar für die Wärme, die ihn durchflutete. Sie saßen in dem Nebengebäude, das Aaron als Arbeitsraum und Labor gedient hatte, bevor die Forschungsstation gebaut worden war. Es war ein großer Raum, in dem allerlei Gerät herumstand und wo es zog; dennoch war er auf eine typisch männliche Art gemütlich.

»Tut mir leid wegen der Kälte, aber ich spare Petroleum, wo es nur geht«, entschuldigte sich Aaron. Joe nickte. Aaron wies auf das Bett, auf dem sich die Decken türmten. »Es dürfte warm genug sein, sobald du drin bist.«

Joe grinste. »Jetzt wäre eine Frau recht, die mich wärmt.«

»Die könnte ich auch gebrauchen«, entgegnete Aaron lachend und trank seinen Brandy in einem Zug. Plötzlich erkannte er, wie wahr seine Worte waren. Wann hatte er zuletzt mit einer Frau geschlafen? In jüngster Zeit hatte er so viel zu tun, daß er seit seiner Trennung von Hannah wie ein Mönch lebte. Er räusperte sich und reichte Joe die Flasche, doch Joe lehnte ab.

»Was Sara gesehen hat, war tatsächlich nur die Spitze des Eisbergs?« fragte Aaron, an ihr vorausgegangenes Gespräch anknüpfend.

Joe stand auf und trat ans Fenster. Schweigend schaute er den Regentropfen zu, die über die Scheibe rannen, während er versuchte, seine Gefühle in Worte zu fassen. Niemand wußte, wie schwer es ihm fiel, von den Massakern zu sprechen, den sinnlosen, grausamen Morden, der Verfolgung und dem unbegründeten tödlichen Haß. Niemand konnte wissen, wie seine Erinnerungen durch die jetzigen Ereignisse wachgerufen wurden und ihn verfolgten, und wie klar und deutlich die Bilder nach all den Jahren noch vor ihm standen: die warme Küche in der Ukraine, die betrunkenen Kosaken, die die Tür aufbrachen, der Haß, der aus ihren fetten weißen Gesichtern strahlte; dann die Gewehrschüsse, der scharfe Gestank von Schießpulver, der in der Küche hing; die Gestalt seines Vaters, den er, als der Rauch sich verzog, zusammengesunken über dem Tisch liegen sah, das Küchenmesser wie einen Dolch in der Hand; seine Mutter, die langsam an der Wand zu Boden glitt, eine rote Blutspur auf dem weißgekalkten Putz hinterlassend. Sie hatte kein Gesicht mehr, aber ihre Arme hielten seine beiden Schwestern so fest umschlungen, daß die drei nicht einmal im Tod getrennt werden konnten und gemeinsam in einem elenden Loch begraben wurden.

Trotz der Kälte spürte Joe, wie ihm der Schweiß auf die Stirn trat. Er wischte ihn mit dem Ärmel weg, bevor er sich wieder Aaron zuwandte.

»Die Armenier sollen umgesiedelt werden nach Deir ez Zor, mitten in der syrischen Wüste«, sagte er langsam. »Was nichts anderes heißt als Massenmord. Die anscheinend so aufgeklärte Regierung in Konstantinopel hält es für angebracht, alle Angehörigen armenischer Rasse in die Wüste zu verbannen. Der Umsiedlungsplan wurde angeblich bis ins Detail von Enver Pascha ausgearbeitet, und die Aktion findet unter seiner persönlichen Leitung statt. Das ganze Reich soll von Armeniern ›gesäubert‹ werden, und sie tun es systematisch und gnadenlos. Die Armenier müssen innerhalb weniger Stunden ihre Häuser und Wohnungen verlassen und werden nur mit dem, was sie tragen können, ohne Lebensmittel und Wasser, auf einen Marsch von etlichen Tausend Meilen geschickt. Auch die jüngsten und kräftigsten erliegen Krankheiten auf diesem Marsch, oder sie sterben schlicht an Hunger und Durst. Und wenn sie daran nicht schnell genug sterben, helfen die Saptiehs mit Schlägen nach. Tausende begehen lieber Selbstmord, als sich weiterzuschleppen. Die Straßen sind gesäumt von Hunderttausenden von Toten und Sterbenden. Die Lebenden sind zu schwach, um die Leichen zu beerdigen; die Saptiehs kümmert es nicht. Kein einziger Armenier wird Deir ez Zor lebend erreichen. Die Barbarei, die Enver Pascha hier beweist, übertrifft die schlimmsten Exzesse der Sultane, von denen er uns befreit hat.«

Als Joe geendet hatte, herrschte für eine ganze Weile tiefe Stille. Aaron hatte das Gefühl, als hätte ihn jemand in den Magen geboxt. Er holte tief Luft und preßte die Faust auf den Magen. »Völkermord«, sagte er langsam.

Joe schaute ihm direkt ins Gesicht und nickte. »Ich fürchte, es gibt kein anderes Wort dafür.«

Sie schwiegen wieder, während Aaron versuchte, sich von dem Schock zu erholen. »Aber die Deutschen?« fragte er schließlich. »Sie sind doch genauso Christen wie die Armenier — sie können doch unmöglich erlauben, daß so etwas geschieht!« rief er.

Joe lächelte bitter. »Sie wollen doch nur ihren Krieg gewinnen. Was bedeutet ihnen das Schicksal von zwei Millionen Menschen, die sie nie gesehen haben, verglichen mit dem ruhmreichen Ziel der Weltherrschaft? Abgesehen davon«, fügte er hinzu, »traue ich den Hunnen gerade so weit, wie ein Kamel seinen Mist abwirft.«

Aarons Magen hatte sich steinhart verkrampft. »Sind wir die nächsten?« fragte er, wobei seine Stimme seltsam fremd klang.

Joe nahm eine Zigarre aus seiner Tasche, biß das Ende ab und zündete sie an, bevor er zu seinem Stuhl zurückkehrte. »Wie die Dinge im Augenblick liegen — nein«, antwortete er und lächelte mit zusammengepreßten Lippen, während er die glühende Spitze seiner Zigarre betrachtete. »Unsere Brüder im deutschen Bankgeschäft sind zur Zeit viel zu wichtig für die Finanzierung der Kriegsmaschinerie. Die Deutschen können es sich nicht leisten, ihr Mißfallen zu erregen — jedenfalls nicht, solange sie auf der Gewinnerseite sind.«

Aaron nickte. »Ja, natürlich«, sagte er. »Trotzdem wundert es mich, daß man bisher noch nicht versucht hat, die Armenier hier in Palästina zusammenzutreiben.« In Jerusalem und Jaffa lebten viele Armenier, darunter auch Freunde der Levinsons wie der freundliche Hauptmann der Saptiehs, Kristopher Sarkis. »Ich habe Freunde unter den Armeniern — sollten wir sie warnen?«

»Ich weiß nicht. Wie es aussieht, ist bis jetzt auch der größte Teil der Gemeinde in Konstantinopel verschont geblieben«, sagte Joe. Wieder versanken beide in brütendes Schweigen, das schließlich von Fatma gebrochen wurde, die von der Küchentür aus zum Essen rief.

Sie standen auf und gingen zur Tür. Mit der Hand auf dem Türknauf drehte sich Aaron noch einmal um und fragte, ohne Joe dabei anzusehen: »Haben diese zwei türkischen Soldaten . . .?«

»Nein«, sagte Joe, und ein Lächeln spielte um seine Lippen. »Sara und Selena haben sie vorher umgebracht.«

Das Abendessen wurde nicht ganz die fröhliche Wiedersehensfeier, die sich Sara während der langen Heimreise ausgemalt hatte. Aaron war schweigsam und offensichtlich mit seinen Gedanken beschäftigt. Er rührte sein Essen kaum an. Sam und ihr Vater waren ebenfalls sehr still, als spürten sie, daß etwas in der Luft lag. Selena hatte sich entschuldigt und war zu Bett gegangen, und Fatma, auf deren Lärmkulisse man sich normalerweise verlassen konnte, war Selena mit einer Schüssel Suppe und einer Menge guter Ratschläge gefolgt. Sogar Joe war gedämpfter Stimmung; keine einzige zynische Bemerkung war über seine Lippen gekommen, und auch er hatte kaum etwas von den einfachen, aber gut zubereiteten Speisen gegessen. Dafür tranken sie, er und Aaron, eine ganze Menge. Sie ließen sich regelrecht vollaufen.

Gegen Ende der Mahlzeit ging plötzlich die Tür auf, und Ruth stürzte herein. Ihr hübsches Gesicht strahlte vor Glück, als sie Sara sah, und ihre ausgelassene Stimmung brach endlich die gespannte Atmosphäre. Die beiden jungen Frauen fielen sich in die Arme, lachten, weinten und redeten gleichzeitig. Ruth trank ein Glas Wein mit der Familie, mußte dann jedoch zu ihrem Baby zurück, nachdem Sara versprochen hatte, es gleich morgen früh zu besichtigen.

Als Ruth gegangen war, trat wieder die gleiche ungemütliche Stille ein, und Sara war richtig erleichtert, als Aaron und Sam sich entschuldigten und zu Bett gingen. Dann erhob sich auch Joe und wünschte allen eine gute Nacht. Mit der üblichen Eleganz beugte er sich über Saras Hand und küßte sie. »Gute Nacht, Sara«, sagte er, und als er sie ansah, war sein Gesicht so ausdruckslos, daß er genausogut ein Fremder hätte sein können. Er drehte sich um und ging zur Tür; doch Sara war aufgesprungen und versperrte ihm den Weg.

»Joe«, sagte sie ernst und legte die Hand auf seinen Arm, »ich werde dir nie genug danken können für alles, was du für Selena und mich getan hast.« Sie zögerte. Warum nur war es so schwer, etwas Nettes zu ihm zu sagen? Einen Augenblick lang standen sie voreinander und sahen sich an, und dann änderte sich sein Gesichtsausdruck, und in seinen grünen Augen funkelte wieder die alte spöttische Herausforderung.

»Ich bin ziemlich sicher, daß du eines Tages eine Möglichkeit finden wirst, deine Dankesschuld zu begleichen, Sara Cohen«, sagte er leise und schleppend, und etwas in seinem Ton ließ ihr Herz schneller schlagen. Seine Augen glitten gemächlich über ihr Gesicht und ihren Hals. »Gute Nacht.«

Sara stand mit dem Rücken zum Zimmer, stocksteif und mit hochrotem Gesicht, als sich die Tür vor ihr schloß. Sie wußte genau, was er gemeint hatte, und hätte dort nicht ihr Vater am Tisch gesessen, hätte sie ihn gegen das Schienbein getreten. Doch nun begann sie zu lächeln, obwohl sie sich über seine Andeutung geärgert hatte. Daß Joe zu seiner gewohnten Art zurückgekehrt war, gab ihr so richtig das Gefühl, wieder daheim zu sein.

»Weil du gerade stehst . . . Könntest du mir ein Glas Wasser bringen, Kind?« bat ihr Vater.

»Gern, Papa«, sagte sie. Sie füllte ein Glas und brachte es zum Tisch. Im Vorübergehen warf sie etwas Holz auf das Feuer. Ihre gute Laune war wieder hergestellt. Sie war zu Hause. Das Licht der Öllampe, das auf die weißgekalkten Wände fiel, das Knistern des dürren Rebenholzes, die Wärme und Gemütlichkeit des Hauses — all dies trug zusätzlich dazu bei, daß sich Sara nach langer Zeit endlich wieder glücklich und geborgen fühlte. Jetzt würde alles gut werden, das wußte sie.

Ihr Vater ergriff ihre Hand. »Hat Cohen dich auf irgendeine Weise schlecht behandelt?« fragte er leise. Sara sah ihn liebevoll an; sie war ihm dankbar für seine taktvolle Frage.

»Nein, Vater«, sagte sie ehrlich. »Aber ich hatte Heimweh. Schreckliches Heimweh.«

»Dann war es richtig, heimzukommen. Das Haus war leer, nachdem du weggegangen warst.« Sara legte die Arme um den Hals ihres Vaters und den Kopf auf seine Schulter. Sie war wieder zurück.

Als sie allein in ihrem Schlafzimmer vor dem Spiegel saß und ihr Haar bürstete, betrachtete sie ihr Spiegelbild. Ihr

Gesicht hatte sich im vergangenen Jahr verändert; es hatte einen anderen Ausdruck bekommen. Ich glaube, dachte sie, ich fange an, wie ich selbst auszusehen.

In der Nacht erwachte Sara zweimal von dem gleichen, immer wiederkehrenden Alptraum. Beim zweitenmal mußte sie geschrien haben, denn als sie aufwachte, stand Fatma — besorgt statt wie gewohnt mürrisch — mit einer Kerze in der Hand neben ihrem Bett. Als sie sah, daß Sara wach war, stellte sie die Kerze auf den Nachttisch und setzte sich an den Rand des schmalen Bettes, das unter ihrem Gewicht knarzte und ächzte.

Sie nahm Sara in die Arme, drückte sie an ihre riesigen Brüste, daß sie beinahe erstickte und wiegte sie beruhigend. »Schlaf, schlaf, mein goldenes Kind«, murmelte sie. »Mein goldenes Minarett. Hier bei der alten Fatma tut dir keiner etwas. Hast du Alpträume wegen des Hundesohns, der in deine Süßwasserquelle tauchen wollte? Aber jetzt bist du sicher.« Es war so komisch, daß Sara lachen mußte. Wie um alles in der Welt hatte sie davon erfahren? Aber es wäre sinnlos gewesen, ihr zu sagen, daß ihre Alpträume einen viel entsetzlicheren Ursprung hatten.

Es gelang Sara, sich aus Fatmas Umarmung zu befreien. »Schon in Ordnung, Fatma. Geh wieder ins Bett. Du wirst dich erkälten.« Fatma sah sie argwöhnisch an, dann glättete sich ihre Stirn, und nachdem sie ihrem Schützling noch einen Kuß gegeben hatte, erhob sie sich. An der Tür drehte sie sich um und warf Sara einen forschenden Blick zu.

»Gehst du zu diesem Ehemann von dir zurück?«

»Nein«, sagte Sara. Mit einer Geste, die Mißbilligung ausdrücken sollte, wandte sich Fatma ab, aber vorher ließ sie noch ganz schnell durchblicken, daß sie sich darüber freute.

»Es ist Allahs Wille«, sagte sie.

»Ja, es ist Gottes Wille«, sagte Sara, die wußte, daß für

einen arabisch denkenden Menschen damit alle Fragen geklärt waren.

»Schlaf jetzt«, sagte Fatma barsch und schloß leise die Tür hinter sich.

Von wegen Allahs Wille, dachte Sara und setzte sich auf. Es war Sara Cohens — oder besser — Sara Levinsons Wille. Sie kniete sich auf das Bett und zog die Vorhänge zurück. Am Horizont zeigte sich bereits ein bernsteinfarbener Streifen, und Sara wußte, daß sie nicht mehr einschlafen würde. Trotz (oder gerade wegen) all der Dinge, die sie in der jüngsten Zeit erlebt hatte, fühlte sie in diesen Tagen keinerlei Müdigkeit — im Gegenteil, als sie aus dem Fenster auf die Landschaft hinausblickte, die sie so liebte, empfand sie nichts als Freude und Begeisterung.

Fröstelnd steckte sie die Kerze an und suchte im Kleiderschrank nach etwas zum Anziehen. Sie fand einen alten Reitrock und eine Jacke, eine Hemdbluse und einen dicken warmen Schal. Rasch zog sie sich in dem kalten Zimmer an. Sie blies die Kerze aus, schlich die Treppe hinunter, durchquerte die Küche und verließ durch die Küchentür das Haus.

Es dämmerte schon. Die Sonne lugte gerade über die Hügel. Ein leichter Wind hatte den größten Teil der Regennässe aufgetrocknet. Ein kräftiger Geruch nach feuchter Erde erfüllte die Luft. Sara ging in den Garten, um nachzusehen, was das Gemüse ohne sie machte. Der Garten war vergrößert worden; neue Gemüsesorten waren angebaut und gediehen prächtig — ebenso aber auch das Unkraut. Abgesehen von den gepflegten Gemüsebeeten wirkte der Garten vernachlässigt. Aber noch war es nicht zu spät, um ihn wieder in Ordnung zu bringen.

Die Dämmerung währte nur kurz, und so war es fast hell, als Sara um die Scheune und Abus Hütte herumging und in den Hof einbog, wo sie von Sultan beinahe umgeworfen wurde. Er wedelte mit dem Schwanz und wand sich wie wahnsinnig vor Wiedersehensfreude. »Du bist mir vielleicht ein Wachhund!« sagte Sara lachend und drückte ihn an sich.

Als sich Sultan etwas beruhigt hatte, richtete sie sich auf und pfiff leise durch die Zähne. Sofort antwortete ihr aufgeregtes Wiehern aus dem Stall. Bella hatte sie nicht vergessen. Sie lief hinüber zur Stalltür. »Hallo, meine Schöne«, flüsterte sie neben dem warmen Hals der Stute. Sie holte aus der Jackentasche das Zuckerstückchen, das sie in der Küche eingesteckt hatte, und hielt es Bella auf der flachen Hand unter die samtweiche Nase. »Ich bin wieder da, meine Hübsche. Ich bin wieder da und werde nie wieder fortgehen.«

Als das Pferd in der Box nebenan stampfte und schnaubte, riß sich Bella von Sara los und tänzelte unruhig auf der Stelle. Aarons blöder Apollo, dachte Sara und öffnete die obere Stalltür. Der prächtige Kopf eines weißen Hengstes schoß nach vorn und bog sich hinüber zu Bella. Joes Pferd! Negiv! Wie um alles in der Welt kam Negiv hierher? Sie streckte die Hand aus, um ihn zu streicheln und fuhr vor Schreck zusammen, als eine Stimme aus der Box zischte: »Was wollen Sie?«

Sie spähte in den düsteren Stall und entdeckte einen spindeldürren Araberjungen, der mit einem alten Beduinengewehr, das beinahe so groß war wie er selbst, auf sie zielte. Erstaunt hob sie die Augenbrauen. Der kleine Kerl hatte Mut, aber er wirkte trotzdem eher komisch als gefährlich.

»Gegenfrage«, sagte sie, ein Lächeln unterdrückend. »Was tust du hier?«

»Ich bewache das Pferd meines Herrn«, sagte er feierlich. »Schon viele böse Teufel haben versucht, es zu stehlen, aber keiner ist an mir vorbeigekommen.« Er schlug sich stolz auf die Brust, wobei das Gewehr gefährlich schwankte.

»So so«, sagte Sara nachdenklich. »Also, ich schlage vor, du legst das Gewehr weg und kommst mit ins Haus frühstücken.« Der Junge zögerte, hin und her gerissen zwischen Pflichterfüllung und Frühstück. »Hier wird ihn niemand stehlen, das kann ich dir versprechen«, sagte Sara und nickte ihm aufmunternd zu.

Er kam näher an die Tür und blickte Sara forschend an. Ja, so etwas Ähnliches hatte er sich gedacht. Das war die Teufelin, die sich wie eine Ziege in den Dornen verfangen hatte und der sein Herr einen halben Tag lang nachgeritten war. Er schüttelte traurig den Kopf. Er machte sich Sorgen um seinen Herrn, der der klügste Mann auf der Welt war, nur dann nicht, wenn diese Teufelin im Spiel war.

Sara entriegelte die untere Stalltür. »Wie heißt du?« fragte sie.

»Ich bin Ali, der Sklavenjunge von Effendi Joe Lanski, dem ich bis zur Hölle folge, wenn er es verlangt«, sagte Ali in einem Atemzug und grinste von einem Ohr zum anderen. »Was hast du gesagt?« fragte sie entsetzt. Unwillkürlich mußte sie an das Beduinenlager denken und an die Sklaven, die als Steigböcke benützt wurden.

»Ich bin der Sklave von Effendi Lanski«, wiederholte der Junge vergnügt.

Sara nahm ihm das Gewehr aus der Hand und lehnte es gegen die Mauer. Dann packte sie ihn bei den Schultern und schob ihn vor sich her über den Hof zum Haus. »In diesem Haus gibt es keine Sklaven«, sagte sie bestimmt und ließ die Stalltür hinter sich zufallen.

»Sie werden nicht erlauben, daß er mich schlägt?« fragte Ali ängstlich, während er versuchte, sich aus ihrem Griff zu befreien.

Sara blieb einen Moment stehen und sah wie eine erzürnte Teufelin auf Ali nieder. »Willst du mir damit sagen, daß er dich schlägt?«

Ali befürchtete, daß er zu weit gegangen war. »Nur ein bißchen«, gestand er und scharrte verlegen mit den Füßen.

»Nun, das werden wir bald herauskriegen«, erklärte Sara, packte ihn am Handgelenk und zerrte ihn zum Haus. »Joe Lanski!« knurrte sie wütend und fragte sich, ob er sich womöglich noch mehr Sklaven hielt. Vielleicht sogar einen Harem! Im Geist sah sie einen prächtigen Harem vor sich, wie ihn Selena geschildert hatte, märchenhaft schöne Odalisken, die sich verführerisch auf seidenen Kissen räkelten, und, zwischen Bergen von Samt und rosigem Fleisch fast ertrinkend, Joe Lanski.

»Frau, du reißt Ali den Arm aus«, jammerte der Junge, und als sie ihren Griff lockerte, kam Joe um die Ecke – in Reithosen, Stiefeln, eine Keffieh um den Hals, in einer Hand eine Reitpeitsche, in der anderen eine lederne Satteltasche.

»Guten Morgen, Sara«, rief er fröhlich.

»Guten Morgen, Pascha Lanski«, begrüßte sie ihn.

Joe sah sie überrascht an. »Du siehst aus, als wolltest du meinen Kopf auf einem Teller serviert bekommen«, bemerkte er, ohne seine gute Laune einzubüßen.

»Eine gute Idee. Mit einem Apfel im Mund«, entgegnete sie.

Joe warf den Kopf in den Nacken und lachte. Als er Ali bemerkte, der es endlich mit einer wilden Verrenkung geschafft hatte, sich von Sara loszureißen und schleunigst zum Stall zurücklief, verstummte er.

»Was hat der kleine Teufel denn jetzt wieder ausgefressen?« fragte er.

»Meinst du deinen arabischen Sklavenjungen?« fragte Sara kühl.

Diesmal lachte Joe sogar noch lauter. »Ali? Ein arabischer Sklavenjunge? Mein Gott, er ist so jüdisch wie du!«

Sara blieb der Mund offen. »Jüdisch?« wiederholte sie und blickte hinüber zu Ali, der, die Unschuld in Person, das

Pferd seines Herrn sattelte. Als er ihren Blick auffing, verdrehte er die Augen und kicherte.

Sara wandte sich wieder zu Joe, halb ärgerlich, daß sie sich zum Narren gemacht hatte, halb lachend, weil sie dem Jungen so leicht auf den Leim gegangen war.

»Und hat er dir auch gesagt, daß ich ihn erbarmungslos verprügle?« fragte Joe, immer noch lachend.

»Nein, nur hin und wieder«, antwortete sie und mußte mitlachen.

»Du hast wirklich geglaubt, ich würde Sklaven halten?«

»Ja«, gestand sie kichernd, »und einen Harem.«

Joe lachte noch mehr. »Nun, er ist ein durchtriebener kleiner Taugenichts«, gab er zu. »Aber ich frage mich wirklich, warum du eine so ungemein gute Meinung von mir hast«, sagte er, und Sara errötete und blickte zu Boden.

»Er ist also Jude«, sagte sie, um das Thema zu wechseln, und begann auf das Haus zuzugehen.

»Ja, er ist ein Beduinenjude aus dem Sudan«, antwortete Joe, der neben ihr herging. »Er hatte sich verirrt, als er ein Pferd verfolgte, das seinem Stamm gestohlen wurde. Er wurde gefangen und verkauft. Ich habe ihn vor drei oder vier Jahren in Syrien gefunden und freigekauft. Wie es das Schicksal will, hat es mir den Sohn vor der Frau beschert«, schloß er mit einem Lächeln.

»Er sollte zur Schule gehen«, sagte Sara.

»Versuch, ihn irgendwo für längere Zeit unterzubringen«, erwiderte Joe ironisch, aber mit zärtlichem Unterton.

»Und was geschieht mit ihm, wenn du fort bist?« erkundigte sie sich hartnäckig.

»Er wird gut versorgt von der Dienerschaft . . . von Freunden«, sagte er, und Sara fühlte irgendwo in ihrem Inneren eine seltsame Regung. Seine Bemerkung hatte sie auf völlig neue Gedanken gebracht, und sie gefielen ihr gar nicht. Es war ihr noch nicht in den Sinn gekommen, daß er sich irgendwo eine Geliebte hielt, und sie wollte ihn schon danach fragen, als ihr ein innerer Instinkt riet, nicht daran zu rühren. Außerdem ging es sie wirklich nichts an.

Die milde Wintersonne schien auf ihr Gesicht, ein leichter Wind kräuselte ihr Haar. Joe sah sie an, und sein Herz begann heftig zu klopfen. Was hatte diese Frau an sich, daß sie eine so verheerende Wirkung auf ihn ausübte?

»Joe? Reiten wir jetzt?« Ali erschien mit Negiv am Zügel. Er trug sein Gewehr über den Rücken gehängt und drängte zum Aufbruch.

»Nun, die Stunde des Abschieds ist gekommen«, sagte Joe fröhlich. »Bitte keine Tränen«, fügte er hinzu und hob schwungvoll ihre Hand an seine Lippen. Dann wandte er sich dem nervös tänzelnden Hengst zu und schwang sich gewandt auf seinen Rücken. Er beugte sich zu Ali hinunter und hob ihn hinter sich auf das Pferd. Dann blickte er zu Sara und lächelte. »Leb wohl.«

Bella wieherte aufgeregt in ihrer Box. Negiv hob seinen stolzen Kopf, wandte sich zum Stall und antwortete ihr mit einem Schrei.

»Wir sollten die beiden eines Tages zusammenbringen«, bemerkte Sara.

»Das werden wir — wenn die Zeit reif ist.« Joe grinste, und dann gab er dem Hengst die Sporen. Er wendete und ritt in leichtem Galopp über den Hof und zum Tor hinaus.

Sara lehnte sich gegen die Mauer der Scheune und schaute ihn nach. Der Hof war plötzlich sehr leer. Sie würde Joe vermissen.

Ärgerlich zog sie den Schal fester um ihre Schultern und ging langsam zum Haus zurück. Es gab so viel zu tun — ein Besuch bei Ruth, um das Baby zu sehen; die Kleider mußten aussortiert werden; der Garten; die Männer sahen aus, als könnten sie neue Hemden gebrauchen. Und morgen war der erste Tag von Chanukka, dem Fest der Tempelweihe; dafür mußten Krapfen und Kartoffelpfannkuchen gebacken werden. Ob sie überhaupt weißes Mehl dafür hatten?

So viel zu tun, dachte sie und war plötzlich wieder froh. Sie pfiff nach Sultan und ging zurück in die Küche.

Aaron stand auf der Schwelle zu Saras Zimmer und blickte lächelnd auf das fröhliche Chaos zu seinen Füßen. Ruth und Selena knieten auf dem Boden zwischen Bergen von Kleidern in allen Farben. Ruths Baby saß zwischen Kissen eingeklemmt auf dem Bett und krähte vergnügt. Sara kramte aus einer Holzkiste Schnittmuster hervor und jammerte, weil sie alle ganz furchtbar altmodisch waren. Wie hübsch und mädchenhaft sie aussahen, dachte Aaron, während er sie, von ihnen unbemerkt, beobachtete, und er fragte sich noch einmal, ob das, was er vorhatte, richtig war.

Seit Sara wieder zu Hause war, hatte er mit diesem Problem gerungen und die Entscheidung immer wieder hinausgeschoben. Den heutigen Morgen hatte er fast ausschließlich damit verbracht, die möglichen Folgen abzuwägen und zu überdenken. Er seufzte. Im tiefsten Herzen wußte er längst, daß er sie einweihen würde. Ruth wußte Bescheid, und Sara mußte früher oder später auch Bescheid wissen. Es hatte keinen Sinn, die Sache noch länger hinauszuzögern, und abgesehen davon brauchte er Sara. Er brauchte vor allem ihre moralische Unterstützung, mehr noch als ihre Hilfe.

Er trat ins Zimmer, und die drei Köpfe wandten sich ihm wie auf Kommando zu. »Ihr seid so eifrig bei der Sache, daß ich nur ungern störe«, sagte er lächelnd. »Aber ich hätte dich gern gesprochen, Sara, wenn du einen Moment Zeit hast.«

»Natürlich, Aaron«, sagte sie. Sie stand auf und strich sich die losen Haarsträhnen aus dem Gesicht.

»Nimm einen Schal mit und zieh deine Stiefel an — es ist kalt draußen«, sagte er, bevor er das Zimmer verließ. Sara horchte auf. Sie kannte Aaron sehr genau; etwas in seiner

Stimme beunruhigte sie. Ohne Zeit zu verlieren, nahm sie einen alten schwarzen Schal aus dem Kleiderschrank.

»Nicht nachlassen, während ich weg bin«, sagte sie und drohte den Mädchen mit dem Finger. »Das gleiche gilt für dich, Baby«, fügte sie hinzu und konnte nicht widerstehen, das rosige Kinderbäckchen zu küssen, als sie am Bett vorbeiging. Dann lief sie die Treppe hinunter zu Aaron, der auf der Veranda auf sie wartete.

»Laß uns zu den Weingärten hinausgehen. Ich möchte gern ein bißchen allein mit dir sein«, sagte Aaron. Sara nickte und hakte sich bei ihm ein.

»Du wirkst sehr beunruhigt. Ist es was Ernstes?« fragte sie, nachdem sie ein paar Schritte gegangen waren.

Aaron drückte ihren Arm. »Komm erst mal ein Stück mit. Ich will eine neue Entwicklung mit dir besprechen.«

Sie gingen schweigend nebeneinander her, bis sie die ersten Terrassen erreichten. Winterliches Sonnenlicht schien auf die feuchte Erde und die frisch gestutzten Rebstöcke. Vom Meer her wehte eine schwache Brise. Aaron blieb stehen und sah sich um. Als er sicher war, daß sich niemand in der Nähe befand, der sie hätte belauschen können, setzte er sich auf eine der langen niedrigen Steinmauern und forderte Sara auf, sich neben ihn zu setzen. Er nahm ihre Hand und blickte ihr fest in die Augen. Sara, die immer noch nicht wußte, was sie erwartete, begegnete seinem Blick furchtlos, aber mit einer unausgesprochenen Frage.

»Ich will gleich zur Sache kommen«, sagte Aaron. »Ich weiß, du bist vernünftig, und ich weiß, daß ich dir trauen kann — aber ich mußte trotzdem gründlich überlegen, ob es richtig ist, wenn ich dich mit hineinziehe. Wenn jemand erfahren würde, was ich dir jetzt sage — die Folgen wären verheerend. Deshalb mußt du mir absolute Verschwiegenheit versprechen. Du darfst es keiner Menschenseele verraten.«

Saras Herz klopfte rascher. Sie nickte. »Aaron, was geht hier vor?«

Aaron erzählte ihr von seinen Aktivitäten und hielt mit nichts hinter dem Berg. Nach zwanzig Minuten wußte sie, was hier geschehen war, seit sie nach Konstantinopel gegangen war. Ihr Herz barst beinahe vor Stolz, als sie erkannte, was ihr Bruder getan hatte.

»Das Risiko ist sehr groß, Sara. Deshalb habe ich so lange gezögert, dich einzuweihen. Wenn der Gruppe irgend etwas zustößt, wäre es wahrscheinlich am sichersten für dich, wenn du nichts wüßtest. Jetzt heißt es: mitgefangen, mitgehangen.«

Saras blaue Augen funkelten vor Erregung. »Das ist in Ordnung«, sagte sie, und ihr Blick richtete sich in die Ferne, während sie über das eben Gehörte nachdachte.

Seit Monaten hatten sie Kopf und Kragen riskiert, aber sie hatten diesem verdammten Krieg etwas Positives abgewonnen. Und nun konnte vielleicht auch sie dabei helfen! Sie wandte sich wieder Aaron zu. »Ich möchte mitmachen.«

»Sara, spionieren ist nicht nach meinem Geschmack — es paßt weder zu dir noch zu mir. Aber wenn unsere Tätigkeit die Befreiung von den Türken auch nur um eine Woche beschleunigt, wäre das schon Rechtfertigung genug.«

»Danke, daß du es mir gesagt hast«, sagte Sara, und sie fuhr eindringlich fort: »Ich will nicht unnütz dabeistehen. Was euch geschieht, geschieht auch mir.«

Aaron half ihr von der Mauer herunter. Sie bewegte sich steif, denn die feuchte Kälte der Steine war bis in ihre Knochen gedrungen. Sie hängte sich bei Aaron ein, und sie gingen langsam zum Haus zurück. »Bist du dir ganz sicher?«

Sie lachte. »Gott weiß, wie sicher ich mir bin.«

»Gut. Dann möchte ich, daß du folgendes tust . . .«

Sara richtete sich im Bett auf, zog die Daunendecke bis über die Schultern und ging noch einmal die Anweisungen durch, die sie von Aaron bekommen hatte. In zwei Tagen, von heute an gerechnet, sollte sie von dem runden Speicherfenster aus nach einem Schiff ausschauen. Wenn es gegenüber von Atlit stoppte, mit schwarzem Rauch signalisierte und dann scharf nach rechts auf das offene Meer abdrehte, sollte sie die rote Daunendecke, mit der sie sich jetzt zudeckte, aus dem Fenster hängen. Wenn sie in Atlit dieses Signal sahen, würden sie — sofern die Küste sicher war — ein weißes Laken aushängen als Signal für das Schiff, in der Nacht zurückzukommen. Das Schiff würde dann noch mehr Rauch ausstoßen, um anzuzeigen, daß es die Nachricht erhalten hatte. So einfach war das Ganze. Bei schlechter Sicht hätte Sara auf ihrem hochgelegenen Ausguck die beste Position, um herannahende Schiffe auszumachen.

Sara zitterte vor Aufregung. Endlich hatte sie Gelegenheit, etwas »Dramatisches« zu tun, wie Joe es ausgedrückt hatte. Nun, es war dramatisch — und nützlich. Aaron wollte ihr darüber hinaus zeigen, wie die Informationen, die er täglich erhielt, verschlüsselt wurden, damit ihm mehr Zeit für andere Dinge blieb. Sie wollte auch das Ruderboot am Strand in Empfang nehmen, hatte sich aber Aaron gefügt, der darauf bestand, daß sie nur Aufträge mit einem geringstmöglichen Risiko übernahm.

Sie hatte auch seiner Forderung zugestimmt, daß Selena nichts von dem Spionagezweck erfahren sollte. »Ich will damit kein Urteil über sie fällen, aber laß uns die Sache vorerst familienintern behandeln, ja?« Sara verstand seine Sorge. Selena sollte ihre beträchtlichen Fähigkeiten als Sekretärin nützen und Aarons landwirtschaftliche Berichte tippen.

Sara kuschelte sich in ihre Decke, aber an Schlaf war nicht zu denken. Sie war viel zu aufgeregt. Sie blieb noch weitere zehn Minuten liegen, dann stand sie auf, zündete ihre Kerze an und ging, in ihren warmen Morgenrock gehüllt, hinunter in die Küche, um sich eine Tasse Kräutertee zu kochen.

In der Küche war es noch warm. Sie warf eine Handvoll

dürrer Zweige auf das Feuer, das sofort aufloderte und kräftig brannte. Sie stellte den Wasserkessel auf den Kamineinsatz und setzte sich, um zu warten, bis das Wasser kochte. Nachdem die Küche jetzt das einzige Zimmer im Haus war, in dem geheizt wurde, hatten sie ein paar Sessel aus dem Wohnzimmer herübergebracht. Auf dem Tischchen neben dem Sessel lag die Bibel ihres Vaters. Sie nahm sie und schlug sie an einer beliebigen Stelle auf. *Das Buch Josua*, las sie. Und sie las weiter, wie der Herr nach dem Tod seines Knechtes Moses zu Josua sagte, er solle sich nun aufmachen und über den Jordan ziehen in das Land, das Er ihnen, den Kindern Israels, gegeben habe.

Jede Stätte, auf die eure Fußsohlen treten werden, habe ich euch gegeben, wie ich Mose zugesagt habe. Von der Wüste bis zum Libanon und von dem großen Strom Euphrat bis an das große Meer gegen Sonnenuntergang, das ganze Land der Hethiter soll euer Gebiet sein. Es soll dir niemand widerstehen dein Leben lang. Wie ich mit Mose gewesen bin, so will ich auch mit dir sein. Ich will dich nicht verlassen, noch von dir weichen . . . Josua aber, der Sohn Nuns, sandte von Schittim zwei Männer heimlich als Kundschafter aus und sagte ihnen: Geht hin, seht das Land an, auch Jericho. Die gingen hin und kamen in das Haus einer Hure, die hieß Rahab, und kehrten dort ein. Da wurde dem König von Jericho angesagt: Siehe, es sind in dieser Nacht Männer von Israel hereingekommen, um das Land zu erkunden. Da sandte der König von Jericho zu Rahab und ließ ihr sagen: Gib die Männer heraus, die zu dir in dein Haus gekommen sind; denn sie sind gekommen, um das ganze Land zu erkunden. Aber die Frau verbarg die beiden Männer und sprach: Ja, es sind Männer zu mir herein gekommen, aber ich wußte nicht, woher sie waren. Und als man die Stadttore zuschließen wollte, als es finster wurde, gingen sie hinaus und ich weiß nicht, wo sie hingegangen sind. Jagt ihnen eilends nach, dann werdet ihr sie ergreifen. Sie aber hatte sie auf das Dach steigen lassen und unter den Flachsstengeln versteckt, die sie auf dem Dach ausgebreitet hatte, die aber jagten den Männern nach auf dem Wege zum Jordan bis an die Furten, und man schloß das Tor zu, als die draußen waren, die ihnen nachjagten. Und ehe die Männer sich schlafen legten, stieg sie zu ihnen hinauf auf das Dach und sprach zu ihnen: . . . Schwört mir nun bei dem HERRN, weil ich an euch Barmherzigkeit getan habe, daß auch ihr an meines Vaters Haus Barmherzigkeit tut und uns vom Tode errettet. Die Männer sprachen zu ihr: Tun wir nicht Barmherzigkeit und Treue an dir, wenn uns der Herr das Land gibt, so wollen wir selbst des Todes sein, sofern du unsere Sache nicht verrätst. Da ließ Rahab sie an einem Seil durchs Fenster hernieder, denn ihr Haus war an der Stadtmauer . . .

Die Männer aber sprachen zu ihr: Wir wollen den Eid so einlösen, den du uns hast schwören lassen. Wenn wir ins Land kommen, so sollst du dies rote Seil in das Fenster knüpfen, durch das du uns herniedergelassen hast, und zu dir ins Haus versammeln deinen Vater, deine Mutter, deine Brüder und deines Vaters ganzes Haus . . . Das Blut aller, die in deinem Hause sind, soll über uns kommen, wenn Hand an sie gelegt wird . . .

Sie sprach: Es sei, wie ihr sagt! und ließ sie gehen. Und sie gingen weg. Und sie knüpfte das rote Seil ans Fenster.

Sara hörte auf zu lesen. *Das rote Seil — die rote Decke.* Wie sonderbar, daß sie das Buch ausgerechnet an dieser Stelle aufgeschlagen hatte. Rahab war höchstwahrscheinlich der erste weibliche Spion in der Bibel — vielleicht sogar in der Geschichte überhaupt.

Das Geräusch von Schritten auf der Terrasse riß sie aus ihren Gedanken. Ihr Herz pochte laut, als sich der Türknauf drehte und jemand leise die Tür öffnete. Ein großer Mann mit dunklem Haar und dunklem Vollbart trat vorsichtig über die Schwelle, blieb einen Augenblick stehen und starrte sie an. Eine Sekunde lang erkannte sie ihn nicht, und dann erfaßte sie die gleiche unerklärliche Erregung wie damals, als sie ihn das erste Mal sah.

Mit einem Schrei sprang sie auf und rannte quer durch die Küche auf ihn zu. *»Daniel!«* Ihr Herz schlug, als wollte es zerspringen, als sie in seine Arme flog. Er drückte sie so fest an sich, daß sie kaum atmen konnte, und erst, als sie einen kleinen Hilferuf ausstieß, lockerte er seinen Griff. Mit einem Blick voller Liebe schaute sie ihn an und schlang die Arme um seinen Hals. »O Daniel! Ich liebe dich so sehr!« Sie mußte es einfach sagen, und es fiel ihr seltsamerweise überhaupt nicht schwer, auszusprechen, was sie fühlte. Er bedeutete ihr so viel.

Daniel sah sie lächelnd an, umarmte sie und strich ihr zärtlich über das Haar.

»Sara!« flüsterte er und küßte ihr Haar, ihre Wangen, ihre Augen. Dann schob er sie ein wenig von sich und schaute sie zum erstenmal richtig an. Er hielt den Atem an und lächelte sanft, als er sagte: »Sara, um Gottes willen, laß mich nie wieder allein — nie wieder!«

TEIL III

Kapitel XXI

An einem Nachmittag wie diesem war es leicht, alles Unangenehme zu vergessen — die schrecklichen Dinge, die sie erleben mußte, seit sie die Sicherheit des Harems verlassen hatte, den Krieg, der die Welt auseinanderriß und Palästina heimsuchte wie eine biblische Plage, und sogar die ganz persönlichen Rückschläge und Enttäuschungen. An solchen Tagen hatte Selena das Gefühl, als strahlte die Erde eine ungeheure Kraft aus, etwas geradezu Wildes; sie lachte über ihren merkwürdigen Einfall, aber sie fühlte sich geborgen.

Im Haus herrschte mittägliche Ruhe. Die Sonne schien herein. Abram Levinson, den Selena lieb gewonnen hatte, als wäre er ihr eigener Vater, hielt seinen Mittagsschlaf; Sam half Abu in der Scheune beim Aufstellen der Kaninchenfallen; und Sara saß schon den ganzen Tag oben in ihrem Speicherzimmer hinter verschlossener Tür. Sie war nicht einmal zum Essen heruntergekommen. Als ihr Selena einen Teller Suppe hinaufbrachte, hatte sie die Tür nur einen Spalt breit geöffnet, die Suppe dankend abgelehnt und sich wieder eingeschlossen.

Selena band ihre Gärtnerschürze um und lächelte. Sie hätte ein rechtes Schaf sein müssen, um nicht zu merken, daß hier etwas vor sich ging, und sie konnte sich auch denken, was es war. Sie fühlte sich nicht gekränkt durch die Geheimniskrämerei, aber sie stellte auch keine Fragen, denn sobald sie Sara gegenüber auch nur die leiseste Andeutung machte, flehte Sara: »Bitte Selena, um deinetwillen, um unser aller willen – frag nicht, sondern vertrau mir.« Und sie lächelte dabei so stolz, daß Selena wußte, was immer ihr Geheimnis war, es war in Ordnung. Selena ahnte, daß die Levinsons an irgendeiner Aktion gegen die Türken beteiligt waren, und sie freute sich darüber. Wenn man ihr erlaubt hätte, dabei mitzumachen, sie hätte freudig zugestimmt; aber solange sie nicht gefragt wurde, schaute sie geduldig zu.

In gewisser Weise hütete auch sie ein kleines Geheimnis. Neben der Schreibmaschine lag eine alte, in Leder gebundene Ausgabe eines französischen Romans, und zwischen die Zeilen dieses Buchs schrieb Selena ihre eigene Geschichte. Es war für Selena fast so etwas wie eine heilige Handlung geworden, sich alles, was sie gesehen hatte, von der Seele zu schreiben. Mit Besitzermiene legte sie die Hand auf das Buch. Als sie den Schleier um ihren Sonnenhut band, hörte sie hastige Schritte in der Diele, und unmittelbar danach flog die Küchentür auf.

»Daniel kommt!« rief Sara aufgeregt. Ihre Augen strahlten vor Aufregung. »Er reitet gerade den Hügel herauf. Sei so gut, Selena, und warte auf ihn im Garten. Sag ihm, er soll sofort in den Speicher hinaufkommen, ja?«

Selena nickte, und die beiden jungen Frauen tauschten ein heimliches Lächeln aus, das mehr über ihr stillschweigendes Einvernehmen ausdrückte als alle Worte. »Ich wollte ohnehin in den Garten, um nach meinen Kindern zu sehen«, sagte Selena. Der Gemüsegarten war Selenas Reich geworden, und er lieferte seitdem stets etwas Eßbares. Leider waren sie nicht die alleinigen Nutznießer, denn immer wieder fielen die Türken wie ein Heuschreckenschwarm über den Garten her und nahmen sich alles, was er zu bieten hatte.

Sara bedankte sich lächelnd, und wie so oft bedauerte sie es auch diesmal, daß sie sich Selena gegenüber so heimlichtuerisch verhalten mußte. Sie wünschte sich nichts mehr, als sich ihr anzuvertrauen, ihrer Selena, der sie absolut vertraute; aber sie mußte ihr Versprechen halten. Sie seufzte und lief die Treppe hinauf zum Speicher.

Sie schloß die Speichertür und lehnte sich mit dem Rükken dagegen. Gottlob, daß Daniel kam. Der heutige Tag hatte so viele Enttäuschungen gebracht, daß sie allein kaum damit fertig wurde. Sie ging zu dem kleinen runden Fenster und hob das Fernglas an die Augen. Für einen Augenblick beobachtete sie Daniel, der auf seinem schwarzglänzenden Hengst in die Allee zum Haus einbog und hinter Büschen verschwand. Dann richtete sie das Glas auf den Horizont, einen wäßrig blauen Streifen, wo Meer und Himmel ineinander übergingen, und ihr Gesicht verdüsterte sich.

Was in Gottes Namen stimmte nicht? Die gleiche Frage stellten sich alle Mitglieder der Organisation. Drei Monate lang war das englische Schiff auf die Minute genau erschienen, hatte genau nach dem Code Signal gegeben und war im Schutz der Dunkelheit zurückgekommen; es hatte das Ruderboot an Land geschickt, wo Daniel und Manny Kuriertaschen in Empfang genommen und andere abgeliefert hatten. Dieser Kontakt mit der Außenwelt und das Gefühl, daß etwas Positives geschah, half ihnen, die ständig auf die jüdische Gemeinde in Palästina niederprasselnden Schläge zu ertragen und die extrem schwierige Situation zu meistern.

Juden wurden verhaftet wegen Fahnenflucht, weil sie Lebensmittel oder Tiere versteckten, weil sie Hebräisch sprachen, weil man Landkarten bei ihnen fand oder die blauweiße hebräische Flagge. Schlimmer noch als die Verhaftungen waren der schreckliche Hunger und die überhandnehmenden Krankheiten. Der Winter hatte den Türken einen Sieg beschert. Sie hatten die Briten bei Gallipoli geschlagen, und während die Engländer nach Ägypten flüchteten, ergoß sich der Strom der türkischen Soldaten, die in Kleinasien nicht mehr gebraucht wurden, über Palästina, wo sie auf ihrem Weg nach Süden alles an Lebensmitteln und Fahrzeugen stahlen, dessen sie habhaft werden konnten, und die Bevölkerung mit Fleckfieber und Cholera ansteckten, die sie sich von den neben den Straßen verfaulenden Leichen der Armenier geholt hatten. Die Türken preßten die Juden nicht nur bis auf den letzten Blutstropfen aus; sie brachen auch ihren Mut. Und es wurde von Tag zu Tag schlimmer.

Im März verhinderte dann die Blockade der Deutschen, daß die Versorgungsschiffe aus Amerika in Palästina eintrafen, und die Siedler mußten mit dem Wenigen, was noch an Nahrungs- und Arzneimitteln vorhanden war, auskommen. In dieser Zeit hatten sogar die Beduinen ihre Überfälle auf die Siedlungen eingestellt — nicht aus Nächstenliebe, sondern weil sie wußten, daß es dort nichts mehr zu holen gab. Nach Aarons Schätzung verringerte sich die jüdische Gemeinde zahlenmäßig monatlich um ein Prozent. Wenn die Briten nicht bald einmarschierten, wären keine Juden mehr übrig, um ein jüdisches Gemeinwesen wiederaufleben zu lassen.

Als Aarons Gruppe erfuhr, daß die U-Boote nur Schiffe ab einer bestimmten Größe angriffen, gaben sie diese Information an Kairo weiter. Daraufhin erschien Ende März ein winziges Schiff mit Nachrichten, die ihnen wieder Hoffnung machten. Die Briten hatten einen neuen strategischen Stützpunkt errichtet in Katia, fünfundzwanzig Meilen östlich von Suez. Offiziell sollte von dort aus der Kanal verteidigt werden, aber die Mitarbeiter der Gruppe sahen darin auch ein Anzeichen, daß sich die Briten auf eine Invasion vorbereiteten. Die Wachgruppe trug daraufhin noch eifriger die angeforderten Informationen zusammen und übermittelte sie nach Kairo, zusammen mit vielen zusätzlichen Einzelheiten, die für das englische Generalkommando von Nutzen sein konnten.

Ende April erschien das Schiff wie üblich am Horizont. Aber das Signal, das es diesmal gab, war nicht das übliche. Sie antworteten mit dem Code, den Woolley ihnen gegeben hatte, doch das Schiff hatte nicht zurücksignalisiert, und das Ruderboot erschien weder in jener noch in der darauffolgenden Nacht. Drei Nächte lang hatten Daniel und Manny bis zum Morgengrauen am Strand ausgeharrt, aber nichts war geschehen. Gestern nun war das Schiff wieder am Horizont aufgetaucht, und wieder war das Signal ein anderes. Sara war so verzweifelt, daß sie am liebsten zum Strand gerannt wäre, um zu dem Schiff hinauszuschwimmen und eine Erklärung zu verlangen. Heute mittag hatte sie es wieder gesehen, als es auf seiner Route von Tyros zurückkehrte, aber es hatte nicht einmal angehalten.

Und auch jetzt war nichts am Horizont zu entdecken. Sie legte das Fernglas aus der Hand und kehrte mit einem Seufzer zu dem Brief an Chaim zurück, den sie schon den ganzen Morgen zu schreiben versuchte. Es war hoffnungslos. Ihr Kopf war voll von anderen Dingen. Sie hatte ihrem Mann nichts zu sagen.

Nach monatelangem Hoffen und Bangen war der Gedanke, daß jetzt möglicherweise alles umsonst gewesen war, mehr, als sie ertragen konnte. Für Sara war der Kampf gegen die Türken eine Art Kreuzzug. Auf ihrer Gefühlsskala rangierte sogar ihre Leidenschaft für Daniel einen Strich tiefer als die für ihr gemeinsames Ziel.

Es erstaunte sie, wie ruhig sie Daniel gegenüber blieb. Sie hatte es nicht mehr eilig. O ja, ihr wurde schwindlig, wenn er sie küßte, und ihre Sinne verlangten leidenschaftlich und ungestüm nach ihm, sobald er sie nur berührte, aber sie versuchte nicht mehr, ihm Fesseln anzulegen. Sie genoß es, in dem sicheren Gefühl zu leben, daß ihr der Mann, den sie liebte, ergeben war und daß sie sehr bald ein Liebespaar sein würden.

Es klopfte, und sie sprang auf, um Daniel hereinzulassen.

Sie erkannte sofort die Spannung, die auf seinem hageren bronzefarbenen Gesicht lag. Er berührte kurz ihre Wange, durchquerte das Zimmer und ließ sich in den alten Ledersessel fallen. Für einen Augenblick bedeckte er das Gesicht mit den Händen, dann blickte er zu Sara auf. »Du hast es auch gesehen.« Es war eine Feststellung, keine Frage. Sara nickte traurig.

»Ja. Gegen Mittag. Es hat nicht einmal gestoppt, sondern fuhr geradewegs nach Ägypten zurück.«

Daniel sprang auf und begann, in dem kleinen Raum auf und ab zu gehen. »Warum hält es nicht an? Es hat doch vier Monate lang großartig funktioniert! Was machen wir verkehrt? Wir haben Kopf und Kragen riskiert, um die Informationen zu beschaffen, die sie haben wollten – und jetzt? Jetzt lassen uns diese verdammten Briten im Stich!« Er setzte sich wieder hin, und Sara sah ihn schweigend an.

Es gab nichts dazu zu sagen. Sie alle hatten die Situation immer und immer wieder analysiert. Sie seufzte. »Die plausibelste Erklärung ist die, daß sie ihr Signal geändert haben und daß Woolleys arabische Spione uns die Information nicht zukommen ließen – wahrscheinlich um uns aus dem Rennen zu werfen«, fügte sie verbittert hinzu.

»Genau das ist der Punkt«, stieß Daniel hervor. »Verstehst du nicht? Es ist allein mein Fehler. Als ich den Kontakt mit den Briten herstellte, hätte ich mit Woolley und Captain Jones einen Ausweichcode festlegen müssen.«

Sara schüttelte den Kopf. »Daniel, hinterher ist man immer klüger. Die Frage ist, was tun wir als nächstes?«

Daniel seufzte schwer und stand wieder auf. »Deshalb bin ich hier. Du sollst ein paar Sachen einpacken und mit mir nach Atlit kommen. Aaron hat einen Plan, den er mit dir besprechen will.«

Sara hatte plötzlich Angst. Bestimmt hatte Daniel Aaron überredet, ihm irgendeine Tollkühnheit zu erlauben, und Aaron würde ihr die Sache schonend beibringen wollen.

Ohne sich etwas anmerken zu lassen, fragte sie: »Du willst doch nicht versuchen, dich noch einmal nach Kairo durchzuschmuggeln, oder?«

Obwohl sie sich bemühte, ihre Gefühle nicht zu zeigen, stand die Angst um ihn so deutlich in ihrem Gesicht geschrieben, daß Daniel lächeln mußte. »Nein, Sara, das werde ich nicht«, versprach er. »Nachdem keine neutralen Schiffe mehr im Hafen anlegen und der so tatkräftige General von Kressenstein versucht, die Briten von der Sinai-Halbinsel zu vertreiben, habe selbst ich begriffen, daß das selbstmörderisch wäre.« Er lächelte wieder, als er sah, wie erleichtert sie war. Er ging auf sie zu und nahm sie in die Arme. »Sara, ich hab' dir noch gar nicht gesagt, wie sehr ich dich in den letzten Wochen vermißt habe«, murmelte er.

Arbeit und Familie hatten sie nicht zusammenkommen lassen. Doch nun drängte sich Sara an ihn. »Ich habe dich auch vermißt, Daniel«, flüsterte sie und sah ihn mit schimmernden Augen an.

Er drückte sie an sich. Bald würde sie ihm ganz gehören. Sobald Aarons neuer Plan in die Tat umgesetzt wurde, gab es das Hindernis einer stets anwesenden Familie nicht mehr, und sie würden endlich wie Liebende zusammensein können. »Ich weiß, mein Liebling, ich weiß«, sagte er und küßte ihr seidiges Haar. »Es wird nicht mehr lange dauern«, sagte er heiser.

Sara lehnte sich zurück. Ihr Herz klopfte wild, als sie zu ihm aufblickte. »Was meinst du damit?«

»Du wirst es verstehen, sobald du mit Aaron gesprochen hast«, sagte er lächelnd. »Und nun pack deine Sachen. Es wird heute abend spät werden. Du wirst in Atlit übernachten müssen.«

Sara nickte. »Gib mir fünf Minuten«, sagte sie und verschwand vergnügt lächelnd durch die Tür.

Selena kniete auf dem von der Sonne hartgebrannten Boden zwischen den Gemüsebeeten. Ihren Hut hatte sie abgelegt. Es war so frisch, daß sie die Sonnenwärme auf ihrem Rücken als wohltuend empfand. Der leichte Wind trug den Geruch von trocknenden Kürbissen und weißen Rosen herüber. Selena nützte die Zeit, die sie im Garten verbrachte, auf ähnliche Weise wie einst ihre täglichen Spaziergänge durch die Gärten des Rosenpalastes. Hier war sie allein und konnte ungestört nachdenken − wie jetzt über Sara, die kurz zuvor in den Garten gekommen war, um ihr mit strahlenden Augen mitzuteilen, daß sie nach Atlit reiten und dort über Nacht bleiben würde. »Ich glaube, Daniel denkt an Ehebruch«, hatte sie ihr nervös kichernd zugeflüstert, »genau wie König David.«

Selena schüttelte lächelnd den Kopf. Trotzdem beneidete sie Sara um ihr Glück. Warum verliebten sich in sie immer nur Männer, für die sie nichts anderes als Freundschaft empfinden konnte? Schuldbewußt dachte sie an Hans Werner Reichart. Wie gern hätte sie seine Liebe erwidert.

Sie stieß die kleine Pflanzkelle in den Boden und dachte an Konstantinopel und wie weit das Leben, das sie dort geführt hatte, zurückzuliegen schien. Sie dachte nur noch selten daran, und ganz sicher hätte sie ihr jetziges Leben um nichts in der Welt gegen ihr früheres getauscht, obwohl es wesentlich härter war. Es ist der Sommer, dachte sie. Nur er ist schuld, daß ich so sentimental bin.

Sie stand auf und ging hinüber zu den ausgebreiteten Säcken, auf denen Feigen zum Trocknen lagen. Heute würde es nichts für Fatma zum Einkochen oder sauer Einlegen geben. Pickles waren Fatmas neueste Manie. Keine wildwachsende Frucht, keine Beere war vor Fatmas Pickle-Experimenten sicher, und jeder Winkel des Hauses diente als Versteck für irgendein Weckglas oder einen Krug mit diesem oder jenem für schlechte Zeiten. Sara behauptete, es sei ein Wunder, daß Fatma sie mit ihren neuartigen Methoden noch nicht vergiftet habe, und sie drohte der alten Fatma, daß sie eines Morgens alle tot in ihren Betten liegen würden.

Selena wendete die Feigen, als plötzlich eine junge Katze um die Ecke geschossen kam, dicht gefolgt von Sultan. Das Kätzchen sprang an Selena vorbei und flüchtete auf den Maulbeerbaum. Sultan blieb kläffend und schwanzwedelnd unter dem Baum stehen.

»Schäm dich, Sultan. Geh in deine Hütte, marsch!« sagte Selena streng und deutete mit dem Arm zum Stall. Nach einem sehnsüchtigen Blick auf das schwarzweiße Kätzchen trollte er sich in die Richtung, aus der er gekommen war.

Selena wandte sich dem Kätzchen zu, das sich verzweifelt an einen Ast klammerte und kläglich miaute. Es konnte sich vor Angst nicht bewegen. Selena stieg auf die Steinbank, die unter dem Baum stand, streckte die Arme aus und versuchte, das Tierchen mit leisen lockenden Geräuschen zu beruhigen. Sie reichte nicht ganz zu ihm hinauf und überlegte, ob sie auf den untersten Ast klettern sollte. Sie war so mit ihrem Problem beschäftigt, daß sie nicht hörte, wie Hauptmann Kristopher Sarkis mit einem Buch unter dem Arm langsam den Gartenweg herunterkam.

Er hatte die schlanke Gestalt sehr wohl gesehen, die dort auf der Bank stand und die Arme zum Himmel reckte, als betete sie zu einem heidnischen Gott. Er blieb neben der Bank stehen und blickte zu Selena hinauf. »Gottes Segen sei mit Ihnen«, grüßte er höflich.

Das Mädchen wandte sich überrascht um und erschrak. Kristopher Sarkis blickte in ein ovales Gesicht, das nichts als nackte Angst ausdrückte, und dennoch hatte er das Gefühl, plötzlich in einer anderen Welt zu sein.

Selena stieg unsicher von der Bank herunter und versuchte, die Panik zu unterdrücken, die sie beim Anblick des Saptieh-Hauptmanns gepackt hatte. Die Bilder von den toten und sterbenden Armeniern tauchten vor ihr auf, und sie sah nur die Uniform, die sich untrennbar mit diesem Alptraum verband. Dieser Saptieh, der hier vor ihr stand, war nur einer von vielen, die alle das gleiche bedeuteten — Vergewaltigung, Terror und Tod.

Sie spürte, wie sie erbleichte, und betete, ihre Stimme möge nicht zittern und ihre Angst nicht verraten. »Und mit Ihnen auch«, antwortete sie. Ihr Herz schlug laut, und sie hatte Mühe, nicht aufzuschreien und davonzulaufen. War er gekommen, um sie zu verhören? Oder war er hinter den Levinsons her?

Der Hauptmann sah sie mit seinen intelligenten braunen Augen an. Er hatte noch nie ein so schönes Mädchen gesehen. Wie gebannt blickte er auf die zierliche Gestalt, die zitternd und scheu wie ein Reh vor ihm stand. »Es tut mir leid«, sagte er schließlich. »Ich wollte Sie nicht erschrecken. Zunächst glaubte ich, Sie wären ein Traum . . . eine Erscheinung . . .« Er kam sich vor wie ein Tolpatsch. An ihrem Gesichtsausdruck merkte er, daß sie noch völlig verängstigt war und kaum verstand, was er sagte.

Aus dem Maulbeerbaum drang ein klägliches »Miau«. Sarkis blickte hinauf und sah den Grund für Selenas Problem. Er lächelte. »Soll ich sie herunterholen?« fragte er Selena. Sie schaute ihn an, und diesmal sah sie nicht nur die Uniform, sondern auch den Mann. Seine Augen waren freundlich, seine Stimme klang sanft und ruhig. Ihre Angst legte sich, als sie begriff, daß sie sich vor ihm nicht zu fürchten brauchte.

Sarkis sah, wie sich ihr Kinn ein wenig hob und ihre großen braunen Augen heiter wurden.

Sie nickte. »Ja, bitte.« Ihre Stimme klang so leise, als flüsterte sie.

Der Hauptmann legte Degengurt und Pistole ab und sprang leichtfüßig auf die Bank. Erschrocken flüchtete das Kätzchen noch höher in den Baum, und während Sarkis ihm nachkletterte, blieb Selena, deren einzige Gedanken eben noch Flucht und das sichere Haus gewesen waren, stehen und schaute zu. Der Hauptmann sah aus wie ein richtiger Mensch, dachte sie, und schließlich gab es auch anständige Männer in Uniform – Hans Werner Reichart zum Beispiel. Und plötzlich bemerkte sie, daß dieser schlanke, hochgewachsene Mann mit dem dichten blonden Haar nicht wie ein Türke aussah.

Der Hauptmann nahm das Kätzchen, das sich mit den Krallen an den Baum klammerte, vorsichtig herunter und gab es Selena in die Hand. Sie drückte das zitternde Fellknäuel zärtlich an sich und lächelte Sarkis dankbar an. Sarkis war entzückt, als er sie lächeln sah und in ihre großen ernsten Augen blickte. Ein wenig unbeholfen stand er da und konnte die Augen nicht von ihr lassen.

»Ist irgend etwas passiert, Hauptmann?«

»Sarkis – Kristopher Sarkis«, sagte er mit einer Verbeugung.

»Nun, ich – Sie sind die schönste Frau, die ich je gesehen habe.« Er traute seinen Ohren nicht, als er sich diese Worte sagen hörte, und Selena bückte sich errötend, um das Kätzchen laufen zu lassen. Klopfenden Herzens setzte sie sich auf die Bank. Dieser Hauptmann Sarkis versetzte sie in eine schreckliche Verwirrung, die jedoch nichts mit Panik zu tun hatte. Sarkis? Der Name kam ihr vertraut vor.

Während Sarkis seinen Degengurt anlegte, ärgerte er sich, weil er sich wie ein Narr benommen hatte. »Ich habe mein Pferd zu Abu gebracht«, erklärte er. »Es hat sich einen Huf verletzt.« Selena nickte. Viele Leute kamen zu Abu, der ein Wunderdoktor für Pferde zu sein schien. »Außerdem wollte ich dem alten Herrn Levinson meine Aufwartung machen. Ich komme in letzter Zeit selten nach Zichron. Es liegt nicht auf meiner Route.« Er schob sich eine Haarlocke aus der Stirn und schwieg eine Weile, während er das hübsche Bild betrachtete, das Selena auf der Steinbank unter dem Maulbeerbaum bot.

Selena griff nach dem Buch, das Sarkis auf der Bank abgelegt hatte. Sie wollte mehr über ihn wissen. Das Buch war in Arabisch geschrieben, eine Sammlung von Gedichten eines sunnitischen Schriftstellers aus dem achtzehnten Jahrhundert. »Der Prophet Mohammed hielt nicht viel von Gedichten«, sagte sie mit einem winzigen Lächeln, das Sarkis etwas ermutigte.

»Er hat von vielen Dingen, die ich gern habe, nichts gehalten — zum Beispiel die guten Weine von Zichron«, antwortete er mit einem verschmitzten Lächeln und setzte sich neben Selena auf die Bank. Er trinkt also Wein. Vielleicht ist er kein Moslem, vielleicht nicht einmal ein vom Glauben abgefallener Moslem, dachte Selena und war aus einem unerfindlichen Grund sehr glücklich.

»Dann sind Sie kein Moslem«, bemerkte sie.

»Nein. Ich bin Christ — aus Armenien«, antwortete er schlicht. Er vermutete, daß die Frau, in die er sich auf den ersten Blick verliebt hatte, Mohammedanerin oder Jüdin war. Meine erste große Liebe — zum Scheitern verurteilt wie die von Romeo und Julia, dachte er theatralisch, und dann: Muttergottes, was geht hier vor? Er traute seinen Ohren nicht. »Was haben Sie gesagt?«

Selena schaute ihn verwundert an. Natürlich — Sarkis war ein ziemlich häufiger armenischer Name. Deshalb war er ihr so vertraut vorgekommen. »Ich sagte, daß ich ebenfalls Armenierin bin«, wiederholte sie leise.

Sarkis starrte sie an. Welche Laune des Schicksals hatte sie hier zusammengeführt? Dann lachte er. »Ich wußte vom ersten Augenblick an, daß etwas an Ihnen anders ist. Was tun Sie hier bei den Levinsons?«

Sie zögerte einen Augenblick. »Ich bin eine Freundin von Sara — aus Konstantinopel«, antwortete sie. Ihr Herz klopfte wild.

»Eine bemerkenswerte Familie.«

Selena nickte. »Ja, es sind ganz besondere Menschen.«

Sie sah aus, als fürchtete sie sich, und Sarkis hätte am liebsten die Hand ausgestreckt, um sie zu beruhigen. Aber er spürte, daß sie auf und davon rennen würde, wenn er ihr auch nur ein wenig näher rückte.

»Aus welcher Gegend Armeniens kommen Sie?« fragte er. Selena schaute ihn kurz an, dann beschloß sie, ihm alles über ihr Leben zu erzählen.

Sie unterhielten sich in ihrer Muttersprache, und Selena erzählte ihm ihre Geschichte — von ihrer Kindheit in den Bergen, ihrer Entführung, ihrem Leben im Harem —, sie ließ nicht das geringste aus bis zu dem Augenblick, als Sarkis sie hier im Garten unter dem Maulbeerbaum fand.

Beinahe zwei Stunden lang saßen sie hier in der Nachmittagssonne und redeten. Selena erzählte ihm von den schrecklichen Dingen, die sie auf ihrer Reise nach Zichron gesehen hatte — Dinge, von denen er gerüchtweise gehört und die er nicht geglaubt hatte. In seinen Augen standen Tränen, während er ihr zuhörte.

Er hatte ihre Hand genommen, ohne sich dessen bewußt zu sein, und er hielt sie ganz fest, während sie erzählte. »Und was werden Sie jetzt tun?«

»Ich werde warten, bis die Türken geschlagen sind und dann . . .« Erschrocken schlug sie die Hände vor den Mund und starrte ihn entsetzt an. Sie hatte das Unverzeihliche ausgesprochen — und noch dazu vor einem Saptieh. Jetzt war alles vorbei, ihre Hoffnung, ihr Leben . . . Das war das Ende. Sie schloß die Augen, doch dann spürte sie, wie der Hauptmann ihre Hand drückte.

»Keine Angst, Selena. Viele von uns denken genauso.« Die großen braunen Augen öffneten sich wieder. »Krieg ist etwas Schreckliches«, fuhr Sarkis fort. »Nach und nach werden alle verrückt und vergessen, daß es Gott gibt.« Er seufzte. Er wußte, was im Reich geschah, aber er war so dumm gewesen zu glauben, in den Berichten würde maßlos übertrieben und die Säuberungsaktionen beschränkten sich nur auf die Vilajets. Vielleicht würde es tatsächlich dabei bleiben, aber er nahm sich vor, in Zukunft genauer hinzuhören.

Die Obstbäume warfen lange Schatten über Beete und Wege, die vom aprikosenfarbenen Goldton der sinkenden Sonne überhaucht waren. Sarkis blickte auf das Kätzchen, das zu Selena zurückgekommen war und nun auf ihrem Schoß schnurrte wie ein kleiner Motor. Dann schaute er Selena an. Er fühlte sich ihr verbunden wie keiner anderen Frau zuvor. »Ich bin ein einfacher Mann«, sagte er und blickte sie mit seinen ernsten Augen forschend an. »Ich habe mich auf den ersten Blick in Sie verliebt, und ich möchte Sie heiraten.«

Selena schaute ihn verwundert an, und langsam weiteten sich ihre Augen. Dann lachte sie fröhlich. »Aber, Hauptmann Sarkis«, sagte sie. »Ich kenne Sie ja kaum.«

Sara warf Bellas Zügel einem wartenden Araberjungen zu und lief, den Hut in der Hand und immer zwei Stufen auf einmal nehmend, in Aarons Arbeitszimmer hinauf. Sie konnte es kaum erwarten zu erfahren, was so wichtig war, daß soviel Aufhebens darum gemacht wurde. Um sechs Uhr wurde auf der Station gegessen. Die Tische waren bereits gedeckt, und draußen auf den Feldern läutete die Essensglocke. Sara wußte, daß ihr nicht viel Zeit blieb für ein privates Gespräch mit ihrem Bruder. Die Hauptmahlzeit auf der Forschungsstation hatte sich mehr und mehr zu einer Art Essenfassen wie in einem Militärlager entwickelt. Nachdem erneut Heuschreckenschwärme aus dem Süden gemeldet worden waren, hatte Dschemal Pascha Aaron mitgeteilt, er könne für die Heuschreckenbekämpfung so viele Soldaten bekommen, wie er wolle. Aaron hatte seine neue Autorität mit Freuden genützt und an allen strategischen Punkten überall in Palästina und Syrien ehemalige Soldaten postiert. Auf der Station herrschte seitdem ein ständiges Kommen und Gehen.

»Beeil dich«, sagte Sara. Ungeduldig klopfte sie mit der Reitgerte gegen ihren Rock, während sie wartete, bis Daniel sie eingeholt hatte. Daniel, eine Petroleumlampe in der Hand, lächelte und beeilte sich keineswegs. Sara machte ihm die Tür auf und ließ ihn eintreten. Dann eilte sie ins Arbeitszimmer, küßte ihren Bruder und lief zur Tür zurück, um sie abzuschließen, während Aaron die Fenster schloß und die Vorhänge zuzog. Daniel zündete eine zweite Lampe an und setzte sich auf das Sofa. Sara, die sich bemühte, ihre Neugier zu zügeln, setzte sich neben ihn und beobachtete Aaron, der an seinen Schreibtisch getreten war.

»Nun?« fragte sie nach einer kurzen Pause. »Ich sterbe vor Neugier. Was hat das alles zu bedeuten?«

Daniel und Aaron sahen sich lächelnd an. Dann wurde Aarons Gesicht wieder ernst, und er blickte seine Schwester über den Schreibtisch gebeugt eindringlich an. »Ich fahre nächste Woche nach Deutschland«, sagte er und lächelte, als er sah, wie bestürzt sie reagierte. »Keine Sorge — es ist ganz offiziell. Dschemal Pascha persönlich hat meine Reisedokumente unterschrieben.« Er legte die Hand auf einen kleinen Stapel Papiere auf seinem Schreibtisch.

Sara blickte ihn mit großen Augen an und fragte verwundert: »Nach Deutschland? Aber warum?«

Aaron erwiderte ihren Blick und antwortete mit gedämpfter Stimme: »Angeblich um meine wissenschaftlichen Kollegen an der Universität in Berlin zu besuchen. Ich habe dir erzählt, daß sich die Deutschen für meine neue Sesamart interessieren, und nun habe ich sie überzeugt, daß für eine fachmännische Beratung unbedingt eine Reise erforderlich ist. In Wirklichkeit«, fügte er mit sichtlich er Befriedigung hinzu, »haben wir das Zeug schon vor einer ganzen Weile angepflanzt.«

Sara verstand noch immer nicht, worauf Aaron eigentlich hinauswollte. »Warum fährst du dann?«

»Weil ich mich durch eines der neutralen Länder nach England durchschmuggeln will. Ich habe schon ein wenig vorgefühlt — es könnte klappen.«

Sara hielt entsetzt den Atem an. »Lieber Gott, das kann nicht dein Ernst sein.« Während des ganzen Ritts von Zichron zur Forschungsstation hatte sie sich den Kopf zerbrochen, was Aaron vorhaben könnte, aber es war ihr nichts eingefallen, das auch nur annähernd so dramatisch gewesen wäre.

Aaron überhörte ihre Bemerkung und zündete sich eine Zigarette an. Als das brennende Streichholz sein Gesicht beleuchtete, erkannte Sara an seinem Ausdruck, daß er nicht im geringsten beunruhigt war, sondern vollkommen überzeugt vom Erfolg seines Plans. »Ich habe das schon seit längerem geplant — seit Daniel aus Kairo zurückkam. Als Woolley begriff, daß unser Ziel die nationale Unabhängigkeit ist und nicht ein Stapel Banknoten in Pfund Sterling, schlug er vor, daß wir jemanden von unserer Organisation nach London schicken.«

»In London leben viele wichtige Mitglieder der jüdischen Gemeinde«, fiel Daniel ein, »einschließlich unseres alten Freundes Baron de Rothschild, die alle sehr daran interessiert sind, wieder einen jüdischen Staat in Palästina zu schaffen — unter britischer Schirmherrschaft. Wenn Aaron mit ihnen zusammentrifft . . .«

»Wenn ich es bis nach England schaffe«, berichtigte Aaron. »Und wenn es mir gelingt, die Aufmerksamkeit einflußreicher Leute auf unsere Organisation zu lenken, dann müßte der Kontakt mit Atlit eigentlich wiederhergestellt werden können. Ich bin überzeugt, daß die Hälfte unserer Probleme in Kairo darauf zurückzuführen ist, daß wir es mit mediokren Offizieren des Nachrichtendienstes zu tun haben — sie haben keinen wirklichen Einfluß und ganz sicher keine politische Autorität. Wenn wir das Kriegsministerium in London beeindrucken können, wird man diese phantasielosen Marionetten im Arab Bureau in Kairo zwingen, uns ernst zu nehmen.« Aaron drückte seine Zigarette aus und blickte von Sara zu Daniel. »Und ich werde dafür sorgen, daß man uns ernst nimmt.«

Sara blickte voller Stolz auf ihren Bruder. Sie bewunderte seine Kühnheit und sein logisches Denken. Im Gegensatz zu Daniel, der sich Hals über Kopf in etwas hineinstürzen konnte, ohne groß darüber nachzudenken, überlegte Aaron genau, bevor er einen Entschluß faßte und diesen anderen mitteilte. »Die Idee ist prima, Aaron. Aber bist du wirklich sicher, daß du dir nicht zu viel vornimmst?« fragte Sara.

»Unsere arabischen Brüder sagen: Ein Falke, der Mäuse jagt, ist nichts wert«, antwortete er lächelnd. »Ich behaupte nicht, daß die Sache ein Spaziergang wird — aber ich glaube, ich kann sie durchziehen.«

Sara nickte. An einem Aaron in dieser Gemütsverfassung konnte kaum jemand zweifeln. Dann fiel ihr ein weiteres Problem ein. »Wer wird die Station leiten? Du kannst das alles hier nicht einfach ins Kraut schießen lassen!«

Daniel lächelte über ihre Wortwahl, doch Aaron sagte todernst: »Du wirst die Station leiten.«

Sara starrte ihn an. Seit wann scherzte er bei so wichtigen Dingen? Doch sein Gesicht sah aus, als meinte er, was er sagte.

»Das kannst du nicht ernst meinen, Aaron. Warum nicht Daniel?« fragte sie ungläubig.

»Daniel übernimmt die Heuschreckenpatrouille, hält die Verbindung mit Dschemal Pascha aufrecht und übernimmt die Leitung unserer Organisation. Wenn du willst — und wenn du es dir zutraust —, möchte ich, daß du die Verantwortung für die täglich anfallenden Aufgaben und Arbeiten auf der Station übernimmst. Jeder hier kennt dich und mag dich, und die Tatsache, daß du meine Schwester bist, wird uns eine Menge Eifersüchteleien und Händel ersparen.«

»Und was ist mit Sam?« fragte sie.

Aaron grinste. »Sara, offen gesagt — du bist der beste Mann für diese Arbeit.«

Eine Welle der Begeisterung erfaßte Sara. Das war genau die Art von Herausforderung, nach der sie sich immer gesehnt und die sie nie für möglich gehalten hatte. Sie würde ihre Chance nützen und sich und allen beweisen, was sie konnte.

»Nun, meinst du, du wirst es schaffen?«

»Ich werde mein Bestes tun«, antwortete sie stolz und versuchte, ihre Aufregung zu verbergen und dem Drang zu widerstehen, Aaron vor Dankbarkeit um den Hals zu fallen.

»Ich weiß, daß du das tun wirst«, sagte Aaron liebevoll. »Nun zu den Einzelheiten. Ich habe genug Vorräte und Gold zurückgelegt, um die Station bis November am Leben zu erhalten. Bis dahin dürften unsere Verbindungen mit Ägypten wiederhergestellt sein, und mit etwas Glück müßte sich dort in der Zwischenzeit einiges an Waren und Geld von Alex aus Amerika angesammelt haben. In der Zwischenzeit verlasse ich mich auf dich — daß du die Station in Gang hältst und die Bücher führst.«

Sara nickte. »Natürlich. Ich weiß ja inzwischen auch, wie die Buchführung funktioniert. Du kannst dich auf mich verlassen, Aaron.«

Er sah sie einen Moment zweifelnd an. »Sara«, sagte er mit einem warnenden Ton in der Stimme, »ich möchte eines vollkommen klarstellen. Mit der Organisation wirst du nicht mehr zu tun haben als bisher. Du besorgst weiterhin das Verschlüsseln und Entschlüsseln der Nachrichten, aber du mußt mir versprechen, daß es dabei bleibt.«

Sara verdrehte die Augen in gespielter Verzweiflung über seinen ernsten Ton. »Ich verspreche es«, sagte sie, und dann fügte sie rasch hinzu: »Aaron, ich kenne deine Meinung zum Thema Selena – aber könnte sie nicht hierher zu mir kommen? Ich kann sie nicht einfach in Zichron zurücklassen. Außerdem wird sie mir hier eine große Hilfe sein. Und ich werde ihr nichts erzählen, was sie nicht ohnehin weiß.«

»Daran habe ich auch schon gedacht«, sagte Aaron. »Ja, natürlich kann sie herkommen. Aber ich habe das Gefühl, sie weiß bereits mehr, als für sie gut ist. Deshalb noch einmal die Bitte: Achte auf deine Worte, wenn du mit ihr sprichst, und erzähle ihr nichts. Je weniger Leute Bescheid wissen, um so besser.« Er zündete sich eine neue Zigarette an, lehnte sich in seinem Stuhl zurück und streckte die Beine aus. »Und es gibt noch etwas, wobei ich auf dich zähle«, sagte er und richtete seinen Blick auf Daniel. »Ich traue unserem impulsiven Freund hier nicht ganz. Er könnte sich in den Kopf setzen, durch die Sinai-Halbinsel nach Kairo zu reiten, wenn er nach einer Woche noch nichts von mir gehört hat. Wir wissen, wie dünn sein Geduldsfaden ist, und ich bin mir nicht sicher, ob er imstande sein wird, zwei Monate stillzuhalten, oder ob er versuchen wird, etwas auf eigene Faust zu unternehmen.«

»Unsinn«, schnaubte Daniel wütend, weil Aaron Sara gegen ihn ausspielte. »Ich habe dir mein Wort gegeben – ich werde geduldiger sein als Hiob.«

»Dein Wort in Gottes Ohr«, sagte Aaron und lachte leise.

Sara lehnte sich auf dem Sofa zurück und schaute Daniel lächelnd an. Und erst in diesem Moment begriff sie, was Daniel in Zichron gemeint hatte. Sobald Aaron abgereist war, wären sie so gut wie allein auf der Station. Ihre Familie, die sie bis jetzt daran gehindert hatte, ein richtiges Liebespaar zu werden, wäre in sicherer Entfernung in Zichron.

Sie lachte nervös. »Ich werde ein wachsames Auge auf ihn haben – ich werde sein Schutzengel sein«, versprach sie. Irgendwie war ihr das Ganze peinlich, wenn nicht gar unheimlich. Alle ihre Wünsche gingen plötzlich in Erfüllung. Sie hatte Daniel, sie hatte Verantwortung, sie hatte ihre Freiheit. Würde sich das Schicksal eines Tages gegen sie wenden und sich rächen als Ausgleich für all das Gute, das sie empfangen hatte? Bis heute hatte sie sich nie gefragt, ob es recht oder unrecht von ihr war, Daniel zu lieben. Ein neues Bewußtsein schien sich in ihr zu regen; doch um sie umzustimmen, war es zu spät. Sie wollte haben, was jetzt in greifbarer Nähe vor ihr lag, nachdem sie so lange so sehnlich darauf gewartet hatte.

Es war eine zauberhaft stille Nacht. Der berauschende Duft von frischem Gras, Tabakpflanzen und Blumen strömte durch das offene Fenster. Der Vollmond schien herein und sprenkelte Saras Zimmer mit silbrigem Licht. Sara lag auf dem Bett und schaute dem Spiel der Schatten zu. Diese ersten Tage in ihrem neuen Amt waren außerordentlich anstrengend gewesen, doch heute abend empfand sie keine Müdigkeit. Ein Gefühl froher Erwartung hatte sich im Lauf des Abends eingestellt, und jetzt lag sie ausgezogen auf dem Bett, glücklich und ruhig, und wartete auf Daniel.

In den vergangenen Tagen hatten Sara und Daniel eine Art Behelfsbrücke zwischen sich aufgebaut, weil sie spürten, daß sie Zeit brauchten für den Schritt von der Erwartung zur Erfüllung. Sie arbeiteten eng zusammen und hatten zunächst nicht mehr gebraucht. Doch als sie sich an diesem Abend wie gewöhnlich gute Nacht wünschten, hatten sie sich für den Bruchteil einer Sekunde mit einem Blick so voller Leidenschaft angesehen, daß Sara das Gefühl hatte, sie habe in Daniels Seele geblickt, und sie war sich absolut sicher, daß er heute nacht zu ihr kommen würde.

Sie hörte es zehn Uhr schlagen. Dann war es wieder völlig still im Haus. Die Bäume vor dem Fenster rauschten leise, und vom Meer her drang das Geräusch der ans Ufer schlagenden Wellen. Sara lag still auf ihrem Bett und wartete geduldig. Sie hatte keine Eile.

Als sie eine Stufe knarren hörte, stützte sie sich auf den Ellbogen und lauschte gespannt. Ihr Herz schlug rascher. Leichte Schritte kamen den Korridor herunter und machten vor ihrer Tür halt. Die Tür öffnete sich, und Daniel schlüpfte herein. Er verriegelte die Tür, drehte sich um und sah sie an. Das Mondlicht hatte sie in eine silberne Statue verwandelt; sie erschien ihm unwirklich, wie eine Gestalt aus einem Traum.

»Mein Gott, Sara, wie schön du bist«, sagte Daniel leise. Seine Stimme klang rauh vor unterdrücktem Verlangen. Sara sagte nichts. Sie lächelte nur und genoß mit halbgeschlossenen Lidern seine Bewunderung. Daniel hielt den Atem an und ging auf sie zu, fasziniert von der Sinnlichkeit, die sie ausstrahlte. Rasch zog er sich aus, ohne seinen Blick von ihren Augen zu lösen. Das Blut rauschte in seinen Adern. Niemals hatte er eine Frau so begehrt, wie er jetzt Sara begehrte.

Sara war schwindlig vor Aufregung. Jahrelang hatte sie von diesem Augenblick geträumt, und nun war er endlich da. Mein Gott, ich liebe ihn so sehr, dachte sie entzückt beim Anblick seines gebräunten glatten und muskulösen Körpers. Ihr Verlangen nach ihm war beinahe schmerzhaft, als sich sein Gesicht langsam zu ihr niedersenkte.

Sekunden später küßte er ihren Mund, seine Zunge öffnete ihre Lippen und liebkoste ihre Zunge. Seine Hand glitt über ihren Körper, legte sich auf ihre Brust, und seine Finger streichelten ihre Brustwarzen, die sich ihm hart und aufrecht entgegenreckten. Sie atmete heftig, überwältigt von den erregenden Gefühlen, die ihren Körper durchfluteten, während das Pulsieren tief in ihrem Inneren zu einem heftigen Pochen wurde.

Daniel war jetzt halb von Sinnen. Er glühte vor Erregung, und seine Erregung steigerte sich im gleichen Maß, wie Saras Verlangen wuchs. Er hatte Sara in all den Jahren geliebt und begehrt und seine Gefühle immer wieder zurückgedrängt; nun strömten sie mit einem Mal zusammen mit einer Kraft und Intensität, wie er dies noch nie erlebt hatte. Sie gehörte ihm — sie hatte ihm immer gehört und würde immer nur ihm gehören. Er wollte sie jetzt. Sofort.

Er schob sich über sie, und ihm war, als glitte er auf flüssiges Feuer. Sie bog sich ihm entgegen, doch er hielt einen Augenblick inne, ließ seine Finger durch ihr wundervolles Haar gleiten und strich es ihr aus dem Gesicht. Er wollte ihr in die Augen sehen, wollte ihr Gesicht sehen in dem Augenblick, in dem sie die seine wurde.

Dann hob er sie zu sich heran. Ihre Hüften drängten sich an ihn, als er tiefer und tiefer in sie eindrang und sein Körper immer schneller gegen den ihren schlug. Er sah den freudig erstaunten Ausdruck in ihren Augen. Dann klammerte sie sich an ihn, und sie verschmolzen im Feuer ihrer Leidenschaft.

Sara lag noch lange danach wach. Sie fühlte sich auf köstliche Weise matt und entspannt, als schwebte sie über ihrem Körper. Sie konnte sich nicht erinnern, jemals so glücklich gewesen zu sein. Sie rückte etwas näher an Daniels warmen Körper heran. Er stöhnte leise im Schlaf, streckte die Hand aus und legte sie auf ihre Brust. Sie betrachtete die braunen Finger auf ihrer weißen Haut und legte ihre Hand über die seine.

Wenn der Krieg vorbei ist, dachte sie, wenn ich meine Probleme mit Chaim gelöst habe . . . Sie zitterte, als ihr plötzlich bewußt wurde, was sie getan hatte und was es bedeutete. Sara hatte die Situation, die zwischen Chaim und ihr bestand, schon früher unzählige Male analysiert, aber in diesem Augenblick, noch während sie Daniels körperliche Nähe genoß, bereute sie plötzlich, was sie getan hatte, und bei dem Gedanken an Chaim überflutete sie eine Welle von Schuldgefühlen.

Als ihr der Gedanke kam, daß sie von Daniel schwanger werden könnte, zuckte sie zusammen. Und als sie daran dachte, wie enttäuscht ihr Vater wäre, wenn er wüßte, daß sie mit Daniel schlief, packte sie geradezu panische Angst. Sie beruhigte sich ein wenig bei dem Gedanken, daß sie auch von Chaim nicht schwanger geworden war und sicher nicht, weil er es nicht genügend versucht hatte. Sie fröstelte. Konstantinopel erschien ihr jetzt wie ein böser Traum; alle Erinnerungen an ihr Eheleben drängte sie in den hintersten Winkel ihres Gedächtnisses. Sie würde nicht zurückgehen – sie konnte gar nicht mehr zurück. Ein leiser Seufzer entrang sich ihrer Brust. Im Grunde, fand sie, war dies weder der richtige Ort noch die richtige Zeit, sich Gedanken zu machen über Schicklichkeit, Ansehen, Familie und Ehebruch.

Daniel murmelte etwas Unverständliches und rückte näher zu ihr heran. Trotz ihrer trüben Gedanken lächelte sie, als sie seinen warmen geschmeidigen Körper neben sich spürte. Nichts auf der Welt war wichtiger als Daniel. Er war ihr Leben. Sie würde jeden Tag so nehmen, wie er kam. Sie wußte, daß dazu eine ganze Menge Mut gehörte, aber – der Rest der Welt kann mir gestohlen bleiben, dachte sie glücklich. Und dann fielen ihr die Augen zu, und sie schlief endlich ein.

Kapitel XXII

November 1916

Die folgenden Monate verschwammen in Saras Erinnerung zu einer Zeit nahezu vollkommenen Glücks. Es bestand kein Zweifel mehr, daß für die Türken die Zeit der Erfolge, die sie zu Beginn und im Lauf des vergangenen Jahres verzeichnen konnten, zu Ende ging. Bis jetzt war der Krieg günstig für sie verlaufen. Bei Gallipoli hatten sie die höchst ernsthaften Bemühungen der britischen Armee vereitelt; bei Kut in Mesopotamien hatten die Briten Ende April, nachdem sie einhundertsechsundfünfzig Tage von den Türken eingeschlossen worden waren, bedingungslos kapituliert. Doch nun zeigten sich Wolken am bislang ungetrübten türkischen Horizont.

Beduinen, die sich selbst mitten im Krieg frei zwischen den türkischen und britischen Linien bewegten, hatten berichtet, daß der unermüdliche bayrische General Kress von Kressenstein die Engländer im August bei Romani, zwanzig Meilen östlich des Suezkanals, angegriffen und fürchterliche Prügel bezogen habe, und daß zur Zeit Kavallerietruppen des australischen und neuseeländischen Armeecorps die Wüste durchstreiften und allem Anschein nach jeden Türken töteten, den sie erwischten.

Außerdem wurde immer offensichtlicher, daß Deutschland sowohl an seinen Fronten als auch im Inneren Schwierigkeiten hatte. Lebensmittel waren so knapp, daß sie bereits rationiert werden mußten.

Dann kam die überraschende Nachricht, Husain Ibn Ali, der haschemitische Scherif von Mekka, habe die Araber aufgerufen, die osmanischen Türken und ihre ungläubigen Verbündeten, die Deutschen, aus dem Mittleren Osten zu verjagen. ». . . unter dem Schutz der ungläubigen Briten«, bemerkte Daniel sarkastisch. Die Briten, die verzweifelt von jeder Seite Unterstützung für ihre Armee annahmen, schienen nach allen Seiten hin alles und jedes zu versprechen. Und Husain Ibn Ali hatten sie zugesagt, mit ihrer Armee ein unabhängiges Arabien zu unterstützen, in der Hoffnung, daß nach der Ausrufung des arabischen Aufstands die arabischen Soldaten, die in der türkischen Armee kämpften, die Seiten wechseln würden.

Sara verfolgte den Verlauf des Krieges mit lebhaftem Interesse, aber ihr größtes Interesse galt der Forschungsstation — und Daniel. Ihr ganzes bisheriges Leben erschien ihr nur als ein Vorspiel zur Gegenwart. Sie mußte schwer arbeiten und stand unter enormem Druck, aber sie merkte kaum, daß sie nur ein paar Stunden Schlaf bekam oder daß ihr eine Handvoll Feigen und eine Scheibe Brot am Tag vollkommen genügten. Die Anforderungen, die an sie gestellt wurden, ließen ihr keine Zeit für Hunger oder Müdigkeit.

Es mußte gesät werden, so viel und so vielerlei wie möglich – und sobald gesät war, mußte die Saat beobachtet und kultiviert werden. Die Arbeiter mußten eingeteilt, ein Rund-um-die-Uhr-Plan mußte aufgestellt werden, um die Weinernte wenigstens zu einem Teil einbringen zu können; der Großteil würde verlorengehen, weil sie einfach nicht genug Leute hatten. Sogar Kristopher Sarkis und ein paar seiner Saptiehs halfen bei der Lese mit, froh über die Naturalien, die sie als Entgelt erhielten.

Auch die Saptiehs hatten seit Monaten keinen Sold mehr erhalten und stahlen bereits ihren Pferden das Futter. Es wurde immer schwieriger, eine Mahlzeit auf den Tisch zu bringen, dennoch war es ihr und Frieda bisher gelungen, jeden zu überzeugen, daß noch genug da war, um sie vor dem Verhungern zu bewahren. Aber wie lange noch?

Wenn die letzte Mahlzeit abgeräumt war und die Nacht begann, war Saras Tag noch nicht zu Ende. Dann studierte sie Aarons Karten und überprüfte die Meldungen, die in der Station zusammenliefen. Sie ging jeder einzelnen Information nach, besorgte sich hier und dort genaue Fakten, bis sie das Gefühl hatte zu verstehen, was sich an der ägyptischen und der russischen Front tat.

Sie war erstaunt, als sie erkannte, wie sorgfältig Aaron und Daniel ihren geheimen Nachrichtendienst aufgebaut hatten und daß er viel flächendeckender war, als sie es sich vorgestellt hatte. Trotz des Versprechens, das sie Aaron gegeben hatte, leitete sie die Organisation bereits wenige Wochen nach seiner Abreise praktisch allein. Daniel, Manny,

Lev und Robby waren ständig unterwegs, um ihren doppelten Auftrag zu erfüllen: Heuschrecken und Türken zu vernichten. »Wenn wir das eines Tages geschafft haben, können wir uns das beste Insektenvernichtungsmittel der Welt patentieren lassen: Zwei Fliegen auf einen Schlag!« sagten sie zueinander und lachten.

Die Organisation hatte jetzt eine beträchtlich größere Ausdehnung als zu Anfang. Im Lauf der Zeit hatten sich immer mehr Menschen, hauptsächlich Verwandte und Freunde der Kerngruppe, freiwillig bereit erklärt, als Informanten gegen die Türken mitzuarbeiten. Es waren neue Kontakte entstanden, unter anderem auch zu jüdischen Militärärzten und Ingenieuren, die Zugang zu hohen militärischen Stellen und Behörden hatten.

Sara versuchte, die Informationen zusammenzusetzen wie Teile eines Puzzlespiels — eine Beschäftigung, zu der ihr früher die Geduld gefehlt hatte. Doch heute ging es nicht darum, das Bild eines Baumes oder irgendeiner Landschaft aus dem fernen Europa zusammenzusetzen. Die Teile, die sie heute zusammensetzte, ergaben einen nahezu umfassenden Überblick über Truppenbewegungen und Nachschub. Die Befriedigung, die sie empfand, wenn zwei Teilchen zusammenpaßten, übertraf alles andere, was sie in dieser Art bisher erlebt hatte. Mit der Zeit lernte sie, nach welchen Details sie fragen mußte, und sehr bald war sie ausgesprochen geschickt, sich die Antworten zu beschaffen, die sie brauchte. Obwohl das Schiff nicht wiederkam, arbeitete Sara weiter, immer mit dem Ziel, für die Briten Wissenswertes zusammenzutragen. Sie war ungemein stolz auf ihre Arbeit und konnte es kaum erwarten, daß sich die Engländer wieder meldeten und neue Informationen erbaten.

Doch sie übereilte nichts, und sie ging nie ein ungerechtfertigtes Risiko ein. Ein einziger Fehler, und der Judenhaß der Türken würde lichterloh brennen. Sie hatte, wenn auch nur flüchtig, zu sehen bekommen, was daraus folgen konnte, und der Gedanke, daß sie auf irgendeine Weise verantwortlich sein könnte für eine solche Greueltat, erfüllte sie mit Entsetzen und machte sie um so vorsichtiger.

Was ihr zusätzlich Sorgen bereitete, war die Vorstellung, daß es Aaron möglicherweise nicht gelang, sich nach England durchzuschlagen, und daß der unter so gefährlichen Umständen gesammelte Inhalt des immer voller werdenden Blechkoffers, der im Keller vergraben war, vielleicht nie dechiffriert würde. Sie scheute vor diesem Gedanken zurück, als wäre er eine Gotteslästerung. Aaron hatte sich zuletzt aus Konstantinopel gemeldet, einen Tag bevor er nach Berlin weiterreisen wollte. Seitdem — und es waren inzwischen zehn Wochen vergangen — hatten sie nichts mehr von ihm gehört. Aber Sara hatte nichts anderes erwartet und blieb, trotz mancher Ängste, überzeugt, daß er erreichen würde, was er sich vorgenommen hatte.

Daniel dagegen begann allmählich unruhig zu werden, genau wie Aaron es voraus geahnt hatte. Sara hörte es beinahe in seinem Kopf ticken, wenn er immer wieder auszurechnen versuchte, wie lange Aaron gebraucht haben könnte, um von Konstantinopel nach Berlin zu kommen . . . von Berlin nach England . . . von England nach Kairo. Sie wußte, daß er sich gegen diese Zweifel sträubte, aber sie sah auch seine wachsende Unruhe.

Fast unmerklich wurde anhand ihrer Informationen erkennbar, daß die Engländer ihre anscheinend vollkommen defensive Position im Kanal allmählich in eine Offensive umgewandelt hatten. Sie standen praktisch auf dem Sprung nach Palästina. Die Tatsache, daß ihre Informationen, die den Entschluß der Briten beschleunigen und ihnen helfen könnten, eine mögliche Katastrophe zu vermeiden, die ihnen Zeit ersparen und viele Menschenleben retten würden, hier brachlagen, trieb Daniel fast zur Verzweiflung.

Sara teilte Daniels Enttäuschung, als sie mit ansehen mußten, wie die Früchte ihrer Arbeit — einer Arbeit, die sie unter Einsatz ihres Lebens geleistet hatten — im Keller verrotteten, denn vieles davon wurde durch die sich verändernden Positionen im Sinai nutzlos. Sie teilte auch sein Gefühl der Ohnmacht angesichts der Gewalttaten, unter denen ihr Land zu leiden hatte. Überall in den Dörfern und Städten gab es Anzeichen für eine Hungersnot, und in Jaffa und Jerusalem traten die Vorurteile gegen die Juden jetzt ungehindert zutage. Sara wünschte sich ebenso wie Daniel, etwas dagegen tun zu können; auch sie hätte diese Welt am liebsten gepackt und auf den Kopf gestellt. Aber sie glaubte weiterhin fest an Aarons Erfolg, obwohl sie zusehen mußte, wie Daniel immer weniger davon überzeugt war.

Das Bedürfnis, endlich konkret etwas zu unternehmen, schien Daniel innerlich auszuzehren. Tagsüber hatte er keine Zeit, darüber nachzudenken, aber nachts ließen ihn seine rastlosen Gedanken kaum schlafen. Er kam noch immer jede Nacht, die er auf der Station verbrachte, zu Sara, und Sara zweifelte nicht daran, daß sie geliebt wurde, aber sie gab sich keinen Illusionen darüber hin, wo Daniels Prioritäten lagen. »Du hast dich für mich entschieden, und das heißt für meinen Kampf«, hatte er einmal zu ihr gesagt. »Deine persönlichen Gefühle, deine Wünsche — das ist alles sekundär.« Das hörte sich vortrefflich an, aber die Gefühle, die diese Erklärung bei Sara weckte, waren so vortrefflich nicht.

Jedesmal, wenn sie versuchte, seine Ungeduld zu bremsen, oder wenn sie die Befürchtung äußerte, er könnte sich zu einer Unbesonnenheit hinreißen lassen, hatte sie den Verdacht, er sähe in ihr nur ein verwöhntes Kind. Dabei kam sie fast um vor Sorge, daß er in seinem ungestümen Wunsch, die Welt zu verändern, Gefahren auf sich nehmen würde, die nicht nur ihn, sondern die ganze Organisation zu Fall brächten. Für Daniel gehörte nicht viel dazu, sich in ein Risiko zu stürzen, was in dieser Situation gleichbedeutend wäre mit dem letzten vernichtenden Schritt.

Trotz des Unbehagens, das sie in manchen Nächten befiel, hatte Sara zum erstenmal in ihrem Leben das Gefühl, nützlich und wichtig zu sein, und ihre Kraft und ihr Vertrauen wuchsen von Tag zu Tag. Sie hatte Aarons Schreibtisch ans Fenster gerückt, wo sie immer wieder von ihrer Arbeit aufblicken und den Horizont absuchen konnte. Sie wußte, daß das Schiff eines Tages auftauchen und signalisieren würde — wenn nicht in diesem Monat, dann im nächsten.

Es war ein heißer, stiller und dennoch unruhiger Tag, der Sara an ihren Hochzeitstag erinnerte. Und so setzte sie sich hin, um an Chaim zu schreiben. Sie schrieb jeden Monat an ihn, gleichgültig, ob ihre Briefe ihn erreichten oder nicht. Sie war froh, daß sie ihr Gewissen auf so einfache Weise beruhigen konnte. Sie fühlte sich nicht mehr als verheiratete Frau, auch wenn sie aus Rücksicht auf ihren Vater noch ihren Ehering trug — allerdings nicht mehr am Ringfinger, weil sie so dünn geworden war, sondern am Mittelfinger.

An Chaim zu schreiben war ein langweiliges Geschäft. Als sie aus dem Fenster schaute, sah sie Selena und Kristopher Sarkis langsam den Weg zwischen den Apfel- und Feigenbäumen heraufkommen. Man sah ihnen an, wie sehr sie einander liebten. Sara war überzeugt, daß ihrer Liebe weder die Zeit noch irgendwelche Umstände etwas anhaben würden. Die beiden würden geduldig den Tag erwarten, an dem sie heiraten konnten, und dann würden sie Hand in Hand und mit vereinten Herzen allem entgegentreten, was die Zukunft brächte.

Während Sara die beiden beobachtete, fiel ihr ein, daß sie und Daniel niemals ein solches Paar sein würden. Was sie verband, war eine Leidenschaft, die sich auf Feuer, Sand und Träume gründete — nicht auf unverrückbaren Fels. Ihre Liebe war kein Fundament, auf dem sich ein Leben aufbauen ließ. Sara saß plötzlich kerzengerade in ihrem Stuhl und war ziemlich verwirrt von dieser Erkenntnis. Vielleicht hatte sie das alles insgeheim schon seit langem gewußt . . .

Daniels Liebe zu ihr war aufrichtig. Er hatte ihr nie gesagt, daß er sie mehr liebte als alles andere auf der Welt. Er hatte nie gesagt, daß er für sie sorgen und sie beschützen wolle mit seinem Leben und sein Leben lang. Nein. Er hatte immer zugegeben, daß er ihr Glück und sein eigenes jederzeit seiner Überzeugung opfern würde. Aber Liebe, das Bedürfnis, sowohl emotional als auch körperlich miteinander verbunden zu sein, verlangte genau diese gegenseitige Verpflichtung.

Und noch etwas fiel Sara ein. Sie liebte Daniel, und sie waren sehr eng miteinander verbunden. Doch tief in ihrem Herzen wußte sie, daß sich ihre Liebe zu ihm heimlich verändert hatte — weil sie selbst sich verändert hatte. Sehr nüchtern erkannte sie plötzlich, daß Daniel nicht mehr der Mittelpunkt, die *raison d'être* ihres Lebens war, daß andere Dinge — eben das Leben — ihre Gefühlswelt verändert hatten und daß das Schwergewicht nicht mehr allein auf Daniel lag.

Ein Klopfen an der Tür unterbrach ihre Gedanken, und Manny stürzte herein. Er schien seine Aufregung kaum zügeln zu können, und als Sara aufsprang, um ihn zu begrüßen und die Tür hinter ihm schloß, hatte sie das ungute Gefühl, daß er schlechte Nachrichten brachte.

»Ich war im Gefängnis«, sagte er, ließ sich auf das Sofa fallen und grinste sie an.

»Was?« stieß Sara hervor und umklammerte die Lehne des alten Ledersessels, der ihm gegenüber stand. »Wo?«

»In der Garnison von Beer Sheva«, antwortete er und wischte sich mit dem Hemdsärmel den Schweiß von der Oberlippe. »Hast du einen Schluck Wasser für mich?«

»Natürlich«, sagte Sara und trat an den Schreibtisch, wo sie ihm ein Glas eingoß. Er leerte es in einem Zug.

Mit einem zufriedenen Seufzer stellte Manny das Glas ab und blickte Sara lächelnd an. »Aber wie du siehst, konnte ich mich befreien, oder besser gesagt, du hast mich befreit.«

Er grinste noch breiter, als er Saras zunehmende Verwunderung beobachtete. »Ich habe dich befreit?« fragte sie und ließ sich in den Sessel sinken.

Manny beugte sich auf dem Sofa vor und nickte vergnügt. »Ich war auf meiner üblichen Inspektionstour, und auf dem Rückweg dachte ich mir, ich seh' mal in der Garnison von Beer Sheva vorbei. In den letzten Tagen war dort einiges los, und ich wollte mal sehen, was sie so an Artillerie dort haben.«

Sara schüttelte den Kopf. Manny war zu selbstsicher und waghalsig. Sie hatte ihn schon immer im Verdacht, daß er zu viel riskierte.

»Also«, fuhr er fort, »ich bin ganz leicht durch die verschiedenen Sicherheitssperren gekommen, und plötzlich stand ich tatsächlich mitten im Arsenal des Forts — mein Militärausweis hat jeden so beeindruckt, daß kein Mensch fragte, was ich dort wollte.« Er hielt einen Moment inne, um seinen Triumph zu genießen. »Sara, ich habe sieben . . .«

»Später, Manny. Erzähl mir erst, was dann passiert ist.« Ausnahmsweise interessierte sich Sara mehr für seine Geschichte als für die Informationen, die er brachte.

»Ich unterhielt mich gerade mit zwei türkischen Wachsoldaten und versuchte, mir genau zu merken, was ich so ringsherum sehen konnte, als plötzlich ein deutscher Offizier auftauchte und mich ausfragte. Was ich hier wolle, wer ich sei, wieso ich Deutsch könne — lauter so Sachen. Ich sagte, ich gehöre zur Heuschreckenpatrouille, und zeigte ihm meine Papiere. Er konnte kein Türkisch lesen und gab sie an die Wachsoldaten weiter, die beide überhaupt nicht lesen konnten und sich an den nächsten Posten wandten. Der drehte die Papiere ein paar Minuten hin und her, bis er zugab, daß auch er nicht lesen konnte. Ehrlich, Sara, es war ein Witz! Schließlich holten sie einen türkischen Offizier, der für den Deutschen übersetzte, was in meinen Papieren stand. Daraufhin wurde ich belehrt, daß mein Paß nur in Gebieten gilt, wo es Heuschrecken gibt, und der Deutsche fragte mich ironisch, ob ich vielleicht welche sähe, denn er sähe bestimmt keine. Ich sagte, ich hätte von einem Beduinen erfahren, daß sich Heuschrecken in diese Richtung bewegten . . .«

»Und stimmte das?« unterbrach ihn Sara.

»Ach was, Sara. Aber irgendwas mußte ich doch sagen. Er jedenfalls schaut mich auf diese arrogante, ungläubige Art an und sagt, ob ich wüßte, daß ich mich hier auf militärischem Sperrgebiet befände und daß ich hier nichts zu suchen hätte. Und er fängt wieder von vorne an: Was ich hier wollte, für wen ich arbeitete, ob ich wüßte, wie man Spione bestraft, und daß er mich auf der Stelle erschießen lassen könnte. Ich gebe zu, daß ich allmählich ein bißchen nervös wurde . . .«

»Du hattest eine Heidenangst, würde ich sagen«, berichtigte ihn Sara, und Manny lachte.

»Als mir klar wurde, daß ich mit diesem Deutschen nicht weiterkam, verlangte ich, den Kommandeur zu sprechen. Unser kleiner Disput machte einen anderen Offizier, einen Oberstleutnant, der hinkte, auf uns aufmerksam. Er kam herüber und fragte, was los sei. Als Aarons Name fiel, horchte er auf. Er sah sich meine Papiere an, und dann fragte er, ob Aaron Levinson der Bruder von Sara Cohen sei. Du kannst dir vorstellen, daß ich mich darauf stürzte wie ein Bettler auf ein Stück Brot. Dann erklärte er dem Hauptmann, er wolle die Sache in die Hand nehmen, und führte mich in sein Büro. Anscheinend kennt er dich aus Konstantinopel. Ein Oberstleutnant Reichart.«

»Hans Werner Reichart?« fragte Sara überrascht. »Groß, blond?«

Manny nickte. »Er schien ganz nett zu sein für einen Deutschen. Das hier hat er mir für dich mitgegeben.« Er griff in die Innentasche seiner Jacke und zog einen Brief hervor. »Er gab mir den Brief und sagte, ich könne gehen. Und weg war ich — wie schnell, kannst du dir gar nicht vorstellen.«

Sara hörte ihm nicht mehr zu. Sie öffnete den Brief und las:

Liebe Sara,
seit meiner Ankunft in Palästina vor zwei Monaten habe ich vor, mich bei Ihnen zu melden. Nun hat mir der Zufall einen Boten geschickt in Gestalt des Herrn Hirsch. Nach Gallipoli hatte ich das Glück, dem Stab von General von Kressenstein zugeteilt zu werden — und obendrein wurde ich zum Oberstleutnant befördert. Wie ich erfahren habe, leiten Sie, seit Ihr Bruder nach Berlin gereist ist, die Forschungsstation, von der ich schon viel gehört habe, seit ich hier bin.
Wenn es Ihre Zeit und Ihre Aufgaben auf der Station erlauben, würden Sie mir dann vielleicht die Freude machen und mich in Jerusalem besuchen? Vom 4. November an habe ich ein paar Wochen Urlaub. Ich werde im Hotel Fast wohnen. Bitte, versuchen Sie zu kommen. Am Samstag findet dort ein kleiner Ball statt.
Lassen Sie bald von sich hören — und kommen Sie.
Liebe Grüße
Hans Werner Reichart

Sara faltete den Brief sorgfältig zusammen und steckte ihn wieder in den Umschlag. Einen Augenblick saß sie nur da und dachte nach. Was für ein phantastischer Zufall! Das Hotel Fast war das deutsche militärische Hauptquartier in Palästina. Auf einem Ball, wo getrunken und geschwatzt wurde, konnte sie eine Menge nützlicher Informationen aufschnappen und einiges in Erfahrung bringen. Es war eine Gelegenheit, die sie sich nicht entgehen lassen würde.

»Noch ein Mann, der deinem Charme erlegen ist?« fragte Manny.

»Nein, nichts in der Art«, sagte Sara vergnügt. »Aber er hat mich zu einem Ball im Hotel Fast eingeladen.«

»Großer Gott, Sara, du wirst doch da nicht hingehen, oder?« sagte Manny entsetzt.

Sara blieb ihm die Antwort schuldig. Sie hatte nicht die Absicht, sich mit Manny zu streiten — ihr reichte die Auseinandersetzung mit Daniel, die ihr todsicher bevorstand. Aber zu dem Ball im Hotel Fast würde sie gehen. Genau das hatte sie vor.

Sara hatte allen Grund zu der Annahme, daß Daniel einiges gegen ihr Vorhaben einzuwenden hatte. Als sie ihm eröffnete, daß sie unbegleitet nach Jerusalem fahren würde, um dort mit einem deutschen Offizier auf einen Ball zu gehen, brachte er alle erdenklichen Gegenargumente vor, nur das eine nicht, das sie für sein eigentliches Motiv hielt: Eifersucht.

»Ich will nichts davon hören«, sagte er diktatorisch. »Ich habe Aaron mein Ehrenwort gegeben, daß ich dich keine unnötigen Risiken eingehen lasse, und wenn es je eines gab, dann dieses. Gott weiß, was dir dort passieren könnte — wo es vor Soldaten nur so wimmelt.«

»Genau deshalb fahre ich hin.«

»Ich dachte, du hättest genug von ihnen«, entgegnete Daniel.

»Das ist nicht fair«, sagte Sara ruhig, die keinen Streit vom Zaun brechen wollte. »Hans Werner Reichart ist ein feiner, wohlerzogener Mann, und ich nehme doch an, daß er mit Menschen seines Schlags verkehrt. Außerdem will ich meine Chancen nützen. Diese hier könnte für lange Zeit unsere beste und einzige Gelegenheit sein, zu erfahren, wie der Krieg auf dem Sinai vorangeht — und andernorts auf dieser Welt. Ich fahre!«

Sie setzten ihren Streit bis zum letztmöglichen Moment fort; aber Sara verließ die Forschungsstation dennoch am Samstag gleich nach dem Frühstück mit dem Versprechen, schon am Tag darauf wieder zurück zu sein. Weil Daniel sich weigerte, sie zum Bahnhof zu fahren, chauffierte sie Manny in Jezebel. Bei ihrer Ankunft in Jerusalem kam sie sich ein klein wenig treulos vor, doch alle Schuldgefühle verflogen, als sie Hans Werner Reichart entdeckte. Winkend und lächelnd eilte er auf sie zu; daß er hinkte, merkte man kaum. Während er sich über ihre Hand neigte, warf Sara einen Blick auf sein steifes Bein. »Ich hoffe, Ihre Verwundung ist nicht allzu ernst«, sagte sie, »oder schmerzhaft.«

»Nein, durchaus nicht«, erwiderte er mit strahlendem Lächeln. »Wenn es Ihnen recht ist, fahren wir auf direktem Weg ins Hotel«, sagte er und führte sie geschickt durch die Menge.

In ihrem Hotelzimmer machte sich Sara frisch und ging dann hinunter in die Hotelhalle, wo Reichart bereits auf sie wartete, um sie zum Mittagessen in den Speisesaal zu führen. Nach dem Mangel, der überall herrschte, wirkte das Hotel wie eine paradiesische Oase. Obwohl die Zivilbevölkerung hungerte und die türkischen Soldaten miserabel verpflegt wurden, schien es den Deutschen an nichts zu fehlen. Noch vor dem Fleischgericht kamen Weißbrot und Dosenbutter auf den Tisch, und Sara konnte diesem Luxus nicht widerstehen, trotz des Gefühls, daß sie eigentlich nicht das Recht dazu hatte. Fleisch — selbst wenn es Kamelfleisch war — gehörte in Palästina derzeit zu den seltenen Delikatessen, und hier gab es, obwohl die Deutschen offiziell auch der Lebensmittelrationierung unterlagen, Lammpastetchen, über offenem Feuer gegrillte Lammkoteletts und frische Gemüse und Salate in Hülle und Fülle. Der Wein von der Siedlung Rishon l'Zion war gut, und nach dem zweiten Glas hatte Sara das unangenehme Gefühl überwunden, hier fehl am Platz zu sein. Reichart, der erschrocken war, als er gesehen hatte, wie schmal sie geworden war, schaute ihr glücklich lächelnd zu, wie sie eine gehäufte Gabel nach der anderen in den Mund schob.

Während des Essens unterhielten sie sich. Reichart erzählte Sara, daß die Amerikaner höchstwahrscheinlich in den Krieg eintreten würden; daß Amerika zwar versucht hatte, neutral zu bleiben, aber die Versenkung von Passagierschiffen mit amerikanischen Zivilisten an Bord die Nation mehr und mehr aufgebracht habe. Er berichtete, daß die armenischen Massaker seit Monaten die Titelseiten der amerikanischen Presse beherrschten, und daß Morgenthau Annie Lufti dringend geraten habe, in die Staaten zurückzukehren. Reichart erkundigte sich bei Sara, ob sie etwas von Selena gehört habe. Hatte sie einen Brief oder vielleicht auch nur eine Postkarte von ihr bekommen? Sara vermied, ihn anzusehen, aber sie war überzeugend. Sie wußte, daß ihm Selena sehr viel bedeutet hatte, und es fiel ihr nicht leicht, ihn anzulügen. Aber Reichart war Deutscher und gehörte zum Feind.

Nach dem Essen machten sie einen Gang durch die Stadt. Jerusalem war deprimierend. Das Elend des Krieges trat so kraß zutage, daß sie froh war, als sie zum Tee ins Hotel zurückkehrten. Sara bemerkte einige türkische Offiziere, die sich unter die Deutschen mischten. »Wir sind zwar Verbündete«, erklärte Reichart, »aber im Grunde mögen sie uns nicht. Sie sind hier durchaus willkommen, aber die meisten gehen uns aus dem Weg.« Er bestellte eine Platte mit Kuchen und amüsierte sich köstlich, als er sah, wie Sara Stück für Stück mit größtem Appetit vertilgte.

Bis zum Abendessen fühlte sich Sara entspannt genug, um an die Arbeit zu gehen. Geschickt lenkte sie das Gespräch über Annie Lufti und die Tage in Konstantinopel auf Dinge, die Reichart persönlich betrafen und den Krieg. Anfangs reagierte er mit Zurückhaltung, aber der Wein und

Saras aufrichtiger Blick lösten ihm die Zunge; und während er redete, fühlte sich Sara immer weniger als Verräterin und immer mehr wie eine große Heldin. Reichart erzählte von einer neuen Kampfmaschine, einem »Tank«, den die Alliierten jetzt auf den Schlachtfeldern einsetzten. Der Tank war so dick gepanzert, daß ihm Maschinengewehrfeuer nichts anhaben konnte. Er konnte sich praktisch ungehindert bewegen. Die Bedeutung dieser Maschine beunruhigte Reichart entschieden mehr als die Möglichkeit, daß sich die Amerikaner den Alliierten anschließen könnten. Sara nippte an ihrem echten türkischen Mokka, der dick und herrlich süß schmeckte, und blickte angestrengt auf die Tischplatte, damit Reichart nicht merkte, daß sie von den Tanks begeistert war.

Als Musik und Gelächter in den Speiseraum drangen, schlug Hans Werner Reichart vor, in den Ballsaal zu gehen. Sara folgte ihm nur zu gern. Sie hatte sich während des ganzen Abendessens bemüht, sich alles, was ihr Reichart erzählt hatte, genau zu merken, auch kleinste Details, die möglicherweise für die Engländer nützlich sein könnten — eine ziemlich anstrengende Konzentrationsübung, so daß sie beschloß, jetzt, nach dem Essen, alle Sorgen und alle Gedanken an den Krieg für eine Weile zu vergessen und sich zu amüsieren.

Der Ballsaal war hell erleuchtet. Fröhliches Stimmengewirr und die Klänge einer deutschen Militärkapelle schlugen ihnen entgegen, als sie den Saal betraten. Saras Laune hob sich sofort. Sie ging, geführt von Reichart, durch die Menge und genoß die Aufmerksamkeit, die man ihr schenkte. Einen Augenblick lang regte sich sogar ein Gefühl der Eitelkeit in ihr. Seit Monaten fühlte sie sich heute abend zum erstenmal wieder richtig jung und hübsch. Sie hatte ihr schönstes Kleid, ein grünes Abendkleid, umgearbeitet, so daß es so gut wie neu aussah. Die smaragdgrüne Seide vertiefte das Blau ihrer Augen, und ihr blondes, an den Seiten hochgekämmtes Haar fiel in einer Kaskade goldglänzender Locken bis auf den Rücken herab. Sie hatte in den vergangenen Monaten kaum Zeit gehabt, ihr Haar richtig zu bürsten oder genauer in den Spiegel zu sehen, aber jetzt, während die Musik spielte und ihr die bewundernden Blicke der Menschen folgten, wußte sie wieder, wie herrlich es war, schön und begehrenswert zu sein.

Hans Werner Reichart drückte leicht ihren Arm. »Sie sehen phantastisch aus, Sara.«

»Vielen Dank.« Sie schenkte ihm ihr wärmstes Lächeln und hielt sich an seinem Arm fest, während sie sich durch die wogende Menge schoben. Sara war überrascht, wie viele Menschen sich zu dieser kleinen Veranstaltung eingefunden hatten. Der Saal war gesteckt voll mit Frauen in Abendkleidern und Herren in Ausgehuniformen und glänzenden Stiefeln. Reichart stellte sie unterwegs einigen Offizieren vor, bis sie schließlich einen Tisch neben der Tanzfläche erreichten, an dem bereits etliche Freunde von Reichart und deren Frauen Platz genommen hatten. Alle lächelten freundlich, als Sara vorgestellt wurde. Eine Minute später servierte ein Kellner ein Getränk mit Früchten im Glas. Sara warf Reichart einen fragenden Blick zu.

»Das ist Bowle«, erklärte er lachend. »Eine Art Punsch aus Rheinwein und Früchten, in den zum Schluß eine Flasche Schampus gegossen wird, damit er moussiert. Probieren Sie mal. Es ist sehr erfrischend.«

Alle am Tisch lachten, als Sara nach dem ersten Schluck das Gesicht verzog. »Es ist so . . . süß«, sagte sie und lachte mit.

»Kommen Sie«, sagte Hans Werner Reichart. Er leerte sein Glas in einem Zug und streckte Sara die Hand entgegen. »Hätten Sie Lust, mit dem verwundeten Krieger zu tanzen?«

Sara nickte und lächelte. »Ich tue alles, um unsere tapferen Soldaten glücklich zu machen«, scherzte sie und reichte ihm die Hand.

Der johlende Beifall, mit dem die Männer ihre Bemerkung quittierten, folgte ihnen bis auf die Tanzfläche. Als sie sich langsam zu den Klängen von *La Belle Hélène* drehten, tat ihr plötzlich der Bauch weh. Zur Strafe für die Schlemmerei, dachte sie und biß die Zähne zusammen. Wer weiß, wann sie wieder zu einem Ball eingeladen würde. Sie machte einen Moment die Augen zu, entschlossen, die Beinahe-Vorkriegsatmosphäre und die Musik zu genießen.

Plötzlich mußte sie an den Ball in Zichron vor zwei Jahren denken. Ewigkeiten schienen dazwischenzuliegen. Sie war nicht mehr das Mädchen, das im weißen Musselinkleid mit Joe Lanski getanzt hatte, und sie fragte sich nicht zum erstenmal, was wohl aus ihm geworden war. Aaron hatte ihn etliche Male in Haifa gesehen, bevor er abgereist war, und Joe hatte an Selena und auch an sie geschrieben, aber die Briefe an sie waren eher kurze Mitteilungen. Seltsamerweise war sie ein bißchen enttäuscht gewesen.

Als die Kapelle einen Foxtrott spielte, entschuldigte sich Reichart mit einem schüchternen Lächeln. »Ich fürchte, hier muß ich passen.«

»Kein Problem«, erwiderte Sara. Sie fächelte ihre geröteten Wangen und nahm seinen Arm. »Ich glaube, ich möchte noch ein Glas von der erfrischenden Bowle.«

»Sehen Sie mal! Dort drüben ist Joe Lanski!« rief Reichart und winkte strahlend zum Saaleingang. Saras Herz machte einen kleinen Satz, als sie sich umdrehte und Joes hohe elegante Gestalt in den Saal kommen sah. Er sah umwerfend gut aus, als er sich mit diesem altbekannten, leicht spöttischen Gesichtsausdruck der Dame zuwandte, die besitzergreifend an seinem Arm hing. Sie sah phantastisch aus mit der feuerroten Mähne, die ihr hübsches Gesicht umrahmte. Kokett blickte sie mit ihren Schwarzkirschenaugen zu ihm auf und schmiegte sich lachend noch enger an ihn, als er etwas zu ihr sagte. Sara kam sich in ihrem umgearbeiteten Kleid plötzlich wie eine Landpomeranze vor.

»Kommen Sie! Wir wollen ihm guten Tag sagen.« Reichart lächelte zu ihr hinab. »Ich möchte diese wollüstige Kreatur an seinem Arm doch wenigstens um einen Tanz bitten«, sagte er und betrachtete Joes berückende Begleiterin mit leuchtenden Augen.

Doch nach wenigen Schritten überkam Sara eine völlig irrationale Panik. Sie blieb unvermittelt stehen. Reichart drehte sich zu ihr um und sah sie bestürzt an. »Bitte, entschuldigen Sie«, sagte sie atemlos. »Ich möchte mich lieber hinsetzen, bitte. Würde es Ihnen etwas ausmachen?«

»Nein, nein, natürlich nicht«, sagte er und begleitete sie fürsorglich an ihren Tisch zurück.

Sara setzte sich neben die große blonde Frau eines deutschen Majors und trank dankbar ein weiteres Glas Bowle. Sie fühlte sich verwirrt und ein wenig wie eine Närrin. Warum war sie vor Lanski davongelaufen? Sie begann eine Unterhaltung mit der Frau des Majors, die jedoch nur über die Faulheit ihrer arabischen Dienerschaft reden konnte. Zähneknirschend heuchelte Sara Interesse.

Am Tisch nebenan sagte jemand etwas über die Garnison in Beer Sheva. Sara versuchte zu lauschen, aber sie war in Gedanken nicht bei der Sache. Die deutschen und türkischen Fahnen, mit denen die Wände des Saals geschmückt waren, wirkten plötzlich nicht mehr dekorativ, sondern bedrohlich, und sie fröstelte innerlich.

»Madame Cohen?« Aus ihren unangenehmen Gedanken gerissen, blickte sie auf in ein Gesicht, das sie wiedererkannte. Sie errötete vor Schreck, und ihr Herz begann wie verrückt zu schlagen. »Gestatten, Schmidt«, sagte der deutsche Oberst aus dem Zug mit strahlendem Lächeln. Die Männer am Tisch erhoben sich, doch er winkte ab. »Welches Vergnügen, Sie hier wiederzusehen, Madame Cohen, zumal unter wesentlich angenehmeren Umständen.«

Sara wurde abwechselnd rot und bleich, und ihre Gedanken überschlugen sich. Doch sie zwang sich zu einem Lächeln und wedelte mit dem Fächer, um ihre Verwirrung zu verbergen. »Wesentlich angenehmer«, antwortete sie und lachte gezwungen.

»Und wie geht es Ihrer Reisegefährtin?«

»Oh, es geht ihr gut«, sagte Sara wie beiläufig und mit einem raschen Seitenblick auf Hans Werner Reichart, dem sie nichts von Selenas Krankheit erzählt hatte. Glücklicherweise stand kein Fragezeichen in seinem Gesicht.

»Ach, guten Tag, Reichart«, sagte der Oberst zu ihm. »Ich weiß, daß Sie mit dieser Dame gekommen sind, aber es wäre mir eine Ehre, wenn Sie sie mir für einen Tanz anvertrauen würden.« Reichart nickte, und Schmidt verbeugte sich vor Sara und führte sie auf die Tanzfläche.

Sara hatte sich etwas beruhigt. Offensichtlich hatte Schmidt nichts von den zwei Sirenen gehört, die einen Hauptmann in die mesopotamische Wüste gelockt hatten. Er hatte seinerzeit den beiden Soldaten befohlen, sie und Selena nach Aleppo zu bringen und hatte es später anscheinend völlig vergessen. Sara lief noch heute eine Gänsehaut über den Rücken, wenn sie an jenen schrecklichen Tag zurückdachte.

Während sie sich auf der Tanzfläche drehte, plauderte der Oberst über seinen neuen Posten im palästinensisch-arabischen Hauptquartier in Damaskus, und Sara fand mit dem Rhythmus der Musik wieder zu der übermütigen Laune zurück, in der sie den Abend begonnen hatte.

Der Oberst schwenkte und wirbelte sie gekonnt über das Parkett, und plötzlich sah sie Joe mit der Rothaarigen tanzen. Er sah aus, als käme er ganz auf seine Kosten. Als er ihren Blick auffing, grinste er fröhlich. Sara lächelte zurück. Sie spürte, wie ihre Wangen brannten, als er ihr jenen anerkennenden Blick zuwarf, den sie schon kannte, bevor er sich wieder seiner Partnerin widmete.

»Wie ich sehe, kennen Sie Joe Lanski«, sagte der Oberst, der ihrem Blick gefolgt war. »Sind Sie mit ihm befreundet?«

»Nein, er ist nur ein Bekannter«, sagte sie abwiegelnd, aber aus irgendeinem Grund war ihr plötzlich leichter ums Herz.

Als der Walzer zu Ende war, drangen aus einer Ecke des Saals laute Stimmen. Der Oberst stellte sich auf die Zehenspitzen, dann wandte er sich mit gequältem Gesichtsausdruck zu Sara und nahm beschützend ihren Arm. »Der übliche deutschtürkische Konflikt«, sagte er leise, als er sie an ihren Tisch zurückführte. »Es kommt immer wieder zu Streitigkeiten wegen der leidigen Rangordnung«, erklärte er seufzend. Dann rückte er den Stuhl für sie zurecht, verbeugte sich, schlug die Hacken zusammen und sagte, er hoffe, sie bald einmal wiederzusehen. Sara lächelte und sah ihm, als er sich entfernte, zufrieden nach.

Die deutschen Offiziere waren einen Rang höher eingestuft worden als die gleichrangigen türkischen Offiziere, wodurch sich ständig Reibereien zwischen den beiden »alliierten« Armeen ergaben. Sie werden niemals an einem Strang ziehen, dachte Sara. Sie werden wie Essig und Öl immer ihre eigenen Wege gehen.

Hans Werner Reichart kam mit einem befreundeten Ehepaar an den Tisch, und Sara unterhielt sich lebhaft mit ihnen, bis sie aus dem Augenwinkel sah, wie Joe sich mit seinem leichten sicheren Gang durch die Menge schob und auf ihren Tisch zusteuerte.

Seine grünen Augen schienen zu lachen, als er näher kam, und seine Zähne leuchteten weiß in seinem sonnengebräunten Gesicht. Der elegante Abendanzug machte ihn zum Gentleman vom Scheitel bis zur Sohle — und zum waschechten Bonvivant. Sara begrüßte ihn mit einem freundlichen Lächeln, und als sie ein merkwürdiges Kribbeln im Magen spürte, wurde ihr zum erstenmal klar, daß sie im Grunde die ganze Zeit darauf gewartet hatte, daß Joe zu ihr herüberkam.

»Liebe Sara, was für eine reizende Überraschung. Ich glaube fast, wir haben uns seit Konstantinopel nicht mehr gesehen«, sagte er weltläufig und hob ihre Finger an seine Lippen. Ihre Augen trafen sich, und sie lächelten sich in stillschweigender Übereinstimmung zu. Sie wußte, daß Joe kein Wort über Selena verlauten lassen würde.

Sara beobachtete, wie Joe Hans Werner Reichart sowie die übrige Gesellschaft begrüßte und war verblüfft, mit welcher Leichtigkeit er alles zu tun schien. Er nahm den Stuhl, der ihm von Reichart angeboten wurde, und Sara lehnte sich zurück und beobachtete fasziniert, wie Joe im Handumdrehen zum Mittelpunkt der Runde wurde. Er war so vollkommen locker und dennoch kultiviert, und er beherrschte die kleine Gesellschaft so selbstverständlich, daß es keiner unangenehm empfand. Man unterhielt sich über Pferde, und es gelang Joe, bei dem deutschen Hauptmann Interesse für einen Wallach aus seinem Pferdebestand zu wecken. »Er hat ein gutes Auge für Pferde«, sagte Reichart, »und für schöne Frauen«, fügte er hinzu.

Und die Frauen haben Augen für ihn, dachte Sara. Alle Damen am Tisch wetteiferten auf die eine oder andere Art um seine Gunst.

Die blonde Offiziersfrau, die sich über ihre Dienerschaft ausgelassen hatte, benahm sich wie ein albernes Schulmädchen. Sie hing an seinen Lippen, und er belohnte sie auch noch mit seinem so besonders attraktiven verwegenen Blick. Sara ärgerte sich. Er ist ein arroganter, eingebildeter Affe, dachte sie, und ein unerträglicher Weiberheld.

Als er jedoch kurz darauf aufstand, um sich zu verabschieden, war sie enttäuscht. »Ich muß gehen«, sagte er mit einem Lächeln, und sich an Hans Werner Reichart wendend, fügte er hinzu: »Aber vorher möchte ich noch um einen Tanz mit Madame Cohen bitten — wenn Sie gestatten?«

Reichart nickte, und Joe reichte ihr, die Brauen fragend in die Höhe gezogen, die Hand. Sara sah den wütenden Blick, den die Blondine ihr zuwarf, und mußte ein Lachen unterdrücken, so sehr freute sie sich, daß sie diese dumme Gans ausgestochen hatte. Lächelnd blickte sie zu Joe auf und sagte: »Wie könnte ich Ihnen widerstehen.« Daraufhin nahm sie seinen Arm und folgte ihm auf die Tanzfläche.

Sobald er sie in den Armen hielt, beugte er sich zu ihr hinab und flüsterte ihr ins Ohr: »Was um Himmels willen tust du hier allein?«

Sara geriet weder aus dem Takt, noch änderte sich ihr Gesichtsausdruck, aber sie zischte wütend zurück: »Ich bin nicht allein. Ich bin mit Hans Werner Reichart hier.«

Joe schob sie ein wenig von sich weg und sah sie an. »Mein Gott, Sara. Du solltest die Gefahren doch am besten kennen — und es ist ein gefährliches Spiel, das du treibst.«

Für einen Augenblick wirkte sie überrascht. »Und welches Spiel könnte das sein?« fragte sie argwöhnisch.

Joe sah sie durchdringend an. »Mir ist nicht ganz unbekannt, was in Atlit vor sich geht. Ich hatte einige ausführliche Gespräche mit Aaron, bevor er nach Berlin abreiste, und ein Instinkt sagt mir, daß deine Anwesenheit hier mehr Dingen gilt, als es den Anschein hat.«

»Hans Werner Reichart hat mich eingeladen, und ich bin seiner Einladung gefolgt. Das ist alles«, erwiderte sie spröde. Erst Daniel und jetzt Joe, dachte sie. Warum wollten ihr die Männer ständig vorschreiben, was sie tun oder nicht tun sollte? Sie funkelte Joe an in der Hoffnung, er würde ihre Verstimmung zur Kenntnis nehmen. »Und außerdem«, fügte sie mit honigsüßer Stimme hinzu, »geht es dich nichts an, was ich tue oder wohin ich gehe.«

Joe lachte und schüttelte in gespielter Verzweiflung den Kopf. Eins zu null für sie, dachte er bedauernd. Es hatte Joe einen Stich versetzt, als er sie beim Betreten des Saals neben

Hans Werner Reichart stehen und dann wie ein verschrecktes Fohlen hatte weglaufen sehen. Seit Monaten hatte sie wie ein boshafter Dschinn in seinem Kopf herumgespukt, und als er sie jetzt so unverhofft wiedersah, war er so aufgeregt wie seit Jahren nicht mehr. Er glaubte beinahe, daß er sich in sie verliebt hatte, obwohl sie gottlob nichts von seinen Gefühlen ahnte. Er hatte seine gesamte Willenskraft aufbringen müssen, um in dem Augenblick, als er sie wiedersah, nicht auf sie zuzurennen und sie zu umarmen. Statt dessen hatte er sich zurückgehalten und gewartet.

Doch jetzt hielt er sie im Arm. Ihr Körper wiegte sich im Takt der Musik. Ihr üppiges Haar streifte seine Wange, die leuchtenden blauen Augen waren ganz nah — und ihn reute die verlorene Zeit. Diese Frau hatte einen Zauber über ihn geworfen. Er bewunderte nicht nur ihre Schönheit, sondern auch die Wirkung, die sie auf ihn ausübte. Er beschloß, gar nicht genau wissen zu wollen, ob sie Daniel Rosen noch liebte. »Du hast völlig recht, Sara — es geht mich nichts an«, sagte er und grinste. »Außerdem weiß ich, daß deine Handlungsweise stets über jeden Zweifel erhaben ist.«

Sara fing seinen Blick auf und mußte lachen. »Du bist unmöglich, Joe Lanski«, sagte sie, ohne besonders überzeugend zu wirken, und tanzte mit ihm auch noch den Wiener Walzer, den die Kapelle eben begonnen hatte.

Joe hielt ihre Taille umschlungen und schwenkte und wirbelte sie auf der Tanzfläche herum. Ihre Körper bewegten sich in vollkommener Harmonie. Der Ballsaal verschwamm zu einer bunten Nebelkulisse. Der einzige Fixpunkt waren Joes Augen, diese grünen schillernden, fest auf sie gerichteten Augen, die strahlten und funkelten, als sie sich schneller und immer schneller drehten, bis die Musik endete und sie sich atemlos und leicht schwindlig an ihn klammerte.

»Das war wundervoll, Joe«, sagte sie noch ganz außer Atem und lächelte zu ihm empor. »So zu tanzen ist ein

herrliches Gefühl . . . ich wünschte, es würde nie aufhören«,
fügte sie lachend hinzu.

Sie sah, wie sich Joes Augen veränderten, als blickte er
auf etwas, das sich in ihr befand, und sie merkte, wie das
Lächeln aus ihrem Gesicht wich, als sie die Wärme seines
Körpers durch die dünne Seide ihres Kleides spürte. Sie
hatte ein beinahe unerträgliches Verlangen, ihr Gesicht gegen seine weiße gestärkte Hemdbrust zu drücken und den
männlichen Geruch seines Körpers einzuatmen. Sie fühlte
sich schwach und verwirrt, aber sie schaffte es, die Augen
abzuwenden, ehe es zu spät war.

Joe neigte den Kopf zu ihr herab. »Ich habe dich vermißt, Sara«, gestand er leise. »In ein oder zwei Wochen
komme ich durch Atlit. Darf ich auf einen Besuch vorbeikommen?«

Sara schaute ihn an. Ein höfliches Lächeln lag auf seinem
Gesicht, aber sein Blick war sanft und zärtlich. »Ja, bitte, tu
das. Ich würde mich freuen. Ich würde mich sogar sehr freu-
en.«

Am nächsten Morgen bestieg Sara den Zug und ließ sich
mit einem höchst angenehmen Gefühl, das sie nicht abzuschütteln vermochte, in ihrem Abteil nieder. Sie hatte nicht
nur ein paar herrlich unbeschwerte Stunden genossen und
phantastisch gegessen, sondern auch einige sehr interessante Informationen gesammelt. Sie konnte mit dem befriedi-
genden Gefühl zurückkehren, daß sie recht behalten hatte.
Sie wußte jetzt, daß sich die Zahl der deutschen Streitkräfte
in Palästina auf 50 000 Mann belief, daß das Kloster in
Afula höchstwahrscheinlich ein Waffenarsenal war, und
daß die Türken die arabischen Kavallerieeinheiten wegen
ihrer politischen Unzuverlässigkeit auflösten. Sie kannte die
heitere Geschichte von den türkischen Uniformen, die ihr
Hans Werner Reichart erzählt hatte, daß nämlich die Türken so knapp an Uniformen waren, daß sie rotieren muß-

ten. Es bekamen immer nur die Soldaten eine Uniform, bei denen gerade Inspektion war, so daß ständig dieselben Uniformen an immer wieder anderen Soldaten inspiziert wurden.

Und zu allem Überfluß hatte sie ganz zuunterst in ihrem Koffer ein Pfund Dosenbutter, ein Paket Kekse sowie eine große Tüte mit echten Kaffeebohnen. Sie hatte fast vergessen, daß es solche Schätze gab.

Ihren wertvollen Koffer fest in der Hand, sprang Sara aus dem Zug und sah sich nach Daniel um. Aber es war Manny, der ihr entgegenkam und die Hand nach ihrem Gepäck ausstreckte.

»Daniel hatte eine Verabredung mit Iwan Bernski«, erklärte er und fügte mit einem unverschämten Lächeln hinzu: »Du siehst aus, als hättest du 'ne Menge Spaß gehabt.«

Sara lachte. »Mehr als das.« Und sie zwinkerte ihm zu. Sie wunderte sich ein wenig über Daniel, war aber viel zu guter Laune, um eifersüchtig zu reagieren oder sich Gedanken zu machen, ob er jetzt vielleicht bei Isobelle Frank steckte. Sie würde ihn bald genug sehen, und außerdem konnte ihr Manny ebensogut berichten, was sich während ihrer kurzen Abwesenheit in Atlit getan hatte.

»Ich mache mir Sorgen wegen Selena«, sagte Manny, als er Saras Koffer in den Wagen lud und ihr beim Einsteigen half. »Sie hat ihr Zimmer nicht mehr verlassen, seit Sarkis gestern weggeritten ist. Als ich ihr etwas zu essen hinaufbrachte, sah sie — na ja, völlig aufgelöst aus.«

Ein ungutes Gefühl dämpfte Saras Hochstimmung. In der Forschungsstation angekommen, rannte sie sofort die Treppe hinauf zu Selenas Zimmer. Sie klopfte an die Tür, erhielt jedoch keine Antwort. Sie wollte hineingehen, aber die Tür war verschlossen. Dieses Benehmen paßte so wenig zu Selena, daß Sara plötzlich Angst bekam. »Selena? Ich bin es, Sara«, sagte sie und klopfte erneut. »Bitte, mach auf.« Der Schlüssel drehte sich im Schloß, und die Tür ging auf.

Sara erschrak, als sie Selena sah. Sie sah zutiefst unglücklich aus. Alles an ihr drückte Verzweiflung aus, von den hängenden Schultern bis zu den rotgeweinten Augen. »Gott sei Dank, daß du da bist, Sara«, stieß sie hervor, als Sara das Zimmer betrat.

Sara lehnte sich mit dem Rücken gegen die Tür und starrte ihre Freundin entsetzt an. »Selena . . . was ist passiert?«

Selena fuhr sich mit der Hand über das abgehärmte Gesicht und sank kopfschüttelnd in den Sessel am Fenster. Sara lief zu ihr hin, kniete neben dem Sessel nieder und nahm die weinende Selena in die Arme. Ein paar Augenblicke lang sagten sie gar nichts. Dann richtete sich Selena auf und trocknete sich die Augen.

»Ist es wegen Kristopher?« fragte Sara.

Selena nickte und holte tief Luft, um sich zu beruhigen. »Sie sind alle . . .« Wieder liefen ihr die Tränen über die Wangen, und sie konnte nicht weitersprechen.

Sara wartete eine kleine Weile, dann nahm sie Selenas Hände und sagte leise. »Erzähl es mir — vielleicht kann ich helfen.«

Selena warf den Kopf in den Nacken und blinzelte heftig. »Ich rechne mit deiner Hilfe, das heißt, ich hoffe, daß du helfen kannst«, sagte sie, wischte sich die Tränen fort und setzte sich aufrecht hin. Dann erzählte sie: »Kristopher hat gehört, daß alle Armenier, die im Dienst der Türken stehen, entlassen und in ihre Heimatdörfer zurückgeschickt werden sollen.« Sie blickte Sara mit angsterfüllten Augen an. »Und wir wissen, was das bedeutet, nicht wahr?«

Sara wurde blaß. Sie träumte noch immer von den zum Sterben verurteilten Armeniern, die entlang der Eisenbahn in die syrische Wüste getrieben wurden. Und nun sah sie am Ende dieser Schreckensvision auch Kristopher Sarkis. Ihr

Herz klopfte laut. »Wann?« fragte sie und preßte Selenas Hand.

»Sie wissen es nicht. Kristopher hat einen guten Freund. Er ist Offizier in der türkischen Armee. Er hat Kristopher gewarnt . . .« Selena entzog Sara ihre Hand und suchte nach einem Taschentuch, um sich die Nase zu putzen.

Sara erhob sich seufzend. »Wir werden ihn verstecken müssen«, sagte sie nüchtern. »Wir werden ihn verstecken, und zum richtigen Zeitpunkt werden wir euch beide von hier forthexen.« Sie schaute Selena direkt in die Augen, um zu sehen, ob sie begriff, was das bedeutete. Aber Selenas kleines Gesicht sprach nur von Angst und Verzweiflung, und die Tränen strömten schon wieder.

»Das Schlimmste habe ich dir noch gar nicht gesagt«, begann Selena. »Ich habe versprochen, kein Wort darüber verlauten zu lassen, aber . . .« Sie rang die Hände und schloß für einen Moment die Augen. »Aber Kristopher – nur weil es ihn gibt, schlägt mein Herz noch. Er ist mein Leben.«

Sara setzte sich und ließ ihre Freundin nicht aus den Augen. »Ja, das weiß ich«, sagte sie sanft. »Und nun erzähl mir den Rest.«

Selena sah Sara traurig an. »Kristopher hat einen Plan«, flüsterte sie. »Er und zwei andere armenische Offiziere bei den Saptiehs wollen Dschemal Pascha ermorden.«

»Was?« Sara war wie vor den Kopf geschlagen.

»Sie wollen Haschisch rauchen, um ihre Angst zu betäuben, und dann wollen sie ihn erschießen – als Vergeltung für das, was er unserem Volk antut.«

Sara starrte sie entsetzt an. Sie begriff, warum Selena in einem solchem Zustand war. »Aber das wird überhaupt nichts nützen. Das weiß er doch.«

»Natürlich. Er bringt sich damit nur selber um. Oh, es ist so idiotisch heldenhaft und völlig vergeblich!«

Sara stand auf und ging zu Selena hinüber. Sie bückte

sich und legte die Hände auf Selenas Schultern. »Kommt Kristopher heute vorbei?«

Selena nickte. »Ja, heute nachmittag.« Sie blickte zu Sara empor. »Ich habe nicht gelauscht oder herumgeschnüffelt«, sagte sie nüchtern, »aber ich glaube, du weißt vielleicht eine andere, weniger direkte Möglichkeit, wie er sich rächen kann.«

Sara lächelte und drückte Selenas Schultern. »Ich werde tun, was ich kann. Das verspreche ich dir. Und jetzt geh und hilf Frieda in der Küche. Das lenkt dich ein bißchen ab.« Selena lächelte schwach. »Wenn Kristopher kommt, sag ihm, daß ich mit ihm sprechen möchte«, sagte Sara, die Hand auf dem Türknauf. »Ich bin im Arbeitszimmer. Ich muß jetzt erst einmal ein Weilchen nachdenken.«

Sara hatte eine Stunde Zeit gehabt, um sich zu überlegen, wie sie mit Sarkis sprechen würde, bevor es klopfte. »Herein«, sagte sie und stand auf, als sich die Tür öffnete. Sie blickte Sarkis neugierig an, als er auf den Schreibtisch zuging. Höflich wie immer schüttelte er Sara die Hand, aber sie spürte, wie aufgeregt und wütend er hinter der glatten Fassade war.

»Selena sagte, Sie wollen mich sprechen.« Seine Stimme klang seltsam ruhig.

»Bitte, nehmen Sie Platz, Hauptmann Sarkis«, sagte Sara, während sie sich ebenfalls setzte. »Ich glaube, wir haben ein paar gemeinsame Ziele, und vielleicht sollten wir darüber reden, wie wir sie am besten erreichen können.«

Er wirkte überrascht. Dann setzte er sich und schaute sie fragend an. »Selena hat erfahren, daß Sie demnächst entlassen und ins Exil geschickt werden sollen.« Keiner von beiden rührte sich, bis Sarkis schließlich hörbar Luft holte und Sara einen etwas frostigen Blick zuwarf.

»Ich muß wohl annehmen, daß Selena Ihnen auch erzählt hat, was ich zu tun beabsichtige.«

Sara nickte ruhig. »Ja.«

Sarkis wand sich unter ihrem Blick. »Ich habe keine andere Wahl — es ist der einzig ehrenhafte Ausweg.«

»Sie meinen. Sie haben keine andere Wahl, als Dschemal Pascha zu töten?«

Sarkis sah sie mit glühenden Augen an. »Keine andere ehrenhafte Wahl.«

»Und was ist mit Selena? Haben Sie überlegt, welche Folgen Ihre Tat für sie haben wird?«

Sarkis zuckte zusammen. »Bitte nicht. Ich liebe Selena aus tiefstem Herzen, und ich weiß, ich hätte sie für immer verloren. Mein Leben läge in Schutt und Asche. Wenn ich den Anschlag überleben sollte, müßte ich mich verkriechen wie eine Küchenschabe. Ich weiß das.« Er richtete sich kerzengerade auf. Sein Gesicht wirkte wie aus Wachs geformt. »Aber es ist meine Pflicht als Armenier, diesem Wahnsinn ein Ende zu machen.«

»Glauben Sie wirklich, daß die Ermordung Dschemal Paschas irgend etwas nützen würde?« Sara sprach ruhig, und was sie sagte, klang vernünftig. »Wenn Sie als Held sterben wollen, erschießen Sie ihn. Doch wenn Sie wirklich helfen wollen . . .«

»Heilige Muttergottes!« rief Sarkis aufspringend. In seinen Zorn mischte sich Verzweiflung. »Helfen! Es gibt für mich nur eine Möglichkeit zu helfen, und die besteht darin, das Reich von denjenigen zu befreien, die uns in den Staub treten wollen. Ohne Dschemal Pascha wäre die türkische Armee führungslos, demoralisiert und praktisch aufgelöst. Es ist vielleicht nicht die beste Möglichkeit, aber es ist meine einzige.«

»Es könnte dennoch eine bessere geben«, sagte Sara, ungerührt von Sarkis' Rhetorik.

»Und die wäre? Unsere Leute sind tot oder gerade dabei, zu sterben. Unsere Führer sitzen in den Gefängnissen, und nun sollen unsere Soldaten entwaffnet werden. Wenn wir nicht bald handeln, wird es niemand mehr geben, den man retten kann!«

»Wir können den Feinden der Türken die Tür öffnen«, entgegnete Sara mit derselben ruhigen Stimme. Sarkis verschlug es für einen Moment die Sprache. Ruckartig wandte er sich um und starrte sie an. »Sie sind nicht die einzige Minderheit, die Grund hat, die Türken zu hassen«, sagte sie, und ein kleines Lächeln erschien auf ihren Lippen.

»Wie wär's mit einem Schlummertrunk?« fragte Daniel. Er schob die Papiere zusammen und strich sich müde das Haar aus der Stirn.

»Gerne«, antwortete Sara, und auf ihrem ernsten Gesicht erschien ein weiches Lächeln, als sie zu ihm aufblickte.

Daniel erhob sich von seinem Stuhl am Schreibtisch und strich ihr zärtlich über die Wange. »Hör auf, dir Sorgen zu machen«, sagte er.

»Leichter gesagt als getan«, erwiderte Sara, während er hinausging, um den Wein zu holen. Er lachte leise in sich hinein. Sara lehnte sich, das Kinn in die Hände gestützt, auf den abgenützten Schreibtisch und schaute durch das Fenster hinaus in die Dunkelheit. Ein heftiger Seewind fegte über das Land und es regnete. Der Sommer war endgültig vorbei.

An diesem Abend hatten sie und Daniel mehrere Stunden lang die Lage besprochen. Er war in einer seiner verrückten Stimmungen, in denen er zwischen Hoffnung und Verzweiflung schwankte und weder in dem einen noch in dem anderen Zustand vernünftig argumentierte. Er hatte arabische Freunde besucht, die in Nazareth ein Café besaßen, und alle möglichen Geschichten gehört über den Araberaufstand, den sein Bekannter Lawrence anführte. Voller Neid und Enttäuschung hatte er ihr klarzumachen versucht, daß Aaron jetzt seit vier Monaten fort war und daß sie immer noch nicht wußten, wo er sich aufhielt oder ob er die

Briten überreden konnte, den Kontakt wieder aufzunehmen. Sara wußte, auch wenn Daniel es nicht ausdrücklich sagte, daß er jeden Tag, der verging, als vergeudet betrachtete. Mit großer Vorsicht tat sie weiterhin alles, um ihn zu beruhigen und zu überzeugen, daß Aaron sein Ziel erreichen würde.

»Es ist einfach eine Frage der Geduld«, sagte Sara wieder und wieder. »Nichts als Geduld.«

»Wenn ich das Wort noch einmal von dir höre, erwürge ich dich«, sagte er dann, doch Sara ignorierte ihn. Ihr kam es einzig und allein darauf an, daß Daniel ihrem Bruder versprochen hatte, nicht noch einmal zu versuchen, nach Ägypten zu gelangen, und sie wollte dafür sorgen, daß er sein Versprechen hielt. Aber sein Benehmen und seine zunehmende Rastlosigkeit irritierten sie. Sie hatte schließlich genug andere Probleme.

Das Geld, das Aaron hinterlassen hatte, um die Forschungsstation zu führen, wurde allmählich knapp, und Sara befürchtete, daß sie bald keine Löhne mehr zahlen konnte. Es waren so viele unvorhergesehene Extraausgaben zusammengekommen — zum Beispiel das Pfund in Gold, das sie bezahlen mußte, damit Robby nicht ins Gefängnis kam, weil er einen türkischen Offizier niedergeschlagen hatte, der Ruth zu nahe getreten war. Wenn das Schiff nicht bis Ende des Monats eintraf mit Vorräten und Geld, würde sie die meisten Arbeitskräfte entlassen müssen. Sara hatte großes Mitgefühl für die Arbeiter und ihre Familien und rieb sich auf, um mit dem, was sie hatte, auszukommen. Aber wenn das Schiff nicht kam, blieb ihr nichts anderes übrig.

Es würde kommen. Sie wußte es. Sie wußte, daß Aaron sie nicht im Stich lassen würde, und sie konnte nur beten, daß die anderen ihre Zuversicht noch ein Weilchen teilten. Aaron hatte versprochen, spätestens bis Ende November Kontakt aufzunehmen, und Sara klammerte sich an sein

Versprechen. In zehn Tagen würde der Mond abnehmen, und dann konnten sie wieder nach dem Schiff Ausschau halten.

Draußen im Zwinger bellte Goliath. Er hatte Saras Gedankengang unterbrochen, und so schob sie die Rechnungen, die auf dem Schreibtisch vor ihr lagen, beiseite und streckte sich, wobei sie die Arme hinter dem Kopf verschränkte. Sie schraubte die Gasflamme der Lampe etwas herunter und ging hinüber zum Sofa.

Daniel kam mit einem Tablett zurück, auf dem er einen Krug Wein, zwei Gläser und ein Schälchen Oliven balancierte. »Wir sterben vermutlich eher am Suff als am Hunger«, sagte er grinsend und schenkte den Wein ein. Er setzte sich neben Sara auf das Sofa, und sie tranken beide schweigend den ersten Schluck und genossen das entspannende Gefühl, das sich dabei einstellte.

Plötzlich hörten sie, wie jemand Kieselsteine gegen das Fenster warf. Sie fuhren beide hoch und lauschten gespannt. Ängstlich sahen sie sich an.

»Es muß jemand sein, den wir kennen, sonst hätte Goliath nicht zu bellen aufgehört«, sagte Sara und öffnete das Fenster, um hinauszuschauen. Unten im Garten sah sie vor dem helleren Himmel die Umrisse eines Mannes.

»Madame Cohen, ich bin es. Hauptmann Sarkis!« rief er leise.

»Kommen Sie zum Seiteneingang. Ich bin sofort unten«, flüsterte sie, und das Fenster schließend, wandte sie sich zu Daniel, der mit der Browning in der Hand hinter ihr stand. »Es ist Sarkis«, sagte sie, während sie nach einer Kerze griff und sie anzündete. »Ich habe ihm gesagt, daß er kommen soll, wenn die Türken anfingen, den armenischen Saptiehs die Waffen abzunehmen — ich versprach, ihn zu verstekken.«

»Du hast was?« explodierte Daniel.

»Pscht!« Sara legte den Zeigefinger auf seine Lippen.

»Er hat mich vor ein paar Tagen aufgesucht. Er braucht Hilfe . . . oh, ich werd's dir später erklären!«

Sie eilte zur Tür, lief auf Zehenspitzen die Treppe hinab und entriegelte die Tür. Sie ließ den Hauptmann ein, gab ihm zu verstehen, daß sie leise sein müßten, und führte ihn hinauf ins Arbeitszimmer.

Trotz des Halbdunkels im Zimmer sah Sara auf den ersten Blick, daß er völlig durchnäßt war und kreidebleich. Seine Augen waren unnatürlich groß und glänzend. Es entstand eine ungemütliche Pause, als er Daniel erkannte.

»Es ist in Ordnung«, sagte Sara beruhigend. »Ziehen Sie Ihren Mantel aus. Er ist ja pitschnaß.« Sie nahm ihm den Mantel ab und hängte ihn über eine Stuhllehne. »Wir haben uns gerade ein Glas Wein eingeschenkt. Leisten Sie uns dabei Gesellschaft?«

»Ich — ja, danke schön.«

»Hier.« Daniel füllte ein Glas und reichte es Sarkis. »Sie sehen aus, als könnten Sie es brauchen.« Sarkis nahm das Glas mit einem schiefen Lächeln und leerte es in einem Zug.

»Also, was ist passiert?« Daniel sprach ganz ruhig, um seine Sorge wegen des Risikos, das Sara einging, zu verbergen. »Mußten Sie Ihre Waffen abgeben?«

»Nein — aber wir nehmen an, daß es am Samstag soweit sein wird«, antwortete Sarkis. »Ich habe Ihnen etwas mitgebracht.« Mit leicht zitternden Fingern griff er in die Innentasche seiner Jacke und zog ein kleines Buch hervor. Stumm reichte er es Sara. Sie ging damit zum Schreibtisch, wo die Lampe brannte, schlug die ersten Seiten auf und wandte sich stirnrunzelnd wieder an Sarkis.

»Was ist das?« fragte sie verwundert.

»Es ist das Codebuch des türkischen Generalstabs«, antwortete er ruhig.

Daniel riß Sara das Buch aus der Hand und begann darin zu blättern. Dann blickte er Sarkis mit großen, vor freudiger

Überraschung leuchtenden Augen an. »Mein Gott«, sagte er schließlich. »Wen mußten Sie umbringen, um an dieses Buch zu kommen?«

Sarkis lächelte. »Niemand. Ich habe es einfach genommen. Es lag auf dem Schreibtisch eines befreundeten Offiziers, und ich habe es eingesteckt, als wir sein Büro verließen.« Er begann, im Zimmer auf und ab zu gehen, und blickte abwechselnd Sara und Daniel an, während er weitersprach. »Ich mußte einfach etwas tun«, sagte er leidenschaftlich. »Madame Cohen, Sie hatten recht. Ich kann die Toten nicht wieder zum Leben erwecken, aber vielleicht kann ich mithelfen, die verdammten Türken dahin zu schikken, wo sie hingehören.«

Sara saß auf der Schreibtischkante und sah ihn nachdenklich an. »Sie müssen es zurückbringen«, sagte sie leise. Sowohl Sarkis als auch Daniel sahen sie an, als hätte sie den Verstand verloren. »Sie werden es zurückbringen müssen«, fuhr sie fort, »denn wenn Sie es nicht tun, wird man sehr schnell merken, daß Sie und das Codebuch gemeinsam verschwunden sind. Sie werden Verdacht schöpfen und vermutlich den Code ändern, wodurch das, was Daniel jetzt in Händen hält, völlig wertlos würde.«

Sarkis blickte Daniel an. »Sara hat recht«, sagte Daniel. »Wir müssen es abschreiben, und Sie müssen es irgendwie zurückbringen.«

Sarkis sank schwerfällig in einen Sessel und lachte freudlos. »Natürlich. Wie dumm von mir.«

Sara ging zu ihm hinüber, setzte sich auf die Armlehne des Sessels und legte ihm die Hand auf die Schulter. »Was meinen Sie? Können Sie es zurückbringen?«

Er lächelte verzerrt. »Ich habe es herausgeschafft, also werde ich es auch wieder hineinschaffen.«

»Gut«, sagte sie, plötzlich ganz sachlich, und stellte sich mit dem Rücken zu dem dürftigen Feuer im Kamin. »Wir machen folgendes. Ich werde es abschreiben, weil ich am schnellsten schreiben kann. Dann müssen Sie es in das Büro Ihres Freundes . . .«

Sie hielt inne und blickte zu Daniel, der verdächtig still mit dem Codebuch auf dem Sofa saß. Normalerweise hätte er gesagt, was getan werden müßte, oder er hätte wenigstens etwas gegen ihre Vorschläge einzuwenden gehabt. Sie überlegte rasch. Morgen war Freitag. Sie hatte ihrem Vater versprochen, den Sabbath in Zichron zu verbringen. Sie mußte ihr Versprechen halten. Aber vielleicht ginge es auch so . . .

»Kommen Sie morgen abend ungefähr um diese Zeit in mein Elternhaus in Zichron. Sie werden den Karmel zu Fuß überqueren müssen; man könnte Ihre Spuren verfolgen, wenn Sie mit Ihrem Pferd kämen. Ich werde Abu sagen, daß wir Sie erwarten. Sie dürfen von niemandem gesehen werden und kein Sterbenswörtchen darüber verlieren — es wäre das Sterbenswörtchen für uns alle«, fügte sie mit einem Lächeln hinzu, um die Atmosphäre etwas zu entspannen. Dann wandte sie sich an Daniel, der immer noch völlig in Gedanken versunken dasaß. Sie glaubte beinahe, hören zu können, wie es in seinem Kopf klickerte. Er überlegte, wie das Buch in die Hände der Engländer gelangen könnte, und Sara hatte eine schlimme Vorahnung, während sie ihn beobachtete.

Sie unterdrückte ihre Angst und auch ein wenig Verdruß. »Bist du mit meinem Plan einverstanden, Daniel?« fragte sie.

Er blickte erschrocken auf. »Jaja, natürlich«, beeilte er sich zu antworten und stand auf, um Wein nachzuschenken. Sara winkte für sich ab und wandte sich wieder dem Hauptmann zu.

»Haben Sie Hunger. Möchten Sie ein paar Feigen oder etwas Brot?« fragte sie.

»Nein, vielen Dank. Aber könnte ich vielleicht Selena sprechen?«

»Ich halte es für keine gute Idee, sie so spät in der Nacht noch zu beunruhigen«, sagte Sara. »Ich werde ihr morgen sagen, daß Sie hier waren und daß wir Sie morgen abend erwarten.«

Sarkis nickte. »Ja, Sie haben recht. Selbstverständlich.« Daniel reichte ihm ein volles Glas, das er dankbar annahm.

Sara ging mit dem Codebuch zum Schreibtisch und öffnete das Tintenfaß. »Es wird nicht allzu lange dauern, aber ich fange lieber sofort an«, sagte sie und tunkte den Federhalter in die Tinte. Dann starrte sie erschrocken auf das weiße Papier. In ihrer Aufregung hatte sie statt der schwarzen die rote Tinte genommen, die wie Blutstropfen auf das saubere Papier tropfte. Sie schauderte. Doch dann atmete sie tief ein und verwünschte sich im stillen wegen ihrer Abergläubigkeit. Omen! Sie war bald genauso schlimm wie Fatma.

Sie stöpselte das rote Tintenfaß zu, wischte die Feder sauber und begann auf einem frischen Blatt Papier mit schwarzer Tinte zu schreiben.

»Du siehst sehr schmal aus. Kommst du wirklich zurecht da unten?« erkundigte sich Ruth, während sie zuschaute, wie Sara mit ihrer Tochter Abigail spielte.

Sara blickte lächelnd auf. »Natürlich komme ich zurecht. Ich würde verrückt werden, wenn ich nichts zu tun hätte.«

Sie saßen auf der Veranda in Zichron, ordentlich gekämmt und schön angezogen für den Sabbath, und genossen die sanfte Wärme der Wintersonne. Nach dem Regen der vergangenen Nacht roch es überall frisch und rein. Der Ritt von Atlit herauf nach Zichron war für Sara wundervoll erholsam gewesen. Sie war fast die ganze Nacht wach gewesen, um das Codebuch abzuschreiben; und anschließend hatte sie vor Sorgen nicht einschlafen können. Doch jetzt war sie zu Hause, und die nagende Angst war verflogen. Als sie so im Schaukelstuhl saß mit der kleinen Abigail auf dem Schoß, fühlte sie sich beinahe in Festtagsstimmung. Abigail zupfte an ihrem Ärmel und begann wieder mit dem »Pitsche-patsche-Peter«-Spiel, das ihr soviel Spaß machte. Robby, Sam und Abram, die das Kind schrecklich verwöhnten, schauten zu und lächelten nachsichtig über das entzückte Gekreische des kleinen Mädchens. Ruth, die froh war, daß jemand mit Abigail spielte, lehnte sich in ihrem Korbsessel zurück und schloß die Augen.

Sara fiel auf, daß nur noch Daniel stand und gedankenverloren über den Rasen blickte. Er war seit der Episode mit Sarkis in der vergangenen Nacht ungewöhnlich schweigsam gewesen und hatte selbst während des Ritts kaum ein Wort gesprochen. Sara setzte die kleine Abigail auf eine Decke am Boden zu ihren Spielsachen und ging zu Daniel hinüber. »Ist irgend etwas?« murmelte sie.

Er schaute sie an und lächelte. »Nein. Nichts. Überhaupt nichts. Ich denke, ich werde uns etwas zu trinken holen«, antwortete er und schlenderte durch die offenen Flügeltüren ins Eßzimmer. Als er an Abby vorbeiging, bückte er sich und zauste ihr das Haar. Der Tisch war gedeckt mit einem weißen Damasttischtuch und dem besten Porzellan. Eine Flasche Burgunder stand geöffnet neben dem Kidduschbecher, bereit für das Sabbathgebet. Doch Daniel trat geistesabwesend an die schwere Anrichte und öffnete eine neue Flasche. Nichts in diesem Zimmer wies darauf hin, daß der Krieg ihr Leben verändert hatte – das Silber war zwar versteckt, aber das Kupfer glänzte heimelig, und obwohl es nur wenig zu essen gab, gelang es Fatma immer wieder, das Wenige wie ein Festmahl aussehen zu lassen.

Daniel goß sich ein Glas Wein ein und lehnte sich gegen das Buffet. Seit Sarkis gestern abend diesen unbezahlbaren Schatz gebracht hatte, befand sich Daniel in einem Dilemma. Er wußte, daß die Engländer Verteidigungsstellungen rings um El Arish errichtet hatten – nur fünfundzwanzig Meilen südwestlich der palästinensischen Grenze. Die Tatsache, daß die Engländer dort Stellungen bezogen hatten und noch dazu in beträchtlicher Stärke, konnte nur bedeuten, daß sie einen Vorstoß nach El Arish planten. Und der nächste Schritt wäre Gaza. Wenn man den Briten den deutsch-türkischen Code zuspielen könnte, gäbe man ihnen praktisch den Schlüssel zu Palästina.

In der vergangenen Nacht hatte Daniel beschlossen, den Weg durch die Sinai-Wüste zu wagen. Die Frage, die ihn die ganze Nacht nicht losgelassen hatte, war nur: Wie? Jetzt war Winter. Die Wasserlöcher und Brunnen waren voll, und die Entfernung zu den Engländern wäre kürzer als das letzte Mal, als er eine Durchquerung der Wüste erwogen hatte. Auf der anderen Seite war die türkisch-deutsche Armee inzwischen wesentlich besser organisiert und aktiver als im vergangenen Jahr, und Gaza war vermutlich gut überwacht.

Er nippte an seinem Wein. Am besten wäre es, dachte er, als Beduine zu reisen, die Gebiete mit den stärksten militärischen Aktivitäten zu umgehen und sich an die südlich von El Arish lagernden Briten heranzupirschen. Aber selbst wenn er als Beduine reiste, bräuchte er einen Begleiter. Ein Mann allein würde auffallen; zwei Männer könnten unbemerkt durchkommen; und abgesehen davon hatte die Wüste mehr Blut aufgesaugt als Wasser. Zu zweit wäre es in jedem Fall sicherer.

Wen sollte er mitnehmen? Er versuchte, das Problem von allen Seiten zu betrachten. Es sollte jemand aus der Gruppe sein, aber bei jedem, an den er dachte, sprach irgend etwas dagegen. Sie waren entweder zu jung, sprachen Arabisch mit Akzent oder sahen, wie zum Beispiel Lev, einfach nicht wie Beduinen aus. Nur Robby erfüllte alle Bedingungen bis auf die eine, daß vermutlich Ruth ihr Veto einlegen würde. Und auch Sara würde einiges zu sagen haben — davon war er überzeugt. Aber Daniel würde sich nicht zurückhalten lassen. Die Umstände hatten sich geändert, und er war sich absolut sicher, daß Aaron sein Vorhaben nicht nur billigen, sondern unterstützen würde. Er mußte Sara dazu bringen einzusehen, daß es wichtiger war, das Codebuch zu den Engländern zu bringen, als das Aaron gegebene Versprechen zu halten.

Er vernahm ein leises Brummen, das allmählich lauter wurde, und als er auf die Veranda hinausging, sah er, daß die anderen auf dem Rasen standen und zum Himmel hinaufschauten.

»Da ist es«, rief Sam aufgeregt, als der dunkle Fleck Gestalt annahm.

»Es ist ein deutsches Aufklärungsflugzeug«, sagte Daniel. »Ich habe gehört, daß sie einige hier einsetzen.« Es war für die meisten von ihnen das erste Flugzeug, das sie zu sehen bekamen. Staunend beobachteten sie, wie es hoch über ihren Köpfen hinwegflog, lauter und lauter brummte, eine Kurve drehte und zur Küste zurückschwenkte.

Schweigend sahen sie dem verschwindenden Punkt am Himmel nach und lauschten auf das immer fernere Brummen. Dann begannen plötzlich alle gleichzeitig zu reden, und sie kehrten zur Veranda zurück. Sara fand, daß es kühl wurde. Sie lief ins Haus, um für sich und Ruth einen Schal zu holen. Als sie zurückkam, hörte sie das unverkennbare Geräusch einer herannahenden Kavallerietruppe.

Alle fragten sich, warum die Saptiehs kamen. »Vielleicht reiten sie nur durch«, meinte Sam.

»Und vielleicht auch nicht«, meinte Daniel finster. »Liegt irgendwo ein nicht registriertes Gewehr herum?« Die Männer schüttelten den Kopf, und Ruth nahm Abigail auf den Arm und drückte sie an sich.

Auf der Straße, die ins Tal führte, erkannten sie allmählich deutlich die roten Jacken eines großen Saptieh-Trupps, der in einer langen ordentlichen Reihe anmarschierte. Da sie sich nicht wie sonst mit Trommeln und Hörnerschall ankündigten, durfte man annehmen, daß sie vielleicht doch nur durchritten.

Sara wartete mit angehaltenem Atem und hoffte, daß sie vorbeizogen, doch als sie in den Weg einbogen, der zu ihnen heraufführte, sank ihr das Herz. »Ob das etwas mit Kristopher Sarkis zu tun hat?« flüsterte sie Daniel zu. Aus ihrer Stimme war deutlich die Angst zu hören, die sie empfand. Daniel blickte sie besorgt an. Doch Sara hatte sich bereits wieder in der Hand.

»Ich weiß es nicht, aber ich bete zu Gott, daß es nicht so ist«, antwortete er und drückte beruhigend ihren Arm.

Robby kam mit fragend erhobenen Brauen auf sie zu, und Daniel lächelte und zuckte fatalistisch die Achseln. »Wir müssen einfach abwarten«, sagte er, und dann kniff er die Augen zusammen und murmelte: »Großer Gott, ich glaube, ich seh nicht recht!«

Über den Rasen schritt Hamid Bek, der Polizeichef persönlich, auf das Haus zu. Sara wurden die Knie weich, als sie sah, wie sich sein hageres, blutloses Gesicht zu einer Parodie eines Lächelns verzog, während er sich der Gruppe auf der Veranda näherte. Wenn Hamid Bek hier auftauchte, mußte etwas Ernstes vorgefallen sein. Sie spürte, wie die Angst in ihrer Brust schwoll, aber sie war fest entschlossen, sich nichts anmerken zu lassen. Erst heute morgen hatten sie über die neuesten Gerüchte von Beks legendärer Grausamkeit gesprochen, und als Sara jetzt dem Polizeichef entgegenblickte, sah sie vor ihrem inneren Auge Bilder von Kristopher Sarkis, und sie betete zu Gott, alles möge mit ihm in Ordnung sein. Er würde den Türken nichts verraten — schon wegen Selena —, aber wie würde er sich verhalten, wenn sie ihn folterten, um etwas aus ihm herauszubekommen? Sara ballte die Fäuste unter den Falten ihres Kleides. Gottlob war Selena sicher in Atlit. Hier im Haus war nichts, was ihnen gefährlich werden könnte.

Sie standen wie zu einem Familienbild gruppiert auf der Veranda und blickten auf Hamid Bek, der, begleitet von einigen Offizieren seiner Gendarmerie, auf sie zukam. Als

Daniel sich anschickte vorzutreten, hielt ihn Abram Levinson zurück und ging selbst steifbeinig vor bis zur Verandatreppe.

Hamid Bek stieg die Stufen herauf und lächelte wohlwollend in die steinernen Gesichter der Levinsons. Er begrüßte Saras Vater mit gebührender Hochachtung, und zu Saras Überraschung erkannte er sie wieder und grüßte sie mit einer leichten Verbeugung. »Ah, Madame Cohen, wir haben uns ein paar Jahre nicht mehr gesehen. Wie geht es dem verehrten Herrn Gemahl?«

Trotz ihrer Nervosität gelang es Sara, reizend zu lächeln. »Ich glaube, es geht ihm gut, Exzellenz«, antwortete sie freundlich. »Ich werde Ihre Grüße in meinem nächsten Brief an ihn bestellen. Unglücklicherweise hat uns der Krieg getrennt.«

Bek räusperte sich, womit er seine Anteilnahme auszudrücken schien, und schüttelte den Kopf. »Ich fürchte, der Krieg meint es nicht gut mit den Frauen«, bemerkte er. Dann wandte er sich abrupt und mit völlig verändertem Ausdruck an Daniel. »Daniel Rosen, so heißen Sie doch?« sagte er, sichtlich mit sich zufrieden. »Ich sagte Ihnen, daß ich Ihren Namen nicht vergessen würde, als wir uns das letzte Mal begegneten«, meinte er heiter, aber die unterschwellige Drohung war eindeutig.

Daniel neigte respektvoll den Kopf und zwang sich zu lächeln, obwohl er seinen Haß auf diesen Mann gern zum Ausdruck gebracht hätte. Unerklärlicherweise kam ihm eine Redensart seines Vaters in den Sinn: Das Wort, das du ausgesprochen hast, ist dein Meister; das Wort, das ungesagt bleibt, dein Diener. Diese Erinnerung gab ihm die Kraft zu schweigen — was nicht seiner Art entsprach.

Sara zog den Schal enger um sich, während sie sich fragte, woher Hamid Bek von ihrer Heirat wußte. Hatte er zufällig davon erfahren oder hatte er ein besonderes Interesse an den Levinsons? Was wußte er sonst noch von ihnen? Sara wurde erneut von einer schrecklichen Angst gepackt. Was wollte er hier?

Oberst Hamid Bek stand einen Augenblick scheinbar unschlüssig da, klopfte mit der Reitpeitsche gegen seine spiegelblanken Stiefel, und dann wandte er sich mit einem ebenso verblüffend raschen Stimmungswechsel der kleinen Abigail zu, die sich an Ruths Schulter kuschelte. »Was für ein hübsches Kind«, gurrte er, und bevor jemand begriff, worauf er aus war, hatte er das Kind aus Ruths Arm genommen und spielte mit seinen dunklen Locken. Mit dem Kind plaudernd, schlenderte er wie zufällig zur Verandatreppe. Ruth stöhnte und wollte ihr Kind zurückholen, aber Robby legte den Arm um ihre Schulter und hielt sie zurück. Er spürte, wie sie am ganzen Leib zitterte.

Abigail lag vollkommen zufrieden in den Armen des Obersten, schaute zu ihm hinauf und plapperte vergnügt in ihrer Babysprache. Hamid Bek schien wirklich entzückt von dem kleinen Mädchen zu sein. »Wie heißt sie, Madame?« fragte er Ruth höflich.

Ruth, die vor Angst um ihr Kind wie gelähmt war, murmelte etwas Unhörbares, so daß Robby für sie antwortete. »Abigail, Euer Exzellenz«, sagte er ruhig, obwohl sein gebräuntes Gesicht bleich wie Milchkaffee geworden war.

»Also dann, Abigail, sag ›Guten Tag‹ zu deinem lieben Onkel Hamid.« Alle standen wie erstarrt und warteten auf den nächsten Zug in dem grausamen Spiel, das der Oberst hier trieb. »Wenn ich das nächste Mal zu Besuch komme«, fuhr er fort, »nehme ich dich vielleicht mit und zeige dir meine Tauben in Caesarea.«

Sara lief es eiskalt über den Rücken. Jeder im Lande hatte von Hamid Beks Tauben gehört — wer eine tötete, wurde mit dem Tod bestraft —, aber seine Worte enthielten eine geschickt verhüllte Drohung. »So hübsche Vögelchen«, sagte er mit zärtlicher Stimme und kitzelte die Kleine unter dem Kinn. Dann gab er Ruth das Kind zurück, die es ihm beinahe aus den Armen riß. Die Erleichterung, die alle empfanden, war nahezu greifbar, aber genauso spürbar war die aufkommende Ungeduld. Die ganze Szene war zu gestellt, zu sorgfältig einstudiert. Weshalb war er hier?

Ruth drückte Abigail so fest an sich, daß das Kind zu weinen begann. Ruth murmelte eine Entschuldigung und flüchtete ins Haus.

»Kinder . . . Wie sehr ich sie liebe. Sie sind so . . . unschuldig«, sagte Hamid Bek, während er Ruth und Abigail nachschaute und mit der Peitsche erneut gegen seine Stiefel schlug.

Abram, der von diesem theatralischen Gehabe endgültig genug hatte, faßte sich als erster. »Wollen Sie nicht Platz nehmen, Exzellenz? Darf ich Ihnen ein Glas Tee anbieten?«

»Danke, Effendi Levinson. Nicht nötig.« Endlich kam er zur Sache. »Ich bedaure, daß mein Besuch bei Ihnen keinen geselligen Charakter hat und daß meine Zeit neuerdings so knapp bemessen ist.« Er warf Daniel einen giftigen Blick zu und fuhr fort: »Es gibt in diesem Land eine Minderheit, die es darauf anlegt, Unruhe zu stiften. Vor kurzem zum Beispiel griffen wir Araber auf, die eine beträchtliche Menge Geld in Goldwährung bei sich trugen. Die Narren standen im Dienst von Feisal und seinen britischen Hunden. Sie wurden natürlich gehängt. Unsere eigenen Führer gingen aus einer Revolution hervor. Wir wissen, wie Revolutionen gemacht werden und wie man sie unterdrückt.« Er schwieg und beobachtete, wie seine Worte aufgenommen wurden. Dann lächelte er wieder und wirkte entspannt und beinahe vergnügt.

Sara verschränkte die Finger, damit ihre Hände aufhörten zu zittern. Dieser Mann war wie ein gefährliches Raubtier. Im einen Augenblick schnurrte er und im nächsten schnappte er zu. Worauf wollte er hinaus?

»Verzeihen Sie, daß ich abschweife — diese Dinge sind

für Sie nicht von Interesse«, fuhr Hamid Bek mit einer kleinen Verbeugung zu Abram fort. »Unschuldige haben nichts zu befürchten, so steht es im Koran geschrieben. Nein, Effendi Levinson, ich bin hier, um Ihnen eine traurige Nachricht von Ihrem Sohn Aaron zu überbringen.«

»Von Aaron?« stieß der alte Mann erbleichend hervor.

»Wir haben erfahren, daß er von den Briten von einem neutralen Schiff geholt wurde und sich nun in einem Gefangenenlager in England befindet.«

»In England!« Die Überraschung auf dem Gesicht des alten Mannes war absolut echt. »Sicher liegt da ein Irrtum vor!«

»Es ist kein Irrtum, Effendi. Wir erhielten die Information über das Rote Kreuz, eine Institution, die stets bewundernswert korrekt arbeitet.«

»Wann ist das passiert, Euer Exzellenz?« fragte Daniel sichtlich verwirrt.

»Vor zwei Monaten, glaube ich«, antwortete Hamid Bek, und dann wandte er sich an Sara. »Was, meinen Sie, hatte Ihr Bruder auf einem Schiff, das in Richtung Amerika fuhr, verloren?« fuhr er sie wütend an, so daß alle zusammenzuckten.

Er hat es geschafft! Er ist nach England gekommen! Und das ist seine Tarnung, jubelte Sara innerlich und bekam vor Glück ganz weiche Knie. Doch sie antwortete ruhig und beherrscht: »Ich habe keine Ahnung, Exzellenz. Wir wissen nur, daß er im Auftrag Seiner Exzellenz Dschemal Pascha geschäftlich nach Berlin reiste, und seit er Konstantinopel verlassen hat, haben wir nichts mehr von ihm gehört.« Sara entging Beks Verärgerung nicht, als sie den Namen Dschemal Pascha erwähnte, doch sie fuhr ungerührt fort. »Welche Gründe mein Bruder auch haben mochte — Sie können sicher sein, daß sie patriotisch waren. Sie wissen, daß sich die Familie Levinson den Türken gegenüber stets loyal verhalten hat.« Daniel warf Sara einen Blick zu. Sie hielt sich großartig.

Hamid Beks Augen verengten sich zu Schlitzen, aber er sagte nichts. Die Überraschung in den Gesichtern der Levinsons war so echt, daß sie heute zum erstenmal von Aarons Aufenthalt erfahren haben mußten. Sein Instinkt riet ihm jedoch, Augen und Ohren offenzuhalten. Er war überzeugt, daß die Levinsons nicht so aufrichtig waren, wie sie aussahen. Er blickte noch einmal in die Runde, aber er sah nichts, was nicht in Ordnung gewesen wäre.

»Effendi Levinson, ich möchte Ihnen meine Anteilnahme wegen der Verhaftung Ihres Sohnes aussprechen. Sollten Sie Näheres erfahren, bitte ich Sie, mir sofort zu berichten.«

Sie nickten alle, und Bek befahl, man möge sein Pferd bereitmachen. Er schlug die Hacken zusammen und verneigte sich vor Sara, die liebenswürdig lächelte.

»Wir sind Ihnen dankbar, daß Sie uns die Nachricht persönlich überbracht haben. Vielleicht geben Sie uns bald wieder die Ehre Ihres Besuchs.«

»Vielleicht, meine Liebe, vielleicht.« Er zog seine Jacke glatt, knallte mit den Absätzen und hob den Arm zu einem Salaam. »Der Segen Allahs falle auf Euch«, sagte er und begab sich, gefolgt von seinen Offizieren, zu den im Hof wartenden Pferden.

Schweigend standen sie in der hereinbrechenden Dämmerung auf der Veranda und warteten, bis der Kavallerietrupp ihren Blicken entschwand. Dann sagte Daniel leise: »Aaron ist in Sicherheit. Gott sei Dank.« Sara nickte. Fröstelnd hüllte sie sich in ihren Schal.

Abram schüttelte den Kopf und zupfte an seinem Bart. Er schaute Daniel an und fragte: »Was meinst du? Was wollte Aaron mitten im Krieg auf einem Schiff nach Amerika?«

Daniel blickte zu Sara und Robby. Sie wußten alle nicht, wieviel der alte Mann wußte oder ahnte, aber vermutlich war es das beste, nicht daran zu rühren. »Vielleicht wollte er Hilfsgelder und Vorräte in Amerika besorgen«, antwortete er.

Abram knurrte. Es war ziemlich offensichtlich, daß er Daniel nicht glaubte.

»Ich sehe mal nach Ruth«, sagte Robby, der immer noch daran denken mußte, was seiner Tochter hätte geschehen können. Die Angst ließ ihn nachträglich regelrecht zusammenschrumpfen.

»Ich komme mit«, sagte Sara. Sam und Abram folgten ihnen ins Haus.

Daniel stand für eine Weile allein auf der Veranda. Nach dem heutigen Vorfall würde Robby nicht bereit sein, Ruth und das Kind zu verlassen, und Daniel würde es ihm nicht verübeln. Gottlob hatte er keine Kinder. Für Daniel war es völlig klar, daß die Engländer Aarons Geschichte nicht geglaubt und ihn als Spion eingesperrt hatten. Das gleiche wäre auch ihm beinahe passiert; er kannte die Engstirnigkeit der unteren englischen Offiziersränge.

Daniels Gedanken wandten sich Sara zu, und bei der Vorstellung, welche Verantwortung er ihr aufbürden mußte, verließ ihn beinahe der Mut. Andererseits war er überzeugt, daß sie der Aufgabe gewachsen war. Und er durfte keine Zeit mehr versäumen. Jetzt lag es an ihm. Heute nacht würde er Sarkis nach Atlit bringen, und am Montag würde er nach Ägypten aufbrechen.

Allein — Gott helfe ihm. Aber es mußte sein.

Sara schloß die Scheunentür von innen und blieb einen Moment stehen, bis sich ihre Augen an die Dunkelheit gewöhnt hatten. Es roch nach Heu und trockenem Getreide. Sie war froh über das trübe Licht, bei dem es leichter fiel, miteinander zu reden, zumal sie die bevorstehende Auseinandersetzung nicht länger hinausschieben konnte. Sie entdeckte Daniel hinter der aufgebockten Jezebel, die seit Monaten nicht mehr gefahren wurde und wahrscheinlich erst wieder nach dem Krieg die Scheune verlassen würde. Von einem kleinen hochgelegenen Fenster fiel Licht auf die Stelle, wo Daniel arbeitete, und malte ein ständig wechselndes Muster aus Licht und Schatten auf sein Gesicht.

»Daniel«, sagte sie zögernd. Er hob den Kopf, blickte sie flüchtig an und widmete sich wieder seiner Arbeit. Sara schaute ihm schweigend zu, dann holte sie tief Luft und ging um die vielen Hindernisse herum zu ihm. Sie wußte, was er im Sinn hatte seit dem Augenblick, als Sarkis ihnen das Codebuch gebracht hatte.

Sie blieb neben ihm stehen und blickte auf seinen gebeugten Rücken und den so schrecklich verwundbar wirkenden Nacken. Er blickte nicht auf, sondern fuhr fort, aus Lederresten einen Zügel anzufertigen. Er wollte also seinen schwarzen Hengst verkaufen.

»Wann brichst du nach Ägypten auf?« fragte sie gepreßt und fühlte sich gleich danach erleichtert, daß sie das Thema endlich angeschnitten hatte.

»Morgen«, sagte er ruhig, ohne sie anzusehen.

Sara hatte nichts anderes erwartet; trotzdem schlug eine Welle von Zorn und Angst in ihr zusammen, als hätte sie die Antwort vollkommen unvorbereitet getroffen. Nach einer Pause, in der sie ihre Gefühlsaufwallung niederzwang, sagte sie leise: »Daniel, bitte. Laß mich nicht allein hier. Ich schaffe es allein nicht.«

Als Daniel ihre stockende Stimme hörte, legte er seufzend den Zügel aus der Hand. Er wußte, daß dieser Kampf ausgetragen werden mußte und war darauf vorbereitet; aber die nächsten Minuten würden wenig erfreulich werden.

Er blickte zu ihr auf, und sie erschrak über die Kälte in seinen Augen. »Du weißt genau, daß das nicht wahr ist. Du bist stark, Sara — möglicherweise die stärkste Person, die ich je kennengelernt habe. Mit Sicherheit die stärkste Frau«, fügte er mit einem dünnen Lächeln hinzu. Daraufhin nahm er seinen Zügel wieder in die Hand und arbeitete weiter, als wäre damit alles gesagt.

Sara brachte zunächst kein Wort heraus vor Zorn. Wie konnte er es wagen — einmal war sie eine Frau, die nicht imstande sein sollte, ohne Begleitung mit dem Zug nach Jerusalem zu fahren, und in der nächsten Minute war sie eine Art Deborah, die die Israeliten gegen ihre Feinde anführte. »Kannst du mir sagen, was du damit meinst?« fragte sie schließlich mit schneidender Stimme.

»Ich meine, daß du sehr gut Verantwortung tragen kannst — daß es dir Spaß macht, für etwas verantwortlich zu sein. Gott weiß, daß du darin viel besser bist als ich, Sara. Ich habe gesehen, wie du mit Sarkis und Hamid Bek umgegangen bist. Du wächst an einer Herausforderung. Außerdem« — fügte er ungeduldig hinzu —, »Manny kommt in ein paar Tagen aus Akco zurück. Wenn du willst, kann er ja weitermachen.«

»Du bist verrückt, Daniel.« Saras Empörung ging mit ihr durch. »Vollkommen verrückt Warum kannst du nicht warten? Noch eine Woche — höchstens acht Tage —, dann haben wir abnehmenden Mond, und das Schiff kommt! Warum willst du so ein furchtbares Risiko auf dich nehmen? Warum kannst du nicht warten?« Ihre Augen sprühten vor Zorn. Sie war wild entschlossen, ihn zu überreden.

»Weil ich jetzt gehen muß!« schrie Daniel. Er seufzte und versuchte, seinen Zorn zu beherrschen. Er wußte, daß er ihr eine Erklärung schuldete. »Hör zu, Sara«, sagte er und zog sie auf den Heuballen neben sich. »Ich bin nicht verrückt. Ich habe mir genau überlegt, was ich tun muß.« Er ergriff ihre Hand und blickte ihr in die Augen. »In acht Tagen beginnt der heilige Monat des Ramadan; dann wird den ganzen Dezember über niemand, nicht einmal eine Eidechse, imstande sein, unentdeckt durch die türkischen Linien zu kommen. Wenn ich jetzt nicht gehe« — sein Ton war schmeichelnd, überredend geworden —, »wird es Ende Januar, bis wir wieder Neumond haben und ich einen Versuch wagen könnte.«

Sara zog ihre Hand zurück und senkte den Blick. Sie dachte über Daniels Worte nach und mußte zugeben, daß er recht hatte. Ramadan war der islamische Monat des Fastens und Feierns, die Zeit, in der die Moslems Gott für ihr Heiliges Buch, den Koran, dankten. Am Tag fasteten sie, und nach Sonnenuntergang, wenn man keinen weißen Faden von einem schwarzen unterscheiden konnte, schlemmten und feierten sie bis zum Morgengrauen.

Sie hob den Kopf und schob entschlossen den Unterkiefer vor. »Warum dann nicht bis Januar warten? Die ganze Geschichte, daß Aaron in einem Kriegsgefangenenlager sitzt — weißt du nicht, daß das nur eine Tarnung ist, um uns hier in Palästina zu schützen?« Sie sprach immer lauter in dem Bemühen, ihn zu überzeugen. »Aaron hat uns gesagt, daß wir etwas Ähnliches erwarten müßten — er hat uns warnend darauf vorbereitet.« Daniel sah sie unbewegt an. Nach einer kleinen Pause sagte Sara mit bittendem Tonfall: »Bis zum Januar sind es nur ein paar Wochen . . .«

Daniel sprang zornig auf. »Nur ein paar Wochen«, stieß er wütend hervor und kehrte ihr den Rücken. Sara ergriff seinen Arm, aber er schüttelte ihre Hand ab und drehte sich heftig zu ihr um. »Du kennst die Berichte so gut wie ich. Daraus geht klar hervor, daß an den türkischen Linien ein massiver Truppenaufmarsch stattfindet. Die Grenze wird bald unpassierbar sein.« Er packte sie an den Schultern, und als sie sich in die Augen blickten, sah Sara zu ihrer Verblüffung plötzlich ein Licht in seinen Augen aufflackern, das sie an die fanatische Besessenheit erinnerte, mit der er aus Frankreich zurückgekommen war. Und sie sah es mit Verzweiflung und Entsetzen.

Seine Finger gruben sich in ihre Schultern, und er durchbohrte sie mit seinen Blicken. »Was geschieht, wenn das Schiff im Januar nicht kommt — oder überhaupt nicht mehr? Auch das könnte passieren. Jeder Tag der Geschichte wird auf dem Amboß des Krieges geschmiedet. Alle im Mittleren Osten wetteifern um eine bessere Position. Ich kann nicht dabeistehen und warten, während die anderen ihre Zukunft an sich reißen. Ich will, daß auch wir, die Juden, unseren rechtmäßigen Platz haben.« Sein Griff lockerte sich ein wenig und ein neuer, sanfterer Ton schwang in seiner Stimme mit. »Ich glaube, daß ich eine Pflicht zu erfüllen habe — eine heilige Pflicht — für Palästina, für mein Volk und für mich.«

Sara schaute ihn an, während ihr die Tränen in die Augen stiegen und ihre Kehle enger und enger wurde.

Daniel wich ihrem Blick aus, bevor er fortfuhr: »Ich habe den Code auf Maispapier abgeschrieben und daraus Zigaretten gedreht. Wenn sie mich fassen, werden die Türken den Beweis gegen mich vermutlich rauchen.« Er blickte Sara wieder an, und diesmal überschattete Angst seine Züge.

Sara sah ihn mit tränenfeuchten Augen an; dann ließ sie den Kopf sinken. »Daniel, bitte, geh nicht — es tut mir leid — ich bringe die Kraft nicht auf, dich gehen zu lassen.« Und während sie sprach, quollen die Tränen unter ihren dunklen Wimpern hervor.

»Sara, bitte . . .« Er nahm sie in die Arme und hielt sie fest. Er wollte aufrichtig sein, ohne sie mehr zu verletzen als unbedingt nötig. »Ich liebe dich, Sara, begreifst du das nicht? Du bedeutest mir mehr als jeder andere Mensch, aber ich habe dich nie im unklaren darüber gelassen, daß ich die Liebe zu dir nie vor die Liebe zu meinem Land stellen würde. Du weißt, daß ich die Wahrheit sage. Nicht einmal du bist mir wichtiger als mein Volk.«

Sara gab auf, erschöpft und merkwürdig schicksalsergeben. Sie atmete tief aus, dann reckte sie die Schultern und sagte: »Du kannst es mir nicht übelnehmen, daß ich wütend und unglücklich bin. Ich habe eine ganz furchtbare

Vorahnung — als würde mir ... uns beiden ... etwas Schreckliches geschehen, wenn du jetzt gehst.«

Daniel blickte in ihre tiefblauen Augen. »Sara«, sagte er weich, »wir sind letzten Endes alle für unser eigenes Leben verantwortlich — für unser eigenes Schicksal.« Er lächelte. Seine Augen waren wieder ruhig, jegliche Wut war daraus verschwunden.

Sara erwiderte sein Lächeln und zuckte die Achseln. »Ich habe dich nie dazu bringen können, die Dinge auf meine Weise zu sehen, oder dich von etwas abbringen können, das du dir in den Kopf gesetzt hast.«

Daniel nahm ihre Hand, und dann küßte er sie mit einem breiten Grinsen auf die Wange. »Und ich dich ebensowenig, liebe Sara«, sagte er.

Sara trat aus der Scheune. Sie fühlte sich schrecklich allein. Für einen Moment lehnte sie sich gegen die Mauer und schloß die Augen. Wie dumm von ihr, auch nur für einen Augenblick anzunehmen, sie könnte ihn beeinflussen. Daniel hatte seinen eigenen Kopf — schon immer. Sie lächelte. Im Grunde, dachte sie, waren seine Besessenheit und sein Idealismus zu bewundern. Er gehörte ihr nicht, hatte ihr nie gehört. Er gehörte Palästina und seinem Volk. War Liebe jemals eine gute Sache? fragte sie sich. Sie wußte keine Antwort.

Sie reckte sich, entschlossen, hart gegen sich zu sein. Er soll tun, was er nicht lassen kann, dachte sie, und sie fühlte sich plötzlich merkwürdig erleichtert, als wäre eine schwere Last von ihr genommen.

Daniel hatte sie im Stich gelassen. Schlimmer noch — er hatte Aaron und die Organisation im Stich gelassen. Sie hatte seit Monaten — ja, schon seit Jahren — Entschuldigungen für sein Verhalten gesucht, aber nun fand sie keine mehr. Sie würde weiterhin ein denkendes Wesen bleiben, aber fühlen würde sie nichts mehr. Sie wußte, sie war nicht für Daniel verantwortlich, sondern für die Station und ihre

Familie. Diese kleine Episode in der langen Geschichte des Krieges würde ihren Kampfgeist nicht brechen.

»Madame Cohen? Madame, sind Sie krank?«

Sara schreckte auf und öffnete die Augen. Vor ihr stand Ahmed und schaute sie ängstlich an. Sie stieß sich von der Mauer ab. »Nein, es ist alles in Ordnung.« Sie lächelte matt. »Was ist los?«

»Ich brauche mehr Schmierfett — für das Aerometer.«

Sara seufzte. Zurück zum Alltag, dachte sie und ging mit ihm über den Hof zum Lagerhaus.

Es war Regenzeit. Auf den Feldern war wenig zu tun, und so nützten sie die Zeit für Reparaturen und die Wartung der Landmaschinen. Sara wurde ständig gerufen, um Muttern und Schrauben und ähnliches auszugeben, das sie sammeln und hüten mußte wie einen Schatz. Sie gab Ahmed eine Dose Schmierfett. »Wir haben nur noch ein paar Dosen. Bitte, geh sparsam damit um und bring den Rest zurück«, sagte sie, und dann hörte sie die Mittagsglocke läuten und blickte hinunter zur Station.

Als sie den Hof überquerte, hörte sie Bella auf einer nahe gelegenen Koppel aufgeregt wiehern. Sie lief zum Tor und sah, wie die Stute am Zaun entlanggaloppierte. Weiter unten, auf der Palmenallee, entdeckte sie zwei Reiter, die zum Haus heraufkamen. Sie blinzelte gegen die Sonne und hob schützend die Hand über die Augen. Es war Joe Lanski, begleitet von seinem kleinen Teufel Ali. Unerklärlicherweise hob sich Saras Stimmung, und sie lächelte vor Freude.

Rasch versuchte sie, ihr Haar, das sich gelöst hatte, wieder zusammenzustecken. Dann öffnete sie das Tor. Lächelnd ritt Joe in den Hof, schwang sich mühelos aus dem Sattel und warf Ali die Zügel zu, der Sara verstohlen mit einem weniger freundlichen Blick bedachte. Ich möchte nur wissen, warum er mich nicht mag, dachte Sara. Er tut beinahe so, als wäre er eifersüchtig auf mich. Lächerlich.

»Wenn du dich beeilst, bekommst du vielleicht noch ein

Mittagessen«, sagte sie zu Ali, doch der grinste nur unverschämt.

»Danke, ehrenwerte Dame, aber ich habe mein eigenes Essen dabei«, sagte er und führte die zwei Tiere zu der Stange, wo wartende Pferde festgemacht wurden.

Sara hob die Augen zu Joe, der lächelnd die Achseln zuckte. »Vermutlich das schwierige Alter«, sagte er bedauernd, und dann sah er sie forschend an. »Du bist sehr blaß? Alles in Ordnung?«

»Doch, doch, natürlich«, log sie und erkundigte sich gleich darauf mit einem aufrichtig erfreuten Lächeln, was ihn nach Atlit geführt habe.

Joe hob die Brauen und mimte tief verletzten Stolz. »Hast du vergessen, daß ich sagte, ich würde vorbeikommen. Das hast du doch nicht vergessen, oder?«

»O Joe, es tut mir leid, es ist nur . . .«

Joe lachte über ihren gequälten Ausdruck. »Da geht sie hin — und es war eine so schöne Einbildung. Ach, die Frauen! Weich wie Seide, aber Wunden schlagend wie der schärfste Stahl.« Er grinste fröhlich. »Eigentlich bin ich hier, um mit Daniel zu sprechen. Ist er da?«

Überrascht, was er und Daniel wohl vorhatten, wies Sara zur Scheune. »Er ist dort drin. Bist du hungrig, oder hast du auch dein eigenes Essen dabei?«

»Ein bißchen später vielleicht«, sagte er und machte sich auf den Weg zur Scheune.

Sara schaute ihm mit hochgezogenen Brauen nach, bis er in der Scheune verschwand; dann wandte sie sich dem Hauptgebäude zu. Sie mußte rasch noch für Sarkis etwas zu essen zurechtmachen, sonst würde er denken, sie habe ihn vergessen.

Sara balancierte das schwere Tablett die Stiege hinauf. Vorsichtshalber hatte sie nur ein Gedeck aus der Küche mitgenommen, dafür aber Essen für zwei. Sie nahm sich sehr oft ihr Mittagessen ins Arbeitszimmer hinauf, so daß niemand Verdacht schöpfen würde, wenn sie ein Tablett nach oben trug.

Sie wußte, daß sie ein ungeheures Risiko einging, indem sie den armenischen Hauptmann versteckte, aber sie machte sich nichts daraus. Sie waren an jenem Abend zusammen von Zichron nach Atlit geritten. Alles war völlig glatt gelaufen, und Sara genoß sogar das Gefühl, etwas Positives tun zu können — und Hamid Bek eine Nase zu drehen. Sie haßte diesen Menschen, und gottlob fürchtete sie ihn nicht. Vermutlich war das ihre größte Stärke.

Auf dem Treppenabsatz blieb sie stehen und lauschte. Sarkis war am Ende des Gangs in einem kleinen Zimmer versteckt, das als Lagerraum für das Labor gedient hatte. Seitdem die Laborarbeit eingestellt war, benutzte praktisch niemand diesen Raum, so daß Sarkis hier ziemlich sicher aufgehoben war. Das Zimmer lag im selben Stockwerk wie das Arbeitszimmer und die Schlafzimmer der Mädchen, und es hatte vor allem eine Falltür zum Speicher, so daß er notfalls fliehen konnte. Mit etwas Glück konnte er hier bleiben, bis das Schiff kam — es sei denn, Amerika schlösse sich den Alliierten an, und die Station, bis jetzt neutrales Territorium, würde Feindesland. Sara schauderte bei diesem Gedanken. Die Situation war ohnehin schwieriger geworden — die Heuschrecken waren weiter nach Süden gewandert, und seit Aaron in englischer Kriegsgefangenschaft war, hatte Dschemal Pascha kein Interesse mehr an der Station.

Sara schüttelte ihre trüben Gedanken ab. Es gab genug andere Dinge, um die sie sich sorgen mußte, auch ohne die Probleme, die sie vielleicht in der Zukunft erwarteten. Nachdem sie sicher sein konnte, daß niemand in der Nähe war, ging Sara zu Selenas Tür und klopfte leise. Selena, ein halbfertiges Männerhemd in der Hand, öffnete sofort.

»Was hat dich aufgehalten?«

»Joe Lanski ist gekommen. Außerdem gibt es ein paar neue Entwicklungen, von denen ich dir später erzähle.«

Selena folgte Sara den Korridor entlang. Sie war noch immer tief gerührt und unsäglich erleichtert, daß Kristopher, nur ein paar Meter von ihr entfernt, sicher und gut aufgehoben war. Sara übergab Selena das Tablett, während sie an dem Schlüsselbund, den sie immer an ihrem Gürtel trug, den richtigen Schlüssel suchte. Als sie aufblickte, bemerkte sie Selenas eindringlichen Blick. »Was ist los?« fragte sie, die Hand schon auf dem Türknauf.

»Ich dachte nur, wie unglaublich viel ich dir verdanke.«

»Wir schreiben es an — auf ein Stück Eis, einverstanden?« sagte sie und öffnete die Tür.

Sara saß bereits seit einer Stunde im Arbeitszimmer, als Joe anklopfte. Er trat ein, mit einem gelben, blumenbedruckten Karton in der Hand, den er vor Sara auf den Schreibtisch stellte. »Ich habe dir ein kleines Zeichen meiner Verehrung mitgebracht«, sagte er lächelnd und sank neben ihr in einen Sessel.

Sara errötete, als sie das Päckchen öffnete, in dem, eingewickelt in weiches Seidenpapier, drei Stück Seife lagen. Es war so lange her, seit sie etwas so Nebensächliches, aber so herrlich Feminines bekommen hatte, daß ihr die Tränen in die Augen stiegen. Sie hob ein Stück an die Nase und roch den zarten Duft von Jasmin. »Du kannst dir gar nicht vorstellen, wieviel besser diese Seife riecht als Fatmas selbstgemachte«, sagte sie und versuchte, ihre Rührung mit einem Lächeln zu kaschieren. Der süße Duft erinnerte sie schmerzlich an die Zeit vor dem Krieg, als die Welt sicher und verläßlich schien und diese Seife nichts anderes gewesen wäre als eben ein Stück gute Seife. Sie blickte auf und direkt in Joes Augen. Wie liebenswürdig er manchmal sein konnte. »Danke, Joe. Es ist so aufmerksam von dir.«

Er wehrte bescheiden ab. »Ich habe noch etwas für dich«, sagte er leise. Er zog ein zusammengefaltetes Blatt Papier aus seiner Jackentasche und legte es feierlich vor Sara auf den Schreibtisch. Dann lehnte er sich zurück, streckte die Beine aus und meinte: »Daniel sagte, du wüßtest etwas damit anzufangen.«

Sara glättete das Papier und starrte verblüfft darauf. Es schien eine skizzierte Landkarte zu sein.

»Was ist das?« fragte sie und sah Joe an.

»Es ist eine Karte von den Befestigungen in Jerusalem einschließlich der Positionen der türkischen und deutschen Batterien und Waffenmagazine.« Joes Stimme klang beiläufig, aber seine Augen strahlten vor Triumph.

Völlig perplex blickte Sara auf die Karte. Ich werde diesen Mann nie verstehen, dachte sie. Wer ist er? Ängstlich sah sie ihn an.

»Ich habe eine Bekannte«, sagte er grinsend. »Frau eines deutschen Offiziers. Ihr Mann ist viel unterwegs.«

Er grinste noch breiter, und Sara wandte sich angewidert ab. Ihr Blick fiel auf den geblümten Seifenkarton, und ihre Augen wurden schmal, als sie sich Joe wieder zuwandte. Ihre Wangen röteten sich. Er war wahrhaftig widerlich – aber was ging es sie an? Warum sollte sie sich aufregen, wie und wo er etwas fand – Seife, Landkarten –, keinen Gedanken würde sie daran verschwenden. Trotzdem fühlte sie sich verwirrt und unglücklich. Irgendwie hatte das Geschenk seinen Zauber verloren. Sie sah ihn an und fragte ganz ruhig. »Warum gibst du mir das hier?« Sie deutete auf die Landkarte.

Sein Grinsen verschwand. »Du tust sehr gut daran, vorsichtig zu sein«, sagte er ernst. »Spionage ist ein sehr gefährliches Geschäft.« Er wartete eine Sekunde, um seine Worte wirken zu lassen. Dann erhob er sich. »Komm mit in den Garten. Ich möchte mich lieber dort unterhalten.«

Sie gingen schweigend nebeneinander, bis sie ein gutes Stück von der Station entfernt waren. Auf einem grasbewachsenen Hügel, von dem man aufs Meer hinausblicken konnte, blieben sie stehen. Sara war völlig mit ihren Gedanken beschäftigt. Sie hoffte, Joe würde ihr vielleicht helfen, Daniel zu überreden, daß es sinnvoller war, noch etwas zu warten. Aber sie verwarf die Idee, kaum daß sie ihr in den Sinn gekommen war. Tief in ihrem Innern wußte sie, daß Daniel morgen gehen würde, ungeachtet der Meinung von wem auch immer. Dann wanderten ihre Gedanken zu Joe. Sollte sie ihn bitten zu bleiben – nur für eine Weile, bis das Schiff käme?

Sie blickte heimlich zu ihm auf. Er schaute gedankenverloren auf das Meer hinaus mit einem Ausdruck, der nichts von seinen Gedanken verriet. Er ist der männlichste Mann, den ich je kennengelernt habe, dachte Sara und war überrascht, daß ihr jetzt so etwas einfiel. Sie folgte seinem Blick in die Ferne, während sie überlegte, auf welche Weise sie ihn zum Hierbleiben bewegen könnte. Das Licht war sehr klar und hell; nur am Horizont zogen ein paar Regenwolken vorüber.

»Ich könnte stundenlang auf das Meer hinausschauen«, sagte Joe, ohne den Blick abzuwenden. »Es ist so friedlich, so gelassen. Und nichts erinnert an den Krieg.«

Die Erwähnung des Kriegs bot Sara eine Möglichkeit, ihr Thema anzuschneiden. Doch erst mußte sie herausfinden, was Daniel ihm gesagt hatte. »Hat Daniel erwähnt, daß er fortgeht?« fragte sie unschuldig.

»Ja. Ich gehe mit ihm.«

Sara starrte ihn entsetzt an. »Du tust was?«

»Ich gehe . . .«

»Du bist verrückt. Ihr rennt nur beide in den Tod!« rief sie aufgebracht.

»Ich würde mir an deiner Stelle keine Sorgen machen. Der Teufel sorgt für die Seinen.«

Wie so oft schaffte Joe es auch diesmal, sie fuchsteufelswild zu machen. Jetzt war nicht der richtige Moment für alberne Redensarten.

»Ich hätte dich für vernünftiger gehalten. Aber wie ich sehe, bist du genauso wahnsinnig wie er . . .«

Joe legte die Hand auf ihren Arm. »Sara, sei leise. Es muß dich ja nicht alle Welt hören! Beruhige dich.« Und er dachte, wie schön sie aussah, wenn ihr das Blut in die Wangen schoß und ihre Augen dieses strahlende, harte Blau annahmen. Sara schüttelte seine Hand ab und kehrte ihm den Rücken. »Ehrlich gesagt, Sara — Daniels Idee ist nicht so abwegig wie du denkst.«

Sara wandte sich ihm wieder zu und antwortete leidenschaftlich: »Um Himmels willen, Joe, warum könnt ihr nicht noch eine oder zwei Wochen warten? Mehr verlange ich ja gar nicht. Ich bin überzeugt, daß Aaron nicht in englischer Kriegsgefangenschaft ist, sondern . . .«

»Und wenn doch? Was dann?« unterbrach sie Joe. »Was soll aus Sarkis und Selena werden, wenn Amerika in den Krieg eintritt, was vermutlich früher oder später der Fall sein wird? Was wirst du dann tun? Warten, bis der Krieg vorbei ist, und zusehen, wie die Türken alles niederreißen, was ihr hier aufgebaut habt. Also, ich habe die Nase voll von den Türken und von Tod und Zerstörung. Das Land geht vor die Hunde, und wir Juden werden die ersten sein, die dabei draufgehen.« Joe sah Sara mit seinen scharfen, intelligenten Augen durchdringend an. »Daniel hat recht, weißt du. Die Lage im Sinai wird brenzlig. Wenn wir warten, könnte das Gebiet unpassierbar werden.«

Sie standen einander gegenüber und schauten sich an. Sara suchte nach einer Antwort, und weil sie keinen Fehler in Joes Gedankengang fand, auf den sie ihren Finger hätte legen können, und weil ihr beim besten Willen keine Antwort einfiel, änderte sie einfach die Taktik. »Also, ich muß schon sagen«, meinte sie spöttisch. »Das ist ja mal etwas ganz Neues, daß dich das Schicksal anderer mehr interessiert als dein eigenes.«

Sie bedauerte ihre Worte, kaum daß sie sie ausgesprochen hatte. Aber Joe grinste sie nur an. »Wie alle Frauen hast du ein ausgesprochenes Talent zur selektiven Erinnerung.« Sara senkte die Augen unter seinem herausfordernden Blick. »Aber ich kann nicht leugnen, daß du recht hast. Meine Motive, Daniel zu begleiten, sind vollkommen selbstsüchtig. Ich genieße nämlich unsere kleinen Zusammenkünfte«, fuhr er lachend fort, »und sie würden durchaus an Reiz verlieren, wenn du Trauer trügest und Löcher in mein Taschentuch weintest für einen toten Liebhaber.«

»Er ist nicht mein Liebhaber!« stieß Sara hervor, und Joe lachte wieder, aber diesmal klang es höhnisch und scharf.

»Hör auf, Sara. Du beleidigst meine Intelligenz, wenn du etwas leugnest, was auch für den größten Dummkopf klar auf der Hand liegt.« Er packte ihr Kinn mit beiden Händen und hob es zu sich empor. »Trotzdem würde ich gerne denken, daß du den einen oder anderen Gedanken an mich verschwendest, während wir unterwegs sind.«

Ihre Augen trafen sich, und einen Moment lang fühlte sich Sara mit ihrem ganzen Wesen zu ihm hingezogen. Doch sie befreite sich mit einer heftigen Drehung des Kopfes. »Ich bin überzeugt, es werden sich genug Frauen um den Verbleib deiner Knochen Sorgen machen«, sagte sie bissig.

Und wieder lachte er, aber nicht mehr so rauh wie zuvor. »Vielleicht hast du recht«, sagte er, und die Stimmung entspannte sich wieder. Sara warf ihm einen kühlen Blick zu.

»Wenn du mich jetzt entschuldigen willst. Ich muß ja wohl anfangen, euren Reiseproviant vorzubereiten«, sagte sie, raffte ihre Röcke und machte sich auf den Weg zur Station.

Joe blieb noch eine Weile stehen und blickte auf das Meer, um seine Gedanken zu beruhigen. Warum nur hatte er so bereitwillig zugestimmt, Daniel Rosen zu begleiten? Die Worte des hebräischen Dichters Chajjim Nachman Bialik fielen ihm ein — zornige Worte, die er nach dem Kischinjow-Pogrom geschrieben hatte:

Nun geh zur Stadt hinaus, hin, wo dich keiner sieht,
begib dich heimlich zu dem Ort, wo sie begraben
liegen, die Märtyrer.
Und neben ihren frischen Gräbern bleibst du stehn
und senkst den Blick —
erstarrst zu Stein.
Dein Herz wird stocken, doch dein Auge
brennt heiß und tränenlos wie Wüstensand.
Dein Mund wird aufgerissen Rache schrein,
Und du wirst stumm und steinern wie ein Grabmal sein.

Joe war plötzlich so von Haß erfüllt, wie er es nie für möglich gehalten hätte. Er haßte die Türken, und er haßte das
Stillhalten der Juden angesichts des Hasses, den ihnen die
Türken entgegenbrachten. Es war Zeit, sich zu wehren. Er
teilte nicht Daniels Glauben an die Briten, aber er wußte,
daß etwas getan werden mußte, um der zunehmenden Po-
gromstimmung gegen die Juden in Palästina Einhalt zu gebieten.

Als er zur Forschungsstation blickte, erhaschte er noch
einen Blick von Sara, bevor sie zwischen den Gewächshäusern verschwand, und sein Zorn legte sich so schnell, wie er
aufgeflammt war. Dann wandte er sich wieder dem Meer zu
und sagte laut: »Ich glaube, ich kann einfach keiner Herausforderung widerstehen.«

Kairo schien sich nicht viel verändert zu haben, seit Aaron
vor beinahe zehn Jahren hier gewesen war. Soldaten in den
britischen Khakiuniformen spazierten auf den Straßen, aber
die Atmosphäre der Stadt war so locker und chaotisch wie
eh und je. Überall herrschte ein ohrenbetäubender Lärm,
die Fußgänger drängelten rücksichtslos, um irgendwie vorwärts zu kommen; Autos hupten, Pferdehufe klapperten,
und die Straßenhändler versuchten, sich gegenseitig zu
übertönen. Aaron strengte seine Augen an, um durch den

allgegenwärtigen Staub etwas sehen zu können. Kairo war eine Stadt im Staub. Es regnete nur wenige Wochen im Jahr, und die Wüste rückte mit jedem Tag näher an die Außenbezirke heran. Der Gestank aus einer Seitengasse trieb ihm das Wasser in die Augen, und er hielt sich sein Taschentuch vor die Nase. Nicht zum erstenmal gratulierte er im stillen den Beduinen für ihre kluge Voraussicht. Sie stopften sich Watte in die Nasenlöcher, bevor sie die Stadt betraten.

In diesem Augenblick schoß ein Wagen aus einer Seitenstraße, Reifen quietschten, und hätte Paul Levy nicht so rasch reagiert, wäre das Auto direkt in Aaron hinein gefahren. Mit einer Behendigkeit, die man ihm bei seinem enormen Gewicht nicht zugetraut hätte, rammte Paul seine Schulter in Aarons Seite und rettete ihn vor einem Zusammenstoß mit dem Wagen, der schleudernd in den Stand eines Vogelverkäufers hineinfuhr. Die Vögel in ihren Käfigen kreischten und schlugen aufgeregt mit den Flügeln, und die Fußgänger fluchten, als der Ladenbesitzer, sich die Hände an einem schmutzigen Lappen abwischend, auftauchte und den Fahrer des Wagens einen aussätzigen Hundesohn nannte. Im Nu hatte sich eine Menschenmenge versammelt. Kleine Jungen erschienen aus allen möglichen Winkeln und versuchten, entkommene Vögel einzufangen, während Paul Aaron auf die Füße zerrte. »Tut mir leid — aber es ging alles so schnell.«

»Mir fehlt nichts«, sagte Aaron lächelnd, klopfte sich den Staub von Hose und Jacke und rückte seinen Panama zurecht, »aber eine innere Stimme rät mir, so schnell wie möglich von hier zu verschwinden.« Der Autofahrer, ein bärtiger dunkelhäutiger Mann, hatte Aaron bereits im Visier und begann, ihn über die Köpfe der Menge hinweg anzupöbeln.

»Hast du keine Augen im Kopf, du Hundehaufen?« Er machte Anstalten, sich zu ihnen durchzudrängen, doch als er Pauls ein Meter neunzig große und einhundertdreißig Kilo schwere Gestalt neben Aaron entdeckte, überlegte er es sich anders und beschränkte sich darauf, die kleinen Jungen, die sich um seinen Wagen scharten, mit Unflätigkeiten zu überhäufen.

Paul und Aaron wechselten einen belustigten Blick und gingen, sich an ein paar Gaffern vorbeischiebend, weiter, nicht zu schnell und nicht zu langsam, aber durchaus selbstsicher. Wie so häufig in Kairo öffnete sich die erbärmliche Gasse auf eine belebte Straße. Hier verlangsamten sie ihr Tempo.

»Vor ein paar Wochen hätte ich diesen Kerl wie eine Fliege zerquetscht — und mit Vergnügen«, sagte Paul und blickte wehmütig über die Schulter zurück.

»Aber jetzt hast du Wichtigeres zu tun«, erinnerte ihn Aaron und klopfte ihm freundschaftlich auf die Schulter. »An die Möglichkeit eines gebrochenen Arms will ich überhaupt nicht denken.« Paul nickte und lächelte zustimmend.

Er war, abgesehen von Aaron, der einzige Mann in Kairo, der die Küste bei Atlit gut genug kannte, um eine Landung bei Nacht zu versuchen. Das britische Oberkommando hatte bestimmt, daß Aaron mit seiner einzigartigen Kenntnis von Palästina zu wichtig war, um einem solchen Risiko ausgesetzt zu werden, und nun sollte Paul mit dem Kontaktschiff fahren, das in wenigen Tagen von Port Said auslaufen würde. Aaron hatte getobt, als er davon erfuhr, aber das britische Oberkommando, das endlich erkannt hatte, wie wertvoll er für sie war, ließ ihn nicht gehen — weder allein noch mit Paul.

Die beiden Männer gelangten an eine verkehrsreiche Kreuzung, wo ein ägyptischer Polizist gleichgültig das Chaos ringsum beobachtete. Paul und Aaron überquerten die Straße ohne seine Hilfe, so gut es ging, wichen bimmelnden Straßenbahnen aus, flüchteten vor rücksichtslosen Autofahrern, und dann gingen sie wieder gemächlich die Straße entlang, bis sie die Synagoge erreichten. Paul wies auf ein großes Restaurant mit Terrasse an der gegenüberliegenden Ecke, wo die Kellner in kurzen weißen Jacken und rotem Tarbusch den Gästen, die sich dort bereits zum Abendessen versammelt hatten, frisch gebrutzelten Kebab servierten. »Ich werde dort drüben auf dich warten, wenn es dir recht ist.«

Aaron schmunzelte, und seine blauen Augen blitzten, als er seinen Freund anblickte. »Ich nehme an, du hast Hunger«, antwortete er und dachte an die halbe Kuh, die Paul bereits zum Frühstück verzehrt hatte.

Er schüttelte Paul die Hand und ging, den Hut tief in die Stirn gezogen und den Blick auf seine Füße gerichtet, an der Synagoge vorbei. In London hatte Aaron einen neuen Namen und eine neue Identität bekommen, damit seine Familie geschützt wäre, sollte etwas schiefgehen. Die jüdische Gemeinde in Kairo war sehr groß und vor allem in letzter Zeit gewaltig angewachsen durch die Menschen, die Dschemal Pascha aus Palästina verjagt hatte. Diese Leute hatten sich zum Zion Mule Corps zusammengetan, das so genannt wurde, weil seine Mitglieder in Gallipoli dafür verantwortlich gewesen waren, Ausrüstung und Versorgungsgüter mit Mulis von den Flachbooten an der Küste zu den Schützengräben zu transportieren. Aaron hielt es zwar für unwahrscheinlich, daß er jemandem begegnen würde, den er kannte, aber er wollte kein unnötiges Risiko eingehen. Neben der Synagoge erhob sich ein großes, mit Stukkaturen verziertes Gebäude, von dem der Putz abbröckelte. Über dem Eingang hing ein schlaffer Union Jack. Es war das Clubhaus. Aaron ging forsch die Stufen hinauf und in die Eingangshalle.

Der Boab, ein alter Ägypter mit einem Glasauge, hatte Türdienst. Aaron nickte ihm zu, reichte dem Diener mit dem roten Tarbusch, der neben dem Boab stand, seinen Hut und sagte: »Major Wyndham Deedes.«

»Bitte, hier entlang, Major«, sagte der Boab und öffnete eine Tür.

»Nein«, sagte Aaron langsam. »Ich bin nicht Major Deedes. Ich bin John Williams und mit dem Major zum Lunch verabredet.« Die Erfahrungen der letzten Monate hatten ihn die Geduld eines Hiob gelehrt.

»Ja, Sir. Ja, Sir. Bitte, warten Sie in der Bar«, sagte der Boab liebenswürdig, und Aaron betrat mit einem leisen Seufzer das im Halbdunkel liegende Freizeit-Mekka des englischsprachigen Militärs. Ein Blick auf die Uhr über dem Kamin zeigte Aaron, daß er etwas zu früh gekommen war. Er nahm sich eine frisch gebügelte Ausgabe der *Times*. Sie war vom 11. November, also neun Tage alt, aber Aaron ließ sich durchaus zufrieden damit in einem Sessel nieder.

Er bestellte einen Gin-Tonic und warf einen raschen Blick auf die Titelseite. Rumänien schien sich an den Kämpfen im Balkan beteiligen zu wollen, und die britische Regierung unter Premierminister Asquith stand allem Anschein nach kurz vor dem Scheitern. Die militärische Situation war, gelinde gesagt, düster. Nach den ungeheuren Opfern an der Somme folgte ein Winter, in dem alles im Schlamm zu ersticken drohte, und die strategische Position der Alliierten in Frankreich hatte sich kaum merklich verbessert.

Aaron nahm einen Schluck von seinem Drink. Es gelang ihm nicht, sich auf die Einzelheiten des Berichts zu konzentrieren, denn in Gedanken war er bereits bei Major Deedes. Aaron wollte sich, bevor das Kontaktschiff auslief, mit einer letzten Bitte an die Briten wenden, und er hatte beschlossen, sie dem Major vorzutragen.

Obwohl Brigadegeneral Gilbert Clayton der ranghöchste Offizier in der Nachrichtenabteilung des Generalstabs war, hielt Aaron dessen rechte Hand, Major Deedes, für den Mann mit der größeren Entschlußkraft und Intuition. Er war ein lebhafter, nüchtern denkender Mann mit einem trockenen Humor, und ihm war es zu verdanken, daß Aaron schließlich die unzähligen bürokratischen Hürden überwinden konnte, die das Durcheinander bemäntelten, das sich in Kairo Militärverwaltung nannte.

Aaron war vor sechs Wochen mit einem Brief von General MacDonough persönlich aus England in Ägypten eingetroffen. Nachdem ihn der Chef des militärischen Nachrichtendienstes in London akzeptiert hatte, hielt es Aaron für selbstverständlich, daß ihn nun auch die untergeordneten Chargen in Kairo ernst nehmen würden. Aber weit gefehlt. Trotz der Londoner Rückendeckung wurde er hier mit dem gleichen unverhüllten Mißtrauen behandelt, das auch Daniel erfahren hatte. Man gab zu, daß die Informationen hervorragend waren, die während der Monate, in denen Kontakt zwischen Atlit und Ägypten bestanden hatte, von seiner Gruppe geliefert worden waren, aber das hieß noch lange nicht, daß die Herren ihre Einstellung oder gar ihre Grundsätze änderten.

Mit Leutnant Woolley wäre alles einfacher gewesen, aber Aaron hatte noch in London erfahren, daß sich Woolley in deutscher Kriegsgefangenschaft befand. Dies war auch der Grund, warum die Verbindung zwischen Atlit und Ägypten zusammengebrochen war. Woolley hatte anscheinend vermutet, daß in der arabischen Gruppe in Tyros entweder Doppelagenten saßen oder daß man dort den geänderten Code einfach nicht an Atlit weitergegeben hatte (aus Dummheit oder weil sie einen Konkurrenten ausschalten wollten). Woolley hatte daraufhin beschlossen, mit Kapitän Jones mitzufahren und den Dingen selbst auf den Grund zu gehen. Das Schiff war von einem deutschen U-Boot torpediert und Woolley gefangengenommen worden. Seine gesamten Unterlagen wurden Colonel Thompson, Daniels speziellem Freund im Arab Bureau, übergeben. Und Thompson, außer Woolley der einzige Mann in Ägypten, der von der Gruppe und ihrer Arbeit wußte, hatte alles sauber abgelegt und den Vorgang für abgeschlossen erklärt.

Einen ganzen Monat lang mußte Aaron bei unwichtigen

Offizieren vorstellig werden und unzählige Fragebogen ausfüllen, als bewerbe er sich um eine Stellung bei einer Bank, bis sich das Bureau durchgerungen hatte, die Akten zu sichten und ihm gestattet wurde, den Major zu sprechen — den ersten wirklich einflußreichen Mann, an den er hier in Kairo herangekommen war.

»Worauf es letzten Endes hinausläuft«, hatte ihm der Major bei einem Brandy mit Soda erklärt, »ist die sattsam bekannte Unzulänglichkeit unserer Rasse, wenn sie mit Ausländern zu tun hat. In den meisten britischen Köpfen sitzt die tiefverwurzelte Furcht, alle Ausländer wollten sie übers Ohr hauen. Dazu kommt, daß die britischen Regierungsbeamten in Ägypten — und übrigens auch in Indien — eine vielköpfige Gruppe darstellen, in der mehr oder weniger jeder gegen jeden arbeitet, jeder seine eigene Theorie hat, wie die Dinge zu handhaben sind, und so lassen sich die britischen Organisationsmängel ganz leicht erklären.« Aaron mußte lachen, obwohl er selbst ein Opfer dieser Unzulänglichkeit geworden war. Hier war endlich ein Mann, dem er vertrauen konnte.

Nach außen hin war das einzige Ziel der Engländer in Ägypten der Schutz des Suezkanals — »das Tor zu Indien, dem kostbarsten Juwel in der englischen Krone« —, doch während der Krieg andauerte, waren die britischen Repräsentanten in rivalisierende Gruppen zerfallen, von denen jede aus einem anderen Grund für die Übernahme der Kontrolle im Mittleren Osten eintrat. Eine Gruppe unterstützte die Forderungen von Abd al-Asis ibn Saud, der vor ein paar Jahren, niemand wußte genau, woher, aufgetaucht war, um die arabische Halbinsel zu erobern. Eine andere Gruppe trat für Husain ibn Ali, den Scherif von Mekka, und seine Söhne ein, die mit Abdul Azzis verfeindet waren. Für Abd al-Asis war Husain ibn Ali nichts anderes als ein ehrgeiziger Emporkömmling, und er verübelte es den Briten schwer, daß sie Husain unterstützten.

Glücklicherweise hielt Major Deedes nichts davon, das Fell des Bären zu verteilen, bevor er erlegt war. Er wollte den Bären erst in der Falle haben. Beim ersten Gespräch, das Deedes und Aaron miteinander führten, hatten sie bereits nach einer Stunde volles gegenseitiges Vertrauen gewonnen. Das Beste an Deedes war, soweit es Aaron betraf, daß er Befehle erteilen konnte. Sobald er Aaron angehört hatte, rief er alle, die es anging, in sein Büro und gab sofort die nötigen Anweisungen, um den Kontakt mit Atlit wieder aufzunehmen. Während der vergangenen Tage waren sie alle möglichen Folgen, die sich ergeben könnten, durchgegangen und hatten einen neuen Code ausgearbeitet. Seit der Major die Dinge in die Hand genommen hatte, war Aarons Frustration wie weggeblasen; zurückgeblieben war allerdings die Sorge, wie die Dinge in Atlit standen. Der Gedanke, was Daniel inzwischen unternommen haben könnte, ließ ihm keine Ruhe, auch wenn er sich sagte, daß er sich im Augenblick völlig umsonst aufregte. In acht Tagen, dachte er und leerte sein Glas — spätestens in zehn würde er es erfahren.

Aaron blickte zu der inzwischen vollbesetzten Bar. Im selben Moment sah er die große hagere Gestalt des Majors auf sich zukommen. Er stand auf und gab ihm die Hand. »Möchten Sie noch einen Drink«, fragte Deedes, »oder wollen wir gleich in den Speisesaal gehen, bevor der große Betrieb einsetzt?« Aaron, dem der eigentliche Grund, warum er den Major sehen wollte, auf den Nägeln brannte, war für den sofortigen Lunch.

Als sie sich gesetzt hatten, reichte ihnen ein Ober mit einer Verbeugung die Speisekarte. »Nehmen Sie etwas Einfaches«, riet Major Deedes. »Die Kellner hier verfügen über sehr unvollkommene Englischkenntnisse, und jede Bestellung, die etwas komplizierter ist als ›Steak‹, führt nur zu unangenehmen Ergebnissen.«

Den freundlichen Rat beherzigend, bestellte Aaron das

gleiche wie der Major: braune Windsorsuppe und die emp-
fohlene »Scheibe vom alten Schenkel«, was übersetzt zu ge-
bratener Hammelkeule mit Zwiebelsauce wurde. Während
des Essens unterhielten sie sich über allgemeinere Dinge.
Der Major zeigte sich sehr interessiert an den historischen
jüdisch-ägyptischen Beziehungen. Er war ein wirklich kultivierter und intelligenter Mann, aber sosehr Aaron das Gespräch mit ihm genoß, konnte er doch den Grund, warum
er ihn eigentlich sprechen wollte, nicht lange vergessen.

Endlich faltete Major Deedes seine Serviette zusammen
und legte sie neben sich auf den Tisch. »Wollen wir auf eine
Zigarette in den Rauchsalon gehen?«

Aaron nickte. Die ständige Gegenwart der Kellner
schloß eine private Unterhaltung aus, und Aaron wollte die
Sache hinter sich bringen. Glücklicherweise war außer ihnen niemand im Rauchsalon. Sie zündeten sich beide eine
Zigarette an und ließen sich in den Sesseln rechts und links
vom Kamin nieder. Der Major lächelte. »Nun, denn«, sagte
er, »ich habe das Gefühl, als wollten Sie mir etwas sehr
Wichtiges erzählen. Habe ich recht?«

Der Major reagierte zunächst leicht gereizt, dann skeptisch. Sie hatten die Frage, wie das Gold zur Unterstützung
der Juden nach Atlit gebracht werden sollte, immer und immer wieder diskutiert, aber man hatte nicht genehmigt, es
mit dem Kontaktschiff zu schicken. Das Schiff war ein Spio-
nageschiff, das von Spionen — ausländischen Spionen —
Informationen einholen sollte. Und das Gold war nicht britisches Gold, sondern amerikanisches. Hier traf die verän-
derliche Welt der Politik auf die der Spionage, und das Re-
sultat war ein toter Punkt.

Es gab noch einen weiteren Grund, warum die Geneh-
migung verweigert wurde, einen Grund, den Major Deedes
Aaron gegenüber nicht erwähnen wollte. Große Summen
Goldes, die illegal nach Palästina gelangten, würden erheblich dazu beitragen, daß die Organisation über kurz oder

lang enttarnt würde. Das britische Oberkommando betrachtete Aaron als wertvollen Aktivposten auf der Seite der Alliierten und war in zunehmendem Maß davon überzeugt, daß sich die Informationen, die Atlit liefern konnte, als unbezahlbar erweisen könnten. Hätte es an Major Deedes gelegen, so hätte er die Transportgenehmigung erteilt, aber er mußte sich an seine Orders halten.

Er zog an seiner Zigarette und betrachtete ihre brennende Spitze, bevor er sich an Aaron wandte: »Was genau stellen Sie sich vor?«

Aaron war empört gewesen über die Weigerung der Briten, das Gold auf dem Kontaktschiff zu transportieren. Dank Alex' Arbeit in den Staaten und der Großzügigkeit der amerikanischen Juden hatte sich das Gold in dem dafür in Ägypten eingerichteten Fonds gehäuft. Aaron wußte, wenn es jetzt nicht mit dem Schiff mitging, könnte es einen Monat dauern, bis sich wieder eine Gelegenheit bot. Nun war ihm eine Idee gekommen, die, wenn er taktvoll genug vorging, die Briten vielleicht veranlaßte, ihre Meinung zu ändern.

»Wie Sie wissen, Major«, begann er, »ist Palästina nicht nur für die Juden das Heilige Land. Es gibt hier zahlreiche christliche Institutionen, die alle von den Oberhäuptern ihrer Konfessionen oder Sekten in aller Welt unterstützt werden. Ich hatte gestern eine Begegnung mit dem obersten Vertreter der Church of England und mit dem vatikanischen Gesandten in Kairo. Auch bei ihnen häufen sich die Gelder, die schnellstens nach Palästina geschafft werden müßten, wo sie in Waisenhäusern und anderen Einrichtungen dringend benötigt werden. Wie es heißt, hungern die Menschen dort bereits.« Aaron zog einen Brief hervor, adressiert an den Oberbefehlshaber der britischen Streitkräfte in Ägypten, und reichte ihn dem Major.

Der Major hielt ihn nachdenklich in der Hand. »Selbstverständlich«, fügte Aaron hinzu, »habe ich nichts darüber gesagt, wie die Hilfsgelder Palästina erreichen könnten. Ich bat die Herren nur, mir zu vertrauen, und versprach, daß dieser Brief Sir Archibald Murray erreichen würde.«

Major Deedes balancierte den Brief auf den Fingerspitzen und lachte leise. »Ich muß schon sagen. Um Englands willen hoffe ich, daß Sie wirklich das sind, was Sie zu sein behaupten. Wenn nicht, könnten Sie mit Ihrem Intellekt und Ihrem Talent zu überzeugen der schändlichste Verräter in der Geschichte unserer Insel sein.«

Ihre Blicke trafen sich, und sie lächelten beide. Major Deedes erhob sich und schüttelte Aaron zum Abschied die Hand. »Ich kann nichts versprechen, aber ich tue mein Bestes, um Ihnen morgen eine Antwort geben zu können.«

»Ich danke Ihnen, Major«, sagte Aaron herzlich und erleichtert, daß seine Idee zumindest die erste Hürde genommen hatte.

Gemeinsam schlenderten sie zum Ausgang, wo sie sich noch einmal die Hände schüttelten. Der Major schickte den wartenden Dienstwagen fort, murmelte etwas über gesundheitsfördernde Bewegung und schritt die Straße entlang. Aaron blickte seiner schlanken Gestalt nach, bis sie in der Menge verschwand.

Aaron lächelte, überzeugt, daß seine Strategie erfolgreich sein würde. Hungernde Juden kümmerten das britische Oberkommando vielleicht wenig; hungernde christliche Kinder waren etwas anderes. Aaron hatte einiges hinter sich, doch jetzt, als sich endlich das Blatt zu seinen Gunsten wendete, konnte er seine Genugtuung nicht unterdrücken. Er hoffte nur, daß es in Atlit keine Katastrophe gegeben hatte. Er wurde das Gefühl nicht los, daß etwas nicht stimmte.

Daniel hatte mehr als einmal Grund, dankbar zu sein, daß Joe ihn begleitete. Es war Jahre her, seit er als Kind beim Stamm von Scheich Suliman Bekanntschaft mit der Wüste gemacht hatte, und er hatte sich getäuscht, als er glaubte, seine kurzen Ausflüge in die Wüste, die er seitdem unternommen hatte, reichten aus, um ihn für eine längere Reise zu befähigen. Seit sie Beer Sheva verlassen hatten, den letzten Flecken fruchtbarer Erde, bevor die Wüste begann, mußte er immer wieder feststellen, wie sehr er auf Joe angewiesen war. Joe war jahrelang als Händler durch die Wüste gereist, von einem arabischen Stamm zum anderen, und sein reicher Erfahrungsschatz war eine enorme Hilfe. Insgeheim bezweifelte Daniel jetzt, daß er es allein geschafft hätte. Wahrscheinlich wäre er ohne Joe nicht einmal imstande gewesen, sich ein Kamel zu besorgen.

Ali war bis Beer Sheva mitgekommen; dann hatten sie ihn mit den Pferden zurückgeschickt, die auf der vor ihnen liegenden Reise keine Chance gehabt hätten. Auf der Suche nach einem geeigneten Reittier mußten Daniel und Joe feststellen, daß in Beer Sheva kein einziges Dromedar aufzutreiben war. Die gerissenen Händler hatten alle an die Briten im Sinai verkauft, bevor sie von den Türken beschlagnahmt wurden. Joe mußte sie an eine ganze Reihe von Gefälligkeiten erinnern, die er ihnen erwiesen hatte, und dann dauerte es immer noch etliche Tage, in denen gefeilscht wurde, wie sich das für Araber gehörte, bis sie endlich zwei mittelgroße und sich einigermaßen manierlich benehmende Kamele gefunden hatten.

Daß sich die Araber nur ungern von den Tieren trennten, konnte Daniel verstehen. Er selbst hatte Kamele zwar nie gemocht, aber er wußte, daß sie den Arabern weitaus nützlicher waren als Grund und Boden. Ein Kamel war ein wertvoller Besitz, ein Fortbewegungsmittel, das auch Milch gab und dessen Urin von den Stammesfrauen zum Haarewaschen benutzt wurde. Die arabische Ernährung bestand zu neunzig Prozent aus Kamelfleisch. Und in Zeiten wie diesen verdreifachte sich sein Wert nahezu. Während sich Daniel bei der weichen rhythmischen Gangart seines Kamels entspannte, dankte er Gott für Joes Einfluß und seine Hartnäckigkeit beim Feilschen.

Sie hatten Beer Sheva gestern verlassen, eine Stunde nach Sonnenaufgang, und waren stetig nach Süden geritten. Die ersten Regenfälle waren niedergegangen, und in der kargen Negevwüste leuchteten Farbkleckse, wo die orangerote Sommerwurz blühte und Wintergräser hervorsprossen. Doch je weiter sie nach Süden kamen, immer abseits der stark kontrollierten Küstenrouten, um so heißer, steiniger und trockener wurde das Land. Die Landmarken wurden immer seltener, und Daniel wußte, daß sie bald nur noch die endlose Eintönigkeit der Wüste vor sich haben würden.

Heute nacht wollten sie versuchen, die türkisch-ägyptische Grenze zu überqueren, die offiziell (obwohl die Türken den Sinai noch als ihr Gebiet betrachteten) von Rafa an der Mittelmeerküste zum Roten Meer verlief. Sie hatten beschlossen, eine Route zu nehmen, von der Joe wußte, daß sie von Beduinen benutzt wurde, die Orangen aus Palästina an die Briten verkauften. Um Konfrontationen zu vermeiden, mußten sie sich ziemlich weit östlich von Kossaima halten auf einer Route, die unter dem Meeresspiegel lag und wo es folglich sehr heiß sein würde, wo es keine Dörfer und kein Wasser gab und, wenn sie Glück hatten, auch keine Minen.

Es war später Nachmittag, bald Zeit für eine Rast. Sie waren gut vorangekommen. Die türkische Armeepatrouille, der sie begegnet waren, hatte ihnen nur flüchtige Aufmerksamkeit geschenkt, was ihrem dürftigen Optimismus sehr gutgetan hatte. Noch brannte die Sonne mit unverminderter Heftigkeit auf sie nieder, aber sie näherte sich doch sichtlich dem Horizont, so daß sie bald von der Hitze erlöst sein würden. Nach Sonnenuntergang sank die Temperatur sofort.

Daniel zog am Kopfseil seines Kamels und drehte sich, seine Keffieh zurückschlagend, im Sattel um, um auf Joe zu warten. Joes Kamel war das schwierigere von den beiden und ging, als hätte es seine eigene Route im Kopf. Joe hatte sich als der erfahrenere Reiter bereit erklärt, es zu reiten, aber so sehr er es auch antrieb, es blieb mit seiner trägen Gangart ständig hinter Daniels willigerem Tier zurück. Joe schnalzte mit der Zunge, stieß mit den Fersen gegen die Schultern seines Kamels und bearbeitete es mit dem Stock, um Daniel einzuholen.

Daniel, der Joe beobachtete, wischte sich den Sand von Oberlippe und Kinn und fuhr sich mit der Zunge über die Lippen. Zunge und Kehle waren so trocken, daß er kaum sprechen konnte. »Wie weit noch?« würgte er hervor. Joe blinzelte mit schweißverklebten Wimpern und blickte auf den Kompaß, den er um den Hals trug. Der Kompaß und eine Taschenlampe waren die einzigen nicht-beduinengemäßen Ausrüstungsgegenstände, die sie sich gestatteten. Eine Landkarte war selbstverständlich nicht in Frage gekommen. Joe warf einen Blick nach vorn und deutete auf einen verkrüppelten Baum, der links am Horizont aufragte. Daniel schaute ihn fragend an. Entfernungen waren in dieser Öde unmöglich zu schätzen; manchmal schien der Horizont unendlich fern, manchmal so nah, daß man meinte, ihn berühren zu können. Daniel hatte längst aufgegeben, Entfernungen zu schätzen. »Eine Stunde, vielleicht zwei«, sagte Joe und trieb sein Kamel an.

Sie brauchten zwei Stunden bis zu der Stelle, die Joe als Rastplatz ausgesucht hatte. Es gab ein Wasserloch mit übelriechendem, brackigen Wasser, aber genügend Büsche, so daß die Kamele zu fressen hatten. Kamele kamen zwar wochenlang ohne Nahrung aus, aber sie waren besser gelaunt und besser auf Trab, wenn sie einmal am Tag zu fressen bekamen.

Die Männer stiegen ab und ließen die Kamele unter einer Tamariske niederknien. Das Licht war inzwischen fast völlig verblaßt, und die Wüste hatte den eigenartigen bläulichen Farbton angenommen, der sich stets in den ersten Nachtstunden ausbreitet und für das Auge des Wüstenreisenden eine große Wohltat ist, nachdem er stundenlang in blendender Helligkeit über gleißenden Sand geritten ist. Vorsichtig luden sie die Waffen und die schweren Wasserschläuche ab, die sie an die Äste eines Kapernstrauchs hängten. Mit Wasser ging man in diesem gnadenlosen Land nie sorglos um, und man behielt es stets in nächster Nähe. Gemeinsam packten sie Decken und Töpfe aus, die in den Satteltaschen verstaut waren, und legten die Packsättel zusammen mit den Gewehren sorgfältig unter einen Baum. Sie fesselten den Kamelen die Vorderfüße und ließen sie weiden. Erst dann erlaubten sie sich selbst eine Pause, und schließlich gewöhnten sich auch ihre Augen an das weiche, schwindende Licht.

Joe goß Wasser in zwei Näpfe und rührte mit einem Zweig etwas Mehl und Zucker hinein. Er reichte Daniel den einen Napf. Dann tranken sie schweigend und genossen das köstliche Getränk, das um vieles erfrischender war als klares Wasser. Sie blieben eine Weile still sitzen. Daniels Muskeln schmerzten von der ungewohnten Strapaze, die dieser Kamelritt für ihn darstellte, und er fühlte sich hundemüde. Doch er hatte nicht die Absicht, sich seine Erschöpfung anmerken zu lassen oder ihr gar nachzugeben.

Allmählich wurde die Luft feucht und kalt. Daniel wickelte sich in eine Decke und knipste kurz die Taschenlampe an, um zu sehen, ob die Kamele noch in der Nähe waren. Joe reichte ihm eine Zigarette, und nachdem sich jeder eine angezündet hatte, rauchten sie genüßlich die ersten Züge. Dann unterhielten sie sich eine Weile über alle möglichen Dinge, nur nicht über das, was ihre Gedanken am meisten beschäftigte.

»Ich werde mal nach Lagerfeuern ausschauen«, sagte Joe nach einer Weile und rappelte sich mühsam auf die Füße. »Hol du die Kamele und laß sie sich hinlegen, willst du? Ich hab' keine Lust, im Dunkeln nach ihnen zu suchen.« Und damit ging er.

Der Mond stand sehr tief und würde in wenigen Stunden untergehen. Sie würden die Dunkelheit brauchen, doch jetzt wollte er erst einmal feststellen, wo genau sie sich befanden. Joe fand eine Bodenerhebung, von der aus er ringsum einen freien Blick hatte. In weiter Ferne zeichnete sich ein orangefarbener, schwach glühender Punkt vor dem Nachthimmel ab. Er bestimmte die Position mit dem Kompaß und ging zurück zu Daniel, der gerade das zweite Kamel unter dem Baum niederknien ließ.

»Genau auf Kurs«, sagte Joe mit zufriedener Stimme, und Daniel blickte mit einem müden Lächeln auf. Joe holte auf einer Schnur aufgezogene getrocknete Datteln aus den Satteltaschen und gab Daniel eine Handvoll, der sich neben ihm auf einer Decke niederließ. Schweigend genossen sie die süßen Früchte. »Wir sollten so gegen ein Uhr aufbrechen«, sagte er dann, und Daniel nickte. Bis dahin würde der Mond gerade noch hell genug scheinen, so daß sie ihren Weg finden würden ohne allzu große Gefahr, sich zu verraten.

Daniel steckte die restlichen Datteln in seine Tasche. Er hüllte sich in seine Decke, legte sich auf den Rücken und schloß die Augen. Plötzlich krachte es. Erschrocken fuhren die beiden Männer auf und starrten in die Dunkelheit. Es donnerte, und Sekunden später zuckten metallisch gelbe Blitze über den Himmel. Knapp eine Minute später war das Gewitter vorbei — ebenso schnell wie es gekommen war, und die Männer legten sich wieder hin. Beide kämpften gegen die Erschöpfung, die sie zu übermannen drohte.

Daniel mußte eingeschlafen sein, denn das nächste, was er wußte, war, daß Joe ihn rüttelte und flüsterte: »Komm, wach auf. Sattle dein Kamel und steig auf. Es ist Zeit weiterzuziehen — nach Ägypten.«

Daniel stöhnte, als er sich gewaltsam aus dem Schlaf riß.

Dann sattelten sie rasch die Kamele, die unwillig grunzten, weil sie mitten in der Nacht gestört wurden. Bevor sie aufsaßen, ergriff Joe Daniels Arm. »Viel Glück!« sagte er lächelnd. »Das ist alles, was wir jetzt brauchen.«

Daniel schüttelte Joe die Hand und grinste. »Viel Glück, Joe.«

Joe ging zu seinem Kamel. Als er davor stand, wandte er sich noch einmal an Daniel: »Sei so gut und stell dich auf seine Vorderfüße, während ich aufsteige. Das Biest steht jedesmal auf, noch bevor ich richtig draufsitze.«

Schwerfällig stapften die Kamele durch den Sand. Das leise Knirschen unter ihren umwickelten Hufen war weit und breit das einzige Geräusch. Joe und Daniel blickten gespannt in die düstere Landschaft. Sie waren sich der Gefahr, in der sie sich befanden, voll bewußt, und das Adrenalin jagte durch ihren Körper, während sie ständig ihre Kamele antrieben und in Abständen anhielten, damit Joe auf dem Kompaß die Richtung überprüfen konnte.

Plötzlich blieb Daniels Kamel stehen, und Joe, der auf seinem Tier unmittelbar folgte, hörte Daniel leise fluchen. »Was ist los?« flüsterte er und lenkte sein Kamel neben das von Daniel.

»Stacheldraht! Diese verdammten Deutschen! Hol's der Teufel! Die Türken hätten sich nie die Mühe gemacht!«

Düster blickte er auf die dicke Stacheldrahtsperre, die sich in beide Richtungen erstreckte. Dann sahen sie sich ausdruckslos an.

Joe dirigierte den Kopf seines Kamels in Richtung Osten und sagte voller Optimismus, obwohl ihm nicht danach war: »Er kann sich nicht durch die ganze Wüste ziehen. Komm, wir versuchen es weiter östlich.«

Joes Optimismus erwies sich als berechtigt. Eine Stunde später — sie hatten allmählich schon befürchtet, daß sie noch mehr Zeit verlieren würden — gelangten sie zu einer Schlucht, wo die Stacheldrahtmauer abrupt endete. Beide

Männer seufzten erleichtert auf. Der Kalkfels in der Schlucht bedeutete, daß es hier nahezu unmöglich war, Minen zu legen, so daß sie von nun an wenigstens davor sicher wären.

Ihre Tiere glitten auf der bröckeligen oberen Felsschicht immer wieder aus und traten kleine Steinlawinen ab, die in die Schlucht polterten. Langsam durchquerten sie die Rinne und machten anschließend eine Pause, um einen Schluck zu trinken. Erschöpft und mit einem Gefühl im Mund, als hätten sie Kreide gegessen, tranken sie gierig aus dem Ziegenfellschlauch. Das Wasser war ölig und schmeckte nach Ziege, aber sie beklagten sich nicht. Im Gegenteil, für sie war das kühle Naß in ihrem Mund so erfrischend und köstlich wie Nektar. Am Horizont zeigte sich ein Hauch von Rot. Nie war ihnen ein Sonnenaufgang willkommener gewesen.

»Einen Morgen der Güte, Bruder«, sagte Daniel auf arabisch zu Joe.

»Einen Morgen des Lichts«, antwortete Joe, und dann ritten sie weiter, der aufgehenden Sonne entgegen, die den Himmel karmesinrot und orange, gelb und türkis erstrahlen ließ. Beide schöpften mit einemmal neue Hoffnung. Mit ein wenig Glück war jetzt nur noch die Wüste ihr Feind.

Die nächsten Stunden vergingen wie in einem Vakuum. Sie wechselten kein einziges Wort. Eingelullt vom wiegenden Gang der Kamele, zogen sie durch die beinahe konturenlose Wüste Sinai. Sie legten Meile um Meile zurück, ohne daß sich ringsum etwas veränderte. Nichts erfreute oder erschreckte sie, bis Joe etwas Verdächtiges hörte und sich umdrehte. Acht Kamelreiter waren hinter ihnen. Sie hatten kleine, schnelle Kamele, und als sie näher kamen, war klar zu erkennen, daß es sich um Beduinen handelte. Obwohl sie selbst als Beduinen verkleidet waren, witterte Joe Gefahr. Als sich einer der Männer aus der Gruppe löste und sein Tier zum Galopp antrieb, tasteten sowohl Joe als auch Daniel nach ihren Waffen. Der Mann kam dicht heran und brachte sein Tier vor ihnen unsanft zum Stehen. Er hatte ein gemeines, hinterhältiges Gesicht und begrüßte sie keineswegs mit der Freundlichkeit, die sie von einem Beduinen hätten erwarten können.

»Wo wollt ihr hin?« fragte er aggressiv.

»Nach Hassana«, antwortete Joe ebenso unfreundlich.

»Warum nehmt ihr dann diesen Weg? Die Brunnen sind trocken. Es gibt kein Wasser.«

Joe würdigte ihn keiner Antwort, sondern blickte ihn nur finster an, was dem Beduinen eine Warnung sein sollte. Daraufhin schien der Mann seine Taktik zu ändern. Als er wieder sprach, klang seine Stimme weniger frostig.

»Von welchem Stamm seid ihr?« fragte er, und seinen Augen entging nichts, als er die Kamele, die Satteltaschen und die Gewehre betrachtete.

»Ikaban.«

»Vielleicht seid ihr hier, um für die Türken zu spionieren?«

Daniel lachte grimmig über diese Ironie, und Joe grinste gefährlich, während seine Finger nach dem Griff der Pistole tasteten, die er versteckt unter seinem weiten Hemd trug.

Die Männer sahen sich an, und einen Moment lang schien es, als wollte keiner zurückweichen. Daniel hatte ebenfalls seine Pistole in der Hand und war bereit, jeden Moment zu schießen. Aber der Beduine drehte den Kopf seines Kamels in die Richtung seiner Männer, die etliche Meter entfernt auf ihn warteten. »Geht in Frieden«, sagte er und ritt davon.

»Zur Hölle mit euch«, erwiderte Joe unhörbar, während er zusah, wie sie davonritten.

»Ich schätze, das sind Banditen«, sagte Daniel und ritt wieder an.

»Das glaube ich auch«, sagte Joe voller Unbehagen. »Er hatte es eindeutig auf unsere Kamele abgesehen.«

»Dann sollten wir auf der Hut bleiben, obwohl sie sich

anscheinend trollen«, sagte Daniel und schaute den Beduinen nach, die hinter ihnen nach Norden ritten.

Während der nächsten Stunden schauten sie ständig nach den Banditen aus, doch als sie bis zum Mittag nicht wieder auftauchten, war klar, daß die Beduinen auf einen Angriff verzichtet hatten. Das Land bot keinerlei Deckung, und ihr Anführer mußte gesehen haben, daß sie gut bewaffnet waren.

Der Tag zog sich hin in mörderischer Hitze und eintöniger Wüstenlandschaft. Daniel fiel es zunehmend schwerer, seine Gedanken beisammenzuhalten. Die Mattigkeit, die sich bei ihm gegen Mittag einstellte − der Dämon der Mittagszeit, wie man hier sagte −, wurde immer schlimmer. Seine Gedanken gingen völlig eigene Wege. Minutenlang herrschte ein völliger Wirrwarr in seinem Kopf, und dann ertappte er sich dabei, völlig klar über philosophische Fragen nachzudenken.

Daniel war sich halbwegs bewußt, was mit ihm vor sich ging, doch er war nicht imstande, etwas dagegen zu tun. Unter normalen Umständen wird das Denken ständig durch die Umgebung gestört und beeinflußt. Dort draußen in der unverändert gleichen Wildnis mit einem völlig leeren Horizont, ohne eine Möglichkeit, Entfernungen zu schätzen, und mit nichts anderem als ein paar lächerlichen Büschen, an denen sich das Auge festhalten kann, ist der Verstand nur auf sich selbst angewiesen. Einerseits befreit dieses Nichts die Gedanken des Reisenden, andererseits verführt es ihn und zieht ihn unwiderstehlich in die Leere der Wüste. Die Zeit lief immer langsamer ab, bis sie stehenblieb und Daniels Verstand in einen hoffnungslos verwirrten Zustand versetzte.

Aber er würde auch damit zurechtkommen. Er würde überleben. Dies war das Land, in dem seine Vorfahren gelebt hatten und stark geworden waren. Es war das Land der Genesis, in dem sein Volk vor Jahrhunderten von den

Ägyptern zum erstenmal in die Sklaverei gezwungen wurde. Hier draußen in der Wüste konnte er sich zum erstenmal in seinem Leben eins fühlen mit seinen Vorfahren, mit Abraham und Isaak und Jakob. Vielleicht hatte Sara recht gehabt, als sie sagte, daß er in einer anderen Religionsgemeinschaft Priester geworden wäre. Wie nah war ihm doch jetzt die Vergangenheit seines Volkes! Wie nah war er seinem Gott! Es war so leicht in dieser gewaltigen Wildnis, sich in die Allmacht Gottes zu fügen. Sie war nicht zu bezwingen. Um sie zu besiegen, müßte man kämpfen, aber es gab keinen Kampf in dieser grausamen Umgebung. Hier war der Thron Allahs. Kein fruchtbarer Boden hätte den alles hinnehmenden Glauben des Islam hervorbringen können — diesen Glauben, der keine Zweifel, keine große Gedanken erforderte, sondern nur eines verlangte: anzuerkennen, daß es keinen Gott gibt außer Gott und daß Mohammed sein Prophet ist. Im Islam ist Leiden eine Lust, und die wahre Erfüllung kommt nur aus der Enthaltung. Er ist eine Religion für das Leben in der Wüste.

Und wie wundervoll ist es, nach einem Leben in dieser trostlosen Hölle zu sterben. »Dort werden Flüsse von reinstem Wasser und ewig frischer Milch fließen, Flüsse köstlichen Weins und klarsten Honigs.« Das Paradies des Korans war in der Tat süß: Honig, Wein, Milch und Wasser.

Wasser. Er hatte Durst. War es sein zweiter oder sein dritter Durst? Wenn man vor dem dritten Durst trank, wurde man unersättlich. Er konnte sich nicht entsinnen. Mit äußerster Anstrengung zwang er seine Gedanken in die Gegenwart und zog am Kopfseil des Kamels, damit es wartete, bis Joe ihn eingeholt hatte. Erst jetzt bemerkte er den Wind, der den Sand in kleinen Böen über den Wüstenboden fegte. Der Himmel hatte sich gelb verfärbt. Die Sonne war nur noch eine blasse Scheibe. Eine unheilvolle Stimmung war aufgezogen, und als Joe Daniel erreichte, drängten sich die Kamele dicht aneinander.

Joe war wegen des Wetters ziemlich beunruhigt. »Ich fürchte, wir bekommen einen Sandsturm«, sagte er.

Daniel brauchte eine Weile, um zu begreifen, was Joe gesagt hatte. »Was tun wir?« fragte er, gegen seine Erschöpfung ankämpfend.

Joe sah sich rasch um und wies nach vorn, wo das flache Land in wellige Dünen überging. Ein paar Dornbüsche dort konnten vielleicht etwas Schutz bieten. »Ich schlage vor, wir halten uns an diese Büsche«, sagte er. »Sie sind besser als nichts. Aber wir sollten uns beeilen.«

Die Kamele kannten die Gefahren des Standsturms. Sie waren störrisch und kaum zu lenken, weil sie versuchten, ihre Kehrseite dem Wind zuzuwenden. Der Wind erhob sich und mit ihm die Wüste. Ihre normalerweise so ruhige Oberfläche wirbelte und tanzte um die Füße der Kamele. Die Männer wickelten die Kopftücher fest um ihre Gesichter, um sich vor dem schneidend scharfen Sand zu schützen. Als sie noch ungefähr fünfhundert Meter von den Büschen entfernt waren, wurden die Böen heftiger. Staubwolken stiegen auf und tanzten und heulten wie gespenstische Dschinnen; andere schraubten sich empor wie die heiligen Wolkensäulen, die die Israeliten einst aus der Wildnis geführt hatten. Es war furchteinflößend und phantastisch zugleich.

Joe blickte angestrengt nach vorn. Nur noch vierhundert Meter. Dann sah er aus dem Augenwinkel, wie sich etwas bewegte. Er erinnerte sich an die Beduinen, die sie am Vormittag getroffen hatten, und schrie Daniel eine Warnung zu, aber seine Stimme wurde übertönt von einer Gewehrsalve, die das Geheul des Windes durchbrach. Ein Schlag gegen sein Bein, der ihn rücklings auf sein Kamel warf, sagte ihm, daß er getroffen war. Vor sich sah er Daniel im Sattel zusammensacken und langsam zu Boden gleiten. »O Gott, nein!« stöhnte Joe, als Daniels Kamel erschreckt davongaloppierte.

Eine zweite Salve krachte, ging aber ein gutes Stück über

seinen Kopf hinweg — mit Absicht, davon war Joe überzeugt. Diese Männer wußten, was sie taten. Sie wollten vor allem die Kamele nicht verletzen. Verzweifelt sah er sich um. Seine Lage bot ihm nicht den geringsten Vorteil. Er war so ungeschützt wie eine Wespe im Bienenstock.

In Sekundenschnelle traf er seine Entscheidung. Er zog sein Messer aus dem Gürtel, durchschnitt die Riemen, an denen die Wasserschläuche am Sattel hingen und sprang hinter ihnen her auf den Boden, wobei er mit einer Hand das Führseil des Kamels festhielt und mit der anderen nach dem Gewehr griff. Zwei Dinge sind es, ohne die ein Mensch in der Wüste nicht überleben kann — Wasser und ein Kamel. Aus dem Augenwinkel sah er, daß sich Daniel bewegte. Er war also nicht tot. Gott sei Dank. Der Schmerz in seinem Bein ließ ihn schier ohnmächtig werden, doch Joe biß die Zähne zusammen und konzentrierte sich auf seine Gegner. Nach den Schüssen zu urteilen waren es ungefähr sechs. Es hatte keinen Sinn, sich gegen sie zu wehren. Seine einzige Chance bestand darin, das zweite Kamel laufen zu lassen und zu hoffen, daß sie damit zufrieden waren. Sie mußten den Tieren folgen, bevor der Sturm stärker wurde, und er und Daniel wären sicher, wenn es nur die Kamele waren, die sie haben wollten. Er hatte keine andere Wahl, als das Tier freizulassen. Er schlug ihm mit dem Strick über die Keulen, und das Kamel galoppierte davon, hinein in den Sandsturm.

Joe ließ sich auf den Bauch fallen und blickte über sein Gewehr hinweg durch den Sandnebel. Wenn sie kämen, um ihn zu töten, würde er wenigstens ein paar von ihnen mitnehmen. Er sah sich nach Daniel um, der fünfzig Meter weiter lag. Der Sand begann bereits, sich rings um ihn aufzuhäufen. Ich muß da hinüber, dachte Joe. Wenn er nicht schon tot ist, wird ihn der Sand ersticken.

Er wartete noch einen Augenblick. Dann bewegte er sich langsam, auf dem Bauch kriechend und die Wasserschläuche sowie das Gewehr nachziehend, auf Daniel zu. Es war nichts zu hören außer dem Geräusch des pfeifenden Winds, der Joe den Sand in die Augen trieb, während er mühevoll und unter Schmerzen über den Boden kroch. Er war jetzt überzeugt, daß die Kameldiebe hinter ihrer Beute herjagten und kein weiterer Angriff von ihnen zu befürchten war.

Joe richtete sich auf. Von den Beduinen war nichts zu sehen. Sein Bein tat höllisch weh. Er stemmte sich gegen den Wind und erreichte taumelnd vor Schmerz die Stelle, wo Daniel lag. Joe ließ sich neben ihm in den Sand fallen, der sich bereits gut dreißig Zentimeter zu Daniels Seiten angehäuft hatte. Daniels Gesicht war noch frei, und als Joe ihn anredete, öffnete Daniel die Augen.

Dann sah Joe die klaffende Wunde an Daniels Brust. Lieber Gott, steh uns bei! betete Joe, als er Daniels Hand nahm und ihm in die Augen blickte. »Ich will mal versuchen, zu den Dünen da drüben zu kommen. Ist es sehr schlimm?« Daniel schüttelte den Kopf, aber er konnte nicht sprechen.

Joe riß von seiner Keffieh einen Streifen ab, den er um Daniels Brust wickelte. Mit einem zweiten Streifen verband er sein Bein, doch das Blut sickerte sofort durch den dünnen Stoff.

»Wasser«, flüsterte Daniel. »Wasser.«

Joe zögerte. Er haßte sich für seine Gedanken, aber niemand konnte eine solche Verwundung überleben. Wenn nicht sehr schnell Hilfe kam, war Daniel ein toter Mann. Dann öffnete er den Wasserschlauch und hielt ihn Daniel an die Lippen. Daniel würgte und verschluckte sich in seiner Hast, doch Joe wartete geduldig, bis er getrunken hatte. Dann verschloß er den Schlauch sorgfältig, befestigte ihn an seinem Gürtel und versuchte, sein schmerzendes Bein zu ignorieren und sich gegen den tobenden Wind aufzurichten. Er packte Daniel unter den Achseln und zog ihn zu den Dünen. Er hätte nie geglaubt, daß er über solche Kraftreserven verfügte. Der Atem brannte wie Feuer in seiner Brust und ihm wurde schwarz vor den Augen, als er die Dünen erreichte und Daniel in den Windschatten einer Anhöhe legte, die ihnen, obwohl sie nur klein war, doch lebenswichtigen Schutz bieten würde. Der Sturm hatte eine verheerende Stärke erreicht; er heulte und wirbelte den Sand wie gelbe Nebelschleier vor sich her. Obwohl sie im Schutz der Düne lagen, häufte sich der Sand ringsum und drohte, sie zu begraben. Joe schaufelte ihn mit den Händen weg, so schnell er konnte, doch der Wind wehte noch schneller alles wieder zu.

Plötzlich legte sich der Wind, und alles war still. Nichts deutete darauf hin, daß Sekunden zuvor ein gewaltiger Sturm durch die Wüste gefegt war. Ein paar Sandkörner schwebten hernieder und mischten sich mit dem Sand der Wüste.

Joe setzte sich auf und grub die Wasserschläuche aus. Zu seinem Entsetzen stellte er fest, daß der eine leckte. Er hatte ihn wahrscheinlich beschädigt, als er ihn vom Kamelsattel abschnitt. Er war nahezu leer. In panischer Angst grub er nach dem zweiten Wasserschlauch. Er hielt den Atem an, bis er mit einem Seufzer der Erleichterung feststellte, daß der zweite unversehrt war.

Er zog die Keffieh von Daniels Gesicht. Daniel war kreidebleich. Er schwitzte und konnte nur mühsam atmen. Joe goß etwas Wasser in seine Hand und hielt sie an Daniels Mund. Er nahm Daniels Hand und drückte sie, um ihm etwas Zuversicht und Kraft zu geben. Die Wunde blutete wieder. Der dunkle Fleck auf Daniels Brust hatte sich schon bis zu seinem Bauch ausgebreitet.

Daniel öffnete die Augen und flüsterte. »Es ist schlimm, nicht wahr?«

Joe nickte und wandte den Blick ab.

»Ich krieg' keine Luft«, keuchte Daniel.

Vorsichtig schob Joe den Sand unter Daniels Kopf zu einem Kissen zusammen, woraufhin Daniel leichter zu atmen schien. »Nimm den Code aus meiner Tasche«, stieß er hervor, und Joe nahm wortlos die Blechschachtel mit den handgedrehten Zigaretten aus Daniels Tasche und steckte sie ein.

Dann blickte er wieder in Daniels Gesicht. Zu seiner Überraschung entdeckte er keine Angst in Daniels Augen, sondern sogar die Spur eines Lächelns. »Sieht aus, als müßtest du ohne mich gehen«, sagte er mühsam und lag ganz still.

Joe wandte sich ab, um die Tränen zu verbergen, die ihm zu seiner Überraschung in die Augen schossen. Schweigend nahm er Daniels Hand in der Hoffnung, daß ihn der Kontakt mit einem Menschen vielleicht tröstete.

Daniels Gedanken wanderten wie in der großen Hitze vor dem Sandsturm, aber auf angenehmere Weise. Glücklich der Jude, der das Gelobte Land gesehen hat, der die Luft von Israel und Judäa geatmet hat. Glücklich der Jude, dessen Gebeine bei seinen Vorfahren liegen werden, begraben im Sand der Halbinsel Sinai, die sie einst mit Moses durchquert hatten. Dann bäumte er sich kurz auf. Es gibt noch so vieles zu tun — jetzt ist nicht die Zeit zu sterben . . . ich habe keine Zeit mehr . . . O Sara . . . O Zion . . .

Sara saß am Fenster und starrte hinaus. Meer und Himmel bildeten einen grauen Vorhang, der die ganze Welt zu verhängen schien. Ein heftiger Wind blies von der See herein, zerrte und rüttelte an den Bäumen und prallte wie ein Rammbock gegen die Mauern der Forschungsstation. Seit drei Tagen regnete es beinahe wolkenbruchartig, und ein Ende der Regenfälle war nicht abzusehen. Selbst wenn das Schiff dort draußen lag, war bei diesem Seegang eine Landung in Atlit unmöglich. Trotzdem ließ Sara die unheimliche graue See vor dem Fenster des Arbeitszimmers nicht aus den Augen.

Es war bereits später Nachmittag. Bald würde es dunkel werden. Vielleicht konnte sie sich dann von ihrem Platz am Fenster trennen und sich dazu aufraffen, etwas Konstruktives zu tun. Außerdem würde sie erfrieren, wenn sie sich nicht bald Bewegung verschaffte, denn zu allem Überfluß war es auch bitterkalt. Seit Stunden saß Sara, eingehüllt in Decken und Schals, hier vor dem Fenster, hielt Ausschau nach dem Schiff und hing ihren Gedanken nach.

Es gab so vieles, was ihr Sorgen machte; manchmal dachte sie, die Sorgen wüchsen ihr über den Kopf. Sie wußte nicht, ob sie noch einen weiteren Monat überleben konnten, wenn ihre Hoffnungen wieder enttäuscht wurden. Sie machte sich Sorgen wegen Daniel und Joe, und sie machte sich die größten Vorwürfe, weil sie nicht energisch genug gegen den Alleingang der beiden gekämpft hatte.

Vor drei Tagen hatte sie seit Monaten zum erstenmal wieder Post bekommen. Mehrere Briefe waren gleichzeitig eingetroffen — einige aus Amerika, einer von Aaron aus Deutschland, in dem er schrieb, er sei auf dem Sprung nach Dänemark, um sich mit einigen Kollegen zu treffen, und einer aus der Türkei. Sara hatte den türkischen Brief als letzten geöffnet. Die Schrift kam ihr bekannt vor, aber es war nicht die von Chaim. Sie sah aus wie die Schrift von jemand, der nicht oft zur Feder greift, und als Sara auf die Unterschrift am Ende blickte, stellte sie überrascht fest, daß sie von Irene stammte.

Sie hatte in den vergangenen Monaten kaum einmal an Irene gedacht. Die alte Haushälterin war ebenso wie die unglückliche Zeit ihrer Ehe völlig in den Hintergrund ihres Gedächtnisses gerückt. Sie hatten sich seit Saras Abreise aus Konstantinopel kein einziges Mal geschrieben. Leicht verwirrt begann Sara zu lesen, und erst, als sie den Brief das zweite Mal las, begriff sie seine volle Bedeutung. Irene bat um die Erlaubnis, im Haus des armen Herrn Cohen bleiben zu dürfen, bis es die Umstände ermöglichten, daß Frau Cohen nach Hause käme, um die Angelegenheiten ihres Gatten zu regeln.

Chaim war tot. Wie oder warum er gestorben war, ging aus dem Brief nicht hervor. Vermutlich waren schon vor Monaten Briefe an sie abgegangen, die sie nie erreicht hatten. Aaron hatte Chaim vor vier Monaten gesehen, aber nichts von einer Krankheit oder dergleichen erwähnt, so daß Sara nur hoffen konnte, daß Chaim ein rascher und schmerzloser Tod ereilt hatte.

Sara hatte sich gewundert, daß sie bei der Nachricht zuerst an Chaim gedacht hatte und nicht an Daniel und sich. Sie hatte Tränen vergossen für ihren Mann; sie hatte gewünscht, sie wäre ihm eine bessere Frau gewesen, und sie hatte sich seine guten Seiten ins Gedächtnis gerufen. Sie wären zwar nie glücklich miteinander geworden, das wußte sie, aber sie war daran ebenso schuld wie Chaim. Ihr Fehler war es, daß sie ihn überhaupt geheiratet hatte.

Die Nachricht von Chaims Tod hatte zur Folge, daß Sara genauer über ihre Beziehung zu Daniel nachdachte. Sie war jetzt Witwe und konnte wieder heiraten. Aber wollte sie Daniel heute immer noch heiraten? Sie erinnerte sich, wie hingerissen sie war, als sie Daniel zum erstenmal sah, wie er in den Hof von Zichron geritten kam. Sie erinnerte sich, wie sie oben auf dem Hügel standen und auf Galiläa hinausblickten, und wie ihr Herz zu zerreißen drohte, als er ihr sagte, daß er Palästina verlassen würde. Sie sah ganz klar, daß ihre Beziehung nur für ihn ausgewogen und harmonisch war. Er war es, der immer wieder fortging, der von Opfern sprach und dessen Liebe zu ihr stets hinter seiner größeren Liebe zu Israel und Zion nachhinkte. Und zum erstenmal tat ihr diese Erkenntnis nicht weh. Ihre Liebe zu ihm hatte sich verändert. Sie liebte ihn noch immer, aber die Leidenschaft war erschöpft. Ihre Liebe zu ihm hatte sich zu einer tiefen bleibenden Zuneigung gewandelt, die nichts mehr zu tun hatte mit kindlicher Verliebtheit und den sexuellen Sehnsüchten einer Heranwachsenden. Aus Trotz hatte sie Chaim geheiratet, und sie hatte ihn ebenso rücksichtslos verlassen. Heute verstand sie, daß Chaim ihre Liebe gebraucht hätte. Und sie hatte ihn nur benutzt, um Daniel zu quälen.

Wie furchtbar dumm war sie gewesen — wie unglaublich dumm und eigensüchtig. Sie hatte versucht, das Schicksal nach ihren kindischen Plänen zu lenken, und dabei nur den Menschen, die ihr am nächsten standen, geschadet. Und nun stand sie allein — ohne Daniel, ohne Aaron. Selbst Chaim konnte ihr nicht mehr helfen. Sie war allein gelassen mit ihren Gedanken und der schwindenden Hoffnung, daß das Schiff vielleicht doch noch kommen würde.

Sie starrte hinaus in die zunehmende Dunkelheit. Das Wetter hatte kein Erbarmen — eine Landung kam nicht in Frage. Und morgen war kein Neumond mehr. Ihr letzter Hoffnungsfunke verlöschte, und sie ließ den Kopf in die Hände sinken. Nun mußten sie eben einen weiteren Monat ausharren. Und sie mußte zugeben, daß Daniel und Joe recht hatten, als sie beschlossen, sich jetzt nach Ägypten durchzuschlagen. Sie saß im dunklen Zimmer und brütete vor sich hin. Sie fühlte sich ausgelaugt und war mit sich ebenso unzufrieden wie mit all den abwesenden Männern.

Joe kniff die entzündeten Augen zusammen und starrte auf das gelb aufblitzende Licht am Horizont. War es Sonnenaufgang oder Sonnenuntergang? Er rang um einen klaren Gedanken, während die Stille der Wüste in seinen Ohren dröhnte. Aber was es auch war — er mußte sich ausruhen. Er wollte es bis zu einem Baum schaffen, nicht weit entfernt, und eine Weile ausruhen. Zumindest hoffte er, daß es nicht mehr weit bis zu dem Baum war. Auf seine Augen war kein Verlaß mehr — weder auf die Augen noch auf den Kompaß. Irgend etwas stimmte nicht damit, das wußte er genau. In dieser Richtung konnte nicht Norden sein — nicht, wenn es jetzt Morgen war. Oder war es doch Abend?

Völlig verwirrt taumelte er auf den Baum zu. Nur der brennende Schmerz in seinem Bein hielt ihn bei Bewußtsein. Erst als er den Baum erreichte, sah er den riesigen Geier, der auf einem der oberen Äste hockte und siegesgewiß zu ihm herabblickte. Joe lächelte gequält. Er brauchte keinen Geier, um zu wissen, daß dies wahrscheinlich sein letzter Tag sein würde — oder seine letzte Nacht — und daß sich die Aasfresser bald um ihn streiten würden.

Wie lang schleppte er sich schon durch diese gewaltige Wüste, durch dieses Meer, das einst in vorgeschichtlicher Zeit vertrocknet war und keinen Tropfen Wasser übriggelassen hatte, um ihn zu retten? Tagelang? Wochenlang? Einen Monat? Er wußte nur eines genau, als er den Wasserschlauch befühlte: Das war sein letzter Schluck Wasser.

Mit zitternden Händen hob er den Schlauch und goß sich das stinkende, fettige Wasser Tropfen für Tropfen in den Mund. Er saugte den Wasserschlauch aus und lächelte benommen. »Chateau Lafitte 1906«, murmelte er trotz seiner aufgesprungenen, geschwollenen Lippen.

Er richtete die Augen wieder auf den Horizont, und erleichtert erkannte er jetzt, welche Tageszeit es war. Es war Abend, Sonnenuntergang. Eine Handvoll Sterne tauchten am Himmel auf, und die untergehende Sonne veranstaltete eine phantastische Show und hißte Fahnen und wehende Bänder in leuchtendem Rot, Rosa und fließendem Gold vor dem türkis- und lapislazuliblauen Himmel. Nie hatte Joe etwas Schöneres gesehen . . . ausgenommen vielleicht Sara. Sein müdes Gehirn entspannte sich bei diesem absonderlichen Einfall, und während sein äußeres Auge den prachtvollen Sonnenuntergang wahrnahm, sah er vor seinem inneren Auge Sara, ihre länglichen Augen, blau wie das Azur des Himmels, ihr üppiges, in Wellen herabfallendes Haar, das in allen Regenbogenfarben leuchtete, golden, rot, blau, grün . . .

Joe fuhr erschrocken hoch. Panische Angst saß ihm im Nacken. Er starrte in die Nacht und erkannte die grotesken Umrisse des Geiers, der, vom Blutgeruch seiner Wunde angelockt, nur noch einen halben Meter von ihm entfernt hockte. Die Angst verlieh Joe neue Kraft. Fast mühelos war er auf den Beinen. Und er war hellwach. Der Geier hüpfte flügelschlagend in sichere Entfernung.

Der Himmel war jetzt, nachdem das letzte Licht am Horizont verlöscht war, tiefblau. Die kühle Nacht würde Joe helfen, zu überleben. Er hatte nicht die Absicht zu sterben — noch nicht. Hinter dem Baum entdeckte er ein paar Büsche, die er zuvor in seinem halb bewußtlosen Zustand nicht bemerkt hatte. Er kroch zu ihnen hin, holte sich einige dürre Äste und leichtes Gestrüpp und breitete sie auf einer Fläche aus, die ungefähr seiner Körpergröße entsprach. Als er genügend Gestrüpp aufgeschichtet hatte, zündete er es an und wartete, bis das Feuer niedergebrannt war. Dann bedeckte er die Glut mit Sand. Das Feuer würde unter dem Sand weiterschwelen und ihm während der Nacht sein Lager wärmen.

Er überlegte, ob er sich vielleicht in der Nähe eines Wadi, eines ausgetrockneten Flußbettes, befand. Möglicherweise funktionierte sein Kompaß ja doch. Der Kompaß stimmt immer, der Kompaß stimmt immer, DER KOMPASS STIMMT IMMER. Er betete sich die Worte vor wie eine Litanei, während er ein paar Schritte vom Baum entfernt mit den Händen eine Grube ausschaufelte, ein paar Hände voll Akazienblätter, die er von dem Baum abgerissen hatte, hineinlegte und den silbernen Becher seiner längst leeren Brandyflasche in die Grube stellte. Dann legte er den leeren Wasserschlauch darüber und suchte auf dem Boden unter dem Baum, bis er einen kleinen Stein fand, mit dem er in den Schlauch über dem Becher eine Vertiefung drückte.

Diese Vorbereitungen für die Nacht kosteten ihn eine ungeheure körperliche Anstrengung. Völlig erschöpft kroch er zu seinem Lager, dankbar für die Wärme, die ihn durchdrang, während die Nachtluft kühl wurde. Bevor er in einen schweren, todesähnlichen Schlaf sank, befiel ihn wieder die schreckliche Einsamkeit, die sich wie eine Glocke über ihn stülpte, seit er Daniel begraben hatte.

Es war kurz vor Mitternacht, als das Ruderboot auf dem dunklen Wasser schlingernd und schwankend die Bucht erreichte. Paul konnte in der Dunkelheit gerade noch die Umrisse der vor ihm aufragenden Festung erkennen. Zumindest hoffte er, daß es die Kreuzfahrerfestung bei Atlit war und nicht die römischen Ruinen von Caesarea. Noch zwei Ruderschläge, und er konnte die plattenförmigen Felsen sehen: Gottlob, es war Atlit.

Das Meer war wesentlich ruhiger, als es während der ganzen Fahrt gewesen war. Zwei Tage lang hatten sie in Famagusta gewartet, daß sich der Sturm legte. Schließlich hatte Paul, der unter allen Umständen nach Atlit wollte, den Kapitän überredet, auszulaufen und das Risiko zu wagen. Doch jetzt, als ihm der eiskalte Wind fast die Seele aus dem Leib blies und die Wellen viel größer waren, als sie ihm vom Schiff aus zu sein schienen, fühlte Paul sein Herz laut und ängstlich schlagen. Die Seeleute pullten und pullten. Mit jedem Schlag rückte das Ufer näher, aber für Paul war es noch immer zu weit entfernt.

»Vergiß deine Sorgen«, sagte Calib, der christliche Araber, der ihn im Ruderboot begleitete. »Spann deine Muskeln an, dann laß locker — du wirst sehen, das hilft.«

»Das ist gar nicht so leicht, denn ich habe eine Menge Sorgen«, sagte Paul düster, während er in die Dunkelheit blickte, die rings um das Boot wogte bis hinüber zum Ufer, das immer noch schrecklich weit entfernt schien.

»Bereit zum Absprung?« hörte er Calibs Stimme. Pauls Herz schlug noch schneller. Bevor er antwortete, tastete er unter der Wolldecke nach dem in Ölhaut eingeschlagenen

Paket, das er um die Taille geschnallt trug. Es schien festzu-
sitzen.

»Ich will's mal versuchen«, sagte er, bemüht, unbe-
schwert zu klingen.

Calib klopfte ihm auf den Rücken. »Du bist ein tapferer
Mann, Mr. Paul.«

Tapferkeit hat nichts damit zu tun, dachte Paul. Nach allem, was Aaron und er in Kairo mitgemacht hatten, hätte er
mehr Tapferkeit aufbringen müssen, zurückzufahren und
Aaron gegenüberzutreten, ohne den Versuch einer Landung gewagt zu haben. Er legte die Decke beiseite. »Bleibt
noch ein bißchen in der Nähe, wenn ihr könnt – nur für den
Fall«, sagte er. »Wo ist der verdammte Whisky?« Ein Seemann reichte ihm stumm die angebrochene Flasche, die
Paul in einem Zug leerte. Er erstickte beinahe, als der Alkohol wie Feuer durch seine Kehle rann; doch im Magen
angekommen, verbreitete er angenehme Wärme. »Viel
Glück!« flüsterten Calib und die Männer an den Riemen.
Paul nickte, zitternd vor Angst und Kälte, und ließ sich über
den Bootsrand in die blauschwarze Leere fallen. Ein paar
Sekunden lang fühlte er gar nichts. Erst als ihm klar wurde,
daß ihn die Unterströmung zu den Felsen trug, begann sein
Gehirn zu arbeiten. Bei der nächsten Welle mußte er sich an
einem Felsen festhalten, sonst würde ihn die Brandung zer-
schmettern. Er warf sich auf einen schwarz glänzenden Felsen und suchte verzweifelt nach einem Halt auf der glitschi-
gen Oberfläche, während die Welle versuchte, ihn wieder
aufs Meer hinauszuziehen. Nur seine unglaubliche Kraft
rettete ihn davor, wie eine Wanze an den Felsen zerquetscht
zu werden. Während die Welle zurückwich, kletterte er höher und suchte erneut nach einem festen Halt, bevor die
nächste Woge anrollte, um ihn zu holen. Und dann kroch er
klappernd vor Kälte auf den sicheren Strand.

Erschöpft ließ er sich in den Sand fallen; er hatte es geschafft. Als ihm die türkischen Patrouillen einfielen, richtete

er sich vorsichtig auf. Er war hundemüde, halbnackt und hatte jede Menge Wasser geschluckt. Er rang nach Atem, und halb erstickt murmelte er vor sich hin: »Die türkischen Patrouillen können mich mal! In einer solchen Nacht kann nur ein verdammter Engländer unterwegs sein.«

Sie hatten es sich angewöhnt, jeden Abend im Arbeitszimmer gesellig beisammenzusitzen. Heute abend jedoch blieben sie stumm, und jeder hing auf seine Weise mutlos seinen Gedanken nach. Manny, der während der vergangenen Tage auf der Forschungsstation in Bereitschaft gestanden hatte für den Fall, daß das Schiff kommen würde, starrte durch einen Spalt in der Gardine in die Dunkelheit. Lev blickte auf den Fußboden und knackte zwischendurch mit den Fingern. Selena und Sara sprachen praktisch nur, wenn sie ihn baten, das Knacken zu lassen. Nur Sarkis war vergleichsweise fröhlich, aber das auch nur, weil er sich so sehr auf die wenigen Stunden freute, in denen er sein Versteck verlassen, sich waschen und rasieren und unter Menschen sein konnte.

Alle waren mit ihren eigenen Gedanken beschäftigt; die meisten dachten an Daniel. Manny war wütend, weil Daniel nach Ägypten aufgebrochen war, ohne zu warten, bis er aus Nablus zurück war. Lev war sauer auf Daniel, weil er Sara allein gelassen hatte. Sara machte sich nicht nur Sorgen, weil das Schiff anscheinend nicht mehr kommen würde, sondern auch wegen Ali, der mit den Pferden von Joe und Daniel noch nicht aus Beer Sheva zurück war. Und Selena, die inzwischen über alles genau Bescheid wußte, machte sich Sorgen über alles und jeden.

»Also, was tun wir jetzt?« fragte Lev und knackte mit den Fingern, daß Sara schmerzlich zusammenzuckte, woraufhin er ihr einen entschuldigenden Blick zuwarf.

Alle schwiegen. Nur Manny stand auf, rieb sich müde die Augen und sagte: »Ich schlage vor, wir gehen erst einmal schlafen. Dann reite ich morgen nach Hadera zu Ben und Josh, und wir machen uns zu dritt auf die Suche nach diesem kleinen Bastard Ali.« Er blickte in die Runde, und alle nickten. Allein die Tatsache, daß Manny etwas vorgeschlagen hatte, wirkte schon fast wie eine Erlösung.

»Du wirst etwas Geld brauchen«, sagte Sara und wollte von ihrem Sessel aufstehen, aber Selena war bereits auf den Beinen und drückte sie sanft wieder hinein.

»Ich werde es holen«, sagte sie und durchquerte das Zimmer.

»Gib mir lieber zwei Goldstücke mit für den Fall, daß er in irgendeinen Schlamassel geraten ist«, sagte Manny.

»Daß dieser kleine Affe nicht ins Gefängnis kommt, ist das mindeste, was wir Joe schulden«, meinte Sara mit einem Lächeln.

Joe hatte, ohne Sara etwas davon zu sagen, Selena genügend Geld gegeben, damit die Arbeiter bezahlt werden konnten und sie alle die nächsten Monate überstehen würden. Er hatte es Selena gegenüber als Darlehen bezeichnet — rückzahlbar nach dem Krieg. Diese umsichtige Hilfe und die taktvolle Art, in der sie geleistet wurde, hatten Sara tief gerührt, und während sie Selena nachblickte, die das Zimmer verließ, um das Geld zu holen, fragte sie sich, ob sie Joe nicht falsch eingeschätzt hatte.

Manny und Lev begannen eine weitere übellaunige Diskussion, was Daniel getan haben könnte und was nicht, als sie plötzlich von lautem Hundegebell unterbrochen wurden.

»Goliath!« flüsterte Sara. Alle erstarrten und sahen sich an.

»Wer zum Teufel kann das sein? Um diese Zeit?« flüsterte Manny. Sara wandte den Kopf, um Sarkis in sein Versteck zu schicken. Er war bereits an der Tür.

»Sagen Sie Selena, sie soll in ihrem Zimmer bleiben, bitte«, sagte Sara, und Kristopher nickte und verschwand.

»Vielleicht ist Ali mit den Pferden zurückgekommen«, meinte Lev.

»Bete zu Gott, daß du recht hast«, antwortete Sara. Gespannt lauschten sie auf ein weiteres Geräusch. Sara ging ans Fenster und spähte durch die Vorhänge. Der Wind hatte sich gelegt, aber der Nebel war jetzt so dick, daß nicht einmal die nah beim Haus stehenden Bäume zu erkennen waren. Als es am Vordereingang klopfte, schraken alle zusammen. Saras Augen suchten das Zimmer nach Dingen ab, die möglicherweise verräterisch waren.

»Ich werde mal nachsehen«, sagte Manny. Seine Augen glänzten erwartungsvoll.

Stunden schienen zu vergehen, bis sie schwere Schritte auf der Treppe hörten und ein sich vor Aufregung schier überschlagender Manny ins Zimmer platzte. Niemand verstand, was er sagte, bis hinter ihm die tropfnasse Riesengestalt von Paul Levy auftauchte. Er stand da wie ein frierender Neptun, mit Algenresten im Bart, und um seine Füße bildeten sich zwei runde Pfützen. Anstelle des Dreizacks trug er ein Gewehr, das er nach einem raschen Blick in die Runde aus der Hand legte.

Jeder starrte ihn ungläubig an. Noch vor einem Augenblick hatten sie schon jede Hoffnung aufgegeben, und nun stand Paul vor ihnen. Schwerfällig sank Neptun in einen Sessel, der unter dem Gewicht laut aufstöhnte, und dann sagte er zähneklappernd. »Es ist einf-fach toll. Ich schwimme von Ägypten b-bis hierher, und niemand bietet mir einen D-drink an.«

Sara wachte als erste aus der allgemeinen Betäubung auf. »Hol ihm eine Decke«, sagte sie zu Manny, »und sag Kristopher und Selena Bescheid.« Sie holte ihre letzte Flasche Brandy und goß großzügig ein. Um ihre Nerven zu beruhigen, schenkte sie auch für sich einen Schluck ein. Alle schrien durcheinander, wollten hören, was es Neues gab, und jeder wollte als erster eine Antwort bekommen. Sie

machten einen solchen Lärm, daß sie die ganze Station auf-
zuwecken drohten.

Nur Paul sagte nichts. Er versuchte mit klammen Fingern, die Lederriemen zu lösen, mit denen das Ölhautpäck-
chen an seiner Brust befestigt war. Seine Finger waren vor
Kälte beinahe gefühllos, und das Leder schnitt in die Haut
ein. »Gebt mir doch mal ein Messer«, sagte er. Lev holte
sein Taschenmesser hervor, und dann schauten sie alle zu,
wie sich Paul mit ein paar Schnitten von dem Päckchen befreite, das mit einem dumpfen Geräusch auf den Boden fiel.

Lev bückte sich, um es aufzuheben. »Gott im Himmel,
was hast du da drin?« fragte Lev und wog das schwarze
Bündel in der Hand. »Gold?«

»Erraten«, sagte Paul, zog die Decke fester um sich und
trank einen Schluck Brandy.

Und wieder hagelten die Fragen auf ihn nieder: »Woher
hast du das Gold?« »Wie bist du hergekommen?« »Wo ist
das Schiff?« »Was ist mit Aaron?« Paul beobachtete sie be-
lustigt, und dann sagte er: »Wenn ihr alle mal einen Augenblick den Mund haltet, erzähl' ich es euch. Hat jemand eine
Zigarette für mich?«

Manny drehte eine Zigarette, und Lev hielt ein Streich-
holz daran. Paul zog den Rauch tief ein und warf einen
Blick auf die Wanduhr. »Ich habe nicht viel Zeit. Spätestens
um drei Uhr, bevor der Mond aufgeht, muß ich unten am
Strand sein. Andernfalls bin ich einen Monat lang euer
Gast. Deshalb das Wichtigste zuerst.«

Er nahm Lev das Päckchen aus der Hand und wickelte es
vorsichtig aus. Es enthielt ein dickes Kuvert mit Papieren,
einen schweren Beutel aus Segeltuch und eine Taschenlampe. Er reichte Sara den Umschlag. »Das ist für dich. Da drin
steht eine Menge über den veränderten Code, welche Informationen benötigt werden und so weiter. Und hier ist ein
Brief von Aaron, in dem er die Lage in Kairo erklärt und
wie er dort hingekommen ist. Verbrenne ihn, wenn ihn alle

gelesen haben.« Er blickte Sara ernst an und betonte jedes Wort. Sara hielt die Papiere fest in den Händen und nickte stumm. Dann legte Paul den Segeltuchsack neben sich auf den Boden. »Das sind zwölftausend Franc in Gold — Vorkriegswährung. Es war das äußerste, was ich tragen konnte, ohne abzusaufen. So Gott will, haben wir nächsten Monat Ebbe, so daß wir mehr an Land bringen können. Wie das Gold verteilt werden soll, steht in Aarons Brief.«

Sara nickte wieder. Sie konnte es kaum erwarten, Aarons Brief zu lesen, aber jetzt war erst einmal Paul an der Reihe. »Wann hast du Ägypten verlassen?« fragte sie.

Paul rechnete rasch nach. »Vor fünf Tagen.«

Sara überlegte einen Moment. »Dann hast du also nichts von Daniel gehört?«

Paul sah sie überrascht an. »Von Daniel? Nein. Wieso?« Sara informierte ihn in kurzen Worten. »Sie haben was getan?«

Sie lächelte über seine Empörung. »Ich weiß, ich weiß. Aber ich konnte sie nicht davon abhalten. Wir können nur beten, daß sie dort sind, wenn du zurück sein wirst.« Sie war jetzt ein wenig ruhiger und hatte ihre Gedanken geordnet. »Paul, hör zu. Selena und Hauptmann Sarkis müssen so bald wie möglich nach Ägypten. Je länger sie hier sind, um so größer wird die Gefahr für sie — und für uns. Wie sind die Chancen, sie gleich heute nacht mitzunehmen?«

Paul zupfte nachdenklich an seinem Bart und sah jetzt mehr wie ein biblischer Prophet als Gott Neptun aus. »Gering. Aber möglich wäre es. Der Wind hat sich gelegt.« Er warf Sara einen raschen Blick zu und schüttelte leicht den Kopf. »Ob man sie auf das Schiff läßt, ist eine andere Frage. Du hast keine Ahnung, welche Schwierigkeiten wir hatten, bis man uns erlaubte, das Gold an Bord zu bringen. An zwei geschmuggelte Passagiere mag ich gar nicht denken.«

»Wir müssen es eben probieren, nicht wahr?« sagte sie mit einem schmalen Lächeln. Dann wandte sie sich an

Manny. »Hol bitte den Blechkoffer aus dem Keller. Und du, Lev, kochst Tee, während ich Kristopher und Selena helfe, ihre Sachen zusammenzupacken.«

»Jetzt war ich nur ein paar Stunden hier und habe schon wieder Heimweh, wenn ich ans Abschiednehmen denke«, scherzte Paul, als er sich die Ölhaut erneut umband. Sara hatte das unbestimmte Gefühl, etwas vergessen zu haben, und ging alles noch einmal Schritt für Schritt durch.

Paul schloß die letzte Schnalle und sah sich noch einmal in der Runde um. Selena und Sarkis, gekleidet in die dunkelsten Sachen, die sie finden konnten, waren fertig. Selenas Gesicht wirkte sehr blaß unter der schwarzen Kapuze ihres Umhangs. Paul nahm die Taschenlampe und steckte sie hinter seinen Gürtel. Manny und Lev griffen nach ihren Gewehren.

»Also dann. Höchste Zeit, daß wir gehen«, sagte Paul forsch. »An der Straße nach Haifa könnten wir etwas Zeit verlieren, wenn sich Soldaten herumtreiben.«

Erst in diesem Augenblick wurde Sara richtig bewußt, daß Selena sie verließ. Sie umarmte ihre Freundin und drückte sie an sich. Dieser Abschied fiel ihr schrecklich schwer. Selenas Augen füllten sich mit Tränen, und ihre Stimme zitterte, als sie sagte: »Ich werde dich immer lieben, Sara. Wir werden zurückkommen — sobald der Krieg vorbei ist, werden wir zurückkommen.« Sie tastete nach Sarkis' Hand und hielt sie fest. »Wir beide, nicht wahr?«

Sarkis blickte in Saras Gesicht. Auch er hatte Tränen in seinen grauen Augen. Er schien einen Moment zu zögern, dann beugte er sich vor und küßte sie rasch auf die Wange. »Danke zu sagen ist so wenig nach allem, was Sie für uns getan haben, aber . . .«

Selena drängte sich vor und umarmte Sara noch einmal. »Auf Wiedersehen. Und grüße Joe von mir.« Und dann fügte sie leise hinzu. »Er hat viel Liebenswertes an sich, Sara. Manchmal denke ich, du hast seinen wahren Charakter verkannt.« Sie umarmte Sara noch einmal, und als sie zurücktrat, vermied sie es, in Saras überraschtes Gesicht zu sehen. »Ich werde für dich beten, für euch alle, jeden Tag«, schloß Selena.

Sara fing Pauls Blick auf, der seine Ungeduld verriet, und sie drückte Selena zum letztenmal die Hand. »Du mußt jetzt gehen«, sagte sie mit tränenerstickter Stimme. Sie wäre so gerne mit ihnen bis an den Strand gegangen, aber Paul wollte nichts davon hören. Er sagte, er habe Aaron hoch und heilig versprochen, daß sie auf keinen Fall auch nur in die Nähe des Strandes käme. Leise gingen sie nacheinander die Treppe hinunter, und Sara schob die großen Riegel zurück. Sie wußte nicht, wie sie die nächste Stunde überstehen sollte, bis sie annehmen konnte, daß sie in Sicherheit waren. Aber ihr blieb nichts anderes übrig, als allein mit ihren Ängsten fertig zu werden. Einer nach dem anderen trat in die Nacht hinaus. Selena drehte sich noch einmal um und warf Sara einen letzten sehnsüchtigen Blick zu. Und dann war sie fort.

Ich muß unbedingt aufstehen. Ich muß aufstehen, murmelte Joe, aber es kam kein Laut über seine aufgesprungenen Lippen. Aufstehen. Ich muß aufstehen. Jedesmal, wenn er erneut das Bewußtsein verlor, sank er in tiefere Ohnmacht. Seit dem ersten Tageslicht lag er, zwischen Bewußtlosigkeit und einem halbwachen Zustand pendelnd, auf seinem Aschebett und zögerte, sich den Prüfungen, die der Tag bringen würde, zu stellen. Doch der quälende Durst verfolgte ihn sogar in den tiefsten Schlaf. Er träumte von Flüssen und Seen, von Regen und eiskalten Wasserpfützen, aber jedesmal, wenn er die Hand danach ausstreckte, verschwanden sie. Vielleicht wäre der Tod ein Segen . . . Wäre da nicht der Geier, der ihm das Fleisch von den Knochen reißen würde, er hätte vielleicht schon aufgegeben. Aber so mußte er weiterleben, und wenn es das Letzte war, was er in diesem Leben vollbrachte: Er mußte diese verdammten Geier überleben.

Unter Schmerzen zwang er sich, seine sand- und schleimverkrusteten Augen zu öffnen. Die Helligkeit brannte in seinem Gehirn wie eine glühende Nadel. Als er sich aufsetzte, stoben die Fliegen davon, die sich auf der blutigen Wunde an seinem Bein niedergelassen hatten. Nicht einmal die Schmerzen reichten aus, um ihn völlig zu Bewußtsein zu bringen.

Er schnüffelte. Manche Beduinen, so sagte man, könnten Wasser meilenweit riechen, und plötzlich glaubte er daran. Er roch Wasser. Gott sei Dank. Es war kein Traum gewesen. Auf Händen und Knien schleppte er sich zu dem kleinen Destilliergerät, das er am Abend zuvor gebastelt hatte. Sein Hals verkrampfte sich schmerzhaft. Mit zitternden Händen hob er den Wasserschlauch, den er über den Becher gelegt hatte, und schaute hinein. Ein feuchter Blättergeruch schlug ihm entgegen und er atmete tief ein. Nach der trockenen Wüstenluft war allein dieser Geruch ein Zaubertrank. Die Feuchtigkeit aus den Blättern war in der kochenden Hitze kondensiert und an der Unterseite des Schlauchs in den Trinkbecher getropft. Er war halbvoll. Lieber Gott, eine halbe Tasse Wasser!

Joe zitterte so heftig, daß er zunächst nicht wagte, den Becher in die Hand zu nehmen aus Angst, er könnte die kostbare Flüssigkeit verschütten. Dann hob er ihn sehr, sehr langsam an die Lippen und zwang sich mit aller Selbstdisziplin, die er aufbringen konnte, nur einen winzigen Schluck zu trinken. Sein Hals schmerzte von der Anstrengung, das Wasser zu schlucken, aber er wurde unmittelbar danach belohnt. Schluck für Schluck sickerte die Flüssigkeit durch seine Kehle. Sein dehydriertes Gewebe saugte das Wasser auf wie Löschpapier, und seine schwindenden Kräfte bekamen wieder Auftrieb. Als der Becher leer war, wischte Joe ihn mit dem Finger aus und strich sich den letzten Rest Feuchtigkeit auf die Lippen. Er wußte, daß er nur einen kurzen Aufschub erreicht hatte und daß der Durst bald wiederkehren würde.

Er schaute zum Baum hinauf. Der Geier hatte Gesellschaft bekommen. Jetzt saßen sie zu dritt dort oben und blickten unheilvoll zu ihm herab. »Hast dir ein paar Freunde zu einem Festschmaus eingeladen, was?« krächzte Joe. Verächtlich starrten sie auf ihn herab. Sie nahmen es ihm vermutlich übel, daß sie mit dem Frühstück nun vielleicht bis zum Mittag warten mußten.

Joe stellte den Becher wieder in die Grube und deckte die Plane darüber. Er wußte, das einzige, was er tun konnte, war am Leben zu bleiben. Solange er lebte, bestand die — wenn auch geringe — Hoffnung, daß er gefunden wurde. Er versuchte, sich hinzustellen, aber seine Beine gehorchten ihm nicht mehr. Sein ganzer Körper war zu steif und zu schwach, um aufrecht stehen zu können, und so mußte er wieder zu dem schmalen Schatten, den der Baum spendete, hinüberkriechen. Als er sich gegen den gewundenen Stamm lehnte, spürte er, wie seine Gedanken verschwammen, und er fragte sich, ob es diesmal mit ihm zu Ende ging.

Mit jeder Minute fühlte er die Dunkelheit näher rücken, und die Kraft, sich dagegen zu wehren, ließ immer mehr nach. Er fühlte die Gegenwart der grenzenlosen, riesigen Ebene aus Sand, und als er kurz die Augen öffnete, sah er, wie sich der brennende Himmel mit kreisenden Schatten füllte, die langsam, aber zielsicher näher kamen. Die Geier. Es sind die Geier. Nimm das Messer ... Aber seine Hand lag reglos neben ihm. Der Schatten war jetzt direkt über ihm und sagte etwas mit leiser, fürsorglicher Stimme. Warum sollte Gott ausgerechnet Englisch sprechen?

Fast ein wenig erschrocken vor Überraschung erkannte Joe, daß es ein Mensch war, der sich über ihn beugte und ihm eine Wasserflasche reichte. Mit seiner letzten Kraft streckte Joe beide Hände aus, packte die Wasserflasche und trank und trank das süß schmeckende Wasser, bis es ihm über das Kinn lief und in seinem Bauch hin und her schwappte. Er trank und trank wie wahnsinnig, während es in seinem Kopf schallte: O Gott sei Dank, o Gott sei Dank, so daß er die Stimme nicht hören konnte, die ihn ermahnte, langsamer zu trinken.

Sie nahmen ihm die Flasche weg. »Mehr«, krächzte er. »Mehr Wasser«, und er streckte die Hände aus nach dem einzigen auf der Welt, das er begehrte, das er je haben wollte.

»Nicht sprechen, Kamerad. Schon deine Kräfte. Wir müssen dich auf dem schnellsten Weg in ein Krankenhaus bringen. Hast verdammt Schwein gehabt, daß wir jetzt vorbeigekommen sind. Eine Stunde später wärst du ein toter Mann gewesen.«

Joe hatte große Mühe, ihn zu verstehen. Er wollte verzweifelt etwas sagen . . . etwas sehr Wichtiges . . . aber was in Gottes Namen war es . . .?

O ja. Natürlich. Er holte tief Luft und stieß krächzend hervor: »Raucht die Zigaretten nicht. Um Himmels willen, raucht nicht die Zigaretten!« Und dann sank er bewußtlos in den Sand.

Das klingelnde Telefon durchbrach das monotone Summen des Ventilators und riß Aaron aus dem Schlaf. Wie gewöhnlich brauchte er einen Moment, um sich zu erinnern, daß er sich in einem Hotelzimmer in Port Said befand. Müde griff er nach dem Hörer. Er hatte unruhig geschlafen, verfolgt von Alpträumen von dem Schiff und seiner gefährlichen Reise.

»Hallo?« murmelte er.

Das lebhafte Englisch von Major Deedes drang durch sein benebeltes Gehirn. »Mr. Williams?«

»Ja, Major Deedes. Guten Morgen.«

»Einer Ihrer Männer ist hier. Er ist durch die Wüste marschiert. Eine australische Patrouille hat in bei El Arish gefunden.«

Daniel! Aaron war mit einem Schlag hellwach und saß aufrecht im Bett. Dieser verdammte Narr, was glaubte er, worauf er sich dabei einließ? »Wo ist er?« brüllte Aaron.

»Im Offizierskrankenhaus«, antwortete der Major, und Aaron erschrak.

»Ist er in Ordnung?«

»Er war fast verdurstet und hat eine Verwundung am Unterschenkel. Aber inzwischen geht es ihm ganz gut. Verdammt feiner Bursche — für einen Amerikaner«, schloß er und lachte fröhlich.

»Ein Amerikaner?«

Es entstand eine kleine Pause, bevor der Major antwortete. »Er sagt, sein Name sei Joe Lanski«, sagte er mit besorgter Stimme. »Kennen Sie den Mann nicht?«

»Ich bin sofort bei Ihnen«, sagte Aaron und legte auf, noch bevor er richtig zu Ende gesprochen hatte.

Mit forschen Schritten ging die diensthabende Schwester den Korridor entlang, gefolgt von Aaron, der bei dem süßlichen Krankenhausgeruch von Blut und Desinfektionsmitteln angewidert die Nase rümpfte. Anscheinend war die Schwester vom Charme ihres neuen Patienten völlig hingerissen, denn ihr Gesicht hatte aufgeleuchtet, als Aaron nach ihm fragte.

»Sind Sie ein Verwandter?«

»Nein, ein — Arbeitskollege.« Sie hatte ihn zweifelnd angesehen, ihn aber doch zu Joes Zimmer geführt.

Vor der Tür stand ein Wachposten, der erst auf einer Liste nachsah, bevor er Aaron hineinwinkte. Joe hatte ein Einzelzimmer. Still lag er in seinem Bett. Seine braunen Hände wirkten fast schwarz auf der weißen Bettwäsche. Sein Gesicht jedoch war totenbleich und von schorfigen

Wunden bedeckt. Das eine Bein hatte einen Verband bis zum Knie. Aber abgesehen davon war Aaron angenehm überrascht, ihn einigermaßen heil und bei klarem Verstand anzutreffen.

»Sie haben Besuch, Mr. Lanski«, sagte die Krankenschwester, und Joe löste sich aus seinem angenehmen Dämmerzustand und öffnete die Augen. Er tauschte einen langen Blick mit Aaron, während die Schwester die Kissen aufschüttelte und ihm half, sich im Bett etwas aufzusetzen. Joe gelang es zu lächeln. »Es war fast der Mühe wert, um so von Schwester Suzy verwöhnt zu werden.« Sie strahlte die beiden Männer an. »Sei ein gutes Mädchen und bring uns etwas Kaffee, ja?« Die Schwester nickte, und nach einem letzten Glattstreichen der Bettdecke verließ sie das Zimmer.

Der Ausdruck auf Joes Gesicht änderte sich schlagartig. Er zog sich noch etwas höher und schaute Aaron ins Gesicht.

»Aaron – verdammt – es ist schwer zu sagen. Daniel – Daniel ist tot.«

Aaron zuckte zusammen. Die Nachricht traf ihn hart. Langsam ging er zum Fenster und starrte hinaus, blind vor Tränen. Dann kehrte er wie ein alter Mann zu dem Stuhl neben dem Bett zurück, setzte sich und bedeckte das Gesicht mit den Händen. Die Kehle schnürte sich ihm zu, und er schluckte schwer. Dann hob er den Kopf und schaute mit leerem Blick zur Zimmerdecke. Allmählich ließ der erste Schock nach.

»Wie ist es passiert?«

Leise, fast flüsternd, erzählte Joe, was geschehen war, seit sie beschlossen hatten, sich nach Ägypten durchzuschlagen. »Klingt es plausibel, was ich sage?« fragte er nach einer Weile.

»Unglücklicherweise ja«, sagte Aaron bitter.

»Aaron, ich habe getan, was ich konnte, um es ihm leicht

zu machen. Und ich habe ihn beerdigt, um ihn vor den Aas-
fressern zu bewahren.« Joe schauderte bei der Erinnerung
an die Geier, die auf ihn gewartet hatten.

Aaron seufzte. »Ja, natürlich. Danke.« Sie schwiegen
beide, und dann kamen bei Aaron der ganze Zorn und der
Schmerz über den Tod seines Freundes zum Ausbruch.
»Warum? Warum?« Wieder blickte er zur Zimmerdecke
hinauf, während er versuchte, seine Gefühle zu meistern.
»Was für eine verdammt banale Art zu sterben – eine Ku-
gel von einem Kameldieb! Ich wußte, daß irgend so etwas
passieren würde! Ich wußte es!« Er war den Tränen nahe.
»Daniel braucht . . . das heißt, er brauchte . . .« Es fiel ihm
schwer, von Daniel in der Vergangenheit zu sprechen.

»Er mußte immer etwas tun«, warf Joe ein, und Aaron
nickte düster.

»Ja. Es war wie eine Sucht.«

Joe blickte Aaron an, dessen Gesicht die Gefühle eines
Mannes widerspiegelte, der einer unausweichlichen Realität
gegenüberstand.

Die Krankenschwester kam mit zwei Tassen dampfenden
Kaffees ins Zimmer, und die beiden warteten schweigend,
bis sie wieder gegangen war. Dann holte Joe aus der Nacht-
tischschublade die Blechschachtel mit den handgerollten
Zigaretten hervor und reichte sie Aaron. »Der Code«, sagte
er schlicht. »Es tut mir leid, daß es so enden mußte, aber
sein Tod war wenigstens nicht umsonst.«

Aaron drehte die Schachtel in den Händen. Daniels Tod
war eine neue Last, die er mit sich herumtragen mußte, und
er warf eine schier endlose Reihe von Problemen auf. Wen
konnte man gefahrlos davon unterrichten? Sara? Seinen
Vater? Daniels Mutter?

Aaron riß sich aus seinen Gedanken.

»Hast du eine Kompaßpeilung von Daniels Grab?«

Joe nickte und nahm ein kleines grünes Notizbuch vom
Nachttisch.

»Vielen Dank. Ich will versuchen, daß man eine Patrouille losschickt, um seine Leiche zu bergen.«

Sie schwiegen beide eine ganze Weile. Dann wandte sich Aaron mit neuem Respekt an Joe und berührte sanft seinen Arm. »Ich danke dir, Joe. Ich werde dich jetzt allein lassen, aber heute abend komme ich wieder, wenn ich ein paar Dinge geregelt habe. Ruh dich aus«, sagte er und stand auf. An der Tür drehte er sich noch einmal um und sagte: »Wir brauchen dich gesund und munter.«

Kapitel XXIII

Januar 1917

Pauls mitternächtlicher Besuch auf der Forschungsstation hatte allen neue Hoffnung gegeben, und die Gruppe arbeitete in den Wochen danach wie besessen. Nachdem sie jetzt wußten, daß die Briten den Kontakt mit ihnen wieder aufnehmen würden, versuchten sie, ihr Netzwerk noch besser zu organisieren und all die Informationen, die sie im Lauf der vergangenen Monate gesammelt hatten, zu verifizieren. Eines ihrer größten Probleme bestand darin, daß ihre wichtigsten Informanten mehrheitlich jüdische Ärzte und jüdische Ingenieure waren, die häufig innerhalb kürzester Zeit versetzt wurden. Lev, immer einer der methodischsten in der Gruppe, hatte die schwierige Aufgabe übernommen, die Agenten wieder ausfindig zu machen und sie erneut zur Mitarbeit zu gewinnen. Seine Aufgabe war um so schwieriger geworden, als sich die Heuschrecken rar gemacht hatten; nun fehlte der Gruppe die Protektion Dschemal Paschas, die gerade jetzt so wichtig gewesen wäre.

Ende Dezember waren die Briten bis El Arish vorgerückt, und die Türken hatten sich nach Rafa und Magdhaba zurückgezogen. Nach einem kostspieligen Versuch, die letzte Stellung auf ägyptischem Territorium zu halten, hatte General von Kressenstein den Rückzug der türkischen Truppen aus dem Sinaigebiet befohlen. Damit endete dort die türkische Besetzung. Jetzt, Mitte Januar, standen die Briten vor Gaza, dem Tor ins südliche Palästina.

Als diese Nachrichten durchsickerten, frohlockte die kleine Gruppe in Atlit. Alles, was sie gehört hatten, bestätigte sie in der Annahme, Daniel und Joe seien bis zu den Engländern durchgekommen. Zudem kursierten Gerüchte, Dschemal Pascha beklage sich, daß die Briten anscheinend jeden seiner militärischen Schachzüge voraussahnten, und die Gruppe konnte nur hoffen, daß dies zum Teil auf ihr Konto ging.

Ein gewisser Betrag des kleinen Goldschatzes, den Paul mitgebracht hatte, war an Iwan Bernski in Haifa gegangen. Bernski hatte ein paar Fragen gestellt, woher das Gold stamme. Dann hatte er Sam eine Tasse dünnen Tees angeboten, lächelnd das Gold eingesteckt und seine neuesten Informationen preisgegeben. Das russische Reich zerfalle, sagte er. Im ganzen Land herrsche Aufruhr, und die Tage des Zaren seien gezählt.

Sara hatte einen Teil des Goldes zu Dr. Ephraim nach Zichron gebracht für die Krankenhäuser und die Kinder. Sie sagte, das Geld sei eine Vorauszahlung auf ihr Erbe von Chaim, und da sie im Augenblick alles habe, was sie brauche, wollte sie damit der Gemeinde helfen. Da sie von Natur aus keine Lügnerin war, fiel es ihr schwer, Fassung zu bewahren, als Dr. Ephraim sie liebevoll betrachtete und sie für ihre Großherzigkeit segnete.

Noch schwerer fiel es Sara, ihrem Vater Daniels Abwesenheit zu erklären. Aarons Verhaftung und das verdächtige Verschwinden Daniels kurz danach hatten die Vermutungen, die Abram seit einigen Monaten zu verdrängen suchte, bestärkt. Am Ende blieb ihm jedoch nichts anderes übrig, als Saras Entschuldigungen zu glauben; und Sara, die es haßte, ihren Vater belügen zu müssen, tröstete sich mit dem Gedanken, daß sie ihm damit eine Menge Sorgen ersparte.

Zu all diesen Problemen kamen auch noch Saras ganz private Sorgen und Ängste. Seit dem Wiederauftauchen der Briten hatte Sara unermüdlich gearbeitet, um den neuen Code zu lernen, die Organisation zusammenzuhalten und den Betrieb auf der Station in Gang zu halten. Tagsüber und abends war sie mit tausend Dingen beschäftigt, aber wenn sie dann endlich im Bett lag, kehrten ihre Gedanken unweigerlich zu Daniel, Selena und Joe zurück. Sie vermißte Selena sehr und erkannte zum erstenmal richtig, wie viel diese zum Leben auf der Station beigetragen hatte. Wenn sie manchmal einen Hauch von Selenas Rosenöl auffing, empfand sie einen so scharfen Schmerz, als trauerte sie um eine Tote. Dennoch zweifelte sie kein einziges Mal, daß Paul, Selena und Sarkis Ägypten erreicht hatten.

Ganz anders war ihr zumute, wenn sie an Daniel dachte. Jede Faser ihres Herzens und ihre weibliche Intuition sagten ihr, daß irgend etwas nicht stimmte. Nacht für Nacht lag sie wach, starrte ins Dunkel und ließ die Bilder der jüngsten Vergangenheit an sich vorbeiziehen. Sie sah Daniel, wie er am letzten Morgen mit Joe fortgeritten war; wie er ungeduldig auf seinem schwarzen Hengst saß und nicht den geringsten Versuch machte, seine Abneigung gegen Abschiedsszenen zu verbergen. Abschiednehmen war schrecklich, und Daniel war nie gut darin gewesen, aber Sara hatte gehofft, daß es diesmal vielleicht anders sein würde. Er hatte nur einen Moment mit glänzenden, rastlosen Augen von seinem Pferd herunter in ihr Gesicht gesehen.

»Bitte, sei vorsichtig, Daniel«, hatte sie geflüstert.

»Nur keine Sorge«, hatte er leichthin geantwortet. Dann hatte er sich aus dem Sattel heruntergebeugt und ihr einen Kuß auf die Stirn gedrückt. Es war der flüchtige Kuß eines genervten Ehemannes. Sara hatte ruhig und leise »Auf Wiedersehen« gesagt, aber mit einem dumpfen Gefühl, als erwarte sie eine Katastrophe.

Wenn sie jetzt an ihn dachte, schien er bereits der Vergangenheit anzugehören. Irgendwo tief in ihrem Inneren wußte sie, daß er tot war, aber sobald sie versuchte, sich diesem Gedanken konkret zu stellen, scheute sie entsetzt zurück.

Und dann waren da die Bilder von Joe, die ungebeten und bestürzend häufig vor ihr auftauchten und eine eigenartige Wirkung ausübten. Mit bittersüßem Vergnügen dachte sie daran, was Selena ihr zum Abschied gesagt hatte, und sie fragte sich, was Selena damit wohl gemeint hatte. Eines Morgens dachte sie, daß es beinahe so war, als hätte sie sich in Joe verliebt – eine völlig lächerliche Idee, wie sie fand. Aber sie konnte den Dämon, der in ihrem Kopf sein Unwesen trieb, nicht verscheuchen. Nacht für Nacht wurde sie durch merkwürdige quälende Träume geweckt. Und dann begannen die Alpträume wieder, die gleichen, die sie nach Aleppo gepeinigt hatten, aber die Menschen, die darin vorkamen, waren andere, und die Angst, die sie auszustehen hatte, nahm von Mal zu Mal zu. Jetzt war es Daniel, der neben dem Zug herrannte und um Rettung flehte, dann waren es Mitglieder der Gruppe, die stumm um Hilfe schrien. Einmal war es sogar Chaim, der neben dem Zug herlief. Häufig erwachte sie beim ersten Sonnenstrahl und war völlig erschöpft. Dann stand sie auf, weil sie wußte, daß sie nicht mehr einschlafen würde, und ging müde an die Arbeit des neuen Tages.

Ali hatte sich zu einem richtigen Sorgenkind entwickelt, seit Daniel und Joe fort waren. Er war mit den Pferden zurückgekommen, als sie ihn bereits aufgegeben hatten. Sara hatte ihn auf der Station herzlich willkommen geheißen, aber er blieb mürrisch und schweigsam, und häufig verschwand er einfach für mehrere Tage. Gefragt, wo er sich herumgetrieben habe, antwortete er, er habe einen Streifzug gemacht, um etwas zu essen zu finden, und das stimmte auch, denn er kehrte immer mit etwas Eßbarem — Getreide oder Gemüse — zurück. Es gab täglich Streit mit ihm, und täglich drohte ihm Sara, ihn nach Jaffa zurückzuschicken. Aber sie hatte Joe versprochen, sich um den kleinen Teufel zu kümmern, und so fand sie sich damit ab, zu warten, bis Joe zurückkam — wenn er denn zurückkommen würde.

Sara hatte Abu aus Zichron geholt, damit er sich um die Pferde auf der Station kümmerte und Sara kutschierte. Er und Ali gingen eine seltsame Verbindung ein. Der alte Mann hatte den Jungen einigermaßen unter Kontrolle, bis Ali vor einer Woche wieder über Nacht verschwand und am nächsten Tag mit einem Sack voll ausgeweideter, gerupfter Hühner zurückkam. Beim Anblick der toten Vögel riß Sara die Geduld, denn sie wußte, sie konnten nur aus der deutschen Garnison auf der anderen Seite des Karmelgebirges stammen. Für die Deutschen wäre dieser Diebstahl ein ziemlich schweres Verbrechen. Es brauchte nur eine deutsche Kavallerieeinheit in diese Richtung zu reiten, und schon hätten sie ihr Mittagessen gefunden.

Kochend vor Wut machte sie sich auf die Suche nach Ali, und als sie ihn gefunden hatte, schleppte sie den verstockten Jungen in ihr Arbeitszimmer, um ernsthaft mit ihm zu reden. Höchste Zeit, dachte sie grimmig, daß das mal jemand tut. Und wenn er nicht begreift, daß ich hier bestimme, dann wird er gehen müssen — egal, was Joe sagt, wenn er zurückkommt.

»Ali, ich weiß, woher du diese Hühner hast. Versuch also nicht, mich anzulügen. Warum hast du das getan? Hast du Hunger? Geben wir dir nicht genug zu essen?«

Ali starrte nur finster auf seine Zehen. Er fand es schrecklich hier. Jedem war er im Weg, alle hatten Geheimnisse vor ihm. Und noch schlimmer war diese Teufelin, die hier über alles bestimmte, und die alte Hexe in der Küche, Frieda, die ihm ständig in den Ohren lag, daß er dankbar sein und daß er sich jeden Tag waschen müsse. Nicht einmal Joe, und der war manchmal schon schlimm genug, hatte sich so mit der Wascherei. Hätte er Joe nicht versprochen, hier auf ihn zu warten, er wäre längst nach Jaffa abgehauen. Aber er hatte es versprochen, und er würde eher sterben, als Joe gegenüber sein Wort zu brechen.

Als er an Joe dachte, begann er zu schniefen und wischte sich mit dem Handrücken die Nase ab. Er liebte Joe mehr als alles auf der Welt — sogar mehr als sein Pferd —, und er befürchtete, Joe würde nicht mehr zurückkommen. Vielleicht war er sogar schon tot. Tränen brannten in seinen Augen, aber er würde nicht weinen, vor niemandem und besonders nicht vor dieser Frau. Er schniefte einmal kräftig, zwinkerte, damit die Tränen nicht loskullerten, und blickte der Frau fest ins Gesicht, wobei er trotzig seine schmalen Schultern reckte.

Sara, die ihn scharf beobachtet hatte, war überrascht von der Würde dieser Geste und gerührt trotz ihrer Wut. Der arme Junge war einsam. Er vermißte Joe, der vermutlich die einzige Sicherheit in seinem Leben darstellte. Und schließlich war er noch ein Kind, auch wenn er so abgebrüht tat. Sie klang wesentlich milder, als sie weitersprach: »Sieh mal, Ali, wenn du etwas zu essen organisieren willst, finde ich das prima. Ich will gar nicht so tun, als ob das keine Hilfe wäre. Aber du mußt dich von den Garnisonen fernhalten. Du bringst uns alle in Gefahr und verschwendest eines deiner neun Leben. Joe würde es mir nie verzeihen, wenn dir etwas passieren würde. Das Letzte, was er zu mir sagte, bevor er losritt, war: ›Kümmere dich um meinen Sohn Ali.‹« Sie sprach sehr ernst und feierlich.

»Hat er das gesagt?« fragte Ali mißtrauisch, denn soviel er wußte, hatte Joe von ihm immer nur als »der kleine Teufel« gesprochen.

»Das hat er gesagt«, antwortete Sara und verkniff sich

ein Lächeln, als sie daran dachte, was Joe wirklich gesagt hatte. »Wird dem Reisenden zum Abschied ein Kuß gewährt?« hatte er gefragt. Und als er den Ausdruck auf ihrem Gesicht sah, hatte er gelacht und sie voll auf den Mund geküßt, bevor er, eine gewaltige Staubwolke aufwirbelnd, davonritt.

Alis fröhliches Gesicht holte sie in die Gegenwart zurück. Der kleine Betrug hatte sich mehr als gelohnt. »Ich mußte ihm versprechen«, fuhr sie fort, »aufzupassen, daß dir nichts passiert. Und deshalb bitte ich dich inständig: Sei vernünftig.« Sie streckte ihm lächelnd die Hand entgegen, aber Ali überlegte noch. Erst als ihm die Geschichte einleuchtete, nahm er ihre Hand und schüttelte sie kräftig.

»In Ordnung.« Er zog sich zur Tür zurück, doch bevor er ging, drehte er sich noch einmal um. »Hat er mich wirklich seinen Sohn genannt?« Sara nickte ernst. Damit verschwand auch die letzte Verstocktheit aus Alis Zügen, und er lächelte sie mit blitzenden Zähnen an. Gleich danach senkte er verlegen den Blick und murmelte: »Und was machen wir mit den Hühnern?«

Sara lächelte. »Bring sie zu Frieda. Am besten, wir essen das nahrhafte Beweisstück gleich heute abend.«

Dieser Vorfall hatte die Atmosphäre gereinigt. Ali war jetzt umgänglicher, aber eigenwillig war er noch immer. Kaum war dieses Problem gelöst, als sich ein weitaus ernsteres einstellte. Sie erwarteten das britische Kontaktschiff; Manny, Lev und Robby waren zu Sara in die Station gekommen, um sofort zur Stelle zu sein. Alle warteten gespannt und beobachteten ständig das Meer. Es war trockenes, sonniges Wetter, das Meer ruhig und glatt wie ein See. Die Umstände waren ideal. Sie brauchten nur auszuschauen und zu warten.

Dann, eines Spätnachmittags, wurden ihre Hoffnungen zunichte gemacht. Lev entdeckte ein deutsches U-Boot, das vor der Küste patrouillierte. Er beobachtete es ein paar Sekunden ungläubig und beinahe wie hypnotisiert. Sara, die vor Enttäuschung am liebsten geheult hätte, lief nach oben, um das weiße Tuch aus dem Fenster zu hängen, das Warnsignal für das britische Schiff. Den Rest des Nachmittags verbrachte sie damit, dem U-Boot zuzuschauen, das an der Küste entlang ein Stück nach Norden fuhr, wendete, ein Stück nach Süden fuhr, wendete und so fort. War es Zufall, oder wußten sie etwas und lagen hier auf der Lauer? Sara glaubte, sie müßte verrückt werden von dieser Warterei.

Später am Abend war das U-Boot endlich verschwunden, und nun konnten sie schließlich nur noch warten und hoffen, daß das U-Boot das englische Schiff nicht vertrieben hatte. Manny hatte Wache. Er gähnte und rieb sich die Augen. Es war ziemlich ermüdend, dauernd in die endlose, stets gleichbleibende Weite von Meer und Himmel zu schauen. Langeweile, Frustration und Konzentration waren eine üble Mischung, und so hatten sie beschlossen, daß jeder nur eine Stunde auf Wache sein sollte.

Manny wollte eben Sara rufen, die ihn ablösen sollte, als er ein paar Meilen draußen auf See einen kleinen weißen Punkt am Horizont entdeckte. Gespannt und ohne die Augen von dem Punkt zu nehmen, der möglicherweise das britische Schiff sein konnte, tastete er nach dem Fernglas. »Schnell, gib mir das Glas«, murmelte er. Sara hörte die Erregung in seiner Stimme und sprang auf, wobei sie einen Stapel Papiere verstreute. Sie nahm das Fernglas vom Stuhl und gab es, sich um den Schreibtisch herumschiebend, Manny in die Hand. Manny hob das Glas an die Augen, und es entstand eine lange Pause.

»Es sind die Briten. Ich weiß es«, stieß er hervor. Sara umklammerte das Fensterbrett, daß ihre Knöchel weiß wurden, und beobachtete, wie das kleine Schiff langsam näher kam. Als es fast auf gleicher Höhe mit der Station war, stieß es ein paar dicke schwarze Rauchwolken aus, dann drehte es ab und dampfte wieder auf das offene Meer hinaus.

Manny und Sara starrten sich einen Augenblick an, bevor Manny einen Freudenschrei ausstieß und sie sich jubelnd umarmten. »Sara, sie sind da! Es sind wirklich die Briten!« schrie Manny immer wieder.

»Gott sei Dank«, sagte sie mit vor Freude geröteten Wangen, und dann lief sie rasch aus dem Zimmer, um die rote Decke hinauszuhängen. Ein paar Minuten später war sie wieder zurück und stürzte ans Fenster. Sie sahen, wie das Schiff das Signal gab, daß alles in Ordnung sei und daß es später in der Nacht wiederkommen würde.

»Ich gehe und sag' Robby und Lev Bescheid«, rief Manny und war schon unterwegs.

Und ich bleibe nicht hier in der Station sitzen, während die anderen zum Strand gehen, dachte Sara plötzlich.

»Manny, ich komme mit euch heute nacht.«

Manny blieb stehen und sah sie unsicher an. »Ich glaube nicht, daß . . .«, setzte er an, und dann grinste er. »Oh, zum Teufel, was soll ich machen, wenn du unbedingt mitkommen willst?« Und damit rannte er aus dem Zimmer und schlug die Tür hinter sich zu.

Gegen zehn Uhr an jenem Abend hatten Sara, Manny, Lev und Robby ihr sicheres Versteck in einem der höhlenartigen Räume der Festungsruine bezogen. Voll freudiger Erwartung saßen sie dicht aneinander gedrängt hinter einem großen Sandsteinblock. Es roch nach feuchtem, verrottendem Seegras, und von der alten Mauer ging eine merkwürdig eisige Kälte aus, aber sie ließen sich weder von der Kälte noch von dem ekelhaften Geruch stören.

Ezra, der die schärfsten Augen hatte, war auf dem Ausguckposten. Alle anderen hatten nichts weiter zu tun, als zu warten, bis der Mond aufging und das Ruderboot erschien. Sie wagten nicht, zu sprechen, und so schien die Zeit nur sehr langsam zu vergehen. Zu hören war nur ihr Atemgeräusch, das ans Ufer schlagende Wasser und das ferne hohe

Piepsen der Fledermäuse. Jeder in der kleinen Gruppe der Wartenden war tief in Gedanken versunken.

Sara, die dicht neben Robby saß, um sich an ihm zu wärmen, dachte zurück an jenen Tag, an dem Daniel aus Frankreich nach Hause gekommen war und sie hier in der Ruine geküßt hatte. Eine Ewigkeit schien inzwischen vergangen. Wie einfach war ihr das Leben damals erschienen; es gab nur Schwarz und Weiß, zwischen denen sie zu wählen hatte. Plötzlich hörte sie ein Geräusch. Sie hob ruckartig den Kopf. »Was war das?« flüsterte sie. Alle lauschten angestrengt in die Dunkelheit.

»Nur eine Eidechse«, sagte Manny und lockerte seinen Griff um das Gewehr, das schußbereit auf seinem Schoß lag. Sie beruhigten sich wieder, bis ein paar Minuten später ein Frosch laut und vernehmlich quakte. Das Quaken war Ezras Warnsignal, daß etwas oder jemand am Strand unterwegs war.

»Wahrscheinlich eine verdammte Patrouille«, knurrte Manny.

Etwas bewegte sich auf sie zu; ein raschelndes Geräusch übertönte das Plätschern der Wellen, und in die Dunkelheit spähend, erkannten sie Ezras spindeldürre Gestalt, der gebückt auf sie zukam.

»Was ist los?« zischte Lev.

»Irgend etwas bewegt sich am Strand entlang Richtung Norden. Ich glaube, es ist eine Kamelkarawane. Wenn der Mond endlich aufgehen würde, könnte ich wenigstens etwas erkennen«, schimpfte Ezra.

»Sei froh, daß er nicht scheint, sonst könnten sie dich erkennen«, erwiderte Manny trocken. »Warte, ich komme mit.« Manny verließ die Ruine und kroch hinüber zu Ezra.

»Eine Kamelkarawane?« fragte Lev.

»Vermutlich Haschisch«, meinte Robby. »Die nutzen den abnehmenden Mond genauso wie wir.«

Es wurde viel Haschisch von Süden nach Norden geschmuggelt, wobei das zu flachen Stücken gepreßte Haschisch unter den üppigen Haarbüscheln der Kamelhöcker versteckt wurde. Die Deutschen gingen scharf gegen den Rauschgifthandel vor, so daß die Karawanen immer häufiger nachts reisten. Die Nerven der Wartenden waren zum Zerreißen gespannt, während die Karawane fast lautlos vorüberzog, und es schien ewig zu dauern, bis Manny endlich zurückkam.

»Sie sind fort. Schnell, gib mir die Lampe. Die Briten haben gerade signalisiert. Sie kommen jetzt herein.«

Alle standen auf und streckten erleichtert ihre steifen Glieder.

»Wartet hier, bis ich sie sehen kann«, befahl Manny, zog seine Schuhe aus und versteckte sie hinter einem Felsen. Unten am Strand, bis zu den Knöcheln im kalten Wasser stehend, richtete Manny die Lampe genau aufs Meer und blinkte die zwei Signale, zwischen denen er bis zwanzig zählte. Als Antwort tasteten drei dünne Lichtfinger in die Bucht.

Er hatte fast kein Gefühl mehr in den Füßen, als er sie endlich aus der Dunkelheit auf sich zukommen sah, aber es war nicht ein Boot — es waren zwei. Er gab Ezra ein Zeichen, die anderen zu holen. Sara war als erste am Strand, die anderen folgten dicht hinter ihr. Aufgeregt stand die kleine Gruppe am Ufer, während die Boote immer besser in Sicht kamen. Das Meer war so ruhig, daß sie fast bis an den Strand fahren konnten.

Saras Herz klopfte laut, und sie atmete in kurzen Stößen, als aus der Dunkelheit vor ihnen die noch dunkleren Gestalten von Männern auftauchten, die ihre Gewehre hoch hielten und bis zu den Schultern im Wasser standen. Langsam — schrecklich langsam — tauchten sie immer weiter aus dem Wasser auf und wateten tropfnaß ans Ufer, wo sie ihr Bündel in den Sand warfen und sich gespannt umsahen.

Die Gruppe umringte die Ankömmlinge. »Manny?«

sagte die schattenhafte Gestalt direkt neben Sara. Es war die unmißverständliche Stimme von Joe Lanski. Sie hatten es geschafft! O Gott sei Dank. Sie hatten es geschafft! Sara warf sich in Joes nasse Arme. »Gott sei Dank, daß du da bist. Ich habe mir solche Sorgen gemacht. Ist Daniel bei euch?« Vor dieser Frage hatte sich Joe die ganze Zeit gefürchtet, aber jetzt war weder die rechte Zeit noch der rechte Ort, um sie zu beantworten.

»Später«, sagte er und umarmte sie so fest, daß sie kaum Luft bekam. »Wir haben nur wenig Zeit und müssen erst die Boote entladen. Übrigens — Lev — Manny — Robby —, das ist Mohamed und seine beiden Söhne. Sie sind Ägypter und absolut loyal. Sie werden euch in Zukunft hier an der Bucht treffen.« Sie begrüßten sich hastig. »Wer ist das?« fragte Joe und schaute Ezra an, der vor Respekt stramm stand.

»Ezra, Sir«, antwortete er forsch.

»Gut, Ezra. Dämpfe deine Stimme und komm mit zu den Booten — du bist groß genug. Du auch, Robby. Die anderen bringen diese Säcke hinauf zur Ruine.«

Plötzlich hörten sie hinter sich ein merkwürdiges Geräusch, und alle zuckten zusammen. Ungläubig starrten sie auf einen großen, mit Segeltuch bedeckten Korb, in dem es flatterte und gurrte.

»Was ist das?« fragte Robby entsetzt.

»Tauben!« verkündete Joe stolz.

»Tauben?« wiederholte Lev.

»Pscht . . . Die Briten meinten, sie wären nützlich, um eine dringende Nachricht nach Ägypten zu schicken.«

»Außerdem können wir sie essen«, scherzte Lev.

»Kommt, wir wollen uns an die Arbeit machen«, sagte Ezra und watete ins eiskalte Wasser.

Die Gruppe verteilte sich. Jeder widmete sich seiner Aufgabe. »Hier«, sagte Sara und drückte Joe eine dicke Ledertasche in die Hand. »Bring das lieber jetzt gleich zum Boot für den Fall, daß wir gestört werden.«

»Sehr gescheit«, sagte Joe und nahm die Tasche. Dann fügte er hinzu: »Übrigens, was machst du eigentlich hier unten? Ich dachte, du hättest strikten Befehl, in der Station zu bleiben?«

»Ich wollte mitkommen, und deshalb bin ich hier«, sagte sie schlicht.

Joe lachte. »Dann also an die Arbeit . . . aber zuerst . . . ein Kuß?«

Zum erstenmal kam Sara ihm entgegen und küßte rasch seine salzigen Lippen, bevor sie einen Sack ergriff und damit zur Festung hinaufging. Joe berührte seine Lippen, und als er ihr nachschaute, wurde ihm das Herz schwer. Die Schmerzen in seinem Bein nahmen zu, und ihm war grauenhaft zumute. Wie um alles in der Welt sollte er ihr sagen, daß Daniel tot war? Mit einem schweren Seufzer watete er ins Wasser.

Sie hatten rasch gearbeitet, und als sich am Horizont das erste Licht zeigte, hatte sich die kleine Gruppe, naß und verschwitzt, in Saras Arbeitszimmer versammelt. Sara blickte von den Säcken auf dem Fußboden auf ihre Hände, die ganz wund waren von den kleinen, aber schweren Rupfensäcken, die sie zur Station heraufgetragen hatte. Ezra hatten sie hinausgeschickt, um die Tauben vorerst in der alten Scheune unterzubringen, und Mohamed und seine Söhne waren so leise gegangen, wie sie gekommen waren, so daß der Kern der Gruppe endlich allein beisammensaß.

»Wieviel Geld ist das?« fragte Sara Joe, während sie mit der Hand über ihre schmerzende Schulter strich.

»Ungefähr fünfzigtausend Dollar in verschiedenen Goldmünzen. Bereits morgen wird eine weitere Überweisung eingehen. Aaron sagte mir, es läge zur Zeit ungefähr eine halbe Million bereit. Ihr solltet also schon einmal darüber nachdenken, wie ihr es ausgeben wollt.«

Robby pfiff leise. »Eine halbe Million!« sagte er überrascht. »Nie im Leben haben wir mit so viel gerechnet.«

»Wir werden jeden Penny und mehr davon brauchen, um all die Juden hier vor dem Verhungern zu retten«, sagte Lev streng, und alle sahen ihn ärgerlich an. Er mußte ihrer guten Laune natürlich einen Dämpfer versetzen.

»Ich schlage vor, wir graben erst einmal ein Loch im Keller, um das alles zu verstecken«, sagte Sara. »Wo ist die Kuriertasche?«

»Hier.« Joe ging auf den Schreibtisch zu, stolperte jedoch, als ein glühender Schmerz durch sein Bein schoß.

»Was ist los?« fragte Sara und stand rasch auf, als sie sein bleiches Gesicht sah. Sie bemerkte erst jetzt, wie mager er geworden war.

»Nichts«, sagte Joe, aber er stieß es zu schnell hervor, so daß ihn Sara forschend anblickte, um die wahre Antwort zu finden. Ihre Augen trafen sich, und Sara sah die Qual, die sich hinter seiner ausdruckslosen Maske verbarg.

»Joe?« flüsterte sie. Irgend etwas stimmte ganz und gar nicht. Instinktiv spürte sie, daß etwas Schreckliches geschehen war.

»Ich sollte mich vielleicht hinsetzen«, sagte Joe matt. »Vielleicht sollten wir uns alle erst mal setzen.« Sie starrten ihn an, als er sich schwerfällig auf dem Stuhl neben dem Schreibtisch niederließ. Und plötzlich überkam sie alle das Gefühl, als schlüge ihnen die Schicksalsstunde. Reglos standen sie da und warteten, daß Joe etwas sagte.

Es war Sara, die das Schweigen brach. »Bitte, setzt euch. Ich glaube, Joe hat uns etwas zu sagen.«

Joe schaute Sara an und sah, daß sie Bescheid wußte. Wie zum Teufel konnte sie es wissen? Er hatte keine Ahnung und schrieb es dem gefährlichen Instinkt, genannt Intuition, zu. Frauen wußten solche Sachen immer. Er fühlte sich schrecklich müde, so müde, daß er sich fragte, ob er überhaupt sprechen konnte. Seine Wunde brannte wie Feuer, und jetzt, nachdem er die Station erreicht und die unmittelbare Gefahr überstanden hatte, lastete der Gedanke an Daniels Tod erneut wie ein Bleigewicht auf seiner Seele. Ich bringe es lieber hinter mich, dachte er und begann zu sprechen.

»Sara hat recht. Ich muß euch etwas sagen.« Er holte tief Luft und wappnete sich innerlich, während sich die anderen umständlich setzten. Er hob die Augen zur Zimmerdecke und begann mit so leiser Stimme zu sprechen, daß sie Mühe hatten, ihn zu verstehen. »Daniel und ich waren einige Tagereisen weit in der Wüste Sinai, als wir von Kameldieben überfallen wurden. Ich bekam einen Schuß ins Bein. Daniel . . .« Die Worte wollten nicht über seine Lippen. Er versuchte es noch einmal. »Daniel wurde schwer getroffen und . . .«

»Er ist tot, nicht wahr?« sagte Sara tonlos. Die anderen starrten sie an, und dann blickten sie zu Joe, der, die Augen auf Sara gerichtet, bestätigend nickte.

»Ja«, sagte er schließlich. »Ja, er ist tot.«

»Aber — aber das kann nicht sein«, stieß Manny hervor.

Joe wandte sich von Sara ab, und sein Blick wanderte über die zusammengesunken dasitzenden Gestalten. »Es tut mir leid, aber es ist wahr.« Er schaute jeden einzelnen von ihnen an, und sie erwiderten seinen Blick aus bleichen, schockierten Gesichtern. Joe fuhr sich mit den Fingern durch das Haar und rief plötzlich. »Seht mich nicht so an! Die Karten sind ausgeteilt — ich decke sie nur auf!« Er hatte das Gefühl, sie alle wünschten, es hätte ihn erwischt und nicht Daniel.

Manny stand auf und ging, eine Entschuldigung murmelnd, zum Fenster. Er blinzelte heftig, um die Tränen zurückzudrängen. Lev und Robby zündeten sich mit zitternden Händen eine Zigarette an. Sie dachten daran, was sie alles gemeinsam mit Daniel unternommen hatten, wie viele Streitgespräche sie miteinander geführt hatten.

Aber es war Sara, um die sich Joe am meisten sorgte. Trotz seines eigenen Schmerzes und seiner schrecklichen Müdigkeit galt sein ganzes Mitgefühl ihr. Er sah sie an und blickte in ein völlig ausdrucksloses Gesicht. Sie hatte die Hände im Schoß gefaltet und die Augen fest geschlossen.

Sie war so tief erschüttert wie noch nie in ihrem Leben. Zorn, Haß, Liebe und Sehnsucht überfluteten sie und trafen sich zu einer Gefühlsexplosion, die sie ausgelaugt und kraftlos zurückließ. Und dann packte sie eine unglaubliche Empörung, die aus dem Innersten ihrer Seele kam. Sie holte tief Luft und schlug die Augen auf. »Joe, ich glaube, wir sollten erfahren, wie es geschehen ist — und wenn es noch so schmerzlich ist.«

Alle sahen sie erstaunt an. Keiner von ihnen hätte eine solche Selbstbeherrschung erwartet, am wenigsten Joe, der sich auf einen Tränenausbruch und Vorwürfe gefaßt gemacht hatte. Er blickte Sara ernst an, dann lehnte er sich auf seinem Stuhl zurück und zwang seine Muskeln, sich zu entspannen. Er begann mit dem Tag, als er und Daniel die Grenzstadt verließen und in die Wüste ritten.

Manny stand am Fenster und stöhnte manchmal, während Joe seine Geschichte erzählte. Lev und Robby saßen auf der vorderen Stuhlkante, rauchten eine Zigarette nach der anderen und kämpften stoisch gegen die aufsteigenden Tränen. Nur Sara saß starr und aufrecht da, schaute mit kalten Augen auf Joe und erkundigte sich hin und wieder nach Einzelheiten.

»Und die Patrouille, die die Briten ausgeschickt haben — sie haben seine Leiche wirklich nicht gefunden?« fragte sie hartnäckig.

»Ich fürchte, nein. Ich war — ich war selbst nicht ganz auf der Höhe. Vermutlich hatte ich jede Orientierung verloren. Ich muß bei der Kompaßpeilung etwas falsch gemacht haben.« Er schüttelte den Kopf. »Es tut mir leid — schrecklich leid.«

Manny schaute ihn an. Er wirkte wie vor den Kopf geschlagen von der Sinnlosigkeit dieses Todes. »Wenn ich bloß hier gewesen wäre. Ich hätte darauf bestanden, daß er nicht geht. Dann wäre er jetzt am Leben. So wahr ich hier stehe!«

»Manny, das ist nicht wahr. So darfst du nicht denken«, sagte Sara bestimmt. »Es ist nicht dein Fehler. Niemand hätte Daniel aufhalten können. Niemand! Sein Tod ist einzig und allein sein Fehler, und das weißt du. Er hätte es selbst zugegeben, und auch das weißt du.«

Manny sah sie mit schmerzerfüllten Augen an und fragte mit unsicherer Stimme: »Warum? Warum mußte das geschehen? Ein verdammter Kameldieb. In Gottes Namen — warum?«

»Hör auf, Manny. Was hast du dir denn vorgestellt?« sagte Sara streng. »Jedem von uns hier kann wer weiß was passieren. Gott im Himmel! Wer auf der Welt ist vor irgend etwas sicher? Glaubst du, unser Leben ist aus irgendeinem Grund gefeit — daß sie uns nie kriegen, daß wir nie krank werden, daß uns keiner umbringt? Daniels Tod ist der Preis — der wahre Preis für das, worauf wir uns eingelassen haben, und jeder, der das bislang nicht begriffen hat, ist ein Narr.« Sie hatte die Fäuste geballt. Dann stand sie auf und schaute sie alle an. »Daniel kannte das Risiko und hat es auf sich genommen. Aber es gibt ein Mittel, um unseren Schmerz zu lindern, um ihn auszubrennen — und das ist Rache!« Die Farbe war in ihre Wangen zurückgekehrt, als sie wie eine herausfordernde Rachegöttin vor ihnen stand. »Oder weiß einer etwas Besseres?« stieß sie hervor.

Niemand antwortete, denn es gab keine Antwort darauf.

Jeder auf der Station, von Manny und Robby bis zu Frieda und dem Küchenmädchen, machte sich in den Tagen nach Joes Rückkehr Sorgen um Sara. Sie tat ihre Arbeit mit der gleichen Umsicht wie sonst, nur ihre Augen wirkten abwesend und glanzlos. Obwohl sie sich beinahe mechanisch bewegte, schien in allem, was sie tat, eine grimmige Absicht zu liegen. Nur Joe begriff einigermaßen, was sie durchmachte, und er fühlte mit ihr. Er hatte sein Leben lang mit dem Tod gelebt. Seine Eltern und seine Geschwister waren gestorben und später die einzige Frau, die er wirklich geliebt hatte.

Er wußte, daß sich Sara mit ihrem Glauben an ihre starken Schultern etwas vormachte, aber er wußte auch, daß ihr dieser eigensinnige Stolz half, den Verlust tapfer zu ertragen. Sie waren sich in vielen Dingen so ähnlich, daß es ihn wunderte, daß Sara noch nicht selbst darauf gekommen war.

Sara bestand darauf, nach Hadera zu reiten, um Daniels Mutter die Nachricht vom Tod ihres Sohnes selbst zu überbringen. Manny und Joe begleiteten sie. Joe wußte, daß Sara auch dieser Gang, bei dem sie sich offen dem Schmerz stellte, helfen würde, sich von ihrer Betäubung zu befreien. Frau Rosen hatte die Nachricht bewundernswert ruhig aufgenommen. Ihre stille Würde war herzergreifender als alle Tränen. Sie hatte nicht einmal gefragt, warum ihr Sohn mitten im Krieg durch die Wüste reiste. Sie hatte nur mit leicht bebenden Händen ihre Nase geputzt und gesagt: »Wir wollen nicht mehr darüber sprechen. Ich wußte, daß so etwas eines Tages geschehen würde. Ich danke dir, Sara, daß du gekommen bist, aber ich glaube, ich brauche jetzt ein wenig Ruhe.« Sie hatte die Augen geschlossen und sich in ihrem Stuhl zurückgelehnt. Selbst Joe hatte einen Kloß im Hals, als er mit Sara das Haus verließ.

Fast eine ganze Woche lang verlor Sara kein Wort über Daniels Tod und weinte keine einzige Träne. Alle versuchten, mit ihr darüber zu sprechen und die Mauer niederzureißen, hinter der sie sich verschanzte; aber sie schien nicht zu hören. Und dann sagte Joe ihr schließlich, daß er fort mußte, schon morgen und vermutlich für eine ganze Weile. Er hatte eine Menge zu erledigen; außerdem konnte sein Verschwinden bereits Verdacht erregt haben.

»Wohin gehst du?« fragte sie und sah ihn mit Augen an, die blauer leuchteten denn je.

»Nach Jaffa.«

»Für wie lang?« fragte sie scheinbar unbekümmert. Ihr war plötzlich bewußt, wie sehr sie ihn vermissen würde, und sie wollte nicht, daß er etwas davon merkte.

»Ich weiß es nicht.« Er sah sie an und spürte, daß er sie irgendwie verletzt hatte. »Sei vorsichtig, Sara. Bei dem geringsten Anzeichen, daß etwas schiefläuft – bitte, melde dich.«

Sara nickte und wandte sich rasch ab. Er sollte nicht sehen, wie ihr zumute war, weil er ging, und daß sie Angst hatte. Dann hob sie den Kopf, schaute ihm gerade in die Augen und sagte: »Wir sind vorsichtig, und nichts wird schiefgehen. Du brauchst dir wegen uns keine Sorgen zu machen.« Ihre Miene war so kühl und überlegen, daß Joe gern gelächelt hätte.

Er schaute sie an, und wieder einmal fiel ihm auf, wie sehr sie die Ereignisse des vergangenen Jahres verändert hatten. Sie hatte viel Kraft dazugewonnen, aber sie war auch um vieles zerbrechlicher geworden. Er machte sich Sorgen um sie – und das nicht zu knapp.

Die Sorge, was während seiner Abwesenheit alles passieren könnte, ließ Joe in seiner letzten Nacht auf der Station nicht einschlafen. Jedesmal, wenn er die Lampe ausmachte und die Augen schloß, lag er eine Minute später wieder mit offenen Augen da und starrte in die Dunkelheit. Seine Gedanken und Gefühle waren ein einziges Chaos: Er mußte unbedingt nach Jaffa zurück und seine Angelegenheiten regeln, vor allem die Frage seiner amerikanischen Staatsbürgerschaft. Es wurde immer wahrscheinlicher, daß Amerika auf der Seite der Alliierten in den Krieg eintrat, und wenn er nicht ganz schnell seine Beziehungen nutzte, um osmanischer Staatsbürger zu werden, mußte er aller Voraussicht nach demnächst das Land verlassen. Und das war undenkbar.

Auf der anderen Seite ließ er Sara in ihrer derzeitigen Verfassung nur höchst ungern allein. Es war durchaus möglich, daß sie in diesem Gemütszustand unnötige Risiken einging. Sie könnte durchaus nicht nur sich selbst zugrunde richten, sondern alle anderen um sie herum mit sich reißen. Seine Gefühle ihr gegenüber waren schrecklich wirr und kompliziert. Einerseits war er glühend eifersüchtig auf ihre Liebe zu einem Toten, andererseits erfüllte ihn zärtliches Mitgefühl angesichts ihres Kummers. Und gleichzeitig verzehrte er sich vor Sehnsucht nach ihr. Er wußte, daß nichts gewonnen wäre, wenn er jetzt bei ihr bliebe, und wünschte nur, er hätte genug Willenskraft, eine Beziehung aufzugeben, die ihm, soweit er es übersehen konnte, nichts als Komplikationen bescherte.

Eine weitere unabänderliche Tatsache, die sein Leben komplizierte, war die Liebe zu seinem Land und seinem Volk. Bis zum Ausbruch des Krieges war er sich nicht bewußt gewesen, wie viel ihm Palästina inzwischen bedeutete. Er hatte immer geglaubt, daß die Welt allen Menschen gehöre, ungeachtet ihrer Rasse. Nun stellte er etwas an sich fest, das er stets verachtet hatte: Er war ein Nationalist. Unmutig drehte er sich in seinem Bett auf die andere Seite und zog die Decke fester um sich. Es war kalt im Zimmer und roch noch immer leicht nach Selenas Rosenwasser. Nun, wenigstens waren Selena und Sarkis in Sicherheit. Sie wohnten glücklich vereint bei Paul und Eve Levy in Kairo und schmiedeten Hochzeitspläne.

Plötzlich riß ihn ein Schrei aus seinen Gedanken. Eine Sekunde lang saß er kerzengerade im Bett, bevor er erkannte, woher der Schrei kam. Dann fuhr er in seine Hosen und rannte in Saras Zimmer. Sie stand mit vor Entsetzen geweiteten Augen mitten im Zimmer. Ihr dickes Flanellnachthemd war völlig durchgeschwitzt, doch als Joe ihre Hände nahm, waren sie eiskalt.

»Sara, Sara! Hab keine Angst. Was ist passiert? War jemand hier?«

Sara schüttelte heftig den Kopf. »Es ist der Alptraum . . . sie verfolgen mich . . . es ist so gräßlich . . .« Sie sprach zusammenhanglos, und ihr Traum schien sie noch in seinem Bann zu halten. Dann atmete sie kurz auf und ließ sich von Joe zu ihrem Bett führen.

»Es ist nur ein Traum. Du brauchst dich nicht zu fürchten«, sagte er sanft. Sie saß aufrecht, gegen ihr Kopfkissen gelehnt, und hielt seine Hand fest.

»Bleib bei mir, Joe, nur für einen Moment . . . Ich fürchte mich.« Joe setzte sich neben sie und hielt ihre Hand mit beiden Händen. Eine Weile saßen sie schweigend beieinander. Ihr Griff lockerte sich keine Sekunde, als hätte sie Angst, er würde sich heimlich davonstehlen.

Und dann rollten langsam ihre ersten Tränen seit Daniels Tod über ihre Wangen. »Halt mich fest, Joe«, flüsterte sie, als alle Gefühle, die sich in den letzten Tagen angestaut hatten, plötzlich losbrachen.

»Sara«, murmelte er, als er sie endlich wie selbstverständlich und voller Liebe in den Armen hielt. Weinend, von Schluchzern geschüttelt und immer wieder nach Luft ringend, klammerte sie sich an ihn, und er wiegte sie sanft, strich ihr über das Haar und murmelte unverständliche tröstende Laute, bis ihre Tränen endlich versiegten.

Schließlich löste sie sich aus seiner Umarmung, und sich die Nässe mit beiden Händen vom Gesicht wischend, versuchte sie zu lächeln. »Es tut mir leid«, begann sie stockend. »Es ist nur . . .«

»Du brauchst dich nicht zu entschuldigen«, sagte er leise. »Ich weiß, wie es ist, jemanden zu verlieren, den man liebt.« Er nahm die Eifersucht, die in ihm wühlte, als Strafe für alle seine Sünden hin und lächelte sie freundlich an.

Sara wollte ihm sagen, daß sie irgendwie gewußt hatte, daß Daniel tot war und daß sie auf seinen Tod vorbereitet war. Sie wollte ihm sagen, daß ihre Liebesaffäre in Wirklichkeit schon lange, bevor Daniel in den Sinai aufbrach, zu Ende war — daß sie schon zu Ende war, kurz nachdem sie begonnen hatte, und daß sie wütend auf Daniel war, sogar noch jetzt, nach seinem Tod. Aber sie konnte es nicht sagen. Es war zuviel auf einmal, zu schwierig, um es zu erklären und irgendwie zu enthüllend, zu erniedrigend. Sie seufzte und ließ sich unter die warme Bettdecke gleiten. Joe stand auf, aber sie streckte die Hand aus und legte sie auf seinen Arm. »Würde es dir etwas ausmachen, bei mir zu bleiben, bis ich eingeschlafen bin? Bitte.«

Joe blickte auf sie hinab, gerührt von der Hilflosigkeit in ihrer Stimme und dem Vertrauen, das sie in ihn setzte. »Natürlich bleibe ich. Schlaf jetzt. Niemand wird dir etwas tun, glaub mir.« Und als sich endlich ihre Augen schlossen, fügte er leise hinzu: »Dafür werde ich sorgen.«

Kapitel XXIV

März 1917

Die Kuriertasche aus Kairo hatte weitere Anweisungen für die Gruppe enthalten sowie die Bitte um Informationen, die zu beschaffen weit über den Rahmen ihrer bisherigen Arbeit hinausging. Sie hatten alle Hände voll zu tun, neue Informationsquellen und Informanten zu finden. Aufgrund der ihnen vorliegenden Informationen hatten sie angenommen, daß die britische Armee jetzt in dem grünen Grasland vor Gaza stand, und Aarons Brief hatte diese Nachricht bestätigt. Allerdings schrieb er, daß die Armee dort einige Zeit bleiben würde, weil General Murray Probleme mit der Wasserversorgung habe. »Ich habe versucht, das hiesige Oberkommando davon zu überzeugen«, schrieb er, »daß es nur zwei- oder dreihundert Fuß unter der Erde reichlich Wasser gibt, aber sie wollen auf solche Ratschläge nicht eingehen und verlegen lieber ihre albernen Rohre — ein sehr mühsames Geschäft.«

Aaron bat die Gruppe, junge Männer ausfindig zu machen, die den Engländern als Scouts dienen könnten, sobald oder wenn sie angreifen würden. Sara beschloß, diese spezielle Bitte erst einmal zurückzustellen. Sie hatten mit den anderen Dingen, die die Briten von ihnen verlangten, mehr als genug zu tun. Die Gruppe war immer noch nicht besonders groß, obwohl die Zahl ihrer Mitglieder seit den Anfangstagen zugenommen hatte. Zur Zeit versuchten sie, mit ungefähr fünfundzwanzig aktiven Mitgliedern und Informanten ein Gebiet auszuspionieren, das sich von Gaza an der ägyptischen Grenze bis nach Damaskus in Syrien erstreckte, und sie waren so knapp an Kurieren, daß praktisch nur Manny, Lev und Robby zur Verfügung standen, um die Berichte von den Außenposten abzuholen.

Die gesteigerten Anforderungen der Organisation nahmen auch Sara mehr und mehr in Anspruch. Sie fand es ungeheuer spannend, was sie taten, und brannte darauf, auch aktiv mitwirken zu können. Unter anderem hatten die Briten um zusätzliche Informationen über die Eisenbahnen im Osmanischen Reich gebeten. Sie benötigten detaillierte Angaben über die Spurweiten. Nach einigem Nachdenken beschloß Sara, selbst nach Afula zu fahren, um einen entfernten Cousin zu überreden, dort am Bahnhof ein Café zu eröffnen. Afula war ein wichtiges Depot, wo Lebensmittel, Waffen und Munition lagerten — und es war ein Truppenumschlagplatz. Mit Hilfe eines gesellschaftlichen Treffpunkts, wie es ein Café war, könnte die Gruppe eine Menge erfahren über die Anzahl von Soldaten und Waffen, die nach Beer Sheva gingen.

Saras Cousin war zunächst entsetzt gewesen über ein solches Ansinnen, doch er hatte sich schließlich überreden lassen. Es dauerte eine weitere Woche, und Sara mußte eine beträchtliche Portion Gold für das Baumaterial springen lassen. Daß sie soviel Gold unter die Leute bringen mußte, bereitete ihr Sorgen. Sie hatte Hamid Beks Bemerkungen über die Araber, bei denen man Gold gefunden hatte, nicht vergessen. »Sie wurden natürlich gehängt«, hatte er hohnlächelnd gesagt, und seine Worte hatten sich in ihr Gedächtnis eingebrannt. Bei allem, was sie taten, mußten sie überaus vorsichtig vorgehen, um die Behörden nicht auf die Idee kommen zu lassen, die Juden besäßen größere Mengen guter alter Goldwährung.

Als im März die zweite Goldladung eintraf, vergruben sie im Keller der Station ein Vermögen. Es war an der Zeit, sich mit Meir Dizengoff in Tel Aviv in Verbindung zu setzen. Sie hatten mehr Geld, als sie verteilen konnten, und brauchten dazu die Unterstützung der größeren Organisation der Haschomer. Drei Tage nachdem die März-Sendung eingetroffen war, machten sich Lev und Sara auf den Weg nach Jaffa. Als Sara im Zug saß und auf die vorbeiziehende Landschaft hinaus blickte, hatte sie endlich einmal Zeit für ihre eigenen Gedanken. Lev war in ein Buch vertieft, und Sara hatte nichts anderes zu tun, als ihren Gedanken nachzuhängen. Es war das erste Mal, daß sie wieder nach Jaffa fuhr seit jenem Tag — wie lange war das schon her! —, als Daniel Hamid Bek beleidigt und später ihre naiven, peinlichen Avancen zurückgewiesen hatte. Einen Tag darauf hatte sie Chaims Heiratsantrag angenommen. Nun waren Daniel und Chaim tot, und Aaron, Becky und Alex weit fort. Der Fächer, den ihr Daniel auf dem Markt gekauft hatte, war mit den Koffern verlorengegangen, die sie in Mouslimiye zurückgelassen hatte. Sara erinnerte sich noch genau an jenen Tag, wie sie zwischen den Ständen umhergegangen waren, an das Café und natürlich die Wahrsagerin. »Du wirst viele Seelen retten«, hatte die Frau gesagt, und Sara lachte kurz auf, als sie daran dachte. Bis jetzt hatte sie nur dazu beigetragen, zwei Seelen in die moslemische Hölle zu befördern, wo sie hoffentlich schmorten, wenn es denn eine solche Hölle überhaupt gab.

»Geht es dir gut, Sara?« fragte Lev und schaute von seinem Buch auf.

»Alles bestens«, antwortete sie, in die Gegenwart zurückkehrend. »Und dir?«

»Ich büße, weil ich gestern zuviel getrunken habe«, sagte er lächelnd. Lev hatte sich die vergangene Nacht mit einem Hauptmann um die Ohren geschlagen, von dem es hieß, er habe eine brandneue Küstenpatrouille aufgezogen; doch er hatte zu seiner Erleichterung festgestellt, daß diese Patrouille ein ebenso unfähiger Haufen war wie alle anderen.

Sara berührte Levs Arm. »Sobald wir bei Dizengoff waren, gehen wir zurück ins Hotel, und du kannst dich ausruhen.«

Lev schüttelte den Kopf. »Ich hatte eigentlich vor, Joe Lanski aufzusuchen. Er hat vielleicht wieder etwas für uns.«

Sara nickte und blickte aus dem Fenster.

Joe war in den letzten sechs Wochen nur einmal nach Atlit gekommen. Er hatte zufällig in der Nachbarschaft zu tun gehabt. Aber er brachte ihnen ein paar Landkarten, auf denen die türkisch-deutschen Verteidigungslinien eingezeichnet waren. Er war nur kurz geblieben, so daß sich keine Gelegenheit für ein privates Gespräch ergab. Sara hätte zu gern gefragt, ob sie die Karten der deutschen Offiziersgattin verdankten, und geriet allein bei diesem Gedanken in einen ohnmächtigen und völlig unvernünftigen Zorn. Ärgerlich über sich selbst, war sie wieder in den alten schnippischen Tonfall zurückgefallen, wenn sie mit ihm sprach, was nur das altbekannte zynische Gelächter hervorgerufen hatte. Doch er übte immer noch die gleiche erregende Wirkung auf sie aus wie damals, nachdem er nach Jaffa zurückgekehrt war.

Sara mußte an jene Nacht in der Wildnis denken und an die Gefühle, die seine erste Umarmung in ihr geweckt hatte. Sie versuchte, die Erinnerung an seine Lippen aus ihrem Gedächtnis zu verbannen, weil sie glaubte, sie würde Daniel dadurch untreu; aber sie blieb und regte sich zu den unpassendsten Gelegenheiten.

Plötzlich überkam sie eine brennende Neugier, zu sehen, wo und wie Joe lebte — und mit wem. »Ich denke, ich komme mit«, sagte sie und wandte sich vom Fenster ab.

Lev sah sie entsetzt an. »Ich halte das nicht für klug . . . ich meine, du solltest an deinen guten Ruf denken. Du hast keine Ahnung . . .«

»Zum Teufel mit meinem guten Ruf«, platzte Sara heraus, die ihren Entschluß bereits gefaßt hatte und nicht wußte, ob sie sich über Levs Vorstellungen von Sitte und Anstand ärgern oder amüsieren sollte. Ihr Witwenstand und Daniels Tod hatten Levs alte Hoffnungen wieder aufleben lassen. Sie mochte ihn ja ganz gern, aber diese ständige Einmischung in ihre Angelegenheiten machte sie wahnsinnig. »Außerdem möchte ich Ali wiedersehen«, fügte sie überflüssigerweise hinzu.

Lev seufzte. Er hatte mehr als nur den Verdacht, daß es Joe war, den sie sehen wollte, und das Herz wurde ihm schwer.

Um ein Uhr trafen sie in dem kleinen Hotel neben der Kirche und dem Kloster St. Peter ein. Ein kleiner Araberjunge hatte sie durch ein Gewirr von Straßen hingeführt, und obwohl Lev Saras Reisetasche in einer Schubkarre geschoben hatte, waren sie beide erhitzt und durstig, als sie ankamen.

Sara stieß die Läden in ihrem Zimmer auf und blickte hinaus auf das blaue Wasser des Hafens und die Kuppeldächer von Jaffa. Die Stadt war in den letzten dreieinhalb Jahren gewachsen, vor allem durch die neuen Einwohner, die vor der Hungersnot im Süden in der Stadt Zuflucht gesucht hatten. Wenn sie sich aus dem Fenster beugte, konnte sie rechts die flachen weißen Häuser von Tel Aviv sehen, die sich zwischen die Sanddünen schmiegten.

Sie schloß die Augen, und als sie die warme Sonne auf ihrem Gesicht spürte, wurde ihr zum erstenmal seit Wochen leichter ums Herz. Sie mußten zuerst zu Dizengoff, doch danach wollte sie den Nachmittag nützen, um sich das Grundstück anzusehen, das Chaim anläßlich ihrer Verlobung gekauft hatte. Anschließend wollte sie dann Joe Lanski besuchen. Sie freute sich auf ihr Nachmittagsprogramm, und vergnügt pfeifend, begann sie ihre Sachen auszupacken und sich frischzumachen. Sie betrachtete sich prüfend im Spiegel — zum erstenmal seit über einem Jahr — und erschrak beinahe über ihr wenig gepflegtes Aussehen. Gesicht, Hals und Hände waren von der Sonne braungebrannt.

Eine Stunde später war Sara fertig und wartete ungeduldig auf Lev. Dann nahm sie ihren Hut, ging zu Levs Zimmer und klopfte.

»Wer ist da?« meldete sich eine schwache Stimme.

»Ich bin's, Sara«, antwortete sie. »Bist du fertig?«

Ein leises Stöhnen drang durch die Tür, und Sara wollte eben hineingehen, als sich der Türknauf drehte und Levs Gesicht im Türspalt erschien. Er war sehr blaß und sah aus, als hätte er fest geschlafen, als sie anklopfte. »Es tut mir leid«, sagte er, als er die Tür weiter öffnete und sie eintreten ließ. Dann zuckte er zusammen und hielt sich die Hände gegen den Bauch. »Ich fühle mich schrecklich, Sara«, stöhnte er. »Es müssen die Ölsardinen gewesen sein, die ich gestern abend gegessen habe.«

Sara blickte ihn ärgerlich an. »Das oder der Wein. O Lev. Dann soll ich vermutlich ohne dich nach Tel Aviv gehen.«

»Morgen geht es mir bestimmt besser«, sagte Lev kläglich, und Sara verkniff sich eine boshafte Bemerkung, als sie sah, wie krank er aussah.

»Morgen ist es zu spät«, sagte sie nachsichtig. »Ich bring dir Aarons Zaubermedizin — *Doctor Collin's*-irgendwas-Elixier. Ich hab' es in meiner Reisetasche.«

Eine Minute später war sie mit einem Arzneimittelfläschchen zurück, das sie mit Nachdruck auf seine Kommode stellte. »Hier, das wirkt angeblich Wunder. Und jetzt sag mir«, fuhr sie beiläufig fort, während sie sich den Hut feststeckte, »wo Joe Lanski wohnt. Ich werde ihn bitten, mich nach Tel Aviv zu begleiten.«

»Ich finde, du solltest nicht kreuz und quer durch Jaffa laufen und nach Joe Lanski fragen, Sara. Die Stadt ist gefährlich«, protestierte Lev.

»Es ist mir egal, ob die Stadt gefährlich ist oder nicht«, entgegnete sie. »Ich will wissen, wo Joe wohnt.«

»Jeder Droschkenkutscher bringt dich hin«, sagte Lev, zu erschöpft, um mit ihr zu streiten.

»Danke«, sagte Sara und verließ das Zimmer. Sie hörte Lev noch etwas rufen, schenkte ihm jedoch keine weitere Aufmerksamkeit. Rasch lief sie den Korridor entlang. Es war bereits fast halb zwei, und sie mußte sich beeilen, wenn sie Joe finden und noch rechtzeitig zu Dizengoff nach Tel Aviv kommen wollte. Sara bekam gleich vor dem Gasthof eine Droschke und — wie Lev vorausgesagt hatte — der Kutscher wußte, wo Joe wohnte und fuhr sie innerhalb von zehn Minuten hin.

Joes Haus lag in dem schönen Teil der türkischen Altstadt. Es war ein längliches, niedriges Gebäude aus Sandstein, die Außenmauern überwuchert von Bougainvilleen. Eine hohe Mauer umgab das Anwesen, und in die bogenförmige Einfahrt war ein prächtiges schmiedeeisernes Tor eingelassen. Im Hof hinter dem Tor plätscherte ein Springbrunnen, und schon das Geräusch wirkte angenehm kühlend. Als Sara, noch in der Droschke sitzend, den feuchten Salzgeruch des Meeres einatmete, bemerkte sie, daß die Rückseite des Hauses zum Meer hin lag. Es war ein schönes Fleckchen Erde, ein Haus mit der friedlichen Atmosphäre eines liebevoll gepflegten Heims.

Sara stieg aus und bat den Kutscher zu warten, bevor sie an der schweren eisernen Glocke zog. Während sie wartete, war sie sich nicht mehr ganz so sicher, ob es wirklich eine gute Idee war, einfach so vorbeizukommen, aber jetzt umzukehren wäre ihr ebenfalls dumm vorgekommen. Das Haus gewährte ihr einen kurzen Blick auf eine Seite von Joe, die sie noch nicht kannte, und das machte sie verlegen — und neugierig.

Ein barfüßiger Junge kam zum Tor und ließ Sara ein, ohne nach ihrem Namen zu fragen. Offensichtlich ist er es gewöhnt, reihenweise fremde Frauen einzulassen, dachte Sara und ärgerte sich, daß sie sich darüber aufregte. Trotzig und klopfenden Herzens schritt sie über den Hof. Ihr Gesicht war gerötet vor Verlegenheit und Aufregung. Ein großer, würdevoller Diener erschien in der Haustür und verbeugte sich. »Was kann ich für Sie tun, gnädige Frau?«

Sara straffte die Schultern, sah ihn an und schluckte. Dann sagte sie mit fester Stimme: »Ich möchte den Herrn des Hauses sprechen — Joe Lanski.«

»Der gnädige Herr ist zum Lunch ausgegangen. Möchten Sie auf ihn warten?« fragte der Diener mit einer einladenden Bewegung.

Sara errötete noch mehr. »Nein, ich habe es eilig. Bitte, sagen Sie Herrn Lanski, daß Sara Cohen hier war.«

Sie war gerade dabei zu gehen, als Ali über den Hof gerannt kam und atemlos vor Sara haltmachte. »Joe ist nicht da, er ist —« Er hielt inne und furchte die Stirn; dann erhellte sich sein Gesicht und er grinste von einem Ohr zum anderen. »Er ist zum Essen gegangen, aber ich weiß, wo. Willst du, daß ich dich hinbringe?«

Der arabische Diener wirkte besorgt und warf Ali einen warnenden Blick zu, den der Junge geflissentlich übersah. Sara, die Ali mit ernsten Augen betrachtete und angestrengt nachdachte, war der Blick des alten Dieners entgangen. Um nach Tel Aviv zu gelangen, mußte sie ohnehin quer durch Jaffa; sie würde also nicht viel Zeit verlieren. Für einen Moment kamen ihr Zweifel, ob es wirklich klug war, durch die

Stadt zu jagen, nur um ihn aufzustöbern; aber der Moment ging vorüber. Sie brauchte jemanden, der sie begleitete. Sie nickte Ali zu. »Draußen wartet eine Droschke. Gehen wir?«

Außerhalb der sicheren Mauern von Joes Grundstück war Ali nicht mehr so überzeugt von seinem Einfall und blieb stehen, als ihn der Mut verließ. Joe konnte verdammt zornig werden, schlimmer als ein Kamelbulle. Nervös kaute er an den Fingernägeln.

»Also, was ist?« sagte Sara ungeduldig und hielt ihm die Droschkentür auf. »Steig ein.«

Ali schmollte. Geschieht ihr recht, dachte er. Alle anderen Frauen von Joe verwöhnten ihn, nur sie nicht. Für Ali war Saras Ankunft vor Joes Haus ein böses Zeichen. Diese Frau als »Mutter« war das letzte, was er sich wünschte. Im Augenblick hatte er Dutzende von Müttern und Joe mehr oder weniger für sich allein. Sara gab dem Kutscher rasch einige Anweisungen. Dann stieg sie ein, und sie fuhren schweigend los.

Als sie vor dem Haus angekommen waren, in dem sich Joe angeblich aufhielt, lehnte sich Ali bequem zurück. »Zweiter Stock«, sagte er und blickte mit seinen schwarzen, scharfen Augen nach oben. »Ich warte hier in der Kutsche.«

Sara lief die zwei Treppen hinauf und klopfte an die Wohnungstür. Als nicht gleich geöffnet wurde, klopfte sie noch einmal ungeduldig. Hinter der Tür erklang eine weiche Frauenstimme. »Wer ist da?«

Sara geriet leicht in Panik und sah sich nervös um, ob es noch eine andere Tür auf der Etage gab.

»Wer ist da?« wiederholte die Stimme etwas lauter.

»Ich — ich suche Joe Lanski.«

Die Tür öffnete sich wie auf ein geheimes Zeichen, und die zwei Frauen starrten sich ein paar Sekunden lang an. »Einen Augenblick«, sagte die Frau und verschwand, ohne die Tür zu schließen, aber nicht bevor Sara das schöne weiße Gesicht und die wallende Pracht ihrer dunkelroten Haare wiedererkannt hatte. Es war Joes Begleiterin auf dem Ball in

Jerusalem. Sara stand da und überlegte, was sie als nächstes tun sollte, denn plötzlich war ihr klar, daß sie vielleicht bei etwas mehr störte als nur bei einem gemütlichen Mittagessen. Sie wollte am liebsten umkehren und die Treppe hinunterlaufen und Ali den Hals umdrehen, aber jetzt zu fliehen war unter ihrer Würde.

Die Tür schwang auf und vor ihr stand Joe. Der Kragenknopf seines weißen Hemdes war offen, aber sonst war er tadellos gekleidet in Stiefel und Reithosen. »Sara! Was zum Teufel tust du hier?« In seine Überraschung mischte sich Besorgnis, als er ihr Gesicht sah und bemerkte, wie sie verlegen von einem Fuß auf den anderen trat. Er beugte sich vor und sagte halblaut: »Hast du irgendwelche Probleme?«

Sie lächelte flüchtig. »Nein — nun ja, gewissermaßen schon, aber es ist nichts Ernstes.«

Joe grinste sie an, und seine grünen Augen blitzten auf altvertraute Weise. »Nun, wie nett von dir, vorbeizukommen. Du weißt, ich stehe jederzeit zu deiner Verfügung.«

Sara verkniff sich die kratzbürstige Antwort, die ihr auf der Zunge lag. »Mein Gott, Joe. Ich hab es schrecklich eilig. Ich hab' jetzt keine Zeit für deine Scherze.« Sie erklärte ihm rasch, warum sie gekommen war, und er hörte ihr aufmerksam zu.

»Joe?« rief die Frau aus dem Inneren der Wohnung.

»Geh hinunter und warte in der Droschke«, sagte er und begleitete sie bis zur Treppe. »Ich komme in einer Minute nach.« Als er sich umdrehte, um in die Wohnung zu gehen, hielt er kurz inne. »Woher wußtest du, daß ich hier bin?«

»Ali hat mich hergebracht. Es tut mir leid — ich hatte keine Ahnung.«

Joe lächelte grimmig. »Es scheint, als hätte ich einen kleinen Macchiavelli am Hals«, sagte er und ging.

Eher einen Borgia, dachte Sara wütend, als sie mit energischen Schritten die Treppe hinabging. Und dann blieb sie unvermittelt mit verblüfftem Gesicht stehen. Irgendwo in ihrem Inneren hatte sich die Erkenntnis durchgesetzt, daß es nicht Ali war, über den sie vor Wut schäumte, sondern Joe. Gott steh mir bei. Ich bin eifersüchtig, dachte sie. Ich bin eifersüchtig auf Joe Lanski. Lieber Gott – ich kann mich doch nicht verliebt haben – nicht in Joe! »Unsinn«, sagte sie laut und lief weiter treppab.

Alle unsachlichen Gedanken beiseite schiebend, raffte sie ihre Röcke und begab sich zu der wartenden Droschke. Sie wettete mit sich, daß sich Ali inzwischen aus dem Staub gemacht hatte. Und sie gewann.

Dizengoff saß in Hemdsärmeln hinter dem Schreibtisch in seinem Büro und spielte mit dem Brieföffner, während er sich Joes Geschichte anhörte. Joe hatte sich vorsichtig ausgedrückt, aber er hatte die wesentlichen Fakten dargelegt – daß einhunderttausend Dollar in Vorkriegsgoldwährung, gespendet von amerikanischen Sympathisanten, im Keller von Atlit vergraben lagen, und daß sie jetzt versuchten, den Jewish National Fund dafür zu gewinnen, das Gold abzuholen und zu verteilen.

Dizengoff betrachtete eine Weile schweigend sein Papiermesser, bevor er seinen eindeutig mißbilligenden Blick erst auf Joe, dann auf Sara richtete. Sara hatte, während Joe sprach, kein Wort gesagt, aber innerlich kochte sie vor Zorn. Dizengoff hatte, sobald er begriff, was sie ihm sagten, deutlich seine Verachtung für sie erkennen lassen. Obwohl sie ihm eine Riesensumme anboten – vermutlich mehr Geld, als er in den letzten Jahren gesehen hatte –, wollte er sie spüren lassen, wie sehr er alle Aktivitäten mißbilligte, die nicht mit der offiziellen Organisation abgesprochen waren. Er lehnte sich in seinem Stuhl zurück, faltete die Hände über seinem kleinen Bauch und sah Sara durchdringend an.

»Nun lassen Sie uns mal Tacheles reden. Sie haben hunderttausend Dollar in Gold und möchten, daß wir sie verteilen?« Sara nickte. Das hatten sie bereits klipp und klar gesagt. »Woher kommt das Gold?«

Das Blut pochte in Saras Schläfen. »Ich bin nicht berechtigt, Ihnen das zu sagen.«

Dizengoff schwieg einen Augenblick, dann sah er sie scharf an. »Hat möglicherweise Ihr Bruder Aaron etwas damit zu tun?«

Sara senkte die Augen, aber sie antwortete ruhig. »Sie wissen sicher, daß mein Bruder von den Engländern festgehalten wird.«

»Ha!« stieß Dizengoff verächtlich hervor. »Ich glaube diese Geschichte nicht, und — lassen Sie sich das gesagt sein — die Polizei glaubt sie auch nicht.« Er lehnte sich über den Schreibtisch und sprach beinahe schmeichelnd: »Und Ihr Vater? Weiß er von dem Gold?«

»Nein«, antwortete Sara wie aus der Pistole geschossen und blickte ihn mit stahlblauen Augen an. »Und ich wünsche nicht, daß er etwas davon erfährt.«

Dizengoff lehnt sich wieder zurück. »Die Tatsache, daß ein Teil des Geldes an christliche Organisationen verteilt werden soll, bestätigt nur meine Vermutung, daß das Gold aus Kairo hereingeschmuggelt wurde. Ist es so?«

An dieser Stelle schaltete sich Joe geschickt ein. »Mein lieber Meir, Sie dürfen glauben, was Sie wollen. Die Frage ist — wollen Sie das Geld oder nicht?«

Dizengoff seufzte. »Ja. Verstehen Sie mich nicht falsch. Wir werden das Geld natürlich annehmen und danken Ihnen dafür, aber ich will nicht, daß es uns das Leben auch nur eines einzigen Mitglieds unserer jüdischen Gemeinde kostet. Sie wissen so gut wie ich, daß der Hilfsfonds nur mit dem guten Willen der Türken wirksam eingesetzt werden kann. Sollte der geringste Verdacht aufkommen, daß sich ein Mitglied der jüdischen Gemeinde an einem Aufstand beteiligt oder als Spion betätigt« — und er sah sie eindringlich an —, »dann wird in diesem Land mehr Blut fließen als zu irgendeiner Zeit seit den Kreuzfahrern. Begreifen Sie das?«

Joe nickte, versuchte jedoch nicht, seine Gereiztheit zu verbergen. »Wir begreifen das sehr wohl, und genau aus diesem Grund sind wir zu Ihnen gekommen. Wann also können wir die Haschomer erwarten?«

»Im Lauf der Woche«, antwortete Dizengoff müde. »Nur noch eins, Joe. Ich werde das Geld für den Hilfsfonds annehmen, aber bitte, habt Verständnis dafür, daß ich Spionage nicht gutheißen werde.«

Joe warf den Kopf zurück und lachte. »Ganz Ihrer Meinung, Meir. Das tue ich auch nicht.«

Sara stürzte aus dem Haus in den hellen Sonnenschein und rannte wie blind über die Holzplanken, die als Bürgersteig dienten. Auf den Straßen wimmelte es von Menschen. Die Leute kamen von ihrer Arbeit in Jaffa nach Hause, Frauen erledigten ihre Einkäufe in den überfüllten Läden und an den offenen Ständen. Tel Aviv war seit biblischen Zeiten die erste jüdische Stadt, die neu gebaut wurde, mit einem bereits jetzt lebhaft pulsierenden Geschäftsviertel.

»Verdammt, verdammt, verdammt sollen sie sein«, fluchte sie leise vor sich hin, und Joe, der neben ihr ging, lächelte über ihren Zorn. »Sie haben die Levinsons schon immer gehaßt und Aaron nie die Anerkennung gewährt, die er verdient. Und jetzt behandeln sie uns wie kleine Ausreißer, wie unartige Schulkinder . . .«

Joe hielt sie am Ellbogen fest und drehte sie zu sich herum. »Dann hör auf, dich wie ein Schulkind zu benehmen und beruhige dich. Wir sind *ein* Volk, vergiß das nicht. Uns verbinden dasselbe Blut, dieselben Träume. Wir sind nur verschiedene Menschen, die zu ihrem gemeinsamen Ziel verschiedene Wege gehen. Versetz dich auch mal in seine Lage, Sara.« Als sie in seine ernsten und verständnisvollen Augen blickte, legte sich ihr Zorn ein wenig.

»Du hast ja recht, Joe. Ich bin müde und hungrig und habe mich geärgert. Würdest du mich in mein Hotel zurückbringen?«

»Nein, ich habe eine bessere Idee. Warum kommst du nicht zu mir nach Haus? Das Essen dort ist wesentlich besser.«

»Joe, ich würde lieber . . .«

»Ich werde dich unbeschadet noch vor der Sperrstunde um neun Uhr in deinem Hotel absetzen. Ich verspreche es.« Er lächelte über ihr ernstes Gesicht und hob die rechte Hand. »Ich schwöre es.«

Der Gedanke, allein im Hotel vor Salzhering und Bohnen zu sitzen, während Lev oben in seinem Zimmer über der Schüssel hing, war wenig verlockend. Sie nickte und ließ sich ohne weiteren Widerstand von Joe zu der wartenden Droschke führen.

In seinem Haus angekommen, entließ Joe alle Dienstboten für den Abend. Allein könnten sie sich ungestört unterhalten, erklärte er Sara. Sie fand die Idee nicht besonders gut, aber sie war zu müde, um zu streiten. Sie lehnte sich mit einem kühlen Drink neben sich in den Sessel zurück, während Joe das Abendessen zubereitete. Sie aßen ein köstliches Reisgericht mit Huhn und Oliven, und Joe öffnete eine Flasche Wein aus Zichron. »Auf daß du dich wie zu Hause fühlst«, sagte er, und als er das Glas hob, fügte er hinzu, daß er etwas zu feiern habe: Er sei jetzt Staatsangehöriger des Osmanischen Reichs. Der ganze Papierkrieg sei erledigt, und er könne in Jaffa kommen und gehen, wie es ihm beliebte.

Während Sara aß und trank, begann sie, sich in Joes Haus wohlzufühlen. Das Zimmer gefiel ihr sehr gut. Es war ein entzückender schlichter Raum mit vier Fenstern, die alle auf das Meer hinausgingen. Decke und Wände waren weiß gestrichen. An der einen Wand hing ein alter, atemberaubend schöner Teppich, dessen Farben buchstäblich zu glühen schienen. Es war gemütlich möbliert, mit Teppichen auf dem

Boden, niedrigen Sofas mit herrlich weichen Polstern und reich verzierten Messingtischchen. In den Nischen an den Wänden standen Bücher und einige Kunstgegenstände. Es war ein rundum gemütliches, unkompliziertes und geschmackvolles Ambiente.

Nach dem sonnigen Tag war der Märzabend bemerkenswert warm; alle Fenster standen offen und ließen den Geruch des Meeres und den Duft der Jakaranda- und Mandelblüten herein. Sara saß allein im Zimmer und wartete auf Joe, der in der Küche Kaffee kochte. Sie hörte die Wellen leise gegen den flachen Felsen unten am Strand schlagen. In weiter Ferne bellte aufgeregt ein Hund.

Das Kinn in die Hand gestützt und die Augen halb geschlossen, dachte Sara, wie sehr sie diesen Abend genossen hatte. Joe kam ihr in seinem Haus wie ein gezähmter Ehemann vor, und doch war sich Sara unablässig der verhaltenen Männlichkeit bewußt, die ihn umgab, so intensiv, daß sie es als störend und doch wieder als aufregend empfand. Sie hatten sich ungezwungen wie alte Bekannte unterhalten, und Sara hatte sich so wohl und entspannt gefühlt wie schon lange nicht mehr. Ihr fiel plötzlich ein, daß sie weder mit Chaim noch mit Daniel je einen so ruhigen Abend verbracht hatte, und sie erschrak. Was für ein Mensch war sie nur? War es möglich, daß die Ursache für alle ihre Probleme ihre eigene Dummheit war? Konnte sie nach zwei solchen Fehlern überhaupt noch wagen, an einen Neuanfang zu denken – zu hoffen, sie könnte sich ein neues Leben aufbauen? Sie schob diese Gedanken beiseite, weil sie das Gefühl hatte, sie würde Chaim und Daniel verraten. Sie waren beide tot, und man sollte keine Vergleiche ziehen. Aber was ist mit mir? flüsterte der Teil in ihr, den sie stets zu unterdrücken suchte. Warum sollte ich nicht noch einmal anfangen können?

Sie fühlte sich plötzlich schrecklich müde. Was fiel ihr eigentlich ein, hier so herumzusitzen? Lev machte sich wahrscheinlich schon die schlimmsten Sorgen.

»Du arbeitest zu viel.« Sara blickte erschrocken auf. Joe lehnte am Türpfosten und sah sie nachdenklich an. Wie lange stand er schon dort? Sara errötete bei der Vorstellung, daß er sie beobachtet hatte.

»Du solltest ein paar Tage hierbleiben«, fuhr Joe fort. »Du brauchst eine kleine Abwechslung. Schau dich mal an — spindeldürr bist du geworden. Und abgesehen davon habe ich gerade festgestellt, daß ich nicht Kaffee kochen kann.« Er warf einen bedauernden Blick in die Kanne, die er in der Hand hielt, während er zum Sofa ging und sich neben sie setzte.

Sara lachte ein bißchen nervös. »Sehe ich wirklich so schlimm aus?« fragte sie und fuhr sich mit der Hand über das Haar. Joe blickte sie an. Wie sehr liebte er ihre Augen, die so blau, so unerschrocken waren.

»Du siehst immer wunderschön aus«, sagte er sanft. »Aber ich fürchte, daß du in absehbarer Zeit zusammenbrechen wirst. Bleib ein paar Tage hier, Sara. Spann ein bißchen aus.«

»Ich kann nicht.« Ihre Stimme klang fest, und während sie ihm in die Augen schaute, schüttelte sie den Kopf. »Nächste Woche ist Passah — mein Vater — und außerdem muß ich zurück auf die Station, um mich mit . . .«

»Verdammt, Sara«, fiel ihr Joe ungeduldig ins Wort. »Was willst du noch alles tun? Ein härenes Hemd tragen — in Sack und Asche gehen? Daniel ist tot. Das ist die brutale Wahrheit, und du mußt dich damit abfinden. Eines Tages werde ich sterben, und du wirst sterben, aber in der Zwischenzeit sollten wir kämpfen wie die Teufel, um am Leben zu bleiben. Hör auf, dich lebendig mit ihm zu begraben. Es ist nicht fair dir gegenüber — und auch nicht gegenüber deiner Umgebung.«

Sara starrte ihn verblüfft an. »Das stimmt nicht. Ich will mich nicht lebendig begraben!«

»Natürlich stimmt es, aber du beißt dir lieber die Zunge ab, als es zuzugeben.«

Saras Gesicht nahm einen konzentrierten Ausdruck an.

»Nein. Aber du verstehst einfach nicht. Du verstehst nicht, daß meine Arbeit für die Station und — und die andere Arbeit — nichts, aber auch gar nichts mit Daniels Tod zu tun haben. Ich habe diese Arbeit schon gemacht, bevor er starb, bevor er fortging, und sein Tod hat daran nicht das geringste geändert.« Ihre Stimme klang unnatürlich gespannt vor Erregung, denn es war ihr sehr wichtig, daß Joe verstand, was sie ihm zu erklären versuchte. »Ich glaube fest an das, was wir tun — mit jeder Faser meines Herzens, mit jedem Atemzug. Ich wünsche mir keineswegs den Tod. Da irrst du dich. Ich wünsche mir, daß die Organisation lebt und daß sie Erfolg hat.« Sie blickte auf ihre Hände und überlegte einen Moment, bevor sie Joe wieder ansah. »Meine Beziehung zu Daniel war schon einige Zeit tot, bevor er starb.« Die Stimme versagte ihr und sie schwieg. Joe sah sie scharf an. Sie hatte vollkommen ernst gesprochen.

Als sich ihre Augen trafen, suchend, fragend und antwortend, gestand sich Sara die Wahrheit ein, gegen die sie sich so gewehrt hatte und die ihr erst allmählich bewußt geworden war. Was sie für Joe empfand, war mehr als körperliche Anziehung. Sie liebte ihn. Die Spannung zwischen ihnen war plötzlich unerträglich, und Sara senkte verwirrt die Augen. Sie fühlte sich so schwach, als wiche alles Blut aus ihrem Körper, trotzdem mußte sie sich jetzt bewegen und aufstehen.

»Ich muß gehen«, sagte sie und erhob sich unsicher. »Es ist schon fast neun Uhr.«

Joe stand rasch auf, und nach einer winzigen Pause sagte er in seiner üblichen unbeschwerten Art: »Natürlich. Ich hole deinen Hut und deinen Mantel und sag dem Kutscher Bescheid.«

»Danke«, sagte sie mit einem zerstreuten Lächeln.

Joe warf ihr einen raschen Blick zu. Sie wirkte plötzlich so jung, beinahe kindhaft. Er wollte die Hände nach ihr ausstrecken und sie in die Arme nehmen, aber ihr Gesicht war so ernst, ihre Augen ruhig und kühl. Er spürte, daß sie sich von ihm zurückzog, und einen Moment lang fragte er sich, ob er sich den Blick in ihren Augen nur ein gebildet hatte, der ihm verriet, daß sie dasselbe für ihn empfand wie er für sie. Doch in seinem Herzen wußte er mit einer Gewißheit, die nichts mit Arroganz zu tun hatte, daß er sich nicht geirrt hatte. Er erinnerte sich, was er ihr am Nachmittag wegen Dizengoff gesagt hatte: Wir gehören zusammen, aber wir sind verschiedene Menschen, die auf verschiedenen Wegen ihrem gemeinsamen Ziel entgegengehen. Er wußte jetzt, daß dies auch für ihn und Sara galt. Sie steuerten in dieselbe Richtung, und ihre Pfade liefen aufeinander zu.

Joe lag auf einer hölzernen Bank im großen Dampfraum des Hamam und döste vor sich hin. Er hatte Sara ins Hotel zurückgebracht und anschließend den Kutscher gebeten, beim türkischen Bad zu halten. Nach fünfundzwanzig Minuten im heißen Dampf war seine Anspannung gewichen. Die feuchte Hitze war bis zu seinen Knochen gedrungen, der Dampf tat seinen Atemwegen wohl, und er fühlte sich wie in einem Traum.

Gelegentlich unterbrachen ein paar Stimmen seine träge dahinfließenden Gedanken. Die meisten Besucher dieses Bades waren Türken. Am gebildeten Tonfall dieser drei Stimmen erkannte er, daß es sich um gutsituierte Herren, wenn nicht gar um Politiker handelte. Erst als der Name Hamid Bek fiel, riß er sich aus seiner Umnebelung und begann ernsthaft zu lauschen.

Er setzte sich auf und wickelte das Handtuch um seine Hüften, während er versuchte, durch den Dampf die Gestalten auszumachen, die zu den Stimmen gehörten. Der eine war älter und nörgelte dauernd; der zweite ein zynischer Spötter; der dritte jung und eingebildet. Joe konnte nicht jedes Wort verstehen, das sie sagten, aber er lauschte angestrengt, in der Hoffnung, vielleicht doch etwas von Interesse zu erfahren.

»... den Engländern ...«, sagte die alte Stimme.

»... wahrscheinlich nur ein Gerücht ...«

»Aber er ist ein guter Freund ... eine erste Quelle«, bestand der alte Mann.

»Aber warum ...?«

Die junge Stimme lachte schallend. »Weil die Juden Verräter sind und die Briten mit offenen Armen empfangen werden.«

Es folgte eine ganze Weile nur unverständliches Gemurmel, und dann hörte Joe die alte Stimme sagen: »... es soll auf Befehl der Regierung öffentlich angeschlagen werden.«

»Ja, ab Mitternacht ... Hamid Bek ... schlag den Hund, und der Löwe wird sich benehmen.« Und die arrogante Stimme brach wieder in Gelächter aus.

Joes Herz begann wild zu schlagen. Er sprang auf und lief durch den Abkühlraum. Der Wärter, der ihn mit warmem Wasser übergießen wollte, bevor er ihn massierte, schaute ihm verblüfft nach, als er abwinkend an ihm vorbeieilte und im Laufschritt über die weißen Bodenfliesen auf die Umkleideräume zusteuerte. Hastig rieb er sich mit dem Handtuch trocken, schlüpfte in seine Sachen, so schnell er konnte und betete, daß Sara und Lev ihre Patrouillenpässe von Dschemal Pascha bei sich hatten. Sein eigener steckte wohlverwahrt in der Innentasche seiner Jacke. Schlag den Hund, und der Löwe wird sich benehmen. Die Worte hallten in seinem Kopf. Nun denn, Hamid Bek und Dschemal Pascha würden erleben, daß dieses Rudel Hunde noch Zähne hatte — und Grips.

Sara erwachte durch ein leises, aber anhaltendes Klopfen an ihrer Tür. Sie lag einen Moment still, und noch während sie zögerte aufzustehen, hörte sie eine Stimme.

»Sara. Ich bin es — Joe. Bitte, mach auf, es ist dringend.«

»Was willst du?« flüsterte sie, während sie sich ihren Morgenrock überzog. »Es ist sehr spät.« Ihren herabhängenden Zopf notdürftig hochsteckend, ging sie zur Tür.

»Mach die Tür auf, und ich erklär dir alles«, zischte Joe. »In Gottes Namen, ich bin nicht hier, um dich vom Pfad der Tugend abzubringen. Es ist wichtig!«

Sara sperrte auf und ließ ihn ein. Joe schloß leise die Tür hinter sich und schaute sie ernst an. »Verzeih mir, daß ich dich so spät störe, aber es handelt sich um einen Notfall. Ich bin hier, um dich und Lev abzuholen.« Er sprach hastig und flüsternd, und Sara schaute ihn an und wartete auf eine Erklärung. »Sara, habt ihr eure Patrouillenpässe bei euch — die, die Dschemal Pascha unterschrieben hat?«

Sara hatte noch immer das Gefühl zu träumen. Was tat Joe hier? fragte sie sich, während sie zitternd versuchte, ein Streichholz an die Kerze zu halten. Sie hatte ein unbehagliches Gefühl, und die Furcht vor einer unbekannten Gefahr jagte ihr eine Gänsehaut über den Rücken. Bevor sie antwortete, wartete sie, bis der Docht aufflackerte.

»Ja, natürlich. Warum — was ist passiert?«

Joe nahm ihr die Kerze aus der Hand und stellte sie auf die Kommode. Er nahm Sara fest bei den Schultern und schaute ihr in die Augen. Sein Gesicht wirkte ernster, als sie es je gesehen hatte. Als sie seinen Blick erwiderte, hatte sie das Gefühl, als stünde etwas Schreckliches bevor. »Joe?«

Er ließ sie gar nicht erst weiterreden. »Nun hör gut zu. Zieh dich an und pack deine Sachen. In zehn Minuten hole ich dich ab. In welchem Zimmer schläft Lev?«

»Nummer achtzehn, gleich am Ende des Gangs — aber weshalb . . .?«

»Deshalb«, sagte Joe schroff, indem er einen weißen Papierfetzen aus der Tasche zog und ihr in die Hand drückte. »Vergiß nicht, du hast nur zehn Minuten. Ich habe alles geplant — also mach dir keine Sorgen, sondern zieh dich an.« Er verließ das Zimmer und schloß leise die Tür hinter sich.

Sara betrachtete neugierig das Papier und begann zu lesen. Als sie die Hälfte gelesen hatte, zitterte das Flugblatt in ihren Händen so heftig, daß sie kaum weiterlesen konnte. Es war ein Aufruf zur sofortigen Evakuierung aller jüdischen Zivilpersonen in Jaffa und Tel Aviv. Der Stichtag war der 28. März mittags zwölf Uhr. Jedem, der sich danach noch in der Stadt aufhielt, drohte die Todesstrafe. Der 28. März! Sara fuhr entsetzt zusammen. Das war heute! In weniger als acht Stunden mußten sie alle die Stadt verlassen haben. Hamid Bek hatte die Bekanntmachung absichtlich erst nach der Sperrstunde anschlagen lassen, weil er damit rechnen konnte, daß sie frühestens um sechs Uhr am nächsten Morgen gesehen würde.

Lieber Gott, dachte sie, erst die Armenier und jetzt wir! Ihre schlimmsten Befürchtungen wurden wahr. Vor ihren Augen drohte alles zu verschwimmen, aber sie zwang sich mit aller Macht, ruhig zu bleiben.

Sie setzte sich auf das Bett und sah sich das Papier noch einmal an. Die Ausweisung erfolgte in direktem Auftrag von Dschemal Pascha und Hamid Bek, angeblich um die Bevölkerung zu schützen, wenn die Städte vom Meer her angegriffen würden. Britische Schiffe beschossen Gaza mit Granaten, ihre Landtruppen drangen von Ägypten nach Palästina vor, und Jaffa war vermutlich ihr nächstes Ziel.

Sara fühlte eine stille Befriedigung, weil sie jetzt wußte, daß die Briten näher rückten, aber sie erkannte auch die Warnsignale — mit jenem Instinkt, den ihre Vorfahren, ständig auf der Flucht vor der Verfolgung ihrer Rasse, über Generationen hin entwickelt hatten. Doch der glühende Haß auf die Türken besiegte jede Furcht, die sie sonst vielleicht handlungsunfähig gemacht hätte. Sie haßte die Grausamkeit der Türken, ihre Unmenschlichkeit und fast ebenso ihre Dummheit. Sollten sie tatsächlich glauben, daß diese Vertreibung ihrer Sicherheit dienen sollte? In der Provinz lebten Tausende von Arabern, Türken und alle möglichen Minderheiten — und nur die Juden sollten beschützt werden? Am liebsten hätte Sara alles hingeschmissen und ihre Wut laut hinausgeschrien, doch das wäre nur ein Zeichen von Schwäche gewesen.

Sekunden später hatte sie sich gefaßt, und sie begann zu packen. Was den Armeniern geschehen ist, wird uns nicht geschehen, murmelte sie zwischen zusammengebissenen Zähnen. Rasch steckte sie ihren Zopf zu einem Knoten zusammen. Für Eitelkeit war jetzt keine Zeit. Sekunden später war sie angezogen, und gerade, als sie die Schnalle ihrer Reisetasche zumachte, klopfte es an die Tür, und Joe und Lev traten leise ein.

»Ich wußte schon immer, daß du die Art von Frau bist, die man auch im Ernstfall um sich haben kann«, sagte Joe und sah sich im Zimmer um.

»Du hast etwas von einem Plan gesagt«, sagte Sara fragend.

»Du und ich, wir werden nach Tel Aviv fahren und Dizengoff und die Haschomer auf die Beine bringen. Wir müssen die Evakuierung sorgfältig organisieren und vor allem die einzelnen Aktionen zeitlich aufeinander abstimmen. Niemand darf vergessen werden. Jemand muß sich um das städtische Krankenhaus und das Waisenhaus kümmern. Wir brauchen Männer, um die Kranken zu tragen und die Flüchtlingsgruppen vor Dieben zu schützen — und vor Entführern«, fügte er hinzu und warf Sara einen wissenden Blick zu. »Außerdem habe ich mir folgendes überlegt: Die Mehrheit der jüdischen bäuerlichen Siedlungen liegen nach Norden hin — es sind insgesamt fünfundvierzig von Mikveh bis zur Sharon-Ebene und im unteren Galiläa, so daß vermutlich fast jeder nach Norden flüchten wird. Nach Süden hin haben wir nur sechzehn Siedlungen und ein paar in der Gegend von Gaza, wo es in der augenblicklichen Situation nicht sicherer ist als hier.« Er machte eine Pause und dachte nach. »Am besten sagen wir, daß nur diejenigen nach Süden gehen sollen, die dort Verwandte haben. Alle anderen sollten nach Norden gehen. Lev wird mit Ali nach Norden reiten und die Siedlungen informieren. Er wird jedes verfügbare Fahrzeug, jedes Pferd und jeden Esel in Richtung Jaffa schicken, um die zu Fuß flüchtenden aufzunehmen. Die Kuriere nach Süden sind bereits unterwegs.«

»Was ist mit der Eisenbahn?« warf Sara ein.

»Und die Droschken — vielleicht können wir sie mieten«, fügte Lev hinzu.

Ernsthaft und konzentriert überlegten sie zu dritt, welche Mittel und Wege ihnen zur Verfügung standen, bis sie auf der Straße das Klappern von Pferdehufen vernahmen und einen langgezogenen leisen Pfiff.

Joe schaute aus dem Fenster hinunter zum Hoteleingang. »Guter Junge — es ist Ali mit den Pferden.«

Sara mußte plötzlich denken, daß sich Joe, reich und in völlig sicheren Verhältnissen, nur Schwierigkeiten aufhalste, indem er ihnen half. »Wirst du mit dieser Sache nicht deine Stellung hier gefährden — bei den Türken, bei Hamid Bek? Du hast eben erst deine türkische Staatsbürgerschaft bekommen.«

»Kann schon sein«, sagte Joe. »Aber dies hier ist mein Land, und kein Türke wird mir das Recht nehmen, hier in Frieden und Würde zu leben.« Als er sich abrupt abwandte, fiel sein Blick auf Saras Reisetasche. »Die hier wirst du über Bord werfen müssen«, sagte er, indem er sie kurz anhob. Dann erschien wieder sein vergnügtes Lächeln. »Wir Juden rühmen uns immer, wie klug wir sind«, sagte er. »Jetzt werden wir es beweisen müssen.«

Bis um elf Uhr vormittag hatten sich die zehntausend jüdischen Einwohner von Jaffa und Tel Aviv überall in der Stadt in Gruppen versammelt. Die größte Ansammlung, über siebentausend Männer, Frauen und Kinder, ballte sich auf dem großen, leeren Gelände jenseits der Zagwill Street, wo hinter den Häusern die Dünen begannen. Die Luft war drückend schwül. Die einzigen Geräusche kamen von weinenden Kindern, und gelegentlich bellte ein Hund. Die Erwachsenen warteten stumm und mit gesenkten Köpfen. Die Angst vor einer Wiederholung jener Greuel, die an den Armeniern verübt wurden, stand ihnen in die Gesichter geschrieben. Jetzt würden sie die Opfer sein. In der dumpfen Atmosphäre wirkte die Szene wie ein Traum, in dem nichts wirklich ist außer dem Geruch der Angst, der wie eine drückende Wolke über ihnen hing.

Sara schlängelte sich an den zwischen ihren Habseligkeiten kauernden Menschen vorbei. Man hatte ihnen gesagt, sie dürften nichts anderes mitnehmen als etwas zu essen, Wasser und warme Kleidung, aber wie konnte man ein Kind von seiner Puppe trennen, einen Schneider von seiner Nähmaschine, eine Frau von ihren Sabbathleuchtern? Von den siebentausend Menschen hier war keiner mit leeren Händen gekommen. Jeder hatte irgendeine Erinnerung an sein Zuhause mitgebracht. Sara und die meisten der anderen Organisatoren hatten es aufgegeben, den Menschen zu empfehlen, ihre Besitztümer lieber zurückzulassen.

Sara war hundemüde, aber sie hatten beinahe alles geschafft, was sie sich vorgenommen hatten. Jeder der Flüchtlinge trug einen Zettel mit seinem Namen und seinem Zielort auf der Brust. Jedes Waisenkind war einer Familie zugeteilt, jeder Krankenhauspatient lag in einem überdachten Planwagen. Berittene Männer hatten Schutztrupps gebildet, um die Evakuierten vor Übergriffen zu schützen. Jetzt warteten sie nur noch auf Hamid Beks Leute, die sie aus der Provinz führen sollten.

Sara legte die Hand über die Augen und blickte hinauf zu dem flachen Dach des letzten Hauses am Rand von Tel Aviv. Dort oben wäre der richtige Platz, um zu den Menschen zu sprechen. Aber wo steckte Joe? Sie machte sich allmählich ernsthafte Sorgen. Vor über zwei Stunden war er mit Dizengoff losgeritten, um sich mit Hamid Bek zu treffen, und seitdem hatte ihn niemand gesehen. Inzwischen kursierten die verschiedensten Gerüchte: Dizengoff habe erreicht, daß die Juden bleiben konnten; Dizengoff sei nach Damaskus ins Exil geschickt worden; Dizengoff sei tot. Dizengoff, immer nur Dizengoff, aber wo war Joe? Mit der Zeit wurden die Gerüchte immer abenteuerlicher. Alle Männer würden gehängt, alle Frauen vergewaltigt, alle männlichen Kinder kastriert und in die Sklaverei geschickt. Warum kam er nicht endlich?

Dann ertönten in der Ferne dumpfes Trommeln und ein Hornsignal, das die bevorstehende Ankunft der Saptiehs ankündigte. Ein Stöhnen ging durch die Menge, als Angst und Verzweiflung um sich griffen, und vereinzelte Stimmen erhoben sich laut und klagend. Auf dem Dach des Hauses entstand plötzlich Bewegung, und Dr. Arthur Ruppin, ein bekanntes und geachtetes Mitglied der jüdischen Gemeinde, trat vor und wandte sich über ein Megaphon an die Menge. Nachdem er einige Male um Ruhe gebeten hatte, entstand ein beklommenes Schweigen. Hier stand endlich eine Vaterfigur vor ihnen, jemand, der stark und gütig war. Also laßt ihn sprechen!

»Leute!« Er hob die Stimme wie ein Lehrer vor einer Schulklasse. »Leute! Gleich werden die Saptiehs hier sein.« Wieder erhob sich ein dumpfes Stöhnen aus der Menge, in dem seine Worte unterzugehen drohten, aber er fuhr fort: »Ich bitte euch um euretwillen – macht keine Schwierigkeiten und bringt sie nicht gegen euch auf. Es wäre sinnlos, ihre Blutgier zu wecken.« Die Menge antwortete mit zustimmendem Gemurmel, und er hielt einen Moment inne, bis wieder Ruhe herrschte. Dann hob er die Hand und sprach weiter: »Wir werden vernünftig und geordnet abziehen. Unsere Leute im Norden sind bereits unterwegs, um uns mit Wasser und Transportmitteln entgegenzukommen.« Ungestümes Beifallsgeschrei unterbrach erneut seine Ansprache. »In ihren Dörfern werden wir Schutz und Nahrungsmittel finden. Fürchtet euch nicht und verzagt nicht. Wir werden zusammenhalten.« Seine Kraft schien auf die Menge überzugehen. Die Menschen faßten wieder Mut. »Wir fürchten uns nicht, wenngleich die Welt unterginge . . . Der Gott Zebaoth ist mit uns. Der Gott Jakobs ist unser Schutz!«

»Wir kommen wieder!« rief eine Stimme, und Tausende nahmen den Ruf auf und wiederholten ihn voll Energie und Hoffnung.

Dann begannen die Menschen, sich für den Abmarsch fertig zu machen. Als die berittene Saptieh-Patrouille wild in die Luft schießend eintraf, war die Spitze des Zugs bereits auf der roten, ausgefahrenen Straße nach Norden unterwegs.

Sara beobachtete die Szene eine Weile mit einem seltsamen Gefühl, als gehörte sie nicht dazu. Die Menschen zogen vorbei mit Handwagen oder Schubkarren, auf die sie ihre Habe geladen hatten. Manche der Frauen aus dem Osten hatten ihre Sachen in Decken gewickelt und trugen die Bündel auf dem Kopf. Säuglinge hingen in Tragetüchern an den Hüften ihrer Mütter. Kinder trugen Vogelkäfige oder drückten eine Katze an sich. Sie gingen mit schweren Schritten und traurigen Gesichtern, und ihre Lippen schienen zu wiederholen: Schau dich nicht um, schau dich nicht um, denk an Hiob.

Sara sah sich noch einmal nach Joe um. Sie fragte ein paar Männer der Schutztruppe, ob sie Joe gesehen hätten. Die Antwort lautete jedesmal nein. Sie ging zu dem Haus, das bis zum gestrigen Abend ein Treffpunkt der Arbeiter gewesen war. Man hatte ihr zwei Wagen und zwei Esel zugeteilt, weil sie sich bereit erklärt hatte, eine fahrende Unfallstation zu übernehmen, und es wurde Zeit, daß sie sich mit ihren Helfern auf den Weg machte.

Sara platzte mitten in eine heftige Diskussion, die drauf und dran war, in Streit auszuarten. Es ging darum, was man auf das alte Bettuch malen sollte, das als Kennzeichnung für den Unfallwagen gedacht war. Sara hörte kurz zu, bevor sie sich einmischte. »Hört mal«, sagte sie, »wenn wir einen Davidstern, selbst wenn er rot ist, draufmalen, kommen mit Sicherheit ein paar schlaue Saptiehs auf die Idee, es sei eine jüdische Fahne, und erschießen uns.«

»Also, was sollen wir dann draufmalen?« fragte eine kleine rundliche Frau, die ein buntes Kopftuch trug und einen in rote Farbe getunkten Pinsel zückte.

»Schreib ›Doktor‹, auf türkisch und jiddisch«, antwortete Sara prompt.

»Aber ich kann doch keine türkische Schrift!« rief die Frau verzweifelt.

»Gib her«, sagte Sara, nahm den Pinsel und malte mit raschen Strichen die türkischen Schriftzeichen. Sie war so bei der Sache, daß sie nicht bemerkte, wie es ringsum still wurde, und erst als sie fast fertig war und jemand ihren Namen sagte, drehte sie sich um.

»Madame Cohen?« Erschrocken wandte sie sich um und sah Hamid Bek, der von einem prachtvollen Pferd mit einem dünnen Lächeln auf den Lippen auf sie herabblickte. »Welch angenehme Überraschung, Sie hier zu sehen.« Der Polizeichef hob die Brauen und wies mit lässiger Handbewegung auf die Menge. »Persönlich tut mir das hier sehr leid, aber es ist zu ihrem eigenen Schutz.«

Sara beherrschte sich nur mühsam, doch ihre blitzenden Augen verrieten ihre wahren Gefühle. »Kein Problem«, sagte sie, und ihre Augen funkelten wie Blauglas, in dem sich die Sonne fängt. »Jüdisch sein bedeutete auch immer ein Wanderdasein.« Ihre Stimme klang schneidend scharf. Zu spät dachte sie an die Worte, mit denen sich Doktor Ruppin vorhin an die Menge gewandt hatte.

»Aber, aber, Madame Cohen!« Hamid Bek schüttelte in gespielter Empörung den Kopf. »Sie versuchen, mich zu provozieren. Wir wollen unsere freundschaftlichen Beziehungen doch nicht belasten.«

Sara unterdrückte ihre Abneigung gegen diesen Mann und lächelte. »Nein, das will ich durchaus nicht.« Sie senkte einen Moment die Augen und überlegte, wie sie herausfinden könnte, was mit Joe passiert war, ohne seinen Namen zu erwähnen. »Vielleicht können Sie mir sagen, wo ich Effendi Dizengoff finde?« fragte sie höflich.

Hamid Beks Augen bekamen den glasigen Blick eines toten Fischs.

»Dieser Verräter besitzt den Ungehorsam eines Maultiers — und dessen Dummheit. Der Bürgermeister wird Tel Aviv keine Gefälligkeiten mehr erweisen. Wenn ich ihn jemals hier wiedersehe, wird er mitten in dieser seiner Stadt aufgehängt.«

Sara stockte vor Schreck der Atem, und Hamid Bek lächelte gönnerhaft. »Ich habe ihn nach Damaskus geschickt — fürs erste.«

»Aber, Hamid Bek — Effendi Dizengoff ist kein Verräter«, begann Sara, schockiert, daß er ausgewiesen wurde, aber auch erleichtert, daß er noch lebte.

»Alle Juden sind Verräter«, unterbrach er sie mit einem kleinen Lächeln, und ihr Magen hob sich plötzlich in einem Anfall von Übelkeit. Wieviel wußte er? Sein kühler Blick verriet nichts, aber sie wußte, daß man auf das Gesicht eines solchen Mannes nichts geben durfte. Er konnte nichts über Aaron wissen, sonst hätte es schon längst Probleme gegeben. Aber was wußte er von Daniel? Sie zwang sich, dem Blick des Polizeichefs standzuhalten. Seine Augen wanderten zu ihrem Busen und wieder hinauf zu ihrem Gesicht. »Dennoch wünschte ich, alle Verräterinnen sähen so aus wie Sie. Es würde meine Arbeit wesentlich angenehmer machen.« Träge tippte er mit der Reitgerte gegen die Krempe seines Huts. »Nun, Madame Cohen, ich bin sicher, wir werden uns bald wiedersehen«, sagte er, während er sein Pferd antrieb und die Menge vor ihm zur Seite wich wie das Rote Meer vor Moses.

Sara wandte sich wieder der Beschriftung des Bettlakens zu, aber ihre Hände zitterten. Hinter Hamid Beks Plauderton lauerte Gefahr. Sie witterte die Bedrohung beinahe wie ein Tier. Er verdächtigte sie — er hatte etwas vor und wartete nur auf den richtigen Zeitpunkt. Aber sie wußte nicht, wieviel er wußte und wieviel er nur vermutete.

Sie hob den Kopf und schaute Hamid Bek nach, seiner tadellos eleganten Figur im blauroten Uniformrock, die mit kerzengeradem Rücken über den Köpfen der Menge herausragte, da und dort anhielt, um jemanden zu begrüßen, so selbstverständlich und liebenswürdig, als sei er der Gastgeber einer gelungenen Gesellschaft. Sie dachte daran, wie unverschämt er sie angestarrt hatte. Wenn sie jemanden haßte, dann war es dieser Hamid Bek. Aber sie reckte trotzig die Schultern. Sie würde sich nicht fürchten — sie fürchtete sich auch jetzt nicht. Sara schaute sich ein letztes Mal um und hätte viel darum gegeben, von irgendwoher eine spöttisch neckende Bemerkung in Joes lässigem Tonfall zu hören; aber er war nirgends zu sehen. Enttäuscht blickte sie zu Boden und rieb sich müde die Augen.

»Nun macht schon! Geht endlich weiter!« Die drängelnde, schiebende Menge riß sie aus ihren Gedanken, und sie ging zurück zu ihrem Wagen. Der Flüchtlingszug war unterwegs, siebentausend Menschen, siebentausend verschiedene Schicksale, die plötzlich eng miteinander verbunden waren durch ihr Judentum — und ihren Stolz.

Um drei Uhr nachmittags schien es, als wären sie so gut wie nicht vorangekommen. Von Anfang an hatten sich Räder von den Wagen gelöst, Esel waren mit hängendem Kopf stehengeblieben und nicht weitergegangen, Militär hatte sie von der Straße in die Dünen abgedrängt. Sie hatten mehrere arabische Dörfer ohne Zwischenfall passiert. In dieser Provinz hatten Araber und Juden friedlich zusammen gelebt und zusammen gearbeitet — in manchen Familien seit Jahrzehnten, in manchen schon seit Jahrhunderten. Die Durchreisenden wurden mit der üblichen arabischen Herzlichkeit begrüßt, und sogar noch die letzten des Zugs erhielten Wasser und freundliche Worte. Die Dorfbewohner waren tief bewegt von dem Anblick von Tausenden von vertriebenen Juden. Sie fürchteten, selbst in eine größere Konfrontation zwischen den Türken und den ungläubigen Engländern hineinzugeraten. Die schrecklichen Bluttaten der Kreuzfahrer, die nun schon viele Jahrhunderte zurücklagen, waren unvergessen in der Erinnerung der Araber. In manchen Dörfern hatten die jüdischen Anführer ausgesprochene Mühe, die Muchtars daran zu hindern, ihre Häuser und Felder im Stich zu lassen und sich ihnen anzuschließen. »Die Türken evakuieren uns nicht um unserer eigenen Sicherheit willen, wie sie sagen, sondern in der Hoffnung, daß Hunger, Durst und Krankheit sie von den Juden befreien werden«, erklärten sie den arabischen Dorfschulzen. Die Araber wirkten skeptisch, aber sie blieben zu Hause.

Bald begegnete ihnen nur noch wirbelnder Sand und Staub. Der Himmel über ihnen wölbte sich fahlblau, die Sonne schien leuchtend und hell wie Gold. Wenn sie an einem Zitrushain vorüberkamen, hoben die Menschen den Kopf und atmeten gierig den zarten Duft der früh blühenden Orangen ein. Zwischen den Dünen blühten weißer Besenginster, karminroter Storchenschnabel und zartgelbes Kreuzkraut, ungeachtet des menschlichen Elends, das an ihnen vorüberzog.

Sara fuhr mit ihrem Wagen am Ende des Zugs, wo sie verlorene Kinder aufsammeln konnten, bis eine verzweifelte Mutter oder ein besorgter Vater auftauchte. Es war keine angenehme Position, denn vor ihnen hatten Tausende von Füßen wogende Staubwolken losgetreten, die sich mit dem Sand mischten, den die schlechtgelaunten Saptiehs aufwirbelten. Da es überwiegend die Schwachen und Alten waren, die in der Kolonne zurückfielen, waren sie eine leichte Beute für die Saptiehs. Sobald sie jemanden bemerkten, der stehenblieb, um Atem zu schöpfen oder sich den Sand aus den Augen zu wischen, kam ein Saptieh angeritten und trieb den »faulen Hund« mit dem Gewehr oder mit Fußtritten weiter. Sara, selbst müde und gereizt, hielt entsetzt an, als sie rings um die Füße eines älteren Paares am Straßenrand Schüsse aufspritzen sah. Als sich das Paar wie gelähmt vor Furcht aneinanderklammerte, lachten die Saptiehs hämisch und feuerten noch mehrere Male.

Sara sah sich verzweifelt um und fragte sich, wie man solchen Gemeinheiten Einhalt gebieten könnte. Schon taten sich immer mehr Männer im Zug zusammen und flüsterten miteinander, während sie dahinmarschierten. Jede Gewalttätigkeit — jeder Widerstand — würde jetzt zu Blutvergießen führen.

Plötzlich hörte sie hinter sich das Geräusch galoppierender Pferde, und sie drehte sich um. Es war Joe. Sie fühlte sich so erleichtert, daß ihr die Tränen in die Augen schossen. Mit ihm kamen drei Männer, die, ihrer Kleidung nach zu urteilen — Stiefel, Reithosen und Keffieh — Mitglieder der Haschomer waren. Sie ritten zu den beiden Saptiehs, und Saras Herz schwoll vor Stolz, als sie das sorglose Lächeln auf Joes Gesicht sah und wie lässig er auf Negiv saß. Die drei Männer, die Joe begleiteten, hielten sich etwas hinter ihm und blickten ausdruckslos auf die Saptiehs, die zu lachen aufgehört hatten.

Die Spannung war beinahe unerträglich. Alle, die den Vorgang beobachteten, erstarrten. Dann senkten die Saptiehs ihre Pistolen und wichen zurück wie junge Wölfe vor dem Anführer des Rudels. Als sie ihre Pistolen in den Gürtel steckten, ging von der Gruppe der Umstehenden ein hörbarer Seufzer der Erleichterung aus.

Sara rannte nach vorn und legte die Arme um die geduckten Schultern der beiden alten Leutchen, die sich noch immer in panischer Angst aneinander festhielten. Jemand brachte einen Becher Wasser, den der alte Mann sofort an seine Frau weiterreichte.

Joe, der die kleine Szene beobachtet hatte, entdeckte Sara, und als sich ihre Blicke begegneten, zog er eine Augenbraue hoch und grinste frech. Der Saptieh folgte seinem Blick. »Genau die Person, die ich suche – meine Schwester«, sagte Joe augenzwinkernd. Die Anzüglichkeit in Joes Blick hatte bei den Saptiehs den gewünschten Eindruck hervorgerufen. Sie lachten brüllend, und Sara errötete bis unter die Haarwurzeln. Dann hielt sie die Hand vor den Mund und hustete, um ihre peinliche Verlegenheit zu verbergen, in die sie die Blicke und das Geflüster der Menge ringsum stürzten. Joe lenkte sein Pferd neben sie und beugte sich über den Sattel. Er streckte den Arm aus, und bevor Sara seine Absicht erkannte, hatte er sie um die Taille gepackt und hinter sich auf sein Pferd gesetzt.

Sara schrie auf vor Überraschung, und ihr Gesicht wurde hochrot vor Zorn. Sie zerrte an ihren Röcken und war dicht davor, vom Pferd zu fallen, als Negiv nervös hin und her tänzelte. Erschrocken hielt sie sich an Joe fest, der sich, genau auf die Art lächelnd, die sie jedesmal zur Weißglut trieb, zu ihr umdrehte. »Gut festhalten, Schwester. Ich muß dich so schnell wie möglich nach Hause bringen«, sagte er, und den beiden Saptiehs zunickend fügte er hinzu: »Habe ich die Erlaubnis weiterzureiten?«

Die Saptiehs, die das räuberische Glitzern in Joes Augen sahen, lachten wiehernd und schrien: »Erlaubnis gewährt.«

»Dann entschuldigen Sie uns bitte, meine Herren«, sagte Joe mit dem gleichen lasziven Grinsen. »Ich habe es ziemlich eilig.« Und ihnen noch einmal zuzwinkernd, ließ er Negiv antraben.

Sara schlang instinktiv die Arme um seinen hageren, harten Körper und rückte näher an ihn heran. Sie war völlig außer Atem und versuchte, die in ihr aufsteigenden Gefühle zu unterdrücken, die eine heiße Welle durch ihren Körper schickten. Ihre Brüste schmerzten ... ihr ganzer Körper schmerzte ... so sehr sehnte sie sich nach Joe. Ihr Verlangen, sich gegen sein weißes Hemd zu pressen, schockierte sie so, daß sie ihren Griff lockerte und etwas nach hinten rutschte.

»Halt dich fest, Sara«, rief Joe warnend. »Sie beobachten uns noch.«

Sara lehnte sich wieder enger an ihn und zischte ihm ins Ohr: »Was zum Teufel soll das Ganze — mich so zur Schau zu stellen!«

Joe lachte und blickte sie von der Seite an. Seine grünen Katzenaugen funkelten vor Vergnügen. »Ich konnte ihnen schlecht sagen, daß ich dich brauche, damit du mir zeigst, wo das Gold versteckt ist, oder? Und jetzt halt dich gut fest — fester! Wir müssen schnellstens nach Atlit, das Gold auf den Weg bringen und Aaron informieren.«

»Per Brieftaube«, flüsterte Sara.

»Du sagst es.« Und dann kehrte er der Flüchtlingskolonne den Rücken, gab Negiv die Sporen, und sie ritten, gefolgt von den drei Haschomer, in gestrecktem Galopp nach Süden.

Kapitel XXV

Kairo: März 1917

Ende März wurde Aaron zum Major befördert und erhielt den Befehl, sein Hauptquartier von Port Said nach Kairo zu verlegen, dem er nur zu gern gehorchte, denn das ständige Hin und Her zwischen der Hafenstadt und der Hauptstadt hatte nicht nur viel Zeit gekostet, sondern war auch ermüdend gewesen; außerdem war er in Kairo näher bei den ranghöchsten Offizieren. Das Große Hauptquartier war höchst komfortabel im Savoy Hotel untergebracht, und Aaron konnte sich sehr bald über einen recht ansehnlichen Erfolg freuen. General Murray ließ ihn häufig zu sich rufen, wenn er einen sofortigen und sachverständigen Rat benötigte zur Geographie des Landes, über Wasserlöcher und ähnliches. Aaron bewunderte diesen englischen General. Er schätzte seine großen logistischen und administrativen Fähigkeiten ebenso wie seine Fähigkeit zur Einsicht, denn Murray hatte als einer der wenigen Ausländer begriffen, daß es beim Kampf um Palästina ebenso um einen Sieg über die Elemente ging wie um einen Sieg über die Truppen des mit allen Wassern gewaschenen Generals von Kressenstein.

Die Erfolge des englischen Generals waren beeindruckend. Der Sinai war erobert, der Suezkanal nicht länger bedroht. Aus Amerika importierte Rohrleitungen waren quer durch den Sinai verlegt worden, und nun konnte Wasser aus dem Nil bis zirka zehn Meilen vor Gaza gepumpt werden. Eine Eisenbahnlinie war durch die Wüste gebaut worden und für die geplagte Infanterie sogar so etwas wie eine Straße: ausgerollter Maschendraht, mit Pflöcken im Sand befestigt. Diese wenig einladende Straße führte die Army geradewegs vor die Mauern von Gaza.

Das Wort Gaza bedeutet Festung, und die Briten hatten allen Grund, darüber zu stöhnen, wie gut dieser Name paßte. Zu allen Zeiten in der Geschichte hatten Möchtegernhelden die Mauern von Gaza berannt, denn die Stadt beherrschte nicht nur alle Straßen ins südliche Palästina, sondern wachte auch eifersüchtig über das wichtigste Element in einem Wüstenkrieg: das Wasser. Die nächste größere Wasserquelle lag zwanzig Meilen weiter in Beer Sheva.

Aaron hatte zu beweisen versucht, daß es auch andere Wasserquellen geben mußte, aber seine Argumente trafen auf taube Ohren. Er hatte sich bemüht, den Engländern zu erklären, daß es in der Wüste einst Dörfer gegeben hatte, die heute verschüttet waren, die aber ohne Wasser nie hätten existieren können. »Und sie liegen alle rings um Gaza und Beer Sheva — dasselbe Wasser, von dem diese beiden Städte leben, muß zwischen ihnen unter der Erde fließen. Wir brauchen nur danach zu bohren.« Aber die Engländer ließen sich von der Logik seiner Theorie nicht überzeugen. Sie waren höflich, aber sie ignorierten ihn.

Nun, dann sollen sie eben erst Gaza einnehmen, sagte er sich. Doch er wurde den Zweifel nicht los, ob Murray wirklich der Mann war, um Gazas Tore niederzureißen wie einst Samson in der Bibel oder gar seinen Namen in die Liste der siegreichen Generale einzutragen. Murray war ein glänzender Verwaltungsbeamter, aber er war kein Alexander, Saladin oder Napoleon.

Trotz dieser Zweifel war Aaron bis Ende März beinahe glücklich. Das Schiff war wieder einmal glatt nach Atlit durchgekommen und hatte wertvolle Berichte von Sara zurückgebracht. Seine Zimmer im Continental Hotel waren geräumig, altmodisch, sehr britisch und sehr komfortabel. Und auf einer Cocktailparty, zu der ihn Major Deedes geschleppt hatte, hatte er Deana kennengelernt, eine dunkelhäutige Jüdin aus Alexandria, die sein Leben sehr bereicherte. Aaron stellte mit einiger Bestürzung fest, daß diese Frau eine fast unwiderstehliche Anziehungskraft auf ihn ausübte, daß sie seine Gedanken beschäftigte und daß er ihr ungemein viel Zeit widmete. Alles an ihr war warm und humorvoll, und zu seiner ganz großen Freude glaubte auch sie daran, daß Palästina die Heimstätte der Juden werden könnte.

Am 29. März traf die Nachricht von der ersten Niederlage der Briten bei Gaza ein. In Kairo glaubte man, nicht richtig gehört zu haben. Die Strategie war hervorragend gewesen. Die Aufklärungsflugzeuge sowohl des Royal Flying Corps als auch der Luftwaffeneinheiten von Kressensteins hatten einen Überraschungsangriff so gut wie ausgeschlossen, bis es General Dobell in der Nacht vom 26. März bei dichtem Nebel gelungen war, seine fünf Divisionen in einem nahezu vollständigen Halbkreis um Gaza zusammenzuziehen. Als sich der Nebel gegen Morgen hob, mußten die Türken zu ihrem Schreck feststellen, daß feindliche Kavallerie ihre Außenposten überrannt hatte. Am Abend desselben Tages hatte die 53. Walisische Division nach stundenlangen erbitterten Kämpfen den größten Teil von Ali Muntar eingenommen, einen Hügel, der Gaza überragte; und bei Einbruch der Dunkelheit hatten einige Einheiten Verbindung mit den australischen Anzacs an der Küste aufgenommen.

Doch dann begann das Desaster. Die militärischen Führungen beider Seiten leisteten sich eine ganze Reihe von Fehleinschätzungen und grobe Fehler, die ihre Armeen aktionsunfähig machten. In der allgemeinen Verwirrung hielten sich sowohl Dobell als auch von Kressenstein für geschlagen. Von Kressenstein ließ seine Männer und seine Geschütze haltmachen. Die Männer von Dobells Desert Column erhielten den nach dem Stand der Dinge völlig unsinnigen Befehl, sich zurückzuziehen. Das Ganze geriet vollends zur Farce, als der deutsche Kommandant von Gaza, im Glauben, die Schlacht sei verloren, seine eigene Funkstation in die Luft sprengte. Am Tag darauf hatte von Kressenstein seine Stellungen verstärkt, und für die Briten bestand keine Hoffnung mehr, Gaza einzunehmen.

Die Niederlage war ein schwerer Schlag für Aaron. Doch dann traf per Brieftaubenpost die Nachricht von der Massenvertreibung der Juden aus Tel Aviv und Jaffa ein — und diese Nachricht war wesentlich schlimmer. Als Aaron las, was auf dem hauchdünnen Stückchen Papier geschrieben stand, legte sich eisige Kälte auf sein Herz. Halb wahnsinnig vor Sorge wartete er auf Nachricht von Sara, aber ihr Aprilbericht klang merkwürdig fröhlich und optimistisch. Sie schrieb, die Haschomer hätten die Verteilung des Goldes übernommen, so daß sie sich ganz auf die Spionagearbeit konzentrieren könne — und natürlich auf die Station. Atlit schien nicht mehr der einsame Ort zu sein, der er einst war, nachdem sich Tausende von Flüchtlingen in Zichron drängten. Sara schrieb, sie hätten sich geweigert, in Atlit Flüchtlinge aufzunehmen, was den Verdacht des Gemeinderats von Zichron erregt hatte, zumal ihre bisher beste Entschuldigung — daß die Station amerikanisches Eigentum sei — seit dem Kriegseintritt der Vereinigten Staaten nicht mehr stichhaltig war. Atlit war jetzt, zumindest formal, von den Türken konfisziert.

Verwunderlich sei allerdings, fuhr Sara fort, daß ihnen Hamid Bek und seine Saptiehs noch keinen Besuch abgestattet hatten. Sie erwähnte kurz ihre Begegnung mit dem Polizeichef in Tel Aviv und daß sie sich vor ihm in acht nehmen müsse. Obwohl sie den Vorfall nur beiläufig erwähnt hatte, verfolgten Aaron seither die schlimmsten Befürchtungen, die er nur mühsam unterdrücken konnte. Die Türken waren hoffnungslose Stümper, was ihren geheimen Nachrichtendienst betraf, aber sie waren erstaunlich gut in der Spionageabwehr, und Aaron kam nicht umhin, sich zu fragen, wie lange es noch dauern würde, bis sie von den gründlichen Deutschen darauf hingewiesen wurden, daß sich in ihrer Mitte ein Rattennest befand. Nur die Tatsache, daß Joe in die Station gekommen war, erleichterte ihn etwas, weil er dem Amerikaner zutraute, die Organisation vor Fehlern zu bewahren, die durch allzu großes Selbstvertrauen auftreten könnten. Saras Brief enthielt nur deprimierende Nachrichten, und trotzdem war er nicht deprimiert geschrieben — nicht ein Wort, das düster oder gar trostlos klang, und Aaron fragte sich, ob der unbeschwerte Ton etwas mit Joe zu tun haben könnte. Vielleicht fühlte sie sich einfach durch seine Anwesenheit auf der Station sicherer, und wenn es so war, um so besser.

Als Aaron erfuhr, daß Murray im April ein zweites Mal versuchen wollte, Gaza einzunehmen, beschloß er, im Fall eines positiven Ausgangs die Organisation aufzulösen. Was sie bis jetzt an Informationen geliefert hatten, war geradezu phantastisch. Der Fall von Gaza wäre der richtige Zeitpunkt, um aufzuhören.

Aber Gaza fiel nicht. Dobell hatte mit seiner Eastern Force angegriffen, verstärkt durch die Schlagkraft von acht Pincher-Tanks, doch bereits nach einem Kampftag wurde die zweite Schlacht um Gaza abgeblasen. Die Engländer hatten bei den Kämpfen sechseinhalbtausend Mann verloren — für einen minimalen Gewinn. Die Türken hißten die Siegesfahnen. London war über die hohen Verluste entsetzt. Dobell wurde abberufen. Es gab Gerüchte, daß Murray ebenfalls abberufen werden sollte. In den ersten Maiwochen wurden umfassende administrative Reformen durchgeführt, und Aaron sah seinem nächsten allwöchentlichen Treffen mit Major Deedes gespannt entgegen.

In einigen Tagen sollte das Schiff nach Atlit wieder auslaufen, und Aaron begab sich zu Major Deedes, versehen mit all den peinlich genau kodierten Anweisungen im Ordner mit der Aufschrift »Angeforderte Informationen«. Die Wünsche der Briten nahmen ein erschreckendes Ausmaß an. Von Monat zu Monat verlangten sie mehr Informationen statt weniger. Aaron hatte vielleicht den Fehler gemacht, bei den Briten den Eindruck zu erwecken, als sei es relativ leicht, diese Informationen zu beschaffen — ein Fehler, der aus dem Bemühen entstanden war, die Loyalität und Kompetenz seiner Gruppe zu beweisen.

Aaron seufzte und strich sich nachdenklich über sein glattrasiertes Kinn. Es bestand überhaut kein Zweifel: Die Gruppe mußte aufgelöst werden. Um sich von seinen bösen Vorahnungen etwas zu befreien, zündete er sich eine Zigarette an und setzte sich mit der arabischen Zeitung Muktari an seinen Schreibtisch. Vielleicht stand etwas über Murrays Nachfolger darin. Er überflog die Seiten, doch das einzig Interessante war eine Rede von Lloyd George, in der er erklärte, die Regierung beabsichtige, der britischen Nation zu Weihnachten die Heilige Stadt Jerusalem zu schenken. Zumindest hatten sie nicht vor, den Palästinafeldzug abzusagen, es sei denn, diese Äußerung diente nur als moralische Unterstützung für eine Nation, die in Europa in ein nicht enden wollendes Blutbad verwickelt war.

Aaron faltete die Zeitung zusammen und warf einen ungeduldigen Blick auf die Uhr. Er wartete auf den Major. Dann stand er auf und schloß das zweiflügelige Fenster, um den ohrenbetäubenden Straßenlärm auszusperren. Er schaltete den Deckenventilator ein, beobachtete ihn geistesabwesend ein paar Sekunden, und dann, als hätte er es nicht eben getan, blickte er wieder auf die Uhr. Es war zwei Minuten vor neun. Lächelnd schloß er eine Wette mit sich ab, daß Selena Punkt neun Uhr eintreten würde, und wie so oft dankte er den Schicksalsgöttern, daß sie ihm Selena geschickt hatten. Er sah sie immer wieder vor sich, damals, auf dem Bahnhof von Haifa, als sie schüchtern hinter Sara aus dem Zug gestiegen war. Heute war sie kaum noch als dieselbe Person wiederzuerkennen.

Selena und Sarkis hatten vor vierzehn Tagen geheiratet, gleich nachdem sie von den Behörden ihre Papiere bekommen hatten. Sie wohnten nicht mehr bei Paul und Eve, sondern waren in eine eigene kleine Wohnung in der Innenstadt gezogen. Kristopher machte eine Ausbildung als Fotograf — ein Beruf, den hier viele Armenier ausübten — und Selena arbeitete für Aaron als Sekretärin. Ruhig und verblüffend tüchtig, war sie ihm bereits unentbehrlich geworden.

Beim ersten Schlag der Uhr klopfte es leise an der Tür, und Selena trat mit einem Arm voll Blumen ein. »Guten Morgen, Major«, sagte sie und lächelte ihn strahlend durch die schlanken purpurroten Gladiolen an. »Ich dachte, ein paar Blumen würden Ihr Zimmer freundlicher machen.«

»Das tun Sie bereits, Selena, durch Ihre Anwesenheit«, entgegnete Aaron mit echter Bewunderung in der Stimme.

Selena kleidete sich nicht mehr wie früher im orientalischen Stil. Heute zum Beispiel trug sie ein weißes Sommerkleid und einen kleinen Strohhut auf dem weich nach oben gekämmten Haar, und sie sah hinreißend aus. Sarkis war ein glücklicher Mann, dachte Aaron, und er wußte es zweifellos. Selena legte die Blumen auf den Tisch, nahm ihren Hut ab und legte ihn zusammen mit ihrer Handtasche auf die Ecke ihres eigenen kleinen Schreibtischs, und dann sah sie sich nach einer Vase um. »Ich hole nur rasch etwas Wasser«, sagte sie und ging ins Badezimmer.

Aaron nickte, während er den stählernen Aktenschrank aufschloß, zwei rote Ordner herausnahm und vor sich auf den Schreibtisch legte. Selena kam mit der Vase zurück und ordnete die Blumen mit flinken, sicheren Bewegungen zu einem Strauß. Aaron schaute ihr einen Augenblick zu, immer von neuem verwundert über die Anmut, die alles, was sie tat, begleitete. Selbst Major Deedes war weniger spröde, wenn sie im Zimmer war; er senkte in ihrer Gegenwart die Stimme, und häufig erschien ein fast albernes Lächeln auf seinem Gesicht, wenn sie eintrat.

Sie begutachtete ihr Werk, dann wandte sie sich an Aaron. »Meinen Sie, Major Deedes hätte etwas dagegen, wenn ich diesen Monat etwas Persönliches mitschickte?«

»Nein, das glaube ich nicht. Was ist es denn?«

»Nun, Sara hat diesen Monat Geburtstag.« Aaron blickte schuldbewußt zu Boden, weil er selbst nicht daran gedacht hatte. »Ich wollte ihr ein Geschenk von Kristopher und mir schicken.« Sie nahm einen Umschlag aus ihrer Tasche und öffnete ihn. »Sehen Sie mal«, sagte sie stolz und zog eine Fotografie hervor. »Die Aufnahme hat Kristopher selbst gemacht. Sie ist gut geworden, nicht wahr?«

Aaron schaute das Foto an und überlegte, was es von anderen, die er gesehen hatte, unterschied. Und dann erkannte er den Grund. Selena lächelte ganz ungezwungen in die Kamera; ihre Haltung war vollkommen entspannt. Es war das natürlichste Foto, das er je gesehen hatte.

»Und einen Spitzenkragen«, fuhr Selena fort, die sich freute, daß Aaron das Foto so bewunderte. »Sara klagte immer, daß die ihren voller Löcher waren.« Sie steckte die Fotografie in den Umschlag zurück und legte ihn neben die Aktenordner auf Aarons Schreibtisch.

Ein kräftiges Klopfen an der Tür verkündete die Ankunft von Major Deedes. Selena öffnete ihm. Die beiden Männer salutierten, bevor sie sich herzlich begrüßten.

»Ist alles fertig?« fragte Deedes, indem er sich mit seiner sauber gebügelten Uniform in dem Stuhl auf der anderen Seite des Schreibtischs niederließ und einen begehrlichen Blick auf die beiden Ordner warf.

Aaron nickte. »Irgendwelche Ergänzungen in letzter Minute?«

»Nur ein paar.« Aaron grinste. Es war immer dasselbe. Die beiden Männer steckten die Köpfe zusammen, und Aaron machte sich Notizen, die er gleich kodierte.

»Und noch eins«, sagte Deedes, als Aaron bereits dachte, sie wären zum Ende gelangt. »Unsere Jungs vom Flying Corps stehen vor einem Rätsel. Wenn sie über arabischen Dörfern Propagandamaterial abwerfen, haben sie beobachtet, daß sich die Dorfbewohner beinahe gegenseitig über den Haufen rennen, um bloß von den Flugblättern wegzukommen. Warum tun sie das?«

Aaron lächelte grimmig. »Höchstwahrscheinlich haben die Türken bekanntgegeben, daß jeder, der die Flugblätter liest, mit dem Tode bestraft wird.«

»Großer Gott!« sagte der Major schockiert. »Das kann doch nicht sein.«

Selena, die still an ihrem Schreibtisch gearbeitet hatte, hob den Kopf und wechselte einen Blick mit Aaron. Würden die Briten denn nie verstehen, daß für die Türken ein Menschenleben nichts Unantastbares, Unbezahlbares war?

»Ich kann mich natürlich irren, aber ich fürchte, in diesem Fall irre ich mich nicht«, antwortete Aaron nüchtern.

Es entstand eine kurze Pause, in der sich Deedes eine Zigarette nahm, sie auf dem Deckel seines silbernen Zigarettenetuis festklopfte und anzündete. Dann hob er den Blick und sah Aaron mit einem kleinen Lächeln um die Mundwinkel an. »Ich glaube, ich weiß, wer in Murrays Fußstapfen treten wird«, sagte er. »Interessiert?«

Aaron lachte. »Das wissen Sie verdammt genau. Wer soll es sein?«

»Na ja, ganz sicher ist es natürlich noch nicht, aber man spricht von Allenby.«

»Wer?« fragte Aaron ratlos.

»General Sir Edmund Allenby«, wiederholte Deedes. »Anscheinend hatte man erst Smuts gebeten, doch der hat abgewinkt. Wäre ein glücklicher Zufall, wenn wir Allenby bekämen. Er ist Kavallerist, und der größte Teil unserer Truppen ist beritten.«

»Was für ein Mensch ist er?«

Auch Selena hörte offen und interessiert zu.

»Nun ja«, sagte Deedes nachdenklich. »Ich kenne ihn nicht persönlich, aber er hat den Spitznamen ›The Bull‹.« Aaron hob überrascht die Augenbrauen. Dieser Mann dürfte sich erheblich von dem Verwaltungsmenschen Murray unterscheiden. »Angeblich hat er wenig Geduld mit Dummköpfen. Er besteht auf direkten Antworten auf direkte Fragen. Soll ziemlich reizbar sein.«

»Allenby«, sagte Aaron leise. »Ist er Engländer?«

»So englisch wie Coleman's Mustard«, antwortete Deedes und lachte glucksend über seinen Vergleich. »Er ist sehr bewandert im Alten Testament, außerdem ein ernstzunehmender Botaniker und Ornithologe.« Er drückte seine Zigarette aus und stand auf. »Sie beide dürften glänzend miteinander auskommen.«

Aaron stand ebenfalls auf und schüttelte Deedes zum Abschied die Hand. Nachdem er den Major hinausbegleitet hatte, kehrte er zu Selena zurück, die ihn unverwandt anblickte.

»Allenby«, sagte sie langsam. »Die Araber werden bei diesem Namen aufhorchen.«

»Warum?«

»Weil Allenby auf arabisch heißen könnte: Allah-en-nebi, Prophet des Herrn.« Selena freute sich wie eine Schneekönigin über sein verblüfftes Gesicht.

»Also, da soll mich doch –«, entfuhr es Aaron. »Allenby – Allah-en-nebi«, wiederholte er und lächelte, als ihm die Bedeutung aufging. »Gibt es da nicht sogar eine Prophezeiung . . .?«

»Ja. Und sie besagt, daß die Türken erst aus Jerusalem vertrieben werden, wenn ein Prophet des Herrn die Wasser des Nil nach Palästina bringt.«

»Murrays Pipeline!« kicherte Aaron, und seine allgemeine Stimmung wurde um einiges besser, obwohl ihm sein Verstand sagte, daß alte Prophezeiungen mit moderner Kriegführung wenig zu tun hatten. Aber trotzdem . . . Allah-en-nebi . . . es könnte etwas dran sein . . . Er setzte sich an den Schreibtisch und betrachtete nachdenklich das Telefon. Er hatte vorgehabt, den Abend zu Hause zu verbringen und sich ein paar alte Landkarten anzusehen, die Paul in einem Buchladen gefunden hatte. Aber mit einem Kopf, in dem die Gedanken durcheinanderschwirrten wie Bienen, würde er sich nicht konzentrieren können. Er traf seine Entscheidung mit einem kleinen Lächeln und griff nach dem Hörer. Gedankenverloren mit der Telefonschnur tändelnd, bat er die Vermittlung um Deanas Nummer.

Der Lagebesprechungsraum in der Garnison von Beer Sheva war klein, stickig und bis auf den letzten Platz gefüllt mit dreißig leicht schwitzenden Offizieren. Vor ihnen an einem niedrigen Tisch saß Dschemal Pascha, der sogar im Sitzen den Raum beherrschte. Mit steinerner Miene hörte er sich die Berichte der deutschen Stabsoffiziere an, und zumindest Hans Werner Reichart merkte, wie sehr der Türke die Deutschen haßte. Neben dem Kommandeur saß General von Kressenstein, einen einstudiert aufmerksamen Ausdruck auf seinem länglichen Aristokratengesicht. Hinter den beiden Männern erhob sich die exotische Gestalt Osmans, Dschemals Leibwächter, der alle Anwesenden wie Zwerge erscheinen ließ.

Deutsche und Türken hatten sich unbewußt in zwei Gruppen geteilt wie Schafe und Ziegen. Trotz des Sieges bei Gaza vor einem Monat verschlechterten sich die Beziehungen zwischen ihnen mehr und mehr. Wie alle Deutschen empfand auch Hans Werner Reichart für den türkischen Stab nur Verachtung. Alle Führungspositionen waren mit den falschen Leuten besetzt, während man die richtigen auf unbequeme Außenposten geschickt hatte. Seit Beginn des Krieges war die militärische Rangordnung der Türken ein Synonym für Inkompetenz — je höher der Rang, um so unfähiger der Mann. Nicht einmal einen Krieg konnten diese Türken richtig führen. Der Nachschub kam nicht durch, die Soldaten waren unterernährt und desertierten in beängstigendem Ausmaß — bis jetzt angeblich bereits dreihunderttausend. Die Benzinvorräte waren viel zu gering bemessen, was bedeutete, daß die Flugzeuge nutzlos herumstanden. Die Türken waren entweder unfähig oder mit Absicht nicht bereit, eine Kriegführung, wie sie das zwanzigste Jahrhundert verlangte, zu begreifen.

Eben war darauf hingewiesen worden, daß die Türken unausgebildete Rekruten an die Front schickten, und Reichart sah, wie sich Dschemals Gesicht verfinsterte. Peinliche Stille herrschte im Raum, die nur vom Ticken des Telegrafen in der Ecke unterbrochen wurde. Dschemal Pascha bezwang seinen Zorn. Jeder nahm an, es sei seine Schuld, daß dieser kleine Kriegsgott Enver in Konstantinopel auf seinem Thron saß und sich weigerte, ausgebildete Soldaten für die Vierte Armee zu schicken, Munition, damit sie schießen, und Lebensmittel, damit sie essen konnten. Er stand auf, setzte sich jedoch abrupt wieder hin, als er erkannte, daß zum Aufundabgehen der Platz nicht reichte. Er blickte über die Köpfe der Offiziere hinweg auf einen Fleck an der Wand, der die Form des italienischen Stiefels auf der Landkarte hatte. Dann hob er den Arm in Kopfhöhe und stieß hervor: »Wenden Sie sich an Seine Exzellenz Enver Pascha. Nur der Kriegsminister hat die Macht, diese Situation zu ändern.«

Die deutschen Stabsoffiziere sahen sich verstohlen an, als Envers Name fiel. Jeder im Raum wußte, daß der Kriegsminister Enver seinem Bruder Dschemal langsam, aber sicher jede politische und militärische Macht entzog. Die Ankunft von General von Falkenhayn in Konstantinopel war für Dschemal — und andere — ein deutliches Zeichen, daß Enver seinen Bruder neutralisieren wollte, indem er ihm in Syrien und Palästina den deutschen General vor die Nase setzte.

General von Kressenstein wechselte klugerweise das Thema. Seine langen, gestiefelten Beine übereinanderschlagend, wandte er sich an Reichart. »Oberstleutnant Reichart hier hat etwas zu berichten, was möglicherweise für Sie von Interesse ist.«

Dschemal hielt den Kopf gesenkt und versuchte, nicht sehr erfolgreich, ein Gähnen zu unterdrücken. Seit drei Stunden saßen sie bereits hier; die Zeit zum Mittagessen war längst verstrichen. Bekamen diese ungläubigen Teufelsanbeter niemals Hunger?

Hans Werner Reichart erhob sich. »Mit Eurer Erlaubnis, Exzellenz. Der deutsche Nachrichtendienst hat Grund zu der Annahme, daß militärische Informationen zu den Briten durchsickern.«

Dschemal sagte nichts, sondern zupfte nur ungehalten an seinem schwarzen Bart. Der deutsche Nachrichtendienst. Es war immer ›der deutsche Irgendwas‹. Oh, wie gern hätte er diesen arroganten Kerlen die Hosen ausgezogen und sie nackt auf einem Karren durch die Straßen kutschiert. Es kostete ihn einiges, Reichart anzusehen und seine Stimme im Zaum zu halten. »Wenn dem so ist, warum unternimmt Ihr militärischer Nachrichtendienst nichts dagegen? Spionage ist nicht mein Ressort.«

»Mit Verlaub, Euer Exzellenz«, mischte sich von Kressenstein ein. »Alles, was die Vierte Armee betrifft, die unter Eurem ruhmreichen Namen marschiert, betr . . .«

»Schon gut, ja, ja.« Plötzlich knurrte sein Magen laut und vernehmlich, und er hustete, um das Geräusch zu überdecken. »Also, was ist das für eine Geschichte, Reichart?«

Reichart schilderte mit kurzen, klaren Worten, warum es so aussah, als verfügten die Briten über die nicht ganz geheure Fähigkeit, den jeweils nächsten militärischen Zug auf türkischer Seite vorauszuahnen und die Türken auszumanövrieren. Außerdem würden sie gezielt Treibstoff- und Munitionslager beschießen. Es sei alles in allem mit dem Zufall allein nicht zu erklären. »Wir haben keinen Beweis für eine Spionagetätigkeit«, schloß er, »aber die Indizien sind besorgniserregend.«

Er blickte Dschemal erwartungsvoll an, doch der Türke starrte unverwandt auf seine Taschenuhr, die mit geöffnetem Deckel vor ihm auf dem Tisch lag. Es ging auf die heilig gehaltene Stunde der *Kayf*, der Mittagsruhe, zu. Diese Ungläubigen schienen weder zu essen noch zu schlafen. Er klatschte in seine großen roten Hände und faßte seine Zuhörer scharf ins Auge. »Wenn es ein solches Unternehmen gibt, so garantiere ich Ihnen, daß wir es ausfindig machen und seine Betreiber vernichten werden. Bei Allah und sei-

nem Propheten! Wenn es tatsächlich einen solchen Schand-
fleck gibt, werden wir ihn dem Erdboden gleichmachen und
mit den Wurzeln ausrotten. Darauf, meine Herren, gebe ich
Ihnen mein Wort.«

Und bevor noch jemand Gelegenheit hatte, ein weiteres
Thema anzuschneiden, stand er auf und schritt, gefolgt von
Osman, zur Tür. »Spionage, wahrhaftig«, murmelte er, sobald er den Raum verlassen hatte. »Und sie hielten sich immer für so schlau — so schlau, daß sie ihre eigene Funkstation in die Luft sprengten. Ha!«

Dieser erheiternde Gedanke tröstete ihn über sein ver-
spätetes und hastig eingenommenes Mittagessen hinweg.
Doch als er später auf seinem unbequemen Bett lag und es
ihm nicht gelingen wollte, seine *Kayf* mit Wohlbehagen zu
genießen, kehrten seine Gedanken zu Reicharts Worten zurück. Wenn tatsächlich ein Spionagering existierte und
wenn er gar von den Deutschen aufgedeckt würde, dann
stünde er da wie ein Narr. Während er seinen schweren
Körper auf dem schmalen Bett herumwälzte, begannen ihn
Zweifel zu plagen. Was Reichart gesagt hatte, ergab Sinn.
Dschemal haßte Zufälle; er glaubte nicht daran.

»Verflucht sollen sie sein«, brummte er, und da er ohnehin keinen Schlaf fand, stand er auf und schrieb rasch eine
Mitteilung an Hamid Bek in Jaffa. Bek hatte die richtige
Nase, um so etwas aufzuspüren. Dschemal vertraute ihm
und noch mehr seinen Methoden. Er versiegelte den Brief
und rief Osman. »Sieh zu, daß dies hier umgehend in die
Hände des Polizeichefs gelangt — höchste Dringlichkeits-
stufe«, sagte er und drückte seinem Leibwächter den Brief
in die Hand.

Dann legte er sich wieder auf das Bett. Er hatte alles getan, was er in dieser Sache tun konnte, schloß die Augen
und hatte gleich darauf alles vergessen.

Hamid Bek faltete den Brief von Dschemal Pascha zu einem kleinen Rechteck zusammen und lehnte sich mit einem grausamen Lächeln und seinen Peitschenstock wie zu einer Schlinge biegend in seinem Stuhl zurück. »Ich wünsche peinlich genaue Ermittlungen . . . tun Sie alles Nötige . . . Ich will nichts mehr davon hören, bis die Verantwortlichen gehängt sind.« Der gute Dschemal würde nichts davon hören.

Der Polizeichef trat ans Fenster und blickte hinaus. Mit dem Peitschenstiel trommelte er gegen den Stiefelschaft. Er hatte keinerlei Beweise. Nur der Instinkt sagte ihm, daß hinter den Levinsons und ihrer Heuschreckenpatrouille mehr steckte, als es den Anschein hatte. Ein Ei mochte noch so gut aussehen – wenn es stank, war etwas daran faul. Die Levinsons stanken. Aber sie sahen gut aus. Seine Gedanken kehrten zu der Frau zurück und ihren schweren Brüsten, die den Stoff einer sittsamen Bluse spannten. Eines Tages, eines sehr baldigen Tages würde er ihr die Bluse aufreißen und diese Brüste wie reife Pfirsiche in seine wartenden Hände fallen sehen. Seine Züge vergröberten sich, und er spürte, wie sein Glied schwoll und hart wurde, als er diesen Wachtraum mit einer beinahe religiösen Inbrunst genoß. O ja, sehr bald würde es soweit sein. Er zügelte seine erotischen Phantasien und kehrte an den Schreibtisch zurück. Zunächst einmal mußte er nach Beweisen suchen.

Alle Hast ist des Teufels, sagte er sich. Und Eile mit Weile.

Es war ein warmer, windstiller Juniabend. Vom Garten her drang der Duft von Rosen und Lavendel. Sara hatte sich einen Tag frei genommen, denn es war ihr Geburtstag. Sie hatte alle Verantwortung hinter sich gelassen und war am Vormittag mit Abu nach Zichron geritten.

In den zwei vergangenen Sommern waren die Blumengärten verwildert, aber jetzt, nachdem über eintausend Flüchtlinge aus Tel Aviv und Jaffa in Zichron lebten und viele von ihnen froh waren, wenn sie ihre Dankbarkeit zeigen und sich nützlich machen konnten, entstanden die Gärten allmählich wieder in ihrer alten Pracht. Sara hatte die blühende Wildnis nicht gestört, aber sie wußte, wie sehr sich ihr Vater freute, daß die Gärten wieder zivilisiert und gepflegt aussahen.

Die Einwohnerzahl von Zichron hatte sich über Nacht verdoppelt. Jedes Haus hatte Flüchtlinge aufgenommen; auch die Weinkeller und das Schulhaus dienten als Schlafsäle. Abram Levinson hatte eine junge Witwe mit ihren zwei kleinen Jungen aufgenommen. Sara mochte Rachel Abromowitz. Nun saßen sie gemeinsam auf der Veranda. Rachel besserte eine Hose von einem ihrer Söhne aus, Sara schaute den beiden Jungen zu, die auf dem Rasen Bockspringen spielten, und hinter ihnen, im Eßzimmer, half Ruth Fatma, den Tisch zu decken.

Am anderen Ende der Veranda zankten sich Saras Vater und ihr Bruder Sam auf die übliche freundschaftliche Weise mit Doktor Ephraim. Er hatte vorbeigeschaut, um dem Mädchen, dem er vor fünfundzwanzig Jahren auf die Welt geholfen hatte, zum Geburtstag zu gratulieren. Saras Geburtstag war nicht ganz der glückliche Tag geworden, den sie sich gewünscht hatte. Obwohl er so gut begonnen hatte, drohte ihr nun doch eine Enttäuschung. Vor ungefähr einer Stunde hatte sie sich eingestehen müssen, daß Joe nicht mehr kommen würde; seitdem war sie niedergeschlagen und rastlos.

Joe war vor vierzehn Tagen, unmittelbar nach dem Besuch des Kontaktschiffs, nach Beirut gereist, in eigenen Geschäften und um herauszufinden, wie viele U-Boote in der dortigen deutschen Marinebasis lagen — eine Information, die die Briten angefordert hatten. Obwohl sie beide wußten, daß es knapp werden könnte, hatte Joe versprochen, rechtzeitig zu ihrem Geburtstag zurück zu sein. Als Sara die Sonne immer weiter westwärts wandern sah, seufzte sie leise und gab allmählich ihre Hoffnung auf. Sie schloß die Augen und lehnte sich in ihrem Stuhl zurück. Die letzten Sonnenstrahlen fielen wärmend auf ihre Lider. Ihre Gedanken kreisten um Joe. Zögernd und widerwillig akzeptierte sie, daß sie ihn liebte.

Sie sehnte sich fast schmerzhaft nach ihm. Ohne ihn erschien ihr das Leben schrecklich leer. Sie vermißte sein Lächeln, seine Wärme, sogar seinen Spott. Die Zeit, die Joe mit ihr auf der Station verbracht, und die Rolle, die er bei so vielen Gelegenheiten in ihrem Leben gespielt hatte, hatten eine tiefgreifende Wirkung auf sie ausgeübt. Sie arbeiteten gut zusammen; sie verstanden sich gut in den wesentlichen Dingen; sie reagierten gegenseitig auf unausgesprochene Fragen und Sorgen. Zum erstenmal in ihrem Leben war sie abhängig von einem Mann.

Es war ein Gefühl, das Sara überraschte und ärgerte, und sie tat alles, um es zu unterdrücken. Sie schätzte Joes Meinung und folgte seinem Rat — auf seine Bitte hin ging sie nicht mehr hinunter an den Strand, wenn das Schiff kam. Sie befand sich in dem Stadium der Verliebtheit, wo übermütige Freude, hoffnungslose Verzweiflung und hemmungslose Selbstkritik einander übergangslos ablösten. Verzweifelt war sie, weil sie Joes Denkweise verstand, nicht aber seine Gefühle. Er war ihr noch immer ein Rätsel, wie eine nicht aufgedeckte Spielkarte. Trotz seines Auftretens als Lebemann hatte er nicht versucht, sie zu verführen; er hatte noch nicht einmal eine Andeutung in diese Richtung gemacht. Er blieb stets liebenswürdig, freundschaftlich und war in ihrer Gegenwart so entspannt wie ein Bruder. Was zum Teufel sollte sie davon halten?

Sie zitterte, als sie an sein träges, katzenäugiges Lächeln dachte. Manchmal hatte sie ihn dabei ertappt, daß er sie nachdenklich betrachtete; dann hätte sie ihm am liebsten gesagt, was in ihrem Herzen vorging. Aber ihr Stolz hinderte sie daran. Wie eine Schnecke zog sie sich zurück, um ja nicht den ersten Schritt zu tun. Der wahre Grund für ihre Angst war jedoch, daß sie befürchtete, Joe könnte ihre Gefühle nicht teilen. Möglicherweise hatte er das Interesse an ihr verloren. Bei diesem Gedanken drohte ihr Herz auszusetzen. O Joe, wo bist du, dachte sie und wünschte sich, daß er, wenn sie jetzt die Augen aufschlüge, vor ihr stünde, herbeigezaubert von wer weiß woher. Aber sie wußte, er würde jetzt nicht mehr kommen, und sie kämpfte tapfer gegen ihre Enttäuschung. Sie war einsam ohne ihn, liebeskrank und fühlte sich schrecklich verloren.

Sie öffnete die Augen, entschlossen, alle Gedanken an Joe Lanski abzuschütteln. Dann stand sie auf, weil sie fand, daß es trotz ihres Geburtstags an der Zeit war, in der Küche zu helfen.

»Sara!« Doktor Ephraims Stimme rief sie zurück. Sie wartete, bis er die Veranda überquert hatte und neben ihr stand. »Sara, ich glaube, wir müssen miteinander reden«, sagte er, indem er die Hand auf ihren Arm legte und sie mit besorgtem und fast mitleidvollem Blick ansah.

Sara erschrak ein wenig. »Natürlich«, sagte sie. »Hat es mit Papa zu tun?«

»In gewisser Weise schon«, antwortete er. Dann deutete er unauffällig auf Rachel und sagte: »Können wir uns irgendwo allein unterhalten?«

Sara nickte verwirrt und ließ sich von dem alten Herrn zur Vorderseite des Hauses führen. Sobald sie außer Hörweite waren, blieb er stehen und sah sie an.

»Ich bin vom Gemeinderat von Zichron gebeten worden, mit dir über bestimmte Gerüchte zu sprechen, die den Leuten zu Ohren gekommen sind«, sagte er sehr ernst. »Gerüchte, daß jeden Monat ein britisches Schiff nach Atlit kommt und Gold und Arzneimittel bringt als Gegenleistung für militärische Informationen.«

Sie starrte ihn fassungslos an. Ihr Herz raste, während ihr der Verstand sagte: Kein Wort, bleib ruhig, verrate nichts.

»Wir haben gehört«, fuhr er fort, »du gehörst zu der Gruppe, die Informationen liefert.«

»Das ist absurd«, stieß Sara hervor. »Allein die Idee ist lächerlich. Das ist doch nur dummes, bösartiges Geschwätz – und ein sehr gefährliches obendrein. Es wundert mich, daß Sie überhaupt darauf hören.«

Nicht übertreiben, warnte die innere Stimme. Sei vorsichtig.

Doktor Ephraim schaute sie an. Sein Blick war offen und unerschütterlich. »Das mag sein, wie es will«, sagte er. »Aber es ändert nichts an der Tatsache, daß die Leute reden, und der Rat ist natürlich beunruhigt, daß eine Tochter des Dorfes möglicherweise in die Sache verwickelt ist.« Er stieß einen schweren Seufzer aus. »Wenn diese Gerüchte zu den Türken gelangen, bist nicht nur du in Gefahr, sondern auch dein Vater, dein Bruder und das ganze Dorf. Bist du dir darüber im klaren?«

Sara versuchte verzweifelt, ihre Gedanken beisammenzuhalten. Wieviel wußten sie wirklich? Hatten sie Fakten in der Hand, oder war es nur Klatsch? Sie mußten Fakten haben, dachte sie verzagt. Es war eine Warnung aufzuhören. Aber um aus dem Schlamassel herauszukommen, mußte sie versuchen, zu bluffen. »Wirklich, Doktor Ephraim«, sagte sie und lachte freudlos. »Ich und eine Spionin für die Briten! Sieht mir das ähnlich?« Sie versuchte ein kleines spöttisches Lachen, aber es blieb ihr im Halse stecken.

Doktor Ephraim sah sie scharf an. »Ich hoffe für uns alle, daß du die Wahrheit sagst. Spionage ist kein Geschäft für Juden, und gerade jetzt ist es unbedingt notwendig, daß wir bei den Türken nicht anecken. Wenn an diesen Gerüchten irgend etwas wahr ist, dann, bitte, hör sofort mit dieser Arbeit auf. Du weißt, wohin sie führen wird, Sara. Noch mehr Gehenkte, noch mehr Massenmorde.« Es entstand eine kleine Pause. »Es tut mir leid, Sara«, schloß er müde, »aber ich mußte dir das sagen.«

»Ist schon in Ordnung, Doktor«, sagte Sara und verbarg ihre Angst hinter einem Lächeln. »Ich verstehe die Sorge des Rats, aber ich versichere Ihnen, wenn es eine solche Spionagegruppe gibt, so hat sie absolut nichts mit mir zu tun — und, soweit ich weiß, auch nicht mit irgendeinem anderen in Atlit. Und nun sagen Sie mir«, fragte sie, rasch das Thema wechselnd und seinen Arm nehmend, »bleiben Sie zu meinem kleinen Festessen?«

»Danke, meine Liebe, aber ich muß noch ein paar Patienten besuchen. Leider ist unter unseren Flüchtlingen kein Arzt. Ich könnte jetzt jemand brauchen, der mir zur Hand geht.«

Sie gingen zur Veranda zurück, wo er sie auf beide Wangen küßte, ihr noch einmal alles Gutes für das neue Lebensjahr wünschte und sich von den anderen verabschiedete. Sara fühlte sich so bedrückt, daß sie kaum atmen konnte. Wenn nur Joe nach Hause käme! Es drängte sie, bei Sam und Robby ihr Herz auszuschütten, aber sie zwang sich, vernünftig zu bleiben. Es hatte keinen Sinn, ihnen schon jetzt angst zu machen. Noch bestand ihrer Meinung nach keine Gefahr — es sei denn, Hamid Bek oder einer seiner Speichellecker hatte von den Gerüchten gehört. Bei dem Gedanken schwindelte ihr. Aber sie tröstete sich: Kein Jude verrät einen anderen. Nicht an die Türken.

Die große Frage war, ob die Engländer beabsichtigten, bald einen weiteren Angriff zu starten. Wenn nicht, sollten sie vielleicht für eine Weile mit ihrer Arbeit aufhören. Wenn das Schiff ein paar Monate aus blieb, würde sich der Verdacht legen und sie könnten weitermachen, wo sie aufgehört hatten. Sie mußte Aaron schreiben. Er hatte zu entscheiden. Und in der Zwischenzeit würde Joe helfen, sobald er zurück war.

»Das Essen ist fertig. Kommt rein!« rief Ruth fröhlich aus dem großen Fenster, und Sara ging mit schwerem Herzen den anderen voran ins Eßzimmer.

Sara rührte ihr Essen kaum an, aber sie trank mehr als gewöhnlich. Sie versuchte, ihre düstere Stimmung abzuschütteln und plauderte mit Ruth, die wieder ein Baby erwartete. Aber so sehr sie sich auch bemühte, sie konnte die Worte des Doktors nicht vergessen. Sie konnte nicht aufhören, sich Sorgen zu machen, als sie ihre Familie und ihre Freunde so fröhlich um den Tisch sitzen sah. War es wirklich nötig, ihr Leben und vermutlich das Leben aller Einwohner von Zichron zu gefährden? Sie machte sich nichts vor. Was die Türken tun würden, wenn sie Spione hinter den eigenen Linien entdeckten, darüber bestand kein Zweifel. Sie trank einen Schluck Wein und warf ihrem Vater einen heimlichen Blick zu. Wie würde er reagieren, wenn er es wüßte? Mit Zorn? Stolz? Mißbilligung? Sie wagte nicht, es ihm zu sagen. Also war es sinnlos, über seine Reaktion nachzudenken.

»Bist du krank oder träumst du am hellichten Tag?« Ruth stupste sie mit dem Ellbogen. »Fatma hat dich eben gefragt, was dir an ihrem Essen nicht schmeckt.«

Sara setzte sich gerade hin. »Nichts. Es war köstlich, Fatma. Ich habe nur keinen großen Hunger.« Fatma schnalzte mit der Zunge und runzelte die Stirn, aber sie hielt den Mund.

»Fehlt dir wirklich nichts?« fragte Ruth leise und berührte sanft Saras Arm. »Du siehst aus — nun, als hätte dich etwas völlig aus der Fassung gebracht.« Sie wartete gespannt und sah Sara mit zusammengezogenen Augenbrauen an.

Sara leerte ihr Glas. Der Wein begann endlich zu wirken, und sie entspannte sich. Sie lächelte Ruth freimütig an. »Es geht mir gut, wirklich. Ich bin nur etwas . . .«

Schritte auf der Veranda unterbrachen die allgemeine Unterhaltung, und alle blickten erwartungsvoll zur Verandatür. Saras Herz machte einen kleinen Sprung, und dann erfüllte sie ein unglaubliches Glücksgefühl. Er war doch noch gekommen — er war da. Sie war wieder sicher. Kein

Türke und kein Gemeinderat von Zichron konnten ihr nun etwas anhaben.

»Man könnte meinen, ich wäre von den Toten auferstanden«, sagte Joe. Er stand unter dem Türrahmen und grinste von einem Ohr zum anderen. Er begrüßte jeden einzeln, entschuldigte seine Verspätung und war sofort der Mittelpunkt der allgemeinen Aufmerksamkeit. Einen Augenblick später war er bei Sara. Aus seinen grünen Augen leuchtete, für jeden ersichtlich, seine Freude, Sara wiederzusehen. Sara spürte die langsame, brennende Wärme, die jedesmal in ihr aufstieg, wenn Joe in ihre Nähe kam, und sie hatte Mühe, gelassen zu erscheinen.

»Alles Gute zum Geburtstag, Sara. Auf daß du hundertzwanzig wirst«, sagte er und küßte sie leicht auf die Wange, während er den jüdischen Geburtstagsglückwunsch aussprach. Sie spürte, wie sie bei seinem Kuß errötete und stand rasch auf.

»Ich hole ein Gedeck für dich. Du mußt schrecklich hungrig sein.«

»Danke, nicht nötig. Ich möchte nur etwas trinken.«

»Komm und setz dich hierher«, sagte Sam und zog einen Stuhl zwischen Rachel und sich. »Ich möchte dir die hübscheste Mutter in Zichron vorstellen.«

Joe lächelte, warf Sara einen Blick unter hochgezogener Augenbraue zu und begab sich zu seinem Platz am Tisch.

»Was geht zwischen dir und Joe Lanski vor?« flüsterte Ruth, die Sara scharf beobachtet hatte.

»Nichts«, antwortete Sara und füllte in aller Ruhe ihr Glas.

»Ach, komm schon — so wie ihr euch anseht. Ich dachte schon, ihr würdet euch in die Arme sinken.«

»Quatsch«, sagte Sara, nippte an ihrem Wein und rutschte unbehaglich auf ihrem Stuhl hin und her. Dabei war sie froh, daß sie saß. Es war wie ein Schock gewesen, als sie ihn plötzlich wiedersah, und in ihrem Kopf drehte sich alles.

Ruth kicherte leise. »Du, teure Freundin, warst nie sehr gut, wenn du deine Gefühle verbergen wolltest. Na schön, ich hoffe jedenfalls, daß es eine Liebesgeschichte ist – und Joe Lanski wäre das Beste, was dir passieren könnte.«

»Tut mir leid, dich enttäuschen zu müssen. Wir sind nur gute Freunde«, sagte Sara steif. Bei dem Ausdruck auf Saras Gesicht brach Ruth in schallendes Gelächter aus.

»Was ist so komisch?« fragte Robby und legte mit einem freundlichen Blick auf Sara den Arm um Ruths Schulter.

»Nur Mädchengeschwätz«, antwortete Sara geschwind.

Eine Stunde später saßen Sara und Joe allein in der Küche. Die Woolfs waren nach Hause gegangen; alle anderen hatten sich schlafen gelegt. Im Haus war es still. Sultan winselte draußen im Zwinger, und die Küchenuhr tickte laut.

»Wie war die Reise?« fragte Sara.

Joe warf ihr einen belustigten Blick zu. »Einsam. Hast du mich vermißt?«

»Kein bißchen«, sagte sie.

Er lachte leise und streckte die Hand über den Tisch, um ihren Arm zu drücken. »Komm, laß uns einen kleinen Spaziergang machen. Wir reden draußen.«

Sie gingen langsam aus dem Haus und über den Hof. Der Mond schien hell, und eine leichte Brise wehte den Salzgeruch vom Meer herauf. Sara erzählte Joe, was Doktor Ephraim gesagt hatte, und noch während sie sprach, fühlte sie sich unermeßlich erleichtert. Sie blieben neben dem weißen Gartentor stehen. Joe wirkte sehr nachdenklich.

»Wenn die Leute reden wollen, dann sollen sie«, sagte er nach einer Weile. »Ich glaube nicht, daß sie Fakten haben, sonst hätte sich der Rat an deinen Vater gewandt. Es war ein Schuß ins Blaue, um dir angst zu machen und vielleicht etwas aus dir herauszubekommen.«

»Meinst du wirklich?«

»Ich hoffe es«, sagte er ruhig. »Aber wir sollten von jetzt

an äußerst vorsichtig sein. Die Türken scheinen scharf zu kontrollieren. Beks Männer halten jeden an, der irgendwie unterwegs ist.«

Er schaute Sara an und schwieg unvermittelt. Sie war so herzergreifend jung, so verwundbar und so hinreißend schön, und er war so wahnsinnig, so leidenschaftlich in sie verliebt, daß er seine Gefühle nicht länger im Zaum halten konnte. Bevor er wußte, wie ihm geschah, hatte er sie an sich gezogen. Ihr Kopf kippte leicht nach hinten, und er blickte tief in ihre Augen. Er mußte wissen, ob sie ihn liebte, ob sie ihn begehrte — genauso wie er sie liebte und begehrte.

Sie versuchte nicht, seinem Blick auszuweichen. Sie hatte sich unwiderruflich in diesen faszinierenden, hypnotisierenden Mann verliebt. Sie liebte ihn und war ihm verfallen, und es hatte keinen Sinn, es noch länger zu leugnen.

Wie gebannt sahen sie einander an und erkannten ihr gegenseitiges Verlangen so klar, daß ihnen war, als hätten sie sich einen Eid geschworen. Mit einem leisen Stöhnen zog Joe sie an sich, und dann lag sein Mund auf dem ihren, und er küßte sie lang, bedächtig und leidenschaftlich zugleich. Sara schmiegte sich an ihn und reagierte mit einem ungezähmten Verlangen, das sie beide überraschte. Joe, nahe daran, die Kontrolle zu verlieren, schob sie ein kleines Stück von sich. Atemlos und überwältigt von der Intensität ihrer Gefühle sahen sie sich an.

Joe, der sich wieder etwas gefaßt hatte, blickte in diese blauen Augen, die ihn schon so lange gefangenhielten, und er lächelte jenes träge Lächeln, das sie so gut kannte. »Ich dachte gerade daran, wie ich dich das erste Mal sah . . . an jenem Tanzabend. Ich sagte zu Iwan Bernski, du hättest Augen, für die sich ein Mann hängen lassen könnte. Und der Teufel soll mich holen, wenn das keine Prophezeiung ist!«

Sie sah ihn betroffen an. »Sag so etwas nicht, um Gottes

willen, bitte«, flüsterte sie. Als er ihre Angst sah, drückte er sie leise lachend wieder an sich und küßte sie zärtlich, tröstend und tief, bis sie erneut von einer Woge des Glücks und Begehrens davongetragen wurden.

Plötzlich hob Joe den Kopf und spähte in die Dunkelheit hinter Saras Rücken. Sie blickte benommen zu ihm auf.

»Was ist los?« fragte sie. Sultan begann zu bellen, und Sara löste sich zögernd aus Joes Armen.

»Es kommt jemand den Hügel herauf«, sagte Joe. »Warte auf mich in der Küche.« Er strich ihr zärtlich über die Wange. »Ich habe das Gefühl, sie kommen hierher.«

Eine Viertelstunde später hörte sie in der dunklen Küche die Tür quietschen. Als Joe hereinkam, sprang sie auf und lief auf ihn zu. Selbst im Halbdunkel konnte sie seinem Gesicht ansehen, daß etwas Schlimmes geschehen war. »Was ist los? Was ist passiert?« Ihre Stimme war beinahe tonlos vor Angst.

Joe blickte einen Augenblick auf sie nieder und nahm ihre Hand. »Lev ist verhaftet worden.«

Sara fühlte, wie ihre Knie weich wurden, und ließ sich in den nächsten Stuhl fallen. »O mein Gott«, stieß sie hervor und bedeckte das Gesicht mit den Händen, um die Bilder von Gefängnis, Verhören und Schlimmerem abzuwehren. »Wann? Wie?« fragte sie mit versagender Stimme.

»Vor zwei Tagen«, antwortete Joe, sich an die Tatsachen haltend. »Er war auf dem Weg nach Jerusalem, als ihn eine türkische Patrouille anhielt und seine Reisepapiere verlangte.« Er schwieg einen Moment. »Er wurde durchsucht«, fuhr er müde fort. »In seinen Stiefeln fanden sie mehrere Goldsovereigns, einen davon mit der Prägung 1916, also während des Krieges. Sie glauben, das Gold stammt aus England — Gold für den Araberaufstand. Er wurde wegen Spionageverdachts festgenommen.«

Sie schwiegen beide. Sara nahm die Hände vom Gesicht und versuchte mit aller Kraft, sich zu beherrschen. »Was sollen wir tun?« fragte sie hilflos.

»Vielleicht — aber wirklich nur vielleicht — kann ich ihn herausholen. Es wird natürlich einiges kosten. Mit etwas Glück könnte ich ein paar alte türkische Bekannte dazu bewegen, ihn in ein anderes Gefängnis verlegen zu lassen, und wir könnten versuchen, ihn unterwegs zu entführen. Es wird schwierig sein, vielleicht unmöglich. Viel hängt davon ab, was er bis jetzt gesagt hat.«

Sara schauderte. »Lev würde keine Namen nennen«, sagte sie, doch sie glaubte nicht daran. Diese Hoffnung war völlig vergeblich, denn sie wußten alle, daß nur ganz wenige Menschen der Folter standhielten.

»Sara«, sagte Joe sanft, »ich zweifle keine Sekunde an Levs Mut. Aber wir beide kennen die Methoden der Türken.«

Sara sprang auf. Furcht und Grauen gaben ihr endlich die Energie, die sie brauchte. »Joe! Sprich nicht so! Lev...« Plötzlich füllten sich ihre Augen mit Tränen, und ihre Unterlippe zitterte.

Joe war mit einem Schritt bei ihr und legte die Arme um sie. »Tut mir leid«, murmelte er, drückte ihr Gesicht an seine Brust und strich ihr über das Haar. Sie schmiegte sich an ihn und schloß die Augen, um die schreckliche Wirklichkeit auszusperren.

»Ich habe Angst, Joe... nicht nur um Lev... um uns alle.«

»Du und Angst? Unsinn!« sagte Joe beruhigend und hob ihr Gesicht zu sich empor. »Das ist jetzt eine schwierige und beängstigende Situation. Aber ich glaube, du kommst damit zurecht — oder was meinst du?«

Sara nickte und seufzte. »Ja. Zumindest glaube ich, daß ich es schaffe.« Ihr Hals brannte vor zurückgehaltenen Tränen, so daß ihre Stimme nur wie ein Flüstern klang.

»Gut«, lobte Joe und suchte in seiner Tasche nach einem Taschentuch. »Hier. Putz dir die Nase.«

Sie schneuzte sich und gab ihm das Taschentuch mit einem matten Lächeln zurück. Dann fuhr sie sich mit den Fingern durch das Haar und nickte. »So. Ich bin wieder in Ordnung. Was soll ich deiner Meinung nach tun?«

Jetzt war Joe an der Reihe, sich an den Tisch zu setzen und den Kopf in die Hände zu stützen. »Also«, sagte er nach einer Weile angestrengten Nachdenkens. »Als erstes schicken wir eine Brieftaube nach Ägypten. Laß Aaron wissen, was passiert ist und bitte ihn zu veranlassen, daß das Kontaktschiff zweimal im Monat kommt. Es könnte sein, daß wir unsere gefährdetsten Mitglieder schnell evakuieren müssen. Einverstanden?«

Sara nickte stumm.

»Ich muß jetzt los. Vor allem müssen wir herausbekommen, ob Lev zusammengebrochen ist und wieviel er gesagt hat. Wenn ich etwas erfahre, gebe ich dir so schnell wie möglich Bescheid.« Er stand auf und strich ihr zärtlich eine Haarlocke aus dem Gesicht. »Beim geringsten Anzeichen für ein Problem solltest du die Station verlassen und hierher nach Zichron kommen. Und bitte, ich flehe dich an, sei vorsichtig.« Er nahm ihre Hand und drückte rasch einen Kuß darauf. Mit einem kurzen Aufblitzen seines verschmitzten Lächelns fügte er hinzu: »Ich sage jetzt nicht, daß ich nicht ohne dich leben kann, Sara — aber ich würde es nur sehr ungern tun.« Und damit verschwand er durch die Tür hinaus in die Nacht.

Sara blieb stehen, wo sie war, bis das Geräusch der trommelnden Pferdehufe auf der Straße ins Tal erstarb.

Nachdem Lev vier Stunden bewußtlos auf dem Steinboden der Zelle gelegen hatte, weckte ihn die Kälte. Er lag reglos in einem Meer unvorstellbarer Schmerzen. Sie hatten ihm systematisch jeden Knochen der rechten Hand gebrochen und seine Füße zu einem blutigen Brei geschlagen. Er wußte nicht, ob er je wieder gehen können würde. Er hatte nichts gesagt. Aber sie würden ihn bald wieder holen. Eine schreckliche Angst schoß in seine Eingeweide. Was kam als nächstes an die Reihe? Seine andere Hand? Seine Hoden? Er wußte nicht, wie lange er die Schmerzen aushalten, wie lange es dauern würde, bis er die Bilder von Sara, von Manny und Aaron aus seinem Bewußtsein verlor und mit ihnen jeden Sinn für die Wirklichkeit. Er glaubte nicht, daß er noch genug Kraft hatte, recht viel länger am Leben zu bleiben, ohne wie ein Schwein zu kreischen. Sein Herz zersprang beinahe vor Verzweiflung.

Lev zwang sich, die Schmerzen zu unterdrücken und rollte sich auf den Bauch. Dann kroch er zur Wand und schob sich, mit dem Rücken gegen die Mauer gelehnt, in eine sitzende Stellung. Ratten quiekten, als er sie dabei störte, das Brot zu fressen, das man zu ihm in die Zelle geworfen hatte. Seine Augen waren so verquollen, daß er die Tiere nicht sehen konnte, seine Schmerzen zu groß, um zu wissen, ob sie ihn bissen, wenn er sie trat. Das Brot bedeutete, daß jemand Geld verteilte, aber Lev wußte inzwischen, daß die Bestechungsgelder nicht mehr bewirkten, als daß man ihm Brot gab. Sie würden ihn nicht laufen lassen, und wenn sie noch so viel illegales Geld in ihre Stiefel steckten.

Nach einer Weile entstand in seinem getrübten Bewußtsein eine Verbindung. Er erinnerte sich, daß in dem Brotlaib, der heute hereingeworfen wurde, eine Glasscherbe steckte. Er hatte zunächst nicht begriffen, was es bedeutete; vielleicht nur eine Gemeinheit der Wärter — aber jetzt . . . Auf Knien, die rechte Hand dicht an seinen Körper haltend, tastete er mit der heilen Linken den Boden ab. Er fand die Glasscherbe. Kalt und scharfkantig lag sie in seiner Hand. Plötzlich hörten die Schmerzen auf, und er hatte Frieden.

Sein Leben für Saras Leben.
Seine Seele für ihre Seele.
Es war nicht zu spät.

Ein Mittel gegen Sorgen hatte Sara immer parat: Arbeit. In
den Tagen, nachdem Joe fortgeritten war, arbeitete sie mehr
denn je. Und wenn sie keine Arbeit mehr fand, machte sie
sich welche. Alles war besser, als Zeit zu haben und zu grübeln. Und es gab gottlob viel zu tun. Ohne Sara oder jemand anderen zu fragen, war Sam nach Atlit gekommen.
Die Nachricht von Levs Verhaftung hatte sich wie ein Lauf-
feuer in der jüdischen Gemeinde verbreitet, und sobald sie
Manny erreichte, kehrte auch er in die Station zurück und
hielt sich nur noch innerhalb des geschützten Geländes auf.
    Obwohl sie alle die Sorge um Lev und sein Schicksal be-
wegte, konnten sie nicht darüber sprechen. Sie konnten sich
nicht in die Augen sehen, ohne mit der eigenen Angst konfrontiert zu werden. Keiner von ihnen konnte vergessen,
daß sie frei waren, während Lev in einer Zelle lag, gefesselt,
geschlagen, gefoltert − vielleicht schon tot. Und sie wurden
die Angst nicht los, was geschehen würde, wenn − oder sobald − Lev zusammenbrach.
    Sara war nicht die einzige, die sich in die Arbeit flüchte-
te. Sam und Manny stürzten sich auf die Feldarbeit, organisierten und arbeiteten ununterbrochen und waren froh,
wenn sie abends todmüde ins Bett fallen konnten. Sara arbeitete auf der Farm und im Haus; sie putzte, führte die
Buchhaltung und erledigte die Post. Die Teppiche mußten
geklopft, die Gardinen gewaschen werden. Bella mußte ge-
striegelt und ihr Zaumzeug poliert werden. Und auch danach gab es noch immer etwas zu tun. Die anderen in Zichron beschworen sie, vernünftig zu sein und zwischendurch
einmal Pause zu machen, aber eine Pause war genau das,
was im Augenblick keiner auf der Station wollte.
    Die Wahrscheinlichkeit, daß Lev dicht hielt, war minimal

– das wußten sie. Aber sie wußten auch, daß die Türken Verdacht geschöpft hatten, selbst wenn er nicht redete. Es war bekannt, daß Lev auf der Station arbeitete. Wenn er unter Verdacht stand, dann galt das auch für seine Arbeitskollegen und Freunde. Von jetzt an befanden sie sich alle permanent in Gefahr.

Sara, die ständig einen Überfall befürchtete, änderte mitten in der Nacht alle Verstecke. Sie hätte es auch tagsüber tun können, aber sie konnte selbst nach einem arbeitsreichen Tag nicht länger als ein paar Stunden schlafen und war dankbar für eine Beschäftigung, die sie auch ohne die Hilfe der anderen tun konnte. Sie träumte wieder von der Zugfahrt nach Aleppo und der verzweifelt neben dem Zug laufenden Frau. Tagsüber gelang es ihr einigermaßen, ihre Gedanken mit Arbeit zu betäuben, doch über ihre Träume hatte sie keine Gewalt. Hier fand ihre Angst ein Ventil. Sie ging zu Bett, sank für eine oder zwei Stunden in einen traumlosen Schlaf, und dann kamen die Alpträume, und sie erwachte schreiend und in Schweiß gebadet.

Und trotzdem – trotz all ihrer Ängste und Befürchtungen – waren sie übereingekommen, daß jetzt nicht der richtige Zeitpunkt war, um die Arbeit der Gruppe einzustellen. Wenn sie jetzt den Befehl ausgaben aufzuhören, würden nur Verwirrung und Panik ausbrechen, und seit Levs Verhaftung herrschte bereits genügend Unruhe unter den Mitgliedern. Sie beschlossen weiterzumachen, auf Nachricht von Joe zu warten, und hofften gegen jede Vernunft, daß es ihm gelungen war, Lev zur Flucht zu verhelfen.

Fünf Tage nachdem Joe gegangen war, traf Ali auf der Station ein. Allein. Er überbrachte die Nachricht von Levs Selbstmord und eröffnete sie Sara, als er ihr allein in ihrem Arbeitszimmer gegenüberstand. Sie hielt sich an der Stuhllehne fest, um nicht umzusinken. In ihrem Kopf herrschte plötzlich völlige Leere. Ihr Verstand weigerte sich, Alis Worte aufzunehmen. Doch als sie in das Gesicht des Jungen blickte, das normalerweise so frech und munter war und aus dem sie jetzt ein halb besorgtes, halb ängstliches Augenpaar anblickte, wußte sie, daß er die Wahrheit sagte.

»Tot? Lev tot?« stammelte sie mit brechender Stimme.

Ali machte einen Schritt auf sie zu und legte sanft die Hand auf ihren Arm. Diese kleine mitfühlende Geste ließ ihre Selbstbeherrschung zusammenbrechen. Mit einem erstickten Schrei sank sie auf den Stuhl und vergrub das Gesicht in den Händen. Lev. Armer Lev. Seit ihren Kindertagen hatte er ihr den Hof gemacht; er hatte immer mit den Fingerknöcheln geknackt, wenn er aufgeregt oder in Gedanken versunken war, und er war ihr mit seinem Drang, sie zu beschützen, auf die Nerven gegangen. Lev war tot. Er hatte sich selbst getötet, um sie, sie alle zu retten.

Sie hörte nicht, wie die Tür aufging; sie hörte nicht Alis Erklärung und nicht, wie Manny mit raschen Schritten das Zimmer durchquerte. Sie spürte nicht, wie er sie bei den Schultern nahm und ihren Namen sagte. Sie starrte ihn an wie blind, ihre Augen blauer denn je, und sie wiederholte ein ums andere Mal: »Ich hasse sie. Ich hasse sie . . .«

Die Nachricht von Levs Tod bekräftigte nur ihren Entschluß, mit der Spionagetätigkeit fortzufahren. Die einzige Möglichkeit, für Levs Tod Vergeltung zu üben, bestand darin, mit dem Netzwerk Erfolg zu haben. Gleichzeitig begannen sie jedoch, ihre Flucht zu planen für den Tag, an dem sie hier ihres Lebens nicht mehr sicher waren. Diese Pläne mußten gut vorbereitet werden; auf keinen Fall konnten sie zu viele Leute gemeinsam evakuieren, weil sonst die Einwohner von Zichron in Verdacht gerieten.

Sara hatte beschlossen, daß Robby und seine Familie als erste gehen sollten. Robby dagegen bestand darauf, daß Sara mit Ruth und Abigail gehen sollte und er selbst hierblieb. »Du bist am meisten gefährdet, Sara, wegen Aaron und Daniel. In dem Moment, wo etwas schiefgeht, solltest du gehen.« Sara lächelte und schwieg. Sie konnte unmöglich fort, und sie war inzwischen so von Haß verzehrt, daß sie keine Angst mehr empfand. Sie wußte, daß nichts ihren Vater bewegen könnte, das Land zu verlassen, das er und ihre Mutter zum Blühen gebracht hatten; und sie wußte, wenn sie ohne ihren Vater gehen würde, bedeutete dies für die Türken die Bestätigung ihres Verdachts — es wäre der Todesstoß für Zichron. Und abgesehen von allem anderen wollte sie hier sein, wenn die Türken vernichtet wurden. Sie wollte die Engländer einmarschieren sehen und wissen, daß sie zu diesem Sieg etwas beigetragen hatte.

Blieb abzuwarten, wer zuerst eintreffen würde, die Engländer oder Hamid Bek, dachte Sara beinahe gleichmütig.

Der Nachmittag war glühend heiß. Sara ging über den Hof, auf den die Sonne niederbrannte und bückte sich aus alter Gewohnheit, um das Unkraut auszureißen, das zwischen den Pflastersteinen hochwuchs. Bei dem schnellen, patschenden Geräusch von bloßen Füßen blickte sie auf und sah Ali von seinem Ausguck her, von dem aus er die Straße zur Station überblicken konnte, auf sie zulaufen. Einen Moment lang dachte sie, Joe sei zurückgekommen; sie sehnte sich so sehr nach ihm und hätte ihn so dringend gebraucht.

Ein Blick auf Alis Gesicht sagte ihr, daß es nicht Joe war, der kam. Ihre Enttäuschung verbergend, fragte sie: »Was ist los, Ali?« Sie dachte sofort an einen Überfall, zwang sich aber, ihre Angst nicht zu zeigen. Sie wollte den Jungen nicht beunruhigen.

»Ein Mann mit einem Wagen und zwei Pferden«, stieß er rasch atmend hervor. »Er kommt die Palmen herauf.« Sara mußte lächeln. Sie rückte ihren Strohhut zurecht und atmete auf. Die Saptiehs würden nie mit Pferd und Wagen kommen. »Komm«, sagte sie zu Ali und legte den Arm um seine Schultern, »wir wollen sehen, wer es ist.« Sie gingen nebeneinander zum Tor. Ali wich nicht von ihrer Seite. Seit ihrer Rückkehr hatte sich seine Haltung ihr gegenüber geändert, und Sara fragte sich, ob Joe etwas zu ihm gesagt oder ob er seine eigenen Schlüsse gezogen hatte über die Doppelrolle, die die Station spielte. Auf jeden Fall war sie dankbar und froh, daß sich Ali nicht nur als nützlich, sondern auch als liebenswürdig erwies.

An das Tor gelehnt, schaute sie die Straße hinab und lächelte, als sie in dem Besucher Nathan Shapira erkannte. Sein Besuch mußte einen triftigen Grund haben, denn er mußte weit fahren, um zur Station zu kommen. Doch Sara freute sich stets, ihn zu sehen. Er war Fuhrmann für die Armee in der Gegend von Beer Sheva und in der ungewöhnlichen Lage, überall freien Zugang zu haben. Er gehörte zu den ganz wenigen zivilen Fuhrleuten, die die Armee nicht im Stich gelassen hatten, als die Bezahlung ausblieb — aber er brauchte nicht das Geld der Armee, nur ihre Tarnung. Er war eine Schlüsselfigur in der Gruppe.

Sara führte ihn hinauf in ihr Arbeitszimmer und setzte sich zu ihm bei einer Tasse Feigentee. Sie blickte ihn über den Rand ihrer Tasse an und sagte: »Lev ist tot — hast du es schon gewußt?«

Der junge Mann senkte den Kopf und nickte. Nach einer Sekunde hob er den Kopf und blickte Sara wieder an. »Kopf hoch, Sara«, sagte er leise. »Sie werden eines Tages dafür bezahlen. Und wenn du mich fragst, kommt der Tag bald.«

Er öffnete einen Sack mit Salz, den er mitgebracht hatte, griff hinein und förderte ein ganz klein zusammengefaltetes Stück Papier zutage, das er Sara reichte. »Ich weiß, daß das Schiff in einigen Tagen fällig ist. Deshalb bin ich schnurstracks hergefahren, um dir das hier zu bringen. Ich dachte, es wäre zu wichtig, um bis nächsten Monat zu warten.«

Sara glättete das Blatt und erkannte die darauf skizzierte Landkarte sofort als einen grob gezeichneten, aber genauen Plan von Gaza. »Was bedeuten diese Kreise?« fragte sie.

Zögernd breitete sich ein Lächeln auf seinem Gesicht aus, das erste, das Sara seit seiner Ankunft bei ihm gesehen hatte. »Das sind die streng geheimen Unterstände der türkischen Maschinengewehre«, antwortete er stolz.

Sara blickte ihn verwundert an, und dann wandte sie sich wieder der Karte in ihrer Hand zu. Es waren buchstäblich Dutzende. Sie sprang auf und lief um den Schreibtisch herum, um Nathan auf die Wange zu küssen. »Gott segne dich«, sagte sie herzlich, und kopfschüttelnd fügte sie hinzu: »Wie bist du nur darangekommen?«

»Ach«, wehrte er ab, »halb so wild. Wer wagt, gewinnt, nicht wahr? Außerdem«, fügte er hinzu, während er aufstand, »fühle ich mich jetzt ein bißchen wohler – du weißt schon, wegen Lev und so.« Sara nickte. Sie verstand ihn nur zu gut.

»Bleibst du über Nacht?«

»Nein. Ich bin schon wieder weg. Ich muß noch nach Haifa.« Er küßte Sara schüchtern auf die Stirn. »Paß gut auf dich auf. Du siehst müde aus.«

Er nahm seinen Salzsack, doch dann hielt er einen Augenblick inne. »Da ist noch etwas«, sagte er. »Ich weiß nicht, ob es wichtig ist, aber es könnte sein. Die Türken haben in Nazareth zwei christliche Araber festgenommen. Sie haben für die Franzosen spioniert. Anscheinend wurden sie vor einem Monat oder so über den alten phönizischen Hafen bei Haifa eingeschleust. Sie haben alles gestanden einschließlich des Datums, an dem das französische Schiff sie abholen sollte. Die Türken haben vor, es zu versenken.«

Wie konnten die Franzosen nur so dumm sein, dachte Sara ärgerlich. Sie hätten wissen müssen, daß die Gemeinden in Palästina klein waren und daß jeder Fremde sofort auffiel. »O verdammt«, murmelte sie. Und an Nathan gewandt fragte sie: »Wann wird das Schiff erwartet?«

»Ich glaube, morgen nacht.«

Sobald sich Nathan verabschiedet hatte und abgefahren

war, ging Sara in das jetzt unbenützte Labor und kramte in einer Blechdose, die sie aus der hintersten Ecke einer Schublade hervorgeholt hatte, bis sie einen winzigen Metallzylinder fand. Dann kehrte sie ins Arbeitszimmer zurück und schrieb alles, was Nathan ihr über das französische Schiff gesagt hatte, verschlüsselt auf dünnes Papier, das sie fest zusammenrollte und in den Zylinder steckte. Es war kurz vor vier Uhr. In einer halben Stunde würden alle Arbeiter die Station verlassen haben. Wenn sie die Taube um fünf Uhr fliegen ließ, müßte sie gegen halb acht im britischen Hauptquartier in Ägypten sein. Um diese Zeit war es noch hell. Sehr gut. Sie würde die Taube losschicken und auf den Wind und ihren schnellen Flug vertrauen.

Eine halbe Stunde lang saß Sara in ungewohnter Untätigkeit am Fenster und schaute zu, wie die Arbeiter allmählich nach Hause gingen. Dann ging sie langsam hinunter und schlug den Pfad ein, der auf die Rückseite der Wirtschaftsgebäude führte, wo die Tauben in einem Verschlag zwischen Abstellschuppen und Unterständen für alte landwirtschaftliche Geräte hausten. Kaum ein Arbeiter kam je hierher. Und man konnte von dieser Stelle aus auf das Meer hinausschauen.

Es war zu heiß, um sich schnell zu bewegen. Außerdem hatte Sara etwas Zeit, und so trödelte sie ein wenig und genoß die Schönheit der Landschaft ringsum. Zum erstenmal seit Tagen empfand sie so etwas wie Frieden und Ruhe. In der glühenden Julihitze hatte das Land etwas Hypnotisierendes, und Sara konnte sich diesem Zauber nicht entziehen. Die völlig windstille Luft war erfüllt vom Gesang der Grashüpfer und Vögel. Eine Schar roter Reiher flog hoch oben über die Station. Sara liebte dieses Land von ganzem Herzen, mit ihrer ganzen Seele. Es war nicht so grün und fruchtbar wie der einstige Garten Eden, doch als sie den Blick schweifen ließ, vom Meer hinauf zu den blauen Hügeln von Ephraim, schwoll ihr Herz vor Entzücken über die

strenge Schönheit dieses Landes. Und inmitten der ungezähmten Wildnis lag das gewonnene, geordnete Land, Äk-
ker und Wiesen, Weinberge und Obstgärten.

»›Und der Herr sprach zu ihm:‹« zitierte Sara leise.
»›Dies ist das Land, von dem ich Abraham, Isaak und Jakob geschworen habe: Ich will es deinen Nachkommen geben.‹«

Sie lächelte über ihre Sentimentalität und ging weiter, um
das zu tun, wozu sie hergekommen war.

Im Taubenstall waren nur noch drei Vögel. Sara machte
sorgfältig die Tür hinter sich zu. Die Vögel hatten insgesamt
gesehen mehr Arbeit gemacht, als sie wert waren; einige
waren ein paar Tage, nachdem sie losgeschickt worden waren, mit ihrem Zylinder am Bein wieder zurückgekehrt; andere hatten meilenweite Umwege zu ihrem Ziel gemacht.
Ruth hatte eine der Tauben an ihrem Wassertank in Zichron sitzen sehen, und niemand konnte sagen, wie viele andere es sonst noch vorgezogen hatten, in Freiheit zu leben,
statt die weite Reise nach Ägypten zu machen. Sara war zu
der Ansicht gelangt, daß die Tauben eher gefährlich als
nützlich waren, und sie hatte Aaron gebeten, keine mehr zu
schicken, doch jetzt war sie froh um die Tiere. Sie betrachtete die drei Tauben, und ihr Auge fiel auf Alice, die still auf
einer Stange in der Ecke des Verschlags saß. Sara nahm sie
in die Hand und zählte ihre Flugfedern. Sie waren vollzählig
und in Ordnung. Alice würde die Botschaft überbringen.

Sie hielt die Taube gegen ihre Brust gedrückt und befestigte die Blechkapsel an ihrem Bein. Dann verließ sie mit
dem Vogel den Verschlag, sah sich rasch um, ob sie unbeob-
achtet war, und nachdem sie der Taube noch einmal zärtlich
den Kopf gestreichelt hatte, warf sie sie mit ausgestreckten
Armen in die Luft. Die Taube flog einmal im Kreis, als
wollte sie sich orientieren, und verschwand entlang der Küste in Richtung Caesarea. Sara hielt die Hand schützend
über die Augen und schaute ihr nach. Dann kehrte sie zum

Haus zurück, im Geist schon mit all den Dingen beschäftigt, die sie noch vor dem Schlafengehen zu erledigen hatte und mit einem Stoßgebet auf den Lippen, daß Alice sie nicht im Stich lassen möge.

Alice flog ungefähr dreißig Meilen nach Süden, unbeirrt ihrem Instinkt folgend, der sie in ihren heimischen Schlag führen sollte, als plötzlich etwas in ihrem Heimkehrvermögen versagte. Verwirrt trudelte sie und kreiste wie ein Raubvogel, bis sie sich, angelockt vom Gurren anderer Tauben, landeinwärts wandte und mit ausgebreiteten Schwingen auf einer Fallbö niederschwebte. Sie zog einen weiten Bogen und landete in einem Hof, wo sie sich rufend und flügelschlagend unter eine Taubenschar mischte, die eben von einem alten Araber mit Körnern gefüttert wurde.

Selim Hamid betrachtete den Neuankömmling mit sachkundigem Blick. Der Vogel hatte einen schönen, kühnen Kopf, mahagonifarbene Beine und einen kräftigen, gedrungenen Körper. Der alte Mann hatte schon häufig Vögel beobachtet, die über ihn hinweg in Richtung Süden flogen, aber dieser hier war der erste, der sich seiner Schar anschloß. Er war überzeugt, daß es sich um keinen wilden Vogel handelte, sondern um ein zahmes Haustier. Selim Hamid schnalzte leise mit der Zunge und schlich sich an die emsig fressende Taube heran, bis er nah genug war, um sie mit einer Hand aufzuheben. Er fühlte etwas Kaltes und Hartes zwischen den Federn, und als er sie umdrehte, fand er die kleine Kapsel an ihrem Bein. Er nahm sie ab, öffnete sie und fand ein vollgekritzeltes Stück Papier. Selim Hamid konnte nicht lesen. Unschlüssig betrachtete er das Papier und fragte sich, was er damit tun sollte. Dann steckte er es wieder in die Kapsel, die er in seiner Hosentasche verstaute. Er würde es Hamid Bek zeigen, seinem Herrn, sobald er nächste Woche aus Jaffa zurückkehrte. Er lächelte glücklich. Wer weiß? Dieser Vogel hier brachte ihm vielleicht eine Belohnung ein. Dann fuhr er fort, seine Tauben zu füttern.

Sara hatte es sich zur Gewohnheit gemacht, am Abend die eine oder andere Stunde bei Frieda in der Küche zu sitzen. Das Leben auf der Station war in diesen Tagen sehr ruhig; die Arbeiter gingen am Spätnachmittag nach Hause, und alle anderen waren fort — oder tot. Sara befürchtete, Frieda könnte sich einsam fühlen, und außerdem wollte sie sich nicht eingestehen, daß sie sich selbst seit jenen ersten Monaten ihrer Ehe in Konstantinopel nicht mehr so einsam gefühlt hatte wie jetzt. Nach dem Abendessen um sechs Uhr, das sie mit Abu, Ezra und Ali eingenommen hatte, klemmte sich Sara ihren Nähkasten unter den Arm und ging in die Küche zu Frieda, bevor sie in ihrem Arbeitszimmer noch einige Schreibarbeiten erledigen würde.

Heute abend saßen die beiden Frauen still beisammen. Sara nähte, und Frieda rekelte sich in ihrem Stuhl neben dem offenen Fenster. Als es acht Uhr schlug, richtete sich Frieda erschrocken auf. »Ich muß tatsächlich eingeschlafen sein«, murmelte sie.

»Macht nichts, Frieda«, sagte Sara, das Nachthemd zusammenfaltend, an dem sie gerade arbeitete. »Ich werde abschließen. Geh du schon zu Bett. Du siehst richtig erschöpft aus.«

Als draußen ein Pferd wieherte, hob sie den Kopf und lauschte. Der Hund bellte einmal, dann begann er zu winseln. Es kam nur eine Person in Frage, bei der sich Goliath so benahm, dachte Sara — und das war Joe.

Ihr wurde schwindlig vor Erleichterung. Dann rannte sie die Treppe hinauf ins Arbeitszimmer. Ihr Herz hüpfte und sang vor Freude, als sie das Fenster aufstieß und die kühle Nachtluft einatmete. Plötzlich fiel ihr ein, daß sie fürchterlich aussehen mußte. Sie lief in ihr Zimmer, löste ihre Frisur und bürstete rasch ihr Haar. Mit geübten Fingern steckte sie es wieder hoch und prüfte ihr Spiegelbild. Es war nicht zu leugnen — sie sah nicht gerade blendend aus. Sie biß sich auf die Lippen und zwickte sich in die Wangen, bis sie brannten; dann besprühte sie sich noch etwas mit dem von Fatma selbstdestillierten Lavendelwasser. Etwas ruhiger ging sie ins Arbeitszimmer zurück, wo sie für einen Moment die Augen schloß, um sich zur Ruhe zu zwingen. Ihr Herz pochte zum Zerspringen, als sie Schritte auf der Treppe hörte. Die Tür knarrte, und ihr Herz drohte stillzustehen, bevor es noch wilder zu schlagen begann.

Im Türrahmen stand Joe, überlebensgroß und umwerfend gutaussehend. Er blickte sie mit diesem sich langsam auf seinem Gesicht ausbreitenden Lächeln an. Sie versuchte, etwas zu sagen, aber ihr blieben die Worte in der Kehle stecken, als sich ihre Augen trafen und sich auf eine Weise verständigten, die älter war als alle Worte.

»Joe . . .« Sie flog in seine Arme, und er zog sie an sich in eine Umarmung, die nicht enden wollte und ihr kaum Platz zum Atmen ließ.

»Ich mußte dich unbedingt sehen«, sagte er etwas atemlos. »Ich bin fast verrückt geworden vor Sorge um dich.« Er hob ihr Gesicht zu sich empor, und seine Augen wanderten darüber hin, als wollte er jede Einzelheit in sich aufnehmen. »Ich liebe dich, Sara. Ich habe dich immer geliebt. Wenn du mich läßt, werde ich dich lieben, wie nur je ein Mann eine Frau geliebt hat.«

»Und ich liebe dich«, flüsterte sie, denn sie wußte mit absoluter Sicherheit, daß sie den Rest ihres Lebens mit diesem Mann verbringen wollte.

Seine Hände glitten über ihren Rücken und legten sich um ihren Nacken. Forschend sah er sie an. »Sag es noch einmal, Sara«, verlangte er. »Sag es mir.«

»Ich liebe dich, Joe«, flüsterte sie. Sie atmete so heftig, daß sie kaum sprechen konnte. »Ich liebe dich«, wiederholte sie, als er langsam und mit unendlicher Zärtlichkeit begann, die Nadeln aus ihrem Haar zu ziehen, bis es aufgelöst in seiner honigblonden Fülle auf ihren Rücken herabfiel.

»Und?« fragte er, während er mit den Fingern durch ihr langes seidiges Haar fuhr.

»Und ich will dich«, hauchte sie. Eine Welle heißen Verlangens durchflutete sie. Sie wandte ihm ihr Gesicht zu, ihre Lippen trafen sich, und er küßte sie fordernd und beharrlich. Dann hob er den Kopf und lächelte zu ihr nieder. »Laß uns Versäumtes nachholen«, sagte er, bückte sich und nahm sie auf die Arme. Er trug sie den Gang entlang zu seinem Zimmer, während er ihr leise und zärtlich ins Ohr flüsterte.

Als er mit dem Fuß die Tür hinter sich zudrückte, wußte Sara, daß sie zu diesem Mann gehörte, und daß Joe Lanski die große und alles andere in den Schatten stellende Leidenschaft ihres Lebens sein sollte.

Sara erwachte beim ersten Morgenschein, der durch die Läden sickerte, und richtete sich im Bett auf. Sie blickte auf Joe, der neben ihr auf dem zerwühlten Laken schlief, und die Liebe, die sie für ihn empfand, war stärker als jedes andere Gefühl, das sie bisher gekannt hatte. Nie in ihrem Leben war sie so glücklich, nie zuvor war sie gleichzeitig verliebt und glücklich gewesen. Sie liebte den bläulichen Schimmer des nachwachsenden Bartes auf seinem Kinn, seinen Mund, der so wundervoll küßte, seine ungewöhnliche Leidenschaftlichkeit, seine Sinnlichkeit, seine Zärtlichkeit. In den vergangenen sechs Tagen war er ein Teil ihrer selbst geworden, ein Teil ihres Lebens. In Joes Armen konnte sie alles vergessen; der Tod von Lev, Daniel, Hamid Bek — das alles wich in den Hintergrund angesichts der überwältigenden körperlichen Faszination, die sie aufeinander ausübten, und der Entdeckung ihrer immer größer werdenden gegenseitigen Liebe.

Sie widerstand dem Wunsch, mit den Fingern über die gebräunten Muskeln seiner Brust zu streichen und ihn mit Küssen zu bedecken. Eigentlich mußte sie jetzt zurück in ihr

Zimmer, doch sie blieb noch ein Weilchen, schaute ihn an und war dankbar für all das Gute, das ihr beschert worden war. Sogar das Schiff hatte eine gute Nachricht gebracht, auf die sie alle gewartet hatten. Die Engländer hatten einen strategischen Angriffsplan ausgearbeitet, und Ende Oktober sollte eine Großoffensive beginnen. Der Krieg würde bald zu Ende sein.

Aaron hatte begeistert geschrieben: »Mit Allenby haben wir endlich einen Befehlshaber, der uns zum Sieg führen wird. Sein gesunder Menschenverstand, seine militärische Logik und seine Energie sind so groß, daß er uns allen bereits jetzt den Stempel seiner Persönlichkeit aufgedrückt hat. Und die Moral in der Armee hat sich beinahe über Nacht gebessert.« Diese Nachricht hatte ihnen allen wieder Auftrieb gegeben. In ein paar Monaten wurden sie die Organisation auflösen und sich den Eroberungstruppen anschließen können. Nach dem Schlag, den ihnen Levs Tod versetzt hatte, gab ihnen diese Hoffnung den Mut, den sie brauchten, um weiterzumachen.

Joe bewegte sich im Schlaf, und Sara dachte mit Schrecken daran, daß er heute die Station wieder verlassen würde. Das Schiff hatte erneut Gold und Medikamente gebracht, aber die Haschomer waren nicht gekommen, um es abzuholen. Die Arzneimittel wurden dringend benötigt, und es war gefährlich, das Gold über längere Zeit in Atlit zu verstekken. Vermutlich hatten die Anführer der Haschomer beschlossen, daß es nach Levs Verhaftung und seinem Selbstmord zu gefährlich geworden war, in Atlit gesehen zu werden. Aber Joe hatte sich eine neuartige Transportmöglichkeit für das Gold ausgedacht.

Es gab nur wenig, wovor die Türken zurückschreckten; aber alles, was mit Krankheit zu tun hatte, mieden sie. Auf diese Erfahrung bauend, hatte Joe Abu gebeten, einen billigen Sarg mit doppeltem Boden zu zimmern. Ali sollte die Rolle des Toten spielen, der darin lag und an Cholera gestorben war. Der Sarg sollte auf einen Wagen geladen werden, mit dem Abu nach Haifa fahren sollte zum italienischen Krankenhaus, das am dringendsten Medikamente benötigte. Der Wagen sollte heute abfahren, und Joe wollte als Wache mitreiten.

Sara seufzte und glitt, ihre Sorgen wegen dieser Fahrt erst einmal beiseite schiebend, vorsichtig aus dem Bett. Als sie aufstand, wachte Joe auf. Er öffnete die Augen und blieb still liegen, während er mit einem Gesicht, das eitel Wohlgefallen ausdrückte, zusah, wie sie nackt durch das Zimmer ging, um ihren Morgenrock zu holen, den sie am Abend zuvor achtlos hatte fallen lassen. Sie war hinreißend schön. Doch zum erstenmal in seinem Leben war die Schönheit einer Frau für ihn ein zusätzliches Geschenk und nicht nur der Grund, warum er mit ihr zusammen war. Er hatte das Gefühl, daß allein ihre Stimme, ihre Augen oder ihr Haar genug wären, um sie genauso uneingeschränkt zu lieben.

»Madame«, sagte er. »Sie sind die schönste Frau, die ich kenne.« Er grinste unverschämt, während seine Augen über ihren Körper glitten. Sara errötete und schlüpfte lachend in ihren Morgenrock. »Ich liebe und begehre dich«, fuhr er fort, und dann, im Befehlston: »Komm augenblicklich ins Bett, Frau!«

Sara zögerte einen Moment, hin und her gerissen zwischen dem Wunsch, ihm nachzugeben, und der Sorge, in Joes Zimmer erwischt zu werden. Dann schüttelte sie den Kopf. »Ich kann nicht, Joe. Wenn ich noch länger bleibe, bekomme ich Probleme.«

»Wirst du jemals tun, was ich dir sage, ohne vorher mit mir zu streiten?« fragte er scheinbar verdrossen, und Sara warf lachend den Kopf zurück.

»Nein.«

Joe sprang aus dem Bett, vollkommen ungezwungen, obwohl er splitternackt war. Er legte die Arme um sie und liebkoste sie zärtlich. Kitzelnd strich sein Bart über ihren Hals, während er viele kleine Küsse auf ihre Schultern drückte. Dann legte er das Kinn auf ihr Haar und blickte über ihren Kopf hinaus in den frühen Morgen. »Wir werden etwas gegen dieses Herumschleichen tun müssen«, sagte er. »Ich werde den nächsten Rabbi, der mir über den Weg läuft, entführen und ihn hierher bringen. Was meinst du?«

Sara trat einen Schritt zurück und schaute ihn überrascht an. Bat er sie, ihn zu heiraten? Joe Lanski, der ihr einmal erklärt hatte, Junggeselle zu sein bedeute, wie ein Sultan zu leben.

»Heiraten? Wir?«

Joe lachte leise und berührte sanft ihre Wange. »Ja. Heiraten. Sieh mich nicht so schockiert an. Nicht alle meine Absichten sind unehrenhaft, weißt du.« Er nahm ihr Kinn in die Hand und schaute sie liebevoll an. »Du liebst mich doch?«

»Ja.« Sie sah bereits wieder den Schalk in seinen Augen.

»Ich bin nicht nur ein kleines Abenteuer für eine lustige Witwe?«

»Natürlich nicht, Joe Lanski!«

»Dann heirate mich.«

»Wir könnten doch einfach so zusammenleben«, sagte sie und tat, als überlegte sie noch.

»Wieso, Sara!« protestierte er. »Das ist das unsittlichste Ansinnen, das je an mich herangetragen wurde!«

Sara lachte und schmiegte sich an ihn. »Natürlich werde ich dich heiraten«, sagte sie mit glänzenden Augen. »Ich wünsche es mir mehr als alles andere auf der Welt.«

»Das ist gut«, sagte er, »denn ich habe vor, dir eine Menge strammer Babys zu machen mit großen blauen Augen.«

»Mit grünen«, entgegnete sie, aber er küßte ihr die Worte vom Mund.

»Komm«, sagte er und zog sie auf das Bett. »Stürzen wir uns in Probleme.«

Hamid Bek saß hinter seinem Schreibtisch und funkelte den alten arabischen Diener an, der zitternd vor ihm stand.

»Du sagst, die Taube flog von Norden ein?« fragte er und klopfte mit dem Bleistift gegen seine Zähne.

»Ja, Euer Ehren.« Alle Diener von Hamid Bek hatten große Angst vor ihm, und das aus gutem Grund. Deshalb zögerte der alte Mann, bevor er hinzufügte: »Ich habe früher auch schon welche gesehen.«

Die Worte des Alten waren Musik in Hamid Beks Ohren. Von Norden! Hadera war die nächste jüdische Siedlung nach Caesarea, dann kam Alona und dann Atlit. Er lächelte und blickte auf das in Schlüsselschrift beschriebene Papier. Die Buchstaben waren hebräisch. Die Taube mußte von den Juden gekommen sein. Dieser Abschaum! Hundesöhne waren sie alle! Aber jetzt brauchte er das Papier nur noch entschlüsseln zu lassen, und dann wußte er alles. Damit wäre der Fehlschlag mit dem feigen Juden, der sich im Gefängnis umgebracht hatte, wettgemacht. Der Selbstmörder hatte zur Heuschreckenpatrouille gehört und war folglich aus Atlit, aber dies hier . . . das war der erste greifbare Beweis, daß es in der jüdischen Gemeinde einen Spionagering gab. Jetzt hatte er sie in der Hand!

Voller Schadenfreude schlug er mit der Faust auf den Schreibtisch, so daß der Araber erschrocken zusammenfuhr. Bek warf ihm einen irritierten Blick zu und entließ ihn mit einer Handbewegung, ohne ein Wort über eine Belohnung, die der alte Mann erwartet hatte. »Und Sie«, wandte er sich an einen Hauptmann, der neben der Tür stand, und hielt ihm das Stück Papier hin, »Sie bringen das zum Armee-Hauptquartier in Beer Sheva. Sagen Sie dem Chiffrierer, er muß den Code knacken. Sie bleiben bei ihm, bis er es geschafft hat. Das hier hat absoluten Vorrang.«

Der Hauptmann salutierte und ging. Bek blieb einen Augenblick nachdenklich sitzen, dann stand er auf. Er würde mit einer Patrouille an der Küste entlang nach Norden reiten und in jedem jüdischen Anwesen anhalten, bis er Taubenschläge fand. Er würde vorsichtig vorgehen müssen, denn die Deutschen waren empfindlich geworden wegen der Juden, seit man sie aus Jaffa vertrieben hatte. Aber wenn er auch ein paar Araberdörfer besuchte, würden sie keinen Verdacht schöpfen.

Er rief einen Sergeanten und befahl ihm, eine Patrouille zum sofortigen Abmarsch bereit zu machen. »Jetzt wird es nicht mehr lange dauern«, schwor er sich. »Bald wird dieser stinkende Kameldung wünschen, er hätte das Wort England nie gehört.« Unflätig vor sich hinfluchend, griff er nach seiner Peitsche und verließ das Zimmer.

Bek und seine Männer ritten mit dem üblichen Getöse in Hadera ein, doch sobald sie angehalten hatten, traten sie gegenüber den Dorfbewohnern auffallend maßvoll auf. Die Leute wurden geradezu höflich aufgefordert, sich auf dem Dorfplatz zu versammeln. Man zeigte ihnen eine unglücklich aussehende Taube in einem geflochtenen Käfig, und jeder Mann mußte an dem Käfig vorbeigehen und den Vogel ansehen, während die Saptiehs mit Gewehren danebenstanden. Wären die Menschen weniger verängstigt gewesen, hätten sie über diese Szene gelacht.

»Kennt jemand diese Taube?« fragte Hamid Bek. »Wem gehört sie?« Die Bauern schüttelten die Köpfe. »Dann seht sie euch bitte noch einmal an«, sagte Bek ungeduldig, und sie gingen alle noch einmal an dem Taubenkäfig vorbei. »Ich bin sicher, ihr kennt die Strafe, die jeden trifft, der Spione deckt«, sagte er drohend, aber wiederum erhielt er nur abschlägige Antworten.

Bek rief den Schmied Nissim Aloni nach vorn und deutete mit seiner Peitsche auf ihn.

»Und Sie, Effendi? Vielleicht kennen Sie diese Taube doch? Vielleicht würden Sie gern eine Nachricht an Ihre britischen Freunde schicken? Sehen Sie sich das Tier ruhig ein drittes Mal an, wenn es Ihnen hilft, Ihr Gedächtnis aufzufrischen.«

Der Schmied blickte in den Käfig und entschuldigte sich auf arabisch, er spreche nicht Deutsch und könne folglich auch der Taube nicht helfen, ihren Weg nach Hause zu finden. Die Menge lachte über seine Unverfrorenheit, und Bek, der sich über die Unterstellung ärgerte, der Vogel gehöre den Deutschen, fluchte und befahl seinen Leuten abzuziehen.

Als die Saptiehs fortgeritten waren, änderte sich der Ton unter den Dorfbewohnern. Kein Jude würde einen Juden an einen Außenstehenden verraten, aber die meisten Dörfler waren verbittert über die Handvoll Mitbürger, die eigensüchtig ihre Träume zu verwirklichen suchten auf Kosten der Allgemeinheit. Einige begannen, Sara und die Gruppe aus Atlit zu beschuldigen, und der Klatsch blühte, als sie die Köpfe zusammensteckten und versuchten, einen Weg zu finden, um jede weitere Spionagetätigkeit zu unterbinden. Einige der Männer gingen zu Daniels Mutter, andere überlegten, ob sie anfangen sollten, eine Liste mit Namen zusammenzustellen — nur für den Fall. Ben und Josh, die zuhörten, ohne selbst viel zu sagen, waren entsetzt, wieviel über die Organisation bekannt war. Sie konnten von Glück sagen, daß ihre Namen nicht erwähnt wurden. Sobald sie sich entfernen konnten, ohne Aufmerksamkeit zu erregen, sattelten sie ihre Pferde und ritten, so schnell sie konnten, nach Atlit, um Sara zu warnen.

Sara sah sie die Palmenallee heraufkommen und winkte ihnen fröhlich entgegen. Gegen das Tor gelehnt, schnupperte sie den süß duftenden Dunst, der an hellen Augusttagen über der Sharon-Ebene hing, und wartete, bis die beiden Reiter bei ihr angekommen waren. Erst als sie abstiegen, wandte sich ihre Freude in Besorgnis. Sie berichteten hastig von Hamid Bek, von der Taube und der Welle des Unmuts, die sich gegen die Atlit-Gruppe erhob. »O mein Gott«, sagte sie, sich am Torpfosten festhaltend, während sie versuchte, ihre Gedanken zu sammeln. Wie lange würden die Türken brauchen, um den Code zu entschlüsseln? Es war ein schwieriger Code, eine vertrackte Mischung aus Aramäisch und Lateinisch, und er wurde jeden Monat geändert. Aber wie gut waren ihre Dechiffrierer? Die wichtigste Frage war, ob sie ihn knackten, bevor das Schiff, das sie angefordert hatte, eintreffen würde. Sie erwarteten es am 12., in sieben Tagen. Wenn sie Glück hatten, würden die Türken selbst versuchen, die Nachricht zu entschlüsseln, statt sie den Deutschen zu geben, die mit Sicherheit kompetenter waren.

Ein paar Sekunden später wußte sie, was sie zu tun hatte. Sie würde die zwei letzten Tauben zu Aaron schicken, ihm berichten, was geschehen war und ihn bitten, unbedingt dafür zu sorgen, daß das Schiff am 12. mit zwei Ruderbooten käme. Dann mußten sie den Verschlag beseitigen sowie jeden Hinweis, daß es auf der Station jemals Tauben oder ein Spionagenetz gegeben hatte. Und sie mußte das Codewort an alle führenden Mitglieder schicken, damit sie sich am 12. am Strand einfanden.

Alle Betroffenen waren bereits informiert und würden auf das Codewort hin wissen, was sie zu tun hatten. Ihre einzige Hoffnung war, daß die Türken den Code bis dahin nicht entschlüsselt hatten.

»Was um Gottes willen sollen wir tun?« fragte Ben.

Sara sah ihn an. Ihr Gesicht spannte sich und ihre Augen bekamen einen kalten Glanz. »Komm mit«, sagte sie und machte auf dem Absatz kehrt. »Wir haben einiges zu tun.«

Aaron saß nervös im Wartezimmer für Stabsangehörige in Allenbys Kairoer Hauptquartier und haderte mit sich und der Welt. Er hätte für die Zusammenarbeit seiner Organisation mit den Briten ein Rettungsschiff zur Bedingung machen sollen. Hier hatte er einen gravierenden Fehler gemacht, und nun mußten seine Leute in Palästina vielleicht dafür bezahlen. Seine Verbitterung über die Türken war nichts im Vergleich zu den schweren Vorwürfen, die er sich selbst machte.

Drei Wochen zuvor war eine Taube mit der Nachricht von Levs Festnahme eingetroffen, und Aaron hatte sofort darum gebeten, das Kontaktschiff von nun an zweimal vor Atlit anhalten zu lassen. Deedes notierte die Anforderung. Aber der ersten Taube war kurz darauf Saras monatlicher Bericht mit der Nachricht von Levs Tod gefolgt. Lev, den sie so oft gehänselt hatten, der ihnen mit seinem Übereifer und seinen lästigen Angewohnheiten immer wieder auf die Nerven gefallen war — er hatte lieber sein Leben geopfert, als das Risiko einzugehen, etwas zu verraten. Seit diesem Tag fühlte sich Aaron schuldig, und er war so niedergeschlagen wie noch nie seit Beginn des Krieges.

Nun war vor drei Tagen wieder eine Taube gekommen, und sie hatte die Nachricht gebracht, daß eine verschlüsselte Mitteilung in die Hände der Feinde gefallen war. Aaron mußte an den Ersten Kreuzzug denken. Als die mordlustigen Christen bei Caesarea lagerten, hatte ein Falke eine Brieftaube vom Himmel geholt, die den Aufruf des Statthalters von Akko an die Juden und Moslems in Palästina bringen sollte, sich gemeinsam gegen die Eindringlinge zu erheben.

Aaron, Paul und Selena waren entsetzt über die Nachricht, um so mehr, als sie noch keine Bestätigung erhalten hatten, daß die Engländer ein Rettungsschiff schicken würden. Aaron hatte allmählich das Gefühl, daß man sie nicht so nachlässig behandeln würde, wenn sie englische Spione wären statt nur Spione für die Engländer. Wieder einmal wurden sie aufgrund der Fremdenfeindlichkeit der Engländer benachteiligt. Es war jetzt von entscheidender Bedeutung, daß der Zeitplan eingehalten wurde. Wenn das Rettungsschiff am 12. in Atlit eintreffen sollte, mußte es innerhalb der nächsten vier Tage auslaufen. Aaron hatte zusammen mit der Bitte, das Rettungsschiff zu schikken, darum ersucht, auf dem Schiff mitfahren zu dürfen. Er wußte, daß er der einzige Mensch war, der seinen Vater bewegen konnte, Zichron zu verlassen, und er wußte ebenfalls, daß weder Sam noch Sara ohne den Vater gehen würden. Deedes verstand Aarons persönliche Situation, aber seine Bitte war abgelehnt worden. Und das alles, bevor überhaupt entschieden war, ob es ein Rettungsschiff geben würde oder nicht.

»Es tut mir leid, Aaron, aber wir können Sie einfach nicht gehen lassen. Sie sind jetzt Offizier der britischen Armee und in erster Linie uns verpflichtet.« Rein verstandesmäßig akzeptierte Aaron die britische Argumentation, aber es änderte nichts an seiner Empörung und Sorge. Sein Problem war, daß er so darauf erpicht war, eine Vertrauensstellung bei den Briten einzunehmen, die größtenteils noch gar nicht bemerkt hatten, wie groß die jüdische Präsenz in Palästina war, daß er sich ihnen inzwischen unentbehrlich gemacht hatte. Die britische Führung wußte inzwischen beträchtlich mehr über die Ziele der Zionisten, aber je mehr sie wußte, um so mehr glaubte sie, auf Experten angewiesen zu sein.

Allenby, der neue Oberbefehlshaber, verließ sich in vielen Dingen auf Aaron. Während die Pläne für die Invasion ihre endgültige Form erhielten, ließ er Aaron häufig ins Hauptquartier kommen, um die Kommandeure mit dem Territorium, auf dem sie sich zu bewegen haben würden, vertraut zu machen. Aarons Landeskenntnis war praktisch enzyklopädisch, und die Militärs holten aus ihm heraus, was herauszuholen war. Kein Detail war für Allenby zu geringfügig oder zu unbedeutend: das jahreszeitlich bedingte Auftreten der tückischen Malaria, die, wie sie glaubten, beinahe das ganze Heer von Richard Löwenherz vernichtet und vereitelt hatte, daß Richard damals Jerusalem erreichte; Aufzeichnungen von Luftdruckwerten für die Flieger; Darstellungen von Felsformationen für die Pioniere. Sara hatte aus ihren Unterlagen alle Daten, die auch nur im entferntesten von Belang waren, herausgeschrieben und mit dem Kontaktschiff nach Ägypten geschickt. Endlich hatte man sich entschlossen, auf Aaron zu hören.

Doch auch der neue Plan litt an der alten Schwäche: Wasser. Allenby und Aaron brüteten über Landkarten, und Allenby, der seine Bibel kannte, wußte genau, welche Stellen Aaron meinte, als er auf alte Brunnen hinwies. Aarons instinktives Gefühl, welche Brunnen noch Wasser führen könnten, hatte sich bereits so häufig als richtig erwiesen, und sein Talent, Wasser zu entdecken und wie ein Wünschelrutengänger zu erahnen, war so enorm, daß ihn die Engländer ihren »Moses« nannten.

Bis die verheerenden Nachrichten aus Palästina eintrafen, hatte Aaron geglaubt, die Situation wende sich zum Besseren. Im Juli hatten Lawrence und Feisal Akaba eingenommen, den einstmals legendären Hafen von König Salomon an der Spitze des Golfs, den das Rote Meer bildet. Akaba, nur hundert Meilen von Allenbys rechter Flanke entfernt, würde die Briten vor einem türkischen Gegenangriff aus dieser Richtung schützen. Allenby selbst war für die Briten der größte Glückstreffer. Er war eine großartige Führerpersönlichkeit, ein bemerkenswerter und einfühlsamer Mann. Aarons Wissen um diese letztere Eigenschaft Allenbys hatte ihm den Mut gegeben, hierher zu kommen, in dieses Vorzimmer, wo er auf eine Unterredung mit dem Feldmarschall wartete. Es widersprach den hier herrschenden Regeln, um eine Privataudienz zu ersuchen, aber was er zu sagen hatte, war sehr viel wichtiger als der kleine Verstoß gegen die Sicherheitsvorkehrungen, den er sich damit leistete.

»Major Levinson, Sir.« Aaron blickte auf. »Der Feldmarschall wird Sie jetzt empfangen.« Aaron stand auf, und der Adjutant führte ihn in das Büro.

Aaron salutierte. Allenby erhob sich lächelnd und streckte ihm die Hand entgegen. Mit seinen breiten Schultern und der großen gebogenen Nase war er eine imposante Erscheinung. Seine intelligenten blauen Augen ruhten fragend auf Aaron. »Stehen Sie bequem, Major«, sagte er, nachdem alle Formalitäten erledigt waren. »Setzen Sie sich, wenn Sie wollen.«

Aaron nahm den Stuhl, den ihm der Adjutant anbot. »Ich bedaure, daß ich den Dienstweg nicht eingehalten . . .«, begann er, aber Allenby winkte ab.

»Ich habe gehört, daß Sie einen Ihrer Männer an die Türken verloren haben. Tut mir sehr leid . . . Deedes sagte mir, was passiert ist.«

Aaron nickte zu der förmlichen Beileidsbekundung, aber für einen Augenblick verdüsterten sich seine Augen. »Danke, Sir«, sagte er leise und räusperte sich. Dann fand er, er müsse sich noch ein zweites Mal räuspern, bevor er begann. »Es geht nicht um ihn, sondern um das Schicksal meiner übrigen Freunde und meiner Familie. Deshalb bin ich zu Ihnen gekommen, Sir. Ich bin in sehr großer Sorge. Möglicherweise sind ihre Tage gezählt . . .« Seine Stimme klang rauh, und er sah sich gezwungen, sich erneut zu räuspern. »Verzeihen Sie mir, daß ich mich nicht an den

Dienstweg gehalten habe, Sir«, fuhr er fort, »aber ich glaube, Sie werden meinen Wunsch verstehen können, meine Familie und meine Freunde zu retten.«

Er machte eine kleine Pause, um seine Worte wirken zu lassen. Es war allseits bekannt, daß Allenby vor wenigen Wochen seinen einzigen Sohn in Frankreich verloren hatte. Der Feldmarschall zuckte kaum merklich zusammen und behielt Aaron scharf im Auge. »Ich verstehe nicht ganz, Major . . . Vielleicht sollten Sie erst mal erklären, worum es geht.«

Aaron schilderte sein Anliegen mit wenigen, gut gewählten Worten. »Wir warten seit drei Tagen auf die Bestätigung, daß dieses Schiff ausläuft, Sir. Aber es muß auslaufen − Sir«, schloß er mit rauher Stimme, und sein normalerweise rosiges Gesicht war hochrot, so aufgebracht war er. »Und außerdem, Sir, bitte ich um die Erlaubnis, mitfahren zu dürfen.« Eine Weile hingen diese auf ungewöhnlich ungestüme Weise vorgetragenen Worte im Raum.

Allenby blickte auf seinen Schreibtisch.

»Ich verstehe Ihre Gefühle«, sagte er schließlich und blickte Aaron wieder an. »Sie haben jedes Recht und, ich gebe zu, jeden Grund, ärgerlich zu sein. Ihre Leute in Palästina leisten wertvolle Arbeit für uns. Ich schulde Ihnen sowohl meinen Dank als auch eine Entschuldigung.«

»Sie schulden uns weder das eine noch das andere«, warf Aaron ein. »Es ist genauso unser Krieg. Aber vielleicht schulden Sie uns dieses Schiff.«

»Lassen Sie mich ausreden«, sagte der Feldmarschall streng und sah Aaron einen Augenblick an, bevor er fortfuhr. »Ich werde dafür sorgen, daß für diejenigen, die fliehen müssen, ein Schiff zur Verfügung steht.«

Aaron atmete erleichtert auf. »Ich danke Ihnen, Sir. Und die Erlaubnis, daß ich mitfahre?«

Allenby schüttelte den Kopf.

»Aber . . .«

Allenby hob die Hand. »Ich denke, die Ziele, die Sie verfolgen, indem Sie uns helfen, sind — politischer Art, nicht wahr?«

Aaron sah ihn argwöhnisch an, dann nickte er. »Ja«, sagte er sachlich. »Es ist mein Leben.«

»Dann lassen Sie mich Ihnen etwas sagen, was Sie nicht wissen können.« Allenby hob den Kopf und sagte zu dem Adjutanten neben der Tür: »Für die nächsten Minuten bist du taub.«

»Sir«, lautete die knappe Antwort des Adjutanten.

Dann sprach Allenby, an Aaron gewandt, weiter. »Ich glaube, es ist nur noch eine Frage von, sagen wir vier bis sechs Wochen, bis die britische Regierung öffentlich ihre Unterstützung für die Errichtung einer jüdischen nationalen Heimstätte erklärt.« Aaron saß plötzlich kerzengerade auf seinem Stuhl; sein Mund war staubtrocken. Er war so überrumpelt, daß er nicht sprechen konnte. Er konnte kaum glauben, was er gehört hatte. Dafür hatte er gearbeitet, das war die Erfüllung all seiner Hoffnungen und Träume. Dafür waren Daniel und Lev gestorben. Es war das einzige Ideal in seinem Leben, an dem er unbeirrt festgehalten hatte und für das er sein Leben hingeben würde. Allenbys Worte klangen ihm in den Ohren, und sie klangen von Mal zu Mal süßer. Die britische Regierung würde eine jüdische nationale Heimstätte unterstützen. Er saß stumm auf seinem Stuhl und kämpfte mit den Tränen.

»Die Errichtung eines jüdischen Staates«, fuhr Allenby nüchtern fort, »wird ein gewaltiges Unternehmen, und es wird zweifellos Widerstände geben — in der einen oder anderen Form. Sowohl in London als auch hier gibt es Leute, die vom Zionismus nicht sonderlich begeistert sind. Ich versichere Ihnen, Antizionismus und Antisemitismus gehen nicht notwendigerweise Hand in Hand. Die große Mehrheit ist schlichtweg nicht informiert. Es wird ganz besonderer Männer bedürfen, hingebungsvoller und überzeugender Männer, wie Sie es sind, um dieser Mehrheit zu zeigen, daß die Ideen des Zionismus gerecht und lauter sind. Ich habe mit Sir Reginald Wirigate gesprochen, dem britischen Hohen Kommissar hier in Ägypten, der Sie in den nächsten Tagen um eine Unterredung bitten wird. Er hat vor, Sie für bestimmte Aufgaben im Zusammenhang mit der bevorstehenden britischen Erklärung nach London zu schicken.«

Er blickte Aaron erwartungsvoll an, doch der nickte nur und räusperte sich.

»Und aus diesem Grund, Major, muß ich Ihnen die Erlaubnis, das Schiff nach Atlit zu begleiten, verweigern. Was Sie hier tun, ist jetzt und auch in Zukunft lebenswichtig für das von uns allen erhoffte Wohlergehen der Menschen in Ihrem Land. Also – sind Sie einverstanden?«

Aaron war vor Freude so ergriffen, daß er meinte, er müsse ersticken. Daniels und Levs Tod und die entsetzlichen Risiken, die Sara und die anderen auf sich genommen hatten, würden jetzt ihre Rechtfertigung finden. Doch sein praktischer Verstand kehrte ganz schnell wieder in die Gegenwart zurück. »Und was ist mit dem Rettungsschiff?«

»Sie haben mein Wort«, sagte Allenby feierlich. Dann nahmen seine strengen Züge zu Aarons Verwunderung einen weichen Ausdruck an. Verständnisvoll lächelnd stand er auf, drückte Aaron ein Taschentuch in die Hand und verließ das Zimmer. Aaron starrte auf die geschlossene Tür und fühlte, wie ihm die Tränen in die Augen stiegen. Er brauchte das Taschentuch nicht, aber viel hatte nicht gefehlt.

Die vergangenen Nächte gehörten bestimmt zum Schönsten in meinem Leben, dachte Sara — die Tage dagegen waren schlimm, und ganz besonders der gestrige. Ihr Vater war mitten am Vormittag gekommen und hatte in seiner besonderen stillen Art verlangt, die Wahrheit zu erfahren über das, was hier geschah. Er ging mit ihr in die Küche, schickte Frieda in den Garten und erklärte Sara sehr ernst, warum er gekommen war. Er hatte die Geschichte von der Taube gehört — jeder hatte sie gehört —, aber Sorgen hatte er sich erst gemacht, als ihn eine Abordnung des Rats in Zichron aufsuchte. Sie hatten behauptet, die Taube sei aus Atlit gekommen und Sara sei die Anführerin eines Spionagerings, der für die Briten arbeite. Er habe erfahren, daß Aaron keineswegs ein Gefangener der Engländer sei, sondern das Unternehmen von Kairo aus leite mit der Billigung angesehener Zionisten. Er sagte, er habe Sam zur Rede gestellt, der sich jedoch geweigert hatte, mehr zu sagen als: Sprich mit Sara. Also sei er hier.

Sara beobachtete ihn, während er sprach und staunte, daß er weder entsetzt noch ärgerlich war, sondern nur sehr besorgt.

»Nun, Sara? Ist es wahr?« fragte er, als er zu Ende gesprochen hatte.

Sara dachte daran, ihn anzulügen, aber er wußte zu viel. Ihr Vater war kein Narr, und sie wußte, daß er seit dem Tag, an dem Hamid Bek mit der Nachricht über Aarons Gefangennahme nach Zichron gekommen war, einen Verdacht hegte, auch wenn er nichts gesagt hatte. Und abgesehen von allem übrigen befand auch er sich in Gefahr. Es war Zeit, ihm wenigstens einen Teil der Wahrheit zu sagen; würde er zu viel wissen, wäre das gefährlich für ihn und die Gruppe. Andererseits war sie froh, daß jetzt die Gelegenheit gekommen war, wieder klare Verhältnisse zwischen sich und ihrem Vater zu schaffen. Sie senkte den Kopf. »Es ist wahr, Papa.« Sie sprach so ruhig wie möglich, dennoch spürte sie, wie sich ihr die Kehle zuschnürte. »Es ist eine lange Geschichte, bitte — frag nicht nach mehr.«

Sie hob den Blick. Er sah sie mit schrecklich ausdruckslosem Gesicht an. »Aaron — ist er in Kairo?«

Ich kann es ihm nicht sagen, dachte sie. Ich kann es nicht. Er nickte, als wäre der Ausdruck in ihrem Gesicht alles, was er an Bestätigung brauchte. Sara sank auf einen Stuhl und stützte den Kopf für einen Moment in die Hände, völlig niedergeschlagen bei dem Gedanken, daß ihr Vater in seinen alten Tagen eigentlich Fürsorge und Liebe von seinen Kindern verdient hätte, statt durch sie in eine Lage versetzt zu werden, in der er jeden Moment verhaftet und gefoltert werden konnte.

»Bein von meinem Bein und Fleisch von meinem Fleisch«, murmelte er. »Lieber Gott, was habt ihr getan?« Sara stiegen die Tränen in die Augen, und sie hielt die Hand vor das Gesicht, um sie zu verbergen.

Sie hörte, wie der Stuhl neben ihr knarzte, als sich der alte Mann darauf niederließ, und dann fühlte sie, wie er ihre Hand in seine starken Hände nahm. »Es tut mir leid, Papa«, sagte sie und wischte sich die Tränen aus dem Gesicht. »Aber wir sind uns ganz sicher, egal, wie groß das Risiko ist, daß unsere Zukunft bei den Engländern liegt. Die Türken dürfen nicht siegen. Wenn wir uns nicht rühren und den Krieg nur als ein Zwischenspiel ansehen — was könnten wir dabei gewinnen? Doch nichts anderes, als was die Juden bisher mit ihrem Wohlverhalten gewonnen haben: einen Aufschub der Hinrichtung um einen Monat, um ein Jahr, erkauft um den Preis unseres Stolzes, unserer Hoffnung, unserer Selbstachtung. Und was auch geschieht, wir brauchen diese Ideale, die zum besten gehören, was in uns ist. Die Türken haben uns wie Ratten in einem Faß. Ich habe gesehen, was sie mit den Armeniern gemacht haben, Papa, und das gleiche würde uns wider-

fahren in absehbarer Zeit.« Ihre Stimme zitterte vor Erregung, und sie hielt inne, um Atem zu schöpfen. Dann
richtete sie sich auf und blickte entschlossen und mit
harten Augen gerade vor sich hin. »Papa, wir haben eine
andere Vorstellung von der Zukunft, eine Vision von einem eigenen Land — von Israel. Und ich bin stolz darauf.«

Abram schwieg einen Moment, und Sara drehte den
Kopf, um ihn anzusehen. Sie sah in seinen Augen soviel
Liebe und uneingeschränkten Stolz, daß ihr erneut die
Tränen kamen. Er tätschelte ihre Hand und sagte leise:
»Du hast recht, stolz auf deine Vision zu sein, Tochter.
Und ich bin zu Recht stolz auf dich.« Er küßte sie auf
die Wange, dann lehnte er sich in seinem Stuhl zurück
und sein Gesicht nahm wieder die alten, von Leid gezeichneten Züge an. »Du mußt mir nur eins versprechen, Sara — daß du beim ersten Anzeichen von akuter
Gefahr sofort nach Zichron kommst.« Seine Bitte klang
so dringend, daß Sara sofort einwilligte. Sie selbst hatte
nichts anderes beabsichtigt.

Dann war Joes Fahrt nach Haifa schiefgegangen. Ali
hatte es in dem Sarg nicht ausgehalten und gegen den
Deckel gehämmert. Als sie den Sarg öffneten, fanden sie
einen völlig überhitzten und am ganzen Körper von Hit-
zebläschen übersäten Ali, so daß sie die Leiche rasch in
einen Windpockenkranken verwandelten, der ins Krankenhaus gebracht werden mußte. Die Arzneimittel gelangten unbeschadet und sicher ins Krankenhaus, aber
es gab Probleme, als Joe das Gold bei Iwan Bernski ab-
lieferte. Bernski hatte das Gold genommen, aber verlangt, daß jede weitere Spionagetätigkeit eingestellt werde und daß sich Joe erst wieder in Haifa blicken lassen
solle, wenn sich der Verdacht gelegt hatte. Er ließ ihnen
durch Joe ausrichten, daß sie kein Recht hätten, ohne

die Billigung des Zentralkomitees weiterzumachen, und daß sie alle anderen Juden in Lebensgefahr brächten.

Es stimmte, daß die Juden seit der Episode mit der Taube wieder in einer Atmosphäre ständiger Sorge und Furcht lebten. Hadera, Caesarea und Bat Shelomo waren bereits durchsucht worden. Aber warum noch nicht Zichron und Atlit? Spielte Hamid Bek irgendein perverses Spiel mit ihnen?

Sara würde erst aufatmen, wenn morgen nacht das Schiff käme — wenn es überhaupt kam. Sie war so um die Sicherheit der führenden Mitglieder der Organisation besorgt, daß sie kaum aufhören konnte, an sie zu denken; eine ungeheure Last wäre von ihr genommen, wenn sie ihnen endlich zum Abschied nachwinken könnte. Sara hatte beschlossen, hierzubleiben. Sie hatte zu niemandem — außer ihrem Vater — etwas davon gesagt und so getan, als würde sie mit den anderen auf dem Rettungsschiff flüchten. Sie fürchtete, wenn sie ihre Absicht preisgäbe, würden sich auch Manny und vielleicht sogar Robby und Ruth weigern, zu gehen, und sie hatte weiß Gott schon genug mit Schuldgefühlen zu kämpfen, ohne auch noch dafür verantwortlich zu sein, daß ihre Freunde die Chance auf eine Rettung verpaßten.

Das einzige Problem war Joe. Er sollte mit Saul Rosin auf der Station bleiben, die Arbeiter nach und nach entlassen und den Betrieb langsam auflösen, um den Schein zu wahren. Er hatte Leute draußen, die ihn informieren würden, sobald sich etwas tat, was seine Stellung gefährden konnte — sei es, daß der Code geknackt wurde oder daß sie von jemandem verraten wurden. In diesem Fall wollte er sich bis zum Monatsende verstecken, bis das nächste Schiff kommen und ihn abholen würde. Bei ihm klang das alles sehr einfach. Aber Sara wußte es besser.

Sie hatte anfangs darauf bestanden, bei Joe auf der Station zu bleiben, aber er war eisern gewesen. »Tut mir leid,

Sara. Du fährst am Zwölften, und mehr gibt es dazu nicht zu sagen.« Sara hatte das Thema danach nicht mehr angeschnitten, sondern nur freundlich gelächelt, wenn es erwähnt wurde. Mochten sie denken, was sie wollten, aber sie würde ihren Vater, ihren Bruder, ihren Geliebten und ihr Land nicht den Türken preisgeben. Den Teufel würde sie . . .

Joe ließ sich von ihrer plötzlichen Kapitulation nicht täuschen und beobachtete sie sehr genau. Heute morgen war er plötzlich von hinten an sie herangetreten, hatte die Arme um sie gelegt und geflüstert: »Ich weiß nicht, wie ich es ohne dich hier aushalten soll.« Er sah ihr Gesicht im Spiegel auf der anderen Seite des Zimmers und auch ihr kleines, selbstgefälliges Lächeln. Sein Verdacht war also begründet, dachte er, und er mußte einen kräftigen Hustenanfall mimen, um sein Lachen zu verbergen. Wie üblich hatte sie ihren eigenen Kopf und dachte nicht daran, zu tun, was man ihr sagte.

Er überlegte, was er mit ihr machen sollte. Er hielt es zunächst für keine schlechte Idee, ihr eins auf den Dickschädel zu geben und sie ins Boot zu packen. Aber bei richtigem Nachdenken erkannte er, daß ihr Entschluß zu bleiben nicht unvernünftig war. Solange die Türken ihren Code nicht geknackt hatten und sie nicht verraten wurden, solange waren sie hier genauso sicher wie alle anderen auch. Sollten die Saptiehs die Station durchsuchen kommen, wäre Sara die erste Person, mit der sie sprechen wollten. Wäre sie nicht mehr hier, könnte dies ernsthafte Auswirkungen auf die Gemeinde in Zichron haben. Und schließlich war sie eine erwachsene Frau, die das Recht hatte, ihre eigenen Entscheidungen zu treffen. Er hatte nicht das Recht, sie gewaltsam daran zu hindern, und er wußte, sie würde es ihm nie verzeihen.

Joe sah sie nachdenklich an. Es war Zeit, dieses Spiel zu beenden. Nichts verlief hier nach Plan, und es war besser, es zuzugeben. Sara spürte, daß Joe sie beobachtete und zögerte verlegen, bevor sie sich zu ihm umdrehte. »Was ist los?« fragte sie nach kurzem Schweigen.

»Was sagst du?«

»Du siehst mich schon den ganzen Tag so komisch an. Stimmt etwas nicht?«

Joe holte tief Luft, als wollte er etwas sagen. Doch dann ging er hinüber ans Fenster und schaute hinaus. Plötzlich wandte er sich um. Er hatte eine Entscheidung getroffen.

»Komm«, sagte er und ging durch das Zimmer auf sie zu. »Laß uns ausreiten. Wir müssen mal aus der Station raus — man kriegt ja geradezu Platzangst. Zieh dich um. Ich sattle inzwischen die Pferde.«

Er klang so ernst, daß Sara ihn deshalb gern geneckt hätte, doch als sie ihn ansah, wußte sie, daß ihm nicht nach Scherzen zumute war. Sie schüttelte den Kopf und lächelte. »Eigentlich kann ich mir einen solchen Luxus nicht leisten. Ich habe so viel zu tun.«

Joe zog sie an sich und berührte mit seinen Fingern sanft ihre Wange. Sara schloß die Augen. Instinktiv neigte sie sich ihm entgegen. Oh, wie sehr liebte sie ihn! Der Gedanke, von ihm getrennt zu sein, war unerträglich. Joe beugte sich nieder und küßte sie leicht auf die Lippen. Schmunzelnd richtete er sich auf. »Tu, was ich dir sage und zieh dich um«, befahl er mit gespielter Strenge.

»Ich würde mich viel lieber nur ausziehen«, entgegnete sie lächelnd.

»Später«, versprach er. »Und jetzt beeil dich.«

Sie ritten schweigend, bis sie die Bucht erreichten. Sara genoß das Gefühl der Freiheit, das sie stets beim Reiten empfand, und ihr wurde zum erstenmal bewußt, daß sie auf der Station beinahe wie hinter Gittern lebten. Bella brauchte nicht angetrieben zu werden. Leichtfüßig trabte sie neben Negiv und tat ihr Bestes, um mit ihm Schritt zu halten. Joe ließ ihn eine ruhige Gangart gehen. Die Pferde waren viel zu mager und mußten geschont werden. Doch als Negiv Sand unter den Hufen spürte, reagierte er wie ein echtes Vollblut und flog über den Strand zum Wasser. Joe ließ ihn laufen. Am Wasser angelangt, wendete er und wartete, bis ihn Sara, deren Wangen unter ihrem Hut rosig leuchteten, eingeholt hatte.

Sie ritten eine Weile patschend und spritzend durch das seichte Wasser. Vor dem tiefblauen Himmel erhob sich die Kreuzfahrerburg wie eine Fata Morgana. Sara seufzte und wünschte, sie könnte für immer so reiten und zusammen mit Joe hingehen, wohin sie wollte. Der Krieg, die Türken — das alles schien einer anderen Zeit anzugehören.

Joe wies auf ein paar vorspringende Felsen. »Laß uns die Pferde dort im Schatten festmachen und ein bißchen am Strand spazierengehen«, sagte er, und Negiv trottete aus dem flachen Wasser über den heißen Sand, bis er den kühlen Schatten erreicht hatte.

Sara folgte ihm und glitt aus dem Sattel. Sie banden die Pferde an einen Baum und wanderten Hand in Hand am Wasser entlang. Weit und breit war kein Mensch zu sehen, während sie über die Sandbänder schritten. Nur ein paar Sandpfeifer pickten im ruhigen flachen Wasser. Sara atmete tief die salzhaltige Meerluft ein und genoß den Frieden.

Joe warf ihr einen verständnisinnigen Blick zu. Dann blieb er stehen und ergriff auch ihre andere Hand, so daß sie sich gegenüberstanden. Er blickte sie forschend an. »Du hast nicht vor, morgen abzureisen, nicht wahr, Sara?« fragte er. Sie wurde blaß vor Schreck, aber sie sagte nichts. Joe war von ihrem Schweigen nicht überzeugt und wurde plötzlich zornig. Er packte sie bei den Schultern und schüttelte sie, bis sich ihre Frisur auflöste und ihr das

Haar auf die Schultern fiel. »Sag die Wahrheit«, verlangte er. »Ich muß die Wahrheit wissen. Ich muß wissen, was du vorhast.«

Sara versuchte, seine Hände abzuschütteln, aber er hielt sie unnachgiebig fest. Sie gab ihre Selbstbeherrschung auf und rief wütend und mit trotzig funkelnden Augen: »Nein, ich gehe nicht. Wenn ich gehen würde, könnte ich genausogut meinen Vater und meinen Bruder eigenhändig umbringen – und Gott weiß, wie viele andere in Zichron sterben müßten. Ich werde nicht gehen.«

Er ließ die Hände sinken, als sie ihn stolz und auf seine Reaktion wartend ansah. Warum nur habe ich es ihm gesagt? fragte sie sich. Jetzt gerät alles durcheinander. Zu ihrer unaussprechlichen Überraschung sah sie, wie sich Joes Gesicht zu einem Lächeln verzog; und dann lachte er laut und herzlich.

»Hast du wirklich geglaubt, du könntest das vor mir geheimhalten bis zum letzten Augenblick?« fragte er, und wieder ernst werdend: »Hast du wirklich angenommen, ich würde dich so wenig kennen?«

»Ich werde meine Meinung nicht ändern«, warnte sie ihn, weil sie nicht so recht wußte, worauf er hinauswollte.

»Das erwarte ich auch nicht«, sagte er. »Ich habe darüber nachgedacht. Du hast recht, wenn du nicht gehst. Ich liebe dich, und ich bin stolz, daß du so tapfer bist. Aber Sara, hast du dir irgendeinen Plan zurechtgelegt?«

Sara senkte die Augen und schüttelte den Kopf. »Ich weiß nur eines«, sagte sie und sah ihm wieder in die Augen. »Wenn ich gehe – wenn ausgerechnet ich mich aus dem Staub mache –, werden sich die Türken an Zichron rächen. Ich muß immer wieder an die Armenier denken. Ich könnte einfach nicht mehr mit mir weiterleben, wenn ich auch nur indirekt schuld an solchen Grausamkeiten wäre.« Sie seufzte und dachte einen Augenblick nach. »Nachdem alle anderen fort sind, glauben sie vielleicht, die Organisation sei zusammengebrochen und ihre Mitglieder geflüchtet. Schließlich bin ich eine Frau. Sie könnten denken, sie hätten sich geirrt, was meine Mitwirkung betrifft.« Selbst ihr erschien diese Theorie wenig überzeugend, aber es gab keine bessere.

Joe nahm ihre Hand und sie gingen langsam zu den Pferden zurück. »Ich möchte einen Plan für dich aufstellen, damit du weißt, was du zu tun hast, wenn etwas schiefgeht — wenn etwas Schreckliches passiert.« Er sah sie nüchtern an. »Ich meine es sehr ernst, und du mußt genau zuhören. Ich möchte, daß du jederzeit vorbereitet bist.« Sie nickte, und Joe erklärte ihr, was er sich ausgedacht hatte, während sie nebeneinander hergingen.

Sara blieb abrupt stehen. »Das kannst du nicht tun, Joe. Um Gottes willen! Und wenn die Briten die Offensive verschieben? Wenn sie beschließen, dich auf der Stelle zu hängen? Wenn . . .«

Joe lächelte wehmütig. »Gefährliche Situationen bringen immer das Beste in mir zum Vorschein. Ich bin immer so etwas wie ein Spieler gewesen, nicht nur am Spieltisch. Mein Glück wird mir treu bleiben.« Er nahm sie in die Arme. »Sara, ich habe deine Entscheidung respektiert. Respektiere du jetzt auch meine. Wir wollen nicht mehr darüber reden, bis es soweit ist. Bis dahin denken wir an die Gegenwart — nur an das Hier und Heute.«

Sara stritt nicht mit ihm. Sie kannte ihn zu gut und wußte, daß seine Dickköpfigkeit die ihre noch übertraf. Sie schaute ihn an — in seinen Augen spiegelte sich das blaugrüne Meer — und in ihr regte sich eine ganz leise Zuversicht. Vielleicht würde ihm sein Glück treu bleiben; sie konnte nichts anderes tun als beten, daß es ihm auch lang genug treu blieb.

Im gedämpften Licht der Scheune bemühte sich Sara, das Chaos zu beseitigen, das Bek und seine Saptiehs nach ihrem Besuch vor einer Woche angerichtet hatten. Sie waren mit Trompetengeschmetter und dröhnenden Trommelschlägen gekommen und hatten nichts als Unordnung und *Zerstörung hinterlassen. »Diese verdammten Türken«, murmelte sie wohl zum hundertsten Mal in dieser Woche, aber auch mit einem kleinen Lächeln des Triumphs. Die Türken hatten nicht den geringsten Beweis gefunden, der sie belastet hätte. Nichts. Weder eine Taubenfeder noch das winzigste Stückchen Papier, das sie nicht hätte erklären können. Und das Kontaktschiff war hier gewesen und hatte Robby mit seiner Familie, Ezra, und — nach viel Überzeugungsarbeit — auch Manny mitgenommen. Frieda hatten sie zu ihrer Schwester nach Haifa geschickt, und die meisten Arbeiter waren entlassen worden mit der Begründung, daß die Station kein Geld mehr habe, um sie zu bezahlen.

Als Bek eintraf, waren sie vorbereitet. Er schien sichtlich überrascht, Joe hier zu sehen. Sara blieb, gestärkt durch Joes Anwesenheit, äußerlich völlig ruhig. Doch als die Saptiehs ihre zerstörerische Arbeit beendet hatten und weggeritten waren, wurde sie beinahe ohnmächtig vor Erleichterung. Es war zu keiner Katastrophe gekommen. Der Code war nach Damaskus geschickt worden, wo die Deutschen eine Dechiffriermaschine hatten, aber anscheinend hatten sie ihn noch nicht entschlüsselt!

Sara richtete sich auf und steckte eine lose Haarsträhne fest. Dort drüben stand Jezebel, Aarons alter Wagen, auf den sie einst so stolz gewesen waren und der jetzt hier in der Scheune verstaubte und verrostete. Sie legte die Hand auf die Motorhaube und erinnerte sich an den Tag, als Daniel darin heimgekommen war und wie sehr sie ihn geliebt hatte. Ihre Liebe zu Joe war so anders — sie war auf unerklärliche Weise irdisch und himmlisch zugleich. Joe besaß alles, was sie sich je von einem Geliebten erträumt hatte. Sie liebte ihn mehr als das Leben, aber sie verleugnete nie die Liebe, die sie einmal für Daniel empfunden hatte. Joe war ihr Leben, aber die Erinnerung an Daniel würde sie in Ehren halten, solange sie lebte.

»Schlaf gut in deinem sandigen Grab, Daniel«, murmelte sie. »Eines Tages, wenn dies alles vorbei ist und das Land uns gehört, werden wir dich suchen und nach Hause bringen, damit du in der Erde ruhen kannst, die du so geliebt hast.«

Ali kam in die Scheune gelaufen und riß sie aus ihren Grübeleien. »Ein Bedu reitet auf die Station zu. Sehr schnell, er schlägt sein Pferd wie einen Teppich!« rief er aufgeregt. Sara runzelte die Brauen. Ein Beduine? Wahrscheinlich war es einer der Haschomer, dachte sie, und leichter Ärger mischte sich in ihre Überraschung. Seit die Suche nach Spionen begonnen hatte, waren die Haschomer Atlit wohlweislich ferngeblieben und hatten ihren Mitgliedern verboten, mit den Mitgliedern der Gruppe zu verkehren. Die Haschomer hatten Waffen gekauft und sie in die abgelegenen Siedlungen nach Galiläa gebracht, obwohl die Türken keinen Hehl aus ihrer Absicht machten, diese Siedlungen zu zerstören, sobald sie sich zurückzogen. Und jetzt machten die Haschomer die Gruppe dafür verantwortlich, daß die meisten Fahrzeuge angehalten und durchsucht wurden. Daß sie die Waffen mit dem Geld gekauft hatten, das die Gruppe nach Palästina geschmuggelt hatte, ließen sie lieber unerwähnt.

Sara überquerte den Hof und beobachtete den in einen schwarzen Burnus gekleideten Reiter, der in gestrecktem Galopp durch das Tor preschte und sein Pferd in einer Wolke von Staub und aufspritzendem Sand zum Stehen brachte. Er schob seine Keffieh zurück, und Sara stockte der Atem. Sie blickte in das schöne, unvergeßlich hochmütige Gesicht von Daniels alter Freundin Isobelle. Was um Himmels willen konnte sie hier wollen? Sara hatte plötzlich das schreckliche Gefühl, daß ein Unheil drohte.

Erschrocken legte sie die Hände übereinander und preßte sie fest zusammen.

Isobelle sprang vom Pferd und warf Ali die Zügel zu. »Nimm das Pferd und bring mir ein anderes«, befahl sie mit der für sie typischen rauhen Stimme. Ali machte ein finsteres Gesicht und blickte zu Sara, die die Dringlichkeit in der Stimme der Frau gehört hatte und dem Jungen zunickte. »Sattle Bella«, sagte sie leise.

Alis Augenbrauen schossen in die Höhe. Er rührte sich nicht vom Fleck. »Tu, was ich dir sage!« schrie Sara ihn an und bedauerte im selben Moment ihre Heftigkeit.

Isobelle ging auf Sara zu und ergriff ihren Arm mit einer Kraft, die man ihrer zierlichen Gestalt gar nicht zugetraut hätte. »Kommen Sie hier herüber«, sagte sie und führte Sara etwas zur Seite, »und hören Sie genau zu. Ich habe keine Zeit, mich zu wiederholen. Die Krise ist da. Hamid Bek erschien heute morgen überraschend bei Iwan Bernski in Haifa. Er zwang ihn, seinen Safe zu öffnen. Und darin lag das Gold, das Joe gebracht hat. Bek ließ sofort alle führenden Mitglieder der jüdischen Gemeinde verhaften und drohte, sie zu erschießen, wenn ihm Bernski nicht sagte, wer das Gold gebracht hat.« Ihre Augen verdüsterten sich. »Er hatte keine andere Wahl«, sagte sie. »Er hat es ihm gesagt.«

Sara starrte sie wie betäubt an. Was hatte sie gerade gesagt? Einen Moment lang glaubte Sara, sie hätte nicht richtig gehört, aber dann drang die fürchterliche Wahrheit in ihr Bewußtsein. Isobelle schüttelte ihren Arm. »Sie haben mich doch verstanden, nicht wahr?« Sara konnte nicht richtig denken, aber sie nickte zustimmend. Die Nachricht war niederschmetternd. Bek wußte, daß Joe hier in Atlit war. Er konnte jeden Moment hier auftauchen.

Plötzlich arbeitete ihr Gehirn wieder, und sie rief Ali zu, sofort Bella zu holen. Sie umarmte Isobelle spontan.

»Ich danke Ihnen«, sagte sie. Isobelle schwang sich auf Bella. »Ich muß los. Wenn sie mich hier schnappen, hängen sie mich auf«, sagte sie und lächelte flüchtig. »Sagen Sie Joe, daß es mir leid tut«, fügte sie mit ungewöhnlich sanfter Stimme hinzu.

Sara nickte, und mit einem Herzen, das wie ein Eisklotz in ihrer Brust lag, befahl sie Ali, Apollo zu satteln und einen Wagen anzuspannen. Dann wandte sie sich zum Haus, um Joe zu suchen.

Als Joe sie im Türrahmen stehen sah, wußte er, daß der gefürchtete Zeitpunkt gekommen war. Sie sahen sich an, überwältigt von Liebe und Schmerz. Dann lief Sara durch das Zimmer auf ihn zu. Sie stürzte sich in seine Arme, und er fing sie auf und drückte sie an sich. Doch schon eine Sekunde später hob sie den Kopf und berichtete ihm, was Isobelle gesagt hatte.

»Du mußt gehen, Joe. Jetzt gleich. Sie können jeden Moment hier sein.« Sie zwang sich, nicht in Tränen auszubrechen und schloß die Augen; aber die Tränen quollen zwischen ihren Wimpern hervor und rollten ungehemmt über ihre Wangen. Mit größter Anstrengung öffnete sie die Augen. Joes Gesicht war ruhig; nur an seinen Augen ließ sich seine Angst ablesen. Er hatte plötzlich das Gefühl, in Verzweiflung zu versinken. Woher sollte er die Kraft nehmen, sie zu verlassen — zu tun, was er zur Rettung aller tun mußte? Er drückte sie verzweifelt an sich, und sie klammerten sich ein letztes Mal aneinander, bevor sie sich losließen. »Ich richte unsere Sachen her«, sagte er und ging aus dem Zimmer.

Als Sara und Joe auf den Hof traten, war Apollo bereits gesattelt und wartete, ungeduldig mit den Hufen scharrend. Ali hielt das Pferd, und Tränenspuren zogen sich über sein schmutziges kleines Gesicht, als Joe ihm seine letzten Anweisungen gab.

»Du weinst doch nicht, Ali, oder?« fragte er leise.

»Nein, Joe . . . ich hab' nur was im Auge«, antwortete Ali mit erstickter Stimme und wandte sich ab.

»Gleich in allen beiden?« erkundigte sich Joe lächelnd. Er bückte sich zu dem Jungen hinab und nahm ihn sanft bei den Schultern. »Von jetzt ab wirst du alles tun, was Sara dir sagt — alles. Du verstehst mich doch, Ali, nicht wahr?«

Ali hielt den Kopf gesenkt, schniefte und nickte. Er schämte sich schrecklich, weil er weinen mußte. Joe zog ein Taschentuch hervor und wischte ihm die Tränen ab.

»Joe, o Joe! Ich hab' solche Angst um dich«, rief der Junge und schluchzte herzzerreißend. Er umklammerte Joes Beine. Seine ganze Selbstbeherrschung war dahin.

»Unsinn«, sagte Joe. »Ich werde bald wieder zurück sein.«

Ali schaute ängstlich zu ihm auf. In seinen Augen standen noch immer Tränen. »Sagst du die Wahrheit?«

»Würde ich dich jemals anlügen?«

Ali dachte darüber nach, dann schüttelte er den Kopf.

»Und eins sag' ich dir«, sagte Joe. »Ich an deiner Stelle wäre nicht so versessen darauf, daß ich zurückkomme. Ich werde dich nämlich gleich danach in die Schule schicken — ich will keinen Sohn, der weder lesen noch schreiben kann.« Alis Kopf fuhr in die Höhe. Seine Tränen waren vergessen; er war nur noch hin und her gerissen zwischen dem Entzücken, daß Joe ihn seinen Sohn genannt hatte, und der entsetzlichen Vorstellung, in die Schule gehen zu müssen. Joe fuhr ihm lachend durch das Haar.

Als er sich Sara zuwandte, war sein Lächeln verschwunden. Sara brachte es nicht über sich, ihn anzusehen, denn sie wußte, daß dann unweigerlich ihre mühsam gewahrte Haltung zusammenbrechen würde.

Joe legte die Arme um sie und küßte sie. Sie war sein Leben. Wenn dieser Krieg vorbei war, würde er sie nie mehr allein lassen, nie mehr in seinem ganzen Leben. Er schob sie für einen Augenblick von sich, hob ihr Kinn zu sich empor und flüsterte: »Ich liebe dich, Sara. Und ich verspreche dir — egal was passiert —, ich werde zurückkommen. Ich werde dich wieder in den Armen halten. Ich verspreche es.«

Sara sah ihn an und nickte. Er trat einen Schritt zurück, und erst dann flüsterte sie: »Auf Wiedersehen, Joe. Ich liebe dich. Ich werde hier sein. Gott sei mit dir.«

Joe lächelte. »Das hoffe ich«, sagte er. Er drehte sich um und stieg rasch auf sein Pferd.

Er blickte zu Sara herab. »Bitte, geh«, sagte sie heiser. Ihre Stimme zitterte, obwohl sie sich eisern zusammennahm. »Geh jetzt, oder ich bringe es nicht mehr fertig, dich gehen zu lassen.«

Joe griff nach dem weißen Seidentuch, das sie um den Hals trug, und steckte es lächelnd in die Tasche. »Ich bin so knapp an Taschentüchern«, sagte er und zügelte Apollo, daß das Pferd stampfte und den Staub aufwirbelte. Dann beugte er sich vor, nahm Saras Hand und küßte sie. Es kostete ihn seine ganze Willenskraft, sie nicht zu sich in den Sattel zu ziehen. Sie kam etwas näher, legte die Hand für einen Moment auf den Steigbügel und blickte zu ihm hinauf.

»Sara?« sagte Joe.

»Ja?«

»Weißt du noch, daß ich zu dir gesagt habe, ich könnte ohne dich leben?«

»Ja.«

»Es war gelogen«, sagte er mit seinem alten spöttischen Grinsen, drückte dem Pferd die Fersen in die Flanken und ritt davon.

Sara schaute ihm nach, und die Tränen strömten über

ihr Gesicht. Sie ballte die Fäuste und biß die Zähne zusammen, so fest sie konnte. Sie mußte die Nerven behalten. Überleben war jetzt das Wichtigste. Erst einmal überleben. Sie spürte, wie Ali sie am Ärmel zupfte. Er führte Negiv am Zügel und blickte mit rotgeweinten Augen ängstlich zu ihr auf.

»Sara, wir müssen gehen, sonst erwischt uns der Tod.«

Sie nickte, und nach einem letzten sehnsüchtigen Blick in die Richtung, die Joe genommen hatte, stieg sie auf und ritt mit Ali nach Zichron.

Mit einer Kerze in der Hand schlich Sara hinunter in die Küche. Müde setzte sie sich auf einen Stuhl und vergrub das Gesicht in den Händen. Sie konnte nicht schlafen. Zu viele Gedanken und Ängste schwirrten in ihrem Kopf. Joe war um fünf Uhr nachmittags aufgebrochen; jetzt war es drei Uhr morgens. Sie wurden bald hier sein.

Ihr Herz begann wie rasend zu schlagen. Eine Gänsehaut kroch ihr über den Körper, und wieder überfiel sie die Angst. Es konnte so vieles schiefgehen. Sie ließ sich gegen die Stuhllehne sinken. Hör auf, dich verrückt zu machen! befal sie sich zornig. Sie durfte nicht zulassen, daß sie durch irgend etwas von ihrem Kurs abgebracht oder in ihrer Entschlossenheit geschwächt wurde. In den nächsten zwei Tagen mußte sie sich einzig und allein darauf konzentrieren, daß sie Joes Ziel nicht preisgab. Er mußte Beer Sheva erreichen; davon hing alles ab. Nur zwei Tage — und etwas Glück.

Im Haus war es still — still wie auf einem Friedhof, dachte sie mit einem kleinen zynischen Lächeln. Rachel, ihre Jungen, eine unwillige Fatma und Ali waren in das leerstehende Haus von Ruth gezogen. Sara wollte nicht mehr Menschen als unbedingt nötig im Haus haben, wenn Bek mit seinen Männern kam. Bedrückt dachte sie an Sam und ihren Vater, und wegen ihres Vaters fühlte sie sich schuldig. Sie und Sam hatten bei dieser Sache mitgemacht im vollen Bewußtsein der möglichen Folgen — aber ihr Vater . . .

Aus der Halle kam ein Geräusch, und Sara schreckte hoch. Es war Sam. Rasch zündete sie mit der Kerze die Lampe an und sah, wie er sie besorgt anblickte, während er sich die roten Locken aus dem Gesicht strich. Bei seinem Anblick wurde ihr plötzlich warm ums Herz, und sie schlug einen leichten Ton an, um ihre düsteren Gedanken zu verbergen.

»Kannst du auch nicht schlafen?«

Sam schüttelte den Kopf und lächelte schief. »Genausowenig wie du.«

Sie lächelte zurück und zuckte die Achseln. »Soll ich uns Tee machen?«

Sie stand auf und blieb wie angewurzelt stehen. Sultan bellte. Von schrecklicher Angst gepackt, klammerte sie sich an die Stuhllehne. Dann sahen sie sich an.

»Es sind die Saptiehs«, sagte Sara mit klarer, scharfer Stimme. »Vielleicht solltest du Sultan einsperren. Und sag Abu, er soll sich nicht blicken lassen — oder schlag ihn nieder, wenn es nicht anders geht.« Sam nickte und verschwand durch die Tür.

Sara folgte ihm bis zur Tür, jeder Nerv ihres Körpers war gespannt. Sie lauschte nach draußen. Dann begann ihr Herz laut und hart zu schlagen. Sie waren es. In zehn Minuten würden sie hier sein. Panische Angst erfaßte sie. Noch zehn Minuten. O Gott, sie kamen, um sie zu vernehmen — aber sie wußten nichts. Noch wußten sie nichts. Und sie durfte ihnen nichts sagen. So viele Leben standen auf dem Spiel, das Leben von Männern überall im Land, die ihnen Informationen beschafft hatten; die ihnen — die ihr — vertraut hatten. Sie schlug die Hand vor den Mund, entsetzt bei der Vorstellung, wie viel von ihrem Mut abhing und daß sie möglicherweise nicht standhalten würde.

Verzweifelt vor Angst drehte sie sich um und sah ihren Vater, der vollkommen angezogen unter der Tür zum Flur stand und sie äußerlich ruhig ansah.

»Die Saptiehs? Hamid Bek?« sagte er fragend, und sie nickte und setzte sich wieder an ihren Platz am Tisch. »Tu nichts Unbedachtes, Sara«, sagte er, während er sich neben sie setzte. »Denke an die Armenier.« Ohne sie anzusehen, nahm er seine Bibel zur Hand. Er holte seine Brille aus der Jackentasche, schob sich die Drahtbügel über die Ohren und begann zu lesen. Sara wandte sich ab, damit er ihre Tränen nicht sah. Sie griff nach seiner Hand und fühlte sich merkwürdig getröstet durch das vertraute Gefühl seiner Kraft.

Gemeinsam warteten sie auf die Ankunft der Saptiehs.

Es dauerte fast eine halbe Stunde, bis Sara, Sam und Abram die schweren Stiefel der Saptiehs über die Veranda poltern hörten und die Tür, die ohne weiteres mit der Hand zu öffnen gewesen wäre, mit einem Fußtritt aufgestoßen wurde. Sam stand auf. Der alte Mann blieb still sitzen und hielt beschützend die Hand seiner Tochter.

Ein Sergeant kam herein und wies seine Leute an, ihn mit den Levinsons allein zu lassen. Während die Saptiehs durch jedes Zimmer im Haus trampelten, saßen sie still da und warteten.

»Was geht hier vor, Sergeant?« fragte Sam. Sein Gesicht war weiß wie die Wand. Der Sergeant sagte etwas zu seinen Wachmännern, und Sam wich an den Tisch zurück, als sich die Gewehre auf ihn richteten. Irgendwo im Haus klirrte Glas, und vom Keller herauf dröhnten Axtschläge.

Abram drückte Saras Hand, als er spürte, wie sie zitterte, und etwas von seiner Ruhe ging auf sie über.

»Bitte, sagen Sie mir, was hier vorgeht«, wiederholte

Sam nervös. »Warum tun Sie das? Wir haben nichts verbrochen.«

»Hinsetzen«, sagte der Sergeant, ohne auf Sams Frage einzugehen, und wies drohend auf einen Stuhl am Tisch.

Alle schwiegen und warteten. Sie warteten auf Hamid Bek. Es schien, als warteten sie bereits eine Stunde, bis sie schließlich die Schritte von mehreren Männern auf der Veranda hörten. Hamid Bek betrat, gefolgt von drei Männern, die Küche. Mit dem Peitschenstock schlug er gegen seine hohen braunen Stiefel.

Abram Levinson erhob sich. »Gott sei Dank, daß Sie da sind, Exzellenz«, sagte er. »Hier scheint ein schreckliches Mißverständnis . . .«

»Es ist kein Mißverständnis, Effendi Levinson«, fiel ihm der Polizeichef ins Wort. »Und Sie werden kein weiteres Wort sagen, bis diese Vernehmung beendet ist, es sei denn, Sie würden gefragt.«

»Was meinen Sie damit?« begann der alte Mann, wurde jedoch von einem Saptieh unsanft auf seinen Platz gestoßen.

»Wir sprechen von Spionage«, sagte Bek lächelnd, »ein Thema, über das uns Ihre reizende Tochter bestimmt einiges erzählen kann.«

Sara begegnete seinem Blick, und ihre Augen wirkten ebenso unnachgiebig wie die seinen. »Das können sie nicht ernst meinen«, sagte sie mit einer Stimme, die so starr klang, daß sie sie kaum als ihre eigene erkannte. Er lächelte ironisch und ging um den Tisch herum auf sie zu.

»Sie werden sehr bald merken, wie ernst ich es meine«, sagte er, und bevor Sara ausweichen konnte, hatte er sie ins Gesicht geschlagen, daß sie aus dem Stuhl kippte und Blut aus ihrer Nase floß.

»Nein!« schrie der alte Mann und sprang auf, doch der Saptieh stieß ihn sofort auf seinen Platz zurück.

Sara richtete sich benommen auf und befühlte ihren

Hinterkopf. Ihr Haar war feucht vom Blut, und sie wußte, es würde noch schlimmer kommen. Der Zorn über ihre Hilflosigkeit gab ihr die Kraft, aufzustehen und sich auf den Stuhl zu setzen.

»Sehen Sie nun, wie ernst ich es meine, Madame Cohen?« fragte Bek höflich, wobei er sie mit bösartig glitzernden Augen ansah. »Und nun sagen Sie mir, wo Joe Lanski steckt.«

»Ich weiß es nicht«, sagte sie und zuckte zusammen, als sie beim Sprechen an ihre anschwellende Lippe stieß. Bek lachte spöttisch. Dann lief sein Gesicht rot an.

»Halten Sie mich für einen Narren?« fragte er.

»Nein«, antwortete Sara wahrheitsgemäß.

»Dann lassen Sie uns über Joe Lanski sprechen. Wo könnte er sein?«

»Vielleicht auf der Forschungsstation?« Sie zuckte die Achseln. »Woher soll ich wissen, wo er ist?«

Hamid Bek seufzte theatralisch. Seit Wochen hatte er sich nicht mehr so gut amüsiert. Er betrachtete die drei Gefangenen, einen nach dem anderen, während er überlegte, wer als erster dran glauben sollte. Nein, nicht die Jüdin, beschloß er. Dieses Vergnügen wollte er sich für später aufheben. Bei dem Gedanken kroch ein angenehmes Gefühl über seinen Bauch und in seine Lendengegend. Nein, nicht die Jüdin. »Ihr Leugnen ist dumm und zwecklos«, sagte er, und an den Sergeanten gewandt fügte er hinzu: »Nimm den Alten.«

»Nein!« schrie Sara, und sie und Sam sprangen gleichzeitig auf.

Einer der Wachmänner stieß Sam das Gewehr in den Leib, daß er sich stöhnend vor Schmerzen krümmte. Bek nickte, und Abram wurde aus dem Zimmer gezerrt.

»Bitte, tun Sie ihm nichts. Er ist ein alter Mann«, flehte Sara flüsternd und kämpfte mit den Tränen, die ihr Angst, Kummer und Schuldbewußtsein in die Augen trieben.

»Dann sagen Sie mir alles über Lanski, und wir werden diesen unangenehmen Vorfall vergessen«, versprach Bek. Er warf einen Blick auf Sam, der gegen die Wand gelehnt versuchte, nach dem Schlag wieder zu Atem zu kommen. Dann beugte er sich dicht zu Sara herab und zischte ihr ins Gesicht: »Sagen Sie uns alles über Daniel Rosen, über Joe Lanski, Ihren klugen Bruder Aaron und den ganzen Rest der Verräter, oder das Gesicht Ihres Bruders wird nicht mehr lange so hübsch aussehen.«

Ein langgezogener Schrei drang von draußen herein. Lieber Gott, wie mußten sie ihren Vater geschlagen haben, daß er einen solchen Schrei ausstieß. Sie töten ihn, dachte Sara in panischer Angst, doch dann fühlte sie einen furchtbaren Zorn in sich aufwallen, der alles andere in den Hintergrund drängte, so daß sie kaum noch wußte, was sie tat.

»Scheren Sie sich zum Teufel!« schrie sie. »Sie Unflat! Sie Bestie!« Sie hob die Hand und riß mit den Fingernägeln eine tiefe Kratzspur in seine Wange. Bek versuchte, sie zurückzustoßen, aber in ihrer Wut war sie ihm körperlich beinahe gewachsen, bis sie plötzlich einen Schlag gegen den Kopf bekam und zu Boden sank.

Sie hielten sie die ganze Nacht wach und drohten ihr, wenn sie auch nur versuchte, sich zu setzen, würden sie ihren Vater wieder schlagen. Sie ging im Zimmer hin und her; manchmal döste sie im Stehen für eine oder zwei Sekunden ein, bis ein Ruck durch ihren erschlaffenden Körper ging und sie wieder wach wurde. Als es hell wurde, war sie erschöpft und verwirrt. Sie hatte keine rechte Vorstellung mehr, was wahr, was wirklich war. Wo könnte Joe inzwischen sein? Ohne Zeitgefühl hatte sie keine Ahnung, wo sich Joe jetzt befand.

Sie fesselten sie an den Küchentisch und ließen sie eine Weile in Ruhe. Man hatte ihr die Hände über dem Kopf zusammengebunden. Unkontrolliert liefen Sara die Tränen über die Wangen. Sie hatte schreckliche Angst, aber sie würde nicht nachgeben. Sie durfte nicht nachgeben.

Die Tür öffnete sich und Bek trat ein. »Ist Ihnen etwas eingefallen?« fragte er.

»Ich weiß nichts«, krächzte Sara und versuchte, nicht auf den Peitschenstock zu blicken, der in seiner Hand wippte.

»Schade, daß Ihr Stallbursche keine Zunge mehr hat. Aber anscheinend meint er, Sie hätten uns etwas zu sagen.«

Bek ließ Sara gerade soviel Zeit, um den Kopf zu schütteln. Dann schlug er mit dem Stock auf ihre Fußsohlen. Ein unvorstellbarer Schmerz jagte durch ihren Körper. Keuchend stieß sie hervor: »Bitte, nicht. Bitte. Hören Sie auf!«

Gnädigerweise hörte er tatsächlich auf. Er beugte sich vor und schob zwei Finger in den Ausschnitt ihres Hemdes, das völlig durchgeschwitzt an ihrem Körper klebte. Mit einer raschen Bewegung zerriß er den Stoff und entblößte ihre Brüste vor den stieren Blicken der Männer. Sara war nicht bereit, noch länger zu flehen oder zu bitten. In einem Nebel schier unerträglicher Schmerzen hob sie den Kopf und spuckte ihn an. Gleich darauf duckte sie sich instinktiv vor dem nächsten Schlag. Aber der Schlag blieb aus. Sara hörte ein Knurren, und plötzlich tauchte Sultan auf. Mit bleckenden Zähnen und vor Wut gelben Augen schnappte er nach Hamid Beks Arm. Sara konnte nicht sehen, was dann geschah, denn es ging alles sehr schnell.

Etwas Silbernes blitzte hinter Bek auf, und jemand schrie: »Ein Messer, er hat ein Messer!« Sam hob das Messer und stach zu, und dann noch einmal und noch einmal. Überall war Blut, und der Raum dröhnte vor Geschrei und wilden Flüchen. Saptiehs stürmten in die Küche und versuchten, Sam fortzuzerren, aber er schien über schier unnatürliche Kräfte zu verfügen. Dann taumelte er und wich vor den Männern zurück an die Wand. Schüsse fielen, in die sich Saras Schreie mischten, bis schließlich etwas in ihrem Kopf ausrastete und sie in eine gnädige Ohnmacht sank.

Joe saß auf einem dünnen Strohsack und starrte zu dem winzigen Fenster seiner Zelle empor. Die meiste Zeit der zwei vergangenen Monate hatte er so verbracht; er saß da und hielt das Gesicht zu der kleinen Öffnung emporgehoben, die ihm frische Luft und einen Ausblick über den Stadtrand hinaus auf die dahinter liegenden Hügel gewährte.

Er befand sich im Haupttrakt des Gefängnisses, der denen vorbehalten war, die genug Geld hatten, um für diesen Komfort zu zahlen; trotzdem war diese Zelle nichts weiter als ein stinkendes Loch. Doch was spielte das jetzt noch für eine Rolle. Er sollte am heutigen Morgen gehängt werden. Seine Hinrichtung war bereits um zwei Wochen verschoben worden, weil er an dem dafür bestimmten Tag hohes Fieber hatte. Es war typisch für die zivilisierten Deutschen, dachte er sarkastisch, daß sie warteten, bis er sich erholt hatte, bevor sie ihn aufhängten. Doch auch das spielte jetzt keine Rolle mehr. Sein Plan war geplatzt.

Joe war ungehindert von Atlit nach Beer Sheva geritten und hatte dort Hans Werner Reichart angetroffen. Er war in das Dienstzimmer des Majors spaziert, hatte höflich seinen Hut abgenommen und darum gebeten, verhaftet und eingesperrt zu werden. »Folter wird nicht nötig sein«, hatte er versprochen, »denn ich werde alles gestehen.«

Reichart hatte ihn verblüfft angesehen. »Aber warum?«

»Weil Sara festgenommen wurde und ich über beide

Ohren in sie verliebt bin. Außerdem ist sie unschuldig«, hatte er hinzugefügt und Reichart direkt in die Augen gesehen.

»Und warum kommen Sie ausgerechnet zu mir?« hatte Reichart gefragt.

»Weil Sie Deutscher sind und ein Ehrenmann. Wenn ich mich Ihnen stelle, weiß ich, was ich zu erwarten habe. Würde ich mich den Türken ergeben, wüßte ich nur, daß sie immer das tun, was ich am wenigsten erwarte.«

Reichart lachte leise und schüttelte bewundernd den Kopf. Dann blickte er Joe ernst an und sagte leise: »Lanski, es ist sehr wichtig, daß Sie nicht lügen.«

Joe hatte tief Atem geholt und anschließend die Geschichte erzählt, die sein Todesurteil besiegelte. Die Beweise, die er ihnen lieferte, waren lächerlich unvollständig. Er nannte nur die Personen, die sich bereits in Sicherheit befanden oder tot waren. Als er geendet hatte, sah er Reichart an und fragte: »Also, was ist. Kommen wir ins Geschäft?«

Reichart hatte den Kopf geschüttelt. »Was sind Ihre Bedingungen?«

»Ich möchte, daß Sie Ihren Leuten in der Karmelgarnison über Funk den Befehl erteilen, nach Zichron zu reiten und Sara zu befreien. Und zwar sofort. Die Zeit vergeht, und sie ist in Gefahr.«

Und die Zeit verging und verging, und die Engländer kamen und kamen nicht. Joe saß immer noch in seiner Gefängniszelle, und obwohl er jetzt gelegentlich das Geräusch einschlagender Granaten hörte und manchmal sogar den Rauch von Kanonen sah, fürchtete er, daß es für ihn zu spät war. »Und ich habe immer gedacht, die Briten wären pünktlich«, murmelte er vor sich hin.

Heute war Dienstag — der Tag, an dem die Moslems ihre Verbrecher hängten. Für die Juden war der Dienstag angeblich ein Glückstag. Für sie war es der Tag, an dem

Gott alles zweimal machte. Aber wie dem auch sei, dachte Joe. Es würde sich nichts mehr ändern. Er war bereit. Er hatte dem Gefängnisleiter Geld gegeben für ein anständiges Grab und sich bereit erklärt, in der anderen Welt Grüße zu überbringen. Bei dem Gedanken fühlte er ein unangenehmes Prickeln im Nacken. Er haßte diese Furcht. Er hatte alles gehabt, was sich ein Mann vom Leben wünschen konnte — und mit Sara sehr viel mehr.

Joe berührte Saras seidenes Halstuch und seufzte. Er war schmutzig und unrasiert, aber aus einer Sentimentalität heraus, die gar nicht zu ihm paßte, hatte er das Tuch peinlich sauber gehalten.

Die graue Morgendämmerung drang durch das Zellenfenster und gleichzeitig der erste Kanonendonner. Den Türken steht ein harter Tag bevor, dachte Joe mit einer gewissen Befriedigung. Für ihn kamen die Briten zu spät, aber sie kamen auf jeden Fall näher. Plötzlich schlug ein Geschoß so nah am Gefängnis ein, daß die Mauern des Gebäudes zitterten. Er sprang von seinem Strohsack auf und trat, die Ketten an seinen Füßen mit einem Rasseln hinter sich herziehend, ans Fenster. Unten im Hof stellten zwei Arbeiter die Bühne für den Galgen auf. Joe schauderte. Aber er sah auch Wachen, die aufgeregt und fluchend hin und her liefen. Offiziere kamen aus der Offiziersmesse und stolperten im Halbdunkel umher. Der Lärm nahm ständig zu. Dann vernahm Joe das unmißverständliche Pfeifen einer Granate. Er riß die Hände über den Kopf, schloß die Augen und schickte ein Stoßgebet zum Himmel.

Die ganze Welt schien in einer feuerroten, ohrenbetäubenden Explosion zu zerspringen, die so gewaltig war, daß die Grundmauern des Gebäudes zu wanken schienen. Hustend und würgend, völlig umnebelt von Staub und Rauch, ließ Joe die Arme sinken und öffnete die Augen. Der Hof unter ihm war zerstört. Eine dicke Rauchwolke stieg von den Trümmern auf, die vorhin noch als Mauern gestanden hatten. Sogar seine Zelle hatte der Wucht des Einschlags nicht standgehalten. Rings herum lagen Steinbrocken und rieselnder Mörtel. Joe begann zu lachen, und dann pfiff er die englische Nationalhymne. Gott segne King George. Heute würden die Türken keinen Joe Lanski hängen.

Vielleicht war der Dienstag tatsächlich ein Glückstag.

Kapitel XXVI

Januar 1918

Sara öffnete das Tor zu der umzäunten Grabstelle der Levinsons auf dem kleinen Friedhof von Zichron. Sie trat ans Grab ihrer Mutter und kniete nieder. Sie kam nachmittags oft hierher, um am Grab ihrer Mutter auszuruhen und aus ihren Erinnerungen Trost und Kraft zu schöpfen. Der Friedhof lag schön und ruhig auf einem Hügel, von dem aus man auf das Meer blicken konnte. Ein neues Grab war dazugekommen — das Grab von Lev. Es hatte noch keinen Stein, denn nach jüdischem Brauch wurde der Grabstein erst ein Jahr nach der Beerdigung gesetzt. Sara hatte vor, ein paar Rosen ihrer Mutter neben Levs Grab zu pflanzen. Wenn sie im Sommer blühten, würde das Grab weniger trostlos aussehen. Wenn nur auch Daniel hier liegen würde, dachte sie, und nicht irgendwo draußen im Sand der Wüste. Er hatte die weißen Rosen ihrer Mutter immer geliebt.

Sara erhob sich und zuckte vor Schmerz zusammen, als sie auftrat. Dann setzte sie sich auf die glatte rosafarbene Jerusalemsteinplatte, die das Grab ihrer Mutter bedeckte. Sie hinkte noch beim Gehen, aber die Füße taten ihr mit jedem Tag weniger weh. Die Wunden waren rasch verheilt. Sie konnte bereits ohne Stock gehen. Die Genesung ihres Vaters jedoch grenzte an ein Wunder. Doktor Ephraim hatte ihn sorgfältig zusammengeflickt und gewissenhaft versorgt, doch selbst er war erstaunt, wie schnell die Knochen des alten Mannes heilten.

Nur Sam brauchte noch jede mögliche Pflege und Betreuung, die der Doktor ihm zukommen lassen konnte. Er war von den Saptiehs so schwer verletzt worden, daß er in Todesgefahr geschwebt hatte; jetzt erholte er sich allmählich, obwohl er wegen des Mordes an Hamid Bek im Gefängnis saß.

Sara lehnte sich mit dem Rücken gegen den Grabstein, und ein kleiner Seufzer entrang sich ihren Lippen. Sam befand sich in den Händen der Türken, ebenso die Forschungsstation — aber nicht mehr lange, das wußte sie. Soldaten, die auf dem Rückzug waren, hatten im November die Nachricht vom Sieg der Briten bei Beer Sheva gebracht. Kurz darauf folgte die Eroberung von Jerusalem. Zum erstenmal seit fast vierhundert Jahren war Jerusalem frei von den Türken.

Die Dörfer und Siedlungen in der Sharon-Ebene und in Galiläa befanden sich noch in türkischer Hand, und daran würde sich in den nächsten Monaten vermutlich nichts ändern. Allerdings war von der Anwesenheit der Türken in diesen Gebieten nur noch wenig zu spüren. Die Deutschen und die Türken hatten sich um Wichtigeres zu kümmern als um dieses Fleckchen Land. Das Militär, das sich jetzt dort aufhielt, bestand nur noch aus vereinzelten Soldaten, die um Wasser und etwas zu essen bettelten. Fast alle Truppen waren nach Syrien und an die russische Grenze verlegt worden, um das Vordringen der Russen aufzuhalten.

Noch stand die türkische Armee zwischen Sara und den Engländern. Aber sie wußte, die Engländer waren im Anmarsch. Allenby befand sich bereits in Jaffa und wartete, daß Syrien fiel. Das Gebiet zwischen Jaffa und Zichron war noch türkisch, doch sie hatten nichts mehr zu befürchten. Sie konnten darauf vertrauen, daß die Türken verschwinden würden, sobald sich die Briten mit ihrer Militärmacht gegen sie wandten. Die Gefängnisse waren noch voll, aber die Folterungen und Hinrichtungen hatten aufgehört. Die Türken witterten die Niederlage und fürchteten, ihre Stellung könnte sich sehr bald ins Gegenteil verkehren. Sie überließen Sharon und Galiläa sich selbst. Sollten die Menschen zusehen, wie sie zurechtkamen.

Sara hob den Kopf und blickte auf das Meer hinaus. Die Ruine der Kreuzfahrerfestung lag im Schein der tiefstehenden Nachmittagssonne und leuchtete wie flüssiges Gold. Saras Augen wanderten weiter zur Forschungsstation. Das Kinn in die Hände gestützt, blickte sie lange dort hinab. Verlassen schlummerte die Station in der Sonne. Die Palmen säumten wunderbarerweise unversehrt die Allee, und auch die Wetterstation stand noch. Doch rings um die Gebäude forderte die Natur ihre Rechte zurück. Das Land, einst so sorgfältig bestellt, war von Unkraut überwuchert. Die Zeit und die Türken hatten ihre Spuren hinterlassen, und nun fiel das Land in seinen ursprünglichen Zustand zurück. Und genauso würde es mit den Menschen sein. Wenn die Briten kamen, würde Sam entlassen werden, Aaron würde nach Hause kommen und ebenso Manny, Robby und Ruth, Selena und Kristopher. Alex und Becky würden aus den Staaten zurückkehren. Und Joe . . .

»O Joe, du fehlst mir so«, sagte sie laut, und ihre Stimme zitterte vor Sehnsucht. Wo war er? Die Frage, die sie bei allem, was sie tat, begleitete, meldete sich wieder zu Wort, und mit ihr regten sich Zweifel und Angst. Sara hatte so viele Gerüchte gehört. Das Gefängnis in Beer Sheva sei von den Briten erobert worden. Die Gefängnisinsassen seien jedoch bereits vorher von den Türken nach Damaskus verlegt worden. Das Gefängnis sei bis auf die Grundmauern von Artillerie zerstört worden. Und das schlimmste Gerücht, das sie erreicht hatte, lautete, Joe sei gehängt worden. Doch Sara weigerte sich, es zu glauben. Joe durfte nicht tot sein. Allein der Gedanke war unmöglich. Joe zu verlieren – sie würde es nicht ertragen.

Manchmal gelang es Sara nicht, die Angst, er könnte nicht zurückkommen, einfach zu verdrängen; doch sie kämpfte tapfer dagegen an. Joe war durch die Demarkationslinie von Zichron abgeschnitten, und er war viel zu bekannt, um eine Überschreitung wagen zu können. Die Türken würden ihn auf Anhieb verhaften. Sie seufzte und schaute den heraufziehenden Wolken zu, die den Himmel allmählich verdüsterten. Er wird zurückkommen, ich weiß es, sagte sie sich und stand schwerfällig auf. Sie hob zwei Steine auf und legte einen auf jedes Grab. Es war das überkommene Zeichen, daß ein Familienmitglied oder ein Freund das Grab besucht hatte.

Sara nahm ihren Korb und verließ den Friedhof. Verwundert stellte sie fest, daß Ali sie nicht am Hoftor erwartete. Er wich in diesen Tagen kaum von ihrer Seite. Sara lächelte; sie kannte seine abergläubische Angst vor Friedhöfen. Sie blieb einen Augenblick am oberen Ende der Straße stehen, die zum Haus hinabführte. Es herrschte eine ganz unnatürliche Stille. Normalerweise würde ihr Vater um diese Tageszeit auf der Veranda sitzen. Und irgendwo sollte Abu zu sehen sein. Das Haus wirkte regelrecht verlassen. Sara hatte plötzlich ein flaues Gefühl im Magen. Rasch öffnete sie das Tor.

Sie eilte über den Rasen, und als sie Fatma, die Arme in die Seiten gestemmt, unter dem Eingang zur Veranda stehen sah, verwandelte sich ihre Beunruhigung in Gereiztheit. Fatmas Bemutterung würde sie noch wahnsinnig machen. Als Fatma Sara erblickte, stieß sie einen Schrei aus und schlug die Hände vor den Mund. Dann machte sie einen kleinen Luftsprung, raffte ihre Röcke und lief, zu Saras unsagbarem Erstaunen, ins Haus — ein bißchen wacklig zwar, aber sie *lief.*

»Was ist bloß los?« murmelte Sara und starrte der flüchtenden Fatma nach. Dann nahm sie sich zusammen und schritt auf das Haus zu, bis etwas sie veranlaßte, erneut stehenzubleiben. Sie ließ ihren Korb fallen. Jemand spielte auf dem Klavier, sehr schnell, sehr laut und sehr schlecht — *Yankee Doodle Dandy.* Als sie begriff, was das bedeutete, meinte sie zunächst, ihre Knie würden nachgeben. Doch dann erstrahlte ein Lächeln auf ihrem Gesicht, und sie sah so schön und glücklich aus wie seit Monaten nicht mehr. Sie begann zu laufen. Sie vergaß ihre schmerzenden Füße, ganz und gar darauf konzentriert, das Wohnzimmer zu erreichen. Sie lief schneller und schneller. Hatte sie jemals gehinkt? Gehumpelt? Sie rannte wie ein Wiesel ins Haus — zu ihm.

Sie stieß die Tür auf, und da war er. Er stand vor ihr mit diesem wundervollen, trägen Lächeln und dem alten spitzbübischen Ausdruck im Gesicht — genau so, wie sie ihn sich so oft in ihren dunklen Stunden vorgestellt hatte. Sie flog durch das Zimmer in seine Arme und war so nah bei ihm, daß sie nur diese grünen Augen vor sich sah, seine starken Arme um sich fühlte und sein Herz im gleichen Takt wie das ihre schlagen hörte.

Sie versuchte, etwas zu sagen, aber ihre Stimme schwankte zu sehr zwischen Lachen und Weinen. Sie vergrub ihr Gesicht an seiner Brust und schluchzte vor Freude und Glück.

Sie hob das Gesicht und sah ihn an. »Sara. Meine wunderschöne Sara. Habe ich dir nicht gesagt, daß du mein Schicksal bist und daß ich zurückkommen werde?« Seine Augen forschten in ihrem Gesicht, und sie nickte lachend und unter Tränen.

»Ich werde nie mehr an dir zweifeln«, versprach sie und drängte sich schutzsuchend an ihn. Noch waren die Qualen der vergangenen Monate nicht vergessen.

Joes Lächeln verschwand plötzlich. Er schob sie sanft von sich und blickte sie an — fragend, erschrocken — und voller Hoffnung. »Sara? Mein Gott, Sara, du bist . . .«

Sara lachte vergnügt. Endlich einmal hatte sie ihn sprachlos gemacht. »Daß du zurückkommst, war nicht das einzige, was du mir versprochen hast«, sagte sie. »Weißt du nicht mehr — all die strammen kleinen Babys mit den großen grünen Augen?«

»Mit blauen Augen«, sagte er bestimmt, während er seine Hand langsam über ihren Körper hinabgleiten ließ zu ihrem gemeinsamen Kind.

»Nein, mit grünen«, sagte sie lächelnd.

»Du streitest ja noch immer mit mir, du widerspenstiges Weib.«

»Ja, lieber Joe.«

Er beugte sich über sie. »Abwarten, Sara. Das Leben wird sich jetzt ändern.« Er küßte sie mit all der Leidenschaft, die er sich in den vergangenen Monaten für sie aufgespart hatte, und sie dachte glücklich, während sie die Arme um seinen Hals legte. Wie recht er doch hatte. Das Leben würde sich ändern. Es hatte sich bereits geändert.

Epilog

Im Jahr '93 hörte ein palästinensischer Jude, der im Auftrag der Engländer eine Telegraphenleitung durch den Sinai legte, die Beduinen von einem Dattelpalmenhain sprechen, den sie das Grab des Juden nannten. Er informierte die jüdischen Behörden in Palästina, weil möglicherweise in diesem Hain Daniel Rosen begraben lag. Doch der britische Gouverneur des Sinai genehmigte keine weiteren Nachforschungen.

Nach dem Sechs-Tage-Krieg im Jahr 1967 suchte man nach Daniel Rosens sterblichen Überresten und fand sie genau an dieser Stelle. Der einsame Palmenhain war aus den Datteln hervorgewachsen, die Daniel in seiner Tasche bei sich getragen hatte. Daniels Gebeine wurden überführt und mit allen militärischen Ehren in der sandigen Erde bestattet, die er so sehr geliebt hatte.

Die Zeit danach

Am 31. Oktober 1918 hatte Allenby Palästina erobert. Die Türkei kam um einen Waffenstillstand ein. Elf Tage später baten die Deutschen um Frieden.

Der Große Krieg war vorbei.

Der britische Sieg bedeutete das Ende des türkischen Triumvirats. Im November 1918 verschwanden Enver, Dschemal und Taalat mit Hilfe eines deutschen Torpedobootes heimlich aus Konstantinopel.

Enver Pascha fiel 1922 in Rußland als Anführer einer Kavallerieattacke. Dschemal und Taalat wurden in den zwanziger Jahren von Armeniern ermordet.

Mustafa Kemal, der Held von Gallipoli, wurde der erste Präsident der türkischen Republik und bekannt unter dem Namen Atatürk, Vater der Türkei.

Das Sultanat war abgeschafft.

Abd ül-Hamid starb 1918 friedlich in den Armen seiner Lieblingsfrau Kadine. Mûzvicka war die einzige Person aus seinem Harem, die bis zu seinem Ende bei ihm blieb.

Captain Leonard Woolley überlebte seine Internierung durch die Deutschen und kehrte zu seiner großen Liebe zurück — der Archäologie. In den dreißiger Jahren leitete er die Ausgrabungen bei Tell el Mukkayer in Mesopotamien, wo er mit den »Königsgräbern« einen der bedeutendsten archäologischen Funde machte und mehrere alte Städte entdeckte, die er für Abrahams biblische Stadt Ur hielt. Er veröffentlichte mehrere Bücher über seine Ausgrabungen und wurde geadelt.

Der fortschrittliche und liebenswürdige Major Wyndham Deedes wurde Chief Secretary der britischen Mandatsregierung von Palästina.

Major T. E. Lawrence, der »Lawrence von Arabien«, blieb als politischer Berater Winston Churchills noch kurze Zeit im Mittleren Osten. Er schrieb *Die sieben Säulen der Weisheit* und verzichtete auf den Profit und das öffentliche Interesse, die ihm die Veröffentlichung des Buches einbrachten. Statt dessen verpflichtete er sich unter Pseudonym bei der Royal Air Force und bei einem Panzerkorps. Er überlebte den Guerillakrieg während des Arabischen Aufstands sowie zahllose Bruchlandungen. Er starb 1935 nach einem Motorradunfall.

Allenby wurde für seine hervorragenden militärischen Leistungen zum Viscount of Meggido and Felixstowe ernannt und erhielt vom Parlament eine Belohnung von 50 000 englischen Pfund. Er leitete nie wieder einen Feldzug. Von 1919 bis 1925 war er Hoher Kommissar für Ägypten und den Sudan. Er starb 1936. Eine der Hauptstraßen Tel Avivs ist nach ihm benannt.

Das Gelobte Land

Als die Kämpfe endeten, befanden sich die riesigen Landgebiete von Syrien, der westlichen Türkei, von Palästina und Mesopotamien unter britischer Kontrolle. Zur selben Zeit wurden der Jemen, Aden und indirekt die ganze arabische Halbinsel von der türkischen Herrschaft befreit. Die Karte des Nahen Ostens mußte neu gezeichnet werden.

Palästina wurde 1919 zu einem britischen Mandatsgebiet, und die Briten hatten sich mit der Balfour Declaration von 1916 verpflichtet, eine nationale Heimstätte für das jüdische Volk zu errichten. Syrien und Libanon gingen an die Franzosen, Armenien kam zu Rußland. 1929 wurde Transjordanien (75% des Palästina-Mandatsgebietes) umgetauft in das Emirat von Transjordanien und an Abdallah übergeben, den ältesten Sohn Husains, des Scherifs von Mekka, der den Arabischen Aufstand angezettelt hatte. Mesopotamien wurde in Irak zurückbenannt und unter britischer Schutzherrschaft Feisal — ebenfalls ein Sohn Husains — zugeteilt. Beide Männer, Abdallah und Feisal, waren Fremde in dem Land, das sie nun regierten. Ihr Vater, der Scherif, war der von allen anerkannte König des Hedschas; doch er ließ sich in einen Krieg mit dem mächtigen Wüstenprinzen Abd al-Asis ibn Saud ein, wurde in kürzester Zeit geschlagen und flüchtete nach Zypern ins Exil. Aus den eroberten arabischen Stammesgebieten schuf Abd al-Asis ibn Saud das moderne Königreich Saudi-Arabien.

Im Jahr 1947 erwiesen sich die Probleme, vor die sich England bei dem Versuch gestellt sah, die arabischen und jüdischen Bestrebungen in Palästina in Einklang zu bringen, als unüberwindlich. Inzwischen hatte man Öl am Persischen Golf entdeckt, und die Interessen der Briten wandten sich mehr und mehr den Arabern zu. Sie hielten sich nicht an die Balfour Declaration, und als das Problem Palästina vor die Vereinten Nationen kam, stimmte die Generalversammlung mit 33 zu 13 Stimmen für die einzig mögliche Lösung: die Teilung. Nach' dem endgültigen Plan sollte der neue arabische Staat Palästina 11 655 Quadratkilometer umfassen, der neue jüdische Staat Israel 14 240 Quadratkilometer, das meiste davon Wüste.

Die arabischen Nachbarstaaten lehnten das UNO-Votum rundweg ab und stellten eine Arabische Befreiungsarmee auf. Am 14. Mai 1948, am Vorabend der israelischen Unabhängigkeitserklärung, marschierten die arabischen Armeen, berauscht von ihren Parolen und überzeugt, einen leichten Sieg zu erringen, in Palästina ein. Aber die neue jüdische Republik, der die arabischen Armeen rein zahlenmäßig um das Fünffache überlegen waren, wehrte sich grimmig. »Krieg ist Krieg«, erklärte Ben Gurion, der erste israelische Ministerpräsident, »und diejenigen, die uns den Krieg erklärt haben, werden, nachdem wir sie geschlagen haben, die Folgen tragen müssen.«

Als die Feindseligkeiten endeten, gab es 538 000 arabische Flüchtlinge, die aus dem von Israel kontrollierten Gebiet stammten. Sie wurden von ihren arabischen Brüdern in Lager getrieben, durften keine Arbeit annehmen, und so entstand das Flüchtlingsproblem, das bis heute die Politik im Nahen Osten belastet. In den folgenden Jahren wurden nahezu 500 000 Juden in den arabischen und islamischen Ländern gezwungen, aus ihrer angestammten Heimat zu fliehen. Sie suchten und fanden Zuflucht in Israel.

EHM WELK

Die Lebensuhr des Gottlieb Grambauer

Beichte eines einfältigen Herzens

ROMAN

BASTEI
LÜBBE

Band 11983

Ehm Welk
Die Lebensuhr des
Gottlieb Grambauer

Der Vater der ›Heiden von Kummerow‹ erzählt sein Leben

Von der 48er Revolution bis hin zum Beginn des Dritten
Reiches spannt sich der Bogen. Aus der Spreewaldheimat
zieht es Gottlieb Grambauer, Sohn eines Kleinbauern, in
die Weltstadt Berlin. Dort begreift er schnell, daß im herrschenden kapitalistischen System betrogen wird, wer nicht
selbst betrügt. Reumütig kehrt er nach Kummerow zurück,
wo er zum Anwalt der Armen wird und darauf baut, seine
unerfüllten Wünsche im Schicksal seines Sohnes verwirklichen zu können ...

BASTEI
LÜBBE

Band 12067

Serge Filippini
DER FLAMMENDE MENSCH

Ein erregendes Menschenschicksal im Spannungs- feld von Renaissance und Inquisition

In den letzten sieben Tagen vor seinem Tod soll Giordano Bruno ein Tagebuch verfaßt haben, das die Summe sei- nes Lebens enthielt und von der Inquisition vernichtet wurde. Im vorliegenden Roman versucht der Autor, dieses Tagebuch zu rekonstruieren. In sieben Kapiteln beschreibt er das Leben des aufrührerischen Dominikanermönchs: Exkommuniziert, wegen Totschlags eines Priesters ge- sucht und aufgrund seiner brillanten philosophischen Streitgespräche angefeindet, durchquert er Europa, stets auf der Flucht vor der Inquisition und dem Tod...

Band 12225

Werner von der Schulenburg
Der König von Korfu

**Ein spannender historischer Roman um einen wenig
bekannten Retter des Abendlandes**

Anno 1719: Vierzigtausend Türken rennen gegen die
schwach befestigte venezianische Insel Korfu an, den
äußersten Vorposten Europas. In dieser Stunde höchster
Gefahr steht der Reichsgraf Johann Matthias von der Schulenburg auf den Bastionen und wehrt in schwerem Ringen
mit nur dreitausend Mann den Angriff auf die europäische
Südostflanke ab.
Die Höfe von Dresden und Wien, der Zauber der Dogen-
stadt im Rausch des Karnevals, der Lebensstil des Barock
und die Machtentfaltung des türkischen Reiches werden
mit großer Detailkenntnis und Anschaulichkeit geschildert.

HISTORISCHER ROMAN

*Lebendige
Vergangenheit –*

*Spannung
und Abenteuer –*

*Ein Streifzug
durch die Geschichte*